Stefanie Hasse

Book Elements

Drachenmond Verlag

Drachenmond Verlag GmbH
Auf der Weide 6
50354 Hürth
http://www.drachenmond.de
E-Mail: info@drachenmond.de

Lektorat: Elisabeth Mahler
Korrektorat: Wortkosmos – Sarah Nierwitzki
Satz & Layout: Astrid Behrendt
Umschlag- und Farbschnittdesign: Alexander Kopainski
www.kopainski.com
Bildmaterial: Shutterstock

Druck: Booksfactory

ISBN 978-3-95991-863-3

Für alle, die täglich kämpfen, leiden und sich verlieben.
Für diejenigen, die mitfiebern, lächeln und weinen.
Für all jene, die bereits etliche Leben gelebt haben.
Für jeden Lesenden.

VORWORT

In dieser Schmuckausgabe findet ihr alle drei Bände von Book Elements, die 2015 mit den Untertiteln *Die Magie zwischen den Zeilen*, *Die Welt hinter den Buchstaben* und *Das Geheimnis unter der Tinte* erschienen sind.

Die Reihe ist direkt meinem Fangirl-Herzen entsprungen, verbunden mit dem Traum einer leidenschaftlichen Leserin:
Was wäre, wenn die geliebten Buchfiguren aus den Büchern herausgelesen werden könnten? Wären sie glücklich (ohne ihre Aufgabe im Buch, ohne ihre große Liebe, …) oder eher so gefährlich, dass man sie bekämpfen müsste? Und wer könnte Letzteres bewerkstelligen?

So entstanden die Wächterinnen und Wächter der Bibliotheca Elementara, die in dieser Reihe, die ich 2013/2014 geschrieben habe, natürlich noch die zu jener Zeit überall präsenten Figuren einfangen mussten.

Mir war jedoch wichtig, dass der Text abgesehen von ein paar Kleinigkeiten nicht verändert wird. Wundert euch also nicht über Edward und Bella, Daemon, Cam und Roth – heute würdet ihr vermutlich eher auf Namen wie Rhysand, Hunt, Cardan, Xaden und jede Menge weitere stoßen. Genießt einfach einen Hauch Nostalgie!

Ich wünsche euch ganz viel Spaß beim Eintauchen!

PROLOG

Ich durfte keine Bücher besitzen.

Ganz gleich, wie oft man es mir eingebläut hatte, ganz gleich, wie genau ich wusste, dass es mir verboten war, außerhalb des Instituts zu lesen – ich konnte dem Drang nicht widerstehen. Nicht nach dem heutigen Tag.

Der kleine Laden, der wie aus dem Nichts vor mir aufgetaucht war, sprach all meine Sinne auf einmal an. Die zwei Schaufenster rechts und links der Tür waren von zarten Eisblumen bedeckt, die den Blick auf die uralten Bücher verzerrten. Das Holzschild über dem Eingang quietschte leise im Schneegestöber und versetzte mich in eine andere Zeit. Als ein Mann das Geschäft verließ, brachte er den Duft von alten Büchern, Staub und Leder mit nach draußen – den Geruch der *Bibliotheca Elementara*. Dann glitt die Tür langsam hinter ihm zu und das Geräusch von Glöckchen ertönte, die mir zuzurufen schienen, wie einst die Sirenen ihre Opfer zu sich gerufen hatten.

MacMillan's Bookshouse übte eine Macht auf mich aus, der ich mich wider besseres Wissen nicht entziehen konnte. Mein Herz klopfte, als ich meine Hand auf den kalten Messingknauf legte und mit etwas Druck die Tür öffnete. Der Reiz des Verbotenen.

Ich holte tief Luft und betrat begleitet von der Melodie der Glöckchen die Buchhandlung. Sofort ummantelte mich der intensive Geruch von Abertausenden geschriebenen und gedruckten Wörtern und ließ mich trotz der plötzlichen Wärme erschaudern.

So viele Geschichten, so viele Emotionen auf kleinstem Raum. Wie von einem unsichtbaren Band gezogen trat ich an eins der seitlichen Regale, meine Hand erhob sich ohne mein Zutun und griff nach einem in rotes Leder gebundenen Buch.

Wenn es Liebe auf den ersten Blick wirklich gab, wie es so oft erzählt wurde, dann traf mich Amors Pfeil in diesem Moment der ersten Berührung. Ich wusste, ich würde alles dafür tun, würde mich über sämtliche Bestimmungen hinwegsetzen und alle mir auferlegten Verbote missachten – nur um es zu besitzen.

Und egal, wie laut sich in meinem Kopf eine flüsternde Stimme regte, die mir sagte, ich sollte es nur niemals aufschlagen, ich ignorierte sie.

Hier wollte ich es auch gar nicht aufschlagen, wollte nicht auf mich aufmerksam machen. Daher blickte ich mich verstohlen um, presste das Buch an meine Brust, genoss den Duft des Leders, der zu mir aufstieg, und ging zu dem kleinen hölzernen Tresen, hinter dem ein Mann mit grauen Haaren und Brille saß.

Erst als ich mich räusperte, blickte er von dem dicken Wälzer vor sich auf. Widerwillig legte ich das rote Buch auf den Tresen und schob es zu ihm hin. Ich zitterte, mein Herz klopfte. Was, wenn er mich erkannte? Wenn er wusste, was ich war? Er nahm das Buch in die von Altersflecken übersäten Hände, musterte es und betrachtete mich anschließend aus zusammengekniffenen Augen.

Er weiß es, flüsterte die Stimme in mir und drängte mich dazu, so schnell wie möglich von hier zu verschwinden. Doch ich widersetzte mich ihrem Rat und holte langsam Luft. Der Moment verging wie in Zeitlupe, eine gefühlte Unendlichkeit, bis sich der alte Mann der antiken Registrierkasse zuwandte und den Betrag eintippte. Mit einem Klingeln öffnete sich die Schublade, während er mir den Preis nannte. Ich schluckte und zog mein Portemonnaie aus der Umhängetasche. Mein letztes Geld wanderte in die Hände des Alten und weiter in den Rachen der Registrierkasse. Wortlos packte er das rote Buch in ein Papier und reichte es mir.

Als es sich wieder in meiner Obhut befand und ich es sorgfältig in meine Tasche steckte, beruhigte sich mein Herzschlag sofort. Ich bemerkte, dass ich den Atem angehalten hatte, und ließ ihn in einem Zug entweichen. Ohne zu grüßen, verließ ich den Laden.

Der helle Klang der Glöckchen über der Tür kam mir nun wie ein Alarm vor. Eilig hastete ich die Gasse entlang, eine unerklärliche Angst im Nacken, dass sie mich jeden Moment erwischen könnten. Das, was ich vorher als Kick des Verbotenen empfunden hatte, wich einem schlechten Gewissen. Es war verboten, eine unserer obersten Regeln.

Ich nahm mir vor, das Buch noch vor der Ankunft in der Akademie loszuwerden, aber ich konnte es nicht. Ich spürte all das Leid, das ich ihm damit zufügen würde.

Meine Tasche fest an mich gepresst, betrat ich den weitläufigen Eingangsbereich der Akademie, durchquerte sie hastig und eilte die geschwungenen Stufen zu den Wohnsälen hinauf. Jemand rief meinen Namen, aber ich ignorierte die Stimme.

In meinem Zimmer beruhigte sich mein Herzschlag wieder. Langsam, beinahe andächtig, holte ich das in Papier gewickelte Buch aus meiner Tasche, packte es vorsichtig aus und strich sorgsam über den roten Ledereinband.

Was hatte dieses Buch an sich, das mich so anzog? Warum rief es lauter nach mir als all die Milliarden von anderen Büchern dort draußen?

Das sollte ich ein paar Jahre später herausfinden.

1. KAPITEL

Die Überreste der Vampire zerstreuen sich in der leichten Brise, bis auch der letzte Beweis für den Kampf in der dunklen Gasse vernichtet ist. Eine weitere Nacht, in der er auf der Jagd war. Auf der Jagd nach Hinweisen. Eine weitere erfolglose Nacht. Doch er würde die Hoffnung nicht aufgeben, da bin ich mir sicher.

Hey Lin, wie viele hast du letzte Nacht gelyncht?«, fragte mich Ty, ehe ich meine Jacke ausgezogen und mich ihr gegenüber hingesetzt hatte. Hastig sah ich mich um und hoffte, dass niemand in dem vielbesuchten Café etwas gehört hatte. Doch die Leute im *Milk & Sugar*, deren Blicke ich beim Betreten meines Lieblingscafés auf mich gezogen hatte, waren in ihre Unterhaltungen vertieft oder hatten sich bereits wieder ihrem Frühstück zugewandt. Erleichtert atmete ich auf.

»Ty!«, zischte ich, während ich versuchte, mahnend dreinzuschauen, doch sie grinste mich nur breit an. Kopfschüttelnd warf ich meine Jacke über die Lehne, ließ mich anschließend auf den Stuhl sinken und wartete auf den Vortrag, der auf solche Ermahnungen typischerweise folgte. *»Du hättest es mir eben nicht erzählen dürfen«* oder *»Es ist viel zu aufregend, um nicht darüber zu reden«*.

Seit ich Ty vor Jahren entgegen aller Vorschriften in mein Geheimnis eingeweiht hatte, hatten wir schon sehr viele solcher Diskussionen geführt. Und von der ersten an hatte ich verstanden, warum all die Charaktere in den Büchern ihren besten Freundinnen niemals von ihren paranormalen Geheimnissen erzählten. Doch ich war mir sicher gewesen, dass eine wahre Freundschaft keinerlei Geheimnisse duldete. Wie oft hatte ich über die zahlreichen Romane, die ich tagtäglich las, den Kopf geschüttelt. Was hatten die ganzen Hauptcharaktere der Bücher denn für Freunde, wenn diese nicht spürten, dass da etwas zwischen ihnen und den Protagonisten stand?

Ty jedenfalls war keine solche Freundin. Sie wusste, dass ich ständig unterwegs war, dass mein Job ganz anderer Art war, als in der Stadtbibliothek Bücher zu katalogisieren. Dort hatte ich Ty am Ende des ersten Ausbildungsjahres kennengelernt und wenige Wochen später waren wir unzertrennlich gewesen. Zwischen uns passte es einfach, sie war die beste Freundin, die man sich vorstellen konnte, und ich hatte ihr meine wahre Berufung nicht verheimlichen können. Zum Glück hatte ich sie eingeweiht, denn wenig später war die Sache in London passiert und ich war froh gewesen, mit ihr darüber reden zu können.

Mit einem »Erde an Monsterjägerin!« holte mich Ty aus meinen Gedanken, was ihr wiederum einen erbosten Blick einbrachte. »Hast du letzte Nacht interessante Typen getroffen?« Ihre Augen leuchteten wie die eines Kleinkinds an Weihnachten und ich konnte ihr wieder einmal nicht böse sein.

Daher seufzte ich theatralisch auf und begann, zu erzählen. Ich endete schließlich mit: »Für dich war nichts dabei.«

Ty stellte diese Frage nur aus einem Grund: Sie war fasziniert von Vampiren, insbesondere den geheimnisvoll wirkenden mit gelb leuchtenden Augen. Daher wusste ich, wie ich diese verbotene Unterhaltung in der Öffentlichkeit beenden konnte. »Nur ein Vampir aus einer recht unbekannten Geschichte. Den hat Ric schneller einkassiert, als wir ihn zuordnen konnten.«

»Eine Sauerei, dass gerade dieser Arsch für die Vampire zuständig ist«, seufzte Ty und ihr Blick glitt in die Ferne.

Ich sah mich nach Sophie um, der Kellnerin, und signalisierte ihr, dass ich das Übliche bestellen wollte: eine große Latte macchiato mit Karamellgeschmack und extra Milchschaum. Sophie machte mit Abstand den besten Kaffee der Stadt – ganz gleich, in welcher Form.

»Ich habe gestern noch mal *Biss zum Morgengrauen* gelesen, weißt du.« Tys Blick war weiterhin wie verschleiert. Seit sie wusste, was genau mein Job war, las sie das Buch mindestens einmal die Woche und hoffte, dass Edward auftauchen würde. Auch wenn das statistisch gesehen eher unwahrscheinlich war. Die Seelenlosen, wie wir sie nannten, tauchten niemals direkt vor einem auf. Es war nicht vorhersehbar, wo genau sie sich materialisieren würden, was Ty jedoch nicht zu glauben schien. In solchen Momenten wünschte ich mir wirklich, ich hätte sie nicht eingeweiht.

»Mensch, Ty. Vergiss diesen Typen. Es gibt doch genügend echte Jungs.« Meine Hand beschrieb einen Bogen, der das Café und die ganze Welt beinhaltete.

»Das sagst ausgerechnet *du* mir?«

Ich hatte es geahnt und verzog sofort das Gesicht.

»Wenn du diesen Zac aus *Otherside* anschmachten und dir herbeiwünschen darfst, steht mir das genauso zu.« Ihre Augenbraue war auf die für sie typische Weise erhoben: als würde sie gelassen auf Widerspruch warten – keiner konnte das so gut wie sie.

Und sie hatte ja recht. Auch mich interessierten die normalen Typen nicht. Vollpfosten, die mir als Kind Matsch in die Haare geschmiert, mir als Schülerin dumme Sprüche an den Kopf geworfen und als Teenager ihre dämlichen Flirtratgeber an mir ausprobiert hatten. Nein, danke. Auf so was konnte ich verzichten. Zac hingegen … Stopp, keine Tagträume heute. Ty schien meine Gedanken genau richtig interpretiert zu haben und hob siegessicher die Mundwinkel. Ich allerdings ließ mich geschlagen wieder nach hinten fallen. »Jaja, ich bin schon leise.«

Die nächsten Minuten verbrachten wir in stiller Eintracht und löffelten den Milchschaum unserer Lattes. Irgendwann musste Sophie mir eine ganze Badewanne damit füllen. Ein Luftzug holte mich aus meinen Milchschaumträumen und ich wandte mich zur Tür um.

Ty seufzte. »Wenn man vom Teufel spricht …«

Der Duft von Kaminfeuer gemischt mit Vanillegeruch umfing mich, bevor ich die Person dazu sprechen hörte. Sofort schlug mein Herz schneller.

»Hi Mädels, etwas Feuer gefällig?« Mit diesen Worten trat Ric zu uns, schnappte sich, ohne zu fragen, einen Stuhl vom Nachbartisch, stellte ihn verkehrt herum zu uns und ließ sich mit bestem Gewissen darauf fallen. Die beiden Jungs, die den Stuhl vielleicht noch für Nachzügler gebraucht hätten, wagten nicht, sich zu beschweren. Ric machte einen zu einschüchternden Eindruck mit seinen einen Meter achtzig, dem Latino-Mafioso-Look mit den dunklen adrett frisierten Haaren über den goldenen Augen, die wie Kontaktlinsen aussahen, und dem halb aufgeknöpften Hemd.

Mir hingegen blieb die Luft weg. Und das lag sicher nicht an seinem beeindruckenden Aussehen, sondern an seinen nicht vorhandenen Manieren. Riccardo Fiorenzo war der unausstehlichste, arroganteste, selbstverliebteste Mensch auf dem Planeten. Er sonnte sich in den Blicken anderer, als würde er sie zum Überleben brauchen. Ty und ich hatten schon vor Langem die Theorie aufgestellt, dass seine zweite Gestalt kein Zufall sein konnte. Ric war ein Drache – im doppelten Sinne. Sein Element war Feuer und je mehr Energie er daraus benötigte, umso mehr nahm er die Gestalt seines Elementarwesens an. Doch die Größe des Drachen war ein Witz im Vergleich zu seinem Ego. Seit dem Tag, an dem wir gemeinsam an die Akademie gekommen waren, war er einfach in allem der Beste – was sein gutes Recht war. Dennoch musste er das nicht jedem tagtäglich auf die Nase binden. Welches Glück ich doch hatte, ausgerechnet mit ihm in einem Team zu sein. Yay.

»Wo ist nur Coral, wenn man sie mal braucht?«, stöhnte ich und sehnte mir die Wasserelementarierin herbei – seinen Gegenpol –, die Ric mit ihrer ruhigen Art zumindest ein wenig anzustecken schien.

»Als ob das etwas nützen würde. Mein Feuer erlischt nie, willst du es nicht mal ausprobieren?« Mit wackelnden Brauen brannten sich seine goldenen Augen in meine.

»Vielleicht kann ich dich löschen – ich muss mich nämlich gleich übergeben«, mischte sich Ty ein und machte Würgegeräusche, die sofort die Blicke des gesamten Cafés auf sich zogen.

Ric sah Ty so böse an, dass sie jeden Moment hätte in Flammen aufgehen können. Ich roch schon eine feine Rauchnote und hob schnell beschwichtigend meine Hand.

»Was verschafft uns die Ehre deiner Anwesenheit an meinem freien Tag?«, fragte ich und legte eine Extraportion Sarkasmus in die Stimme, die seinen Drachenpanzer jedoch nicht zu durchdringen vermochte.

»Es hat wieder einen Störfall gegeben. Wir sollen sofort ins Institut kommen. Und hättest du vielleicht mal einen Blick auf dein Handy geworfen, anstatt mit gewöhnlichen Menschen in Cafés abzuhängen, wüsstest du das längst.« Sein Ton war besserwisserisch wie eh und je und er sah Ty dabei mit zusammengekniffenen Augen an.

Ich verzog das Gesicht, während ich in meiner Tasche nach dem Handy wühlte. Tatsächlich. Drei verpasste Anrufe und mehrere Nachrichten.

»Und warum haben sie ausgerechnet dich geschickt, Lindwurm?«, stichelte Ty und kassierte den nächsten tödlichen Blick. Mein Team wusste, dass ich Ty eingeweiht hatte. Sie akzeptierten es und verrieten mich nicht. Selbst Ric nicht, was ich ihm hoch anrechnete. Doch auch dieser Umstand machte ihn kaum erträglicher.

»Lin, Coral und Peter sind schon im Institut und ich …« Er unterbrach nur für einen winzigen Moment, seine Zunge glitt über seine vollen Lippen. »Ich war zufällig in der Nähe.«

Klar, mit der Eroberung des Tages. Ich seufzte. Wieso waren alle Mädchen in unserem Alter so strohdoof und warfen sich diesem Typen an den Hals, nur weil er recht gut aussah? Hofften die tatsächlich alle, gerade sie wären diejenige, die ihn ändern und für immer an sich binden würde? Etwas Realismus hatte noch niemandem geschadet. Andererseits – so würde es neue Bücher über den geheimnisvollen, gutaussehenden Typen geben, dessen Herz es zu erobern galt. Geschichten über typische Bad-Boys wie Ric. Und Mädchen würden ihr Herz an diese Figur verlieren, dem Seelenlosen Leben einhauchen und ihn in unsere Welt holen – und wir würden ewig auf die Jagd nach ihm gehen. Ric war die lebende Version dieser Bad-Boy-Verschnitte aus den Romanen und würde ebenso für immer Groupies haben.

Binnen zwei Minuten hatte ich meinen Latte macchiato ausgetrunken, mich tausend Mal bei Ty entschuldigt und missmutig Jacke und Tasche geschnappt. Anschließend folgte ich Ric nach draußen. Direkt vor dem Café, mitten in der Fußgängerzone im absoluten Halteverbot, stand sein leuchtend orangefarbener Lamborghini Diablo GT und schimmerte in der Oktobersonne wie ein Flammenspiel. Ich seufzte, als ich die Beifahrertür hochklappte und mich nach unten auf den Sitz fallen ließ. Sofort umgab mich der Geruch von Leder und dem Vanille-Lufterfrischer, der in Form eines Drachen am Rückspiegel baumelte. Ich legte den Fünf-Punkt-Gurt an, als Ric den Motor startete und der Wagen erzitterte, als würde ihm der Teufel höchstpersönlich Energie verleihen.

Zwanzig Minuten später stieg ich umständlich aus dem Diablo. In meinem Körper spürte ich noch das Echo der Vibrationen des Autos und überall kribbelte es, als sei ich von Tausenden von Ameisen befallen. Etwas wacklig auf den Beinen trottete ich hinter Ric her, durch die Tiefgarage unter der Stadtbibliothek. Im Fahrstuhl drückte er seinen Daumen auf das unscheinbare Feld unter den Knöpfen für *Antiquariat* im Obergeschoss und *Bibliothek* im Erdgeschoss. Die Tür des Fahrstuhls schloss sich und wir fuhren tief in die Erde hinab. Mit einem leisen *Bing* öffnete sich die Tür und ich befand mich in einer anderen Welt. Meiner Welt.

Ganz gleich, wie oft ich das Institut schon betreten hatte, ich bekam immer noch eine Gänsehaut bei dem Anblick, der sich mir bot. Es fühlte sich an, als hätte man einen Fuß in den Eingangsbereich einer alten Villa aus einem anderen Jahrhundert gesetzt. Der Kronleuchter, der an der Decke hing, befand sich rund zehn Meter über mir. Rechts und links führten geschwungene Treppen nach oben, als hätte sich der Architekt an dem Schloss des Biestes aus Disneys Meisterwerk orientiert. Die Treppen und das Geländer sowie der gesamte Boden bestanden aus weißem Marmor, dessen metallene Adern unter dem Licht des Kronleuchters und der zahlreichen Wandstrahler funkelten. Unter diesen Treppen führte eine drei Meter hohe doppelflügelige Tür zur *Bibliotheca Elementara*, dem Herzen des Instituts. Seit etwas mehr als vier Jahren kam ich täglich hierher – während meiner Ausbildung hatte ich sogar hier gewohnt – und trotzdem überkam mich immer eine Ehrfurcht, wenn ich diese heiligen Hallen der Wächter betrat.

»Du kannst den Mund wieder schließen, Tinkerbell.« Ric stupste mich am Arm an und sofort schlug meine Faszination in Ärger um. Er wusste, dass ich diesen Spitznamen hasste. Mein Elementarwesen war eine Fee und trotzdem hatte ich nichts, aber auch gar nichts, mit der bekannten Fee aus der Literatur zu tun. Ich schnaubte und flüchtete mit schnellen Schritten vor Ric, ehe ich etwas sagte, das mir später leidtun könnte. Obwohl, vielleicht auch nicht.

Zu spät.

Bevor ich die große, weißlasierte Tür öffnete, hielt ich wie immer für einen Moment inne, um mich auf den Geruch vorzubereiten. Ein Kribbeln im Bauch signalisierte mir, dass ich nach all den Jahren noch aufgeregt war. Mein Puls verdoppelte sich. Mein Wächter-Amulett pulsierte und mich umgab eine feine Brise. Mein Element spürte meine Aufregung. Trotz der imposanten Größe schwang die Tür leicht auf, das Quietschen, das man erwarten würde, blieb aus und selbst durch die schmale Lücke drang der Geruch von Büchern zu mir. Auf Anhieb überkam mich ein Gefühl von Geborgenheit, Zufriedenheit, Heimat. Ich sog den Duft ein. Sofort beruhigte sich mein Herzschlag und ich öffnete die Tür so weit, dass ich durchschlüpfen konnte, dicht gefolgt von Ric, der für diesen einen Moment genauso innegehalten hatte wie ich. Wenn er bemerkt hatte, dass ich seine Reaktion zur Kenntnis genommen hatte, ließ er es sich nicht anmerken.

Als er an mir vorbei in Richtung eines der zahlreichen Studiertische ging, roch ich Kaminfeuer, vermischt mit dem Vanille-Aroma seines Lufterfrischers. Ein Geruch, den ich einmal sehr gemocht hatte. Rics typischer Geruch. Ich ging ihm eilig hinterher.

Mein Team hatte sich mit den anderen, alle ungefähr in unserem Alter, an einem der großen Tische versammelt. Fünf Teams für die Jugendbücher. Was war nur vorgefallen, das die Anwesenheit aller

Genres verlangte? Ric, Coral, Peter und ich waren eines der vier auf Fantasy spezialisierten Teams. In unserem Genre, das auch die Science-Fiction beinhaltete, hatte man mehr zu tun, zumal die Seelenlosen aus diesen Büchern oft nicht ungefährlich waren und definitiv mehr Aufmerksamkeit auf sich lenkten als all die Charaktere aus der zeitgenössischen Jugendliteratur. In der Regel hatten wir nichts mit dem Team dieses Genres zu tun – zu unterschiedlich waren unser Job und das Wissen, wie man die Seelenlosen bekämpfen musste.

»Schön, dass ihr euch auch endlich zu uns gesellt. Setzt euch.« Die Stimme von Perry, dem Leiter der Jugendbuchabteilung, klang bestimmt, aber glücklicherweise nicht verärgert. Trotzdem kamen Ric und ich seiner Aufforderung nach und besetzten die zwei freien Stühle neben Coral und Peter. Coral saß direkt neben mir und der Geruch von Meerwasser und Algen drang in meine Nase. Wieso war sie so nervös?

»Dann können wir endlich beginnen. Ich habe euch alle hier zusammengerufen, weil in der letzten Nacht die bisher größte Anomalie aufgetreten ist. Josh und sein Team wurden auf den vierten Cameron Hamilton diese Woche aufmerksam. Josh, willst du berichten, was passiert ist?« Perry sah zu Josh, dem Feuerelementar der zeitgenössischen Gruppe, und munterte ihn mit einem Kopfnicken dazu auf, zu erzählen.

Josh verzog das Gesicht. Vermutlich hatte er denselben Bericht bereits mehrere Male erstattet. Dennoch stand er auf und schnell wurde mir klar, warum wir alle hier saßen. »Dieser Cameron war nicht der Typ, mit dem wir es sonst zu tun haben. Es hätte uns ein Leichtes sein sollen, ihn zu binden. Laurie hatte ihr Element bereits gerufen, als Cam seinen Arm hob und uns auf das Schlangentattoo aufmerksam machte, das nicht dort hätte sein dürfen. Sekunden später lag eine Riesenschlange vor Laurie auf dem Boden und griff sie an. Sie konnte ihre Gestalt nicht schnell genug wechseln, wurde gebissen und ist daraufhin zusammengebrochen. Cam ist uns entkommen. Laurie liegt noch immer auf der Krankenstation.«

Josh wurde während des Erzählens von Sekunde zu Sekunde bleicher. Er schilderte bis ins kleinste Detail, was dieser Cameron getan und wie er sich verhalten hatte. Beobachtungsgabe war eines der wichtigsten Fächer im Unterricht am Institut. Wir wurden darauf geschult, das Verhalten der Buchcharaktere genau zu analysieren, um ihr weiteres Vorgehen vorherzusagen. Joshs Team hatte es in der Regel mit flüchtigen oder heulenden Charakteren oder schlagfertigen Typen – im wörtlichen sowie im übertragenen Sinn – zu tun, jedoch niemals mit übernatürlichen Angriffen.

Peter tuschelte bereits mit Ric neben mir, als auch mir endlich einfiel, woher ich die Schlange kannte. Cam hatte sich mit einem Fantasy-Charakter derselben Autorin vermischt und war nun zum Teil ein Dämon. Um genauer zu sein, ein Hohedämon mit sehr viel Macht. Roth. Im selben Moment sprach auch Coral den Namen aus.

Nach Joshs Bericht richteten sich alle Augen auf Perry. Für solche Fälle gab es kein Protokoll, das es einzuhalten galt, keine Vorschriften, wie man zu verfahren hatte. Denn so was war eigentlich unmöglich. Die Sache war an sich einfach: Buchcharaktere besaßen keine Seele, ganz gleich, wie oft in Büchern etwas anderes behauptet wurde. Ihnen fehlte das, was uns zu Menschen machte. Daher nannten wir sie Seelenlose. Durch die Bindung des Lesenden zu den Buchcharakteren veränderten sich diese. Der Lesende hauchte ihnen eine Seele ein, schenkte ihnen Emotionen. Und je stärker diese Bindung wurde, umso größer war die Gefahr, dass man den Seelenlosen materialisierte, in unsere Welt holte. Bei zeitgenössischen Charakteren mochte das noch ganz nett sein, schließlich taten die im Normalfall niemandem etwas – zumindest im Jugendbuchbereich, in dem wir arbeiteten. Bei den Erwachsenenbüchern, den Thrillern mit all ihren gestörten Serienkillern, sah das schon anders aus.

Oder in meinem Genre, den Fantasy-Büchern. Denn Seelenlose waren genau so, wie sie in den Büchern beschrieben wurden. Das Aussehen, der Charakter, die Gaben – ganz gleich, ob Dämon oder Engel, Vampir, Werwolf, Lichtgestalt oder seelenklauender Küsser. Sie alle waren Abbilder ihrer Buchcharaktere und sahen genauso aus, wie sich der Lesende sie vorstellte, wenn er ihnen Leben einhauchte. Es gab Autorinnen oder Autoren, die das Aussehen ihrer Charaktere allein der Vorstellungskraft des Lesenden überließen, die außer ein paar wenigen Details nichts darüber verloren. Hier war es oft schwer für uns, den Seelenlosen zu identifizieren. Cameron Hamilton war hingegen exakt beschrieben – und tauchte vermutlich genau aus diesem Grund so schrecklich oft in unserer Welt auf –, aber eins hatte er sicher nicht: ein Schlangentattoo, das sich in eine echte Schlange verwandeln konnte. Jemand brachte da etwas vollkommen durcheinander.

»Was sagen die Bibliothekare?«, fragte Ric laut ins Gemurmel der einzelnen Teams, die schon eifrig Überlegungen anstellten.

Perry verzog das Gesicht und schüttelte langsam den Kopf.

»Sie haben keine Meinung dazu?«, hakte ich nach. Die Bibliothekare waren unsere Oberbosse und hatten eigentlich immer etwas zu sagen – und wenn es nur Strafpredigten waren, weil jemand die Regeln missachtet oder sie zu sehr gedehnt hatte.

»Ich weiß genau, was sie denken«, warf Peter ein, der Erdelementar meines Teams, und sofort waren alle Blicke auf ihn gerichtet. Er sah müde aus, wie eigentlich immer. Und traurig. Die typischen Eigenschaften seines Elements. Dazu gehörte auch, dass er nie im Mittelpunkt stehen wollte, sich nur seiner Aufgabe widmete und ansonsten eher eine Art Mitläufer war. Zuverlässig und korrekt. Ein solcher Einwurf passte so gar nicht zu ihm.

Dessen schien er sich in diesem Moment bewusst zu werden und seine Wangen liefen puterrot an. Sofort umfing mich der erdige Geruch, gemischt mit einer Prise altem Laub. »Ich …«, stammelte er, unfähig, auch nur ein weiteres Wort zu sagen.

Schnell fasste ich an meinen Anhänger, das silberne Dreieck mit dem waagrechten Strich mittendurch, und rief mein Element. Sofort strömte die Energie durch mich hindurch und ich leitete sie in Gedanken weiter zu Peter.

Nur ein leichter Luftzug glitt über Ric hinweg zu Peter und augenblicklich wirkte er sicherer. »Ich habe gehört, wie sich meine Eltern über die Prophezeiung unterhalten haben«, sagte er mit fester Stimme und blickte in die Runde.

Sofort war es totenstill am Tisch. Entfernt hörte man das Rascheln von Papier beim Umblättern. Andere Wächter, die sich ihrem Tagesgeschäft, den Studien, widmeten. Irgendwo zog jemand ein Buch aus den endlosen Regalreihen und ließ es schwer auf einen Tisch fallen. Peters Eltern arbeiteten beide im Qualitätsmanagement des Instituts. Sie überprüften die Berichte, nahmen Abläufe wie den Zusammenhalt im Team oder die Zusammenarbeit mit den Vorgesetzten unter die Lupe und machten Verbesserungsvorschläge. Sie saßen direkt an der Quelle und bekamen nahezu alles mit.

Ich selbst wagte es nicht einmal, zu atmen. Im Unterricht hatten wir damals alle von der Prophezeiung gehört, doch das war einige Jahre her und niemand glaubte wirklich daran. In den letzten Wochen hatte es allerdings vermehrt Störfälle gegeben, orientierungslose Charaktere, die blasser waren als in den schlechtesten Büchern und schon gar nicht mehr an die Person erinnerten, die sie eigentlich darstellten.

Peter sah nach unten auf seine Hände, die er nervös knetete. Meine Beruhigungsbrise war verklungen. Von der einen auf die andere Sekunde hörte ich das Rascheln von Laub und Zweigen, die aneinander rieben. Die Luft roch nach feuchter Erde und Weizenfeldern zugleich. Die Magie seines Elements waberte um Peter herum, verwischte meine Sicht auf ihn. Seine Gestalt wechselte von dem schwerfälligen Jungen mit den Pausbacken zu seinem Elementarwesen. Erst verlängerten sich seine Hände, die Finger streckten sich, wurden zu dünnen Ästen. Er reckte seinen Hals, als müsste er sich den Nacken einrenken, während seine Haare zu zarten Trieben wurden, die leuchtend grüne Blätter trugen. Dann verwandelte sich sein Gesicht, sein Oberkörper wurde zu einem massiven Stamm, Augen, Nase und Mund noch ansatzweise in der Rinde angedeutet, seine Beine glichen einem dichten Wurzelwerk. Dann riss er die Lider auf, verzog den gekerbten Mund zu einem lautlosen Schrei, seine Augen leuchteten in grellem Grün. Der Gestaltwechsel war vollzogen, vor uns saß die Verkörperung des Elements Erde: ein Baum mit Peters halb zerfetzter Kleidung. Eine Dryade, die in die Stille sprach: »Wer die Grenze überschreitet, wird Verderben säen. Wer die Zeichen zu deuten vermag, wird die Zeit kommen sehen. Wer Opfer bringt, wird verändern.«

Seine Stimme klang, als würde sie aus einer tiefen Höhle kommen, ein Echo verstärkte diesen Eindruck und ich bekam Gänsehaut am ganzen Körper.

Der große Raum war von der Präsenz der Elemente erfüllt: Erde, Luft, Wasser und Feuer. Die Aufregung und das damit einhergehende Adrenalin verbanden uns mit unseren Elementen. Von den Jüngeren hatten sich tatsächlich auch zwei verwandelt – vermutlich unbeabsichtigt. Ich erinnerte mich noch allzu gut daran, wie es in den ersten Wochen meiner Ausbildung gewesen war. Die Magie der Elemente war anfangs schwer zu kontrollieren und immer wieder hatte ich mich unbewusst in das knapp fünfzehn Zentimeter große Wesen verwandelt, das mein Element verkörperte, während Feuerelementare wie Ric in die Höhe wuchsen und zu einem Drachen wurden, einer Mischung aus Mensch und Tyrannosaurus Rex.

Am schwierigsten waren Verwandlungen für Wasserelementare wie Coral. Das Elementarwesen des Wassers war eine Wassernymphe. Es wäre passender gewesen, sie Nixe zu nennen – denn sie hatte nun mal einen Fischschwanz, mit dem sie nicht stehen konnte. Da Nixen aber in Geschichten nicht sonderlich gut wegkamen und unsere Wasserelementare schließlich zu den Guten gehörten, wurden sie Wasserfrauen genannt. Und eine solche saß jetzt an einem Tisch nicht weit entfernt, versuchte, ihren zappelnden Fischschwanz ruhig zu halten, und klammerte sich an ihren Stuhl. Schräg gegenüber saß ein roter Drache, ebenfalls aus dem ersten Ausbildungsjahr.

Doch abgesehen von der Verwandlung der beiden, herrschte eine Atmosphäre wie in der Ruhe vor dem Sturm. Alle hielten für einen Moment inne, wenige Wimpernschläge, in denen sich jeder seine eigenen Gedanken machte, ehe das Geplapper losging. Natürlich kannte jeder den geheimnisvollen Wortlaut der Prophezeiung, aber so beeindruckend präsentiert wie Peter hatte sie noch niemand.

Irgendwann räusperte sich Perry laut. Dreimal, bis alle verstummt waren. »Auch wenn einige von euch vielleicht schon Pläne für den freien Tag hatten – die solltet ihr bitte überdenken. Wir brauchen jedes Team, jeden Einzelnen von euch. Ihr müsst auf Patrouille gehen. Josh und der Rest seines Teams werden sich Team D anschließen.« Er klatschte in die Hände und alle erhoben sich. Stühle quietschten über den Marmor, einer fiel dabei um und der Knall hallte durch die Bibliothek.

Team D waren die Jüngsten von uns, die ihre Ausbildung erst vor Kurzem abgeschlossen hatten und die Jugendbücher mit der Altersempfehlung zehn bis zwölf bearbeiteten. Sie waren am wenigsten belesen und wagten bislang sehr selten einen Blick über ihr Genre hinaus. Sie hatten zudem weniger Erfahrung im Kampf gegen die Seelenlosen. Es machte also durchaus Sinn, ihnen das Team von Josh zuzuteilen. Gemeinsam konnten sie materialisierte Seelenlose besser erkennen und binden, darauf zählte ich. Hoffentlich würde sich auch Laurie schnell erholen. Zeitgleich mit Coral erhob ich mich.

»Hast du vor, hier Wurzeln zu schlagen?« Ric rüttelte an Peters Seitentrieben und holte ihn aus irgendeinem Baumschlaf. Vor Schreck verlor er ein paar Blätter und verzog das Borkengesicht zu einer Grimasse. Ric gesellte sich schon zu Coral und mir, während sich Peter noch zurückverwandelte. Die Luft war stickig, angereichert mit dem intensiven modrigen Geruch eines Moores – oder vielleicht auch von Leichen. Jedenfalls stellte ich ihn mir so vor. Zum Glück war ich bisher vor menschlichen Leichen verschont geblieben.

Einiges Knirschen und Knacken später stand Peter wieder in seiner menschlichen Gestalt vor uns – inklusive schmutziger Kleidung, die zerfetzt an ihm hing, aber glücklicherweise die wichtigsten Stellen verhüllte. Als Ric ihn mit einer erhobenen Augenbraue musterte, wurde er sofort wieder rot und begann, zu stottern. Was genau, konnte niemand von uns verstehen. Er deutete mit der Hand zum Ausgang und eilte schneller davon, als ich es ihm zugetraut hätte.

Nun war es Zeit, Mr Perfect einen bösen Blick zuzuwerfen. »Musste das sein?«, fragte ich.

»Was?« Ric hob die Hände, als hätte er tatsächlich nicht verstanden, was falsch gelaufen war.

»Du … Du bist so ein Ekelpaket!«, rief ich geistreich und stapfte mit Coral im Schlepptau in Richtung Drei-Meter-Tür.

»Wow, wie schlagfertig die kleine Fee heute wieder ist. Richtig reizend«, hörte ich Rics trockene Worte hinter mir.

Jeder Muskel in mir spannte sich an. Ein starker Luftzug wand sich um meinen Körper und ich hatte nicht wenig Lust, ihn auf Ric zu schleudern. Aber dafür würde ich die nächste Abmahnung durch die Bibliothekare riskieren und auf eine weitere Predigt hatte ich keine Lust. Sollte er doch sticheln, mich würde das von nun an kalt lassen. Pah!

Allerdings hatte ich mir das schon sehr oft gesagt …

2. KAPITEL

Die Gestaltwandlerin ihm gegenüber ist stark. Sie hat ihn auf das verlassene Gelände gelockt, hat behauptet, dass sie Informationen besitze. Wer weiß von seiner Suche? Davon, was für seine Welt auf dem Spiel steht, sollten seine Träume die Wahrheit zeigen?

Wir hatten uns für den Abend verabredet – obwohl heute mein freier Tag hätte sein sollen. Patrouillenfrei und Ricfrei. Vor allem auf Letzteres legte ich sehr großen Wert. Doch scheinbar war mir Aither, die Göttin der Luftelementare, nicht wohlgesinnt. Warum hatte sie ausgerechnet in der letzten Nacht diese Anomalie auf die Menschheit losgelassen?

Ty, mit der ich mir die Wohnung teilte, war ausgeflogen und so stand ich allein in unserer kleinen Küche und trank genüsslich einen Milchkaffee. Die Frage war, was ich mit meinem Nachmittag anstellen sollte, der eigentlich für Ty und Shoppen reserviert gewesen war. Sonnenuntergang würde um 19.51 Uhr sein, davor zeigten sich in der Regel weder Anomalien noch normale Seelenlose, die frisch in unsere Welt geholt wurden. Früher – so hatte ich es im Unterricht gelernt – war man davon ausgegangen, dass die Erscheinungen an die Mondphasen gekoppelt waren, doch das war reiner Zufall gewesen. Lediglich die Häufigkeit der Materialisierungen mehrte sich mit zunehmendem Mond, an Vollmond wurden die meisten von ihnen in unsere Welt geholt. Die Erklärung dafür war einfach: Die Menschen lasen in dieser Zeit mehr, weil viele an Schlaflosigkeit litten.

Wir hatten jetzt Ende Oktober, auch wenn es für diese Zeit noch recht sommerlich warm war. Die düsteren Tage würden nun mehr und mehr werden – und mit ihnen die Lesenden. Auch die, die all ihre Emotionen einem der Seelenlosen schenkten. Wenn sich nun die Anzahl der Anomalien erhöhte, konnte ich meine freien Tage bald vergessen.

Ich stand ein paar Minuten unentschlossen in der Küche herum, ehe ich in mein Zimmer ging. Selbst nach zwei Jahren war es noch nicht *mein* Zimmer. Ganz gleich, was ich in Sachen Einrichtung unternahm, es wirkte kühl auf mich, was allein an dem Fehlen jeglicher Bücher lag.

Schnell huschte ich zu meinem Nachtschrank, zog die Schublade auf und packte den Kleinkram darin auf die obere Ablage. Dann tastete ich nach dem Faden auf der Rückseite der Schublade, die man nur halb ausziehen konnte, und hob das dünne Holz an. Nun konnte ich vorne in die schmale Lücke hineingreifen und den doppelten Boden anheben.

Wie jedes Mal raste mein Puls und mein Magen rebellierte. War es nur der Reiz des Verbotenen, oder war da tatsächlich mehr, wie Ty mir immer sagte? Andächtig hob ich die Holzschatulle aus dem Geheimversteck und legte sie auf meinen Schoß. Nach einem tiefen Atemzug hob ich den mit Schnitzereien verzierten Deckel. Ein wohliger Schauder überkam mich, als ich den etwas zerfledderten Einband sah. Die »unbekannte Geschichte«, wie Ty das Buch anfangs genannt hatte. Weder auf dem Cover noch auf dem Rücken war ein Titel zu lesen, die Schmutzseiten trugen ihren Namen zurecht, denn sie waren so verblichen und verschmiert, als wäre das Buch jahrelang ohne das schützende Leder von Hand zu Hand weitergereicht worden.

Immer wenn ich das Buch ansah, spürte ich, wie viele Emotionen beim Lesen dieses Schatzes hervorgerufen worden waren. Auf manchen Seiten war die Tinte verlaufen, als hätten Tränen die Buchstaben benetzt. Handgeschriebene Wörter, akkurat und formvollendet gesetzt und doch individuell und der Leidenschaft des Schreibenden angepasst, wie kein elektronisches Werkzeug es je hätte schaffen können.

Mittlerweile nannte ich das Buch *Otherside* – denn in genau dieser fiktiven Welt spielte sich Zacs Leben ab. Mein ältestes Lesezeichen steckte ungefähr in der Mitte des Buches. Ich wagte nicht, das bereits fadenscheinige Lesebändchen zu verwenden. Die Angst, es abzureißen, war zu groß und daher ruhte es unangetastet zwischen Seite 112 und 113, das Ende steckte zwischen 142 und 143. Auf diesen Seiten hatte das rote Bändchen bereits einen zartroten Abdruck auf den dicken Blättern hinterlassen. Ich presste das Buch an mich und konzentrierte mich auf den Geruch. *Jetzt* fühlte sich mein Zimmer an wie ein Zuhause. Mein Herzschlag beruhigte sich, nur ein kurzes Flattern in meinem Bauch zeugte von der Aufregung, die sich vor jedem Lesen einstellte.

Ich lehnte mich gegen das Kopfende des Bettes und öffnete das Buch. Obwohl ich es bereits so viele Male gelesen hatte, war jede Szene so, als würde ich sie zum ersten Mal lesen. Und doch war ich schon beim ersten Satz wieder in der Geschichte gefangen. Zac war nur knapp dem Tod entkommen, als er sich ohne die Dörfler auf den Weg gemacht hatte, um ein Vampirnest auszuräuchern. Angeschlagen und tief erschöpft kehrte er ins Dorf zurück. In der Gastwirtschaft jubelten ihm die Dorfbewohner zu und Elizabeth stiegen Freudentränen in die Augen. Sofort spürte ich einen Stich in meinem Herzen, als ich an die letzte ereignisreiche Nacht mit Zac und Liz dachte. Ich wusste, wie dämlich das war, doch mich verband so viel mit Zac, ich spürte, was er spürte, er war der perfekte Mann, ein Held, der Verantwortung übernahm, der auch schwierige Entscheidungen traf, aber die Dinge anging. Im Gegensatz zu all den anderen, die sich profilierten und vor dem kleinsten Schatten davonrannten.

Zac war ein rastloser Wanderer. Als Findelkind unbekannter Herkunft wurde er von einer Bauernfamilie aufgezogen, bis die Pflegeeltern von Vampiren getötet worden waren. Es folgte eine dunkle Zeit für ihn – aus der auch das Tattoo an seinem Hals stammte –, ehe er sich ganz dem Kampf gegen die dunklen Wesen verschrieb. Vampire, Werwölfe, Geister und alles, was die Ruhe der fiktiven Welt von *Otherside* störte. Sein Meister war vor langer Zeit verstorben, seither war er allein, genoss höchstens ab und an die Zweisamkeit mit einer der Damen. Er nutzte jedoch niemals jemanden aus. All diese Frauen wussten, worauf sie sich einließen. Und doch konnte ihm keine von ihnen widerstehen. Vor allem nicht Elizabeth, in deren Nähe ihn seine Einsätze auffällig häufig trieben. Sie war die einzige Frau, die mehr als einmal im Buch auftauchte. Schon wieder ein kleiner Stich in meinem Herzen.

In Zac selbst tobten die unterschiedlichsten Gefühle. Er war auf der Suche nach *ihr*. Von Beginn des Buches an. Aber er sollte sie niemals finden und für immer einem Wunschtraum hinterherrennen.

Ich erinnerte mich noch genau daran, wie meine Augen zum ersten Mal über den letzten Satz geglitten waren: *Ich weiß, sie ist irgendwo dort draußen. Und ich werde sie finden.* Mein Herz war davongaloppiert, ich war kaum mehr in der Lage gewesen, zu atmen. Nur mit größter Mühe hatte ich es geschafft, nicht laut zu rufen, dass ich hier war. So nah bei ihm – und doch so fern. Verzweifelt hatte ich Zac und seine Geschichte gegoogelt, in der Hoffnung, eine Fortsetzung zu finden, vielleicht jemanden zu finden, der *Otherside* ebenso kannte. Ohne Erfolg. Die Geschichte war einfach zu alt.

Ganz gleich, wie viele Bücher ich in der Woche las – kein anderes hatte es je geschafft, solche Emotionen in mir hervorzurufen. Und ich wusste, dass es auch in Zukunft keines vollbringen würde.

Ich konnte nicht sagen, ob es an meinem Job als Wächterin lag, an den Unmengen an Geschichten, die wir kennen mussten, um die Seelenlosen richtig bekämpfen zu können, oder an dem Lesen in der *Bibliotheca Elementara*. Dort, wo unsere Emotionen eingefangen wurden, ehe sie ins Buch und zu den Seelenlosen gelangen konnten. Dort, wo verhindert wurde, dass wir eine Beziehung zu den Charakteren aufbauten. Der Ort, wo das Lesen niemals eine Figur materialisieren würde und wo wir den zwei wundervollsten Teilen des Lesens beraubt wurden: der Empathie und der Bindung zu den Charakteren.

Schon beim Gedanken daran kehrte dieses bedrückende Gefühl zurück, das ich immer hatte, wenn ich an meine Kindheit dachte. Als das Lesen nicht Job, sondern Spaß bedeutet hatte. Als überall in meinem Zimmer Stapel von Büchern gelegen hatten, weil die Regale bereits überfüllt gewesen waren. Bis mir mein Vater von dem Erbe seiner Familie erzählt hatte und mit mir zur *Bibliotheca Elementara* gefahren war, damit ich dort mit vierzehn die Elementarprüfung ablegen und mit sechzehn meine Ausbildung zur Wächterin beginnen konnte. Mit dem Erhalt meines Amuletts hatte ich alle Bücher weggeben müssen, was mir das Herz zerrissen hatte. Ich hatte mich dagegen aufgelehnt, doch Vorschrift war Vorschrift. Die Wächter sollten nicht auch noch Seelenlose in unsere Welt holen. Das Lesen war von da an auf die *Bibliotheca Elementara* beschränkt gewesen, alles andere war verboten. Tagsüber hatten wir dort gelesen und uns mit der Bekämpfung der Charaktere auseinandergesetzt, nach Sonnenuntergang waren wir auf die Jagd gegangen. Seit sechs Jahren war das nun mein Leben.

Mein Vater hatte mich stets darin bestärkt, war sogar traurig darüber gewesen, dass ihn diese besondere Fähigkeit seiner Familie übersprungen hatte und erst in mir wieder zum Tragen gekommen war. Aber im Gegensatz zu mir hatte er ein normales Leben, er konnte das riesige Lesezimmer im Haus meiner Eltern benutzen – was mir verboten war.

Doch egal, was all die Vorschriften besagten: *Otherside* würde ich niemals aus der Hand geben. Auch wenn Ty es einzig und allein auf Zacharias Clay schob, weil sie nun mal ein Faible für gut aussehende Helden hatte, war ich mir sicher, dass es mir um das Gefühl ging. Das, was mir als Wächterin verloren gegangen war: diese ganz besondere Bindung zum Protagonisten.

Ich versank tief in Zacs Geschichte, fühlte mit, wie er sich von Elizabeth verarzten ließ, ehe meine Haut prickelte und mein Magen hüpfte, weil ich durch die Zeilen zu spüren glaubte, wie Zac seine Angebetete verwöhnte. Als er ihren Nacken mit zarten Küssen bedeckte und sie leise aufstöhnte, entfuhr auch mir ein Seufzen, das in stockendes Atmen überging. So detailliert war beschrieben, wie Zac Elizabeth zu sich umdrehte, ihr tief in die Augen sah, während er sie gegen die Holzvertäfelung des kahlen Gästezimmers presste, ehe er seine Lippen auf ihre senkte. Ich roch den Rauch des offenen Kamins, der prasselnde Wärme spendete. Meine Augen flogen über die Zeilen, liebkosten jedes einzelne Wort so, wie Zac Liz verwöhnte.

Erst mit dem Alarmton meines Handys erkannte ich, dass ich eingeschlafen sein musste. Das Buch lag aufgeschlagen neben mir. Hatte ich die Szene, in der sich Zac von Liz verabschiedete, noch gelesen? Es fiel ihm immer schwer, sie zu verlassen, doch er sah es als seine Pflicht an, gegen die neue Bedrohung anzutreten, deren Kunde sich verbreitete. Bepackt mit Wegzehrung und Geschenken der Dorfbewohner, machte er sich auf den Weg zu einem weiteren Abenteuer.

Ich hingegen sprang auf und fiel direkt wieder in mein Bett zurück, weil mein Kreislauf nicht mitspielte. Mit etwas geringerem Tempo setzte ich mich vorsichtig auf und legte Zacs Geschichte zurück in die hölzerne Kiste und anschließend in das Geheimfach, schloss den doppelten Boden und platzierte den Kleinkram wieder darauf, ehe ich die Schublade zuschob. Dann zog ich mir hastig meine Arbeitskleidung über: Bequeme Jeans und ein lockeres Longshirt, in die ich schnell würde schlüpfen können, falls ich mich verwandeln musste. Mit einer Fee als Elementarwesen hatte ich Glück. Ich zerstörte meine Kleidung wenigstens nicht wie Peter oder Ric. Meine weißblonden Haare band ich wie immer zu einem Dutt zusammen, damit sie mir nicht im Weg waren, sollte es wirklich zu einem Kampf kommen.

Als ich die Wohnungstür hinter mir schloss und die zwei Etagen zur Haustür hinunterrannte, vermutete ich, dass Ric schon auf mich wartete. Er wohnte nur eine Straße weiter und so teilten wir uns den Weg zur Arbeit, weil die Parkplätze in der Tiefgarage unter der Stadtbibliothek begrenzt waren. Ich war einfach zu spät zu den Wächtern gekommen und hatte keinen eigenen erhalten.

Doch obwohl ich zu spät dran war, konnte ich den Diablo nirgendwo sehen, noch nicht einmal hören. Ric war immer pünktlich. Mich beschlich ein seltsames Gefühl – über das ich mich selbst wunderte, denn eigentlich sollte ich gegenüber Mr Perfect rein gar nichts empfinden. Ich schob es auf den Teamgeist und stapfte durch einen Vorgarten und stieg über zwei kniehohe Zäune hinweg, bis ich vor dem Haus von Rics Großmutter stand. Er bewohnte das komplette Obergeschoss, die freundliche alte Dame, die mit ihrem Enkel so gar nichts gemein hatte, war im Erdgeschoss zu Hause. Die Haustür war wie immer nicht abgeschlossen, also trat ich ein, ohne mich anzukündigen, und nahm zwei Stufen auf einmal. Ich wollte auf keinen Fall zu spät im Institut ankommen und Perry verärgern.

Die Tür zu Rics Wohnung stand einen Spalt breit offen und in mir schrillten die Alarmglocken. Mein Element manifestierte sich in einer leichten Brise, die um mich wirbelte und den Duft einer Sommerwiese mit sich brachte. Während ich mit der linken Hand die Tür aufschob, ergriff meine rechte mein Amulett. Die Tür knarrte so laut, dass ich zusammenfuhr. Einen tiefen Atemzug später war ich wieder gefasst und trat in den dunklen Flur, von dem mehrere Türen abgingen.

Überall lagen Klamotten verstreut, Ric schien nicht zu den ordentlichsten Menschen zu gehören. *Von wegen perfekt*, lächelte ich in mich hinein. Meine Aufregung verblasste langsam und ich nahm Rics Rauchgeruch wahr. Doch da war noch etwas anderes … Blut?

Vorsichtig schlich ich den Flur entlang. Zum ersten Mal fiel mir das Porträt einer jungen Frau auf, das am Rahmen des Garderobenspiegels festgesteckt war. Sie war hübsch, wenn auch etwas jung, was mich gleich skeptisch die Augen zusammenkneifen ließ. Warum hatte Ric ein Bild von ihr hier hängen? War sie eins seiner Groupies?

Ich vertrieb die Gedanken an die junge Frau mit einem Kopfschütteln und ging weiter. Die Tür zum Wohnzimmer stand offen und ich wagte mich hinein. Die Straßenlaterne neben dem Haus warf skurrile Schatten an die Wände. Von Ric jedoch keine Spur. Ich stolperte über ein T-Shirt, das ich in der Dunkelheit nicht bemerkt hatte, und sog lautstark die Luft ein. Hinter mir hörte ich Schritte. Sofort war ich in Kampfbereitschaft, mein Element gegenwärtig, bereit, sich auf den Angreifer zu stürzen.

Mit der Wucht eines Sturms riss die Luft eine Person von den Beinen und ich hörte ein Stöhnen, als sie gegen die Wand neben der Tür prallte. Und nahezu zeitgleich ein lautes Fluchen.

»Was bei Hephaistos' Schmiede soll das?«

Ups. Wenn er den Patron der Feuerelementare erwähnte, war es ernst.

»Bist du verrückt geworden?«, schimpfte Ric weiter, während ich die Luft zu mir zurückrief und ein Glucksen in der Kehle nur mit großer Anstrengung zurückhielt.

»Kann ich etwas dafür, dass du hier im Dunkeln umherschleichst?«, fragte ich bemüht ernst. Erst als sich Ric aufrappelte, sah ich, dass er nur Jeans trug, die tief auf seiner Hüfte saßen. Das schummrige Licht von draußen zeichnete jeden Muskel seines Oberkörpers nach, verstärkte sein Sixpack und die seitlichen Muskelstränge an seiner Hüfte, deren Ende in den Boxershorts verschwand. Ich schluckte. Wann hatte ich ihn zuletzt oben ohne gesehen? Zu Beginn der Ausbildung? Damals war er noch schlaksiger gewesen, viel zu dünn, um seine Kleidung richtig auszufüllen. Ich hatte verdrängt, dass dies in den letzten Jahren nicht mehr der Fall gewesen war.

»Gefällt dir, was du siehst?« Ich brauchte nicht erst nach oben in Rics Gesicht zu sehen, um das Grinsen zu erkennen. Er stemmte die Hände an die Hüfte und drehte sich im Licht der Straßenlaterne.

»Das ist nur der Schreck«, erwiderte ich, so trocken ich konnte, und schluckte.

»Ist klar.« Ric kam mit großen Schritten auf mich zu und streckte mir den Arm entgegen.

Ich war immer noch wie erstarrt, auch wenn ich meinem Hirn oder den Hormonen, die dafür verantwortlich waren, am liebsten einen Tritt verpasst hätte. Keine zehn Zentimeter von mir entfernt kam Ric zum Stehen. Jetzt erst konnte ich meinen Blick von seinem nackten Oberkörper und dem Feuer-Amulett auf seiner nackten Brust losreißen, einem Dreieck wie meines, nur ohne den Querstrich. Ein großer Fehler. Er war so nah, dass ich seinen Atem spürte, während seine goldenen Augen bis in meine Seele hinabzublicken schienen. Mir stockte der Atem. Mein Herz schlug doppelt so schnell wie bei dem vermeintlichen Angreifer. Ich roch nichts als den herben Duft von Kaminfeuer.

Ric kam noch näher und beugte sich zu mir herunter. Wie paralysiert von der Nähe dieses so anderen Rics öffnete sich mein Mund von selbst. Ric verharrte einen Moment und biss sich auf die Lippe, eine Geste, die ich aus so vielen tausend Büchern kannte. Dann beugte er sich weiter zu mir. Uns trennten vielleicht noch ein oder zwei Zentimeter. In meinem Bauch kribbelte es ungewohnt, ich atmete dieselbe Luft wie Ric.

Er löste sich aus der Erstarrung, neigte seinen Kopf, bis ich seinen Atem an meinem Ohr spürte, und raunte: »Spiel nicht mit dem Feuer, Tinkerbell.« Dann bückte er sich und griff nach dem T-Shirt auf dem Boden, drehte sich um und verschwand zur Tür hinaus in den dunklen Flur.

Was bei Aither war da eben passiert? Ich schüttelte mehrmals den Kopf, um das wattige Gefühl darin loszuwerden, zu benommen, um ihm etwas Giftiges hinterherzurufen. Erst nach einer gefühlten Ewigkeit legten sich die feinen Härchen an meinem Nacken und ich war wieder in der Lage, klar zu denken. Dieser Mistkerl!

Schnell – wenn auch mit Verzögerung – stapfte ich vom Wohnzimmer auf den Flur, wo Ric komplett bekleidet und mit einem süffisanten Grinsen im Gesicht an der Wand lehnte, mit dem Schlüssel zum Diablo winkend.

»Wird aber auch Zeit, dass du kommst. Deinetwegen kriegen wir noch einen Anpfiff von Perry.« Er drehte sich zur Wohnungstür um und lief los, ich erneut erstarrt – vor Empörung.

»Komm schon, Tink«, hallte seine Stimme durchs Treppenhaus und widerwillig trottete ich ihm hinterher zur Garage. Deren Inneres war über und über mit Graffitis bemalt, die vermutlich so etwas wie die Hölle darstellen sollten – passend für den teuflischen Bewohner darin. Ric saß bereits im Auto, als ich mich ebenfalls hineinfallen ließ. Mit einer kleinen Fernbedienung öffnete er das Garagentor und ich konnte gerade noch so die Tür herunterziehen, als der Diablo mit einem lauten Röhren zum Leben erwachte und wir rückwärts die Einfahrt hinaus auf die Straße schossen. Binnen

Sekunden schnallte ich mich an und warf Ric dann den giftigsten Blick zu, den ich aufbieten konnte. Der Drache jedoch registrierte ihn nicht.

Den ganzen Weg über herrschte Schweigen. Ich war nicht in der Lage, die vielen Fragen und Emotionen, die in meinem Kopf um die Oberhand kämpften, zu bewältigen. Erst als wir im Fahrstuhl nach unten fuhren, drängte sich eine einzige Frage nach oben: »Wo warst du heute Nachmittag?«

Ric musterte mich mit seinen goldenen Augen, die abschätzend zusammengekniffen waren. »Bei einer Freundin.« Er betonte das Wort *Freundin* so auffällig, dass es keinerlei Zweifel an der Art der Freundschaft gab.

Ich verzog das Gesicht, eigentlich wollte ich keine Details darüber hören. Und trotzdem: »Ich habe Blut gerochen.«

Für einen winzigen Moment veränderte sich Rics Gesichtsausdruck. Aber vielleicht hatte ich mir das auch nur eingebildet. Als sich die Fahrstuhltür öffnete, murmelte er nur etwas von »Große Jungs müssen sich rasieren« und ließ mich wieder stehen. Ich rollte mit den Augen, hätte am liebsten losgebrüllt, stieß dann aber nur lautstark die angestaute Luft aus. Vollpfosten.

Ich hetzte ihm hinterher durch die Eingangshalle in die *Bibliotheca Elementara* und setzte mich – nicht ohne von Perry mit dem altbekannten Blick bedacht zu werden und den Worten: »Jetzt, wo auch Melinda East zu uns gefunden hat, können wir endlich beginnen.«

Mein Körper spannte sich an. Wenn er meinen vollen Namen nannte, bedeutete das, er hatte miese Laune. Und miese Laune hatte er nur, wenn so einiges nicht nach Plan verlief. Denn Perry war ein sehr geduldiger Mensch, ganz wie sein Element Wasser. Aber sobald er mal etwas emotionsgeladener war, dann war es nicht wie leicht aufgewühltes Wasser, sondern wie ein Tsunami. Ich sah ihm besser nicht in die Augen; heute würde ich mich unauffällig verhalten.

Trotz seiner aufgebrachten Stimmung stellte Perry uns die geänderten Pläne für die heutige Nacht emotionslos vor. Lara und Kenneth, die Erdelementarierin und der Luftelementar der zeitgenössischen Gruppe würden Team D begleiten. Josh sollte Team

A, also uns, unterstützen. Noch ein Feuerelementar! Mir reichte schon der eine.

»Gibt es an meinen Plänen etwas auszusetzen, Lin?« Perry musterte mich aus zusammengekniffenen Augen und ich rutschte wie von selbst ein Stück auf meinem Stuhl nach unten. Langsam schüttelte ich den Kopf und Perrys Blick wurde sofort weicher. »Na, dann. Mögen euch die Elemente beschützen!«

Wie auf einen Gongschlag standen alle auf und drängten sich in ihren Teams zusammen. Josh verabschiedete sich von seinem Team und schlenderte gemütlich zu uns herüber. Auch er strotzte vor Selbstbewusstsein, sein Gang war locker und doch strahlte er Stärke aus. Er begrüßte Ric mit einem Handschlag, Coral, Peter und mir nickte er nur zu. Wir kannten ihn nur vom Sehen, Ric und er hatten jedoch gemeinsam Elementar-Unterricht gehabt. Von daher stufte ich seine Begrüßung mal nicht als Arroganz ein.

»Welche Route geht ihr immer?«, fragte Josh und sah von einem zum anderen.

Ehe ich antworten konnte, erklärte Ric den abendlichen Ablaufplan und schob uns in der Zwischenzeit aus der Bibliothek hinaus.

»Kannst du uns noch mehr über die Anomalie erzählen?« Kaum dass er das letzte Wort ausgesprochen hatte, sah Peter aus, als hätte er die Frage lieber nicht gestellt. Er wurde wieder einmal knallrot im Gesicht.

Josh schien es nicht aufzufallen oder er ließ es sich nicht anmerken. »Viel mehr gibt es nicht zu berichten«, begann er, als er den Knopf für den Fahrstuhl drückte. »Die Seher haben von einem Cameron berichtet und wir sind zu der Stelle hin, wo die Techniker ihn zuletzt gesehen hatten.« Josh war erstaunlich kurz angebunden – vor allem für einen Feuerelementar.

Die Seher waren eine Art übernatürliches Radarsystem. Der Übertritt eines Seelenlosen verursachte irgendwelche schwachen magnetischen Störungen, die insbesondere Erdelementare auffangen konnten. Sobald sie etwas spürten, versuchten sie und die Techniker, Genaueres herauszufinden. Was bedeutete, sich ins städtische Überwachungssystem einzuhacken und solange zwischen den Kameras hin und her zu zappen, bis sie den Seelenlosen gefunden hatten. Anschließend riefen sie das entsprechende Team.

Aber meist waren wir sowieso schneller. Peter – so schüchtern er auch sein mochte – hatte ein absolutes Händchen für Magnetfelder und lotste uns stets zu den Aufträgen, bevor wir von den Technikern informiert wurden.

Mit einem *Bing* öffnete sich der Fahrstuhl und wir quetschten uns zu fünft hinein. Ich hatte nicht erwartet, dass Rics Ego noch Platz haben würde, aber ausnahmsweise schien es zu passen.

»Und was genau ist am Zielort passiert?«, hakte Peter vorsichtig bei Josh nach, als sich die Türen geschlossen hatten.

Josh verzog das Gesicht, sein Blick glitt in die Ferne. »Kaum dass Laurie ihr Element gerufen hatte, um den Seelenlosen zu binden, schoss die Schlange aus dem Arm dieses Cameron-Duplikats.« Er presste die Kiefer aufeinander. »Wir waren alle wie erstarrt. Wenn ich nur schneller reagiert hätte …«

Er ließ den Satz unvollständig. Stattdessen schlug er mit der Faust gegen die Wand des Fahrstuhls. Ich roch den Rauch seines erhitzten Gemüts und war froh, dass sich wenige Augenblicke später die Tür des Fahrstuhls öffnete. Das Element Feuer brachte es mit sich, stets der Beste sein zu wollen. Daher waren die Feuerelementarier im Normalfall auch die Anführer der Gruppen. Von den anderen Elementariern riss sich niemand um den Job. Ric übertrieb es ein wenig, aber er war einfach ein Arsch, wie Ty zu sagen pflegte.

Josh hingegen schien es sehr nahezugehen, seine Teamkollegin nicht beschützt zu haben. Beim Verlassen des Fahrstuhls erkannte ich noch immer den Schmerz in seinen Augen. Und im Gegensatz zu Ric versteckte er ihn nicht.

Auch Peter schien es bemerkt zu haben. »Du kannst nichts …«, setzte er an, verstummte bei Joshs stechendem Blick jedoch sofort. Das Thema war beendet. Eindeutig.

Ric trat als Erster durch die Notausgangstür im Erdgeschoss, die wir immer benutzten, wenn wir auf Patrouille gingen. Für Abendstunden im Oktober war es recht mild und ich war froh, dass ich nur das Shirt trug und keine zusätzliche Jacke herumschleppen musste.

Wir gingen die Straße entlang in Richtung Stadtzentrum, von dort aus würde unsere Route durch die Seitengassen führen.

Frisch aufgetauchte Seelenlose waren im ersten Moment sehr verwirrt und zogen die Abgeschiedenheit und Ruhe dem Treiben auf den Hauptstraßen vor. In der Regel waren die aus unserem Zuständigkeitsbereich wenigstens an Autos und elektronisches Licht gewohnt. Die Helden der historischen Romane wurden vom Spezialteam regelmäßig zitternd wie Espenlaub in dunklen Winkeln aufgefunden. Die heutige Zeit überforderte sie und das Einsammeln war einfach.

»Wartet kurz!«, forderte Peter. Wir standen am Rand des Marktplatzes und wollten gerade in eine für Seelenlose sehr beliebte Gasse biegen. Alle Blicke richteten sich auf Peter, der kreidebleich geworden war. Seine Augen leuchteten in diesem unnatürlichen Grünton. Sein Element war präsent, Chlorophyll lagerte sich in seinen Iriden ab. Er stolperte zu einem der schmalen Bäume, die zur Zierde den Marktplatz säumten, und berührte den Stamm mit seiner flachen Hand.

Ich erinnerte mich an früher, als wir Team D gewesen waren. Zu der Zeit hatte Peter den Stamm noch umarmen müssen, um Kontakt mit ihm aufzunehmen. Ich hatte regelmäßig Lachanfälle bekommen und Ty hatte mir einmal eine Einladung zu einem Esoterik-Treffen für ihn mitgegeben. Ich schluckte mein Lachen im letzten Moment hinunter und beobachtete den nun konzentrierten Peter. Er hatte die Augen geschlossen und den Kopf gesenkt, seine Finger wurden länger und länger, dünnten in Richtung Fingernägel immer mehr aus und verästelten sich. Seine Atemzüge wurden tiefer. Mit Hilfe des Baumes kommunizierte er mit seinem Element. Ihm zuzusehen, war beinahe so entspannend, wie mein eigenes Element zu rufen.

Plötzlich fuhr sein Kopf hoch, die Augen öffnete er weit und das grell leuchtende Grün blendete mich fast. Er zog seine Hand zurück, die sich unmittelbar wieder verwandelte.

»Hast du was für uns?«, fragte Ric sofort.

»Aller Wahrscheinlichkeit nach Fantasy, Gruppe A oder B. Vielleicht sogar älter. Männlich und weiblich.« Peters Stimme klang noch verhältnismäßig tief, etwas Schwermut schwang darin mit.

»Männlich *und* weiblich?«, Joshs Stimme überschlug sich nahezu und Coral lachte auf. Ein Ton, der dem Glucksen eines Bergbaches glich, der munter ins Tal floss.

»Ein Seelenloser und eine Seelenlose, was ist so komisch daran?«, fragte Peter verdutzt und nun konnte auch ich mir das Kichern nicht verkneifen.

Josh hatte vermutlich an seltsame doppelgeschlechtige Fantasy-Gestalten gedacht. Er musste sich ja selten mit solchen Themen auseinandersetzen. Zerknirscht verzog er das Gesicht und sofort bereute ich es, ihn ausgelacht zu haben. Lara, die Erdelementarierin aus Joshs Gruppe, war vielleicht nicht so begabt wie Peter und sein Team wurde wirklich nur zu Übertritten von zeitgenössischen Charakteren gerufen. Seine Fantasie musste mit ihm durchgegangen sein.

»Wenn sich alle wieder beruhigt haben, sollten wir die Fährte aufnehmen.« Ric klang nicht sehr amüsiert und sein Kommandoton ging mir erneut auf den Keks.

»Ein bisschen zu lachen, würde dir auch nicht schaden«, gab ich bissig zurück.

»Vielleicht, wenn wir den Job erledigt haben«, antwortete er, ohne die Miene zu verziehen. »Dann könnten wir da weitermachen, wo wir vor Kurzem aufgehört haben.« Nun zuckte er verheißungsvoll mit der Augenbraue und sofort schoss mir die Röte ins Gesicht. Ich spürte die Blicke der anderen auf mir, als ich verzweifelt versuchte, die Bilder von vorhin zu verdrängen. Ric, der halb nackt gewesen war, nur Zentimeter von meinem Gesicht entfernt. Verdammt!

Ich stolzierte davon und ignorierte Joshs unschuldige Frage, was wir denn heute Mittag gemeinsam unternommen hätten. Rics wissenden Blick als Antwort konnte ich mir gut vorstellen. Ich reckte das Kinn nach oben und beschleunigte meine Schritte. Einen Augenblick später hörte ich, wie mir die anderen folgten. Und genau im selben Moment sah ich die Seelenlose schon.

Sie trug moderne Kleidung, Jeans und ein eng anliegendes T-Shirt. Ihre braunen Haare fielen ihr den Rücken hinab. Ihre rotglühenden Augen fixierten mich. Das Problem bei Jugendbuchcharakteren war, dass sie nahezu alle gleich aussahen. Lange Haare, gut gebauter Körper, die weibliche Variante meist eher zierlich, damit sie besser in das Schema des zu beschützenden Mädchens passte. Für uns war es sehr schwer, wenn die Seelenlosen keine offensichtlichen Merkmale hatten, anhand derer wir sie identifizieren konnten. Das Mädchen hätte aus jedem zweiten aktuellen Jugendbuch stammen können. Da jeder Lesende seine individuelle Vorstellung hatte, gab es gewisse Variationen, aber im Großen und Ganzen hätte vor uns eine Katniss, eine Isabelle oder eine Katy stehen können. Die roten Augen ließen auf Vampir schließen. Oder auf etwas Dämonisches.

»Schon wieder Bella?«, seufzte Ric und bei ihrem Namen legte die Seelenlose ihren Kopf schräg. Er riet einfach ins Blaue und hatte recht damit? Am liebsten hätte ich mit dem Fuß aufgestampft.

Doch so weit kam es nicht. Bella stürmte in Vampirgeschwindigkeit auf uns zu, die Zähne gebleckt, das Rot ihrer Iriden leuchtete noch stärker. Die Zeit schien sich zu dehnen. Wer bei Aither hängte sein Herz ausgerechnet an die frischverwandelte Bella, die sich nicht unter Kontrolle hatte? Ich griff an mein Amulett und sofort umtoste mich mein Element. Es spürte die Gefahr, manifestierte sich stärker als sonst. Die losen Strähnen meiner Haare wurden hin und her gerissen. In den frischen Duft meines Elements mischte sich etwas Herbes. Peter hatte die Erde angerufen. Im nächsten Moment roch ich Rauch, hörte das Knistern von Feuer hinter mir, ehe ich eine feuchte Meeresbrise spürte, die den Geruch von Algen mit sich trug.

Alle Elemente waren bereit, noch ehe Bella an unserem Ende der Gasse angelangt war. Sie prallte gegen die Mauer aus Magie, die uns schützte, wenn alle vier Elemente zugegen waren, und wurde zurückgeschleudert. Völlig perplex rappelte sie sich auf und griff erneut an. Zorn mischte sich mit Wahnsinn – vermutlich dem Hunger, der sie quälte.

»Wir können sie nicht friedlich binden«, sagte Ric und erhielt unser aller Zustimmung. Es wäre zu gefährlich, Bella so nahe zu kommen, dass wir alle sie berühren konnten – der einzige Weg, die Seelenlosen ohne Blutvergießen aus unserer Welt zu schaffen. Die andere Möglichkeit war, sie zu töten.

Ric neben mir ließ seinen Rucksack zu Boden gleiten und wuchs binnen Sekunden in die Höhe, wurde breiter und schuppiger. Hornplatten wuchsen aus seinem nun silbern schimmernden schwarzen Rücken. Sein Shirt zerriss und fiel in Einzelteilen von ihm, seine Hose zerfetzte, als sich seine Wirbelsäule verformte und ein dornenübersäter Drachenschwanz im selben Moment aus seinem Körper schoss, an dem sich seine Arme und Beine zu massiven Drachengliedmaßen mit Klauen verwandelten. Das imposante Tier brüllte laut auf und trampelte auf Bella zu. Der Elementarschild schützte ihn noch immer vor ihren Angriffen. Sie suchte nach einer Schwachstelle. Ohne Erfolg. Aber wir kannten ihre Schwachstelle: Feuer.

Josh, den ich ganz vergessen hatte, weil er normalerweise nicht dabei war, klatschte laut in die Hände und zog damit die Aufmerksamkeit der Seelenlosen auf sich. Sie war für einen kurzen Moment abgelenkt, fletschte die Zähne in Richtung Josh, ehe sie wieder zu Ric blickte. Ric, der Drache, der gerade eine weißglühende Fontäne heißesten Drachenfeuers auf sie blies. Bella zerfiel innerhalb von Sekunden zu Asche.

Ich sandte eine starke Brise in Richtung ihrer Überreste und beseitigte so die letzten Spuren ihrer kurzen Existenz in der realen Welt. Danach entließ ich mein Element. Die anderen taten es mir nach. Alle bis auf den Drachen, der auf seinen Rucksack zustapfte, sich von uns abwandte und anschließend zurückverwandelte.

Ich wusste, ich sollte nicht hinsehen, hatte wirklich – ganz ernsthaft – vor, in Corals Richtung zu schauen. Aber als sich die einzelnen Muskelstränge unter der silberschwarzen Drachenhaut an seinem Rücken abzeichneten, hing mein Blick daran fest, als hätte mich jemand erstarren lassen. Ich beobachtete genau, wie sich Hornplatten in Muskeln verwandelten, die Pranken des Drachens zu Händen an durchtrainierten Armen wurden, die Gliedmaßen ihre normale Form annahmen und der Drachenschwanz … Okay, jetzt war es wirklich Zeit, wegzusehen.

Mit aller Kraft fixierte ich Coral, die mich angrinste. Sofort fühlte ich mich ertappt und die Hitze in meine Wangen steigen. Ein Seitenblick verriet mir, dass Ric gerade Ersatzkleidung aus seinem Rucksack zog.

Nein, ich wollte nicht hinsehen!

Nur einen Moment später hörte ich erneut den Reißverschluss des Rucksackes und Ric trat – angezogen – direkt neben mich.

»Warum so schüchtern, Tinkerbell?« Er deutete auf meine roten Wangen und hatte wieder dieses fiese Grinsen im Gesicht, das mich zur Weißglut brachte. »Ist ja nicht so, als hättest du das noch nie gesehen.« Mit einem Lachen wies er auf seinen Oberkörper und etwas weiter nach unten.

Corals fragender Blick war unmissverständlich. Was dachte sich der Vollpfosten nur dabei? Josh klopfte Ric derweil mit einem Nicken auf die Schulter. Auch Peter lobte Ric für sein schnelles Handeln und die Identifikation der Vampirin. Ric sonnte sich in der Anerkennung und sein Ego wuchs noch ein klein wenig mehr – was ich niemals für möglich gehalten hätte.

Ein Rascheln am anderen Ende der Gasse ließ uns alle aufblicken. Erst erkannte ich nichts, dann schälte sich aus den Schatten eine Gestalt. Ein Mann? Ein *Mensch*? Ich sog erschrocken die Luft ein. Es verletzte jegliches Protokoll, einen Menschen bei unserer Arbeit zusehen zu lassen. Eigentlich sollten wir die Gegend überprüfen, bevor wir uns mit den Seelenlosen beschäftigten.

Coral war für ein paar Sekunden wie erstarrt. Dann kniff sie die Augen zusammen und ich hörte ein entferntes Rauschen von Wellen, als sich ihr Element manifestierte. Sollte das Protokoll verletzt worden und ein Mensch Zeuge geworden sein, war es ihre Aufgabe, die Erinnerung an das Geschehene wegzuwaschen. Als Wasserfrau verfügte sie über die Gabe des Singens. Wie ihre entfernte Verwandtschaft, die Sirenen, konnte sie die Erinnerung von Menschen verwirren. Das Rauschen wurde lauter, Coral schwankte bereits aufgrund ihrer Verwandlung. Peter trat an ihre andere Seite und zeitgleich legten wir Corals Arme um unsere Schultern und stützten sie. Genau rechtzeitig, ehe ihr gesamtes Gewicht auf uns lastete und ich mich ausbalancieren musste, um nicht auf sie zu kippen. Anstelle ihrer Beine lugte nun ein Fischschwanz unter ihrem langen Rock hervor, ihre Haare schlangen sich um Peters und meine stützenden Arme, als wogten sie in den Wellen hin und her.

Der Mensch am Ende der Gasse starrte Coral wie hypnotisiert an. Sie war der Inbegriff von Schönheit, ihr Gesicht hatte sich nur minimal verändert, ihre Augen waren etwas größer geworden, strahlten unheimlich. Ihre Lippen waren voller denn je, die Wangenknochen traten stärker hervor. Nach der Verwandlung war sie weiterhin sie selbst, glich jedoch einer gephotoshopten Version von sich. Unnatürlich hübsch. Übernatürlich.

Der Mann blinzelte mehrmals und schien sich nun bewusst zu werden, dass etwas nicht stimmte. Er schüttelte den Kopf und war im Begriff, sich von uns abzuwenden und davonzulaufen. Doch schon der erste Ton von Corals Lied ließ ihn mitten in der Bewegung innehalten. Sein Blick wurde trüb, seine Züge entspannten sich nach und nach. Coral sang ihm vor, dass er sich alles eingebildet hatte, erklärte ihm, dass lediglich ein paar Jugendliche in der Gasse herumgelungert waren. Der Mann nickte, dann schickte Coral ihn nach Hause. Die Augen nach wie vor getrübt, kam er mit gleichmäßigen Schritten auf uns zu.

Als er näher kam, sah ich an seinem Hals eine seltsame Tätowierung, die mir bekannt vorkam. Noch während er an uns vorbeiging, grübelte ich darüber, doch die Antwort entglitt mir immer wieder. Peter und ich drehten uns gemeinsam mit Coral in seine Richtung, wir beobachteten ihn, bis er auf den Marktplatz getreten und außer Sicht war. Das Gewicht auf meiner Schulter verschwand und ich geriet ins Schwanken, als sich Coral zurückverwandelte.

Während ich ihr anerkennend zunickte, schoss mir ein Gedanke wie ein Blitz durch den Kopf: Ich kannte die Tätowierung! Es war das Zeichen der dämonischen Söldner. Dieser *Mann* stammte aus *Otherside*.

3. Kapitel

Sein Bein schmerzt. Nur mit Mühe hat er die Gestaltwandlerin vernichtet. Um ein Haar hätte sie die Hauptschlagader seines Beines mit ihrer Tigerkralle aufgeschlitzt. Nur dank seines schnellen Reaktionsvermögens hat sie ihm bloß eine schmerzhafte Wunde zugefügt, ehe er sie vernichtet hat.

Doch noch immer fehlt ihm jegliche Spur von der, die er sucht.

Der Schock saß tief, ich wusste nicht, was ich tun sollte. Ich konnte meinem Team nicht erzählen, dass es kein normaler Mensch war, der offensichtlich so getan hatte, als würde er Corals Gesang folgen. Ich konnte ihnen nicht sagen, dass es ein dämonischer Söldner war. Eine Gestalt aus einem Buch, das außer mir niemand zu kennen schien. Das Gewicht dieser Erkenntnis lastete auf mir und nahm mir die Luft zum Atmen. Mir wurde kalt, nur mit Mühe unterdrückte ich ein Zittern.

»Lasst uns weitergehen. Wir müssen den zweiten Seelenlosen noch suchen.« Ric fischte ein Handy aus dem Seitenfach seines Rucksackes, sah kurz darauf und runzelte die Stirn. »Die Seher müssten ihn doch längst aufgespürt haben«, murmelte er vor sich hin.

»Vielleicht hat er sich selbst entmaterialisiert?«, warf Josh ein. Das kam selten vor, aber manchmal war die Bindung zur Buchfigur nicht so stark, dass sie in unserer Welt gehalten wurde.

Ich nickte widerwillig. Das war die einzige Möglichkeit, aus der Sache herauszukommen, ohne mich zu verraten. Ich musste diesen

Söldner auf eigene Faust aufspüren und ihn töten. Ich erinnerte mich daran, wie oft Zac ihnen begegnet war. Die Söldner, deren Auftraggeber unbekannt war, tauchten in *Otherside* an vielen Stellen auf, töteten Menschen, die Zac nahestanden. Sie wollten seinen Tod. Denn keiner durfte ihrem Herrn den Rücken kehren, wie Zac es getan hatte. Er hatte sich von der dämonischen Legion losgesagt und begonnen, die Schwachen zu verteidigen und gegen das Böse zu kämpfen. Ein Flattern in meinem Bauch zeigte mir, dass ich schon wieder ins Schwärmen verfiel. Ich konzentrierte mich auf das Hier und Jetzt und folgte dem Gespräch der Teammitglieder mit Josh.

Peter war sich sicher, dass die Präsenz stärker war und sich nicht so leicht hätte auflösen können. Doch ich stimmte Josh erneut zu und hoffte, das schlechte Gewissen war mir nicht anzusehen.

Es ging noch eine Weile hin und her. Als dann weiterhin keine Nachricht der Seher eintraf, gab Ric auf. Ich hingegen fragte mich, wie der niedere Dämon untertauchen konnte. Hier, in einer Welt, die sich in so vielem von seiner unterschied, einem eher klassischen mittelalterlichen High-Fantasy-Setting.

Irgendwann war die Diskussion beendet und wir folgten weiter unserer Route. Ich blickte mich öfter um als die anderen, versuchte, den Dämon irgendwo zu entdecken. Ohne Erfolg.

Der Rest unserer Schicht verlief ruhig und entspannt. Es traten weder Materialisierungen auf noch konnten wir die Anomalie aufspüren, den Cameron-/Roth-Verschnitt, der Joshs Team angegriffen und Laurie auf die Krankenstation gebracht hatte. Es wurden auch keine Zwischenfälle oder menschlichen Beobachtungen gemeldet. Die Techniker durchforsteten laufend das Internet nach Meldungen von scheinbar *verrückten* Leuten, die Sichtungen aller Art hatten – und nicht annähernd so verrückt waren, wie der Rest der Menschheit dachte.

Vielleicht hatten ja auch wir einmal Glück und die Anomalie hatte sich in Luft aufgelöst – obwohl niemand von uns wirklich daran glaubte.

Um Mitternacht war unser Dienst zu Ende. Danach lasen in der Regel nicht mehr viele – und wenn, dann waren sie so schläfrig, dass ihre Emotionen nicht bis zu den Charakteren vordrangen. Gut für uns. Wir brauchten dank unserer Elementarkräfte zwar nicht ganz so viel Schlaf wie normale Menschen, aber ein paar Stunden sollten drin sein.

Wir gingen gemeinsam zur Bibliothek zurück und betraten das vermeintlich stille Gebäude durch den Seiteneingang. Nun mussten wir nur noch mit dem Fahrstuhl hinabfahren und Perry unseren Bericht abliefern, ehe wir Feierabend machten. Sein Büro lag hinter einer unscheinbaren Tür links von der *Bibliotheca Elementara*. Nacheinander schoben wir uns in den von Aktenordnern übersäten Raum.

Perry war nicht begeistert von der Tatsache, dass sich ein Seelenloser von selbst aufgelöst haben sollte. Da aber die Seher und Techniker auch nichts anderes herausgefunden hatten, unterzeichnete er den Bericht und legte ihn auf seinen Schreibtisch. Danach entließ er uns und wünschte uns einen schönen Sonntag. Wir sollten jedoch unsere Handys im Auge behalten, damit er sich melden könnte, sollte sich wieder eine Anomalie zeigen. Ich nickte gedankenverloren, während ich den anderen hinterher ins Foyer lief.

Josh fragte uns, ob wir in dem kleinen Aufenthaltsraum etwas zusammen trinken wollten, doch dafür hatte ich keine Zeit. Ich hatte noch etwas zu erledigen und lehnte daher dankend ab. Er schien enttäuscht zu sein. Vielleicht war der gemeinsame Abschluss der Schicht eine Art Ritual in seinem Team? Doch darüber sollte ich mir jetzt nicht den Kopf zerbrechen.

Ich verließ die Gruppe und wartete auf den Fahrstuhl, als ich Rics rauchigen Vanilleduft roch. »Willst du nach Hause laufen oder warum wartest du nicht auf mich?«, fragte er und mit seinen goldenen Augen musterte er mich ehrlich interessiert. Vor lauter Pläneschmieden hatte ich nicht einmal daran gedacht, dass ich ja immer mit ihm gemeinsam nach Hause fuhr. Mr Perfect war das natürlich sofort aufgefallen.

»Hatte ich dir nicht gesagt, dass ich heute noch etwas vorhabe?«, druckste ich herum und wünschte mir im selben Moment, besser lügen zu können.

Ric hob nur die Augenbraue und schüttelte langsam den Kopf. Er wartete auf weitere Erklärungen.

»Dann sage ich es dir eben jetzt. Ich habe noch etwas vor.«

»Und was soll das sein? Wir haben beinahe ein Uhr nachts.« Nun kniff er seine Augen zusammen, als könnte er die Wahrheit so aus mir herauslesen.

»Das geht dich überhaupt nichts an, Lindwurm«, setzte ich zum Angriff an, um ihn abzulenken. »Du erzählst mir ja auch nicht, woher das Blut wirklich kam, das ich heute gerochen habe.« *Ja. Gut gekontert, Lin.* Ich reckte das Kinn nach oben und wandte mich erneut dem Fahrstuhl zu, der sich rumpelnd ankündigte.

»Wenn ich es dir erzähle, sagst du mir dann, wohin du gehst?« Seine Stimme war nur ein Raunen, direkt neben meinem Ohr. Ich spürte seinen Atem auf meiner Haut und unwillkürlich stellten sich mir die feinen Härchen im Nacken auf.

Ich atmete mehrmals tief durch – und verfluchte dabei den langsamen Fahrstuhl –, ehe ich ihm mit nur erhofft fester Stimme antwortete: »Nein, so sehr interessiert es mich dann doch nicht.«

Gleichgültig klang anders. Warum nur reagierte mein dämlicher Körper immer noch so sehr auf ihn? Oder seit wann wieder?

»Bist du sicher?«, hauchte er in mein Ohr.

Ich glaubte, eine leichte Berührung seiner Lippen zu spüren. Was bei Aither tat er da? Wollte er mich um den Verstand bringen? Oder war mir der bereits abhandengekommen? Anders konnte ich mir meine Reaktion nicht erklären. Die Tür des Fahrstuhls glitt auf und ich stürmte hinein, als wäre eine Horde Dämonen hinter mir her, schlug auf den Knopf und hoffte zitternd, dass Ric von seinem Ego zu sehr ausgebremst wurde, als dass er mir hinterherkommen würde. Die Tür schloss sich und ich nahm nur die Erinnerung an seinen Geruch mit mir nach oben.

Mit schnellen Schritten durchquerte ich den Flur und verließ das Gebäude durch den Notausgang. Ich beeilte mich von der Bibliothek – und von Ric – wegzukommen. Erst in einer Seitengasse hielt ich um Atem ringend an, stützte die Hände auf meine Oberschenkel und verfluchte meinen Körper erneut. Schnell griff ich an meine

Kette und mein Element spendete mir eine Sauerstoffdusche. Sofort fühlte ich mich wie neu geboren und konnte endlich wieder klar denken. Ich brauchte einen Plan. Ich musste den Dämon finden. Einen Dämon, den die Techniker nicht aufspüren konnten. Er musste sich gut getarnt und angepasst haben.

In der Ferne erklang ein Dröhnen, das mir allzu gut bekannt war. Der Diablo fuhr die Hauptstraße entlang. Erst jetzt spürte ich, wie Druck von mir genommen wurde. Ich hatte befürchtet, Ric würde mir nachspionieren. Doch er hatte sicher ebenfalls Pläne für die Nacht. Irgendwo warteten wahrscheinlich noch Groupies auf ihn. Beim Gedanken daran spürte ich einen Stich in meiner Brust. Nicht schmerzhaft, aber beunruhigend unangenehm. Was der Drache in seiner Freizeit machte, sollte mir egal sein.

Ich klärte mit einem Kopfschütteln meine Gedanken, beschwor vor meinem inneren Auge Zac und meine Emotionen beim Lesen seiner Geschichte herauf und mein Herzschlag flatterte für einen Moment. Als ich dann an die feurige Nacht zwischen Zac und einer Annabelle dachte, stahl sich ein dämliches Grinsen auf mein Gesicht. Das Kribbeln in meinem Bauch zeigte mir, dass meine Gefühle nach wie vor gut sortiert waren, und ich nickte zufrieden.

Jetzt konnte ich mich auf meinen Plan konzentrieren. Ich rief mein Element und bat es, sich umzuhören. Wie ein Wispern glitten leichte Brisen durch die Gassen, flüsterten mir zu, was ihnen aufgefallen war. Sofort ging ich los.

Ich verfolgte mehrere Hinweise, rief immer wieder nach den Winden und fand dennoch keine heiße Spur. Mein Element war lebhaft, aber auch sehr unbeständig, weswegen die Erdelementarier die wahren Fährtenleser waren. Doch ich gab nicht auf. Ich durfte nicht aufgeben. Der Dämon musste irgendwo in der Stadt sein und ich musste die Menschen schützen, wie auch Zac es getan hätte. Erneut machte mein Herz einen kleinen Hüpfer.

Als ich gerade am Ufer des breiten Flusses entlangging, der die Stadt in zwei nahezu gleichgroße Teile trennte, wurde das Flüstern meines Elements lauter und hallte über die leichten Wellen des Wassers hinweg. Blut. Ein Kampf. Seelenlose. Die einzelnen Brisen versuchten, sich gegenseitig zu übertönen, wehten in die Richtung, in die ich gehen musste. Ich griff an meinen Elementaranhänger und wappnete mich, die gesamte Kraft der Luft zu rufen und mich zu verwandeln. Der Fluss führte unter einer breiten Eisenbahnbrücke hindurch, Graffitis zeugten von den fantastischen Rechtschreibkenntnissen der heutigen Jugend und ich musste unwillkürlich den Kopf schütteln. Denen würde ein wenig mehr lesen auch nicht schaden.

Unter der Brücke roch es muffig, nach abgestandenem Wasser, das sich rechts des Weges am Rand des Stützpfeilers entlang gesammelt hatte. Ich ließ eine Brise auffrischen, um den Gestank zu vertreiben. Ein böser Fehler. Denn mit dem Gestank des brackigen Wassers würde ich auch jeden anderen Geruch vertreiben, der mich vorwarnen könnte. Sofort stoppte ich die Brise. Zu spät.

4. KAPITEL

Geister. Er hasst sie. Diese nicht greifbaren Gestalten, die im Nichts verschwinden können und bei Kontakt Gefrierbrand verursachen, schmerzhafte Wunden, die nur sehr langsam heilen.
Doch Geister sind hervorragende Spione und ein paar wenige von ihnen sind geneigt, ihr Wissen mit jemandem zu teilen, der ihnen bei der Lösung ihrer Probleme hilft. Weiß der Geist etwas über sie?

Der Dämon trat aus einem kleinen Hohlraum im Brückenpfeiler. Er machte allerdings keine Anstalten, mich anzugreifen oder zu fliehen. Sein Blick war klar, bei genauerem Hinsehen sah ich das rote Funkeln in seinen Pupillen. Er wirkte kein bisschen verwirrt, wie ich es von einer High-Fantasy-Figur erwartet hatte. Dämonen schienen sich schneller an neue Umgebungen zu gewöhnen als andere Wesen.

»Ich spüre den Verräter an dir!«, zischte er und ich schrak zurück. Ob es an seiner schlangengleichen Stimme oder der Bedeutung seiner Worte lag, konnte ich nicht sagen. »Wo versteckt er sich?« Der Söldner trat langsam auf mich zu, die Hände bereits erhoben, um seine dämonische Energie auf mich zu lenken.

Ich ließ die Macht meines Elements in mich strömen und spürte, wie ich immer kleiner und kleiner wurde. Meine Kleidung zog mich trotz der starken Feenkräfte nach unten. Im nächsten Moment zwängte ich mich aus der dunklen Ummantelung und flatterte eifrig mit den Flügeln. Der Dämon schien auf Monstergröße gewachsen zu sein, was an der stark veränderten Perspektive lag. Doch ich spürte die Energie meines Elements, die Macht von Aither, der Göttin der Lüfte, die jede meiner Zellen belebte. Auf meinen Befehl hin verdichtete sich die Luft um mich herum und der gleißende Ball aus dämonischer Materie prallte daran ab. Der Seelenlose war für einen Moment irritiert, sammelte sich jedoch sofort wieder und schoss erneut blauweiße Leuchtkugeln auf mich, die mein Element ebenso abwehrte.

Er fuhr härtere Geschütze auf, zog die Schatten von der Wand. Die durchscheinenden schwarzen Rauchschwaden, die zwischen uns waberten, konzentrierten sich und fügten sich zu einem Wesen zusammen: einem *Schwarzen Mann*! Eine beliebte Waffe der Dämonen aus *Otherside*. Sie setzten sie als Spione ein, ließen sie jedoch auch die Drecksarbeit erledigen. Dieser Typ hatte wirklich seine gesamten Fähigkeiten mit in unsere Welt gebracht. Verdammt!

Ich warf dem Schemen einen orkanstarken Wind entgegen, der jedoch weder bei dem Schatten noch dem Dämon etwas bewirkte. Lediglich die dunklen Haare des Söldners folgten meiner Attacke und flatterten leicht.

Nun setzte der Schatten zum Angriff an. Ich spürte, wie er den Rand meiner Elementarbarriere abtastete, um eine Lücke in meiner Verteidigung zu finden. Ich musste mich stark konzentrieren, seine Berührungen abzuwehren, ließ mich von ihm immer weiter zurückdrängen, während etliche dämonische Kugeln auf mich zujagten und mehr von meiner Kraft verbrauchten, als ich erwartet hatte. Mein Schutzschild würde nicht mehr lange standhalten. Mein Magen zog sich zusammen, ein letzter Adrenalinkick ließ mich die Luft kanalisieren und ich schob eine meterhohe Welle über den sonst so ruhigen Fluss und lenkte sie auf den Dämon und seinen Diener. Der Schatten verging, der Dämon prustete kurz, ehe er sich wieder gesammelt hatte und den nächsten Energieball auf mich schleuderte.

»Na, wen haben wir denn da?« Niemals zuvor war ich so froh gewesen, diese selbstsichere, arrogant klingende Stimme zu hören. Ich atmete erleichtert auf, als Ric neben mich trat und bereits die ersten Feuerbälle auf den Dämon schoss, der daraufhin eilig zurückwich. Wieso zum Teufel konnte ich kein Feuer werfen? Das schien das Mittel der Wahl zu sein.

Rics Kugeln wurden größer, massiver und der Dämon löste sich in Nichts auf. Verdammt. Daran hätte ich denken sollen. Ein paar der Söldner konnten sich beamen, hatte Zac einmal erwähnt – natürlich nicht wortwörtlich.

»Alles in Ordnung, Tinkerbell?« Rics Stimme klang … nervös? Voller Sorge? Unnatürlich?

Ich nickte mit meinem kleinen Feenkopf und schwirrte ihm vor dem Gesicht herum, damit er es wahrnahm. Glücklicherweise sah ich als Fee nur halb so nackt aus, wie ich es nach der Rückverwandlung war. Gleich zu Beginn der Ausbildung hatte ich meine Kollegen ausgiebig gemustert: Eine Fee war nackt, das schon. Aber irgendwie brach sich das Licht um sie herum so, dass der Körper nicht im Detail erkennbar war, sondern verschwommen wahrgenommen wurde wie auf einem zensierten Bild. Ich gestikulierte in Rics Richtung, er sollte sich umdrehen, denn ich sprach nicht gern in Feengestalt. Meine Stimme klang dann wie Micky Maus auf Helium und das fühlte sich für mich nur halb so lustig an, wie es für meine Zuhörer war.

Endlich hatte Ric es kapiert und drehte sich seufzend um. Ich entließ mein Element und wuchs binnen Sekunden auf meine normale Größe, schlüpfte hastig in Slip und BH und hüpfte gerade mühsam in meine Jeans, als sich Ric zu mir umwandte.

»Hey!«, rief ich, keuchend von der Verwandlung und der Hüpferei.

»Bist du nicht sonst auch für Gleichberechtigung? Du hast mich heute schon nackt gesehen!« Ein Grinsen umspielte seine vollen Lippen.

Anstatt zu antworten, beeilte ich mich, ihm keinen weiteren Grund zur Belustigung zu bieten, glitt schnellstmöglich in mein Longshirt und schlüpfte zuletzt in Socken und Stiefel. Noch außer Atem wurde ich mit einem bestimmten Blick konfrontiert, der nur eins besagte: *Und jetzt erzählst du mir alles.*

Ich schluckte. Dieses Mal konnte ich Ric nicht mit einem »Geht dich nichts an« abspeisen. Immerhin hatte er mir das Leben gerettet, da stand ihm wohl ein bisschen an Informationen zu. Ich erklärte ihm, dass ich zufällig unter der Brücke entlanggegangen war und etwas gespürt hatte. Den Rest konnte ich ihm wahrheitsgemäß berichten. Bis zu seinem Eintreffen.

»Du kennst den Typen?«, fragte er, als ich ihm vermutlich zu detailliert geschildert hatte, wie der Dämon den Schatten kontrolliert hatte.

Widerwillig nickte ich und wich seinem stechenden Blick aus. »Aus einem Buch, das ich gelesen habe, als ich klein war«, log ich.

»Du hast Bücher über schattenkontrollierende Dämonen gelesen, als du klein warst?« Er glaubte mir nicht. Und er hatte allen Grund dazu. In was hatte ich mich hier nur hineinmanövriert? Ich haderte mit mir selbst. Ric war das größte Ekelpaket unter der Sonne, doch er machte einen guten Job. Und wusste er nicht auch über Ty Bescheid und hatte mich niemals an die Bibliothekare gemeldet? Aber das hier war ein anderes Kaliber. Ich hatte gegen das oberste Gesetz verstoßen, hatte privat in einem Buch gelesen und einen dämonischen Söldner heraufbeschworen. Ich konnte Ric nicht in die Sache hineinziehen.

»Bekomme ich keine Antwort?«, hakte er nach. Am liebsten hätte ich trotzig den Kopf geschüttelt, aber ich war ihm irgendeine Antwort schuldig. »Ich habe das Buch zu Hause.«

Die Worte waren schneller raus, als ich beabsichtigt hatte. Nicht einmal mehr Zeit zu überlegen war mir geblieben. Verdammt.

Ich beobachtete Rics Reaktion genau. Sah die wechselnden Gefühle in seinem Gesicht. Schock, Ärger, Skepsis, Zweifel, Wut, noch mehr Wut. Rauchschwaden stiegen von ihm auf, die geradewegs die Luft unter der Brücke mit seinem herben Duft erfüllten. Ich hörte das Knistern und Knacken eines Feuers. Eines sehr großen Feuers. Der Hitzeschwall, der von Ric ausging, kam bei mir an und sofort konnte ich das Leiden während all der Hexenverbrennungen nachvollziehen, ja regelrecht spüren. Mein Elementaranhänger pulsierte, schickte ohne mein Zutun eine kühlende Brise, die mich umspielte und mich vor der unerträglichen Hitze schützte.

Ric hatte Mühe, seine menschliche Gestalt zu erhalten. Seine goldenen Augen loderten wie Feuer, die Haut an seinem Gesicht verschwamm immer wieder zu seiner Drachenhaut. Er ballte die Hände zu Fäusten und atmete in gleichmäßigen Stößen, die jeweils eine weitere Hitzewelle aussandten.

Ich stand da wie paralysiert, beobachtete jede noch so kleinste Regung seines Körpers. Schuldbewusst presste ich die Lippen zusammen. Ich wusste, dass es falsch gewesen war, was ich getan hatte. Doch ich … Nein, es gab dafür keine Ausrede. Ich war schuld daran, dass ein überintelligenter, sich beamender Dämon in unserer Stadt herumlief. Was, wenn er Menschen tötete? Vielleicht hatte er bereits welche getötet? Mein Innerstes kühlte um gefühlte hundert Grad ab, wurde zu Eis. Ich hatte immer gewusst, welche Konsequenzen das Lesen haben konnte – das Lesen eines Elementariers außerhalb der *Bibliotheca Elementara* –, dennoch waren die Konsequenzen theoretisch gewesen. Sie am eigenen Leib zu spüren, fühlte sich grauenhaft an. Und ich zweifelte daran, ob die tollen Stunden mit Zac das alles rechtfertigten. Ich war eine Närrin gewesen. Lautstark stieß ich den Atem aus und Ric zuckte zusammen. Ich hatte ihn in seinem Wut-Cool-Down gestört, der schon Ewigkeiten anzudauern schien.

Sein Blick brannte sich in meine Haut, seine Augen funkelten nach wie vor wütend, die Kiefermuskulatur trat deutlich hervor. Aber er wirkte entspannter als noch wenige Minuten zuvor. Weniger drachenhaft.

»Tinkerbell«, setzte er an und machte eine Pause, damit ich angemessen – so wie immer – reagieren konnte. Doch das wagte ich nicht.

Er verzog das Gesicht, als würde ihm irgendetwas Schmerzen bereiten, und trat zwei Schritte auf mich zu. Instinktiv wich ich zurück und musterte ihn skeptisch. Lag in seinem Blick etwa … Verständnis? Ich hätte am liebsten aufgeschrien. Dieser Ric machte mir mehr Angst als der Hitze ausstoßende Drache. Ich ballte meine Faust um meinen Anhänger, für alles gewappnet. Doch er machte keine Anstalten, auf mich loszugehen oder etwas anderes in der Richtung. Er stand einfach nur da und verwirrte mich mit seinem Blick, der immer sanfter wurde.

»Ich muss dieses Buch sehen. Ich muss alles über diesen Typen wissen.« Ich erschrak beim Klang seiner Stimme, die das ruhige Säuseln des Flusses durchschnitt wie eine Klinge und von der Brücke widerhallte.

Nein, Zac war *meine* Geschichte! Ich konnte nicht ... Mit zusammengepressten Lippen schüttelte ich den Kopf.

»Lin, du musst mir vertrauen.« Hatte er da eben meinen richtigen Namen gesagt? »Ich werde dich nicht melden, versprochen.«

Ich verstand die Welt nicht mehr. Was war aus dem Ric geworden, der mich stets zur Weißglut trieb oder – schlimmer noch – für ein Gefühlschaos und Watte im Kopf sorgte? Vor mir stand er jedenfalls nicht. Im Gegenteil. Seine Haltung, sein Blick, die gezeigten Emotionen, die Art, wie er reagierte – all diese Details fügten sich in meinem Kopf ′zu einem Bild und zeigten mir etwas, das ich niemals für möglich gehalten hatte: die Ähnlichkeit zu Zac.

Ric kam noch näher und ich zuckte zusammen, als er mit seiner Hand meinen Oberarm berührte. Beruhigend. Freundschaftlich. Wellen unterschiedlichster Emotionen jagten durch meinen Körper. Sie schwemmten alles hinfort, alle Vorbehalte, all den Ärger darüber, wie er mich seit damals behandelte, als wir dieses eine Mal kurz davor gewesen waren, einander näherzukommen. Vor mir stand wieder mein guter Freund Ric, der so schüchtern gewesen war, dass er Peter gebeten hatte, mir auszurichten, ob wir nicht irgendwann einmal zusammen ausgehen wollten.

Ric erkannte den Moment, in dem mir unsere frühere Beziehung wieder bewusst wurde. Sein Gesicht entspannte sich, spiegelte meine Mimik wider. Er war nicht immer eine Nervensäge gewesen, sondern hatte mir so viel bedeutet – bis wir unsere Freundschaft für den Versuch eines *Mehr* aufs Spiel gesetzt hatten. Ich seufzte.

»Vertraust du mir?«, fragte er sanft.

»Okay.« Es war die Wahrheit. Es hatte seither nie wieder jemanden gegeben, dem ich mehr vertraut hatte. Jemanden, der in dieser Welt Zuhause war.

»Dann lass uns zu dir gehen und du zeigst mir dieses Buch. Einverstanden?«

Ich nickte und wollte mich umdrehen, um den Weg zurückzugehen, den ich gekommen war. Doch Ric legte mir seine Hand auf den Rücken und ein wohliger Schauder fuhr von dieser Stelle aus durch meinen Körper. Er schob mich vorwärts, hatte nicht bemerkt, welche Reaktionen er in mir ausgelöst hatte. Nach ein paar Metern die Uferpromenade entlang nahm er mich in den Arm. »Du hast toll gekämpft, Tink. Zumindest für so ein kleines Wesen.«

Ich schnaubte und verdrehte die Augen. Da war er wieder.

Dieser Ric.

5. KAPITEL

Der Geist vor ihm ist mächtig, das erkennt man sofort. Er befehligt mehrere niedere Geister und besitzt enormes Wissen, das er wie einen Schatz hütet. Er verlangt als Bezahlung nicht die Lösung seines Problems, damit er weiterziehen kann. Stattdessen besteht seine Bezahlung aus weiteren Informationen, die seine Macht anwachsen lassen. Ist er wirklich bereit, solch geheimes Wissen zu opfern, um sie zu finden?

Wären die Umstände nicht so gefährlich gewesen, hätte ich den Weg zum Diablo durchaus genossen. Zwischen Ric und mir herrschte angenehmes Schweigen. Ich hing meinen Gedanken nach, oder besser gesagt versuchte ich, meine Gefühle zu sortieren. Alte und neue drohten, sich zu vermischen – was ebenso gefährlich war wie der dämonische Söldner. Ric war ein Arsch gewesen, diesen Namen hatte er sich nach der Geschichte damals wahrhaftig verdient, aber mein dummes Herz schien sich nur an den Teil zu erinnern, der positiv gewesen war. Die tiefe Freundschaft, die sich während des ersten Ausbildungsjahrs entwickelt hatte, die Erkenntnis, dass auf meiner Seite mehr gewachsen war. Dass ich mich in den schlaksigen, schüchternen Drachen verliebt hatte.

Ich seufzte voller Nostalgie und Ric sah mich an, den Arm immer noch über meine Schulter gelegt. »Alles in Ordnung mit dir?«

Sofort entfachte Wut in mir. Die Erinnerung an das Gefühl, das ich gehabt hatte, als ich diesen Satz zuletzt von ihm gehört hatte.

Nachdem er mir gestanden hatte, wo er gewesen war, während ich treudoof und verliebt auf ihn gewartet hatte. Als hätte in diesem Moment alles mit mir in Ordnung sein können. Pah!

Schnell trat ich zwei Schritte zur Seite und entglitt seiner Umarmung. Für einen Augenblick blitzte tiefe Betroffenheit in seinem Gesicht auf, was mir jedoch herzlich egal war. Er hatte mir das angetan! Meine erste große Liebe hatte mich bei unserem ersten Date, auf das wir so lange hingearbeitet hatten, versetzt. Monatelang waren wir umeinander herumgeschlichen, hatten uns geneckt wie immer und nebenbei unsere Ausbildung durchlaufen. An jenem einen Abend bei einem Gastaufenthalt in London hätte es so weit sein sollen. Aber dieser Hornochse hatte es versaut.

Mit mäßigem Erfolg hielt ich die Tränen zurück. Ich war so tief verletzt gewesen, dass ich allein durch die Gassen gerannt war, bis ich wie von einem magischen Band zu diesem alten Buchladen gezogen worden war. Dort hatte ich Zacs Geschichte gefunden. Und ich hatte mir geschworen, mir nie wieder von jemandem aus dieser Welt das Herz brechen zu lassen. Von da an war Zac bei mir gewesen. Vielleicht hatte ich ihn idealisiert, aber trotzdem hatte er mich in all den Jahren nie verletzt.

Meine Zähne knirschten, weil ich sie so stark zusammenpresste. Ric sah mich an, als verstände er nicht, was in mir vorging. Und ich wollte auch gar nicht, dass er es wusste. Er durfte nicht wissen, wie sehr er mich damals verletzt hatte. Ich holte tief Luft und beschleunigte meine Schritte. Ric fiel in Laufschritt und trabte hinter mir her. Die Nacht würde sehr, sehr lang werden, wenn die Atmosphäre zwischen uns so angespannt war, und ich hätte gern darauf verzichten können. Leider gab es kein Entkommen.

Ric parkte den Diablo direkt vor dem Mehrfamilienhaus, das ich mit Ty bewohnte. Er blockierte die Feuerwehrzufahrt, was ihn jedoch nicht zu stören schien. Ich hatte es erneut mit dem Ekel Ric zu tun, seit mir wieder bewusst geworden war, warum ich ihn behandelte, wie ich es tat. Zurecht.

Als wäre es das Alltäglichste überhaupt, stieg er aus dem Auto, lief zu der gläsernen Eingangstür, die nie abgeschlossen war, und ging die Treppe nach oben zu meiner Wohnung. Wie früher.

Eilig folgte ich ihm und drückte mich an ihm vorbei, um meine Wohnungstür aufzuschließen. Er war so nah, dass ich seinen rauchigen Vanilleduft roch. Ich betrat als Erste die Wohnung und sah mich unwillkürlich um, ob auch alles in Ordnung war. Ty neigte ab und an dazu, ein Chaos zu verbreiten, das der Entfesselung meiner Elementarkraft Konkurrenz machte. Sie war jedoch scheinbar noch nicht nach Hause gekommen, was mir sofort Bauchschmerzen bereitete. Es war schließlich schon nach drei Uhr morgens. Ich sah nach, ob ihre Handtasche in der Küche lag, konnte sie aber weder hier noch anderswo finden. Das Bett in ihrem Zimmer war unangetastet und die Bauchschmerzen wurden zu einem dicken Knoten, der mir Übelkeit verursachte.

»Was ist los?«, fragte Ric ernst, nachdem ich meine Rennerei durch die Wohnung beendet und wieder zu ihm in den Flur zurückgekehrt war.

»Ty ist nicht da!«, rief ich, der Verzweiflung nahe. Ty war nie so lange unterwegs – zumindest nicht ohne mich. Ich kramte mein Handy aus der Tasche, um ihr eine Nachricht zu schreiben. Mehrere verpasste Anrufe und zwei neue Nachrichten wurden auf dem Display angezeigt. Beim Öffnen der Nachrichten wurde mir eiskalt. Ich erstarrte. Sie waren von Ty.

Wie aus weiter Entfernung drangen Rics Worte an mein Ohr. Die Besorgnis in seiner Stimme löste das Vakuum um mich herum langsam auf. Wortlos reichte ich ihm das Handy. Ich spürte, wie er sich anspannte, als er die erste Nachricht las:

›Mich hat so ein irrer Typ mitgenommen. Er meint, solange ich mache, was er sagt, wird er mir nichts tun. Du sollst dich aber so schnell wie möglich melden.‹

Dann die zweite Nachricht:

›Lin, der Typ wird langsam ungeduldig und lässt den Badboy raushängen. Ich weiß nicht, wie lange ich ihn noch bequatschen kann.‹

Ric wählte sofort Tys Nummer und stellte das Handy auf Lautsprecher. Es klingelte mehrmals, ehe jemand abnahm.

»O mein Gott, Ty. Alles in Ordnung mit dir?«

Meine letzte Hoffnung darauf, dass es nicht der Söldner war, erstarb, als seine Stimme leise an mein Ohr drang. So leise, dass ich kaum etwas verstand.

»Du musst da hineinsprechen«, erklärte Ty. Wie konnte sie in Anbetracht dessen, was mit ihr passiert war, noch so klingen, als würde sie gerade die Augen verdrehen?

Ein kurzes Rascheln später sprach der Söldner laut und deutlich: »Ich bin deinem Geruch gefolgt und wollte auf dich warten. Doch diese Maid hier war vor dir dort, Wächterin. Also schlage ich dir einen Handel vor. So macht ihr das in dieser Welt, hat die Maid erzählt.«

Verflucht. Ty, was hast du getan?

»Ich verlange, dass du mir meine Untertanen im Austausch für das Leben der Maid gibst. Dann werde ich sie verschonen. Ich gebe dir zwei Sonnenumläufe Zeit.«

Ein Rascheln und Schaben ertönte, schließlich wurde die Verbindung beendet. Sämtliche Kraft wich aus meinen Muskeln und ich fiel in mich zusammen. Im letzten Moment fing Ric mich auf. Behutsam führte er mich ins Wohnzimmer und schob mich zur Couch. Ich starrte geradeaus zur Tür, als könnte Ty die Wohnung betreten und ins Wohnzimmer reinschneien. Was hatte ich nur angerichtet?

»Lin.« Ric stieß mich sanft an. »Wo ist dieses Buch?«

Wie ein Roboter stand ich auf und ging in mein Zimmer. Mechanisch zog ich die Nachttischschublade auf, holte den Kram heraus und warf ihn achtlos auf den Boden, ehe ich den doppelten Boden anhob und *Otherside* aus seiner Holzkiste befreite.

Ric krallte sich das Buch und schleuderte es einen Wimpernschlag später davon. Diese Aktion riss mich aus meiner Lethargie und ich sah ihn fragend an, während ich Zacs Geschichte aufhob.

»Das Buch hat mich verbrannt«, schimpfte Ric.

»Verbrannt? Dich?« Mehr fiel mir dazu nicht ein.

Er war ein Feuerelementar. Man konnte ihn nicht verbrennen. Das schien auch Ric klar zu sein. Er kniff die Augen zusammen und beobachtete mich und das Buch ganz genau. Ich ertappte mich dabei, wie ich zärtlich über den ledernen Einband strich, und ließ die Hand sofort sinken. Ric kam näher und streckte den Finger aus. Noch ehe er den Buchrücken berührte, spürte ich die Hitze, die sich wie eine magische Barriere zwischen ihm und dem Buch ausbreitete.

»Was ist das?«, fragte ich wenig geistreich. Ric entfernte seine Hand etwas und führte sie dann wieder zum Buch – die Hitze wallte erneut auf.

»Eine magische Barriere. Ich habe davon gehört, aber noch nie eine in Aktion erlebt.«

Wo hatte er davon gehört? Misstrauisch kniff ich die Augen zusammen und fixierte sein Gesicht.

Ric zuckte nur mit den Schultern und hob entschuldigend die Augenbrauen. »Im Institut lernt man eben nicht alles.«

Das reichte mir nicht und ich versuchte, meinen strengen Blick zu verstärken, indem ich meine Zähne aufeinanderpresste, bis die Muskulatur meiner Kiefer deutlich hervortrat.

»Es ist wichtig, auf alles vorbereitet zu sein«, druckste Ric herum.

Nun hob ich die linke Augenbraue, was vermutlich gepaart mit meinem geübten bösen Blick dämlich aussah, denn Ric stieß ein Lachen aus und schüttelte locker den Kopf. Vollpfosten.

»Wenn ich dir alles erzählen soll, musst du mir ebenfalls alles erzählen«, sagte ich mit fester Stimme.

»Vergiss es«, bekam ich zur Antwort. Der verständnisvolle Ric war wieder komplett dem Drachen gewichen. Ich schnaubte und wandte mich zusammen mit dem Buch ab.

»Ich kann nicht in ein paar Minuten alles erklären, was ich die letzten Jahre erfahren habe«, fügte er hinzu und packte mich sanft an der Schulter, damit ich mich wieder zu ihm umdrehte. »Wo hast du dieses Buch her?«, fragte er.

»Aus London.« Ich hatte auf keinen Fall vor, zu erklären, dass ich es nur besaß, weil er mich versetzt hatte.

»Und du hast die ganze Zeit darin gelesen?«

Ich nickte zur Antwort und sofort schoss mir eine zarte Röte ins Gesicht, als wäre ich bei etwas Unanständigem ertappt worden. Daraufhin glitten unwillkürlich anstößige Szenen von Zac und seinen Frauen an mir vorüber und ich wurde knallrot. Verdammt, das war peinlich.

Rics einzige Reaktion war ein wissendes Grinsen und er wandte den Kopf zur Seite.

»Wage es nicht …«

Er gab sich geschlagen, hob die Hände und schüttelte schnell den Kopf. Das Grinsen flackerte immer noch in seinen Mundwinkeln auf und ich verzog den Mund.

»Wenn ich es nicht selbst lesen kann, willst du mir wenigstens erzählen, worum es geht und welche Rolle unser *Freund* in der Geschichte hat?« Er warf sich mit Schwung auf mein Bett und lehnte sich gegen die Wand, seine Beine baumelten an der Seite über die Kante.

Ich erwog kurz, stehen zu bleiben und ihn zu bitten, mit ins Wohnzimmer zu kommen, kam mir dann aber albern dabei vor. Also setzte ich mich – mit so viel Abstand wie möglich – ebenfalls aufs Bett und schlug *Otherside* vorsichtig auf. Ich zeigte Ric die Karte am Anfang des Buches, damit er sich einen Überblick über Otherside verschaffen konnte. Dann erzählte ich ihm von Zacharias Clays Heldentaten und seiner Vergangenheit, den vielen fantastischen Wesen in *Otherside* und den Söldnern.

»Der Typ, der Ty hat, ist einer dieser Söldner?«, hakte Ric nach.

»Ja. Im Buch werden kaum Namen genannt, aber alle reden immer von einem Oberboss, bevor sie von Zac vernichtet werden.«

»Und weil dieser Typ seine *Untertanen* möchte, glaubst du, dass er dieser Oberboss ist? Hat er auch einen Namen?«

Ich dachte angestrengt nach. Doch so oft ich *Otherside* gelesen hatte, ich konnte mich nicht an den Namen erinnern. Daher blätterte ich hastig durch die Kapitel und blieb bei dem Lesebändchen hängen. Dort in der Nähe hatte Zac eine Horde Söldner im Visier, meinte ich mich zu erinnern. Aber als ich die Seitenzahl sah, war alles andere plötzlich nebensächlich. Das Band lag zwischen den Seiten 142 und 143. Dort war bislang das Ende des Lesebändchens eingeklemmt gewesen. Hastig suchte ich nach diesem Ende und fand es zwischen 192 und 193. Beide Doppelseiten hatten die rote Verfärbung und den Abdruck des Bändchens, als hätte es schon immer an dieser Stelle gelegen. Fassungslos starrte ich auf das Buch hinunter.

»Lin, was ist los?« Ric rutschte näher zu mir und schaute mir über die Schulter. Sein Atem in meinem Nacken verursachte ein Prickeln, dem ich mich sofort vehement widersetzte.

»Das Buch …«, stammelte ich, wusste jedoch nicht genau, was mit dem Buch eigentlich passiert war. Die wildesten Theorien geisterten mir durch den Kopf. Hatte es jemand gefunden? Ty? Oder dieser Söldner vielleicht? Nein, der würde es doch niemals wieder ordentlich verstecken. Außerdem hätte das Papier innerhalb dieser kurzen Zeit nicht die Farbe des Lesebändchens annehmen können. Die eine Idee, die sich in meinem Hirn ausbreitete, wollte ich jedoch nicht akzeptieren. Aber hatte nicht Ric selbst etwas davon gesagt, dass das Buch magisch sei?

»Was ist mit dem Buch?«, drängte Ric, während er sich neben mich schob. Zu nah neben mich.

»Es hat sich verändert.« Mit einem Blick auf die letzte Seitenzahl war ich mir sicher. Das Buch hatte plötzlich über hundert Seiten mehr. Ich überflog die letzte Seite und mein Herzschlag setzte für einen Moment aus. Es war nicht der so oft von mir gelesene letzte Satz, in dem Zac behauptete, er würde *sie* – seine Geliebte – finden. Mit einem Mal verschwand die Dringlichkeit, Ty zu helfen, verschwand Ric neben mir und wurde zu einem Nichts. Alles, was zählte, war, Zacs Geschichte weiterzulesen. Ich blätterte wie in Trance Seite für Seite rückwärts, bis ich auf das vorherige Ende stieß.

Ich weiß, sie ist irgendwo dort draußen. Und ich werde sie finden. Der Raum um mich herum dehnte sich und schob alles weit von mir weg. So weit, dass mich nichts und niemand stören konnte, während ich nach Otherside reiste und wie gebannt an den Zeilen hing.

Zac hatte Kenntnis von einer neuen Bedrohung erhalten. In einer weit entlegenen Gegend von Otherside, von der ich bislang nichts gehört hatte, wollte der Söldnerfürst Zodan seine Truppen sammeln, um von dort aus geschlossen gegen die Menschen zu ziehen. Zac machte sich umgehend auf den Weg und ließ *sie* immer wieder durch seine Gedanken treiben. Er spürte, dass er *ihr* näher kam, glaubte mit seinem ganzen dämonischen Herzen daran – auch wenn er sich im selben Absatz an die Worte einer Hexe erinnerte, die behauptet hatte, dass Dämonen wie er nie zur Liebe fähig wären, weil sie kein Herz besaßen. Doch Zac wusste es besser und er glaubte fest daran, dass er *sie* bald finden würde.

Mein Mund war trocken, mein Herz schlug wie nach einem Marathonlauf, als sich Zac dieser neuen Gegend näherte. Von einer Anhöhe aus blickte er in ein vertrocknetes Tal. Die ehemaligen Weiden waren verdorrt, die Bäume glichen toten Gerippen, die man wahllos verteilt hatte. Überall befanden sich dämonische Söldner, die an ihrer charakteristischen Bekleidung erkennbar waren: schwarzes Leder wie ein Panzer über einem dunklen Hemd. Für mich sahen alle Söldner gleich aus, auch wenn Zac sie manchmal näher beschrieb und auf die Besonderheiten der Kleidung einging. Es mussten an die hundert Mann sein.

Zac schlich näher heran, versteckte sich hinter großen Felsbrocken und lauschte einer kleinen Gruppe von Dämonen. Er erfuhr, dass Zodan sie alle herbestellt hatte und sie nun schon seit Tagen hier warteten. Doch Zodan war bislang nicht aufgetaucht. Eine Krähe entdeckte Zac und flatterte um die Felsen, hinter denen er sich versteckt hatte.

Mir blieb beinahe das Herz stehen. Am liebsten hätte ich diesem Mistvieh eigenhändig den Hals umgedreht, ehe es die Söldner auf Zac aufmerksam machen konnte. Doch die Krähe kam nicht mehr dazu, Alarm zu schlagen, sondern stürzte kurzerhand tot mitten in die Gruppe, die Zac belauscht hatte. Ich verzog das Gesicht ob dieser primitiven Lösung des Problems. Hier hatte der Autor eindeutig keine Lust gehabt. Dennoch hatte er es geschafft, mir so viel Angst um Zac zu bereiten, dass mein Puls immer noch raste.

Zac hingegen war irritiert über die plötzliche Stille nach der Flucht der Krähe und erhob sich vorsichtig aus seiner Deckung. Der Blick ins Tal schockierte ihn. Und mich mit ihm. Denn das Tal war leer. Außer den Lagerfeuern zeugte nichts mehr davon, dass hier bis eben eine dämonische Legion auf ihren Einsatz gewartet hatte.

Ich wurde unsanft von Zacs Seite gerissen. Ric stand vor mir und starrte mich merkwürdig an, mein klingelndes Handy in der Hand. In Gedanken noch meilenweit entfernt, vermochte ich nicht zu erahnen, was er von mir wollte. Daher nahm er das Gespräch an und hielt sich das Handy ans Ohr.

Langsam kam ich wieder in der Realität an und sofort brachen die hiesigen Probleme über mir ein. Ty!

Ich versuchte, etwas zu verstehen, doch der Söldner am anderen Ende der Leitung war zu leise. Einige Sekunden später nickte Ric und legte auf. Anschließend reichte er mir mein Handy.

»Was hast du getan?«, fragte er misstrauisch.

Ich? Was wollte er von mir? Mein Gesicht schien Bände zu sprechen, denn er fuhr ohne eine Antwort von mir fort.

»Der Typ hält sich an die Abmachung und hat Ty im Stadtzentrum in einer Seitengasse abgesetzt.« Mit zusammengekniffenen Augen, die loderten wie Höllenfeuer, musterte er mich abschätzend.

»Ich …«, setzte ich zur Verteidigung an, aber mir fiel nichts ein, weil ich nicht einmal wusste, was überhaupt geschehen war. Die Hälfte meines Hirns hing noch an Zacs Seite und war mit der Frage beschäftigt, wohin die Söldner verschwunden waren.

Ric winkte ab. »Lass uns erst deine Freundin holen, vielleicht kann sie uns mehr dazu sagen.«

Ich beachtete die mir angebotene Hand nicht und hievte mich selbst aus dem Bett. Das Buch wollte ich ungern aus den Augen lassen, daher nahm ich es mit in den Flur und steckte es vorsichtig in meine Handtasche, nachdem ich sämtlichen Müll und unnützes Zeug ausgeschüttet hatte. Ich konnte einfach nicht riskieren, dass noch jemand etwas mit dem Buch anstellte – was auch immer es war. Ric hatte bereits seine Jacke übergeworfen, die er vorhin achtlos auf den Boden hatte fallen lassen, und reichte mir meine. Ohne weitere Worte verließen wir die Wohnung und stiegen in den Diablo.

Das Röhren des Motors war erstaunlich beruhigend und die Fahrt war viel zu schnell vorüber. Ich war nicht einmal dazugekommen, meine Gedanken zu sortieren. Was war mit dem Buch geschehen? Was mit den Söldnern, die Zac beobachtet hatte?

»Da ist sie«, sagte Ric, fuhr an den Straßenrand und bremste scharf ab. Ty sah aus wie immer, nicht wie nach einer Geiselnahme, was mich innerlich zwar froh machte, aber dennoch sehr wunderte. Ric ließ das Beifahrerfenster herunter.

»Ist ja nett, dass ihr mich abholen kommt. Nur wo bitte soll ich sitzen?«, begrüßte uns Ty mit einer berechtigten Frage. Denn der Diablo hatte nur zwei Sitze und die waren besetzt.

»Tinkerbell kann sich verwandeln, dann wäre das Platzproblem gelöst«, sagte Ric, ohne zu uns zu blicken.

»Wie wäre es, wenn du ein Stück deines Egos über Bord wirfst, dann wäre hier Platz für drei«, konterte Ty und ich musste grinsen.

»Komm, setz dich auf meinen Schoß. Wenn wir angehalten werden, müssen wir den Polizisten einfach ein wenig mit unserem Charme benebeln«, schlug ich vor. Ty öffnete die Tür und ließ sich so vorsichtig wie möglich auf mich sinken. Nach einiger Zeit hatten wir uns einigermaßen arrangiert und die Tür des Diablos nach unten gezogen. Keinen Wimpernschlag später schoss Ric bereits los.

Ich war heilfroh, als wir bei unserer Wohnung ankamen und ich Tys Gewicht endlich loswurde. Sie wog nicht viel, aber mit dem Sportfahrwerk des Diablos hatte ich jeden Kieselstein auf der Straße doppelt gespürt. Vom Dröhnen des Motors ganz zu schweigen. Daher hatte ich auch noch keine Gelegenheit gehabt, Ty auszufragen.

Ric kam mir zuvor. »Jetzt erzählst du uns alles, was heute Nacht passiert ist«, beschwor er sie mit seinen goldenen Augen, als wir gerade in der Küche angekommen waren.

»Ist ja schon gut. Aber erst Kaffee.«

»Ty, es ist mitten in der Nacht«, warf ich kopfschüttelnd ein.

»Eine Nacht, die ich wohl ohne Schlaf verbringen werde«, konterte sie und hatte recht damit. Ich stellte meine Tasse daneben und drückte auf den Knopf für die doppelte Portion.

Mit unseren Tassen bewaffnet setzten wir uns zu Ric an die Theke. Dieser schien Mühe zu haben, seine Gestalt nicht zu wechseln. Über dem Kaffeegeruch der frisch gemahlenen Bohnen hinweg drang intensiver Kaminfeuergeruch in meine Nase. Ich bedachte ihn mit einem Blick, der Tys bis aufs kleinste Detail glich, während sie dazu »Was?« fragte.

»Ihr … Ach, vergesst es. Erzähl einfach. Oder brauchst du noch Kekse zum Kaffee?«

»Kekse?«, fragte Ty und schien ganz angestrengt darüber nachzudenken. Ungefähr so lange, bis Rics Geruch so dominant wurde, dass er auch von einer Menschennase aufgefangen werden konnte. Dann streckte sie ihm die Zunge raus wie eine Fünfjährige und grinste ihn an. »Keep cool, Drache«, begann sie und nahm einen Schluck aus ihrer Tasse.

Jetzt trieb sie es langsam zu weit und auch ich wurde allmählich ungeduldig.

»Nachdem Lin mich heute wegen dir versetzt hat, musste ich allein in das neue Einkaufszentrum gehen.« Sie warf Ric einen bösen Blick zu, aber ausnahmsweise konnte er ja wirklich nichts dafür. »Anschließend war ich noch allein im Kino. Ihr glaubt gar nicht, wie deprimierend das ist.«

Sie sah mich mitleiderregend an und ich bekam ein schlechtes Gewissen, obwohl auch ich nichts dafür konnte. Ich wedelte mit meiner Hand, damit sie endlich zum Punkt kam.

»Umso erfreulicher war es, dass dieser gut aussehende Typ direkt in unserer Wohnung auf mich wartete.«

»Das war erfreulich?« Ric nahm mir die Worte aus dem Mund und ich starrte meine Mitbewohnerin sprachlos an.

»Also bitte, habt ihr ihn euch genau angeschaut?«, erwiderte sie.

»Ähm, ja. Oder nein. Vielleicht.« Ich war verwirrt.

»Bist du nicht einmal auf die Idee gekommen, dass es nichts Gutes bedeuten könnte, wenn mitten in der Nacht irgendjemand in der Wohnung steht?« Auch Ric sah fassungslos aus.

»Jetzt beruhigt euch mal. Ich versuche seit so vielen Jahren, Edward aus seiner Geschichte zu lesen und hoffe jede Nacht auf seinen Besuch. Ich wusste, dass dieser Typ auch wie Edward sein musste.«

Wie Edward bedeutete in ihrer Sprache: *ein Seelenloser*.

»Ty, die können richtig gefährlich sein. Und mit ihnen stimmt zurzeit etwas nicht. Selbst die ungefährlichen werden im Moment zu Monstern.« Ich schüttelte den Kopf. Wie konnte sie so gelassen sein? Für sie war mein Job immer noch eine Art Spiel.

»Vergessen wir diesen Teil erst einmal«, warf Ric ein. »Was ist passiert, nachdem du ihn in der Wohnung gefunden hast?«

»Wir haben geredet.«

Musste man ihr denn jedes Wort aus der Nase ziehen? Sonst war sie so gesprächig. Ich warf ihr einen mahnenden Blick zu.

»Ist ja schon gut.« Sie zog einen Schmollmund und nahm wieder einen Schluck. »Er hat mich als Erstes gefragt, wer ich bin, weil ich nicht nach Verräterin rieche, was ich sehr positiv fand. Er war dem Geruch des Verräters jedoch bis zur Wohnung gefolgt, also schloss ich darauf, dass er dich meinen muss.« Sie sah mich an.

»Und du hast ihm gleich von mir erzählt?« Ich war entsetzt.

»Natürlich nicht. Ich wollte nichts sagen, aber dann hat er mich irgendwo hingebeamt und plötzlich konnte ich gar nicht mehr anders, als ihm die Wahrheit zu sagen. Du musst mir glauben. Es war anfangs einfach schrecklich. Ich bin eine so gute Lügnerin, aber der Typ machte das völlig zunichte.« Nun kniff sie die Augen zusammen und schüttelte den Kopf. »Das war der Moment, in dem ich dir schreiben sollte. Als ich das getan hatte, haben wir uns normal weiter unterhalten, ich weiß auch nicht, es war … angenehm?«

»O-kay«, antwortete ich nur und fragte sie, über was sie sich unterhalten hatten.

»Er hat mir von seiner Welt erzählt. Und dass er der Oberboss einer ganzen Legion ist.«

»Und du hast nicht zufällig gefragt, was er mit dieser Legion vorhat, die wir im Austausch gegen dich liefern sollten?«

»Ich wollte das Gespräch nicht in eine unangenehme Richtung lenken. Es war schon schwer genug, ihn überhaupt bei Laune zu halten. Er wurde immer ungeduldiger, weil du dich nicht gemeldet hast.« Sie sah mich vorwurfsvoll an, als hätte ich das mit Absicht getan. »Und du bist daran vermutlich nicht ganz unschuldig, Drache, oder?« Ihr Blick huschte zwischen mir und Ric hin und her, der darüber nachzudenken schien, ob er noch etwas Wichtiges aus Ty herausbekommen würde oder sie sofort erwürgen sollte. Seine Kiefermuskulatur trat deutlich hervor.

»Er hat mich gerettet«, verteidigte ich Ric. »Als dein Traumtyp mich töten wollte.«

»Nachdem du ihn angegriffen hast«, erwiderte Ty.

»Mein Job ist es, seinesgleichen unschädlich zu machen.« Ich schüttelte den Kopf. Was war denn nur mit Ty los?

»Und wenn es dein Job ist, warum warst du dann ganz allein?« Erwischt. Sie reckte siegesgewiss das Kinn.

»Es ist kompliziert«, nuschelte ich in meine Kaffeetasse.

»Das Zeug ist auch nicht mehr das, was es mal war.« Ty deutete auf die leere Kaffeetasse vor sich und gähnte herzhaft. »Ich werde es doch mit Schlafen versuchen.« Sie stand auf, räumte ihre Tasse in die Spülmaschine und ging in Richtung Flur. Ehe sie um die Ecke huschte, warf sie uns noch ein kurzes »Bleibt anständig« zu.

Ric schnaubte. »Die Rettung hat sich ja nicht gelohnt.«

Ich sah ihn nur böse an. Auch wenn sich Ty seltsam verhielt, sie war einfach Ty. Etwas ganz Besonderes.

»Vielleicht ist sie morgen gesprächiger. Sie muss unter Schock stehen, oder?«, fragte ich mehr mich selbst als Ric. Er murmelte ein langgezogenes »Hmmmm« und legte mir dabei seine rechte Hand auf die linke. Ein Stromstoß durchfuhr mich, sodass jegliche Reaktion meinerseits unmöglich war. Für einen Moment schien die Zeit stillzustehen.

»Sie kann Realität und Fiktion nicht immer unterscheiden, spürst du das nicht?« Er sah mich prüfend an, las die Antwort in meinem fragenden Blick und schüttelte den Kopf.

Ich war weiterhin nicht in der Lage, zu sprechen, und starrte nur auf Rics Hand, die auf meiner ruhte. Als er es bemerkte, zog er sie schnell zurück. Mein Handrücken brannte wie Feuer, die Wärme breitete sich immer noch über meinem Arm entlang aus. Erst jetzt konnte ich ihm ins Gesicht sagen, was ich von seinem Gedanken hielt: »Du hältst Ty für verrückt?«

Er hob beschwichtigend die Hände und bewegte langsam seinen Kopf hin und her. »Manche Menschen – wie Ty – projizieren Passagen aus Büchern auf die aktuelle Situation, in der sie sich befinden. Psychologen würden wohl Realitätsverlust oder Schizophrenie diagnostizieren, aber die Bibliothekare haben ihre eigene Bezeichnung für sie: Fictionmates. Sie sind diejenigen, die wir als beste Freunde unter den Menschen aussuchen, die wie von selbst zu uns Wächtern finden. Wenn wir uns mit Menschen zusammentun, sind es eigentlich immer Fictionmates. Denn sie akzeptieren, was wir sind und was wir tun, fühlen sich sogar als ein Teil davon.«

Ich sah Ric mit großen Augen an. Weder hatte ich irgendwann den Begriff gehört, noch bemerkt, dass Ty anders war als andere Menschen. Von Anfang an hatte ich bei ihr das Gefühl gehabt, sie schon ewig zu kennen. Sie hatte etwas an sich, das mich an meine Mutter erinnerte. Die Erkenntnis musste mir ins Gesicht geschrieben sein, denn Ric nickte wissend.

»Wenn nicht beide Elternteile Wächter sind, ist einer von ihnen mit hoher Wahrscheinlichkeit ein Fictionmate.«

»Und du bist dir sicher?«, hakte ich noch einmal nach. Aber je länger ich die Freundschaft mit Ty vor meinem inneren Auge vorüberziehen ließ, desto richtiger fühlte es sich an, was Ric sagte.

»Deshalb hat sie auch so cool auf die Entführung reagiert«, bestätigte er. »Sie hielt sich sicher für irgendeine Figur aus einem Buch, von der sie wusste, dass sie bald wieder in Freiheit sein würde, ohne Schaden zu nehmen.«

Vor Erleichterung über diese logische Begründung fiel mir ein Stein vom Herzen und ein Gefühl von Leichtigkeit überkam mich. Ric sah mich genau an. Seine goldenen Augen fixierten mich, sein Blick brannte sich bis in die Tiefen meiner Seele. In meinem Bauch breitete sich eine wohlige Wärme aus, die sich zu einem Prickeln steigerte. Nur mit Mühe widerstand ich dem Drang, ihn zu berühren. Meine Hand lag so nah neben seiner. Ein Zucken in seiner Hand zeigte mir, dass auch er dagegen ankämpfte. Warum quälten wir uns beide so?

Ach ja, er war ein Arsch. Das schien jedoch weder meinen Bauch noch mein Herz zu interessieren, denn beide hatten sich gegen mich verschworen und umnebelten jeglichen schlechten Gedanken. Ehe ich mich versah, hatte meine Hand die Distanz überbrückt und legte sich behutsam auf seine. Ich glaubte, das Knistern von Kaminfeuer zu hören, nahm den herben Geruch nach Kiefernholz wahr, der immer stärker wurde, je näher Rics Gesicht meinem kam. Seine Augen glichen flüssigem Gold, die Iriden pulsierten, bewegten sich, als wären sie lebendig. Wie hypnotisiert beugte auch ich mich über die schmale Küchentheke, dem Feuer entgegen. Mein Herz tat freudige Hüpfer, Endorphine rasten durch jeden Winkel meines Körpers. Ich glaubte, eine Mischung aus Pfefferminz und Lagerfeuer zu schmecken, als Rics Atem mein Gesicht streifte. Ich sog die Luft tief ein und schloss die Augen, spürte nur noch die Hitze, Rics Wärme, hörte das Knistern des Feuers, war bereit für die Berührung.

Doch stattdessen umfing mich Kälte, die Abwesenheit dessen, was ich mir gewünscht hatte. Ich schlug benommen die Augen auf. Ric stand bereits, mit beiden Händen umklammerte er die Theke. Ich sah, wie er zitternd Luft holte, wie sich die Haut über seinen Knöcheln weiß färbte. Auch er hatte die Augen geschlossen, rang nach Fassung.

Dann ging alles ganz schnell. Er öffnete die Lider, sah mich abschätzig an, schüttelte den Kopf und rannte aus der Küche.

Es vergingen mehrere Minuten, bis die Realität durch den rosa Nebel in meinem Kopf sickerte: Er hatte mich schon wieder sitzenlassen.

6. KAPITEL

Von dem Geist hat er den ersten echten Hinweis erhalten, glaubt er. Er zweifelt, ob es den Preis wert gewesen ist? Hat er denn nicht schon zu viel geopfert?

Für eine Weile saß ich noch allein in der Küche und versuchte einzuordnen, was da zwischen Ric und mir passiert war. Oder eben nicht passiert war. Und was ich dabei fühlte.

Ein erster heller Streifen zeigte sich bereits am Horizont, als ich mich entschied, genau dort weiterzumachen, wo mich Ric vor Tys Rettung gestört hatte. Ich brauchte Sicherheit, gewohnte Menschen um mich herum. Also schnappte ich mir meine Handtasche von der Theke und ging in mein Zimmer. Andächtig holte ich *Otherside* hervor und suchte nach der Stelle, an der die Legion wie vom Erdboden verschwunden war.

Zac konnte es nicht fassen. Langsam erhob er sich aus seiner Deckung, als handle es sich um eine Täuschung, ein Trugbild, und jeden Moment könnten sich die Söldner wieder materialisieren. Doch nichts dergleichen geschah. Zac ging hinüber zu der toten Krähe und untersuchte sie. Er kam zu dem Schluss, dass sie einen Genickbruch erlitten hatte.

Ich schnappte nach Luft. Hatte ich beim Lesen nicht daran gedacht, der Krähe am liebsten den Hals umzudrehen, damit sie Zac nicht verraten konnte?

Zac sah sich um, machte sich Gedanken darüber, wer zu einer solchen Tat fähig sein mochte. Dann wurde er von einem seltsamen Gefühl übermannt. Er glaubte, durch das tote Tier in seinen Händen zu spüren, dass *sie* so nah war wie nie zuvor.

Mein Herz schlug schneller und schneller. Ich wusste nicht, was geschehen, warum dieser Teil der Geschichte mir erst jetzt zugänglich war. Doch ich wusste – war mir sicher –, dass Zac wirklich nach mir suchte. Vermutlich wünschte sich das jede Leserin von dem gut aussehenden, heldenhaften Protagonisten – sonst wäre ich ja ohne Job –, aber *Otherside* schien in einer ganz anderen Klasse zu spielen. Ein magisches Buch, wie Ric behauptet hatte. Womit er nach den neuesten Erkenntnissen definitiv recht hatte.

Die nächsten Seiten waren mit Belanglosigkeiten gefüllt, Zac zog Resümee über sein bisheriges Leben, was beinahe einem Exposé glich. Zum ersten Mal hatte ich das Gefühl, dass er mich … langweilte. Die Geschichte hatte sich festgefahren und kam nicht voran, was mich sehr störte, wobei ich nicht einmal genau sagen konnte, warum. Enttäuschung machte sich in mir breit. Enttäuschung über *Otherside*, allerdings auch über Zac. Wieso unternahm er nichts? Mit jeder Seite wurde ich frustrierter. Natürlich war eine solche Reaktion überzogen, aber war er nicht derjenige gewesen, der mich über die letzten Jahre nie enttäuscht hatte? Ich war so lange in einer wundervollen Illusion gefangen gewesen, in ihm den perfekten Mann gefunden zu haben. Er hatte mir über den von Ric verursachten Schmerz hinweggeholfen, hatte in mir die eindrucksvollsten Emotionen hervorgerufen. Das Kribbeln im Bauch, wenn ich nur an ihn dachte, war Beweis genug. Und nun?

Ich erwischte meine Gedanken dabei, wie sie die Bilder von Zac auf seiner endlosen Wanderung durch Bilder von Ric ersetzten. Mein Magen tat einen erfreuten Satz dabei. Dieser Verräter! Prompt projizierte mir mein Gehirn Bilder des Vorabends vor mein geistiges Auge. Mein Herz schlug immer schneller. Ich sah nicht nur einen Funken zwischen uns, es war ein ganzes Elektrizitätswerk. Doch was tat Ric nun? Er flüsterte in mein Ohr. Aber nicht die Worte, die er mir wirklich zugeflüstert hatte.

Ich zuckte zusammen und fuhr hoch. *Otherside* fiel mit einem lauten Poltern zu Boden. Ich musste eingeschlafen sein und hatte einen Albtraum gehabt. Ich hatte von Ric geträumt. Doch das war noch nicht einmal das Schlimmste. Die Temperatur sank um gefühlt zehn Grad, als die geflüsterten Worte in meinem Kopf widerhallten: »Du wirst mich niemals verlassen, Lin. Du gehörst mir ganz allein. Du bist *sie*.«

»Was machst du denn für einen Lärm?« Ty stand gähnend im Türrahmen und strich sich verirrte Strähnen aus dem Gesicht. »Lin?« Mit einem Mal wirkte sie hellwach und kam mit großen Schritten zu mir. »Was ist passiert? Du bist weiß wie ein Vampir.« Mütterlich legte sie mir eine Hand auf die Stirn und murmelte Unverständliches vor sich hin. »Soll ich dir etwas zu trinken bringen?«

Ich schüttelte den Kopf. Tys Nähe vertrieb das Echo der Worte aus meinem Kopf. »Ich muss beim Lesen eingeschlafen sein.« Ich deutete auf *Otherside*, das aufgeschlagen auf dem Boden neben dem Bett lag. »Dann habe ich etwas Schlechtes geträumt.«

»Du träumst schlecht, nachdem du über Zac gelesen hast?« Sie hob ihre Augenbraue auf ein neues Höchstmaß.

»Scheint so.«

»Und was genau hast du geträumt?« Sie setzte sich auf die Bettkante und nahm meine Hand, was mich beruhigte. Dann erzählte ich ihr von meinem Traum.

»Das ist …« Wer Ty kannte, wusste, dass sie niemals sprachlos war. Doch nun rang sie nach Worten.

»… nur ein Traum«, beendete ich den Satz für sie. Meine Stimme verriet jedoch, dass ich nicht ansatzweise davon überzeugt war. Dafür war zu viel geschehen.

»Gruselig trifft es besser.« Sie sprang vom Bett auf und zog mich mit sich. »Jetzt trinken wir erst mal einen Kaffee, danach überlegen wir, was wir unternehmen.«

Ich ließ mich von ihr in die Küche schieben und setzte mich mechanisch an die Theke. An meinen gewohnten Platz. An dem ich wenige Stunden zuvor beinahe Ric geküsst hätte. Während mein Herz seinen typischen Hopser tat, schlug die Erkenntnis wie ein Blitz in mein Gehirn ein: Ric war der Grund dafür, dass sich Zac so verändert hatte. Zumindest indirekt. Stolz teilte ich den Gedanken mit Ty und sie nickte, während sie mir meine Tasse vor die Nase stellte.

»Nicht schlecht. Und das noch vor dem ersten Kaffee«, sagte sie grinsend. Sie trank einen Schluck und wurde ernst. »Du weißt, dass wir Ric anrufen müssen?«

»Was? Nein. Warum?«

Ty sah mich empört an. »Auch wenn ich den Drachen nicht leiden kann – was aber nur daran liegt, dass er dich so schlecht behandelt hat –, scheint er eine wirklich wichtige Rolle in der Sache zu spielen.« Sie ließ ihre Hand kreisen und schloss die ganze Welt ein.

Ich wusste, dass sie recht hatte. Aber mit Ric über *so etwas* zu reden, widersprach allem, was ich mir die letzten Jahre erarbeitet hatte.

»Lin, ich bin nicht blöd. Du hast ihn in der ganzen Zeit nie vergessen. Liebe und Hass liegen sehr nahe beieinander, ich weiß, was du für ihn empfindest. Jeder, der Augen im Kopf hat, weiß es.« Die ernste Miene passte nicht zu ihr. Zu meiner lustigen, gut gelaunten Ty, die für jede Situation den passenden Spruch parat hatte.

Sie ist eine Fictionmate, flüsterte es in meinem Kopf. Tys Verhalten orientierte sich an Buchszenen, wenn sie selbst nicht klarkam. Aber was auch immer sie zu dieser Aussage bewogen hatte, sie war richtig. Ich deutete ein Fahnenschwenken an und ergab mich.

Ty grinste bis über beide Ohren. »Wirst du ihn anrufen?« Sie nickte mir auffordernd zu.

Kopfschüttelnd antwortete ich: »Ich würde ihn nur ungern stören. Der hat sicher fünf Groupies im Bett.« Der Gedanke schmerzte – jetzt, da ich mir meine Gefühle für ihn eingestanden hatte. Ric war trotzdem noch Ric. »Aber er holt mich heute Abend ja ab. Dann erzähle ich ihm von Zac und dem Traum.«

»In allen Details?« Die alte Ty war wieder da und ich schüttelte nur lachend den Kopf.

»Ganz sicher nicht. Noch mehr Dünger braucht sein Ego nicht.« Ich trank meinen Kaffee leer. »Ich gehe mich erst mal anziehen.« Während ich in mein Zimmer ging, dehnte ich meine Wirbelsäule.

Ich fühlte mich regelrecht eingerostet, vielleicht sollte ich das schöne Wetter nutzen und eine Runde joggen.

Keine fünf Minuten später rannte ich in Joggingschuhen und Laufklamotten die Treppe hinunter. Ich wusste, dass das Laufen meinen Kopf freipusten würde. Und das hatte dieser dringend nötig. Vor allem sollte ich mich auf das Gespräch mit Ric vorbereiten.

In regelmäßigem Takt glitten meine Schuhe über den Asphalt. Eins, zwei, drei, einatmen, eins, zwei, drei, ausatmen. Mit jedem Atemstoß fühlte ich mich leichter, befreiter. Ich roch den angrenzenden Wald und sog tief seinen Duft ein. Die Autos auf der parallelen Landstraße wurden leiser und leiser, bald befand ich mich in meiner eigenen stillen Welt. Einem Ort, an dem ich Probleme aus der Distanz betrachten konnte, um eine Lösung zu finden. Mein Elementaranhänger pulsierte vor Freude, kühlte mich mit einer Brise, versorgte mich mit reinem Sauerstoff, bis ich mich aufgeputscht, ja beinahe high fühlte.

Otherside hatte zu mir gefunden, mich wie magisch angezogen, als ich meine bisher größte – und einzige! – Enttäuschung in Sachen Liebe erfahren hatte. Seitdem war *Otherside* – oder besser gesagt Zac – an meiner Seite und ich hatte mir jegliche Gefühle für Ric verboten. Bis jetzt. Die letzten sechsunddreißig Stunden hatten so ziemlich alles durcheinandergebracht.

Aber je länger ich darüber nachdachte, desto sicherer war ich, dass es schon vor ein paar Wochen begonnen hatte. Mit sämtlicher Kraft hatte ich versucht, Ric zu widerstehen – was von Tag zu Tag schwieriger geworden war. Ungefähr zur selben Zeit waren die ersten Anomalien aufgetaucht.

Ich trug die Schuld an all dem.

Die Prophezeiung glitt wie ein Flüstern des Windes an mir vorüber: »Wer die Grenze überschreitet, wird Verderben säen. Wer die Zeichen zu deuten vermag, wird die Zeit kommen sehen. Wer Opfer bringt, wird verändern.«

Die Grenze hatte ich eindeutig überschritten und damit unausweichliches Verderben gesät. Die Zeichen zu deuten, fiel nicht schwer. Die Anomalien traten seit einigen Wochen auf. Nur wem sollte ich mich opfern? Zac?

Der Gedanke daran erschreckte mich. Hatte ich ihm nicht bereits mein Leben geopfert? Er allein hatte mein Herz besessen, seit Ric es mir damals gebrochen hatte. Den Teil der Prophezeiung sollte ich wohl noch mit den anderen erörtern.

Mein Handy vibrierte in der Rückentasche. Ich blieb stehen und angelte es heraus, musste jedoch erst wieder den richtigen Atemrhythmus finden. Meine Waden brannten wie Feuer und ich bat mein Element um Kühlung, als ich das Gespräch annahm.

»Ric?«

»Perry hat uns alle zusammengetrommelt. Wo steckst du denn? Ich bin bei Mrs Fictionmate und sie hat erzählt, dass es dir nicht gut geht.« Litt ich unter Sauerstoffmangel oder schwang da schon wieder diese Besorgnis in seiner Stimme mit? »Lin?«

»Ich jogge gerade«, keuchte ich. Auch wenn ich die Luft kontrollieren konnte, sollte ich unbedingt mehr trainieren.

»Wo genau?«

Ich beschrieb ihm die Stelle, während Ric schon durch unser Treppenhaus polterte, dem Hintergrundlärm nach zu urteilen. »Ich bin gleich bei dir.«

Der Diablo dröhnte los und ich beendete das Gespräch.

Nachdem ich wieder vernünftig atmen konnte, hörte ich das Auto schon von Weitem und mir wurde klar, dass ich das Gespräch mit Ric nun nassgeschwitzt – und ohne mir etwas zurechtgelegt zu haben – führen musste. Verdammt.

»Ich habe mir Sorgen um dich gemacht.«

Ich sah Ric an, als hätte ich gerade verstanden, dass er sich Sorgen um mich gemacht hatte.

»Guck mich nicht so an!« Er fuhr sich durch die dunklen Haare, wie er es immer tat, wenn er aufgebracht war.

»Warum?«, fragte ich. Ich war doch nur joggen gewesen und verstand die Aufregung nicht.

»Ich … Ach, nichts.«

»Jetzt hast du schon angefangen, also raus damit.« Nun war meine Neugierde geweckt, auch wenn ich mir streng untersagte, Hoffnungen irgendwelcher Art zu hegen.

Er verzog den Mund und starrte stur auf die Landstraße vor uns. Plötzlich riss er das Lenkrad herum und fuhr in eine der Parkbuchten, die alle paar Kilometer in den angrenzenden Wald gequetscht waren. Sein scharfes Bremsen schleuderte mich nach vorn und der Fünfpunktgurt riss mich wieder zurück.

»Der Traum …«, begann er und ich wurde sofort rot im Gesicht. Ty war so eine Verräterin. Sie hatte ihm natürlich alles brühwarm erzählen müssen. Ich setzte den Punkt ›Ernstes Wörtchen mit Ty sprechen‹ auf meine To-do-Liste. Direkt unter ›Söldner einfangen‹, ›Zodan vernichten‹ und das ›Ric-Zac-Dilemma lösen‹. Ty hatte vermutlich Glück – denn wenn ich die anderen Punkte abgehakt hatte, noch lebendig und nicht in Gefangenschaft der Bibliothekare war, würde ich wohl so glücklich sein, dass ich sie am Leben lassen würde.

Ric verfolgte neugierig meine Reaktion und starrte mich verwundert an.

»Was ist mit dem Traum?«, fragte ich unschuldig, jedoch nicht ohne das Brennen auf meinen Wangen zu verdammen.

Ric biss sich auf die Unterlippe. Er sah so aus, wie ich mich fühlte. Aber warum sollte *er* beschämt sein, wenn *ich* von *ihm* träumte? Halb nackt und … Nein, Schluss.

»Ich habe von dir geträumt, Tinkerbell«, sagte er mit zusammengepressten Lippen, als hätte er die Worte lieber nicht herausgelassen.

»Du hast von mir geträumt?« Ich konnte ein Grinsen nicht unterdrücken und mein Herz schlug schneller als beim Joggen. *Keine Hoffnungen*, ermahnte ich mich. »Das muss für dich ja echt ein Albtraum gewesen sein.«

Er sah mich böse an. Irgendwie reagierte er total unvorhersehbar und ich konnte mir nicht mehr sicher sein, was er von mir erwartete, und auch nicht, wie ich mich und mein kleines Herz schützen konnte.

»Du warst mit einem Typen zusammen«, knurrte Ric. Mit den Händen umschlang er das Lenkrad so fest, dass die Haut über den Knöcheln weiß hervortrat und ich die Sehnen am Handrücken bemerkte.

»Eifersüchtig?« Ich versuchte mich an einem Lachen, was missglückte, denn nur ein Zombie-Gackern drang aus meiner Kehle.

Ric sah mich irritiert an, verkniff sich jedoch jeden Kommentar dazu. »Ich wette, dass es dieser Typ aus dem Buch ist«, fügte er schließlich hinzu.

Aha, daher wehte der Wind. Wie gut, dass ich mir keine Hoffnungen gemacht hatte – oder es zumindest versucht hatte. »Bist du jetzt unter die Propheten gegangen, Drache? Ist das nicht eher etwas für die anderen Elemente?«

Ric schüttelte langsam den Kopf. »Ich weiß es nicht, verstehst du? Das letzte Mal, als ich einen solchen Traum hatte, hat das mein Leben zerstört.«

Direkt drehte ich mich zu ihm und betrachtete ihn genau. Wer auch immer diese Worte aus ihm herausgepresst hatte, der Drachenpanzer hatte sich sofort danach wieder geschlossen. Ich schluckte meine Frage hinunter, denn eine Antwort würde ich nicht bekommen.

»Lass uns ins Institut fahren.« Ric startete den Diablo und schoss aus der Parkbucht, dass der Motor aufheulte und ich in den Sitz gepresst wurde. Er raste über die Landstraße, als wären Dämonen hinter uns her. Doch so schnell er fuhr, sie saßen bereits im Wagen und zerstörten auch die letzte baufällige Hängebrücke, die den Graben zwischen uns unüberwindbar gemacht hätte. Und das Schlimmste daran war, dass dennoch irgendwo in meinem Bauch ein unbelehrbares und resistentes Ding wuchs, das man Hoffnung nannte, und seine zarten Triebe in sämtliche Richtungen ausstreckte.

»Ein Seelenloser ist in der Stadt aufgetaucht«, begann Perry mit ruhiger Stimme. Die Anspannung war ihm dennoch anzusehen.

Ich hörte ein fernes Tosen von Wellen, die gegen felsiges Ufer schlugen. Wir waren erneut alle versammelt. Sogar die von dem Seelenlosen Cam verletzte Laurie saß in der Besprechung, auch wenn sie noch kreidebleich und eingefallen aussah. Ich beobachtete sie an der Seite von Josh und plötzlich war mir alles klar. Warum sich Josh so extreme Sorgen und Vorwürfe gemacht hatte. Die Verbindung zwischen den beiden war nicht zu übersehen. Sie waren ein Paar.

Feuer und Wasser, die klassischen Gegensätze. Ich lächelte in mich hinein und freute mich ehrlich für die beiden. Josh schien in Ordnung zu sein.

Perry sah uns alle nacheinander an, sorgte dafür, dass wir ihm die ungeteilte Aufmerksamkeit schenkten. Der Duft aller Elemente war präsent, ehe Perry mit der wahren Neuigkeit herausrückte: »Er hat uns eine Warnung hinterlassen.«

Ein kollektives Aufkeuchen ging durch die Reihen. Seelenlose kommunizierten nicht. Sie wussten in der Regel nicht einmal, wieso sie überhaupt aus ihrer gewohnten Umgebung gerissen worden waren, folgten nur ihren Überlebensinstinkten und ihrer von der Autorin oder dem Autor verliehenen Natur.

Ich rutschte auf meinem Stuhl nach unten, hätte mich am liebsten unsichtbar gemacht. Mein Elementaranhänger pulsierte, spürte meine Sorge. Ric berührte kaum spürbar meine Hand, die auf dem Tisch lag. Auch wenn der Kontakt mehr eine Erinnerung als tatsächliche Berührung war, flatterte mein Herz, und das unverrückbare Wissen, dass er zu mir stehen würde, breitete sich wie eine zarte Welle in meinem Körper aus. Ich nickte kaum merkbar, ich hatte verstanden.

»Was für eine Warnung?«, fragten mehrere Wächter gleichzeitig.

Perry trat zu dem kleinen Pult, das vor der Seitenwand aufgebaut war, und aktivierte den Beamer, der das Bild eines zerrissenen Blattes Papier an die Wand warf. In krakeliger Schrift, die kaum zu entziffern war, stand geschrieben: ›Eure Macht wird bald versiegen. Z.‹

Zodan. Mir wurde eiskalt und ich begann, zu zittern. Nun scheute sich Ric nicht mehr, seine Hand auf meine zu legen. Er sandte mir über sein Element Wärme, was zumindest einen kleinen Teil von mir erreichte. Doch meine Schuldgefühle konnte sie nicht wegbrennen. Als er seine Hand wieder wegnahm, blieb eine tiefe Leere zurück.

Das Gemurmel um uns herum wurde immer lauter, sodass ich Corals geflüsterte Worte kaum vernahm. »Es ist so weit. Die Prophezeiung.« Sie saß da wie erstarrt, ihren Blick in die Ferne gerichtet.

Perry ließ das Geräusch eines prasselnden Regenschauers erklingen, alle zuckten zusammen. Als Ruhe eingekehrt war, sprach er mit fester Stimme: »Die Bibliothekare sind sich einig: Es ist so weit, die Prophezeiung tritt ein. Die Welt verändert sich und ein Krieg, der wichtigste Kampf in unserem Dasein, steht kurz bevor. Der weltweite Rat ist zu dem Entschluss gekommen, dass die Zeit reif ist, das fünfte Element zu suchen.«

Perry ließ uns allen Gelegenheit, das Gesagte zu verarbeiten. Ich sah, wie in den Köpfen aller die uralte Legende ablief. Das sagenumwobene fünfte Element war ein Mythos, niemand glaubte daran. Dasselbe hatte jedoch bis vor Kurzem auch für die Prophezeiung gegolten.

Die Legende besagte, dass neben uns normalen Wächtern mit der Macht über Feuer, Wasser, Erde und Luft, ein Überelement existierte: das Licht, aus dem alles andere hervorging. Mithilfe dieses fünften Elements, so war es überliefert, sollte die Grenze zwischen Fiktion und Realität endgültig geschlossen werden können. Schon seit Jahrzehnten waren unsere Gelehrten auf der Suche danach, folgten jedem winzigen Hinweis, die jedoch alle ohne Resultat im Sande verlaufen waren.

»Gibt es neue Hinweise auf das fünfte Element?«, sprach Peter die Frage aus, die vermutlich in allen Köpfen herumgeisterte.

Perry antwortete wenig zuversichtlich: »Wir haben Grund zu der Annahme, dass unser Element ein Seelenloser ist.«

Sofort hatte ich Zacs Bild vor Augen. Ich wusste nicht, warum ich mir sicher war, warum ich alles, was ich besaß, darauf hätte setzen können. Ric warf mir einen Seitenblick zu. Er dachte mit Sicherheit dasselbe wie ich. Nur sollten wir die anderen einweihen? Ich antwortete mir selbst mit einem Kopfschütteln. Zuerst musste ich mir Klarheit darüber verschaffen und mit Ric sprechen – auch über meinen Traum. Schon beim Gedanken daran verzog ich das Gesicht.

»Wie kam der Rat zu diesem Entschluss?«, fragte Ric und ließ sich nicht anmerken, dass er vermutlich mehr wusste, als Perry selbst.

Dieser lief vor dem projizierten Papierschnipsel auf und ab. »Im Nachlass einer alten Wächterfamilie wurden Briefe gefunden, die sich mit der Thematik des fünften Elements beschäftigen. Natürlich hatten auch die Bibliothekare die These aufgestellt, dass es sich um eine Buchfigur handelt – und diese wieder verworfen, als wir annehmen mussten, dass dieses Buch schon längst vernichtet war. Es konnte keine Figur sein, die in einer Tausender- oder Millionenauflage gedruckt wird. Es musste ein einzelnes Buch sein, ein Unikat. In den aufgefundenen Briefen stellten zwei Wächter die These auf, dass zwischen einem Protagonisten, der nur eine einzige Bezugsperson hat, eine stärkere Bindung auftreten muss, als würde das Leid der Figur mit vielen anderen geteilt. Ein solches Buch zu lesen, muss noch größere Gefühle auslösen als das Lesen einer Erstausgabe.«

»Und darauf war bisher niemand gekommen?« Rics Stimme klang spöttisch, beinahe respektlos, was Perry mit einem scharfen Blick bestrafte. Da so etwas an Ric grundsätzlich abprallte, starrte er Perry nur aus seinen goldenen Augen an und wartete auf eine Antwort.

Perry verzog den Mund und nuschelte: »Vielleicht haben der Rat und die Bibliothekare in einem zu großen Rahmen gedacht? Ich weiß es nicht, tut mir leid.«

Ric wirkte sichtlich zufrieden über die entblößend ehrliche Antwort und nickte. »Wie sehen die weiteren Pläne aus?«

»Ihr geht abends weiterhin planmäßig auf Patrouille. Tagsüber werdet ihr in Antiquariaten und alten Bibliotheken nach Unikaten suchen. Der Rat setzt alles auf diese Karte. Denn sollte sich dieses Werk in Privatbesitz befinden, wären wir alle verloren.«

»Aber was ist mit den Studien?«, fragte Heather, eine Erdelementarierin.

»Wir verzichten weltweit auf das Lesen der Neuerscheinungen in der *Bibliotheca Elementara.* Das Auffinden des fünften Elements hat oberste Priorität.«

Er ging erneut zum Stehpult und schaltete den Beamer aus. Für einen Moment musste ich mich an das Halbdunkel gewöhnen, das nun nach dem grellen Leuchten des Beamers zurückblieb.

»Ihr habt mit dem Universalcode wie immer freien Zugang zu allen Büchern, die ihr erreichen wollt. Ich habe eure Gruppen bereits den einzelnen Buchhandlungen zugewiesen.« Perry rief die Anführer der Gruppen nacheinander zu sich und gab die Zielorte bekannt.

Sobald Ric die Information hatte, verließen wir die *Bibliotheca Elementara* und standen im Foyer des Instituts zusammen.

»Uns wurde das Antiquariat im alten Einkaufszentrum zugewiesen«, erzählte Ric. »Wir sollten gleich aufbrechen. Bist du mit dem Auto da?«, fragte er an Peter gewandt, der ebenfalls einen der begehrten Parkplätze in der Tiefgarage besaß. Coral wohnte nur wenige Blocks entfernt und kam immer zu Fuß.

»Soll ich fahren? In mein Auto passen wenigstens alle auf einmal.«

Rics Blick war unbezahlbar. Er schwankte zwischen Ungläubigkeit und dem Drang, einen fiesen Spruch loszulassen. Hastig schritt ich ein: »Ric sollte ebenfalls fahren, dann können wir anschließend gleich nach Hause und du musst uns nicht extra hierherfahren.«

»Klar«, antwortete Peter und ging in Richtung Fahrstuhl. Coral folgte ihm.

Ich wollte gerade hinterherlaufen, als Ric mich am Arm zurückhielt. Ich drehte mich um und war bereits im Begriff, ihn anzuzischen, was das sollte, als er mir mit einem dankbaren Blick zunickte. Mein verräterisches Herz polterte schon wieder los und jeglicher bissige Kommentar war im geistigen Nirwana verschwunden. Spitze, Lin.

»Kommt ihr?«, rief uns Coral aus dem Fahrstuhl zu. Sie hielt die Hand vor die Lichtschranke, damit er sich nicht schloss. Mit schnellen Schritten liefen wir zu ihr und Peter.

Peters Corsa stand weit vorne, er musste bereits den ganzen Tag im Institut verbracht haben. Coral stieg nach Peter ein und schloss mit einem »Bis gleich!« die Tür. Ich ging neben Ric die Reihe von Autos entlang, als die beiden schon an uns vorbeifuhren.

»Du hast dasselbe gedacht, als Perry sagte, dass das fünfte Element ein Seelenloser ist, nicht wahr?«

Er hielt an und zwang auch mich, stehenzubleiben. »Das Buch, in dem du liest …« Er brauchte den Satz nicht zu beenden.

»Ja, es muss ein Unikat sein. Ich habe die Geschichte, das Szenario, sämtliche Namen darin, einfach alles gegoogelt, aber keinen Hinweis auf das Buch gefunden.«

»Und es besitzt eine magische Barriere«, fügte Ric mit einem wissenden Nicken hinzu. »Hast du es dabei?«

Ich klopfte auf meine Handtasche, in die ich das Buch zu Hause gepackt hatte. »Ich lasse es nicht mehr aus den Augen.«

»Gut. Vielleicht können wir es so drehen, dass es aussieht, als hättest du es heute in dem Antiquariat gefunden.« Er fuhr mit einer Hand übers Gesicht und sah dabei ... verletzlich aus. Nicht der Drache, sondern der alte Ric von früher. Er tat bereits den ersten Schritt, als ich ihn zurückhielt. Sein fragender Blick durchbohrte mich.

Ich schloss für einen Moment die Augen. Jetzt war der perfekte Zeitpunkt, ihm von meinem Traum zu erzählen. Ich holte tief Luft. Die Aufregung ließ meinen Elementanhänger pulsieren und die Luft begann, zu kreisen.

»Lin?«

»Ich hatte letzte Nacht ebenfalls einen Traum«, begann ich und schickte mein Element, um meine Wangen zu kühlen, doch der Lufthauch ließ meine Augen tränen.

»Was hast du denn geträumt?« Ric berührte mich behutsam am Arm – eigentlich eine rein freundschaftliche Geste zur Aufmunterung, doch sie bewirkte das genaue Gegenteil.

»Ich habe von dir geträumt.« So, jetzt war es raus und ich wappnete mich für einen Spruch des Drachen. Als der nicht kam, stieß ich hektisch die angehaltene Luft aus.

»Was genau hast du geträumt?« Kein Grinsen, kein Zucken in den Mundwinkeln, kein Drache. Daher erzählte ich ihm alles, wirklich alles. Von Zacs Bild, das sich mit seinem überschnitt, der Begegnung in seiner Wohnung und den Worten, bei denen es mir erneut eiskalt den Rücken hinunterlief.

Ric antwortete nicht, verzog nur grimmig das Gesicht und ging in Richtung Diablo. Hatte er nichts dazu zu sagen? Als ich mich endlich aus der Erstarrung löste, musste ich beinahe joggen, um ihn einzuholen.

»Willst du nicht mit mir darüber reden?«

»Ich muss das erst für mich selbst sortieren. Aber wir vergessen den Plan, dieses Buch heute zu finden, okay? Wenn wir alles durchgesehen haben, fahren wir zu dir nach Hause. Ich muss mit deiner

Freundin reden.« Er öffnete die Fahrertür des Diablos und ließ sich hineingleiten.

Mit Ty? Er musste mit Ty reden? Verwirrt kletterte auch ich in den Wagen und nahezu zeitgleich schlossen wir die Türen.

Die Suche im Antiquariat war natürlich ein Reinfall gewesen. Peter, Coral, Ric und ich hatten den ganzen Tag über sämtliche Bücher aus dem Regal gezogen und mit einer Datenbank auf dem Handy abgeglichen. Wir hatten in Zweierteams gearbeitet, damit einer den Titel entziffern, der andere in der App danach suchen konnte. Es gab einige besondere Exemplare in dem alten Laden, doch jedes Buch, das sich dort in den Beständen befand, war in der App der Bibliothekare gelistet. Die fiktive Welt und ihre Charaktere waren bereits bekannt.

Unser schnelles Arbeiten hatte sich gelohnt, denn Ric und ich schafften es tatsächlich noch, nach Hause zu fahren, ehe unsere Patrouille begann. Ric ließ weiterhin nicht durchblicken, was genau er Ty fragen wollte. Umso erleichterter war ich, dass Ty auf dem Sofa in unserem gemeinsamen Wohnzimmer saß und – was auch sonst? – las.

Ric trat näher und nahm ihr das Buch aus der Hand, als könnte er sich daran mit der Pest anstecken. »Aliens? Nicht dein Ernst, oder?«

»Daemon ist das Heißeste, was die Jugendbücher derzeit zu bieten haben«, entgegnete Ty empört und riss das Buch wieder an sich. »Und ich hätte garantiert nichts dagegen, wenn er anstelle von dir hier im Wohnzimmer stehen würde, Lindwurm.« Sie wackelte verheißungsvoll mit den Augenbrauen und ich konnte ein Lachen nicht mehr zurückhalten.

Ric warf mir einen vernichtenden Blick zu. In Tys Richtung schüttelte er einfach nur abfällig den Kopf.

»Mensch, Lin, unterstütz mich hier mal.« Ty hüpfte an meine Seite und legte mir den Kopf an die Schulter. »Jetzt, wo Zac nicht mehr an erster Stelle steht, musst du dich doch nach was Neuem umschauen.« Ich hörte ihr an, wie sie Ric mit Blicken herausforderte. »Und gib's zu, in den vielen Szenen, in denen Katy Daemons halb nackten Körper anstarrt, ist's dir auch ganz warm geworden – ums Herz natürlich.«

Sie sah zu mir nach oben und zwinkerte mir zu. Ich musste erneut lachen, was Ric – noch mal – mit einem vernichtenden Blick quittierte.

»Ein Lachen ab und zu würde dir auch nicht schaden«, konterte Ty schnaubend und gab auf.

»Wenn du jetzt wieder auf normalem Level bist, würdest du Lin dann erzählen, was du mir heute Mittag gesagt hast?«, bat Ric in übertrieben freundlichem Ton.

Ty presste die Lippen zusammen und schüttelte den Kopf so stark, dass ihre Haare hin und her flogen. Dabei warf sie Ric einen flehenden Blick zu, der mich misstrauisch machte. Was hatte sie jetzt schon wieder angerichtet?

»Das über den Verräter«, half ihr Ric auf die Sprünge und Ty war die Erleichterung anzusehen. Ty ging zurück zum Sofa und ließ sich darauf fallen, ich folgte ihr und warf meine Handtasche neben mich. Ric nahm im Lesesessel gegenüber Platz.

»Dieser Typ, der mich weggebeamt hat, hat mir gesagt, dass der Verräter der Schlüssel wäre«, erklärte Ty.

»Zac.« Ich hatte es ja bereits vermutet. »Meinst du, er ist das fünfte Element?«, fragte ich an Ric gewandt. Dieser presste sich die Finger an die Schläfen, als würde es ihm beim Denken helfen. Mir lag schon ein böser Spruch auf der Zunge, doch Ty war schneller.

»Soll ich dir auf den Hinterkopf schlagen? Das soll die Denkfähigkeit erhöhen.« Sie grinste ihn frech an, aber Ric reagierte nicht.

Nach schier endlosen Minuten schüttelte er den Kopf. »Ich glaube nicht, dass er das fünfte Element ist. Das sagt mir mein Gefühl.«

»Aber es deutet einiges darauf hin, oder? Der magische Schutz um das Buch, die vermeintliche Interaktion mit *Otherside*«, überlegte ich laut, doch Ric schien nicht überzeugt. Ty hingegen nickte kräftig.

»Etwas stimmt mit dem Buch nicht, da gebe ich dir recht, aber …« Er fuhr sich nervös durch die Haare und sofort wurde ich misstrauisch.

»Du weißt schon wieder mehr, als du mir sagen willst, oder?« Meine Stimme wurde lauter. Warum konnte er diese Heimlichtuerei nicht einfach sein lassen?

Ty sah wie bei einem Tennismatch zwischen uns beiden hin und her.

»Es ist …«, setzte er an.

»… kompliziert, ich weiß. Mein ganzes Leben ist kompliziert, seit du …« Ich brach abrupt ab und sah zur Seite. Ty schien plötzlich irrsinniges Interesse an ihren Fingernägeln zu entwickeln und pulte hochkonzentriert an ihnen herum.

»Seit ich was?«, fragte er skeptisch.

Ich spürte Rics Blick auf mir, wagte es jedoch nicht, ihn anzusehen. »Vergiss es«, presste ich hervor, ehe ich seinen Blick auffordernd erwiderte. »Wenn du mir nicht vertraust, warum sollte ich dir alles erzählen?«

Ric fuhr hoch und strahlte dabei eine Hitze ab, die wie ein Wüstenwind zum Sofa wehte. Er war aufgebracht. Sehr aufgebracht. Aber ich war im Recht. Daher sprang auch ich auf, um einigermaßen mit ihm auf Augenhöhe zu sein.

»Was? Ärgert es dich etwa, wenn man dich nicht anhimmelt und dir nicht jeden Wunsch erfüllt wie deine Groupies?«

Jetzt kam ich so richtig in Fahrt. Mein Element umwirbelte mich und peitschte mir einzelne Strähnen ins Gesicht. Aus den Augenwinkeln sah ich Ty, die auf dem Sofa immer kleiner und kleiner wurde. Sie sah aus, als wäre sie lieber woanders.

Rics Gesicht wechselte schimmernd die Farbe. Die Drachenhaut drohte, durchzubrechen. »Du weißt gar nichts«, fauchte er und rannte in Richtung Flur. Eine halbe Sekunde später schlug unsere Wohnungstür mit so viel Schwung zu, dass das Geschirr in den Küchenregalen klapperte. Die Luft war noch immer erfüllt von der Wut eines alles verschlingenden Feuers.

»Da hat aber jemand sein Temperament nicht unter Kontrolle«, sagte Ty emotionslos. Sie wusste vermutlich selbst, dass es jetzt nicht der richtige Zeitpunkt für irgendwelche Sprüche war.

Ich schüttelte den Kopf und ging mitsamt meiner Handtasche in mein Zimmer. Mit einem Mal sehnte ich mich nach Zac, ganz gleich, wie sehr sich seine Geschichte nun festgefahren hatte. Ich musste nach *Otherside*.

7. KAPITEL

Er muss sich von ihr fernhalten, doch es scheint ihm unmöglich. Er kann nicht beides zugleich haben. Und sie zu finden, hat oberste Priorität. Er fühlt sich zerrissen.

Verdammt«, schniefte ich und wischte mir die Tränen aus den Augen. So konnte ich nicht lesen.

Ich saß auf meinem Bett, hatte es mir unter der kuscheligen Decke bequem gemacht und *Otherside* auf meinen angewinkelten Beinen liegen. Ich musste zu Zac, aber der Streit mit Ric schien mir näherzugehen, als ich vermutet hatte. Und nun machte es mir der Tränenschleier unmöglich, auch nur einen Satz am Stück zu lesen.

Ich zog ein Papiertaschentuch aus der Box auf dem Nachtschrank, wischte mir die Tränen aus dem Gesicht und warf das Tuch neben das Bett zu den anderen, die auf dem blauen Linoleum wie kleine Eisberge aussahen. Ich verstand mich selbst nicht. Es war ja nicht so, dass ich die letzten Jahre nie mit Ric wegen irgendwas gestritten hätte, auch heftiger. Aber heute war es anders. Weil mein kleines dummes Herz der Meinung war, dass sich Ric geändert hatte und nun eine neue Chance für uns bestand.

Was absolut nicht der Fall ist, ergänzte mein Hirn, als es sich aus der Wattewelt geschält hatte. Ich legte *Otherside* auf den Nachtschrank und betrachtete seine abgenutzte Oberfläche, während die Tränen weiter scheinbar grundlos aus meinen Augen drängten.

Ich war so tief in mein Selbstmitleid oder was auch immer versunken, dass ich gar nicht hörte, wie Ty hereinkam. Sie stand urplötzlich neben mir und sah mich aus großen Augen an.

Mit einer Geste bat ich sie, sich zu setzen. Vielleicht brauchte ich gerade jetzt jemanden, der mit mir zusammen litt. Geteiltes Leid und so. Ty kam meiner Aufforderung nach und nahm meine Hand. Ich sah sie skeptisch an, wartete noch immer auf irgendeinen Spruch, der mich aufmuntern oder zumindest ablenken sollte. Doch der kam nicht. Ty war – für ihre Verhältnisse – sehr lange still. Nichts außer meinen unregelmäßigen Atemzügen gemischt mit Schniefen war zu hören. Dennoch wurde ich immer ruhiger, je länger Ty bei mir war.

»Du weißt, dass du ihm mindestens genauso viel bedeutest wie er dir, oder?«, fragte sie so plötzlich in die Stille hinein, dass ich zusammenzuckte.

»Ja, klar«, antwortete ich krächzend. Scheinbar litten meine Stimmbänder mit mir. Wenigstens etwas.

»Ich spüre, dass da mehr ist«, begann sie. »Merkst du denn nicht, wie er sich immer an einem bestimmten Punkt abwendet?« Als ich nicht antwortete, fuhr sie fort: »Sein Verhalten muss eine Ursache haben. Wer die Funken zwischen euch nicht bemerkt, ist blind. Das sind keine Funken mehr, sondern ein ganzes Feuerwerk.«

Meine Mundwinkel hoben sich bei dem Vergleich, auch wenn er völlig absurd war. Ich schüttelte den Kopf.

»Sieh ihn dir doch mal genau an. Beobachte ihn.« Sie musterte mich von der Seite und korrigierte sich. »Nicht anstarren und schwärmen, wie heiß er ist. Beobachte sein Verhalten. Dann wirst du schon sehen, dass ich recht habe. Er verbirgt etwas. Und wenn wir herausfinden, was es ist, könnt ihr heiraten und Drachenfeen gebären bis zum Sankt-Nimmerleins-Tag.« Sie lachte ihr glockenhelles Lachen und steckte mich damit unfreiwillig an. Nebenbei bekam mein Gehirn Knoten bei dem Versuch, sich Drachenfeen vorzustellen. »Und bis es so weit ist«, sagte sie, »liest du mir meinen Alien aus diesem Buch oder vergnügst dich mit Zac.« Sie drückte mir *Obsidian* in die Hand und wackelte verheißungsvoll mit den Augenbrauen.

Ich schüttelte lachend den Kopf und lehnte das Buch dankend ab. Ich hatte die Geschichte bereits gelesen und war sogar schon dem einen oder anderen Daemon begegnet – was wirklich immer sehr nett anzuschauen war, aber nicht ungefährlich. Wer konnte ahnen, was in diesen unruhigen Zeiten mit einem Lux passieren würde?

»Ich werde mich wohl doch weiter um Zac kümmern«, sagte ich nach einem kurzen Räuspern. »Irgendwas passiert in Otherside und ich muss herausfinden, was es ist. Wenn Zac wirklich das fünfte Element ist, muss ich ihn da irgendwie rauskriegen.«

Ty nickte verständnisvoll und hievte sich vom Bett hoch. »Du weißt, dass du immer zu mir kommen kannst.« Ich nickte lächelnd, während sie mit einem breiten Grinsen hinzufügte: »Sobald du ein paar tolle Typen in unsere Welt geholt hast, die dringend eine fantastische Frau suchen, die sie anschmachtet.« Dem Kissen, das ich lachend nach ihr warf, wich sie geschickt aus, während sie aus meinem Zimmer hüpfte.

Sie schaffte es immer wieder, mich bis in den hintersten Winkel meines Ichs aufzumuntern. Diese Gabe besaß ansonsten niemand. Kurz überlegte ich, ob ich das Papiertaschentuchchaos auf dem Fußboden beseitigen sollte, entschied mich dann aber doch für *Otherside*. Wie gewohnt platzierte ich das Buch vorsichtig auf meinem Schoß und schlug es bedächtig auf, während ich den ganz speziellen Duft genoss, den die uralten Seiten verströmten.

Ich suchte der Neugierde halber nach den Seiten, zwischen denen das Lesebändchen eingeklemmt war, und war nicht einmal überrascht, als sich sein Platz erneut verändert hatte. Die Geschichte war wieder gewachsen. Ich blätterte zu meinem eigenen Lesezeichen – mittlerweile war ich froh, mich nicht auf das Lesebändchen verlassen zu müssen. Es steckte noch in der öden Szene von Zacs Selbstreflexion. Das erste Wort, das mir ins Auge fiel, war *Elizabeth* und ich verzog das Gesicht. Sie tröstete Zac mit den Waffen, mit denen sie ihn immer ablenkte. Mir fuhr ein Stich ins Herz, die lächerliche Eifersucht nagte wieder einmal an mir.

Elizabeth war mir stets suspekt gewesen. Sie tauchte an den seltsamsten Stellen auf, auch Zacs Aufträge schienen ihn immer in ihre

Nähe zu treiben, obwohl er ansonsten in der ganzen Welt von Otherside unterwegs war und kaum einem Menschen oder einer anderen Kreatur mehrmals begegnete. Ich schüttelte den Kopf. Es gab einfach Charaktere, die man hasste, obwohl man sie nicht sehr gut kannte. Oder zu gut? Ich kannte jede Stelle von Elizabeths Körper, wusste, dass sie nach Rosen duftete und ein Muttermal direkt über ihrem wohlgeformten Po hatte. Ich seufzte.

Zac öffnete die Verschnürung ihres Mieders und ließ es achtlos zu Boden gleiten. Danach streifte er eine halbtransparente Bluse von ihren Schultern und küsste ihren Nacken.

Ich bekam eine Gänsehaut, glaubte, die Küsse – ja selbst Zacs Atem – zu spüren, wie er meinen Hals liebkoste.

»Ich liebe dich«, flüsterte Zac und ich schlug vor Schreck das Buch zu.

Hatte ich den Satz gelesen oder gehört? Mein Herz schlug so schnell, als wollte es mir aus der Brust springen. Ich hatte Angst davor, die Seite noch einmal zu suchen. Was wäre, wenn ich mich täuschte? Wenn ich irgendwie verrückt wurde? Doch ganz gleich, ob das Flüstern real oder eingebildet war: Ich sehnte mich nach Zac. Vielleicht sprach aus mir auch einfach die Eifersucht auf Elizabeth, ganz nach dem Klischee, das diejenigen, die unerreichbar waren, immer interessanter wurden. Tja. Ein Klischee war das aber nicht, sondern die verfluchte Realität.

Ich sah auf die Uhr und erschrak. Wir mussten schon bald auf Patrouille gehen und ich war mir nicht sicher, ob mich Ric nach unserem Streit überhaupt abholen wollte. Wenn ich selbst ins Zentrum fahren musste, wurde die Zeit knapp. Hastig fischte ich mein typisches Arbeitsoutfit aus dem Schrank, sprang ins Bad, um meine Haare zu bezwingen und meine verquollenen Augen mit Wasser zu kühlen – was zwecklos war.

Bevor ich die Wohnung verließ, reichte mir die beste Mitbewohnerin der Welt noch ein Sandwich, das ich eilig hinunterschlang, während ich die Treppe nach unten rannte und aus dem Haus stürmte. Wo ich mit Ric zusammenprallte, der soeben um die Ecke bog.

Er gab ein »Umpf« von sich und ich stöhnte auf. Ich hatte mir eben den letzten Bissen in den Mund geschoben und durch den Zusammenprall selbst einen Kinnhaken verpasst. Mein normales Ich wollte bereits losschimpfen, aber ich hielt es gerade noch rechtzeitig zurück, um dem wohlwollenden, verständnisvollen Ich, das Ty in mir sehen wollte, Platz zu lassen.

Nachdem ich einen Schritt zurückgetreten war, registrierte ich mit einem innerlichen Lächeln, wie Ric den Mund öffnete, dann die Fäuste ballte und den Mund wieder schloss. Die Hitze seiner Elementarkraft verriet den unterdrückten Ärger dennoch. Aber der gute Wille zählte.

»Ich hatte nicht mit dir gerechnet«, sagte ich ruhig, während ich einen weiteren Schritt zurücktrat. Dann hob ich die Augenbraue nach Tys Vorbild. »Vor allem so früh.« Ich hatte das Haus ja extra früher verlassen, weil ich die Parkplatzsuche in der Innenstadt eingeplant hatte.

Ric sah zur Seite, als wäre er … verlegen?

»Ich habe gedacht, dass du sicher schon früher losgehst, wenn du selbst fährst.« Ich war beeindruckt, wie sehr er mitgedacht hatte, und brachte nur ein Nicken zustande. An ihm vorbei ging ich in Richtung Diablo.

»Hör zu«, sagte er und hielt mich am Oberarm zurück. Die Berührung glich einem Stromstoß, der mich bewegungsunfähig machte. Daher drehte Ric mich wieder zu sich um.

»Das vorhin«, setzte er an und holte erst mal tief Luft. Ich spürte die Gegenwart seines Elements, er war nervös. »Der Streit war idiotisch. Es tut mir leid.«

»Mir tut es auch leid«, antwortete ich, während ich überall hinsah, um zu vermeiden, von den goldenen Augen gefangen genommen zu werden. »Vergessen wir den Nachmittag einfach, in Ordnung?«

Aber wenn du mir erzählen willst, was du vor mir verheimlichst, dann nur zu, ergänzte ich in Gedanken.

»Danke.« Mehr sagte er nicht, allerdings war ihm die Erleichterung anzumerken. Er ging an mir vorbei zu seinem Auto und bedeutete mir mit einem Kopfnicken, dass ich doch *endlich* kommen sollte. Ich stöhnte auf.

Während der Autofahrt unterhielten wir uns über Zac und meine feste Überzeugung, dass er das fünfte Element war. Ric glaubte mir immer noch nicht, auch wenn er nach wie vor zugeben musste, dass es sein könnte. Wenn der Lackaffe mir endlich sagen würde, was er wusste, dann könnte er mich vielleicht von meiner Gewissheit abbringen. Aber nein, er verschloss sich nach wie vor und wir waren gleich weit wie am Nachmittag.

Nach einer kurzen Einsatzbesprechung gingen wir los. Laurie sollte immer noch nicht auf Patrouille gehen, daher begleitete Josh uns statt ihrer. Ihm war jedoch anzusehen, dass er lieber weiterhin bei Laurie in der *Bibliotheca Elementara* geblieben wäre. Doch Auftrag war Auftrag.

Kaum dass wir den Marktplatz erreicht hatten, meldete sich Peters Element. Er eilte zu einem der Bäume, seine Hände wurden zu Zweigen und verbanden sich mit dem Stamm. Während er sich unterhielt, wurde er immer blasser. Schier endlose Minuten vergingen und wir anderen wurden ungeduldig. Endlich verblasste das Chlorophyll in Peters Augen und er kam auf uns zu. Inzwischen hatte er wieder Finger, die jedoch noch von Rinde überzogen waren.

»Was hast du herausgefunden?«, fragten Ric und Josh nahezu zeitgleich. *Feuerelementare*, dachte ich kopfschüttelnd. Coral lächelte vorsichtig.

Peter fühlte sich wie immer etwas befangen, wenn er im Zentrum der Aufmerksamkeit stand, und eine zarte Röte zeigte sich auf seinen Wangen. Er sah ständig um sich, als er zu erzählen begann: »Heute haben sich unzählige Seelenlose materialisiert. Doch einige von ihnen sind sofort nach ihrer Ankunft verschwunden, sagen die Bäume.«

»Was heißt *verschwunden*? Haben sie sich aufgelöst?«, hakte Ric nach.

Peter schüttelte den Kopf. »Es klang eher so, als hätten sie eine Tarnung. Dasselbe muss heute Vormittag schon einmal passiert sein. Die Bäume im Park haben von einer großen Gruppe erzählt, die sogleich wie vom Erdboden verschluckt war. Unauffindbar für mein

Element.« Er schüttelte ungläubig den Kopf. »Ihre Energie war zwar präsent, aber nirgendwo konnte man die Seelenlosen noch spüren.«

Die Söldner. Es musste die Söldner-Gruppe sein. Zodan muss es geschafft haben, sie von den Elementen fernzuhalten. Nur wie?

»Wie viele Seelenlose waren es heute Abend?« Ric überging den Bericht über die Söldner und ich war ihm dankbar dafür. Er sah kurz zu mir und nickte kaum merkbar.

»Fünf oder sechs. Sie sind sich nicht sicher.« Peter deutete auf die Gruppe von Bäumen, die sich leicht im Wind bewegten.

»Was wollen wir jetzt unternehmen?«, fragte Josh.

Ric wies ihn an, Perry Bescheid zu geben und Verstärkung zu rufen. Josh zog sofort sein Handy aus der Tasche und drückte auf dem Display herum. Anschließend entfernte er sich ein paar Schritte.

»Wie geht es jetzt weiter? Wo sollen wir mit der Suche anfangen?«, fragte Coral vorsichtig.

»Ich könnte die Luft fragen, was sie weiß«, schlug ich vor. Die Erde war eine solide Quelle für Informationen. Die Luft war eher wie Klatsch und Tratsch unter Nachbarn. Sehr viele falsche Informationen, aber ab und an war doch etwas Brauchbares dabei. So hatte ich schließlich auch Zodan gefunden.

Coral nickte begeistert – zumindest zeigte sie für ihren Charakter Begeisterung, indem sie ihren Kopf schneller als sonst bewegte und ihre blauen Augen funkeln ließ. Auch Peter stimmte dem Vorschlag zu.

Ich sah zu Ric, was er davon hielt. Wie immer verzog er skeptisch den Mund, wenn ein Vorschlag nicht von ihm selbst kam. Bei Aither, der Typ war schrecklich. Meine Augen blitzten ihn nervös an und ich schickte ihm einen sachten Windstoß, um ihn anzuschubsen.

»Wenn du denkst, du bekommst etwas heraus, meinetwegen.« Sein Blick war so arrogant, dass ich ihm am liebsten einen stärkeren Luftzug geschickt hätte.

Mein Element wartete schon auf den Einsatz, als ich an meinen Anhänger griff. Eine leichte Brise umwirbelte mich, da trat Josh wieder zur Gruppe. Ich ließ meine Hand sinken und sah ihn wie alle Anwesenden fragend an.

»Die anderen Teams sind in ihren Bereichen im Einsatz. Es wurden starke magnetische Schwankungen registriert. In der Stadt scheint heute sehr viel gelesen zu werden.«

»Das glaube ich nicht.« Peter schüttelte den Kopf. »Da geschieht etwas Größeres.«

Josh und Coral nickten, ich stimmte ihm nur in Gedanken zu.

Auch Ric äußerte sich hierzu nicht. Stattdessen sagte er: »Wir sehen jetzt zu, dass wir die Seelenlosen erwischen, die Peter gespürt hat.«

Sein Befehlston ließ alle anderen Gedanken verstummen. Ich griff an meinen Elementaranhänger und rief die Winde zu mir. Die offenen Strähnen meiner Haare peitschten mir ins Gesicht. Ich schloss die Augen. Das anfänglich zaghafte Flüstern wuchs zu einem Rauschen an, aus dem ich keine Stimmen filtern konnte. Ich bat um einzelne Sprecher und separate Hinweise drangen in meinen Geist. *Fünf identische Seelenlose, Richtung Park unterwegs, langes Haar, Rapunzel,* … Ich sog alle Informationen in mich auf, bis der Wind verstummte.

Märchen? Wie lange hatten wir es nicht mehr mit einer Märchenfigur zu tun gehabt? Ich bedankte mich bei meinem Element und strich mir die losen Strähnen aus dem Gesicht. »Sie sind in Richtung Park unterwegs. Es sind fünf identische Seelenlose.«

»Fünf gleiche Charaktere?« Josh sah irritiert in die Runde. »Ist das in eurem Genre normal?«

Wir schüttelten zeitgleich die Köpfe.

»Und es handelt sich um Rapunzel.«

»Märchen? Das ist schon eine ganze Weile her.«

Das war es. Mit Märchen hatten in der Regel nur die Wächter in der Ausbildung oder die im ersten Jahr nach Abschluss zu tun.

»Kommt, gehen wir eine Runde im Park spazieren.« Ric lief los und wir anderen folgten ihm.

Der Park war nicht weit vom Marktplatz entfernt, fügte sich direkt an das alte Schloss an, das auf einer Anhöhe über der Stadt thronte. Im Licht des vollen Mondes wirkte es mysteriös, beinahe unheimlich und ließ zahlreiche Buch- und Filmszenen vor meinem inneren Auge vorbeiziehen. Der Zugang zum Park erfolgte über schmale bekieste Wege, die zwischen etlichen Teichen hindurchführten. Coral hielt ihre Hand in einen der Teiche und sprach mit dem Wasser, das glucksend antwortete.

»Sie sind hier entlanggekommen«, sagte sie, als sie sich wieder aufrichtete.

Wir folgten dem Weg und drangen tiefer in das Gehölz ein. Uralte Bäume ragten über uns auf, die Stämme zu breit, als dass ich sie mit beiden Armen hätte umgreifen können. Nur aufgrund der guten Nachtsicht der Wächter konnten wir überhaupt etwas sehen, der Mondschein drang kaum bis zum Boden durch. Der Geruch nach nassem Laub dominierte und Peter schien gelöster denn je. Das hier war die natürlichste Version seines Elements. In der Stadt, in der alles gepflastert und geteert war, ja selbst die Bäume nur in kleinen Ausbuchtungen aus Beton wachsen durften, konnte er kaum atmen, hatte er einmal erzählt. Wir besuchten den Park selten bei unseren Einsätzen, denn er lag nicht auf unserer Route. Aber so viel ich wusste, kam Peter sehr oft hierher.

»Sie sind hinten auf der Naturwiese«, flüsterte Peter, um die Stille des Parks nicht zu stören. Hier brauchte er scheinbar nicht einmal direkten Kontakt, um mit der Natur zu kommunizieren.

»Dann los.« Ric beschleunigte seine Schritte und folgte dem Pfad zwischen Bäumen hindurch zu einer großen Lichtung. An warmen Tagen tanzten hier unzählige Schmetterlinge um die Wildblumen. Die Stadt ließ die Wiese unangetastet, hier wurde weder gemäht, noch etwas gesät oder gepflanzt. Irgendwo zwischen dem hüfthohen Gras müsste sich ein kleiner Teich befinden, der ebenfalls völlig naturbelassen war. Und roch es hier nach einem Lagerfeuer oder war Ric bereits so angespannt, dass sich sein Element manifestierte?

»Hier ist niemand«, stellte Josh fest.

Peter berührte die Gräser am Rand der Wiese und deutete mit dem Kopf nach links. Wir folgten einem Trampelpfad, der sich um die Bäume am Rand der Lichtung schlang. Gemeinsam umrundeten wir die Wiese zur Hälfte, bis Ric stehen blieb und Peter fragend ansah. Peter zuckte mit den Schultern, strich abermals über die Gräser und kniff konzentriert die Augen zusammen.

»Sie sind gerade eben noch hier gewesen«, murmelte er vor sich hin, ließ seinen Blick erneut über die Lichtung gleiten und schüttelte den Kopf.

Hatten sie sich versteckt? Ich hob meine Hand und sandte einen starken Windstoß über die Wiese, der die Gräser kurz niederdrückte und Blätter umherwirbelte. Doch da war nichts. Frustriert ließ ich die Hand sinken.

»Mach das noch mal«, flüsterte Ric so nah hinter mir, dass mich sein Atem im Nacken kitzelte – und natürlich Gänsehaut hervorrief. Dummer Körper. Ich atmete tief ein und wiederholte den Windstoß. Ric deutete mit dem Arm auf eine Stelle ungefähr zehn Meter von uns entfernt. Und jetzt erkannte ich, was er meinte: Die Blätter hingen an dieser Stelle fest, als hätte der Wind sie gegen ein Hindernis geweht. Sie flatterten und verzögert befreiten sie sich, um ihren Weg über die Wiese fortzusetzen.

»Was bei Hephaistos ist das?«, fragte Ric und starrte die Stelle an, während er meinen Arm herunterdrückte. Der Wind verschwand, die Blätter, die soeben noch in der Luft gehangen hatten, glitten langsam zu Boden.

Als das letzte Blatt zwischen den Gräsern verschwunden war, bemerkte ich, dass Coral den Pfad weitergegangen war und sich Stück für Stück von uns entfernte. Ich wollte nicht rufen, daher folgte ich ihr mit schnellen Schritten. Was auch immer dieses Phänomen hervorgerufen hatte – ich war mir sicher, dass wir uns besser nicht trennen sollten. Vielleicht bräuchten wir die Macht aller vier Elemente. Wie ein Blitz fuhr der Gedanke durch meinen Kopf. Ich winkte Ric, Peter und Josh zu und bat sie mit Gesten, sich zu beeilen.

Coral kniete bereits neben dem Tümpel und hielt die Hand in das grünliche Wasser, auf dem Algen und etwas schleimig Grünes schwammen. Ich erschauderte. Schmutziges Wasser war eindeutig nicht nach meinem Geschmack.

Die anderen stießen endlich zu uns und ich erzählte ihnen flüsternd, dass wir unsere Elemente verbinden mussten. Um Josh nicht auszuschließen, reichte ich ihm meine rechte und die linke Hand Peter. Coral stand kopfschüttelnd auf – auch das Wasser hatte scheinbar keine Neuigkeit –, wischte ihre Hand an ihrem Kleid ab und reichte sie Peter. Ric bildete das andere Ende. Wir konzentrierten uns auf unsere Elemente und sofort war die Luft von sämtlichen Gerüchen getränkt. Sommerregen, Lagerfeuer, eine taufeuchte Wiese … Ich sog alles in mich auf und genoss die Stärke unseres Verbundes.

Dann sah ich sie. Zumindest eine von ihnen. Sie stand genau an der Stelle, an der die Blätter in der Luft gehangen hatten. Sie war nicht sehr groß, vielleicht einen Meter fünfzig, zierlich und hatte unnatürlich große Augen. Doch das war nicht das, was meinen Blick magnetisch anzog. Ihr blondes Haar war zu einem Zopf geflochten, den sie sich mehrmals um Taille und Arme geschlungen hatte. Als Kind hatte ich mir immer Haare wie Rapunzel gewünscht, aber wenn ich das so sah, war ich ausgesprochen froh, dass sich dieser Wunsch nicht erfüllt hatte. Das Mädchen schien unter der Last zu leiden. Sein linker Arm, der das Ende des Zopfes trug, zitterte bereits vor Anstrengung.

Meine Wächterkollegen waren ebenfalls wie erstarrt. Ich sah nicht, was das Mädchen dort tat, das hohe Gras verbarg das, worauf es sich zu konzentrieren schien. Endlich löste ich meinen Blick von dem Mädchen und sah zu Ric hinüber, der sich kurz darauf in meine Richtung drehte. Die Ungläubigkeit war ihm ins Gesicht geschrieben. Ich wandte mich wieder dem Mädchen zu.

»Was …«, setzte Josh an. Das Mädchen zuckte zusammen und sah sich auf der Lichtung um. Ich ließ sofort Josh und Peter los und beendete die Verbindung zwischen uns allen und unseren Elementen. Das Mädchen verschwand.

»Das war knapp«, sagte Peter.

Josh entschuldigte sich. »Ist das eine Art magische Barriere?«, fragte er.

Niemand wusste eine Antwort.

Ric hob seine Hand und trat einen Schritt nach vorne, dann einen weiteren. Doch beim Versuch, das Gras zu teilen, um weiterzugehen, stieß seine Hand gegen etwas. »Ich glaube, wir sollten das dringend melden.« Er zog sich zurück und schob uns den Weg zurück, den wir gekommen waren. Erst am Rand des Parks atmete er auf. »Geht schon mal ins Institut, ich muss noch kurz etwas erledigen.«

Josh, Peter und Coral folgten seiner Anweisung ohne Widerworte, ich jedoch wurde skeptisch und blieb bei Ric stehen.

Als die anderen außer Hörweite waren, hakte ich nach: »Was hast du vor?«

Ric schüttelte den Kopf. Er hatte seine distanzierte Art hervorgeholt, aber seine Augen brannten wie ein Höllenfeuer. Er war aufgeregt. Ich glaubte sogar, über den Geruch des Parks hinweg wieder diese Rauchnote wahrzunehmen, was mich noch viel skeptischer machte. Doch so sehr ich auch drängte, gegen Rics Drachenpanzer halfen weder Flehen noch etwas anderes. Daher gab ich vor, den anderen eingeknickt zu folgen, während er seinen *Erledigungen* nachgehen konnte. Mit einem Blick über meine Schulter sah ich, dass er sich wieder auf dem Weg entlang der Teiche befand.

Schnell schlüpfte ich in einen halbgeschlossenen Carport und versteckte mich hinter dem Auto. Ich griff an das Dreieck an meiner Halskette und sog die gesamte Macht meines Elements in mich auf. Binnen Sekunden war ich auf Miniaturgröße geschrumpft und befreite mich aus dem Kleiderberg. Die Sachen musste ich hier liegen lassen und konnte nur hoffen, dass sie niemandem auffielen. Aber ich spürte, dass das, was ich vorhatte, am besten in Feengestalt zu bewältigen war.

Schwirrend glitt ich an dem nun riesigen Auto vorbei und zischte zum Park hinüber. Ric musste schon an den Gewässern vorbeigekommen sein, denn ich konnte ihn nirgendwo mehr erkennen. Die Bäume, die ich passierte, glichen Riesen, kein Ende in Sicht. Wo war Ric?

Der Pfad, den wir kurz zuvor benutzt hatten, war verwaist. Hastig wandte ich mich in alle Richtungen, schoss hier- und dorthin, die Feengeschwindigkeit machte es möglich. Doch nirgendwo war eine Spur von Ric. Mir blieb nur eine Möglichkeit. Der kleine Ast an einem der Baumriesen war ein perfekter Sitzplatz für mich. Ich ließ mich darauf nieder, mit herunterbaumelnden Beinen. Dann bat ich die Luft, mir bei der Suche nach Ric zu helfen. Sofort stürmte das Gewisper auf mich ein. In meiner Feengestalt konnte ich jeden einzelnen Satz davon verstehen, ohne mich anzustrengen. Ich selbst war ein Teil der Luft. Ich brauchte für die Kommunikation nicht einmal mehr meinen Anhänger, der gemeinsam mit mir geschrumpft war.

Kaum hatte ich meine Antwort, stieß ich mich ab und ließ mich von den Böen tragen. Sie führten mich direkt zu einem Spielplatz hinter dem Wald. Hier lockte im Sommer eine große Grillstelle unzählige Familien an, die sich gemütlich auf den steinernen Sitzgelegenheiten niederließen und die Natur genossen. Ich suchte mir einen Ast, von dem aus ich alles beobachten konnte.

An einem der Tische saß Ric, ihm gegenüber befand sich – mit dem Rücken zu mir – eine Frau in weitem T-Shirt. Sie hatte die Haare im Nacken zu einem Pferdeschwanz zusammengebunden und lehnte sich Ric weit entgegen, der seinerseits ebenfalls locker bis über die Mitte des kleinen Tisches gebeugt war.

Er schickte uns voraus ins Institut, um Alarm zu schlagen, und traf sich in der Zwischenzeit mit einer seiner Anhängerinnen? Ich kochte vor Wut. Wäre ich nicht schon in meiner Elementargestalt, würde ich spätestens jetzt wie von selbst überwechseln. Was bildete er sich nur ein? Das Schnauben, das aus meiner Kehle drang, klang wie das Niesen einer Maus auf Helium. Ich duckte mich hinter ein paar vertrockneten Blättern, doch es war zu spät. Ric sah zu mir hoch und auch sein Gegenüber wandte sich um. Ich wurde puterrot im Gesicht. Der junge Mann kniff die Augen zusammen und versuchte, die Quelle des seltsamen Geräuschs zu orten.

Ein Mann, stöhnte mein Gehirn und ich widerstand dem Drang, mir mit der Hand gegen die Stirn zu schlagen. *Nur ein Mann*, setzte mein Herz mit einem Hopser hinzu.

Ohne die beiden zu beachten, überlegte ich skeptisch, was die Situation dann bedeuten mochte. Meine Neugierde war geweckt und nur zu gern wollte ich wissen, was an dem Tisch gesprochen wurde. Daher bat ich die Luft um Hilfe, sie sollte alles zu mir tragen.

Noch ehe ich das erste Flüstern des Windes hörte, stand Ric auf und reichte dem Fremden die Hand. Dieser nickte Ric zu, trat vom Tisch weg und die Luft um ihn herum vibrierte. Und ich mit ihr, da ich als Fee Teil der Luft war. Jede Ader meines Körpers pulsierte vor Energie, bis auf einen Schlag alles vorbei war. Ich schüttelte die Benommenheit in meinem Kopf ab und sah wieder zu dem Fremden hinunter. Er war verschwunden.

Das Schlagen von Flügeln über mir ließ mich aufblicken. Ein schwarzer Rabe erhob sich über dem Spielplatz und flog eilig davon. Der Fremde war ein Gestaltwandler.

8. KAPITEL

Er fragt sich, wieso er diesen Ort nicht schon vorher entdeckt hat. Nun muss er seine Freunde erneut mit fadenscheinigen Begründungen abweisen. Einer seiner Spione ist ihnen gefolgt und hat Informationen über diesen Ort. Ich hoffe, er hat alles wie gewünscht weitergegeben. Die junge Frau hat sich natürlich nicht täuschen lassen. Nun muss er ihr wohl alles erzählen.

Ich glaube, ich bin dir eine Erklärung schuldig«, sagte Ric in meine Richtung.

Und ob! Ich ließ mich vom Baum fallen, flog zu ihm hinab und schwirrte so schnell vor seinem Gesicht hin und her, dass mir seine goldenen Augen kaum folgen konnten. Ich versuchte, ihn dabei möglichst verärgert anzuschauen, und hob drohend den Arm, doch der Drache schien meine Gesten nicht einmal zu bemerken. Ich wollte nicht sprechen, ich hasste diese Stimme, aber wie konnte ich ihm begreiflich machen, dass er endlich loslegen sollte?

»Willst du dich zurückverwandeln?«, fragte Ric in ruhigem Ton.

Ich schüttelte hastig den Kopf und sank auf den steinernen Tisch vor Ric. Meine Kleidung lag in dem Carport und ich weigerte mich, nackt vor ihm zu sitzen, während er mir hoffentlich alles erklärte. Ich seufzte, was einem quietschenden Pfeifen glich. Verdammt. Ich stampfte mit dem nackten Fuß auf dem Tisch auf und die Steinplatte knirschte.

Ric stellte seinen Rucksack neben mich, der mindestens viermal so groß war wie ich. Er wirkte ebenso imposant wie sein Besitzer, der nun neben dem Tisch stand. »Du kannst meine Ersatzkleidung anziehen, Lin.«

Hatte ich richtig gehört? Ich legte den Kopf schief. Mein Herz flatterte aufgeregt, als mein Hirn ihm vermittelte, dass die Kleidung sicher nach ihm duften würde. Die beiden hatten sich gegen mich verschworen.

»Lin, bitte verwandle dich zurück. So kann ich unmöglich mit dir reden. Du siehst so …« Er wedelte mit der Hand und ich wusste nicht, was er damit meinte. Aber zumindest hatte er in einem recht: In dieser Gestalt konnte ich ihm weder Fragen stellen noch antworten. Daher signalisierte ich ihm, er sollte sich umdrehen. Zu meiner Überraschung kam er dem ohne einen weiteren blöden Spruch nach. Ich entließ mein Element und wuchs mitten auf dem Tisch zu meiner normalen Größe an. Sofort öffnete ich den Rucksack zu meinen Füßen, zog Rics T-Shirt heraus und streifte es hastig über. Es reichte mir bis zur Hälfte des Pos. Gleich danach schlüpfte ich in die Boxershorts und atmete erleichtert aus, dass sich Ric bis dato nicht umgedreht hatte.

Was Ric hingegen dazu veranlasste, genau das zu tun. Seine Augen waren auf Höhe meines Bauchnabels. Ich spürte förmlich, wie sein Blick erst nach unten wanderte, über seine Boxershorts hinweg meine Beine entlangglitt, dann in die andere Richtung. Blut schoss mir in die Wangen, als er auf Höhe meiner Brust innehielt, die nur durch das hauchdünne weiße T-Shirt bedeckt war. Ric schluckte, schien sich zu zwingen, den Kopf weiter zu heben und mir ins Gesicht zu schauen. Seine Augen brannten, das Gold loderte vor Begierde und hielt mich gefangen, während mein Herz raste.

Scheinbar willenlos beugte ich mich seinem Gesicht entgegen. Näher und näher. Gänsehaut überzog meine Arme und ich konnte nicht sagen, ob es an der Temperatur oder Rics Gegenwart lag. Das war mir auch schlichtweg egal. In mir drängte alles, ihm noch näher zu sein. Ric seinerseits streckte sich mir entgegen, schien immer mehr zu wachsen.

Mit einem Mal kam er mir sehr schnell entgegen. Zu schnell. Erst da bemerkte ich, dass ich das Gleichgewicht verloren hatte und dabei war, auf ihn zu fallen. Doch da war es schon zu spät. Ich riss Ric mit mir und wir landeten zusammen im taufeuchten Gras zwischen den Tischen. Ric schüttelte benommen den Kopf und stemmte sich auf die Ellbogen. Sein Blick fand erneut meinen, dann sah er hinab auf meine Lippen, was mich befangen machte. Während ich die Unterlippe einsog und darauf herumkaute, versuchte ich, mich von Ric zu lösen. Ich wollte ihm nicht wehtun – der Sturz war sicher nicht ganz angenehm gewesen –, aber meine Beine waren so eingekeilt, dass ich mich nicht auf die Knie manövrieren konnte, ohne Ric empfindlich zu treffen. Schon wieder schoss mir die Röte in die Wangen.

Ric musste meine Gedanken erahnt haben, denn von der einen Sekunde zur anderen lag ich unter ihm, er auf seine Unterarme gestützt, nichts als ein paar Zentimeter zwischen uns. Der Saum seines T-Shirts berührte meine Oberschenkel knapp unter den Boxershorts, als wollte er mich necken. Ich glaubte, Rics pochendes Herz trotz der Distanz zu spüren.

»Das ist keine gute Idee«, murmelte er, als er seine Lippen auf meine hinabsenkte.

Mit der Wucht von zehn Verwandlungen detonierte etwas in mir und überschwemmte jegliche Bedenken, jeden Ärger, jede Distanz zwischen uns, ja selbst die Zeit. Mit geschlossenen Augen schmeckte ich den Atem des Feuers. Ich seufzte, mein ganzes Wesen sehnte sich nach ihm, hatte sich so lange nach ihm verzehrt.

Er drückte mir einen zarten Hauch auf den Mundwinkel, liebkoste meine Wange bis hin zu meinem Ohr. Sein stockender Atem verursachte mir eine Gänsehaut, mein Herz schlug immer noch schneller.

»Keine gute Idee«, flüsterte er ein weiteres Mal, ehe seine Zunge meinen Hals hinabwanderte. Ich seufzte auf, meine Hormone fuhren Achterbahn und ich hörte die Luft um mich herum knistern und wispern. Vorsichtig ließ er sich auf mir sinken. Durch den Druck seines Körpers erstarrte ich einen Moment, ehe ein Kribbeln meinen Körper erschaudern ließ. Eine leichte Brise meines Elements hüllte uns ein, während Ric mich küsste, mich neckte und sich dann zurückzog. Als wäre es das Natürlichste auf der Welt, presste ich mich noch stärker an ihn, um das Gefühl seiner Liebkosungen, seiner zarten Küsse, zu intensivieren. Er stöhnte ganz nah an meinem Ohr leise auf, erhöhte den Druck auf meinen Unterleib und auch mir entfuhr ein wohliges Seufzen. Das Wispern um mich herum wurde lauter und lauter, irgendwann konnte ich es nicht mehr ignorieren. Ich wollte mein Element zwingen, zu verschwinden, meine ganze Aufmerksamkeit Ric widmen, doch die Luft gab keine Ruhe.

Ric biss mir gerade zärtlich auf die Unterlippe, als es mir zu viel wurde. Ich entzog mich seinem Mund und zischte ein »Verschwinde!«, woraufhin Ric erstarrte.

Ich wollte eben erklären, dass ich nicht ihn meinte, da hievte er sich schon hoch – ohne sein Gewicht fühlte ich mich unvollständig.

»Du warst nicht gemeint«, flüsterte ich und stemmte mich auf die Ellbogen. Ric war in Verteidigungshaltung, starrte über den Tisch hinweg in Richtung des Baumes, von dem aus ich ihn beobachtet hatte. Ich setzte mich auf und zog mich an der Tischplatte hoch. »Ich wollte nur mein Element …«

Und dann sah ich ihn am Rand des Platzes unter den Bäumen stehen. Er glich einem Foto, so unbewegt stand er dort. Seine grauen Augen jedoch folgten jeder meiner Bewegungen, während ich mich vollends aufrappelte.

Ric neben mir ballte die Hände zu Fäusten, bereit, sein Element auf den Beobachter zu schleudern. Ich berührte ihn beschwichtigend am Unterarm, doch er entspannte sich nur wenig. Mein Blick glitt zwischen Ric und den Bäumen hin und her, zwischen denen Zac nun hervortrat.

Ich wusste, dass er es war. Ich hätte ihn unter Tausenden ähnlicher Charaktere erkannt. Er war meiner Fantasie entsprungen, meine Gedanken hatten ihn während des Lesens geformt und daher sah er exakt so aus, wie ich ihn mir vorgestellt hatte. Sogar wie er auf mich zukam, erinnerte mich an eine Szene in *Otherside*. Nur dass es dieses Mal ich war, auf die er vorsichtig zuging, um mich nicht zu verängstigen – und keine andere Frau.

Das Geräusch prasselnden Feuers drang an mein Ohr. Ric war nach wie vor angespannt und er hatte auch allen Grund dazu. Ein

Dämon stand uns gegenüber und ich hatte nichts anderes zu tun, als die Vorfreude zu genießen? Was lief nur falsch mit mir? Ich schüttelte die Gedanken ab und machte mich ebenfalls bereit.

»Lin?« Ich erschrak und kniff die Augen zusammen. Woher kannte Zac meinen Namen?

»Woher ich dich kenne?«, fragte Zac lachend und überwand die Distanz zwischen uns mit einem Sprung, sodass mir nicht einmal Zeit blieb, zusammenzuzucken. Seine Finger glitten über meine Wange, ohne dass ich mich wehren konnte. Er beugte sich in seiner Dämonengeschwindigkeit über mich.

»Ich habe dich mein Leben lang gesucht«, hauchte er in mein Ohr und meine Knie wurden weich.

Im selben Moment wurde Zac von mir gerissen. Ich konnte nur benommen verfolgen, wie Ric ihn zu Boden warf, er jedoch sofort wieder auf den Beinen war. Rics Haut verwandelte sich bereits – und Zac würde das Drachenfeuer vielleicht nicht überleben. In seinen Händen erschien das gleißend blaue Licht des Dämonenfeuers, bereit, es auf Ric zu schleudern.

Ich musste die beiden aufhalten. Binnen eines Wimpernschlags war ich in Feengestalt und hetzte eine starke Windböe auf die Männer, die sich im Moment umkreisten, um den Gegner besser einzuschätzen. Sie hatten ihre Blicke stur aufeinander gerichtet, sodass sie nicht bemerkt hatten, wie ich mich verwandelt hatte. Mein Windstoß kam überraschend und riss beide mit großem Abstand voneinander zu Boden. Für einen Moment sahen sie zu mir, dann fixierte jeder erneut seinen Gegner. Ich glitt auf einer Brise zwischen sie und hob demonstrativ je eine Hand auf Höhe der Brust der Kontrahenten. Der Wind, der meinen Handflächen entströmte, war stark genug, sie davon abzuhalten, erneut aufeinander loszugehen.

»Halt!«, schrie ich mit meiner Micky-Maus-auf-Helium-Stimme und beide sahen zu mir. Das Echo des Wortes hallte von irgendwoher wider. »Wir reden. Alle.«

Ich rechnete den beiden hoch an, dass sie keinen Lachanfall bekamen und sich vor Bauchkrämpfen auf dem Boden wälzten. Ich gestikulierte in Richtung Ric, dass sie sich umdrehen sollten, und er übersetzte wenig begeistert. Sie beäugten einander so argwöhnisch, dass der andere nur ja keinen auch noch so kurzen Blick zu mir warf. Auf diese Weise konnte ich mir in Ruhe Rics T-Shirt, seine Boxershorts und die Trainingshose überwerfen, die im Rucksack steckte. Nachdem ich sie so eng wie möglich über meiner Hüfte festgeknotet hatte, ging ich erhobenen Hauptes zu den beiden. Die Luft knisterte, als würden selbst ihre Energien miteinander kämpfen.

»Wollen wir uns setzen?«, fragte ich und beide schüttelten zeitgleich die Köpfe. Na, das konnte ja was werden. »O-kay.« Ich zuckte mit den Schultern. »Wie ihr wollt.«

Ich ging zu den Sitzgruppen und setzte mich auf eine der steinernen Tischplatten, sodass ich beide im Auge hatte.

»Zuerst zu dir.« Mit einem Kopfnicken deutete ich in Zacs Richtung. »Wie bist du hergekommen? Dein Buch …«

Ich verstummte. *Otherside* lag in meiner Tasche neben meinen Klamotten in einem Carport, der für jeden zugänglich war. Ich hatte nur an Ric gedacht und war so unvorsichtig gewesen, dass ich nicht einmal meine Handtasche versteckt hatte. Ich schlug mir in Gedanken gegen die Stirn. Dennoch erklärte es nicht, wie sich Zac materialisiert hatte. Ich konzentrierte mich auf ihn und versuchte, seinen Gesichtsausdruck zu deuten. Er war noch schlechter zu lesen als Ric und ich stöhnte innerlich auf. Nun hatte ich zwei solcher Typen um mich.

Geschieht dir ganz recht, Lin, sagte mein Unterbewusstsein und grinste hämisch.

Nach schier endlosen Minuten räusperte sich Zac. »Ich habe gespürt, wie sich jemand meiner angenommen hat. Jemand, dessen Emotionen sofort zu mir drangen, kaum dass er meine Geschichte begonnen hatte, zu lesen.«

»Deine Geschichte?«, fragte Ric. Mir lag dasselbe auf der Zunge, denn die Seelenlosen wussten nie, dass sie Charaktere waren, sondern hielten sich und ihr Leben für völlig real.

»Ihr nennt es doch Geschichte, oder? Hätte ich es besser als Buch bezeichnet? Der Mensch hatte kaum das Buch aufgeschlagen, da drangen seine Gefühle zu mir durch und ich wusste, dass etwas mit dir geschehen sein musste, Lin«, sagte Zac in einem mitfühlenden

Tonfall, der mir einen wohligen Schauder bescherte, unsere Frage jedoch nicht beantwortete.

»Warum weißt du, dass du eine Figur aus einem Buch bist?«, hakte ich nach.

»Jeder in Otherside weiß das.«

Für eine Unendlichkeit schien einfach alles zu verstummen, die Welt um uns herum stillzustehen. Als sich diese Information endlich in meinem Hirn festgesetzt hatte, wagte ich es wieder, zu atmen, und schaute zu Ric hinüber. Der sah ebenso ratlos aus, wie ich mich fühlte. Ich stellte ihm die stumme Frage, ob er so etwas schon einmal gehört hatte, er antwortete mit einem entschiedenen Kopfschütteln. Nun war eindeutig, dass *Otherside* anders war als alles uns bisher Bekannte. Mehr, als wir über die Seelenlosen und unsere Aufgabe gewusst hatten. Blieb die Frage, ob die Bibliothekare dieses Wissen ebenfalls teilten. Und wenn ja, warum sie es vor uns verheimlichten.

»Und du hast gespürt, dass nicht ich es bin, die deine Geschichte liest?«

Zac nickte bescheiden. Ich konnte nicht anders, als ihn ausgiebig zu beobachten. Bislang hatte er nur in meinem Kopf existiert, war reine Fantasie gewesen. Ich hatte mich an seiner Seite versteckt, war vor der realen Welt geflohen. Nun war mein Fluchtort mit der Realität verschmolzen und ich musste mir erst darüber klar werden, was ich dabei fühlen sollte.

Ich warf einen Blick zu Ric hinüber, der Zac misstrauisch musterte, die Kiefermuskulatur arbeitete, als wollte er so vieles sagen, das er nun kauen und wieder hinunterschlucken musste. Ein erneuter positiver Schauder überkam mich, gefolgt von einer Wärme, die sich von meinem Herzen ausgehend in alle Richtungen ausbreitete. Ich erinnerte mich an den Kuss, die Zärtlichkeit, die wir nur kurz zuvor geteilt hatten.

Ric und Zac. Ich war in einem Buchklischee gefangen. Verdammter Mist. Wie oft hatte ich beim Lesen die Augen verdreht, wenn Autorinnen oder Autoren ihren Charakteren ein Liebesdreieck anhängten. Und nun steckte ich selbst mittendrin. Bei Aither, womit hatte ich das verdient?

»Geht es dir nicht gut, Liebste?« Zac trat mit besorgtem Gesicht einen Schritt auf mich zu. Rics ganzer Körper spannte sich an und er machte sich bereit, Zac jeden Moment wieder an die Kehle zu springen.

»Ich bin nur etwas … verwirrt«, antwortete ich.

»Wie kann ich dir helfen?« Ein weiterer zaghafter Schritt.

»Ach, bitte.« Ric verdrehte die Augen und kam ebenfalls näher. »Lass diese edelmütigen Rittersprüche. Die wirken vielleicht bei den Frauen in deiner Geschichte, aber nicht bei Lin. Sie ist Realistin.«

War ich das? Ich war mir nicht mehr sicher. Ich konnte nicht leugnen, dass Zacs Art mich beinahe träumerisch seufzen ließ, wie es all die Frauen in *Otherside* taten, wenn sie von ihm beachtet wurden. Zac war ein so wichtiges Puzzleteil in dem Rätsel, das wir zu lösen hatten. Und er wollte mich! Ich grinste geschmeichelt in mich hinein. Oder auch aus mir heraus, denn Ric räusperte sich lautstark und ich setzte sofort wieder einen neutralen Gesichtsausdruck auf.

Zac bedachte Ric mit einem siegesgewissen Lächeln, das geradezu »Ha!« schrie. Da konnte ich mich ja auf etwas gefasst machen.

»Lasst uns von hier verschwinden«, bat ich. »Wir können das alles«, ich ruderte mit meiner Hand in der Luft umher, »vielleicht besser bei mir zu Hause besprechen.«

In meinen eigenen Klamotten, fügte ich in Gedanken hinzu.

Ich schickte mich eben an, vom Tisch zu springen, da war Zac schon bei mir und reichte mir die Hand. Ric schnaubte, was ich geflissentlich ignorierte. Von meinem Helden gestützt kam ich zum Stehen. Ich reckte das Kinn hoch und marschierte den bekiesten Weg entlang in Richtung Parkausgang. Nach einem Moment hörte ich, wie mir beide Männer folgten. Leise lachend schüttelte ich den Kopf. Das konnte nur ein dämlicher Traum sein. Ein Albtraum.

Am Institut angekommen, eilte ich direkt zum Carport. Doch wie vermutet war *Otherside* verschwunden. Meine Handtasche – inklusive Handy und Portemonnaie – lag jedoch noch immer neben meiner Kleidung, die ich hastig vom Boden aufsammelte und in die Tasche stopfte. Wer hatte das Buch gefunden und so schnell angefangen, zu lesen? Die Fragen häuften sich.

Das Handy zeigte mehrere verpasste Anrufe. Coral und Peter hatten mehrmals versucht, mich zu erreichen. Doch das war mir nun egal. Andere Angelegenheiten hatten jetzt Vorrang.

Automatisch lief ich zum Parkhaus unter der Bibliothek. Erst hier fiel mir ein, dass nur zwei Leute in den Diablo passten. Ric grinste frech, als er den Autoschlüssel aus der Tasche zog.

Zac zuckte nur mit den Schultern. »Ich werde dorthin kommen, wo du bist, meine Liebste.« Er öffnete die Beifahrertür des Diablos, als hätte er nie etwas anderes gemacht. Skeptisch sah ich ihn an und er hob entschuldigend die Hände. »Ich bin vielleicht eine Buchfigur und muss meine Rolle spielen, das heißt jedoch nicht, dass ich nichts anderes auf der Welt mitbekomme.« Er küsste meine Hand, nachdem ich mich ins Auto fallen gelassen hatte, und ließ mich etwas dümmlich grinsend zurück.

Während Ric den Motor startete und davonjagte, überlegte ich, wie Zac vom Rest der Welt wissen konnte und wo er mehr darüber hatte erfahren können. Der Gedanke daran verursachte Knoten in meinem Hirn und ich war froh, als sich Ric laut räusperte.

Ich wandte mich zu ihm um und hob fragend die Augenbrauen. Da keine weitere Reaktion von ihm kam, fragte ich laut: »Was?«

Ric druckste herum, was ich von ihm nicht kannte. Dann schoss er mit dem Diablo auf den Kundenparkplatz eines Supermarktes und stellte den Motor ab.

»Lin«, begann er und sog anschließend die Unterlippe ein, was mich wie von selbst an die Berührung seiner Lippen denken ließ. In meinem Magen schienen die klischeehaften Schmetterlinge zu flattern und keine Ruhe zu geben. »Lin«, setzte Ric erneut an und registrierte mit einem Blitzen in den goldenen Augen, dass ich errötete. So ein Arsch! Ich hätte am liebsten geschnaubt. »Das vorhin …«

Er zögerte. War das der Punkt, an dem er mir sagen würde, dass es ein Fehler gewesen war, mich zu küssen? Das hatte er währenddessen schon oft genug getan, wie mir jetzt wieder einfiel.

»… war ein Fehler«, beendete ich für ihn und er verzog schmerzhaft das Gesicht.

»Nein, Lin. Es war kein Fehler.« Er nahm meine linke Hand und strich zärtlich darüber. »Ganz gleich, was du von mir denkst, ich wollte dich immer nur beschützen und dir niemals wehtun.«

Das hatte er ja wohl nicht geschafft. Ich verzog verärgert den Mund, was ihm Schmerzen zu bereiten schien.

»Du verstehst es nicht.« Er schüttelte den Kopf, startete den Motor und der Diablo preschte davon.

Den Rest des Heimwegs wechselten wir kein Wort. Gerade als ich aus dem Auto aussteigen wollte, materialisierten sich vor dem Fenster schwarze Rauchschwaden, die sich zu Zac zusammensetzten. Selbiger öffnete mir sofort die Autotür. Ich staunte nicht darüber, wie er sich hierhergebeamt hatte, schüttelte lediglich den Kopf ob dieses nervigen Kavaliergehabes. Ich fand das nicht angenehm, sondern aufdringlich, deshalb ignorierte ich seine ausgestreckte Hand, drängte mich an ihm vorbei und konnte beinahe spüren, wie Ric ihn hämisch angrinste. Am liebsten würde ich beide einfach stehen lassen, um mir erst einmal in Ruhe über alles Gedanken zu machen und auch meine Gefühle zu sortieren, die an diesem Abend ziemlich durcheinandergeraten waren. Ich stapfte die Treppen hinauf und öffnete die Wohnungstür. Ric und Zac zischten sich irgendetwas zu, das ich gar nicht wissen wollte.

Die beiden betraten gerade die Wohnung, als ich in mein Zimmer schlüpfte, um mir meine eigene Kleidung anzuziehen. In meiner quietschpinken Jogginghose und dem weißen Longshirt fühlte ich mich sofort wohler und betrat mit neuer Energie die Küche, in der sich Ric und Zac am Tresen gegenübersaßen und mit Blicken zu töten schienen. Mit einem tiefen Atemzug ging ich zur Kaffeemaschine und schaltete sie an. Während sich der Duft des frisch gemahlenen Kaffees ausbreitete, beruhigten sich meine Gedanken. Ich setzte mich mit meiner Tasse ans Ende des Tresens, sodass ich die beiden im Blick hatte.

»Jetzt reden wir«, sagte ich und die Männer öffneten ihre Münder, um etwas zu sagen. Ich hob die Hand. »Er redet zuerst und erzählt uns alles. Wer hat dich aus *Otherside* herausgelesen?«

»Nicht du, meine Liebste«, antwortete Zac prompt.

»Das wussten wir schon«, schnaubte Ric und verschränkte die Arme vor der Brust. »Erzähl uns, wer es war.«

Zac warf Ric einen vernichtenden Blick zu. »Du kennst das Mädchen sehr gut. Natalia.«

Ric zuckte zusammen, als hätte Zac ihn getreten.

»Was meint er damit? Wer ist Natalia?«, fragte ich. War sie eine von Rics Groupies?

»Ich wollte dir vorhin alles erklären, als …« Er verstummte, sein Blick glitt kurz in die Ferne und der Hauch eines Lächelns lag auf seinen Lippen. Aber nur für einen winzigen Moment, ehe der Drachenpanzer wieder die Oberhand gewann, und er zischte: »Als uns der da unterbrochen hat.«

»Und was wolltest du mir erklären?« Waren wir hier denn im Kindergarten?

»Dass ich mich mit dem Gestaltwandler getroffen habe, weil er Informationen für mich hatte.«

»Informationen über was?« Meine Augen wurden zu schmalen Schlitzen.

»Informationen über meine Schwester.«

»Seine Schwester, die vor so langer Zeit verschwunden ist«, fügte Zac hinzu.

»Was weißt du davon?« Ric war von dem Barhocker aufgesprungen und beugte sich drohend über den Tresen.

»Ich weiß, dass sie vor vier Jahren verschwunden ist und du seither die Buchwelt auf den Kopf stellst und Charakteren hinterherrennst, die etwas über ihren Verbleib wissen könnten.« Zac richtete sich auf dem Barhocker auf, um mit Ric auf Augenhöhe zu sein.

»Wovon spricht er?« War ich hier die Einzige, die nicht folgen konnte? Ich beobachtete Ric, der um Worte zu ringen schien.

»Ich wollte dir das eigentlich alles in Ruhe erklären.« Ric atmete tief ein und aus und setzte sich wieder. Seine Aufregung manifestierte sein Element. Die Luft war geschwängert vom Duft nach Kamin und Vanille. Er strahlte eine unnatürliche Hitze aus. »Meine Schwester Natalia ist vor vielen Jahren verschwunden. Ich war in der Ausbildung, bei ihr war noch nicht sicher, welches Element sie erwählen würde. Meine gesamte Familie hat nach ihr gesucht, dann den Rat der Bibliothekare eingeschaltet. Ohne Erfolg. Niemand scheint sie gesehen zu haben.«

Er fuhr sich mit beiden Händen durch die Haare. Meine Hand wollte sich ihm schon entgegenstrecken, um ihn zu trösten – ich hielt sie gerade noch zurück.

»Seit dieser Zeit habe ich auch diese Träume. Sie geben mir Zeichen, wo sich etwas zusammenbraut, wo Seelenlose unsere Welt bedrohen. Ich folge den Hinweisen und versuche, meine Schwester zu finden. Sie spielt in dem Ganzen eine große Rolle, das spüre ich.«

Nach dem Geständnis senkte er den Kopf und sackte auf dem Stuhl in sich zusammen. Bei mir hingegen setzten sich die Puzzleteile, die bislang ein unvollständiges Bild von Ric ergeben hatten, neu zusammen. Viele kleine Szenen liefen vor meinem inneren Auge ab. Bilder, die das unnahbare Ekelpaket Riccardo Fiorenzo zeigten, wie er nur mit den Augenbrauen wackelte, als ihm wieder jemand eine neue Frauengeschichte unterstellte. Ich erinnerte mich an den Geruch von Blut, als ich zuletzt in seiner Wohnung war. Da hatte ich mir tatsächlich Sorgen um ihn gemacht. Mein Blick schoss nach oben. Ric musterte mich gespannt. Er nickte langsam, als wollte er mir bestätigen, dass ich die richtigen Schlüsse gezogen hatte. Wieso hatte er mir nichts davon erzählt? Mit dieser Erkenntnis kam die Wut. Er hatte mich lieber von sich weggestoßen, als meine Hilfe anzunehmen. Mein Element brauste durch die Küche.

»Er konnte es dir nicht sagen.« Zacs Stimme wirkte beruhigend auf mich. »Er wollte dich aus allem heraushalten.«

Zac verteidigte Ric? Ich schüttelte benommen den Kopf und versuchte, aus diesem seltsamen Traum aufzuwachen.

»Ich wollte dich da nicht mit hineinziehen. Meine Eltern sind bei der Suche nach Nat bereits umgekommen. Einer der Träume machte mir deutlich, dass alle in Gefahr sind, die ich …«

Ich schnappte nach Luft, auch wenn er den Satz nicht beendete. Mein Herz pochte wie verrückt.

»Wie rührend.« Zac lachte. »Und damit hast du genau das erreicht, was *sie* wollte.«

9. KAPITEL

Der Junge ist mit dem Mädchen und dem Söldner zusammen, genau wie geplant. Scheint so, als wäre er doch kein Verräter, oder täusche ich mich?

Der Vollmond schien exakt über den Dächern des Nachbarhauses zu sitzen. Ich starrte zum Fenster hinaus, während Zacs Aussage Silbe für Silbe in meinem Gehirn ankam.

»Wer wollte was?« Eine gähnende Ty betrat die Küche und schaltete das Licht an, sodass wir alle zusammenzuckten. Mir war gar nicht aufgefallen, dass wir im Dunkeln gesessen hatten. Der Vollmond spendete zum Glück genug Licht.

Zac sprang vom Barhocker und baute sich vor mir auf. Ty schlurfte zur Kaffeemaschine und beachtete ihn gar nicht weiter. Sie hatte die Augen noch halb geschlossen, ein mir bekanntes Phänomen. Zac hingegen verfolgte jeden ihrer Schritte mit drohendem Blick. Ich legte ihm meine Hand auf den Unterarm und ein elektrischer Schlag ließ uns beide zusammenzucken.

»Sie kommt mir bekannt vor«, zischte Zac. »Und sie riecht nach Söldner, nach Zodan.«

Bei der Erwähnung dieses Namens fuhr Ty herum und öffnete mit etwas Anstrengung die Augen. Der Moment, in dem sie Zac erkannte, war ihr anzusehen. Sie riss die Brauen nach oben und die Augen weit auf. Ihr Mund stand weit offen. Sie sagte allerdings nichts, ihr Blick glitt stattdessen zu Ric, der nach wie vor alles andere als freundlich aussah.

»Kann mir mal jemand erklären, was hier los ist?«, fragte Ty, drehte sich dann jedoch, ohne eine Antwort abzuwarten, zur Kaffeemaschine, holte sich und mir eine Tasse und stellte sich neben meinen Hocker. Nach einem ersten Schluck sah sie uns reihum fragend in die Augen.

»Zac ist im Park aufgetaucht, Ric hat eine verlorene Schwester und Zac meint, alles hängt irgendwie zusammen«, fasste ich so knapp wie möglich zusammen, ohne auf verwirrende Gefühle und das Chaos in meinem Herzen oder Stromschläge einzugehen. »Und *Otherside* ist verschwunden.«

»O-kay«, sagte Ty mit einem Stirnrunzeln. »Und wer ist jetzt diese *Sie*, von der ihr gesprochen habt, als ich reingekommen bin?«

Sofort waren alle Augen auf Zac gerichtet. »Elizabeth«, gab er knapp zur Antwort.

»Elizabeth?«, fragte Ty, legte die Stirn wieder in Falten und wandte sich an mich. »Etwa die Elizabeth, die du am liebsten …«

Schnell hob ich die Hand, um sie zu unterbrechen, und hoffte gleichzeitig, nicht rot zu werden. Nur Ty wusste, was ich am liebsten mit Elizabeth angestellt hätte – vor allem beim ersten Lesen, als ich quasi frisch verliebt in Zac gewesen war.

»Und warum wollte Elizabeth, dass ich das Buch finde?«, lenkte ich ab.

»Sie will die Grenzen zerstören. Die Barriere, die Otherside und all die anderen Buchwelten von eurer Welt trennt. Sie ist eine mächtige Magierin.«

Ty verschluckte sich an ihrem Kaffee und begann, zu husten. Ich klopfte ihr mechanisch auf den Rücken, während ich überlegte, ob irgendwas in *Otherside* darauf hingedeutet hatte.

»Sie hat mich mit einem Bann belegt.« Zac knirschte mit den Zähnen. Die Muskeln an seinen Oberarmen spannten sich an, die Tätowierung an seinem Hals schien durch seine Wut zu pulsieren. »Sie lockte mich immer wieder an ihre Seite.«

Aha! Daher wehte der Wind. Hatte ich's doch gewusst, dass mit dieser Frau etwas nicht stimmte. Mein Bauchgefühl täuschte mich nie. Na ja, fast nie.

»Ist sie denn mächtig genug, die Grenzen zu zerstören?«, fragte Ty unschuldig.

Zac nickte. »Sie beherrscht das Licht, aus dem alle anderen Elemente entstanden sind.«

»*Sie* ist das fünfte Element?« Meine Stimme überschlug sich fast. »Diejenige, die unsere Welt retten soll?«

»Elizabeth will unsere Welt retten. Die Welt der Bücher, ehe sie von anderen zerstört wird.«

»Niemand zerstört die Buchwelt. Wie kommt sie darauf?«, warf Ric ein. Er hatte lange geschwiegen – zumindest lange für seine Person.

»Die Charaktere werden immer lebloser, es wird zu wenig gelesen, um ihnen dauerhaft Leben einzuhauchen. Dadurch werden sie ausgelöscht. In eurer Welt gibt es Entwicklungen, die für uns bedrohlich sind. Veränderungen, die schon vor Jahren begannen.«

Ich schluckte. Unrecht hatte er ja nicht. »Und was möchte Elizabeth«, ich spuckte den Namen beinahe aus, »dagegen unternehmen?«

»Wie wäre es mit einem Lesekreis?«, versuchte Ty, die angespannte Atmosphäre zu lockern, ganz die Fictionmate, die sich in die Szene hineindachte.

»Sie möchte die Grenzen öffnen und den Charakteren so ewiges Leben schenken.«

Meine Hand erhob sich wie von selbst zu meinem Mund, der weit offen stand. Sie wollte alle Buchcharaktere in unsere Welt holen? Etliche Bilder zuckten wie von Stroboskoplicht beleuchtete Szenen durch meinen Kopf. All die Monster, die sich zwischen den Seiten verbargen. Die Menschen, die schreiend vor Dracula und Frankenstein, Werwölfen und Zombies davonrannten. Mir lief es eiskalt den Rücken hinab. So viele Seelenlose könnten wir Wächter nicht bekämpfen – und wohin sollten sie denn auch zurückgeschickt werden? Konnte man sie dann überhaupt noch friedlich binden?

»Ihr könnt sie nicht mehr aufhalten. Es hat schon begonnen. Ihre Armee ist bereits hier.«

Zodan und die Söldner. Da fiel mir etwas ein. »Zodan hat nach dir gesucht.«

Zac nickte langsam. »Elizabeth macht Jagd auf mich.«

»Warum?«, fragte Ric skeptisch.

»Weil ich mich ihr widersetzt habe.«

»Inwiefern?«

»Ich habe versucht, dich ziehen zu lassen.« Er sah auf die Theke vor sich, auf der seine Hände ruhten. »Nachdem ich gesehen habe, dass du zu meinem Schutz die Söldner hast verschwinden lassen, war ich gewillt, dich von mir fernzuhalten.«

Er hatte das getan? Ich starrte ihn ungläubig an.

»Das war ja eine wirkliche Heldentat«, sagte Ty bissig, sah Zac dabei jedoch mit schwärmerischem Ausdruck im Gesicht und leicht geneigtem Kopf an.

Ric schüttelte über ihre Reaktion nur verwundert den Kopf, ehe er Zac wieder einmal mit einem bösen Blick bedachte. »Und warum hast du sie nicht *ziehen lassen*, wenn du doch ein so großer Held bist?«

Zac sah zu mir, seine grauen Augen hielten meine gefangen. »Ich konnte es nicht, weil ich sie liebe.«

»Ja, klar. Was weißt du schon von Liebe?«, konterte Ric, seine Stimme drang jedoch kaum durch die Verbindung zwischen Zac und mir, die uns wie in einen Kokon hüllte. Ric pikte mich mit dem Finger in den Oberarm und die Verbindung riss ab. »Lass dich nicht von diesem Typen einlullen, Lin. Wer weiß, was die Hexe ihm aufgetragen hat.«

Mein Kopf war wie leergefegt. Ich wusste nicht mehr, was ich denken sollte. Kopfschüttelnd stand ich auf. »Ich glaube, ich brauche erst einmal eine Pause«, sagte ich benommen und verließ die Küche. Ein paar Sekunden später, ich war gerade dabei, meine Zimmertür zu öffnen, spürte ich einen warmen Atem im Nacken. Ric? Gänsehaut überzog meinen Körper, aber ich wehrte mich dagegen und drehte mich schnell um. Doch da war niemand. Ich tat es als geistige Verwirrung ab und betrat mein Zimmer, das sich weniger wie ein Zuhause anfühlte als jemals davor.

Du läufst vor deinen Problemen weg, sagte mir mein Unterbewusstsein, was ich längst wusste. In meiner Küche saßen gleich zwei Typen, die glaubten, mich zu lieben. Zwei gut aussehende junge Männer, die unterschiedlicher nicht sein könnten. Und was tat ich? Ich versteckte mich in meinem Zimmer.

In dieser Nacht war so viel passiert, über das ich mir erst mal Klarheit verschaffen musste. Ric hatte mich geküsst. Nicht irgendwie, nein. Es war wie ein Versprechen auf mehr gewesen. Und genau in diesem Moment war Zac aufgetaucht. Ich warf mich seufzend auf mein Bett und überlegte, ob ich über meine Situation lachen oder heulen sollte. Ich entschied mich für keines von beidem, rollte mich auf den Rücken und umfasste das Dreieck an meiner Kette.

Mein Element strich mir sanft über die Haare, sandte mir den Duft einer Sommerwiese und mein Kopf wurde klarer. Als dann noch der Geruch nach Lagerfeuer hinzukam, schreckte ich hoch und erwartete, Ric in der Dunkelheit stehen zu sehen. Doch da war niemand. Aber der Geruch machte mir eins deutlich: Ich hätte mir gewünscht, dass Ric dort gestanden hätte. Nicht Zac, ich wünschte mir Ric. Er war es, an dem mein Herz hing. Er war es immer gewesen.

Kaum dass ich den Gedanken zu Ende gedacht hatte, verschwand die Feuernote in der Luft und zarte Vanille umhüllte mich wie zur Bestätigung. Lächelnd schüttelte ich den Kopf. Die Gewissheit, dass ich mich im Fall der Fälle für Ric entscheiden würde, ließ mich gleich beschwingter werden, als sei eine Last von mir abgefallen. Jetzt konnte ich die armen Seelenlosen verstehen, die von ihrem Autor dazu verdonnert waren, in einer Dreiecksgeschichte festzusitzen, und nicht die Freiheit hatten, sich zu entscheiden. Glücklicherweise war ich frei und die kurze Auszeit hatte mir sehr geholfen.

Draußen dämmerte es bereits. Ich sprang vom Bett auf und eilte in die Küche. Dort saßen Zac und Ty an der Theke.

»Wo ist Ric?« Mein Herz schnaubte ehrlich enttäuscht, dass er so schnell gegangen war.

»Der wollte nach zwei Stunden nicht mehr länger warten, bis du zurückkommst«, erklärte Ty.

»Zwei Stunden?«

»Es dämmert bereits«, sagte Zac.

»Wir haben nach sieben Uhr morgens«, warf Ty zeitgleich ein. »Was hast du denn so lange getrieben?«

Ich sah sie völlig schockiert an, blickte zur Wanduhr und überlegte angestrengt, wohin die Zeit verschwunden war. Um drei Uhr hatten wir zusammen in der Küche gesessen, da war ich mir sicher.

»Ich muss eingeschlafen sein«, versuchte ich, mich selbst zu überzeugen. »Hat Ric noch etwas gesagt?«

»Die beiden hatten sich ständig in den Haaren. Wegen jeder Kleinigkeit.« Ty nickte mit dem Kopf in Richtung Zac, der nicht mich, sondern Ty mit einem seltsam verträumten Blick ansah.

»Und er hat dich mit Zac allein gelassen?« Ric war egoistisch, ja. Doch er würde Ty nicht einfach ohne Schutz bei einem Seelenlosen, einem Dämon lassen!

»Ich habe ihn gebeten, zu gehen«, murmelte Ty zur Erklärung, sah dabei aber nicht mich, sondern Zac an. Daher wehte also der Wind. Ich legte demonstrativ die Hände auf die Hüften und tappte mit dem rechten Fuß auf den Boden, bis sich Ty zu mir umdrehte.

»Wir sollten reden.« Weder sie noch Zac machten Anstalten, etwas an der Situation zu ändern. Also setzte ich hinzu: »Allein. Zac, würdest du bitte ein wenig spazieren gehen?«

Er sah mich an wie vom Blitz getroffen.

»Sie will, dass du für eine Weile verschwindest«, erklärte Ty. Zac sprang sofort auf und nickte, ehe er sich in schwarzen Rauch auflöste.

»Er ist großartig.« Ty schaute offensichtlich durch eine rosarote Brille auf die Stelle, an der Zac bis eben gesessen hatte. Diesen Blick hatte ich zumindest noch nie an ihr gesehen.

Ich seufzte. »Ich war jahrelang in ihn verschossen. Ich weiß, dass er großartig ist.«

»Du *warst*?« Tys Kopf schnellte in meine Richtung. »Was habe ich verpasst?«

Ich erzählte ihr von Ric, der das Team zum Institut geschickt hatte, wie ich ihm hinterhergeflogen war und was ich dort zu sehen bekommen hatte. Ty wollte wissen, was wir zuvor entdeckt hatten und was Ric über den Gestaltwandler erzählt hatte. Und natürlich zog sie mir jedes noch so kleinste Detail über *die Sache* mit Ric aus der Nase.

»Wie in einem Buch.« Sie seufzte verträumt. »Aber was hat Rapunzel mit der ganzen Sache zu tun?«, änderte sie anschließend das Thema.

»Das ist eine gute Frage. Was hat Zac denn so alles erzählt?«

»Dass Elizabeth ihn beeinflusst hat. Von ihren eigentlichen Plänen und so.«

Ich hob die Augenbraue, wie sie es sonst immer tat.

»Er sagte, dass sie Zac von den Söldnern gelöst habe, um aus ihm einen Helden zu erschaffen, der liebenswert sei.« Bei der Erwähnung von Zacs Namen glaubte ich, dass sich ihre Augen für einen Moment verdunkelten. Vielleicht lag es jedoch auch an dem Glanz, der mir gleich darauf entgegenstrahlte. »Danach hat sie ihm all diese selbstlosen Heldensiege beschert, um ihn noch attraktiver für eine Leserin zu machen.«

»Sie hat *Otherside* geplottet?«

Ty schüttelte schnell den Kopf. »Nein, das kann sie nicht. Nur die Charaktere selbst können ihre Geschichte ändern. So wie jeder Mensch sein Schicksal in der Hand hat. Aber sie hat ihn in diese Richtung gedrängt, sorgte mittels Intrigen für einen Twist mit Zodan und stellte Zac die Hindernisse in den Weg, die er beseitigen musste, um ein gefeierter Held zu werden. Er konnte sich praktisch gar nicht anders entscheiden.«

Ich brauchte ein paar Minuten, bis ich das Gesagte mit der Geschichte in Einklang brachte, die ich so viele Jahre lang immer und immer wieder voller Emotionen verschlungen hatte. »Aber warum das alles?«

»Sie braucht einen Verbündeten hier in dieser Welt«, sagte Ty, ohne zu zögern. »Irgendeinen Schlüssel.«

»Der Verräter ist der Schlüssel«, geisterten mir Zodans Worte durch den Kopf. War es möglich, dass sie Zac immer noch dafür nutzen konnte? Und bräuchte sie dafür vielleicht *Otherside*? Nach wie vor grummelte mein Magen bei dem Gedanken, dass Rics verloren geglaubte Schwester das Buch gelesen haben sollte.

Wie war diese Schwester überhaupt an das Buch gekommen? Hatte sie mich beschattet und die Gelegenheit ergriffen, als ich mich verwandelt hatte? Oder hatte sie einen Helfer? Schnell verbarg ich den aufblitzenden Gedanken, dass Rics Schwester vielleicht nicht auf unserer Seite stand. Damit würde ich bei Ric sowieso nicht weit kommen.

Ty bereitete uns beiden einen Kaffee zu, als ich das Röhren des Diablos – ein unverkennbarer Klang – durch das geschlossene Fenster hörte. Mein Herz schlug sofort schneller. Wie ein kleines verliebtes Mädchen rannte ich zur Tür und riss sie auf. Ric kam gerade die Treppe hinauf, die Stirn in Falten gelegt.

»Hi«, sagte ich lächelnd.

Ric sah sich um und lächelte halbherzig zurück, als bei ihm ankam, dass er gemeint war.

»Ausgeschlafen?«, fragte er und ging an mir vorbei in die Wohnung. Kein Kuss, nichts. Meine Enttäuschung war greifbar, aber der Drache bemerkte es natürlich nicht.

»Ich habe nicht geschlafen. Ich war nur kurz …« Okay, ich war vermutlich doch eingeschlafen, also wollte ich darüber nicht weiter diskutieren. »Wo warst du?«

»Im Park. Bei der Wiese. Allein kann ich die Barriere allerdings nicht aufheben.«

Wir betraten gemeinsam die Küche.

»Solltest du nicht längst bei der Arbeit sein und Bücher verkaufen?« Ric schien nicht gerade begeistert darüber, dass Ty noch hier war.

War das ein gutes oder ein schlechtes Zeichen? Wollte er mit mir allein sein? Meine Gedanken glitten sofort zurück zu unserem Kuss und mein Herz hopste voller Vorfreude auf und ab.

»Ich habe heute freigenommen«, antwortete Ty, ohne auf Rics Tonfall einzugehen. »Ich werde Zac die Stadt zeigen.« Sie lächelte in ihren Kaffee, bevor sie trank. Klarer Fall von akuter Verliebtheit.

»Wir sollten los, Perry schickt uns heute in ein Archiv in der Altstadt. Josh ist zurück in seinem Team, Laurie ist wieder im Einsatz.«

»Okay, wir können gehen.«

»So?« Ric musterte mich von oben bis unten und mir wurde bewusst, dass ich noch immer meine pinkfarbene Jogginghose und das weiße Shirt trug. Ich wurde rot und huschte schnell in mein Zimmer.

Während ich meine Jeans anzog, trat Ric ohne zu klopfen ein. Auch wenn ich mit dem Rücken zu ihm stand, konnte ich seinen Geruch wahrnehmen und mein Herz polterte los. Ric trat näher. Mir wurde wärmer, mein Nacken kribbelte in Erwartung einer Berührung. Ich rührte mich keinen Millimeter. Wie lange wollte er mich denn quälen? Ein weiterer Moment verging. Irgendwann hielt ich es nicht mehr aus.

»Wenn das einer deiner blöden Scherze ist …«, fuhr ich herum. Doch dort stand niemand. Die Zimmertür war noch genauso angelehnt, wie ich sie zugestoßen hatte. Langsam wurde ich irre. Meine Fantasie brach mit mir durch. Schnell warf ich mir einen dunklen Pullover über und verließ den Raum. Ric wartete an der Wohnungstür auf mich.

»Was ist los?«

Immer noch irritiert schüttelte ich den Kopf. »Nichts. Wir können los.«

Ric hielt mir meine Handtasche entgegen, die ich dankend annahm. Aus der Küche hörte ich Zacs Stimme und ein Kichern von Ty.

Auf Rics Kopfnicken hin gingen wir los.

»Wir sollten sie einweihen«, flüsterte Zac neben mir, der mit der Bibliothekars-App die Bücher überprüfte, die ich ihm nannte. Er deutete mit dem Handy auf Coral und Peter, die zwei Regale weiter dasselbe Spiel spielten.

Wir hatten von Perry eine Standpauke erhalten, weil wir nicht mehr zurückgekommen waren, um unseren Bericht abzuliefern. Dank unserer Freunde, die eine Familiensache bei Ric für unsere Abwesenheit vorschoben, war diese allerdings nicht ganz so schlimm ausgefallen. Die Ältesten waren letzte Nacht noch zu der Wiese im Park gegangen, hatten jedoch keine Seelenlosen mehr aufspüren können. Sie hatten uns für übereifrig oder zu fantasievoll gehalten und die Sache abgehakt. Als ich das gehört hatte, wäre ich am liebsten an die Decke gegangen. Die Bedrohung saß direkt vor ihre Nase, sie kannten die Prophezeiung und ließen eine so gute Vorlage ungenutzt? Manchmal konnte ich die Bibliothekare nicht verstehen.

Ich zögerte mit einer Antwort auf Rics Frage. Coral und Peter gehörten zu unserem Team, aber beide waren sehr loyal. Und die oberste Loyalität eines Wächters lag bei den Bibliothekaren und beim Rat. Was, wenn sie uns verrieten?

»Ich weiß, dass wir ihnen vertrauen können.« Ric klang so sicher, dass ich mich umdrehte und ihn genau musterte. Er hob entschuldigend die Arme. »Ich habe davon geträumt, okay?«

»Na, dann.« Ich verdrehte die Augen.

»Bislang lag ich mit meinen Träumen immer richtig.«

»Bislang hast du mir nicht sehr viel darüber erzählt.« Ich verzog das Gesicht.

»Vielleicht, weil wir Besseres zu tun hatten?« Er wackelte mit den Augenbrauen und brachte mich damit zum Lachen.

Coral und Peter sahen + fragend zu uns und wandten sich dann wieder ihrer Arbeit zu.

»Bist du dir sicher?«, vergewisserte ich mich. Ric nickte und wir gingen beide im selben Moment los zu unseren Freunden.

»Was gibt's?«, fragte Coral, die gerade die Daten eines alten Wälzers, den Peter ihr hinhielt, ins Handy eintippte. Als der Bildschirm kurz grün aufleuchtete, schüttelte sie den Kopf und Peter stellte das Buch wieder zurück ins Regal. Anschließend drehten sie sich zu uns.

»Ich habe in meiner Freizeit ein Buch gelesen«, platzte es aus mir heraus.

»Willst du uns einen Regelverstoß melden?«, fragte Coral ruhig und sah mich aus ihren tiefblauen Augen an.

Ric neben mir schüttelte den Kopf. »Es geht um etwas viel Größeres. Und wir brauchen eure Hilfe.«

Taten wir das? Was hatte er denn nur schon wieder geträumt? Er fasste in weniger als zwanzig Sätzen wirklich alles zusammen, was ich tief beeindruckend fand. Ich hätte vermutlich bis zum Ende der Schicht gebraucht. Er hatte auch seine Schwester Natalia nicht ausgelassen – unsere Beziehung jedoch schon, was ich im Moment gut fand. Im Anschluss an das bisher Geschehene erzählte er von sich und seinen Träumen.

»Wann haben diese Träume angefangen?« Für sein sonst so trübes Wesen war Peter regelrecht euphorisch.

»Kurz nachdem Nat entführt wurde«, antwortete Ric knapp. »Ende des ersten Lehrjahres. Damals hielt ich sie noch für ganz normale Träume. Sie kamen nur selten, behielten jedoch immer recht. Außer …« Er machte eine kurze Pause. »Außer bei Nat selbst. Die Träume sagen, dass es ihr gut geht, dass ihr nichts geschieht. Immer und immer wieder.« Ric fuhr sich mit der Hand durch die Haare.

»Daran glaubst du nicht?« Coral sah ihm tief in die Augen, als könnte sie die Wahrheit aus ihnen lesen. Ich war mir manchmal nicht sicher, ob so etwas nicht tatsächlich auch zu ihren Sirenen-Fähigkeiten gehörte.

»Nein. Wenn sie nicht von irgendwem verschleppt worden wäre, würde sie jetzt gemeinsam mit uns in der *Bibliotheca* arbeiten.«

»Vielleicht ist genau das der Grund, warum sie sich versteckt hält«, sagte Peter emotionslos. Nachdem wir ihn alle fragend ansahen, wurde er wieder rot. »Ich habe letzte Nacht mitbekommen, wie sich meine Eltern über die Bibliothekare unterhalten haben. Ich bin oft nicht derselben Meinung wie die beiden, aber was ich gehört habe, klang beunruhigend.«

»Nun sag schon«, drängte ich im selben Moment, in dem Ric »Komm zum Punkt« sagte.

Peter hob beschwichtigend die Arme. Er war aufgeregt, seine Finger hatten sich bereits zur Hälfte in kleine Zweige verwandelt, die raschelten, als er sie zur Faust ballen wollte. »Sie haben schon lange diese Verschwörungstheorien, deshalb habe ich mir im ersten Moment nichts dabei gedacht. Als sie mir dann aber erklärten, dass der Einsatz gestern bewusst und gegen jede Regel gar nicht stattfand, war ich mit ihnen einer Meinung. Einer der Bibliothekare vertuscht die Vorkommnisse, die *Störungen.*« Er holte tief Luft, seine Hände verwandelten sich wieder zurück und er war nicht mehr so aufgeregt. »Vor ein paar Tagen hatten sie auch nichts davon gehört, dass sich die Charaktere verändern. Es wurde nicht weitergegeben. Meine Eltern sind aus allen Wolken gefallen, als ich ihnen von Laurie erzählte.«

»Meint ihr, Perry gibt die Berichte nicht weiter?«, fragte ich, glaubte aber selbst nicht daran. Perry war so ordentlich und zuverlässig, schon der Gedanke schien absurd. Auch die anderen verneinten sofort.

»Perry hätte auch nicht die nötigen Befugnisse, Geschehnisse außerhalb des Jugendbuchbereichs zurückzuhalten«, sagte Peter.

»Geschieht denn auch außerhalb unseres Bereichs etwas? Ich habe gar nichts davon gehört.« Man munkelte nur über die Jugendbuchcharaktere.

»Sicher«, sagte Peter nickend. »Aber es gibt nichts Offizielles dazu. Genauso wenig, wie die Erwachsenen von unseren Zwischenfällen wissen. Ich habe meine Eltern für Spinner oder paranoid gehalten, als ich zum ersten Mal davon gehört habe. Aber jetzt … Es passt alles zusammen.«

»Dann fällt der Vorschlag wohl weg, mit den Bibliothekaren zu sprechen und sie um Hilfestellung zu bitten, hm?« Dabei hatte ich genau darin die einzige vernünftige Lösung gesehen. Deswegen hieß es, unvernünftig zu sein.

»Sieht so aus. Zumindest, solange wir nicht wissen, wer da manche Sachen vertuschen will. Aber vielleicht könnten uns meine Eltern helfen«, sagte Peter.

Seine Eltern, Paul und Linda Bernstein, überprüften und optimierten sämtliche Abläufe im Institut. Sie unterstanden lediglich dem Hohen Rat der Bibliothekare, waren daher unabhängig und konnten so alles mit etwas Abstand beurteilen. Mir waren sie immer seltsam vorgekommen, insbesondere, als ich ihre Arbeit während des Ausbildungspraktikums im Qualitätsmanagement genauer kennengelernt habe. Sie hatten an allem etwas auszusetzen und jammerten viel herum. Aber vielleicht machte das dieser Job aus einem. Ich war froh gewesen, als ich wieder auf Patrouille hatte gehen können.

»Als ob sie mit uns darüber sprechen würden«, gab Ric zu bedenken.

»Da hast du vermutlich recht. Soll ich mit ihnen reden?«

»Wenn du ihnen in der Sache vertraust ...«

»Das tue ich. Meine Eltern sind absolut vertrauenswürdig. Sonst hätten sie nicht so einen tollen Sohn wie mich.«

Hatte Peter gerade einen Witz gemacht? Coral gluckste wie ein Bergfluss. Bei ihr schien Peters Humor großartig anzukommen.

Wir vereinbarten, dass sich Peter nach der Schicht mit seinen Eltern unterhalten würde, die größtenteils von zu Hause aus arbeiteten. Am Abend würde er uns über alles informieren.

»Dann sollten wir mal besser mit unserer Arbeit hier fertig werden«, sagte Coral, nachdem wir unsere Pläne besprochen hatten.

»Sie hat recht. Wir sollten zumindest vorerst den Anschein wahren, dass wir auf der Suche nach dem fünften Element sind. Auch wenn wir es bereits gefunden haben«, stimmte Ric zu.

Also machten wir uns wieder auf die Suche nach uns unbekannten Titeln und gaben sie in die App ein. Sicher wurden die Bücher während des Vorgangs irgendwo zentral gespeichert und so nebenbei katalogisiert.

Nach der Schicht im Archiv gingen Ric und ich durch die Altstadt zu seinem Wagen, den er in einiger Entfernung hatte abstellen müssen, aus Angst, dass der tiefergelegte Diablo die Fahrt durch die sehr unebenen gepflasterten Gassen nicht unbeschadet überstehen würde. Vor einem kleinen Café verharrten wir für einen Moment.

»Willst du noch etwas trinken gehen?«, fragte ich hoffnungsvoll.

Ric presste die Lippen aufeinander, schüttelte den Kopf und ging weiter. Schnell schloss ich zu ihm auf, enttäuscht über seine Reaktion. Warum hatte ich mich doch gleich für ihn entschieden? Eine zarte Brise strich mir den Rücken entlang. Es fühlte sich beinahe an wie die Berührung eines Armes, der mich zu sich ziehen wollte. Ich sah zu Ric neben mir, der beide Hände in die Taschen der dünnen Jacke gesteckt hatte.

Traurig senkte ich den Kopf. Das wäre es gewesen, was er hätte tun sollen. Mich in den Arm nehmen, während wir nebeneinander durch die alten Gassen schlenderten, um Jahre in der Zeit zurückversetzt. Er hätte mich an sich drücken und mir das Gleichgewicht nehmen sollen. Sein Arm zuckte, als müsste er ihn mit aller Willenskraft zurückhalten. Ich spürte die Funken zwischen uns, die Luft bestand aus reinem Knistern, und doch gingen wir Schritt für Schritt weiter. Wir überquerten eine der alten Personenbrücken über dem Bach, der die Altstadt durchzog, und gingen auf eine Unterführung zwischen Altstadt und neuem Zentrum zu.

Eine starke Brise schob uns praktisch in den kleinen Tunnel und drängte uns in die falsche Richtung – eine Abzweigung, in der eine Treppe nach oben zur Straße führte.

»Was tust du?«, zischte Ric und sah mich aufgebracht an. Die Hände hatte er aus den Taschen genommen, um bei diesem starken Wind sein Gleichgewicht besser halten zu können.

»Ich tue gar nichts«, antwortete ich ihm wahrheitsgemäß – denn ich tat nichts, außer mich gegen den Wind zu stemmen, der mir nicht gehorchen wollte.

Wir waren nun am Fuß der Treppe angekommen. Von oben Drang die Oktobersonne zu uns hinab und ließ Schatten über den Boden wandern. Mein Element meldete sich, das Amulett pulsierte. »Gefahr!«, schien es, zu rufen.

Ric sah sich aufmerksam um, während ich von der Wand der Unterführung aus alles beobachtete. Er war angespannt, hatte die Arme zur Verteidigung bereits erhoben. Als sich nichts auf uns stürzte, entspannte er sich und wandte sich zu mir um. Für einen kurzen Moment blitzte etwas in seinen Augen auf, das sogleich von einem schmerzhaften Ausdruck ersetzt wurde.

Etwas kitzelte mich im Nacken und ich strich unter Rics wachsamen Blick mit der Hand darüber. Die goldenen Augen schienen sich an meinen Lippen festzusaugen. Prompt spürte ich eine Hitze auf ihnen, als wäre Ric direkt vor mir und nicht zwei Meter entfernt. Ich fuhr mit der Zunge über die Lippen. Ric schloss kurz die Augen. Seine Kiefermuskulatur war angespannt. Als er die Augen wieder öffnete, war das Feuer darin lebendiger als je zuvor. Ein erneuter Windstoß fegte durch die Unterführung und schob Ric auf mich zu, der sich vergeblich dagegenstemmte. Erst als sich seine Hände rechts und links von meinem Kopf an die Wand pressten, ließ der Wind nach.

»Das Benutzen der Elementarkräfte für eigene Zwecke ist verboten«, raunte er mit stockender Stimme, nicht mehr als zehn Zentimeter von mir entfernt.

»Ich … war das nicht«, flüsterte ich. Mein Herz sprang Ric entgegen – zumindest fühlte es sich so an.

Ric überging das Gesagte und kam noch ein Stück näher, die Arme bereits gebeugt. »Als hättest du meine Gedanken gelesen«, wisperte er neben meinem Ohr. »Du kannst gar nicht erahnen, wie sehr ich mich eben danach gesehnt habe, dir nahe zu sein.«

Mein Körper brannte, ich war nicht länger in der Lage, an irgendetwas anderes zu denken als an Ric. Seine Lippen streiften mein Ohrläppchen, heizten das Feuer weiter an. Rics Hände glitten meine Arme hinab, er umgriff meine Hüfte und zog mich noch enger zu sich. Seine unregelmäßigen Atemzüge hypnotisierten mich, trugen mich irgendwo anders hin, weit weg. Ich schloss die Augen und erschauderte, als er meinen Hals mit zarten Küssen bedeckte, hinab bis zu meiner Schulter. Ich vergaß, zu atmen – es war mir unmöglich, zu atmen. Unmöglich, überhaupt etwas anderes zu tun, als zu genießen. Sein feuriger Atem streifte meine Wange, meinen Mund. Ich öffnete die Lippen, sehnte mich nach seinem Kuss.

Doch stattdessen dröhnte es neben meinem Kopf. Ric umgriff die blutende Faust mit seiner gesunden Hand.

»Du schlägst lieber auf Wände ein, als mich zu küssen?«, fragte ich mit immer noch atemloser Stimme, versuchte, meine Enttäuschung zu überspielen. Und fing mir einen vernichtenden Blick aus Rics Feueraugen ein, in denen dieselbe Begierde stand, die ich in jeder Zelle meines Körpers fühlte.

»Die Nähe zu mir ist gefährlich, Lin.«

Er war kurz davor, erneut auf die arme Unterführung einzuschlagen, die wohl als letzte etwas dafür konnte. Daher griff ich nach seinem Arm und hielt ihn zurück. Nicht dass ich die Kraft hätte aufbringen können, wenn er sich nicht selbst zurückgehalten hätte – aber das tat er. Für ein paar Sekunden blieben wir reglos stehen, meine Hand auf seinem Arm, die Gesichter einander zugewandt, wurden wie zwei Magnete voneinander angezogen. Die Anspannung schmerzte, das Sehnen war die reinste Qual.

Nach Minuten oder vielleicht auch Stunden, in denen er sich gegen diese Anziehung gewehrt hatte, gab er auf und überbrückte die letzte Distanz zwischen uns. Unsere Lippen berührten sich. Flammen zischten empor, nahm uns in ihre feurigen Arme. Mein Element umhüllte uns und verbarg uns vor dem Rest der Welt, die nicht mehr existierte. Es gab nur noch Ric und mich und diesen Kuss, der mich alles vergessen ließ.

10. KAPITEL

Die Anziehung zwischen den beiden ist zu groß. Er stößt die Warnungen in den Wind. Was sollen wir unternehmen?
Gegen sie kommen wir nicht an.

Gefahr? Ich habe bereits Vampire und Werwölfe getötet, bin Wesen begegnet, die an Grausamkeit nicht zu überbieten sind. Gefahr ein niedriger Preis für die Zeit mit Ric. Natürlich sagte ich ihm das nicht, sein Ego musste nicht noch weiter aufgeplustert werden. Aber ich erwischte mich tatsächlich bei dem Gedanken.

Irgendwie – und ich konnte es nicht erklären – waren wir in seiner Wohnung gelandet und hatten den Rest des Nachmittags mit Dingen verbracht, die im Jugendbuchbereich ausgelassen wurden. Bevor es bis zum Äußersten gekommen war, hatte allerdings meine Mutter angerufen. Ich grinste dennoch auf seinem Bett sitzend vor mich hin, als Ric zurück in sein Zimmer kam, zwei Tassen Kaffee in der Hand. Doch die Getränke zogen nicht meine Blicke auf sich. Wie auch, wenn er sie vor seinem nackten Oberkörper hielt.

»Ich möchte ja nicht, dass du an Koffeinentzug stirbst«, sagte er lachend und reichte mir eine der Tassen. Ich wollte sie gerade an mich nehmen, da zog er sie zurück. »Umsonst gibt es hier nichts.«

Er beugte sich geschickt zu mir hinab, ohne den Kaffee zu verschütten. Ich gab mich geschlagen und drückte ihm einen Kuss auf die Lippen.

»Das sind ja Wucherpreise hier!«, lachte ich und schnappte nach der Tasse.

Während der warme Kaffee meinen Hals hinabglitt, sah ich mich in Rics Zimmer um. In einem verwaisten Bücherregal standen etliche Fotos des Mädchens, von dem ich die Zeichnung am Flurspiegel gesehen hatte, als ich das letzte Mal hier gewesen war. Ich hatte sie für eine von Rics Groupies gehalten, die ja anscheinend alle erfunden waren.

Ric schien meinen Gedanken zu erraten. »Natalia. Meine Schwester.« Er betonte das letzte Wort, um ja alles andere auszuschließen.

»Wie alt ist sie jetzt?«

»Achtzehn«, antwortete er knapp.

Ich stellte meinen Kaffee auf das Sideboard neben dem Bett und strich Ric mit den Fingern über den Rücken. Lächelnd nahm ich wahr, dass er erschauderte.

»Willst du mir von damals erzählen?«, fragte ich leise.

In seinem Gesicht blitzte Schmerz auf. Dann nickte er langsam, stellte seine Tasse auf den Boden und zog mich zu sich. Gemeinsam rutschten wir zur Wand und ich schmiegte mich an ihn, während er zu erzählen begann. Ich vermutete, dass er besser erzählen konnte, wenn ich ihm nicht in die Augen sah, sondern gegen seinen Brustkorb lehnte.

»Nat war vierzehn, als sie zum Test in der *Bibliotheca Elementara* war. Ich erinnere mich noch, wie stolz sie war, dass auch sie eine Gabe besaß. Sie beherrschte das Feuer in der Schale mit links.«

Meine Gedanken glitten zu meinem eigenen Test zurück; ich war damals vierzehn Jahre alt und aufgeregt wie nie zuvor in meinem Leben gewesen. Mein Vater, der selbst keine Macht über ein Element besaß, hatte mir nichts vorführen oder raten können. Er hatte mir nur von seinem eigenen Test erzählt. So wurde ich quasi blind in die *Bibliotheca Elementara* geführt und war vor die versammelten Bibliothekare getreten, die an einem großen Tisch gesessen und mich von oben bis unten gemustert hatten. Es war schrecklich gewesen. Vor ihnen waren die einzelnen Elemente aufgereiht. Eine goldene Schale mit Feuer, daneben die mit Wasser, dann die mit Erde und zuletzt eine Schale, die auf den ersten Blick leer aussah. Erst bei genauerem Betrachten erkannte ich, dass über der Schale ein winziger Tornado wirbelte.

Ich war gebeten worden, meine Hand über die einzelnen Elemente gleiten zu lassen. Hier, in den heiligen Hallen der Wächter, würde meine Macht auch mit vierzehn schon ausreichend sein, um mein Element zu kontaktieren. Ich glitt über die Schale mit dem Feuer und zuckte instinktiv zurück, als mich die Hitze der Flammen erreichte. Das Wasser reagierte genauso wenig wie die Erde und ich fürchtete schon, dass die Gabe der Familie an mir vorbeigegangen war wie an meinem Vater.

Meine Hand befand sich noch zur Hälfte über der Erdschale, da beugte sich der kleine Tornado bereits in meine Richtung. Es war ein unbeschreibliches Gefühl. Plötzlich war ich vollständig, obwohl ich nicht gewusst hatte, dass mir etwas gefehlt hatte. Ich fuhr über die Schale meines Elements und ein starker Windstoß glitt meinen Arm hinauf und kitzelte mich, bis ich lachen musste. Ich wusste nicht, wie ich den Wind abstellen sollte, und wünschte mir nur lautlos, er würde endlich damit aufhören – und schon herrschte Windstille.

Der Blick der Bibliothekare war eine Mischung aus Wissen und Erstaunen. Später erzählte mir mein Vater, dass normalerweise die Bibliothekare die Elemente zurückrufen mussten, um den Prüfling von seinem Element zu trennen. Er wusste jedoch auch nicht, ob ich ein Einzelfall war oder mehrere ihr Element von Beginn an unter Kontrolle hatten. Ich hatte nie jemanden danach gefragt.

Der zarte Kuss auf meinen Kopf holte mich ins Jetzt zurück. Zurück in die Arme von Ric und zurück zu Natalias Geschichte.

»Sie hatte die Hand noch nicht einmal über der Feuerschale, da schossen die Flammen empor, hat meine Mutter mir erzählt. Die Flammen umhüllten sie vollständig, ehe Nat sie wie selbstverständlich zurückzwang. Die Bibliothekare sagten meiner Mutter später, dass bislang kein Prüfling das Feuer so unter Kontrolle gehabt hatte wie sie. Du glaubst gar nicht, wie stolz meine Mutter war.« Ich spürte, wie er sich neben mir kurz anspannte, die Hand an meiner Seite zur Faust ballte. »Sie wurde in unserer Familie als Wunderkind beschrieben. Meine Großmutter hat ein Familienfest veranstaltet, zu dem Natalia nicht erschienen ist. Seit jenem Morgen habe ich sie nicht mehr gesehen.«

Ric drückte mir erneut einen Kuss auf den Scheitel und legte dann sein Kinn auf meine Schulter. So saßen wir eine ganze Weile da. Wortlos, damit meine Gedanken kreisen konnten.

»Warum dachtest du, sie sei entführt worden? Gab es einen Erpresserbrief oder etwas in der Art?«, fragte ich nach einer Weile.

Er schüttelte den Kopf und rieb dabei meine Schulter, was kitzelte. »Warum hätte sie weglaufen sollen?«

»Ich weiß es nicht.« Ich senkte den Kopf und überlegte weiter. »Erzählst du mir auch, was mit deinen Eltern passiert ist?«

Ich biss mir auf die Lippe und wappnete mich innerlich für eine Abfuhr, weil ich seine Reaktion nicht abschätzen konnte. Der Drache Ric hatte schon während der Ausbildung, kurz nachdem das Unglück passiert war, stets alle Fragen danach mit vernichtenden Blicken beantwortet. Doch mein Ric war anders.

»Sie gaben die Suche nach Nat nie auf. Selbst als die Bibliothekare den Suchtrupp, den sie zusammengestellt hatten, zurückgepfiffen haben. Sie folgten jedem Hinweis und nutzten sogar ihre Elemente dafür. Meine Mutter war wie du, mein Vater wie ich«, sagte er verträumt. War das eine Anspielung? Mein Herz hopste kurz vor Freude. »Sie zogen jeden Abend los und waren fast die ganze Nacht unterwegs. Am nächsten Tag erzählte mir Großmutter immer am Telefon, was sie ihr berichtet hatten. Selbst sie hatte täglich die Erde angerufen, um Hinweise zu sammeln. Die drei waren ein nahezu perfektes Team. Nur das Wasser fehlte.«

Ric schwärmte beinahe und mir wurde sprichwörtlich warm ums Herz. Für einen Familienmenschen hätte ich Ric nie gehalten, was nach seinem Abblocken von Fragen über dieselbe ja auch verständlich war. Er wohnte bei seiner Großmutter, aber ich hatte sie in all den Jahren nie zu Gesicht bekommen.

Ohne dass ich nachhakte, fuhr Ric fort: »In dieser einen Nacht hat mich meine Großmutter angerufen.« Ich nickte. Wir hatten damals bei einem ausgebildeten Team im Außendienst hospitiert.

»Sie hat mir gesagt, dass sie meine Eltern nicht mehr spüren kann. Sie, die Erde, hatte meine Eltern verloren.« Rics Herz pochte an meinem Rücken. Sein Element manifestierte sich. »Am nächsten Tag fand man ihre Leichen im Park.« Er glühte nun.

Ich wagte es nicht, nach der Todesursache zu fragen, sondern wollte ihn beruhigen. »Aber deine Großmutter kann Natalia weiterhin spüren?«, war das Erste, das mir zur Ablenkung einfiel. Ein Lichtblick, so hoffte ich zumindest.

Er nickte. »Sie spürt sie jede Nacht auf. Sie ist noch da, aber Großmutter kann sie nach wie vor nicht orten.«

»Deshalb suchst du die ganze Zeit nach ihr?«

»Mein Element kann mir nichts erzählen. Wo gibt es heutzutage schon noch Feuer? Ich muss auf andere Weise an Informationen kommen.«

So hatte ich das bisher nie gesehen. Für mich – und auch alle anderen Wächter – war Feuer das stärkste Element. Kriegerisch, fast immer siegreich. Aber Feuer war nicht gegenwärtig, konnte keine Informationen zuflüstern wie der Wind. Daher waren seine Eltern ein so gutes Team gewesen: Feuer und Luft, Stärke und Wissen. Beeindruckend. Und doch hatten sie ihre Tochter nicht aufspüren können. Aber vielleicht konnten Ric und ich es.

»Ich kann dir helfen«, schlug ich vor. »Ich beschaffe dir die Informationen und wir suchen Natalia zusammen.«

»Es ist zu gefährlich, Lin.« Ric nahm meine Hand und verflocht seine Finger mit meinen.

»Ich dachte, es wäre gefährlich, das zu tun, was wir …« Binnen einer halben Sekunde lag ich auf dem Rücken und Ric war über mir. Er hielt meine beiden Hände über meinem Kopf fest.

»Ich will nicht sagen, dass es ein Fehler war. Das empfinde ich nicht so. Aber ich würde es mir nie verzeihen, wenn dir etwas zustoßen würde. Ich würde mich für immer dafür verantwortlich fühlen. Bitte spiel nicht damit, Lin.«

Seine Augen flackerten und wechselten die Farbe wie in einem Flammenspiel. Ich versuchte, mich zu befreien, wandte mich und drehte mich, hatte jedoch gegen seine Muskelkraft und sein Gewicht plus Erdanziehung keine Chance.

»Versprich es mir«, sagte er hypnotisch.

Ich presste die Lippen zusammen und schüttelte den Kopf, bis ich laut loslachte. »Ich kann auf mich aufpassen, Ric.«

»Das habe ich gesehen. Du erinnerst dich: Dämon, Schatten, Fee …«

Das war unfair. In dem Moment hatte ich mich überschätzt – oder den Söldner unterschätzt. Wer konnte schon ahnen, dass der Chef höchstpersönlich erschienen war? Ich verzog das Gesicht und Ric grinste triumphierend.

»Vollpfosten.«

»Tinkerbell.«

Jetzt lachten wir beide, was befreiend war und die düsteren Gedanken vertrieb, die zwischen uns geschwebt waren. Die Stimmung schlug jedoch sofort in eine ganz andere um, als er begann, meinen Hals zu küssen und dabei weiterhin meine Hände fixierte. Jede Berührung seiner Zunge glich einem kleinen Stromstoß, der mich mit Energie versorgte. Und dem Verlangen nach mehr.

11. KAPITEL

Du greifst nicht ein.
Waren das deine Pläne? Erneut machen sich Feuer und Luft auf die Suche nach ihr. Entschlossen wie eh und je.

Der Nachmittag war viel zu schnell zu Ende und die Sonne arbeitete noch zusätzlich gegen uns. Oder besser gesagt die Umstellung auf die Winterzeit. Denn Sonnenuntergang war für 17.07 Uhr angesetzt. Ich hasste es.

Der Vorteil, die Zeit gemeinsam zu verbringen, war, dass Ric mich nicht extra abholen musste und wir daher ungefähr zwei Minuten Zeit einsparten, die wir mit ausgiebigem Küssen verbrachten. Wir verhielten uns wie zwei Mädchenromancharaktere. Pfui. Beim Gedanken daran grinste ich an Rics Lippen.

»Ich mag es, wenn du lächelst«, sagte er und ich prustete bei so viel Kitsch und Klischee los. Erst als ich mich beruhigt hatte, war ich fähig, ihn aufzuklären, und wir gingen gemeinsam in die Hölle.

Nach all den Jahren hatte ich mich richtig an den Diablo gewöhnt und auch an die Blicke, die man beim Vorbeifahren von allen – seltsamerweise hauptsächlich Männern und Jungs – kassierte.

Ehe wir ausstiegen, hielt mich Ric kurz zurück. »Sei mir nicht böse, aber ich würde das hier«, er deutete mit dem Finger von mir zu ihm und noch mal zu mir, »gern geheim halten.« Die Enttäuschung stand mir ins Gesicht geschrieben, denn er setzte sofort hinzu: »Ich möchte nicht, dass der Spion – wer auch immer das ist – weiß, wie viel du mir bedeutest.« Er griff nach meiner Hand. »Ich will nicht, dass dir etwas zustößt, Lin.«

Die Intensität seines Blicks, das Leuchten seiner goldenen Augen sagten mehr als alle Worte. Er zog mich zu sich und gab mir einen letzten zärtlichen Kuss, ehe er sich während des Aussteigens in den Ric verwandelte, den ich die vergangenen Jahre an meiner Seite gehabt hatte. Na toll.

»Feuer und Luft geben uns die Ehre ihrer Anwesenheit.«

Perry war es gewohnt, dass wir im letzten Moment hereinrauschten, daher reagierten wir nicht darauf und setzten uns auf unsere Plätze neben Coral und Peter.

»Dann kann ich euch ja von den neuesten Vorkommnissen berichten, die alles andere als erfreulich sind.« Er ging zu dem kleinen Stehpult und wollte schon den Beamer anschalten, als er sich erneut umwandte. »Die weltweite Suche nach dem Unikat war bislang erfolglos. Die Bibliothekare hatten heute eine Videokonferenz. Wir sind in dieser Sache noch keinen Schritt weiter.« Er aktivierte den Beamer und eine Karte der Stadt erschien. »Die Techniker haben ein erhöhtes Aufkommen von Seelenlosen registriert.« Nach einem weiteren Knopfdruck war die Karte übersät mit grünen Punkten.

»Dann haben wir heute Nacht ja einiges zu tun. Gibt es spezielle Einsatzpläne?«, rief jemand aus Gruppe A dazwischen.

Perry schüttelte den Kopf und drückte erneut die Fernbedienung. Die grünen Punkte wurden fast alle durch rote ersetzt. »Die meisten von ihnen sind bereits verschwunden.«

»Sie dematerialisieren sich selbst? So viele?«, fragte ein Mädchen – Anna? – von weiter hinten.

»Ich befürchte, dass sie das nicht tun. Etwas anderes passiert mit ihnen. Sie verschwinden einfach. Hätte ich nicht gerade bei den Technikern gestanden, hätte ich es selbst vielleicht gar nicht mitbekommen.«

Perry verzog das Gesicht. Er war wohl auch unzufrieden mit der Kommunikation innerhalb des Instituts. Das sprach für ihn und gegen die Theorie, dass er der Spion war oder derjenige, der Informationen zurückhielt. Nach einem Blick zu Peter, der leicht nickte, war ich gespannt darauf, was er aus seinen Eltern herausbekommen hatte, und konnte kaum erwarten, bis wir auf Patrouille gingen.

»Und was werden wir dagegen unternehmen?«, fragte Ric und konfrontierte Perry so mit einer vermutlich unlösbaren Aufgabe.

»Wir gehen weiter auf Patrouille und spüren diejenigen auf, die nicht verschwunden sind.« Perry deutete auf die grünen Punkte und wirkte dabei selbst nicht überzeugt. »Mehr können wir vorerst nicht tun. Wir können nur hoffen, dass dieses Buch bald auftaucht und wir das fünfte Element extrahieren können, ehe es zu spät ist.«

Ha! Genau dann wäre es zu spät. Wir mussten alles dafür tun, dass *Otherside* nicht gefunden wurde. Doch es könnte bereits in den Händen des Feindes liegen.

Perry gab die üblichen Hinweise bezüglich Sicherheit und Vorschriften und betonte dieses Mal besonders, dass wir uns vor den Menschen nicht offenbaren sollten. Ich zuckte zusammen, auch wenn es nur Zufall sein mochte. Oder hatte uns jemand verraten? Misstrauisch sah ich zu Josh hinüber und bemerkte, dass Ric dasselbe tat. Niemand außer ihm war dabei gewesen, als Coral den vermeintlichen Menschen Zodan besungen hatte. Stand Josh auf der falschen Seite?

Als wir das Institut verlassen hatten, fühlte ich mich befreit. Diese Verrätersache zehrte an meinen Nerven. Wir waren kaum ein paar Schritte gegangen, da schob uns Ric mit Schwung in eine Seitengasse, die nicht zu unserem Weg gehörte.

»Was hast du von deinen Eltern herausgefunden?«, fragte er Peter.

Dieser erholte sich gerade vom Schreck, so schnell in eine dunkle Gasse gezerrt zu werden, und brauchte ein paar Sekunden, was meine Anspannung steigerte.

»Ich habe sie natürlich nicht direkt mit einem Verräter konfrontiert«, begann Peter. »Aber ich habe sie nach ihrer Arbeit befragt und sie wurden schnell gesprächig. Ihre Arbeit ist ja streng geheim und ich darf niemandem davon erzählen, bla, bla, bla«, schnaubte er und wir drei nickten, damit er endlich fortfuhr. »Sie haben mir erzählt, dass sie aktuell eine ganz große Sache verfolgen. Auf allen

Hierarchieebenen gibt es jemanden, der Informationen zurückhält, aber auch teaminterne Angelegenheiten weitergibt, um den Unmut im Institut zu schüren.«

Josh in Gedanken vor mir sah ich hinüber zu Ric, der nur die Augen zusammenkniff und nickte.

»Die Beschwerden über einzelne Mitglieder, die an meine Eltern herangetragen werden, häufen sich. Irgendwer spinnt Intrigen und hetzt uns alle gegeneinander auf, sodass oft nicht genügend Zeit für den eigentlichen Job bleibt. Bisher haben sie jedoch nicht herausgefunden, wer es ist. Ich soll meine Augen offen halten, sagten sie.« Peter blickte peinlich berührt zu Boden.

»Dann kannst du ihnen gleich berichten, was Perry heute erzählt hat«, sagte ich. »Er vermutet auch, dass Informationen nicht weitergegeben werden. Und dann ist da noch die Sache mit Josh.«

Peter und Coral sahen mich fragend an.

»Der Hinweis wegen der Menschen kam doch nicht von irgendwoher. Wann hat Perry uns das letzte Mal darauf aufmerksam gemacht? Als die Neuen dazukamen?«

Nun blitzte Erkenntnis in Peters und auch Corals Augen auf.

»Ihr meint, Josh ist …«, setzte Coral an und wir nickten zur Antwort.

»Wir müssen mit all diesem Wissen sehr vorsichtig sein«, ermahnte uns Ric.

»Und vor allem sollten wir schnellstmöglich *Otherside* zurückbekommen«, fügte ich hinzu. »Kannst du dich mal bei deinem Element umhören?«, fragte ich Peter, der sich sofort umsah. In der dunklen Gasse gab es jedoch keine Bäume, mit denen er hätte sprechen können.

»Wir sollten uns auch die alte Wiese im Park noch einmal genauer ansehen«, sagte Coral. »Dieses Mädchen entsprach für mich nicht ganz einer Rapunzel.«

»Was zuerst?«, fragte ich.

»Wir gehen normal auf Patrouille. Danach gehen wir in den Park. Dort kann unser Setzling mit seiner Familie quatschen, wir können uns bei der Naturwiese umsehen und Tinkerbell kann den neuesten Klatsch in Erfahrung bringen«, bestimmte Ric.

Während Peter ihm böse Blicke zuwarf, rief ich eine starke Brise und stieß Ric an, sodass er ins Straucheln geriet. Musste er es mit dem Arsch-Sein so übertreiben?

Peter und Coral gingen bereits zurück zur Straße, als Ric mir einen entschuldigenden Blick zuwarf. Ich zerzauste mit einem Windstoß seine akkurat gestylten Haare. Ha! Schon fühlte ich mich befreit und marschierte erhobenen Hauptes hinter Coral und Peter her.

Ein Kribbeln im Nacken verriet mir, dass Ric mir nachstarrte. Und plötzlich hatte ich das Gefühl, dass er direkt hinter mir stand. Sein warmer Atem kitzelte mich im Nacken und bescherte mir unwillkürlich Gänsehaut. Sein Geruch war so präsent, dass sich mein Herzschlag beschleunigte. Verdammt, ich glaubte sogar, zu spüren, wie er die Hände um mich schlang und sein Kinn auf meine Schulter legte wie heute Nachmittag.

Ich drehte mich um. Ric hatte sich keinen Zentimeter bewegt, nur seine Augen loderten vor Begierde. Hastig wandte ich mich ab und ging weiter. Nun hörte ich auch seine Schritte hinter mir und schnell hatten wir Peter und Coral eingeholt.

Die Patrouille verlief ohne große Vorkommnisse. Wir hatten es nur mit gewöhnlichen Seelenlosen zu tun, die vermutlich vor lauter Anschmachten herausgelesen worden waren: einen Edward (er wurde wirklich noch immer herausgelesen!), einen Jacob (da konnte sich wohl jemand nicht entscheiden?), und einen Halbgott, den wir nur deshalb erkannten, weil er seinem Filmpendant zum Verwechseln ähnlich sah. Wo blieb denn da die eigene Fantasie? Auch wenn ich zugeben musste, dass ich die Bücher wirklich mochte.

Nachdem wir Perry unseren Bericht abgeliefert hatten, fuhren wir mit zwei Autos zum Park. Ric hatte Peter wieder einmal spüren lassen, was er von der vorgeschlagenen Fahrt in seinem Corsa hielt. Im Diablo stellte ich ihn zur Rede.

»Du kannst Peter nicht immer so behandeln.«

»Wie denn?«, wagte er es, zurückzufragen.

»So, als wäre er weniger wert als du. Wieso willst du, dass dich die anderen nicht mögen?«

»Ich brauche keinen von denen«, sagte er knapp. »Außer dir vielleicht«, fügte er hinzu.

Ich wollte schon zu einem empörten »Vielleicht?« ansetzen, als sein breites Grinsen sogar im Profil zu erkennen war. Ich schlug ihm auf den Oberschenkel und er jaulte theatralisch auf. Schade, dass ich ihn nicht fester getroffen hatte. Er hätte es verdient.

Der Parkplatz beim Park war verwaist. Nach Mitternacht trieben sich – wenn überhaupt – nur zwielichtige Gestalten herum. *Solche wie wir*, lachte ich innerlich mit Blick auf die dahinzugleiten scheinende hochgewachsene Coral im Batik-Kleid, den hageren Peter und den im Vergleich beinahe bulligen, sehr muskulösen Ric daneben. Kurz dahinter war ich, das zierliche unscheinbare Mädchen in Jeans, Chucks und Longshirt, das bis über meinen Po reichte. Man konnte ja nie wissen, ob ich nicht mal ohne Hose abhauen musste.

Coral sprach zuerst mit dem Wasser der Teiche am Eingang und teilte die Informationen mit uns: »Es sind sehr viele Seelenlose hier vorbeigekommen, wenn sogar mein Element es bemerkt.« Wasser war fast so träge wie Peters Element, doch die Erde stand in Verbindung mit beinahe allem und war somit andauernder. Bei Regen hingegen war Coral im Vorteil – da bekam sie nahezu alles mit. Oder bei Schnee. Wenn die Erde praktisch unter ihrem Element begraben lag.

Wir passierten die breiten Wege am Parkeingang und liefen die schmalen Pfade zwischen den Bäumen hindurch, wo Peter Kontakt herstellen konnte.

»Die Seelenlosen sind alle in Richtung Naturwiese gegangen«, übersetzte er das Knarren der Bäume. »Sie sind jedoch verschwunden. An einem Punkt, der wie ein weißer Fleck für mein Element sein muss. Hinter der Brücke.«

»Die Naturwiese«, vermutete ich und er nickte.

»Die Erde kann nicht spüren, was dort vor sich geht. Der Bereich ist wie abgeschottet, der Kontakt zu den Gräsern und Bäumen ist komplett abgeschnitten.«

»Dein Element konnte die Barriere durchdringen«, sagte Ric zu mir. Sofort hatte ich die Blätter vor Augen, die an dem Rapunzel hängengeblieben waren.

»Ich versuche es.«

Ich griff nach meinem Elementaranhänger und rief die Luft zu mir. Angestrengt lauschte ich dem Wispern und Flüstern, Rascheln und Brummen, das von allen Seiten auf mich eindrang. Es brauchte enorme Konzentration, die einzelnen Aussagen herauszufiltern. Als Coral neben mich trat und mir die Hand auf den Unterarm legte, wurde es besser und ich lächelte sie dankbar an. Peter trat ebenso zu mir und legte seine Hand neben Corals. Die Stimmen des Windes wurden klarer. Zuletzt bequemte sich auch das Feuer zu uns und unterstützte mich.

Mit einem Mal fühlte ich mich nicht mehr wie auf einem Bahnhof, sondern verfolgte eine Diskussion mit mehreren Teilnehmenden. Entspannt hörte ich zu, was die Luft zu sagen hatte, was die einzelnen Winde berichteten und wie sie darüber debattierten, was geschehen sein mochte. Irgendwann waren sie bei Lästereien angekommen, die jeder neugierigen, besserwisserischen alten Dame in der Nachbarschaft Konkurrenz gemacht hätte. Zu diesem Zeitpunkt entließ ich mein Element, den Kopf voller Neuigkeiten, die ich erst kurz sacken lassen musste.

Meine Freunde wurden ungeduldig und drängten mich mit ihren Blicken geradezu, endlich zu erzählen. Ich rechnete es ihnen hoch an, dass sie mich trotzdem in Ruhe ließen. Vor allem Ric.

»Danke für die Unterstützung. Ich glaube, ich hatte noch nie so tiefen Kontakt mit meinem Element.« Ich war wie berauscht und drohte, mich zu verwandeln. Daher hüpfte ich umher, um die Energie loszuwerden. »Die Winde glauben, dass alles mit der Sommersonnenwende begann. Sie sind sich nicht einig darüber, was genau, aber sie haben die Veränderung gespürt. Hinten bei der Wiese entstand eine Barriere, die sie zwar durchbrechen können, dafür jedoch mehr Energie benötigen. Meist kreisen sie nur um die Wiese herum.«

Ric griff mich am Oberarm und stoppte meinem Redeschwall. »Kannst du nicht stehen bleiben? Du machst mich verrückt.«

Mir war nicht aufgefallen, dass ich nicht mehr nur umhergesprungen, sondern dabei auch noch hin- und hergetigert war.

»Tut mir leid, mein Element …« Schon bemerkte ich, wie sich die Ärmel meines Longshirts scheinbar verlängerten und Ric immer größer wurde. Er ließ mich los und ich lief weiter, ehe ich wieder auf meine Normalgröße wuchs.

»Und was sagen sie über die Seelenlosen? Sammeln die sich da drin?«, fragte Peter, während er eifrig versuchte, den Blick stets auf mich gerichtet zu halten.

»Sie gehen alle dort hinein. Manchmal kommen Gruppen wieder heraus und ziehen durch die Stadt. Sie manipulieren die Menschen, lassen sie Bücher lesen und Charaktere erscheinen, die sie für ihre Pläne benötigen.«

»Für Elizabeths Pläne«, knurrte Ric – die Luft war sofort um mindestens fünf Grad wärmer und roch nach Lagerfeuer.

»Das wissen sie nicht. Niemand kennt Elizabeth. Zodan führt die Gruppen an und delegiert die Aufgaben.«

»Welche Gaben hatte er in der Geschichte?« Coral hatte eine Falte zwischen den Augenbrauen. »Er ist telepathisch veranlagt, oder?«

Ihr Sirenengesang war auch eine Art Telepathie. »Ich weiß es nicht. Es wurde nur immer wieder erwähnt, dass manche der Söldner eine solche Gabe besitzen. Zac beispielsweise kann keine Gedanken manipulieren.«

»Wo steckt der überhaupt?«, erkundigte sich Peter.

Ric erklärte ihm kurz, dass sich Zac und Ty etwas nähergekommen waren, als es für einen Seelenlosen und eine Fictionmate gut war.

»Ty ist eine Fictionmate?«, fragte Peter interessiert. »Die Erde hat mir nie etwas in die Richtung erzählt.« Er legte die Stirn in Falten. »Seid ihr euch sicher?«

»Ich wusste nicht einmal, dass es so etwas überhaupt gibt«, seufzte ich. »Ric hat es mir gesagt.«

Die Erklärung genügte Peter.

»Zurück zur Luft. Was hat sie dir noch erzählt?« Ric war angespannt. Sicher wartete er darauf, ob ich etwas über Natalia sagen konnte. Ich fing seinen Blick auf und schüttelte leicht den Kopf. Seine Enttäuschung war ihm anzusehen und mir zerriss es das Herz. Hatte ich nicht versprochen, ihm zu helfen?

»Die Seelenlosen sind seit ein paar Stunden vermehrt auf der Suche nach etwas. Zodan schickt Gestaltwandler aus, um die ganze Gegend zu überwachen. Aber auch die Winde wussten nicht, was gesucht wird, oder ob es überhaupt eine Sache ist. Es könnte *Otherside* sein. Oder Zac.«

Beim Gedanken daran erstarrte ich. Die Energie meines Elements war abgeebbt und ich musste sie nicht mehr über Bewegung loswerden.

»Zac ist bei Ty«, vervollständigte Ric den Gedanken und ich nickte, kreidebleich im Gesicht. Ich hatte sie schon wieder in Gefahr gebracht. Die Erkenntnis zwang mich in die Knie, ich setzte mich auf einen Baumstumpf, fischte mein Handy aus der Tasche und tippte wie wild auf dem Display herum. Anschließend starrte ich es nieder und verlangte, dass es mir eine Antwort zeigte, die jedoch ausblieb. Ich gab auf und wählte Tys Nummer. Der Anruf wurde sofort zur Mailbox umgeleitet. Verdammt!

»Willst du noch einmal den Wind befragen?« Coral kam zu mir und legte mir ihre kalte Hand auf die Schulter. Der Geruch nach Ozean zeigte mir, dass sie mich mit ihrem Element beruhigte. Es wirkte, ich konnte sofort besser atmen und alles klarer sehen.

»Vielleicht sind sie nur im Kino in der Nachtvorstellung«, antwortete ich halbherzig. »Sie meldet sich sicher bald. Zac kann Ty verteidigen. Er ist mächtig.« Ich glaubte nicht daran, aber ich wollte die Hoffnung nicht jetzt schon aufgeben. »Wir müssen *Otherside* finden«, sagte ich mit fester Stimme, obwohl ich mir nicht annähernd so sicher war. Und plötzlich fiel mir auch wieder ein, was die Winde gleich zu Beginn erwähnt hatten: »Wir haben vermutlich nicht mehr viel Zeit. Die Luft ist sich sicher, dass *Samhain* sehr oft erwähnt wird.«

»Halloween?« Ric sah skeptisch aus.

»Samhain, die Nacht, in der die Grenzen zwischen Leben und Tod verschwimmen, die Grenzen zwischen dem Diesseits und dem Jenseits«, erklärte Peter.

»Oder die Grenzen zwischen zwei anderen Welten.« Corals Augen wurden tiefblau und funkelten wie Wellen im Sonnenlicht. »Die Grenze zwischen der Buchwelt und der Realität.«

Ihre Stimme ähnelte bereits dem Sirenengesang. Aber ich glaubte ihr auch so. Es passte zu gut. In weniger als einer Woche würde Elizabeth die Grenzen zwischen unserer und ihrer Welt vernichten. Wir mussten sie aufhalten.

12. KAPITEL

Sie haben Informationen gesammelt. Sie wissen nun von Samhain. Aber je mehr ich höre, desto sicherer bin ich mir, dass uns diese Wächter niemals zerstören würden – im Gegenteil. Sie kämpfen für die Bücher.

Es fühlt sich irgendwie geleeartig an.« Coral berührte zum wiederholten Mal die Barriere.

Wir liefen langsam die Grenze entlang, um besser einschätzen zu können, wie weit der geschützte Bereich reichte. Wie wir feststellten, betraf es nicht nur die Wiese – sondern ein ganzes Stück Wald dazu. Die Grenzen waren rechtwinklig, wir konnten uns um die Ecken entlangtasten.

Mittlerweile waren wir an der gegenüberliegenden Seite des Pfades angekommen, der uns hergeführt hatte. Der Geruch nach einem Lagerfeuer lag in der Luft und ich sah sofort fragend zu Ric. Der zuckte nur mit den Schultern und schüttelte den Kopf. Er war nicht die Ursache. Wir gingen entlang der Barriere weiter, mussten uns zwischen Büschen durchquetschen und an einer Stelle sumpfiges Terrain umrunden. Vermutlich ein Ausläufer des Teichs, zu dem Coral bei unserem letzten Besuch Kontakt aufgenommen hatte.

Dann hatten wir die vierte Seite der Grenze erreicht. Direkt in der Ecke, von unserem ersten Blick auf die Naturwiese abgeschirmt durch Bäume und Schilf des Teiches, brannte ein kleines Feuer. Ich sah zu Ric und deutete mit dem Kopf in Richtung der Flammen.

Ric schloss die Augen und hob die Hand, als wollte er nach den Flammen greifen. Diese züngelten umgehend empor und wuchsen auf Rics Hand zu. An der Barriere wurden sie zurückgehalten, glitten zu allen Seiten und suchten einen Durchgang. Ric ließ seine Hand wieder sinken und die Flammen zogen sich zurück.

»Nicht einmal das Feuer kommt durch die Barriere«, grummelte er.

»Die Frage ist, warum das Feuer hier brennt«, sagte Peter. »Es ist keine Lagerstätte, dafür wäre der Platz viel zu klein.«

Abgesehen von ein paar Holzscheiten gab es in dieser Ecke nichts, nicht einmal Platz genug, dass sich jemand ans Lagerfeuer hätte setzen können, um sich zu wärmen.

»Alle Elemente sind vereint«, flüsterte Coral. »Die Barriere gleicht unserem Schutz, wenn wir unsere Elemente zusammenschließen.«

Die Wand aus Magie, unser Schutz gegen die Seelenlosen, die wir zuletzt gegen die wilde Bella aufgerufen hatten.

»Das könnte passen. Aber so groß?«, zweifelte ich.

Coral zuckte mit den Schultern.

»Aber wo sind die Elementare, die die Elemente aufrufen?«, fragte Peter.

»Vielleicht können wir sie nur nicht sehen?«, schlug ich vor. »Das Mädchen haben wir beim letzten Mal auch erst gesehen, als wir unsere Elemente verbunden hatten.«

Ric nickte und überlegte angestrengt, wie die Falten auf seiner Stirn bezeugten. »Lasst uns kurz nachschauen. Von hier aus können wir die Wiese einigermaßen einsehen.« Er ging die Strecke zurück, die wir gekommen waren, und trat um die Ecke der Barriere herum. Als er sich duckte, verschwand er beinahe komplett hinter den Büschen, durch die wir uns gequetscht hatten. Er erhob sich wieder und winkte uns zu sich.

Wir folgten ihm bis ungefähr zur Mitte dieser Seite und duckten uns alle hinter das Gebüsch. Ich reichte Ric und Coral meine Hände und spürte den Kontakt mit ihren Elementen sofort. Als Peter dazukam, wurde der Geruch des Lagerfeuers an der Ecke plötzlich stärker und wir hörten Stimmen. Vorsichtig, um nicht gesehen zu werden, erhob sich Ric und drückte dabei meine Hand so fest, dass es beinahe wehtat.

Ich hätte mich am liebsten auch erhoben, das Dreieck an meiner Brust pulsierte, leitete mein Element durch meinen Körper zu den anderen, während deren Elemente durch mich hindurchglitten. Angestrengt versuchte ich, zu verstehen, was die Stimmen sprachen, bekam jedoch nicht mehr als ein paar Wortfetzen mit.

»...amhai ...lizabeth ... Verräter ...chter ...«

Ich verzog den Mund und hoffte, dass Ric von seiner Position aus Genaueres verstand.

Zur Ablenkung erkundete ich das Gebüsch vor mir und fand einige Plastikfetzen, die mein Element wohl hierhergetragen hatte und nicht mehr aus den Fängen des Gestrüpps befreien konnte. Plötzlich gab die Wolkendecke den Mond wieder frei und etwas glitzerte unter den Ästen. Zuerst vermutete ich eine Aluverpackung, Bonbonpapier oder Ähnliches, dennoch sagte mir ein Instinkt, ich sollte genauer nachschauen. Ich sandte einen kleinen Windstoß unter die Büsche und erwartete schon, dass das Papier wegflattern würde. Doch es bewegte sich nicht. Wie gern hätte ich in dem Moment eine Hand freigehabt und danach gegriffen. Meine Neugierde war entfacht und ich versuchte, die Luft dazu zu bewegen, das glitzernde Etwas in meine Richtung zu schieben, was gar nicht so einfach war.

»Was zur Hölle tust du denn?«, zischte Ric neben mir und ich fuhr zusammen. Er war wieder in der Hocke und ließ meine Hand los.

Ohne weitere Erklärung trennte ich mich auch von Coral und griff mit meiner rechten Hand nach dem funkelnden Ding. Ich hatte es schon fast berührt, da hielt mich Coral zurück. Ich warf ihr einen – zugegebenermaßen ziemlich bösen – Blick zu, weil meine Neugierde dermaßen groß geworden war. Sie schüttelte bestimmt den Kopf und schob vorsichtig die Zweige über meinem Objekt der Begierde zur Seite. In dem Moment erkannte ich, was da lag. Es war kein Bonbonpapier und auch kein Müll. Es war ein silbernes Dreieck, an einer der Ecken war die Öse befestigt, durch die eine Kette gezogen war, die in der Erde verschwand. Der Elementaranhänger eines Wächters. Eines Feuerelementars.

»So ist die Barriere entstanden«, flüsterte Peter. »Sie brauchen keine Elementarier, wenn sie ihre Ketten haben. Sie brauchen nur jemanden, der dafür sorgt, dass ihre Elemente immer präsent sind. Wir stehen hier auf der Südseite der Wiese.«

Er deutete in Richtung des Feuers und anschließend auf das Feuersymbol und plötzlich hatte ich ein Bild der Wiese vor mir. Das Feuer im Süden, der Teich im Osten. Die Luft war auf der Westseite ebenso präsent wie die Erde im Norden. Dieses Feuer war der Beweis, dass jemand die Elemente ihrer Himmelsrichtung entsprechend angeordnet hatte, ja vielleicht diesen ganzen Platz ausgewählt hatte, weil alle Elemente – zumindest nachdem man ein kleines Lagerfeuer entzündet hatte – hier präsent waren.

»Lasst uns von hier verschwinden«, sagte Ric leise und erhob sich, doch ich riss ihn wieder nach unten. Mein Anhänger pulsierte und die Luft flüsterte Warnungen in mein Ohr.

Im nächsten Moment drang auch schon das Geräusch von Fußgetrappel zu uns. Schnell griffen wir einander instinktiv an den Händen. Peter nutzte unsere gemeinsame Macht dazu, die Büsche um uns herum wachsen zu lassen. Binnen Sekunden waren wir in einer schützenden Höhle aus Blättern verborgen. Genau im richtigen Moment. Wie aus dem Nichts erschien ein Mann. Keine fünf Schritte von unserem Versteck entfernt war er durch die Barriere getreten. Ich sah nicht viel von ihm, das Tattoo an seinem Hals war jedoch eindeutig. Der Mann war ein dämonischer Söldner. Ihm folgten noch vier weitere Personen, alle im typischen Schwarz des Heeres, wie ich glaubte, zu erkennen. Ich fühlte das Pochen meines Herzens bis in den Ohren. Mein Anhänger hämmerte im selben Takt gegen mein Dekolleté.

»Zodan duldet keine weiteren Fehler«, sagte eine der Gestalten. »Er hat euch genau instruiert, wie ihr die Vorstellung der Menschen beeinflussen könnt. Verfehlungen wird sie umgehend mit dem Tod bestrafen. Wir haben nicht mehr viel Zeit, um unsere Gruppe zu vergrößern.«

Sie? Elizabeth? Und warum sollten die Söldner die Vorstellung der Menschen beeinflussen? Meine Gedanken kreisten wie Geier über der Frage, fanden jedoch keine Erklärung. Erst als Ric mich anschubste und mich beinahe zu Fall brachte, bemerkte ich, dass die Gefahr vorüber war. Ich warf ihm einen bösen Blick zu, traf damit aber nur seinen Rücken.

Peter öffnete das Gebüsch ein wenig, um uns einen Durchgang zu verschaffen, und wir folgten Ric wortlos. Mein Herz schlug noch immer in rasendem Tempo und hielt erst inne, als wir beim Parkplatz ankamen.

»Verdammt, war das knapp«, keuchte Peter, der aussah, als hätte er seit Jahren keine Sonne gesehen. Für gewöhnlich war Coral die Blasse in unserer Runde, doch Peter, der sonst einen sehr gesunden Teint hatte, schlug sie gerade um Längen.

»Lasst uns zu mir fahren«, schlug ich vor. »Dort können wir in Ruhe reden.«

Und sehen, ob Ty und Zac wieder aufgetaucht sind, fügte ich in Gedanken hinzu.

Die anderen nickten zustimmend und wenig später ließ ich mich auf den Beifahrersitz des Diablos fallen. Beim Röhren des Motors schien all die Anspannung von mir zu fallen und riss meine Energie mit sich. Ich fühlte mich ausgepowert und leer. Und müde. Seit wann hatte ich nicht mehr geschlafen? Ja, wir benötigten nicht viel Schlaf, aber auf Dauer würde ich mit so wenig nicht auskommen. Es zehrte an meiner Energie wie eine dauerbrennende Glühbirne. Und es wurde Zeit, das Licht mal für eine Weile auszuschalten.

Ric legte seine Hand auf meinen Oberschenkel und ich lächelte ihn matt an. Selbst er schaffte es nicht, noch Funken zu entzünden. Ich verschränkte meine Finger mit seinen und schloss für einen kurzen Moment die Augen.

Als ich sie wieder öffnete, stand Ric bereits mit Peter und Coral neben dem Diablo, der wie immer mitten in unserer Feuerwehrzufahrt parkte. Wie lange hatte ich geschlafen? Schnell hievte ich mich aus dem Wagen und lud alle nach oben ein.

Nachdem ich für alle einen Kaffee zubereitet hatte, setzte ich mich neben Ric an die Theke, Peter saß mir gegenüber. Nicht einmal der Kaffee konnte meine Gehirnzellen in Schwung bringen. Aus den Augenwinkeln sah ich Rics besorgten Blick in meine Richtung und spürte seine Hand meinen Rücken entlangstreichen. Verdammt, ich halluzinierte schon wieder. Ric umgriff mit beiden Händen seine Tasse, als müsse er sich an etwas festhalten. Ich schüttelte den Kopf und hoffte, mein Gehirn damit zu wecken. Mit mäßigem Erfolg, aber zumindest verschwand die eingebildete Berührung.

Ich richtete mich auf und trank einen Schluck von dem Kaffee. Etwas kühles Nasses spritze mir ins Gesicht, als ich die Tasse absetzte. Coral zwinkerte mir zu. Sofort spürte ich die Stärkung, die sie mir mit einem Hauch von Nebel geschickt hatte. Mein Gehirn kam so langsam wieder in die Gänge. Dankbar nickte ich ihr zu und sie lächelte zufrieden. Doch wo sollten wir beginnen? Bei dem Elementaranhänger? Oder dem Gespräch?

»Was hast du gehört? Ich habe nur einzelne Wörter verstanden«, kam Peter mir zuvor und fixierte Ric dabei.

Dieser setzte sich sofort aufrechter hin, nachdem er bemerkt hatte, dass es mir besser ging, und begann, zu erzählen: »Mein Gehör ist sehr, sehr gut«, lobte er sich selbst und wir anderen verdrehten synchron die Augen. »Doch die Typen waren zu weit weg. Nicht einmal ich konnte alles genau hören.«

Senkte er tatsächlich den Blick, weil er uns eine Niederlage eingestanden hatte?

»Ich habe etwas von Samhain gehört, Elizabeth und auch Zac – oder besser gesagt, dem Verräter. Und einem Wächter?«, erzählte ich.

Ric sah mich irritiert an, schüttelte den Kopf. »Wächter? Ich habe Tochter verstanden.«

»Es waren nur Wortfetzen, aber Tochter macht ja keinen Sinn, oder?«, fragte ich. »Was habt ihr gehört?«, wollte ich an Peter und Coral gewandt wissen.

»Nichts. Mein Element ist so präsent gewesen, da höre ich eher Regenwürmer husten als Menschen – oder was auch immer – reden«, grummelte Peter niedergeschlagen.

»Mein Gehör war über Wasser noch nie das beste«, gab Coral zu.

»Zumindest haben wir die Bestätigung, dass Samhain wirklich eine Bedeutung hat.« Meine Gedanken huschten in meinem Kopf hin und her. »Und bis dahin muss Zodan seine Armee vergrößern.«

Peter nickte. »Dazu manipulieren sie die Lesenden.«

»Damit mehr gelesen wird?«, fragte Coral.

Wurde wirklich mehr gelesen? Wir hatten nicht ungewöhnlich viele Seelenlose auf unseren Patrouillen gefunden. Nicht für diese Jahreszeit. Das Sonderbare waren eher die Störfälle, die sich häuften. In dem Moment fiel das letzte Puzzleteil an seinen Platz und alles schien Sinn zu ergeben. Die Erkenntnis ließ mich vom Barhocker springen.

»Die Söldner manipulieren die Lesenden, damit sie in den Charakteren andere Eigenschaften sehen und sie mit diesen besonderen Kräften herauslesen.«

Ich wusste, dass ich recht hatte. Ich spürte es.

»Aber diese kleine Armee ist noch nicht sehr lange in unserer Welt«, warf Ric ein.

Nein, war sie nicht. Ich selbst hatte die Typen ja herausgelesen. »Doch seitdem häufen sich die *verschwundenen Seelenlosen*«, zitierte ich Perrys Aussage.

»Das könnte passen«, grübelte Peter. »Davor waren es weniger Störfälle, jemand anderes muss die Lesenden manipuliert haben. Vielleicht nur eine einzige Person. Aber wer?«

»Derselbe, der dafür sorgt, dass solche Dinge nicht die Runde im Institut machen«, vermutete ich.

»Und möglicherweise dieselben, die mit ihren Elementaranhängern dafür sorgen, dass die Barriere erhalten bleibt«, fügte Ric hinzu und ballte seine Hände zu Fäusten. Die Sehnen an seinem Unterarm traten deutlich hervor.

Welches Interesse könnte jemand im Institut daran haben, dass die Grenzen fallen? Oder beschuldigten wir unsere Kollegen zu Unrecht und sie waren ebenfalls manipuliert worden? Doch auf diese Frage hin erhielt ich nur bedauerndes Kopfschütteln.

»Und jetzt?« Peter warf einen fragenden Blick in die Runde. »Soll ich mit meinen Eltern reden?«

Hastig schüttelten wir die Köpfe. Die Bernsteins würden ihrem Sohn am Ende noch verbieten, weiterhin mit uns zusammenzuarbeiten. Und wir brauchten die Erde. Wir brauchten jedes einzelne Element.

»Sollen wir die Barriere zerstören?«, fragte er dann.

Es würde ein absolutes Chaos geben, wenn plötzlich so viele Seelenlose mitten im Park auftauchten. Und wir konnten nicht einmal erahnen, wie viele es tatsächlich waren – und vor allem welcher Art. Wir konnten nicht riskieren, dass eine dort gehaltene Horde Vampire auf den nächsten Jogger losging, nur weil sie ihn plötzlich sahen, wenn wir die Barriere zerstörten. Ich schüttelte im selben Moment den Kopf wie Ric.

»Wir sollten aber wissen, wo genau sich die Anhänger befinden. Morgen sollte jeder nach seinem Element suchen«, schlug Ric vor.

»Wir sollen uns trennen?« Das war absolut keine gute Idee. »Und abgesehen davon wissen wir ja nicht, welche Seite von welchem Element geschützt wird.«

»Ich könnte wetten, dass dein Element im Osten und Corals an der Westseite liegt und die Erde die Nordseite schützt.« Peter deutete mit dem Finger auf den jeweils genannten. »Denn der Feueranhänger lag auf der Südseite.«

Mit jedem Element war auch eine Himmelsrichtung verbunden, daran hatte ich gar nicht gedacht. Denn damit hatten wir recht wenig zu tun, weil wir unsere Elemente instinktiv aus der entsprechenden Richtung anriefen. Wir hatten uns sogar in der richtigen Konstellation an den Küchentresen gesetzt.

»Der Teich lag auf der Westseite«, stimmte Coral zu.

»Erde und Luft sind im Park allgegenwärtig«, sagte Peter und deutete dabei von mir zu sich selbst.

»Sie haben ein richtiges Ritual ausgeführt«, bemerkte Ric. »Ein altes Ritual. Dafür benötigen sie sehr viel Wissen um die Wächter und ihre Gaben, über Seelenlose …« Er zählte an den Fingern ab, was er erwähnte. Und die Liste war durchaus beeindruckend. So ein Plan konnte nicht von gestern auf heute entstanden sein.

»Wie lange gibt es die Prophezeiung schon?«, fragte ich. Allgemeines Schulterzucken war die Antwort. »Könnte es deine Großmutter wissen, Ric?«

»Ich kann sie ja mal fragen.« Er klang wenig begeistert. Über das Warum konnte ich nur Vermutungen anstellen. Schließlich hatte ich gerade erst bemerkt, was für ein Familienmensch er war. »Du kannst deine Eltern diesbezüglich aushorchen«, gab er Peter einen Auftrag. »Und ihnen zumindest erzählen, was Perry heute alles gesagt hat. Davon wissen sie vielleicht auch noch nichts.«

Peter nickte.

Ich spürte, wie die Müdigkeit wieder an meinen Lidern zerrte, und hätte am liebsten den Kopf auf den Tresen gelegt. Doch irgendwo in meinen Gedanken geisterte noch ein Punkt umher, den wir nicht angesprochen hatten, aber ich griff mehrmals vergeblich danach.

»Was ist denn mit diesem einen Seelenlosen?«, fragte mich Coral.

Zac. Ty! Wie hatte ich sie vergessen können? Meine beste Freundin, die sich möglicherweise nur meinetwegen in großer Gefahr befand. Immer noch verschleierte die Müdigkeit mein Gehirn und ich brachte keinen klaren Gedanken zustande.

»Wir kümmern uns darum«, sagte Ric und stand vom Hocker auf. »Jetzt sollten wir wohl alle noch ein wenig schlafen. Wir sehen uns morgen im Institut.«

Peter und Coral erhoben sich von ihren Plätzen und Ric schob sie beinahe aus der Küche und durch den Flur. Ich war ihm dankbar, dass er das Rausschmeißen übernahm, legte meinen Kopf auf meine Unterarme auf dem Tresen und schloss die Augen. Als meine Knie nachgaben, schreckte ich hoch. Ich war im Stehen eingeschlafen.

»Lass uns ein wenig ausruhen«, flüsterte es neben meinem Ohr und ich öffnete halb die Lider. »Wenn du möchtest, kann ich bei dir bleiben. Sobald du wieder fit bist, kümmern wir uns um Ty. Versprochen.«

Ich nickte träge und spürte, wie mir der Boden unter den Füßen weggerissen wurde. Rics so eigener Geruch war an seiner Brust nahezu betörend – wenn ich nicht total k.o.gewesen wäre. So genoss ich diesen Duft und die Wärme, als er mich in mein Zimmer brachte und ins Bett legte. Er zog mir die Schuhe aus und schlüpfte neben mich.

Während die Erlebnisse des Tages langsam hinfortglitten, ersetzte ich sie durch Bilder eines Lagerfeuers. Und Ric, in dessen Armen ich in die Flammen starrte und der …

… mich mit einem Schrei aus dem Halbschlaf riss. Sein Herz pochte wie wild gegen seine Brust, sodass ich es an meinem Arm spürte, den ich im Halbschlaf um ihn geschlungen hatte. Seine Augen waren weit aufgerissen, als er sich erhob und ich zur Seite rutschte. Rasch setzte ich mich ebenfalls auf und versuchte, ihn mit einer sanften Berührung am Oberarm zu beruhigen.

Doch er flüsterte immer nur dieselben Worte: »Wieso habe ich es nicht gesehen?«

13. KAPITEL

Verdammt, warum habe ich das nur getan?

Hilflosigkeit war ein grauenvolles Gefühl. Ric saß aufrecht neben mir und starrte ins Leere, während ich nicht wusste, wie ich ihm helfen konnte. Hatte er einen Schock? Was tat man in so einem Fall?

Auch wenn es grausam klang – mir fiel nichts Besseres ein, als ihm mit voller Wucht mein Element entgegenzuschleudern, in der niedrigsten Temperatur, die ich gerade greifen konnte.

Keuchend holte er Luft, seine Augen waren nicht mehr glasig, sondern glühten vor Wut. Erst als er mich erkannte, nahmen sie ihren normalen Goldton an und auch seine Atmung beruhigte sich.

»Hattest du wieder einen dieser Träume?«

Er nickte. Dann schüttelte er fassungslos den Kopf. »Natalia … Sie … Sie ist …«

»Ist ihr etwas passiert?«, versuchte ich, ihm auf die Sprünge zu helfen.

Erneutes Kopfschütteln. »Sie ist das fünfte Element.«

»Das kann nicht sein. Elizabeth ist das fünfte Element.«

»Wo Licht ist, ist auch Schatten«, sagte er in eigenartigem Tonfall. »Das fünfte Element gibt es in beiden Welten.« Sein Blick glitt wieder weit weg, als würde er den Traum noch einmal erleben.

»Willst du mir davon erzählen?« Ich hätte ihn am liebsten dazu gezwungen, wusste jedoch, wie schnell sich Ric verschließen konnte. Und das konnte ich gerade am allerwenigsten gebrauchen.

Es dauerte ein paar Minuten, bis meine Frage zu ihm durchdrang. »Es war nur dieser eine Satz. Wo Licht ist, ist auch Schatten.«

»Und warum schließt du daraus, dass es zwei fünfte Elemente gibt?«

»Ich weiß es nicht«, knurrte er. »Ich fühle es. Nat wollte mir genau das sagen. Ich weiß es einfach.«

Ric war aufgebracht, weil ich ihm nicht so ganz glauben wollte, ich konnte es riechen. Aber wie konnte ich ihm blind glauben, wenn er keine Beweise hatte? »Deine Schwester war bei dem Test«, begann ich vorsichtig.

»Und sie hat das Feuer sofort gezähmt«, ergänzte er. »Warum hätten die Bibliothekare sie noch weiter testen sollen?«

Punkt für ihn. Die Feuerschale war das erste Element in der Reihe. Warum hätte Natalia auch weitergehen und ihre Hand über die anderen Schalen halten sollen?

»Aber warum hat sie es dir nicht schon längst gesagt?«, fragte ich und wünschte mir von ganzem Herzen, dass er mir das entscheidende Argument liefern würde, um ihm glauben zu können.

»Ich weiß es nicht. Sie wurde entführt, weil sie das fünfte Element ist. Und meine Eltern wurden getötet, weil sie nach ihr gesucht haben.«

Es klang für mich immer noch nicht schlüssig. Es fehlte etwas, doch mit Gegenargumenten kam ich bei diesem Ric nicht weiter. »Und was fangen wir mit dieser Information an?«, fragte ich stattdessen und war froh darüber, dass Ric offenbar keine Antwort wusste.

Nach ein paar Minuten erkundigte er sich: »Geht es dir wieder besser? Du warst innerhalb von Sekunden wie im Koma.« Er musterte mich wie eine Mutter ihr Kind.

»Ich bin immer noch müde. Es ist, als würde ich nur mit halber Energie funktionieren.« Das Gefühl war gruselig. Mein Hirn brauchte ewig, bis es einen klaren Gedanken fassen konnte.

»Soll ich das Fenster öffnen? Der Kontakt zu deinem Element wird dir guttun.« Er sprang auf und riss einen der Fensterflügel auf, ehe ich ihm sagen konnte, dass Luft überall war – auch in meinem Zimmer.

Eine kühle Brise stürmte herein, umwirbelte mich wie zur Begrüßung und meine Lebensgeister kehrten zurück. Ich starrte fassungslos zu Ric und zum Fenster. Mein Element tauschte sich flüsternd aus und Ric hatte einen »Hab ich es dir nicht gesagt?«-Blick drauf, der mich veranlasste, mit einem kleinen Windstoß eines der Zierkissen vom Bett auf ihn zu schleudern.

Mit erhobenen Händen kam er langsam auf mich zu. Seine Augen glühten. Jedoch nicht vor Wut, sondern wegen etwas ganz anderem. Mir lief es heiß und kalt den Rücken hinab und in meinem Bauch tanzte irgendetwas umher, das sicherlich keine Schmetterlinge mehr sein konnten. Schritt für Schritt kam Ric näher und lächelte mich vorsichtig an. Ich konnte nicht anders, als ihn einfach nur anzustarren. Er wusste, dass er gut aussah, und auch wenn ich diese Eigenschaft – das Wissen darum – nicht unbedingt guthieß, hatte er recht.

Ungefähr zehn Schritte vom Bett entfernt blieb er stehen, legte den Kopf schräg und grinste verschmitzt. Dann zog er binnen eines Wimpernschlags das T-Shirt über den Kopf und mein Atem stockte.

Was soll's. Soll er doch wissen, dass er gut aussieht, flüsterte mir meine innere Stimme zu. *Solange er dir gehört.* Beim Gedanken daran hüpfte mein Herz und die innere Stimme seufzte theatralisch auf. Wer hatte meinem Unterbewusstsein denn so einen Kitsch eingeflößt?

Nichtsdestotrotz kribbelte es bis in meine Fingerspitzen und ich musste mich zurückhalten, Ric nicht weiterhin mit offenem Mund anzustarren. Mit einem spitzbübischen Lächeln kam er auf mich zu. Näher und näher, bis ich lediglich meine Hand hätte ausstrecken müssen, um ihn zu berühren. Die Luft war geladen und die Spannung zwischen uns greifbar. Noch einen Schritt, dann einen letzten.

Mit einem lauten Scheppern flog in dem Moment das Fenster zu und ich erschrak beinahe zu Tode. »Ich war das nicht«, sagte ich und hob verteidigend die Hände, als Ric mich so seltsam ansah.

Binnen Sekunden bekamen seine Augen wieder diesen verführerischen Glanz und ich wollte nur noch darin eintauchen. Ich erhob mich vom Bett und stand direkt vor ihm, alles in mir sehnte sich danach, ihn zu berühren. Vorsichtig hob ich meine Hände und ließ die Finger leicht über seine Arme gleiten. Mit einem inneren Lächeln nahm ich seine Gänsehaut wahr und wie sein Atem stockte. Es wurde immer wärmer im Raum, Rics Element war präsent. Ich registrierte den Rauch, der so anders roch als sonst. Nicht nach wohligem Kamin- oder Lagerfeuer, sondern beißend wie vor sich hin schwelendes nasses Holz oder sogar Plastik.

Irritiert schüttelte ich den Kopf, um meine Sinne zu sortieren. Dann sah ich den dunklen Rauch über meinem Schreibtisch.

Sofort schnellte Rics Kopf in die Richtung, in die ich starrte. Er hob die Hand und im selben Moment war der Schwelbrand gelöscht. Nur der beißende Gestank hing noch in der Luft.

»Ich war das nicht«, wiederholte Ric meine eigenen Worte von zuvor. »Was bei Hephaistos ist hier los?«, schimpfte er. Sein Blick wanderte im Raum umher.

»Unsere Elemente gönnen uns die Zweisamkeit nicht«, sagte ich scherzend, fühlte mich aber bei etwas Verbotenem ertappt, wie in Teenie-Zeiten. Das konnte doch nicht wahr sein. Wir hatten wirklich – wirklich! – lange gebraucht, bis wir in dieser Situation gelandet waren und nun wurde es uns nicht gegönnt? Ich lachte auf und Ric sah mich fragend an.

»Erst nimmt mein Element mir die Energie, sodass ich ständig einschlafe, dann steht auf einmal mein Schreibtisch in Flammen. Du glaubst doch nicht, dass das ein Zufall ist.«

Er kniff die Augen zusammen und legte die Stirn in Falten. »Du meinst, es hat dieselbe Ursache?«

»Ein wirksames Verhütungsmittel, wenn du mich fragst.« Sarkasmus triefte aus dem Satz und mein Element verpasste mir einen kleinen Schubs.

»Vielleicht sollte ich mich wieder anziehen«, brummte Ric und ging zum Schreibtischstuhl, auf dem sein T-Shirt gelandet war. Grummelnd zog er es über.

Anschließend standen wir planlos herum. Mit einem Wink öffnete ich das Fenster, bevor sich der Gestank hier festsetzen konnte, und ließ die Luft nach draußen pusten. In dem Moment fiel etwas klackernd auf den Linoleumboden.

Schnell hob Ric es auf und hielt eine Kette mit einem kleinen tropfenförmigen funkelnden Steinchen hoch. Tys Kette, die sie mir vor ein paar Tagen – oder Wochen? – geliehen hatte.

»Tys Kette«, erklärte ich Ric, nahm sie an mich und legte sie zurück an ihren Platz in der kleinen Schale auf dem Schreibtisch, wo ich sie die ganze Zeit aufbewahrt hatte. Konnte meine Lüftungsaktion die Kette mitgerissen haben? »Wir sollten über Ty und Zac reden«, sagte ich und glaubte, mein Element nicken zu sehen. Okay, jetzt fantasierte ich erneut, dabei hatte ich geglaubt, mein Hirn wäre wieder fit.

»Sieht wohl so aus.« Ric verzog schmollend den Mund.

Ich sprang zu ihm und drückte ihm einen luftigen Kuss auf die Lippen, was ihn zum Lächeln brachte und mein Inneres zum Hüpfen.

Er nahm mich bei der Hand und zog mich aus meinem Zimmer. »Erst die Arbeit, dann das Vergnügen«, sagte er in dem Befehlston, den er als unser Teamanführer immer anschlug. Zur Strafe starrte ich seinen Rücken nieder und nickte leicht mit dem Kopf, damit ein klitzekleiner Windstoß den Läufer auf dem Boden zusammenraffte und den starken Anführer ins Stolpern geraten ließ. Zufrieden griff ich seine Hand fester und bot ihm grinsend Halt.

»Kannst du auch in die Küche gehen, ohne Kaffee zu kochen?«, hörte ich Ric hinter meinem Rücken an der Theke, während ich die Kaffeebohnen auffüllte. Ich musste nicht antworten, meine Kaffeesucht sollte ihm in all den Jahren aufgefallen sein. Seit ich mit Ty hier in der Wohnung wohnte und wir diese tolle Kaffeemaschine von ihren Eltern gesponsort bekommen hatten, war es ganz schlimm geworden. Aber irgendein Laster musste man ja haben – neben dem verbotenen Lesen natürlich.

»Hat sich Ty inzwischen gemeldet?«, versuchte es Ric mit einer besseren Frage. Ich hatte mein Handy auf der Theke liegen, drehte mich kurz um und nickte ihm zu, dass er selbst nachsehen könne. »Nichts!«, rief er über den Lärm des Mahlwerks hinweg.

»Wenn Zodan sie wieder hätte«, überlegte ich laut, als ich unsere Tassen auf die Theke stellte, »hätte er angerufen, oder?«

Ric beäugte sie kurz und schüttelte dann den Kopf. »Ich weiß es nicht«, antwortete er. »Aber wir sollten langsam in Betracht ziehen, dass Zac sie entführt haben könnte.« Er sah mir direkt in die Augen und ich erkannte, wie schwer es ihm fiel, das auszusprechen. Als hätte er mir diese Enttäuschung ersparen wollen.

Bisher hatte ich den Gedanken verdrängt, aber was wäre, wenn Zac immer noch unter Elizabeths Einfluss stand? Wenn sie es irgendwie schaffte, ihn aus *Otherside* heraus zu manipulieren? Ich presste die Lippen zusammen und nickte.

»Aber was will sie? Warum lässt sie Ty entführen?« Meine Stimme klang jammernd wie die eines Kleinkindes.

»Sie will das Buch. Ihre Schergen suchen doch auch danach.«

»Aber wir haben es nicht«, erwiderte ich trotzig. In meinem Kopf drehten sich die Zahnrädchen in rasender Geschwindigkeit, versuchten, alles richtig zuzuordnen. Wenn Elizabeth tatsächlich noch immer nach *Otherside* suchte, passte das eindeutig nicht zu Rics Theorie, sie hätte Natalia zum Lesen gezwungen. Er war auf dem falschen Weg, nur musste ihm das erst einmal jemand klarmachen.

»Das wissen wir, sie nicht«, unterbrach er meine Gedanken.

Bei seinen Worten seufzte ich. Zac war ein mächtiger Dämon, selbst wenn Ty wollte, könnte sie sich nicht gegen ihn wehren.

»Wir gehen jetzt schlafen.« Ric stand auf, nahm mir die Tasse aus der Hand, aus der ich noch keinen Schluck getrunken hatte, und schüttete den Inhalt in den Abfluss. Den seiner Tasse kippte er hinterher. »Morgen gehen wir zu meiner Großmutter und rufen dort Wind und Feuer an. Wir werden Ty finden und diesen Verräter besiegen.«

Jetzt war er auch für uns ein Verräter. Zac, der Mann, der bis vor Kurzem noch meine Träume beherrscht hatte. So schnell konnte sich alles ändern.

Ric zog mich an sich und für einen Moment genoss ich die zärtliche Umarmung, ehe ich loskreischte, weil er mich schnappte und über seine Schulter hängend in mein Zimmer trug.

»Jetzt wird geschlafen«, sagte er bestimmend und warf mich aufs Bett.

»Nur, wenn du bei mir bleibst«, säuselte ich, was Ric mit einem Schnauben beantwortete.

»Erpressung?« Er setzte sich ergeben auf die Bettkante.

»Wenn es funktioniert?« Ich zog ihn zu mir hinab und kuschelte mich eng an seinen Oberkörper.

Er gab mir einen Kuss auf die Stirn und flüsterte: »Nur bei dir.«

»Zac!« Für einen Moment wusste ich nicht, wo ich war. Szenen aus *Otherside* glitten an mir vorüber und mein dummes Herz schmerzte beim Gedanken daran, dass ich mich so in Zac getäuscht haben könnte, dass alles, was ich mit ihm erlebt hatte, von Elizabeth inszeniert gewesen war. Es war real gewesen. Er war kein Verräter, ganz gleich, was Ric behauptete.

Kurz schob mein Unterbewusstsein es auf so banale Dinge wie Eifersucht, aber darüber schüttelte ich nur den Kopf. Ich musste Zac aufspüren, um Ty zu finden. Vielleicht versteckte er sie irgendwo, beschützte sie. Ja, genau daran wollte ich glauben.

Ich sog tief die Luft ein und genoss noch einmal Rics Gegenwart, ehe ich die Augen aufschlug und zusammenzuckte. Rics Gesicht befand sich keine zehn Zentimeter von meinem entfernt und er starrte mich an.

»Machst du das immer so?«, fragte ich gähnend. Wenn er mich schon stalkingmäßig im Schlaf anstarrte, konnte er mir auch beim alltäglichen Aufwachritual zusehen.

»Ich kann es immer noch nicht glauben«, sagte er … verträumt?

»Was? Schnarche ich oder sabbere ich im Schlaf?« Ich versuchte, cool zu bleiben, und widerstand dem Drang, mir über die Mundwinkel zu fahren.

»Dass du noch hier bist.«

»Hast du in letzter Zeit zu viele kitschige Bücher gelesen? Klar bin ich noch hier.« Ich rieb mir den Schlaf aus den Augen. Morgens war einfach nicht meine Zeit. Dann schlug ich mir an den Kopf, weil mein Hirn endlich in die Gänge gekommen war. »Du meinst, dass alle verschwinden, die du …« Ich konnte es nicht aussprechen. Es klang falsch, noch zu früh. Auch wenn wir wirklich – wirklich! – Gefühle füreinander hatten, die schon eine ganze Weile vor sich hin schwelten, war das L-Wort eine Nummer zu groß.

»… die mir etwas bedeuten«, vollendete Ric geschickt den Satz. »Genau das meine ich. Nur du bist nicht mehr in Gefahr als sonst.«

»Abgesehen von dem Brand in meinem Zimmer, meinst du?« Ich streckte mich, stemmte mich hoch und sah auf den Wecker. Halb sieben. Ich ließ mich wieder nach hinten fallen.

Ric sprang über mich drüber aus dem Bett und war fitter, als es um diese Uhrzeit erlaubt sein sollte. Gruselig. Keine fünf Minuten später hörte ich das Mahlwerk der Kaffeemaschine und war endlich motiviert genug, aufzustehen. Im Bad machte ich mir Gedanken über mich und Ric und seine größte Angst und mir kam eine neue Idee, ihm zu beweisen, dass er falschlag.

»Du magst deine Großmutter, oder?«, begann ich nach dem ersten Schluck Kaffee.

»Natürlich. Sie ist, außer Nat, die einzige Familie, die ich noch habe.«

»Und du magst sie sehr? Ich meine, sie bedeutet dir richtig viel.« Ich wackelte mit den Augenbrauen und wartete, bis es bei ihm Klick machte.

»Du denkst …«

Ich nickte. »Egal, was du sonst so geträumt hast und was wahrgeworden ist. Mit dieser Aussage liegst du falsch. Wer auch immer dir das eingeredet hat, wollte, dass du so denkst. Wollte dich … Bei Aither! Wann genau hast du davon geträumt?«

»Als wir im Institut in London zu Gast waren. Kurz bevor …« Er sah mich durchdringend an.

»Kurz bevor wir unser erstes Date haben sollten.« Ich nickte, weil plötzlich alles noch klarer war. »Wenn es so gekommen wäre, hätte ich *Otherside* nie entdeckt, alles hätte sich ganz anders entwickelt.«

Ric sah mich mit großen Augen an.

»Es war alles so geplant gewesen.« Mein Elementaranhänger pulsierte bereits durch meine Aufregung. »Vor Jahren hatte Elizabeths Planung begonnen. Um uns voneinander fernzuhalten, musste sie dafür sorgen, dass du der Meinung bist, gefährlich für alle zu sein, die dir etwas bedeuten.« Ich holte tief Luft, um ihm meine Schlussfolgerung mitzuteilen. »Elizabeth ist schuld am Tod deiner Eltern.«

Seine Augen loderten in dem Moment auf, in dem er die Wahrheit in meinen Worten erkannte.

»Sie wusste, dass Natalia ihr Gegenstück ist. Dass sie die Einzige ist, die ihre Pläne verhindern kann. Sie wusste auch, dass deine

Eltern ihre Tochter schützen würden – und sie für Elizabeths Schergen unerreichbar gemacht hätten. Ich glaube nicht mehr, dass Natalia entführt wurde. Sie hält sich versteckt. Vielleicht hat man ihr ebenfalls eingeflüstert, sie müsse sich von allen fernhalten.« Der Redeschwall hatte meinen Sauerstoff verbraucht und ich holte tief Luft. Doch Ric spann meine Überlegungen weiter, ehe ich fortsetzen konnte.

»Und dann hat Elizabeth meine Eltern umgebracht. Weil Feuer und Luft die perfekte Kombination sind. Stärke und Information. Meine Eltern hätten Natalia gefunden.«

Ich presste die Lippen zusammen und nickte langsam. »Ich war stocksauer auf dich und sie konnte Zac in mein Leben schleusen.« Dieses intrigante Miststück! Die Luft umwirbelte mich wie zur Bestätigung.

Ric musste alles erst verarbeiten. Er war genauso Spielball von Elizabeths Plänen gewesen wie ich. Seit meiner Ausbildung war alles von ihr in die richtigen Bahnen gelenkt worden – die für sie richtigen Bahnen.

»Dann wird es Zeit, dass wir uns ihren Plänen widersetzen.« Ric sprang vom Hocker und huschte auf meine Seite der Theke, umarmte mich von hinten und küsste mich zärtlich auf den Hals, bis ich Gänsehaut bekam.

»Wenn Pläne durchkreuzen bedeutet, dass …« Ein Schaudern durchfuhr mich, als sein Atem an meinem Ohr kitzelte, und ich hatte plötzlich kein gesteigertes Interesse mehr daran, über Elizabeth zu reden. Ich schaltete einfach meinen Kopf aus und genoss die zärtlichen Küsse an meinem Nacken.

Ein Vibrieren riss mich in die Gegenwart zurück. Mein Handy surrte und kroch auf der Theke herum. Seufzend griff ich danach und konnte mich kaum auf das Display konzentrieren, weil Ric immer noch so dicht an mich gepresst dastand und in mein Ohr atmete.

»Ty!«, rief ich, als ich ihren Namen auf dem Display las.

Ric kam sofort an meine Seite und ich nahm den Anruf entgegen. Meine Hand zitterte vor Aufregung und mein Anhänger pulsierte.

»Ty, endlich!«, schrie ich beinahe ins Handy, doch ich bekam keine Antwort. »Ty?«

Nichts.

Ric sah mich fragend an und ich schüttelte den Kopf, nahm dann enttäuscht das Handy vom Ohr. Der Anruf war beendet worden. In dem Moment klingelte Rics Handy und er zog es so hektisch aus seiner Hosentasche, dass es gegen die Theke knallte. Schimpfend nahm er den Anruf entgegen.

Es schien Stunden zu dauern, bis Ric endlich sagte: »Wir kommen sofort.«

Dann legte er auf.

»Josh und Laurie sind verschwunden. Wir sollen ins Institut kommen.«

Die wilden Verdächtigungen bezüglich Josh zogen mir wieder durch den Kopf. Ich trank meine Tasse leer und wollte schon vom Barhocker springen, als Ric mich zu sich umdrehte und mit der Hand unter mein Kinn griff.

»Auch wenn sich die ganze Welt und alle Elemente gegen uns verschworen zu haben scheinen: Wir holen das nach.« Er drückte mir einen so sanften Kuss auf die Lippen, dass meine Knie weich wurden und ich nicht mehr aufstehen konnte. In meinem Bauch waren die Schmetterlinge zu Monstern oder Aliens mutiert, denn das Kribbeln wurde zu Schmerzen, als sich Ric von mir löste.

»Im nächsten Leben werde ich normal, gehe zur Schule und werde Buchhalterin oder so«, schnaubte ich, als ich meine fünf Sinne wieder beisammen und sich mein Magen beruhigt hatte.

14. KAPITEL

Ich muss mich ausruhen.
Meine Energie ist verbraucht,
ich kann im Moment nichts mehr sehen.

Wie wollen wir mit der Information umgehen?«, fragte ich laut, um den Diablo zu übertönen.

»Wir tun überrascht und melden uns für den offiziellen Suchtrupp.« Rics Aussage klang eher wie eine Frage. Es tat gut, ihn auch einmal unentschlossen zu sehen.

»Und dann?«

»Dann treten wir diesem Verräter in den Hintern.«

»Wir können nicht sicher sein, dass …«, wandte ich ein.

»O doch. Erinnerst du dich noch an den Auftritt dieser Bella, als Josh das erste Mal mit uns auf Patrouille war? Er hat zu keiner Zeit sein Element aufgerufen. Ich wette, er konnte nicht, weil seine Kette im Park liegt. Er hat sich stets ruhig verhalten, so gar nicht seiner Natur entsprechend.«

Da hatte Ric recht. Mir war aufgefallen, dass sich Josh sehr von Ric unterschied, hatte jedoch meinen Drachen für etwas speziell gehalten. Aber eigentlich war Ric so, wie die Bücher das Feuer beschrieben: leicht erregbar, impulsiv, von sich eingenommen, furchtlos, entschlossen. Josh hingegen war eher wie Wasser oder Erde gewesen. Ich grübelte weiter darüber nach, bis mir etwas einfiel.

»Deshalb konnte er Laurie auch nicht beschützen«, spann ich den Gedanken weiter und Ric nickte nach kurzem Nachdenken.

Dennoch fühlte ich immer noch ein riesiges schwarzes Loch in unserem Puzzle aus Erklärungen und Theorien. Irgendetwas passte nicht zusammen. Alles hatte bereits begonnen, ehe ich *Otherside* gelesen oder Jahre später die Söldner herausgeholt hatte. Auch in Geschichten hatte ich ein großes Problem mit dem bösen Unbekannten und jetzt hatte ich den schwarzen Mann – oder die schwarze Frau – selbst zum Gegner. Bestimmte Dinge schienen gleich abzulaufen und so langsam konnte ich die Intention so mancher Autorin oder manchen Autors verstehen, über die ich immer den Kopf geschüttelt hatte.

Uns blieben nur noch wenige Tage bis Samhain, bis zum Überschneiden der Welten, und wir kamen einfach nicht voran. Ich starrte in den nebligen Morgen jenseits der Frontscheibe. Die Sonne hatte keine Chance, zu uns durchzudringen, und ich konnte mir gut vorstellen, dass der eine oder andere das schlechte Wetter und das Wochenende ausnutzte, um im Bett zu bleiben und zu lesen.

Wie erwartet suchte Perry nach Freiwilligen. Da sich alle Teams meldeten, gingen wir in unseren gewohnten Gruppen los. Der Rest von Joshs Team, Lara und Kenneth, schloss sich Gruppe D an. Wir übernahmen unsere normalen Routen, stießen nebenbei auf zwei völlig durchschnittliche Schönlinge aus irgendeinem historischen Fantasyroman, die in einem dunklen Kellereingang aufeinander losgingen. Der immerwährende Kampf zwischen Vampiren und Werwölfen. Geschwächt, wie sie waren, schlugen sie anscheinend schon seit Stunden aufeinander ein. Ansonsten blieb es ruhig und wir fanden rein gar nichts heraus.

Nach unserer Rückkehr ins Institut erzählte uns Perry noch, dass die Suche nach dem geheimnisvollen Buch an öffentlichen Stellen ohne Erfolg geblieben war. Weltweit waren alle bekannten Archive durchsucht und katalogisiert worden, ohne dass man auf eine bislang unbekannte Geschichte gestoßen wäre.

»Ein alter Archivar hat uns von einem Buch berichtet, das vor einigen Jahren für ein Durcheinander in den Kreisen der Wächter gesorgt hat«, erzählte er Ric, Peter, Coral und mir, nachdem die anderen bereits gegangen waren und sich auf die abendliche Patrouille vorbereiteten. »Es war eine Geschichte, deren junge Heldin beinahe täglich bekämpft werden musste. Sie war mächtig, hatte aber nie eine Chance gegen die Patrouillen. Die Bibliothekare hatten nachgeforscht, jedoch nirgendwo einen Hinweis darauf gefunden, aus welchem Buch sie stammte. Alles, was wir über sie wissen, hatten sich die Wächter aus dem, was sie sagte, zusammengereimt.« Perry schüttelte den Kopf.

Die Lesenden mussten diese Heldin vergöttert haben, wenn sie so oft erschienen war. Heutzutage passierte das eher bei männlichen Protagonisten. Die Antipathie gegen weibliche Charaktere und das Konkurrenzdenken der überwiegend weiblichen Leserschaft ließen vor allem in unserem Genre seltener Protagonistinnen oder weibliche Nebencharaktere auftreten.

»Hat man das Buch denn identifizieren können?«, fragte Ric und holte mich in die Gegenwart zurück.

Perry schüttelte den Kopf. »Wir wissen nur, dass sie von einem Ort stammte, den sie die andere Seite nannte. Otherside.«

Meine Knie gaben nach und in meinem Kopf drehte sich alles. Ric bemerkte es genauso schnell wie meine Freunde.

»Wir sollten dann los, sonst schaffen wir es nicht rechtzeitig zur Patrouille zurück zu sein«, sagte Peter und zog Coral mit sich.

Ich nickte und Ric schob mich fort von Perry, der uns mit einem nachdenklichen Gesicht hinterhersah, als ich mich kurz umdrehte und »Bis später!« rief.

»Wir treffen uns bei Lin zu Hause«, wies Ric an und deutete mit dem Kopf zu Peters Corsa. Peter und Coral stiegen ein, ich folgte Ric zum Diablo.

Die Fahrt verbrachte ich mit Grübeln, noch halb im Schock über die Information, dass *Otherside* bereits vorher existiert und eine Heldin besessen hatte, die täglich herausgelesen worden war. Jemand hatte eine sehr enge Beziehung zu dieser Heldin aufgebaut, ehe sich die Geschichte doch ziemlich verändert hatte. Mein Bauchgefühl sagte mir, dass Elizabeth auch hier die Fäden gezogen hatte.

Das Puzzle vor meinem inneren Auge wurde größer und größer, es taten sich neue schwarze Flecken auf, für die uns entscheidende Informationen fehlten.

Wenig später saßen wir bei einer Tasse Kaffee in der Küche. Nein, ich trank Kaffee, Ric und Coral hatten Wasser bevorzugt und Peter fand, dass der Kaffee seltsam schmeckte, woraufhin ich ihn nur böse angeschaut hatte. Na ja, Hauptsache ich hatte meinen Kaffee.

»Denkt ihr, dass es sich bei diesem Buch, das Perry erwähnt hat, wirklich um dieselbe Geschichte handelt?«, fragte Peter.

Ric und ich nickten eifrig.

»Aber wie kann sie sich so stark verändern?« Coral starrte in ihr Wasserglas, als könnte sie Bilder daraus empfangen.

»Elizabeth schreibt die Geschichte. Sie hat auch Zac zum Helden gemacht. Sie hat alles inszeniert und genau den Mann erschaffen, den ich brauchte.« Ein Blick auf Ric zeigte mir, wie wenig ihm dieser Gedanke gefiel. »Und davor hatte jemand anderes einen Helden gebraucht. Oder wohl eher eine Heldin. Wenn wir nur dieses Buch hätten! Vielleicht könnte es uns jetzt mehr verraten. Die Geschichte hat sich verändert. Zac und die Söldner sind nicht mehr in *Otherside*, irgendwas anderes muss die Seiten doch nun füllen«, grübelte ich laut vor mich hin.

»Wie sah das Buch denn aus?«, fragte Coral, immer noch in ihr Wasser starrend.

»Der lederne Einband ist rot, schon stark abgenutzt. Von Hand gebunden, vermute ich.«

»Ohne Titel oder Ähnliches?«

Ich nickte Coral zu. Da sie immer noch nach unten sah, sagte ich laut »Ja«.

»Dann weiß ich vielleicht, wo es ist.«

Drei Augenpaare richteten sich auf die Wasserfrau.

Ric stellte die Frage als Erster: »Woher?«

Coral deutete auf das Glas vor sich. Es sah aus wie ein normales Glas mit Wasser. »Ich sehe es hier drin«, sagte sie ruhig, als wäre es das Normalste der Welt.

Von so etwas hatte ich noch nie zuvor gehört und runzelte die Stirn. »Du siehst es im Wasser?«, hakte ich nach.

»Das ist das erste Mal, cool …«, sagte Coral und lächelte verträumt vor sich hin.

»Und wo ist das Buch? Wenn es wirklich dort ist, dann würde ich sagen, dass du eine ziemlich beeindruckende Gabe hast.« Peter nickte Coral anerkennend zu.

»Ich sehe … nicht viel«, begann Coral, kniff die Augen zusammen und starrte in das Glas. »Es ist in einer Schachtel … Nein, Moment, das Bild verändert sich. Ich sehe ein Zimmer. Etwas kahl und trostlos. Der hellrosa Bettwäsche nach zu urteilen, ein Mädchenzimmer. Keine Poster an der Wand. Das Fenster zeigt die Krone von einem Baum. Weit im Hintergrund kann ich den Kirchturm erkennen.«

Ich fragte nicht weiter nach, sprang von meinem Hocker, sodass Coral zusammenzuckte und das Wasserglas umstieß. Die Sauerei war mir allerdings egal. Das Bild war mir so vertraut, ich wusste, was Coral beschrieben hatte.

In meinem Zimmer angekommen sah ich es genau vor mir: die alte Eiche vor meinem Fenster, den Kirchturm im Hintergrund. Ich rannte zu meinem Nachtschrank, kniete mich davor und zog die Schublade auf.

Ric trat zu mir, als ich gerade den ganzen Kleinkram um mich warf, um das Geheimfach zu öffnen. Erst nach mehreren Versuchen gelang es mir und ich zog die Holzkiste heraus, klappte den Deckel auf und da lag es: *Otherside*.

Coral keuchte auf, als sie ins Zimmer trat. Sie starrte zum Fenster, sah sich im Raum um und ließ ihre Augen dann auf mir ruhen.

»Das ist es«, flüsterte sie ehrfürchtig.

»Und ohne dich hätten wir es nie gefunden«, sagte ich und nickte ihr dankbar zu. »Warum hätte ich auch in meinem Versteck danach suchen sollen?« Die wildesten Ideen schossen mir durch den Kopf und ich erstarrte.

»Wer hat es hierhergebracht?«, fragte Ric skeptisch und sprach damit meinen Gedanken aus.

»Derjenige, der Coral gezeigt hat, wo es ist«, antwortete Peter ruhig.

»Aber warum?« Ich legte das Buch wieder in seine Kiste. Elizabeth hatte so viele Intrigen gesponnen, dass es eine Falle sein musste. »Wer sollte uns schon helfen?«, murmelte ich vor mich hin, als ich den Deckel der Holzkiste zuschubste und das Kästchen frustriert aufs Bett legte.

Der Deckel sprang in einem starken Luftzug wieder auf.

»Was tust du?«, fragte Ric und blickte im Zimmer umher.

»Nichts«, gab ich zur Antwort und tat es ihm nach. Mein Element wurde von jemand anderem kontrolliert, ich spürte irgendeine … Präsenz im Raum.

Das Buch erhob sich aus dem Kästchen und fiel daneben auf meine hellrosa Tagesdecke. Ein starker Windhauch klappte das Buch auf und die Seiten sprangen hin und her, bis der Spuk plötzlich vorbei war und *Otherside* aufgeschlagen auf meinem Bett lag.

Die Neugierde war zu groß. Ich stemmte mich hoch, meine Beine waren vom Knien schon leicht taub, und riskierte einen schnellen Blick auf die Seite.

»Aua!«, rief Peter, zuckte zurück und rieb sich an den Schläfen. Er hatte ebenfalls auf die Seite gesehen und versucht, im Buch zu lesen.

»Nur Lin kann es anfassen – und vermutlich kann auch nur sie es lesen«, sagte Ric.

»Ein magischer Schutz?«, fragte Peter und sein Gesicht erhellte sich. Spannung brannte in seinen leuchtend grünen Augen, wie sie seine ruhige Art nur selten zeigte. »Da hat sich jemand wirklich Mühe gegeben, dass nur Lin das Buch liest. Aber wer hat es dann hier versteckt, wenn niemand es anfassen kann?«

Eine sehr berechtigte Frage von Peter, deren Antwort jedoch niemand kannte.

»Man kann es nicht direkt anfassen, aber mit den Elementen bewegen«, grübelte Peter und zeichnete einen Wirbel in die Luft. »So wie gerade eben.«

»Ein Luftelementar?«, fragte Coral skeptisch. »Und wo soll der sein?«

Peter zuckte mit den Schultern.

Ric hingegen rief: »Nat?«

Im nächsten Moment stand seine Wange in Flammen und ich kiekste erschrocken auf, ehe ich zwei Dinge realisierte: Ric konnte nicht verbrennen und es waren nicht einfach nur Flammen. Es war eine Hand aus purem Feuer, die ihm über die Wangen strich.

»Natalia?«, fragte Ric erneut in den Raum und die Flammen auf seiner Wange zogen sich zurück, ballten sich vor Rics Kopf zusammen und ein Gesicht erschien darin. Das Gesicht eines Mädchens, aus Flammen gezeichnet. Es sah so unwirklich aus, dass ich die Erscheinung nur mit offenem Mund anstarren konnte.

Der Feuerkopf nickte.

»Wo hast du all die Zeit gesteckt?« Rics Stimme war nur noch ein Flüstern. Das Feuergesicht öffnete den Mund, um zu antworten, doch es kam kein Ton heraus. Frustriert verzog das Mädchen das Gesicht und löste sich auf.

»Komm zurück!«, rief Ric, etwas Trauriges, Klagendes schwang in seiner Stimme mit. Verzweiflung.

Da hörte ich das Wispern meines Elements, zu zart, um es zu verstehen, obwohl ich den Kopf schräg legte und die leichte Brise mich umhüllte. Ric verstand, was geschah, trat zu mir und reichte mir seine Hand. Das Flüstern wurde lauter. Coral und Peter schlossen den Kreis. Mit ihrer Hilfe und der geballten Energie konnte ich das Wispern kanalisieren und verstehen. Ich lauschte mit geschlossenen Augen, was mir die Luft – Natalia – erzählte, und als die Brise verschwand, sah Ric mich bereits ungeduldig an. Doch ich musste erst das Gehörte verarbeiten, die Puzzleteile ergänzen.

Weil ich eine oder vielleicht auch mehrere Minuten nichts sagte, ruckte er auffordernd mit dem Kopf und strich dabei mit dem Daumen über meinen Handrücken, dass mir ein Kribbeln den Arm hinaufjagte und meine Konzentration nur schwer wieder einzufangen war. Ein sanfter, aber bestimmter Windstoß schob mich von Ric weg.

»Sie hat mit dir geredet, oder?«, flüsterte Coral in die Stille hinein.

»Natalia hat *Otherside* besessen und die Heldin herausgelesen«, sagte ich tonlos. »Ihr Name war Thyra und sie ist Elizabeths Tochter.«

Der Duft nach Kamin kroch in meine Nase. Ric quetschte meine Hand so stark, dass es beinahe schmerzte. Ich konnte seine Emotionen nachempfinden. Natalia war all die Jahre zugegen und hatte ihn vergeblich nach ihr suchen lassen. Nun tauchte sie auf und war schuld an dem Schlamassel, in den wir geraten waren. Na ja, zumindest zum Teil. Der Rest der Schuld lastete mir schwer auf dem Rücken, aber ich war froh, dass ich etwas davon abgeben konnte und nicht allein für das Auflösen der Grenzen zuständig war.

»Was ist mit ihr passiert?«, fragte Ric nach mehrmaligem Durchatmen.

»Nachdem sie die Heldin herausgelesen hat, wurden diese und Natalia Freundinnen. Das alles geschah kurz nach ihrem Test im Institut. Elizabeth musste bereits zu diesem Zeitpunkt gewusst haben, dass Natalia etwas Besonderes ist, vermutet deine Schwester. Elizabeth hat ihr mit dem Buch ein Medium gegeben, durch das sie sich mit ihrer Zukunft als Wächterin identifizieren konnte. Natalia hat die damalige Version von *Otherside* mit so vielen Emotionen gelesen, dass sie Thyra aus dem Buch befreit hat – ihre spätere Mörderin.«

Coral keuchte erschrocken auf und schlug die Hand vor den Mund.

»Aber sie hat nicht damit gerechnet, dass Natalia in den Elementen weiterleben würde. Sie hatte keinen physischen Körper mehr, konnte mit ihrer speziellen Magie jedoch Träume erschaffen, die sie dir geschickt hat.« Ich sah Ric an, dessen Augen noch immer skeptisch zusammengekniffen waren.

»Thyra hat herausgefunden, dass Natalia versucht, sich dir mitzuteilen. Und sie hat zum Gegenschlag angesetzt und dir eingeredet, dass du die Schuld an allem Unglück hast, das sich seit damals ereignet hat. Mit Erfolg«, setzte ich seufzend hinzu.

»Warum nimmt sie erst heute Kontakt zu uns auf?« Peter war näher getreten und musterte mich neugierig.

»Sie war wohl schon öfter da, aber sie brauchte alle Elemente in einem geschlossenen Raum, weil nur so die Energie unserer Elemente konzentriert genug ist und sie uns so diese Energie entziehen kann.«

»Deine Müdigkeitsattacken?« Ric hob eine Augenbraue und ich nickte.

»Sie hat sich dafür entschuldigt.«

»Dann war sie es auch, die ...« Ric biss sich auf die Lippen. Wurde er etwa rot?

Auch meine Wangen brannten sofort.

»Na, klasse.« Ric schüttelte den Kopf. »Wehe, wenn du dich noch einmal einmischst«, drohte er der Luft.

Peter und Coral sahen fragend von mir zu Ric und wieder zurück. Sofort schüttelten wir beide den Kopf.

»Wie können wir diese Thyra finden?«, fragte Peter schließlich.

»Sie hält sich versteckt, Natalia kann sie nur sporadisch spüren, obwohl die Verbindung zu ihr sehr stark ist. Ich wette, dass sie im Park ist.« Das war die einzig logische Erklärung. »Und vielleicht finden wir dort auch Zac und Ty.« Ich wollte die Hoffnung darauf nicht aufgeben.

Ric beschloss, dass wir uns gleich aufmachen sollten, um das Areal erneut zu untersuchen und in Kenntnis zu bringen, was es mit Rapunzel auf sich hatte, die Coral als so besonders empfand.

Peter und Coral gingen gerade aus meinem Zimmer, als Ric mich zurückhielt und auf das Buch deutete. Ich nickte, lief zum Bett und griff nach *Otherside*, das immer noch aufgeschlagen dalag.

Meine Augen blieben an dem Wort Thyra hängen und ich überflog die Seite. Elizabeth verabschiedete ihre Tochter, einem – wenn man den Beschreibungen glauben konnte – blonden Engel mit zartem Gesicht. Da die Szene aus Elizabeths Perspektive geschrieben war, konnte das alles bedeuten. Vielleicht war sie ein übergewichtiger Trampel mit straßenköterblondem Gestrüpp auf dem Kopf. Eine Mutter würde ihr Kind sicher nie so beschreiben. Ich seufzte. Ein paar mehr Details wären nützlich gewesen. Wie etwa ein Tattoo oder von mir aus auch ein Muttermal. Aber nein, das wäre ja zu einfach.

Wenn sich diese Thyra in dieser Welt zurechtgefunden hatte, könnte sie längst brünett oder rothaarig sein. Ich seufzte, klappte *Otherside* zu und folgte Ric aus dem Zimmer, schnappte meine Handtasche vom Boden und gemeinsam verließen wir die Wohnung.

»Dein Auto ist zu auffällig.« Peter versuchte wieder einmal, Ric davon zu überzeugen, gemeinsam im Corsa zu fahren.

Der Diablo war sicherlich nicht die beste Tarnung, da hatte er recht. Aber Ric sah Peter so ungläubig an, dass ich mir nicht vorstellen konnte, dass er jemals nachgeben würde.

»Bisher haben sie uns auch nicht aufgespürt oder gar aufgelauert«, grummelte er und stapfte zum Diablo.

Peter gab auf, zuckte mit den Schultern und ging zu seinem Wagen. Coral folgte ihm, ich war hin- und hergerissen. Da Ric mich auffordernd ansah, lief ich in seine Richtung. Wenig später kamen wir im Park an. Bei den Teichen fiel mir sofort die drückende Stille auf. Auch die anderen blieben irritiert stehen.

Coral ging neben dem ersten Teich in die Hocke und strich mit ihrer Hand über das Wasser. Ihr Element murmelte und gluckerte, als es sich ihrer Handfläche entgegenreckte.

»Wir können nicht weiter«, sagte sie, während sie sich aufrichtete. »Die Grenze liegt gleich dort hinten. Die Elementarzone hat sich ausgedehnt.«

»Auf den ganzen Park?« Peter hockte sich hin und berührte den Boden. Hier standen noch keine Bäume, mit denen er sich austauschen konnte. Kopfschüttelnd erhob er sich wieder. »Die Erde ist tot. Hier sind kaum Wurzeln, die sich austauschen können. Willst du es mal probieren, Lin?«

Ich schloss die Augen und rief nach dem Wind. Doch auch er antwortete nur träge. Das Einzige, was ich verstand, war, dass die Zone allen Elementen die Energie entzog und der Wind deshalb einen großen Bogen um den Park machte. Daher war es auch so still hier. Gespenstisch still. Keine raschelnden Äste im Wind. Ich gab weiter, was ich erfahren hatte, und sah meine Freunde fragend an.

»Sollen wir reingehen?«, fragte Peter und schien von seinem eigenen Vorschlag alles andere als begeistert. Der Park war nicht mehr sein Element, er fühlte sich sichtlich unwohl.

»Öffnet nur die Barriere für mich. Ich gehe rein und schaue mich um.« Ric richtete sich auf und ging bereits mit erhobener Hand den

Kiesweg entlang. Ein paar Schritte später hielt er an und betastete die Barriere. »Hier. Kommt her und öffnet sie mit mir.«

Ich ging zwar zu ihm, hielt ihn aber am Arm fest. »Du kannst nicht gehen, du bist zu auffällig.«

Ric entzog sich meinem Griff und fasste mich an der Hand. »Wir müssen herausfinden, was da drin vor sich geht. Wenn nicht einmal Natalia reinschauen kann, muss ich es tun.« Seine andere Hand streckte er Coral entgegen, die nur sehr zögernd näher trat.

»Nein«, sagte ich entschlossen. »Ich werde gehen. Ich kann fliegen und bin weit weniger auffällig als du.« Ich rief mein Element herbei, das nur sehr kraftlos antwortete. Mein Anhänger pulsierte nicht, es fühlte sich eher an wie der vergebliche Versuch, ein Auto mit defekter Batterie zu starten.

»Ich muss ein Stück zurück«, seufzte ich und entfernte mich wieder in Richtung Parkplatz. Die Luft antwortete sofort auf meine Bitte und innerhalb weniger Sekunden schrumpfte ich zusammen und flatterte aus dem Kleiderhaufen heraus.

Coral war mir nachgekommen, sammelte meine Klamotten ein und stopfte sie in ihre Umhängetasche. Ich flog neben ihr her zu Peter und Ric. Letzterer warf mir böse Blicke zu. Schnell glitt ich durch die Luft zu ihm und blieb direkt vor seinem Gesicht in der Luft stehen. Meine winzige Hand strich über seine Wange, die nur wenig kleiner war als mein ganzer Körper.

Er verzog leidend den Mund, nickte jedoch langsam. Er wusste, dass mein Vorschlag die einzige Möglichkeit war, auch wenn es ihm gegen den Strich ging. Ich kicherte und Coral zuckte zusammen.

Ric hob seine Hand, die Handfläche nach oben, und deutete mit dem Kopf darauf. Schnell nahm ich darauf Platz und legte meine beiden Hände neben mir ab. Coral griff nach Rics anderer Hand und schloss die Verbindung zu Peter.

Die Barriere wurde vor uns sichtbar, sah aus wie Wasser, das an einer Glaskugel hinunterrann. Man glaubte, hindurchsehen zu können, was jedoch ein Trugschluss war. Denn alles dahinter verschwamm und Rics Hand mit mir darauf konnte nicht hindurchgleiten.

»Die Barriere ist stärker geworden«, flüsterte Coral und konzentrierte sich auf das vermeintliche Nass. Doch es war kein Wasser und sie konnte es nicht beherrschen. Niedergeschlagen schüttelte sie den Kopf.

»Wir müssen uns nicht nur verbinden, sondern die Elemente rufen«, sagte Peter. Niemand zweifelte, was genau er damit meinte.

»Das können wir hier nicht machen, mitten auf dem Weg«, antwortete Ric. »Wir folgen der Barriere, bis wir ein Versteck finden, wo wir uns alle verwandeln können.«

Wir blieben weiter Hand in Hand, um die Grenze sichtbar zu halten, und Ric trat mit mir über die kleine Grasfläche zum ersten Teich. »Coral, wärst du so freundlich?« Ric sah Coral an, die sich kurz konzentrierte und den Teich zum Schimmern brachte. Nun konnte Ric übers Wasser gehen, ohne nass zu werden.

Nachdem wir den ersten Teich überquert hatten, entdeckten wir die perfekte Stelle für die Verwandlung. Dichte Büsche und Sträucher, die ganz nahe an der Barriere lagen und uns zu nahezu allen Seiten abschirmten.

Die Hand unter mir erbebte, mein Hintern wurde heiß und ich hatte große Mühe, nicht zur Seite zu kippen, als Rics Menschenhand zu einer Drachenklaue wurde. Als die Verwandlung abgeschlossen war, setzte sich der Drache, damit auch Coral sich niederlassen konnte. Im Stehen konnte sie sich nur verwandeln, wenn jemand sie stützte – ihr Fischschwanz war ein großes Hindernis. Binnen Sekunden lugte er unter ihrem langen Rock hervor und zappelte nervös hin und her. Ihre Hand war noch immer mit der von Peter verbunden, die in dem Moment zu Ästen heranwuchs. Peters Kleidung zerriss, als sein Körper zu einem Stamm wurde, seine Augen leuchteten in ihrem intensiven Grün.

Fee, Drache, Wasserfrau und Dryade. Wir hatten uns noch nie alle gemeinsam verwandelt. Nie zuvor war unsere gebündelte Macht notwendig gewesen. Doch kaum war Peter in seiner Elementargestalt, wurde die Barriere dünner und transparenter, bis sie nach wenigen Sekunden ganz verschwand.

Meine Flügel flatterten bereits und ich stand auf Rics Drachenhand – oder Klaue? –, bereit zum Start, da umgriff mich etwas und hielt mich zurück. Rics Griff war nicht fest, aber dennoch klemmte er mir die Flügel ein und ich fluchte mit meiner Micky-Maus-Stimme.

»Was, wenn sich das Ding schließt und wir es nicht wieder öffnen können?«, raunte er mit tiefer Drachenstimme, was sehr seltsam klang.

Ich schob mit meinen Händen seine Klauen auseinander, flog zu seiner Wange hoch und drückte einen Kuss darauf. »Ich komme wieder zurück«, flüsterte ich in sein Ohr, an dem ich kurz haltmachte, ehe ich in den Park flog und nicht wusste, was mich erwartete.

15. KAPITEL

Etwas verändert sich. Ich spüre es mehr denn je.

Kaum hatte ich die Barriere überwunden, war der Park wieder von Geräuschen erfüllt. Aber sie klangen anders als gewohnt. Es waren nicht die typischen Hintergrundgeräusche wie das Rascheln der Blätter oder das Zwitschern der Vögel. Nein, etliche Stimmen drangen über den Wind zu mir, sodass ich mir beinahe wie auf dem Bahnhof vorkam. Ich hörte das Schaben von Metall auf Metall, knisternde Feuer und einige undefinierbare Geräusche ähnlich einem Schnauben oder Grunzen.

Als die Stimmen lauter wurden, flog ich höher und verbarg mich, so gut es ging, zwischen Ästen und Zweigen. Dann wurden die bisherigen Geräusche von einem statischen Rauschen und einer schlimmen Rückkopplung übertönt. Ich verfolgte die Schallwellen, die ich in meinem Element beinahe sah, zurück und versteckte mich kurz vor der Quelle hoch oben auf einem Ast.

Unter mir sah es aus wie im Cockpit eines Raumschiffes. Zumindest stellte ich mir Raumschiffe so vor. Etliche Bildschirme waren aufgebaut, endlose Tastaturen und Schaltkonsolen. Dazwischen stand das Mädchen, das wir bereits auf der Wiese gesehen hatten. Es hatte seinen Zopf mehrmals um die Hüfte geschlungen und tippte wie eine Wilde auf eine Tastatur ein. Seine Klone – vier identische Rapunzel-Kopien – taten es dem Mädchen gleich. Übereifrig regulierten sie die Ursache für das Rauschen. Es wurde immer leiser und irgendwann war eine Stimme zu hören.

»Hallo?«, fragte eine Frauenstimme.

»Hallo«, antworteten alle Mädchen synchron.

»Wer ist da? Wo ist meine Tochter?« Die Stimme am anderen Ende musste Elizabeth sein. Aber wie … wie konnte sie mit unserer Welt *telefonieren*?

»Ich bin Cress«, sagten die Mädchen und mir wurde einiges klar. Selbst in meinem Genre war es bekannt, weil sich sein Science-Fiction-Setting mit Fantasy- und Märchenelementen mischte. Cress war ein technisches Genie – Elizabeths Tochter hätte für ihre Zwecke keine Bessere herauslesen lassen können.

»Ich weiß nicht, wo Ihre Tochter ist. Sie hat uns gebeten, die Verbindung wieder herzustellen«, sagte eines der Mädchen.

»Gut gemacht. Ihr werdet dafür reichlich entlohnt werden.«

»Ich möchte wieder zurück.«

»Zurück? In eure Geschichte?« Die Stimme der Frau überschlug sich fast.

»Hier ist alles so … altmodisch«, antwortete das Mädchen in der Mitte.

»Bringt meine Tochter zu mir«, ignorierte die Frau den Kommentar und eine Cress rannte davon.

Ein erneutes statisches Rauchen erklang und die Verbindung brach ab. Die übrigen Mädchen seufzten. Eines sah das anderen an und flüsterte: »Ich hoffe, Zodan hält sein Versprechen und bringt uns zurück.«

Die anderen nickten bedrückt. Ihnen schien es in dieser Welt wirklich nicht zu gefallen.

Aber *zurückbringen* konnte man Seelenlose nur auf zwei Arten: Entweder man tötete sie oder ein Team von Wächtern band sie mithilfe ihrer Elemente. Ich wollte lieber nicht wissen, welchen Weg Zodan ihnen versprochen hatte.

Von meinem Platz hier oben aus hatte ich eine gute Sicht auf die Wiese. Nur dass die ehemalige Naturwiese nun einem Campingplatz glich. Überall standen Zelte, darunter einige gruselig altmodische. Ich erschauderte beim Gedanken daran, woher die Tierfelle stammten. Rund um die Zelte herrschte buntes Treiben. Es gab zahlreiche Lagerfeuer, über denen die unterschiedlichsten Sachen gegrillt wurden. Ich sah nicht so genau hin, was die Seelenlosen, die ich auf Anhieb nicht zuordnen konnte, dort zum Essen zubereiteten. Manche von ihnen glichen Orks oder Ogern, ihre Wildheit war sofort erkennbar; andere Lagerfeuer befanden sich inmitten eines Kreises von dämonischen Söldnern aus *Otherside*.

Ich sah mich um und suchte nach irgendwelchen Baracken oder Zelten, die bewacht wurden. In denen Ty vielleicht gefangen gehalten wurde. Doch ich sah weder etwas in der Art noch einen mit dicken Holzpfählen abgetrennten Bereich, wie ihn mir meine Fantasie vors innere Auge gemalt hatte. Auch sah ich zwischen all diesen Söldnern keinen Zac – was mich wenigstens ein klein wenig erleichterte. Ich glaubte nach wie vor nicht an seinen Verrat. Doch wo mochten die beiden stecken?

Mein Blick fiel auf die mir entgegengesetzte Seite der Wiese. Ein bunt gemischter Haufen aus relativ modern gekleideten Personen saß und stand dort um ein Lagerfeuer. Neugierig glitt ich die bereits kargen Baumkronen entlang, bis ich direkt über der Gruppe Halt auf einem der oberen Äste machte. Wie ich vermutet hatte, handelte es sich um zeitgenössische Charaktere. Auch wenn ich seine Geschichte nicht kannte, entdeckte ich den mutierten Cam sofort. Er trug ein ärmelloses Shirt und ich sah seine Schlangentätowierung. Dieser Seelenlose hatte Laurie angegriffen, da war ich mir sicher.

Ich musterte die Frau ihm gegenüber. Sie war eine typische Seelenlose aus aktuellen Büchern, hatte nichts, womit sie herausstechen würde oder woran sie zu erkennen wäre. Meine Augen glitten weiter über die Runde unter mir und blieben an einem Lichtfleck hängen. Ein Lux, vermutete ich, wahrscheinlich Daemon. Direkt daneben saß eine Frau mit roten Haaren. Dem Klischee nach würde ich sie für eine Hexe halten, aber sie konnte alles sein. Kaum einen der rund zwanzig Seelenlosen unter mir konnte ich identifizieren, was die Einschätzung ihrer Fähigkeiten schwer machte. Wobei diese ja auch durch die Beeinflussung Zodans und seiner Schergen modifiziert sein konnten.

Leider brachte mein Ausflug auf diese Seite der Wiese keine neuen Erkenntnisse und ich wollte zu dem Welten-Funkgerät zurückkehren. Vielleicht hätte ich ein wenig aufmerksamer sein sollen, mich überall umsehen, ehe ich von dem Ast, auf dem ich gestanden hatte, absprang. Vielleicht hätte ich dann den Schatten gesehen, ehe er mich wahrnahm. Denn als ich die Flügelschläge hörte, war es zu spät.

Der im Vergleich zu mir riesenhafte schwarze Vogel packte mich und presste mich mit seinen Krallen zusammen. Ich konnte weder die Arme bewegen, noch mich irgendwie herauswinden.

Das Fliegen in horizontaler Lage machte mich schwindelig und ich war froh, als der Vogel auf einem metallenen Tisch glücklicherweise sanft landete. Er ließ mich nicht frei, bis ein Mädchen auf ihn zutrat und beruhigend auf ihn einredete.

»Was hast du denn gefunden?«, fragte das riesige Gesicht vor mir. Nur aufgrund ihrer Haarfarbe erkannte ich, dass es sich um eine Cress handelte.

Der Vogel lockerte seinen Griff, als das Mädchen ihre Hand ausstreckte. Nachdem ich in ihre Handfläche geplumpst war, musterte sie mich neugierig, hielt mich in einem Ring aus Daumen und Zeigefinger gefangen.

Neben mir gab es ein kurzes Zischen, dann stand plötzlich ein gut aussehender Junge neben Cress. »Ich habe sie oben im Baum gefunden«, sagte er mit einer sympathischen Stimme. »Sie hat das Camp ausspioniert.«

Ein Gestaltwandler. War es vielleicht derselbe, der Ric Informationen zugetragen hatte? Den ich bereits einmal gesehen hatte? Ich versuchte, mich zu erinnern, doch sie konnten auch einfach eine große Ähnlichkeit gehabt haben.

»Wo kommt sie her?«, fragte Cress den Gestaltwandler.

Der zuckte mit den Schultern, während ich versuchte, der Enge von Cress' Fingern zu entkommen. »Sie ist sicher aus einem Kinderbuch. Feen sind neugierig, stecken ihre Nase überall rein.«

»Kann sie uns helfen?«

»Kommt drauf an, was sie für Fähigkeiten hat. Sie könnte natürlich auch ein Luftelementar sein.«

Das Mädchen zuckte bei den Worten des Jungen zurück und hätte mich beinahe losgelassen. »Aber das glaube ich nicht. Sonst hätte sie sich doch längst gewehrt, oder? Sie sind überaus mächtig, hat Zodan erzählt, und Elizabeth behauptet sogar, dass sie uns töten können.«

Er schnaubte. »Schau dir das kleine Ding an. Sieht es so aus, als könnte es einen Kampf gegen mich gewinnen?«

Meine Wut ließ den Wind auffrischen, doch ich versuchte, mich zu beruhigen. Eine seelenlose Fee zu sein, wäre die perfekte Tarnung. Ich könnte mich ihnen anschließen und vielleicht mehr über ihre Pläne erfahren. Die Idee klang gut, ich musste nur mein Element unter Kontrolle behalten.

Cress hob mich wieder bis auf Augenhöhe und fragte mich: »Woher kommst du, kleine Fee? Wie heißt du?«

»Naseweis«, quiekte ich schnell zur Antwort. »Oft werde ich auch Tinkerbell genannt.«

Cress nickte. »Sie ist aus *Peter Pan*. Wurde jemand damit beauftragt, sie zu extrahieren, oder ist sie einfach so erschienen?«

»Ich habe keine Ahnung, aber ich kann mich mal umhören«, antwortete der Junge. Auf Cress' Nicken hin erklang erneut ein Zischen und Flügelschläge signalisierten mir, dass der Junge verschwunden war.

»Was machen wir jetzt mit dir?«, fragte das Mädchen mehr sich selbst als mich, denn ich befand mich wieder einmal in Schräglage irgendwo auf Hüfthöhe. Nur zu gern hätte ich mein Element gerufen und mich aus dieser unbequemen Umklammerung befreit. Doch gegen all die Seelenlosen hätte ich keine Chance. Ich wusste nicht einmal, ob ich es mit einer normalen Cress zu tun hatte oder ob sie ebenfalls mit Zusatzqualifikation herausgelesen worden war. Deswegen blieb mir nur die Möglichkeit, meine Tarnung aufrecht zu halten.

»Wir warten«, piepste ich daher und Cress nickte. Sie sah sich um und entdeckte etwas, denn mit schnellen Schritten ging sie los und schüttelte mich wieder einmal kräftig durch. Binnen Sekunden wurde es um mich herum dunkel und ich musste mich langsam an die neuen Lichtverhältnisse gewöhnen. Tinkerbells Fähigkeit mit dem Feenglanz wäre jetzt praktisch gewesen – der Glanz hätte wenigstens genügend Licht erzeugt. Meine Nachtsicht war zwar gut, aber im Stockdunkeln brauchte es auch bei mir ein wenig länger, bis ich etwas erkannte.

Allmählich schoben sich Konturen aus der Schwärze. Platinen und jede Menge Kabel. Sie hatte mich in ein Computergehäuse oder etwas in der Art gesteckt! Ich suchte nach den Lüftungslöchern, wie ich sie von meinem Computer kannte, doch da war nichts. Sicher hatte Cress eine tolle Kühltechnik aus ihrer Science-Fiction-Welt nachgebaut. Ich seufzte verärgert, was in der Dunkelheit widerhallte.

Dann drangen entfernte Stimmen zu mir. Sie waren verzerrt, was vermutlich an dem Metall rund um mich herum lag, dennoch verstand ich jedes Wort.

»Meine Mutter hat mich rufen lassen?«, fragte die eine Stimme, die nur Elizabeths Tochter Thyra sein konnte.

»Soll ich die Verbindung wieder herstellen?« Das war eindeutig Cress. Trotz der Verzerrung hörte ich die Ablehnung Thyra gegenüber heraus.

Eine Weile lang wurde nicht gesprochen.

»Mutter?«, fragte Thyra dann.

»Endlich, Thyra«, sagte eine dritte Stimme, offenbar Elizabeth. »Was ist denn mit der alten Verbindung passiert? Mir wurde versichert, dass sie bis Samhain bestehen bleiben würde.«

»Die vielen Extraktionen haben die Welten aus dem Gleichgewicht gebracht. Sie überlagern sich schon und wir mussten eine neue Möglichkeit finden. Das Medium war nicht stark genug«, erklärte Thyra. »Dafür mussten wir zuerst jemanden ausfindig machen, der sich mit der modernen Technik besser auskennt.«

»Nun gut«, antwortete Elizabeth. »Solange diese Verbindung jetzt hält.« Ich konnte praktisch vor mir sehen, wie sie mit der Hand abwinkte. »Wie weit bist du mit meinen Plänen? Habt ihr das Buch?«

Stille. Minuten vergingen.

»Nein, Mutter. Sie hat es versteckt.«

Das *sie* klang wie ein Schimpfwort.

»Verstärke die Suchtruppen. Zodan soll mit seinen Söldnern in die Köpfe aller Menschen schauen, vielleicht hat jemand etwas Ungewöhnliches bemerkt. Geht auch zu den Wächtern. Unsere Kontakte wissen möglicherweise etwas. Sie überwachen die atmosphärischen Störungen und sehen, wo Elementarmagie eingesetzt wird.«

Erschrocken keuchte ich auf. So genau konnten sie uns überwachen? Das war mir bislang nicht klar gewesen. Das musste ich unbedingt meinen Freunden erzählen. Nur wie sollte ich hier herauskommen? Mir blieb nichts anderes übrig, als zu warten, bis man mich als normale Seelenlose ziehen oder dieser Rebellentruppe da draußen anschließen ließ.

»Wir tun, was wir können, Mutter. Doch ohne das Buch und das Licht werden wir …«

»Ich habe deiner neuen Technikerin schon die Pläne für eine Elementarfalle gegeben. Das Licht wird nicht mehr lange frei sein.«

»Aber das Buch …«

»Das werden unsere Spione finden. Wir haben noch Zeit genug, Thyra.«

»Wenn du es sagst«, maulte Thyra und ein statisches Rauschen erklang, das sich hier drin zu einem so ohrenbetäubenden Lärm verdichtete, dass ich mir die Ohren zuhalten musste.

»Du hast meine Mutter gehört«, drang Thyras Stimme über das Piepen hinweg zu mir. »Sorg dafür, dass ihr alles mitbekommt, was bei den Wächtern passiert. Der Feuerelementar hat die Seiten gewechselt. Sollten sie ihn aufspüren, schick sofort Zodan und seine Männer zu ihm und lass ihn töten.«

»Ja, Thyra«, antwortete Cress widerwillig.

»Wahre Liebe, pah! Diese Wasserfrau hat meine Beeinflussung gelöst.«

Cress sagte nichts dazu.

»Ich werde dann mal nach unseren Gefangenen sehen. Wenn du Neuigkeiten hast, schick jemanden zum Bunker.«

Ich musste hier raus, musste wissen, ob diese Gefangenen Zac und Ty waren. An welcher Seite hatte Cress das Gehäuse geöffnet?

Mehrmals drehte ich mich um mich selbst, doch an allen Wänden waren Bauteile angebracht – so konnte ich die abzunehmende Seite nicht erkennen. Ich untersuchte die Ecken, schrammte mir an einer scharfkantigen Platine den Oberschenkel auf. Verdammt, ich musste hier raus. Meine Aufregung rief mein Element, das sich von außen gegen das Gehäuse drückte und es knirschte von allen Seiten.

»Was ist das denn?«, hörte ich Cress fragen, ehe mich ein gleißendes Licht blendete und mir wie ein Blitz durchs Gehirn fuhr. Ich hätte aufschreien können vor Schmerz. Da packte mich auch schon eine Hand und presste mich so fest, dass ich kaum mehr atmen konnte. »Bist du vielleicht doch ein Luftelementar?«

Als mein Sehsinn zurückkehrte, erkannte ich Cress' Gesicht, das sich langsam aus dem alles übermalenden Weiß schälte, direkt vor mir. Ich antwortete nicht.

»Ich sollte dich Zodan melden. Oder Thyra«, sagte Cress mehr zu sich selbst, trotzdem schüttelte ich wie wild den Kopf und quiekte: »Nein!«

»Thyra ist meine einzige Möglichkeit, nach Hause zu kommen. Ohne sie oder Zodan werde ich nicht in meine Geschichte zurückkehren können.«

Das stimmte so nicht. »Ich kann dir helfen«, sagte ich schnell und bemühte mich, meine Stimme so tief klingen zu lassen, wie es mit diesen winzigen Stimmbändern möglich war.

»Ihr seid schuld an der Zerstörung der Buchwelt.« Cress senkte den Blick. »Ihr habt bereits viele von uns getötet. Ihr würdet mich sicher eher vernichten, als zurück in meine Welt zu schicken.«

Cress wusste offenbar nicht, dass sie automatisch zurückkehren würde, wenn man sie tötete. Doch darüber sollte ich in diesem Moment wohl nicht diskutieren und antwortete stattdessen nur: »Das stimmt nicht.«

Cress' Blick war entrückt, sie reagierte gar nicht auf mich. Ich sah mich rasch um, es war niemand hier außer dieser einen Seelenlosen, die mich wortwörtlich in der Hand hatte. Daher verwandelte ich mich zurück.

Cress kreischte erschrocken auf, als ich mich in ihrer Hand ausdehnte, und ließ mich fallen. Bereits in Menschengröße landete ich auf dem Hintern. Kleine Äste pikten unangenehm auf meiner nackten Haut. Ich rappelte mich auf, unterdrückte das Schamgefühl, splitterfasernackt vor Rapunzel aus einer anderen Zeit zu stehen, und sah ihr fest in die Augen.

»Die Geschichten gehen nicht verloren. Es wird immer noch gelesen. Elizabeth will beide Welten zerstören, nur um sich an den Menschen zu rächen. Sie wird auch deine Geschichte zerstören«, log ich, weil ich selbst nicht wusste, warum Elizabeth das alles wirklich tat und was genau sie vorhatte – außer, uns ins Chaos zu stürzen.

»Thyra hat mir gesagt, dass sich die Wächter damit herausreden würden. Aber sie hat mir Bilder gezeigt: Bücherverbrennungen, die Zerstörung von Geschichten, von denen nun keine einzige Ausgabe mehr existiert.«

War ja klar, dass sie ein so grausames Ereignis aus der menschlichen Geschichte für ihre Zwecke missbrauchte. Ich seufzte. »Das war nicht wegen der Geschichten …«, versuchte ich, es zu erklären. Aber für diese Gräueltat gab es keine Erklärung. »Es ist schon lange her, Cress. Heute sind die Menschen anders. So viele neue Geschichten werden jeden Tag geboren, so viele Welten erschlossen …«

»Aber sie werden nicht mehr genug gelesen, sie verblassen.«

Dagegen konnte ich nichts sagen, denn das war die reine Wahrheit. Ich grübelte, was genau ich darauf noch erwidern konnte, bis mir das Entscheidende einfiel: »Vielleicht müssen manche der Geschichten verblassen, um Platz für neue zu schaffen. Die Welt braucht neue Helden, so wie sie sich selbst ständig neu erfindet. Das solltest du aus deiner Geschichte doch am besten kennen.«

Cress nickte langsam.

Ich drängte gleich weiter. »Die alten Klassiker werden nie aussterben, sie werden in anderen Geschichten weiterleben, in neuen Interpretationen, die auch die Jugend von heute begeistern kann. Klassiker wie Märchen«, ich sah ihr fest in die Augen und hob die Brauen, »oder dramatische Liebespaare aus verfeindeten Gruppen – sie alle wird es immer geben.«

Cress starrte mich an, stand absolut regungslos da. Denkfältchen zeigten sich auf ihrer Stirn. »Vielleicht hast du recht«, sagte sie nachdenklich vor sich hin.

Ich atmete erleichtert aus, dabei hatte ich nicht einmal bemerkt, dass ich die Luft angehalten hatte.

»Vielleicht bringen die neuen Geschichten auch wieder mehr Jugendliche dazu, die Originale zu lesen«, überlegte sie weiter.

Ich stimmte ihr hier lieber nicht zu, weil ich diesen Trend eher nicht sah, aber was nicht war, konnte ja noch werden. Nun wagte ich, zu fragen: »Dann hilfst du mir?«

Ich sah sie erwartungsvoll an, doch nichts geschah. Sie zögerte, grübelte vor sich hin und legte sich vermutlich eine Liste mit dem Für und Wider an. Und ihrem Gesicht nach zu urteilen, überwog das Wider.

Ich unterdrückte ein Seufzen. Vielleicht war *helfen* zu allgemein? Ich versuchte es weiter: »Kannst du mir sagen, wo dieser Bunker ist? Ich muss wissen, wen Thyra dort gefangen hält.«

»Das ist kein Problem«, sagte Cress schnell und ging zu einer der zahlreichen Armaturen neben meinem einstigen Gefängnis.

Der Bildschirm darüber schaltete sich nach einer Tastenkombination von ihr an und ich erkannte einen dunklen Raum. Die Kamera war direkt auf eine der Wände gerichtet, die aus Beton bestand und feucht glänzte. Cress zoomte die Kamera zurück und ich konnte die eine Hälfte des Raumes überblicken. In einer Ecke lag ein halb verwandelter Werwolf. Sein Gesicht war deformiert und besaß bereits eine Schnauze. Sein noch menschlicher Körper war von Fell überzogen. Er rührte sich nicht. Ich schlug die Hand vor den Mund.

Dann wechselte die Perspektive und ich bekam die andere Hälfte des Gefängnisses zu sehen. Ein lautes Keuchen entfuhr mir und Cress sah mich misstrauisch an. Tränen traten mir in die Augen, als ich Zac blutend an der Wand lehnen sah. Ty saß in der Hocke neben ihm und rüttelte an seiner Schulter. Sie hatte einen alten Trinkschlauch in der Hand und versuchte, ihm den Inhalt einzuflößen. Doch Zac presste die Lippen fest zusammen und schüttelte den Kopf. Ty sagte etwas zu ihm, das ich nicht hörte.

»Gibt es auch Tonübertragung?«, fragte ich Cress, ohne zur Seite zu blicken. Nach einem kurzen Klackern raschelte es, als Zac versuchte, sich aufzurichten.

»Du wirst nicht lange durchhalten, Zac. Und wenn du stirbst, wirst du nicht wie die anderen in deiner Geschichte weiterleben. Otherside ist ein besonderer Ort, eine besondere Geschichte, der Übergang zwischen den Welten. Wenn du stirbst, wirst du nicht dorthin zurückkehren. Dein Leben wäre umsonst gewesen.«

Zac stemmte sich hoch und knickte gleich darauf wieder ein. »Ich muss nicht zu Elizabeth zurückkehren«, presste er hervor. So gut mir diese Aussage und das damit verbundene Wissen, dass er kein Verräter war, auch tat und mir eine Wärme in der Brust bescherte – ich konnte nicht tatenlos zusehen, wie er und Ty zu Tode gequält wurden. Allein konnte ich sie allerdings nicht retten. Ich brauchte mein Team. Weil mir nichts Besseres einfiel und ich Cress irgendwie überrumpeln musste, ließ ich mich einfach fallen und schloss die Augen. Der Aufprall schmerzte, aber meine Taktik schien aufzugehen.

Cress rüttelte an meinem Arm und ich öffnete die Lider.

»Du bist einfach umgekippt, hast du so etwas öfter?«, fragte sie ernsthaft besorgt.

»Ich muss ... Ich muss sofort zu meinen Freunden«, flüsterte ich. Beim Versuch, mich aufzurichten, pikten mir das Laub und die kleinen Äste in die Hände und den Bauch.

»Du bist nackt«, stellte Cress fest.

»Ach ja? Das hatte ich gar nicht bemerkt.« Ich verzog den Mund. »Leider bekomme ich nicht automatisch ein hübsches Blattkleid, wenn ich mich verwandle.« Verwandeln. Selbst wenn Cress mich nicht gehen lassen wollte, möglicherweise konnte ich ihr entwischen, wenn ich mich ein weiteres Mal verwandelte. »Hast du vielleicht etwas zum Anziehen?« Ich versuchte, ein bisschen Röte ins Gesicht zu bekommen, doch es gelang mir nur halbwegs.

Cress sah sich trotzdem gleich um und suchte nach etwas. Über einem Stuhl hing ein Mantel, den sie mir reichte. Während ich hineinschlüpfte, bat ich sie, mir den anderen Gefangenen noch einmal zu zeigen. Ich konnte Zacs Leiden nicht weiter tatenlos zuschauen, nicht jetzt, wo ich Pläne schmiedete, dem Ganzen ein Ende zu bereiten. Als sich Cress dem Bedienelement zuwandte, zwang ich mich zur Verwandlung und schrumpfte in dem neuen Mantel zusammen. Ich schlüpfte aus dem Stoffberg, bereit, schneller zu fliegen, als ich je zuvor geflogen war, knallte jedoch gegen Cress' Arm, der über dem Mantel ausgebreitet war. Für einen Moment sah ich nur blitzende Sterne vor mir.

»Ich wusste es. Thyra hatte recht. Man kann euch nicht trauen«, sagte Cress.

Um mich schlagend verwandelte ich mich wieder zurück. Ich traf Cress an der Schläfe und sie taumelte für einen Moment. Sofort wandte ich mich um, sah nicht nach hinten und rannte – nackt, wie ich war – zwischen den Bäumen hindurch. Cress folgte mir, ich konnte ihre schweren Schritte hören. Zweige stachen mir in die bloßen Füße, doch ich ignorierte den Schmerz und rannte um mein Leben. Niemals zuvor hatte ich versucht, mich während des Laufens zu verwandeln. Heute würde es meine einzige Chance sein. Diese Cress war übernatürlich schnell – trotz ihrer einschränkenden Haarpracht. Als Mensch würde ich ihr niemals entkommen können.

Ich rief mein Element, während ich über die vielen Wurzeln auf dem Waldboden stolperte, und schleuderte Cress so viel Wind entgegen, dass sie wenigstens ein bisschen ausgebremst wurde. Dann platzte meine Elementargestalt aus mir heraus und ich zischte nach oben und immer weiter nach oben, bis ich die Baumwipfel erreicht hatte. Hier oben fühlte ich mich sofort sicherer und sauste in Freiheit dem letzten mir bekannten Aufenthaltsort meiner Freunde entgegen.

Als ich die Flügelschläge hörte, war es bereits zu spät.

16. KAPITEL

Sie ist hier, ganz in der Nähe. Sie beobachtet dich.

Der Gestaltwandler zog laut aufschreiend über mich hinweg. Ich war im letzten Moment tiefer geflogen, um ihm auszuweichen. Mit drei starken Flügelschlägen hatte er kehrtgemacht und flog nun direkt auf mich zu. Ich glitt hinab zwischen die Baumkronen. Hier hatte ich mir als kleine Fee einen Vorteil erhofft. Doch der verpuffte, als ich sah, wie der Rabe durch die bunt gefärbten Blätter schoss. Ich schlug Haken wie ein Hase – zumindest versuchte ich es –, das donnernde Geräusch der Flügelschläge wurde dennoch immer lauter. Ich huschte zwischen Ästen und Stämmen umher, flog nach oben und nach unten, suchte mir Deckung in den Tannen, die hier vereinzelt herumstanden. Mein Herz pochte noch schneller als meine Flügel schlugen. Ich rief den Wind zur Hilfe, doch ohne zurückzublicken, konnte ich ihn nicht auf meinen Verfolger schleudern. Und dann geschah es.

In einer halben Umdrehung schleuderte ich eine Böe auf den Raben, der kreischend zurückgeschleudert wurde. Dabei hatte ich meine Geschwindigkeit und vermutlich einiges andere falsch eingeschätzt, denn ich knallte im vollen Flug gegen einen Ast. Sämtliche Luft wurde aus meiner Lunge gepresst. Mein Rücken schmerzte wie nie zuvor in meinem Leben. Äste rasten an mir vorbei, ich schlug hilflos gegen sie, prallte ab wie der Ball eines alten Flipperautomaten. Beim Versuch, meine Flügel zu bewegen, versengte mir der Schmerz das Gehirn. Mein Element war zugegen, versuchte, meinen Fall zu verlangsamen – und spielte damit meinem Verfolger in die Hände, der mich aus der Luft pflückte und mit einem Kreischen wieder aufstieg.

Mit den Krallen umgriff er meinen Körper so fest, dass die Schmerzen unerträglich wurden. Mit einem letzten Gedanken an meine Freunde ließ ich mich in die Umarmung der Schwärze fallen und hieß sie willkommen.

»Sie wird genesen«, sagte eine Stimme von weit her, als ich für einen Moment zu mir kam. War es Ty? »Kümmer dich lieber um deine eigene Gesundheit, Zac. Du kannst sie nur beschützen, wenn du dich selbst stärkst.«

Die Antwort ging in meinem Schmerzensschrei unter, als ich versuchte, mich zu bewegen.

»Lin?« Zacs Stimme klang so vertraut, als hätte er all die Jahre direkt mit mir gesprochen. Ich lag auf etwas Weichem, das nach Erde und Bäumen roch. War das Zacs Geruch?

»Zac«, krächzte ich, meine Kehle war ausgetrocknet. Langsam versuchte ich, die Lider zu öffnen, die verklebt waren, als hätte ich mir eine fette Bindehautentzündung zugezogen. War ich mit dem Gesicht irgendwo gegen geknallt? Ich gab auf und hob die rechte Hand, um mir übers Gesicht zu reiben. Der Schmerz in meinem Schultergelenk strafte mich sofort dafür. Etwas wurde mir gegen den Mund gepresst. Mit letzter Kraft riss ich die Augen auf und erkannte einen Holzkrug.

»Trink, Liebste«, sagte Zac so fürsorglich, dass ich das *Liebste* ignorierte und das kühle Nass begrüßte, das mir die Kehle hinabrann.

Ich spürte, wie die Flüssigkeit in meinem Magen ankam und sich von dort in meinem ganzen Körper ausbreitete. Seit wann konnte ich so etwas fühlen? Das karge Licht, das zu einem der kleinen Löcher oben in der Wand hereinfiel, flackerte, bewegte sich zur Seite. Meine Lider wurden noch schwerer und ich konnte die Augen nicht ein bisschen geöffnet halten.

»Was …«, brachte ich noch hervor, ehe meine Stimme versagte und mich die Dunkelheit erneut umfing.

»Es ist nur zu deinem Besten.«

Ich wachte noch mehrmals auf und bekam von Zac etwas zu trinken angeboten, wobei sich mein Unterbewusstsein immer wieder mit dem Gedanken beschäftigte, warum Ty nicht hier war. Die Lichtverhältnisse waren bei jedem Erwachen verändert, ich konnte nicht mehr abschätzen, wie viel Zeit vergangen war.

Ehe ich die Augen aufschlug und wieder etwas eingeflößt bekam, untersuchte ich im Geiste meinen Körper. Ich empfand nicht mehr dieselben Schmerzen, mit denen ich eingeschlafen war, was ein großer Pluspunkt war. Vorsichtig spannte ich meine Rückenmuskulatur an. Es fühlte sich an wie der schlimmste Muskelkater meines Lebens, aber nichts im Vergleich zu vorher. Jede einzelne Faser in mir spannte sich an, wenn ich an diesen alles übertrumpfenden Schmerz dachte, als mich der Rabe gepackt und meine vermutlich gebrochenen Flügel zusammengepresst hatte.

»Du bist wieder wach, Liebste.« Erneut ignorierte ich das *Liebste*. Zac schien sich aufrichtig zu freuen.

Ich wappnete mich, um alle Kraft aufzubringen, meine Augen zu öffnen. Doch es ging so leicht wie blinzeln. Keine zwanzig Zentimeter von mir entfernt war Zacs Gesicht. Zu nah für meinen Geschmack. Oder für jetzt. Noch vor wenigen Tagen hätte ich mir nichts sehnlicher gewünscht. Nun widerstand ich nur mit Mühe dem Drang, von ihm abzurücken. Ich versuchte, mein Ziel zu erreichen, indem ich mich aufsetzte.

Sofort rückte Zac an meine Seite und unterstützte mich. Erst als ich saß und mir einen Überblick über den Bunker verschaffte, fiel mir auf, dass Ty nirgendwo zu sehen war. Auf der anderen Seite befand sich ein Mann – vermutlich der halbverwandelte Werwolf, nun in seiner Menschengestalt –, der mich aus schmalen Augen musterte. Aber keine Spur von meiner Freundin.

»Ty?«, fragte ich, meine Stimme hörte sich an, als hätte ich mehrere Tage auf Partys verbracht und zu laut mitgesungen.

»Sie ist …« Zac verzog das Gesicht und meine Sorge um Ty wuchs ins Unermessliche. Wurde sie gefoltert?

Da klapperte ein Schlüssel und das Schloss der schweren Metalltür schnappte auf. Ty trat ein.

Ich rappelte mich hoch und stöhnte laut auf, als sich meine gebeutelten Muskeln meldeten. Doch ich ignorierte den dumpfen Schmerz und sprang Ty entgegen. Sie sah gut aus, das war mir auf dem Bildschirm nicht aufgefallen. Im Vergleich zu Zac sah sie aus, als käme sie direkt aus dem Wellnessurlaub. Sie wich vor mir zurück, als ich sie in die Arme schlang und ein glückliches Schluchzen nur mit Mühe unterdrücken konnte. Über so viel Kitsch hätte sie nur die Augen verdreht.

Doch ich war überglücklich. Sie war unverletzt – zumindest im Moment – und all die Sorgen, die ich mir ihretwegen gemacht hatte, all die Selbstvorwürfe, dass ich sie in Gefahr gebracht hatte und womöglich schuld an ihrem Tod war, wurden von meinen Freudentränen weggewaschen.

Erst langsam sickerte die Erkenntnis in meinen Kopf, dass Ty mich nicht umarmte. Auch nicht schniefte oder seufzte – oder irgendein anderes Zeichen von sich gab, dass sie ebenso froh war, mich zu sehen. Ich trat einen Schritt zurück, hielt sie mit beiden Händen an den Schultern fest und musterte sie genau.

Das Mädchen vor mir sah noch genauso aus wie meine beste Freundin, hatte die gleichen Haare, das gleiche Gesicht. Dennoch war es eine völlig andere Person. Der schnippische, lockere Ausdruck fehlte. Keine erhobenen Augenbrauen, kein Grinsen, das an den Mundwinkeln zupfte. Im Gegenteil. Ihre Augen waren hart, ihre Lippen zu einem Strich zusammengekniffen. Sie hätte glatt die böse Zwillingsschwester meiner Ty sein können. Was hatte man ihr nur angetan?

Zac rappelte sich auf und stellte sich neben mich. Er fixierte Ty und sah dabei so bedrohlich aus wie ein Raubtier vor dem Angriff. Er schob mich hinter sich.

Ty lachte. Ein hämisches Lachen, das gar nicht zu ihr passte. »Wie süß«, sagte sie abfällig. »Der Held beschützt das Mädchen.«

Zac knurrte. Gleich würde er seine Feuerbälle rufen und auf Ty schleudern. Das musste ich verhindern. Ganz egal, was zwischen ihnen hier im Bunker passiert war, ich brauchte sie beide, um hier vielleicht rauszukommen.

»Zac, lass sie in Ruhe!«, befahl ich und drängte mich wieder hinter seinem Körper hervor.

»Genau, Zac. Lass sie in Ruhe«, äffte Ty mich nach. Jetzt war es genug. Ich trat einen Schritt nach vorne, um sie zur Rede zu stellen, doch sie schleuderte mich mit einer Handbewegung mehrere Meter fort. Ihre Augen leuchteten in dämonischem Rot. Und endlich begriff auch ich, was hier wirklich vor sich ging.

17. KAPITEL

Die anderen sammeln sich. Alle Wächter – entgegen der Befehle der Bibliothekare. Eine Rebellion! Sie machen sich bereit, um zu kämpfen.

Ich rappelte mich stöhnend auf. Der Schmerz war allgegenwärtig. Doch am schlimmsten waren die Schmerzen in meinem Inneren. Die Gewissheit, so viele Jahre einer Lüge geglaubt zu haben, so viele Jahre für eine Intrige missbraucht worden zu sein. Mich überkam ein Schwindelgefühl, ich glaubte, mich übergeben zu müssen.

Sie war Ty, meine beste Freundin Ty. Kopfschüttelnd registrierte ich, wie die letzten Puzzleteile an ihren Platz fielen und Tränen die traurige Gewissheit ans Licht brachten.

Ty war Thyra.

Ty war die Heldin aus *Otherside*, die von Natalia herausgelesen worden war. Sie war diejenige, die Natalia getötet und mir das Buch zugeschanzt hatte, damit ich Zac herauslas. Sie muss auch diejenige gewesen sein, die Ric den Mist eingeredet hatte, dass er mich in Gefahr bringen würde, wenn wir zusammenkämen. Ty hatte alles bis ins kleinste Detail geplant.

Und ich Hohlbrot hatte sie fleißig auf dem Laufenden gehalten. Die Enttäuschung wich Wut, regelrechtem Zorn, der in mir aufflammte und sich wie ein Lauffeuer in meinem Körper ausbreitete. Ich griff nach meinem Elementaranhänger, bereit, meine gesamte

Kraft gegen Ty – Thyra – einzusetzen. Aber ich griff ins Leere. Ich zuckte zusammen. Meine Kette war verschwunden.

»Du glaubst doch nicht ernsthaft, dass ich dir deine Kräfte lasse?«, lachte Thyra wie eine Hyäne. Nun war auch der letzte Rest Ähnlichkeit zu meiner Ty aus ihren Zügen gewichen. »Und bevor du es versuchst: Du wirst innerhalb der Elementarzone dein Element nicht ohne Anhänger rufen können. Spar dir also die Mühe.«

Ihre Augen glühten erneut rot auf. Zac schob mich wieder hinter sich und hob die zu Fäusten geballten Hände, was Thyra nur ein müdes Lächeln entlockte.

»Sag mir, wo sich das fünfte Element befindet.« In Thyras Stimme schwang etwas mit, das mich … beruhigte.

Halt. Das konnten nicht meine Emotionen sein. Konnte sie mich manipulieren? Ich sah zu Zac, der leicht mit dem Kopf nickte. Warum nur hatten wir Perry nicht nach dieser Heldin und ihren Fähigkeiten ausgefragt, warum hatten wir Natalia nicht gefragt? Natalia … Ric.

»Nein!«, schrie ich, ehe ich es mir anders überlegte, und hielt mir die Ohren zu.

»Wie du möchtest«, antwortete Thyra und klang trotz meiner Hände genauso laut wie zuvor. »Wir können auch erst einmal einen Kaffee trinken. Auf diese Art bist du immer sehr zugänglich geworden.« Sie lächelte mich wissend an und ich brauchte einen Moment, ehe ich verstand, was sie meinte.

»Du hast …?«

Sie nickte. Deshalb hatte der Kaffee bei mir zu Hause für Peter seltsam geschmeckt. Ty hatte mir ständig etwas eingeflößt. Meine Wut loderte erneut auf. Ich konnte nicht fassen, wie falsch dieses Miststück war. Noch vor wenigen Minuten hatte ich sie als meine beste Freundin bezeichnet.

»Und jetzt sag mir, wo Natalia ist. Ich habe ihr meine gesamte Macht entgegengeschleudert. Sag mir, wie sie überlebt hat.«

Thyras Stimme liebkoste mich, streichelte meine Seele und mir fiel es immer schwerer, ihr zu widerstehen. Aber sie wusste anscheinend nicht, dass Natalia nur noch in den Elementen lebte. Ich speicherte den Gedanken, während ich die Lippen fest verschloss und den Kopf schüttelte.

»Nun gut, noch haben wir Zeit. Ohne Wächter kann sie nicht in die Elementarzone. Vielleicht bist du ja gesprächiger, wenn wir deinen kleinen Drachen einfangen und zu dir bringen.« Mit einem lauten Lachen wandte sie sich um und verließ den Bunker.

Ich rannte hinterher und hämmerte gegen die Tür. Ich wusste, wie bescheuert das war, und würde jeden Autor dafür abstrafen, doch mir fiel nichts Besseres ein, um die angestaute Wut loszuwerden. Ich konnte sie nicht an mein Element abgeben, wie ich es sonst tat. Ich konnte mich nicht verwandeln, obwohl mein Körper, jede einzelne Zelle zu bersten drohte.

Zac stand neben mir und hielt mich vom nächsten Schlag gegen das verrostete Metall zurück. Ich schrie auf, brüllte ihn an und war kurz davor, nach ihm zu schlagen. Doch er umgriff meine Handgelenke so fest, dass ich keine Chance hatte.

Das Schreien ging in ein Schluchzen über, dann in Schniefen. Zac zog mich an seine Brust und umarmte mich eisern, gab mir Halt. Wie sehr hätte ich mir das vor wenigen Tagen noch gewünscht. Und nun weinte ich mir die Augen aus, weil genau der Mensch bedroht war, der mich die letzten Jahre nur genervt hatte. So änderten sich die Zeiten. Doch wie konnte ich Ric und den anderen helfen? Wie konnte ich sie warnen? Ich wusste ja nicht einmal, ob sie bereits in Gefahr waren, oder schlimmer noch: gefangen. Erneut liefen die Tränen.

Zac tröstete mich und fuhr mir mit der Hand über den Rücken. »Willst du sehen, ob es ihm gut geht?«, fragte er leise, als könnte er meine Gedanken lesen.

Mein Kopf ruckte nach oben. »Wie meinst du das?«

»Ben hier«, er deutete mit dem Kopf auf die andere Seite des Bunkers, »ist ein Medium. Er wird dir alles zeigen, was du willst.«

Ich musterte den nun menschlichen Werwolf skeptisch. Ein Werwolf mit besonderen Fähigkeiten? Ich glaubte, bislang war mir ein solcher nicht untergekommen.

»Woher stammt er?«, fragte ich.

»Aus Otherside. Er lebt im Hochgebirge im Norden. Ein wichtiger Informant, weil er alles sehen kann, was er will«, erklärte Zac.

Deshalb kannte ich Ben nicht. Er war in *Otherside* vermutlich nie aufgetaucht. »Als ich euch über die Kamera beobachten konnte, war er verwandelt«, sagte ich.

»Ben ist zur Hälfte ein Werwolf. Was du gesehen hast, war seine Verwandlung. Er kann seinen Geist nur in dieser Halbgestalt aussenden.«

Meine Neugierde war geweckt. Ich sah mir Ben genauer an. Er hatte graue halblange Haare und einen ungepflegten Dreitagebart. Seine Wangen waren eingefallen, die Augen von dunklen Rändern untermalt. Seine linke Schläfe zierte ein markanter Bluterguss.

»Warum ist er hier?«, flüsterte ich Zac zu.

»Ich war die Verbindung zwischen Elizabeth und Thyra. Ihr Kommunikator.« Ben lachte freudlos auf. Seine Stimme war rauchig, fast schon krächzend. »Als sich die Grenzen verschoben haben, war meine Fähigkeit wie ausgelöscht. Für eine Weile habe ich Thyra noch Informationen über euch geliefert, dabei wurde mir jedoch klar, dass sie auf der falschen Seite steht und dass alles, was ich zu wissen geglaubt habe, eine Lüge war.«

Willkommen im Club, dachte ich und ignorierte die Wut, die erneut in mir aufstieg, als er vom Ausspionieren erzählte.

»Ich wollte ihr nicht mehr dienen, daraufhin hat mich Thyra ersetzt.«

Cress. »Und dann hat sie dich hier reingeworfen?«

Ben nickte mit zusammengekniffenem Mund. »Ich kenne all ihre Pläne, weiß von jedem Wort, das sie mit ihrer Mutter gewechselt hat. Ich kann froh sein, dass ich noch lebe.«

Ich empfand tiefes Mitleid für ihn, doch ein kleiner Teil in mir ratterte und spann sich neue Hoffnungen aus dem Wissen, dass Ben die gesamten Pläne von Elizabeth kannte. Konnte uns das weiterhelfen? Jedenfalls nicht ohne meine Freunde.

»Kannst du mir meine Freunde zeigen?«, fragte ich daher.

Ben nickte und trat ein paar Schritte zurück. Ich sah irritiert zu Zac, der mich mit seinem Arm nach hinten schob. Im nächsten

Moment wusste ich auch, wieso. Ben, der nun so weit wie möglich von Zac und mir entfernt war, begann, zu zucken. Erst waren es nur seine Arme, dann der Oberkörper. Anschließend krümmte er sich, als hätte man ihm in den Bauch getreten. Dabei stieß er einen Laut aus, halb Keuchen, halb Jaulen, der mir eine Gänsehaut bescherte. Seine Verwandlung musste schmerzhaft sein, ganz anders als die von uns Wächtern, bei der wir eher euphorisch und machtgetränkt waren.

Gerade als ich dachte, ich müsste zu Ben hinüberstürzen, um ihm irgendwie zu helfen, war der Spuk vorbei. Vor uns stand das Wesen, das ich bereits auf dem Überwachungsmonitor gesehen hatte. Ein Wesen, dessen Gesichtszüge zu stark verzerrt waren, um noch als menschlich zu gelten, das dennoch auf zwei Beinen stand, eine Hose trug und sehr viel Fell an den Armen hatte, die in einem T-Shirt steckten. Er sah aus wie eine Karikatur.

Die silbergrauen Augen trübten sich und starrten dann in die Ferne. Bewegungslos begann er, zu sprechen, seine Stimme war etwas rauer: *»Der Junge steht gemeinsam mit einem Mädchen und einem anderen Jungen in einer Gasse. Ich erkenne sie. Der Junge ist bereits zuvor dort gewesen, um Informationen über seine Schwester zu sammeln.«*

Ben schilderte uns, was Ric, Coral und Peter gerade taten. Sie waren nicht mehr an der Barriere, sondern in einem Industriegebiet unterwegs. Bens Erzählung und begleitende Erklärungen zu hören, vollkommen darauf vertrauen zu müssen, dass er uns auch alles mitteilte, verstörte mich. Es war, als würde er von einem Film berichten. Er erzählte, dass Ric nervös auf- und ablief. Seine neutrale Stimme transportierte keinerlei Emotionen, er klang wie der gelangweilte Kommentator irgendeines uninteressanten Sportereignisses.

»Der Junge ist aufgebracht«, kommentierte Ben, was er gerade sah.

Ich versuchte, mir Ric genau vorzustellen, wie er hin- und herlief, die Fäuste geballt, vom Geruch nach Feuer umgeben.

»Er ist verzweifelt, weil sie die Barriere nicht ohne Luftelementar durchdringen können. Aber er vertraut niemandem mehr. Zu groß ist seine Angst, erneut verraten zu werden. Die Barriere ist mit jeder Stunde weiter gewachsen und die anderen Wächter haben die Anomalie

mittlerweile auch bemerkt. Er befürchtet, dass sie die Barriere angreifen könnten.«

»Kannst du ihm etwas übermitteln?«, fragte ich.

Ben gab nur ein emotionsloses *»Nein«* zur Antwort. Kurz darauf fügte er die Erklärung hinzu: *»Ich kann nur sehen, was dort passiert.«*

»Wie konntest du dann als Kommunikationsmittel zwischen Elizabeth und Thyra dienen?« Ich sah ihn fragend an. Doch Ben starrte weiterhin mit trübem Blick durch mich hindurch.

»Auch in Otherside saß ein Medium wie er«, erläuterte Zac.

»Kann dieses Medium uns noch sehen? Kann Elizabeth sehen, was die anderen oder wir vorhaben?«

Bens Augen klärten sich und er fixierte mich abschätzend, ehe er mich beruhigte: »Nein, die Welten sind nicht mehr im Gleichgewicht.« Er sah sich kurz um und hob dann einen kleinen Stein auf. Mit diesem zeichnete er zwei Kreise auf den Boden, die sich an einer Stelle berührten. In jeden der Kreise schrieb er ein *M* und verband die beiden miteinander.

»So sah es im Sommer aus«, erklärte er. »Wir hatten eine direkte Verbindung zu Otherside. In Richtung Samhain jedoch«, er zeichnete zwei weitere Kreise darunter, die sich bereits weit überschnitten, »liegen die beiden Welten immer näher beisammen.« Er malte erneut *Ms* in die Kreise, zeichnete eine Verbindungslinie und schraffierte zuletzt die Schnittmenge aus. »Das hier ist eine Barriere, die weder ich noch andere Medien durchdringen können.«

Ich überlegte und versuchte, mir die beiden Welten vorzustellen. »An Samhain werden die Kreise direkt übereinanderliegen?«, fragte ich.

Zac nickte und verzog das Gesicht.

Ich sah nach draußen und versuchte, mich zu erinnern, welchen Tag wir hatten. Bedeutete das Zwielicht vor dem schmalen Fenster, dass der Tag bald beginnen würde, oder dämmerte es, weil es Nacht wurde? Ich hatte keinerlei zeitliche Orientierung mehr, wie lange wir bereits hier waren.

»Wann ist es so weit?«, fragte ich Zac.

Er senkte den Blick. »In wenigen Stunden.«

»Dann wird Elizabeth die Grenzen öffnen?« Ich sah Ben genau an und verfolgte seine Reaktion.

Er presste die Lippen fest aufeinander und nickte.

»Wie können wir sie aufhalten?«

»Gar nicht.«

Für einen Moment überlegte ich, ob ich ihn richtig verstanden hatte. Die Antwort fühlte sich falsch an, unerwartet.

»Unsere Niederlage steht bereits fest«, antwortete Zac an Bens Stelle, trat zu mir und berührte mich beruhigend am Oberarm.

»Aber …«, stammelte ich, immer noch ungläubig.

»Es wird kein Überleben für diese Welt geben«, flüsterte Zac.

»Die Prophezeiung ist eindeutig«, fügte Ben hinzu.

»Ich kenne die Prophezeiung«, antwortete ich Ben. »›Wer die Grenze überschreitet, wird Verderben säen. Wer die Zeichen zu deuten vermag, wird die Zeit kommen sehen. Wer Opfer bringt, wird verändern.‹ Sie hat sich bereits erfüllt. Zac ist hier.« Ich trat einen Schritt von Zac weg, als all die Schuldgefühle wieder über mich hinwegrollten.

»Ich?« Zac klang verwirrt. »Die Prophezeiung spricht nicht von mir.«

Nun war ich verwirrt.

»Die Prophezeiung gilt für Otherside. Sie ist die Anleitung, wie man die Grenzen der Welt für immer einreißen kann.«

Zacs Worte setzten sich nur langsam in meinem Hirn fest. Eine Anleitung? Dann konnte es jedoch nicht alles sein, oder?

Als hätte er meine Gedanken gelesen, erklärte Ben: »Die Prophezeiung geht noch weiter. ›Wenn sich die Grenzen überlagern, ist die Zeit gekommen. Wenn das Fünfte dort auf sein Gegenstück trifft, sind die anderen der Schlüssel. Wenn einer siegt, wird die andere Welt untergehen.‹«

»Was?«, schrie ich auf, mein Herz pochte, drohte, meinen Brustkorb zu sprengen. »Wenn wir Elizabeth besiegen, verlieren wir die Buchwelt? Und wenn sie uns besiegt, wird unsere Welt vernichtet?«

Ich wusste nicht, was schlimmer war: der Tod oder ein Leben ohne Bücher. Für viele wäre diese Entscheidung vermutlich lächerlich. Nicht jedoch für mich. Bücher gehörten zu meinem Leben wie essen oder trinken. Etwas in mir würde zerstört werden, wenn ich nicht mehr lesen könnte. Ein wichtiger Teil von mir – und das nicht nur aufgrund meines Jobs – würde verlorengehen. Schon der Gedanke daran hinterließ eine tiefe Leere in mir.

»Was können wir tun?«, murmelte ich kopfschüttelnd vor mich hin, während ich fieberhaft nach einer Lösung suchte.

»Uns bleibt nur die Möglichkeit, sie so lange aufzuhalten, bis Samhain vorbei ist.« Ben deutete auf die Kreise zu unseren Füßen, die sich überlagerten.

»Sie wird es im nächsten Jahr wieder versuchen«, warf Zac ein.

»Dann müssen wir uns darauf vorbereiten«, sagte ich entschlossen. »Doch zuerst müssen wir sie heute Nacht aufhalten.«

Das Wie blieb ein großes Fragenzeichen und ich verschob den Gedanken daran auf später. Gerade saßen wir ohnehin in dem Bunker fest. In diesem Moment wurden Bens Augen wieder trüb.

»Die Menschen glauben, es wären Maskierte, die zu Halloween die Straßen unsicher machen«, begann er mit seiner rauen Stimme, die so emotionslos war, als würde er nur von umherziehenden Kindern berichten.

»Was meinst du?«, fragte ich.

»Sie sind überall. Vampire, Dämonen, Söldner. Sie zerren die Menschen in dunkle Gassen, nähren sich von ihnen. Sie erhalten ihre Bezahlung. Elizabeth versprach ihnen Nahrung ohne Einschränkung.«

Meine Hand erstickte den Schrei, der aus mir herausbrechen wollte. Tränen trübten meine Sicht. All die Menschen, die wir die ganzen Jahre über beschützt hatten. Doch all meine Sorgen um die Bewohnerinnen und Bewohner der Stadt verflüchtigten sich bei Bens nächsten Worten. Seine Stimme war nun nicht mehr emotionslos und distanziert. Sein Atem ging schnell, die Augen zuckten hin und her, seine Hände ballten sich zu Fäusten.

18. KAPITEL

Sie kommen den Menschen zur Hilfe. Das Mädchen hat sich verwandelt. Sie versucht, ihr Element einzusetzen, während sie davonkriecht. Der eine Junge liegt bereits am Boden, regt sich kaum mehr. Der andere zerrt das Mädchen mit sich und die Kreaturen stürzen sich auf den am Boden Liegenden.

Kälte kroch durch meinen gesamten Körper. Ben konnte nur mein Team meinen. Sie waren diejenigen, die er überwacht hatte. Ich sah alles deutlich vor mir: Coral, die mit ihrem Fischschwanz versuchte, den Angreifern robbend zu entkommen. Der Junge. Ric war immer derjenige gewesen, der an vorderster Front kämpfte. Derjenige, der den Rest des Teams bis zum Ende beschützte. Tränen liefen mir übers Gesicht. Doch ich wagte nicht, an das Schlimmste zu denken. Mechanisch schüttelte ich meinen Kopf. Wieder und wieder.

Ric war stärker als alle Personen, die ich kannte. Er würde siegen.

»Erzähl weiter!«, schrie ich Ben an.

»Das Wassermädchen und der Erdelementar sind in Sicherheit.« Er machte eine kurze Pause, sein Blick glitt hin und her, versuchte, sich zu fokussieren. Er legte die Stirn in Falten. *»Ich sehe den anderen Jungen nicht mehr. Das bedeutet …«* Seine Augen klärten sich und er sah betroffen zu Boden.

»Nein!«, brüllte ich verzweifelt. Mein Element wäre sofort aus mir herausgebrochen, hätte ich meine Kette noch bei mir. Der Schmerz, den ich empfand, drohte, mich zu übermannen. All die Jahre hätten Ric und ich bereits ein Paar sein können, was Elizabeth und Thyra verhindert hatten. Und nun hatten sie ihn mir genommen? Als sich endlich alles zwischen uns geklärt hatte? Ich wollte auf irgendwas einschlagen. Mein Element darauf schleudern. Nein, nicht auf etwas. Auf jemanden. Auf meine ehemals beste Freundin.

»Wie kommen wir hier raus?«, fragte ich kalt. Ich musste meine Emotionen abschalten, um irgendeinen klaren Gedanken zu fassen. Ich musste meine Elementarkette wiederbekommen. Dann könnte ich Ric, seine Schwester und seine Familie rächen und dabei noch die ganze Welt retten. Am liebsten hätte ich beim Gedanken daran hysterisch aufgelacht.

Doch in dem Moment klapperte ein Schlüssel im Schloss. Sofort wichen Zac und ich zu Ben auf die andere Seite des Raumes zurück. Die Tür öffnete sich langsam, als wäre derjenige, der sie aufgeschlossen hatte, unsicher. Gespannt starrte ich auf die schmale Lücke, die immer breiter wurde.

Cress trat ein, sah sich nervös um.

»Du?«, fragte ich unfreundlich. »Hat Ty dich geschickt?«

Cress presste die Lippen zusammen und schüttelte den Kopf. Schließlich schluchzte sie: »Sie hat meine Schwestern ausgelöscht.«

»Sie hat sie getötet? Dann sind sie wieder in eurer Geschichte.« Ich wollte sie eigentlich nicht beruhigen. So hatte Ty es doch von vorneherein geplant, oder?

»Nein«, schluchzte Cress. »Sie hat sie wirklich ausgelöscht. Sie sind nicht nach Hause zurückgekehrt, sondern im Nichts verschwunden. Wenn sie … Wenn sie nun auch noch mich … Ich bin die Letzte …«

Cress' Verzweiflung war so deutlich spürbar, dass ich nicht anders konnte, als mit ihr zu fühlen. Dennoch war es unmöglich, was sie sagte. Es sei denn …

»Was hat Thyra getan? Warum bist du dir so sicher, dass sie nicht zurückgekehrt sind?«

Sie zog etwas unter ihrer Jacke hervor. Ich erkannte ihre Geschichte sofort. Sie schlug das Buch auf, blätterte hektisch hin und her, drehte das Buch dann so, dass ich es lesen konnte. Ich trat näher, meine Neugierde war geweckt und alle Warnungen meines Unterbewusstseins wie weggeblasen. Zac blieb an meiner Seite. Schon mit dem ersten Blick auf die aufgeschlagenen Seiten erkannte ich, dass Cress' Name beinahe verblasst war, sodass man ihn kaum mehr lesen konnte. In meinem Kopf rasten die Gedanken. Eigentlich waren immer nur Versionen der Charaktere aus den Büchern herausgelesen worden, das Original war stets im Buch verblieben. So hatten wir es in der Ausbildung gelernt und auch nie anders erlebt. Nun jedoch …

»Wurdet ihr überhaupt herausgelesen oder irgendwie herausgezaubert?«, fragte ich und Cress zuckte mit den Schultern. Ihre Lippen waren zusammengepresst und sie war den Tränen nahe.

»Wenn wir getötet werden, verschwindet unsere Geschichte.« Sie schniefte und ich war plötzlich von Mitleid und gleichermaßen von Panik erfüllt. Der Zerfall der Buchwelt hatte also schon begonnen? Seelenlose lebten im wahrsten Sinne des Wortes hier und nicht in ihren Geschichten.

»Vermutlich hat es damit zu tun, dass auch die Verbindung zu Otherside nicht mehr auf herkömmliche Weise möglich ist«, sagte Ben. »Die Welten sind nicht mehr getrennt, sie vereinen sich. Wenn nun jemand von den falschen Leuten herausgelesen und dann getötet wird …« Er schluckte.

Mir fiel ein, dass ich nicht nachgesehen hatte, ob Zac noch in *Otherside* war, und warf ihm einen fragenden Blick zu. »Bist du …?«

Zac schien meine Frage zu verstehen, ohne dass ich sie aussprach. Traurig schüttelte er den Kopf. »Ich spüre, dass ich dort nicht mehr existiere.«

Ich schloss die Augen und dachte nach. Wenn unsere Welten nun eins waren, dann würde der Tod eines Seelenlosen auch dessen Verschwinden im Buch bedeuten. War Bella zurückgekehrt? Hingen Edward und Jacob nun tieftraurig oder sich gegenseitig an die Kehle springend in einem Buch fest, in dem der tragende Konflikt verlorengegangen war? Niemand war auf die Idee gekommen, das nachzuprüfen. Warum auch? Nie zuvor war etwas Derartiges geschehen.

»Ob es noch möglich ist, die Seelenlosen friedlich zurückzuschicken?«, überlegte ich laut.

»Ihr könnt es gern an mir testen«, sagte Cress und sah mich flehend aus großen Augen an, während sie das Ende ihres langen Zopfes um das Buch in ihrer Hand schlang.

»Dazu bräuchte ich …« Ich schluckte, als mir Rics Verlust wieder bewusst wurde. Mit aller Kraft drängte ich die Tränen zurück.

»… deine Kette. Ich weiß. Und ich weiß auch, dass Thyra sie um den Hals trägt.« In ihren Worten schwang ein »unerreichbar für uns« mit. Dennoch lächelte sie und ich sah sie fragend an. Sie straffte die Schultern und sagte: »Ich habe jedoch etwas Besseres: An der östlichen Grenze liegt eine Kette.« Sie hob die Augenbrauen und wartete, bis ich mir ihren Plan selbst zusammengereimt hatte.

Und es sprach nichts dagegen. Natürlich hing ich an meiner Elementarkette, aber es war ganz gleich, wessen Kette ich trug. Sie waren nicht personalisiert oder etwas in der Art. Es musste die Kette eines Luftelementars sein, nur dann könnte ich die darin gespeicherte Macht nutzen. Wenn Peters Theorie stimmte – der Anhänger eines Feuerelementars hatte am südlichen Ende bei dem Feuer gelegen –, wartete auf der östlichen Seite der Barriere die meines Elements.

Ben stöhnte auf und zog damit unsere Blicke auf sich. Er verwandelte sich zurück. »Lasst uns sofort gehen«, sagte er, während er seine Gelenke knacken ließ. Die Rückverwandlung schien nicht ganz so schmerzhaft zu sein.

Es ist zu einfach, warnte mich mein Unterbewusstsein, doch ich hörte nicht darauf. Ich wollte hier raus, wollte Ric rächen, wollte die Buchwelt retten und auch alle Menschen dort draußen. Weder auf dem Weg aus dem Bunker heraus, der einem Labyrinth glich, noch auf der Strecke zum nördlichen Ende der Elementarzone begegneten wir irgendjemandem. Meine Bedenken, die ich äußerte und die ununterbrochen in meinem Kopf widerhallten, schmetterte Cress ab.

»Alle sind in der Stadt, sie nehmen die ihnen versprochene Nahrung zu sich«, sagte sie. »Thyra hat keine normalen Menschen in diese Welt geholt. Sie alle leben auf irgendeine Weise von der Energie der Menschen. Ihrem Blut, ihrer Seele, ihrem Fleisch. Die Stadt muss einem Horrorszenario gleichen.«

Selbst wenn sich mir beim Gedanken daran der Magen umdrehte, so hoffte ich zumindest, dass die Menschen außerhalb unserer Stadt verschont blieben und die dortigen Wächter nur ihre üblichen Seelenlosen jagten. Es war ein schwacher Trost, aber er zeigte mir, wofür ich das hier tat.

Während wir die Barriere entlang zwischen Bäumen, Büschen und Sträuchern umherhuschten und sich Zac ständig umsah und Feinde zu erspüren versuchte, machte ich mir Gedanken darüber, was wir unternehmen sollten, wenn wir die Elementarkette hätten. Wo war der Rest meines Teams? Coral und Peter waren entkommen, hatte Ben gesagt.

»Könntest du dich verwandeln und mir zeigen, wo wir meine Freunde finden?«, flüsterte ich. Hier, versteckt im Gebüsch, wäre die Verwandlung sicher weniger Aufsehen erregend als später in der Stadt, wo sich die östliche Grenze mittlerweile anscheinend befand.

Ben verzog das Gesicht, die bevorstehenden Schmerzen spiegelten sich in seinen Augen. Dennoch nickte er langsam. Er hob einen dicken Ast vom Boden und biss darauf. Sein Körper begann, zu zucken, doch er gab keinen Laut von sich. Mir war, als würde ich seine unterdrückten Schmerzen spüren, das Gefühl lähmte mich und ließ sich auch nicht abschütteln, als er mit einem gestellten Lächeln im Halbwolfsgesicht vom Boden aufstand, den Ast aus dem Mund nahm und Holzsplitter ausspuckte.

Seine Augen trübten sich und seine Stimme bekam den rauchigen, neutralen Klang. *»Der Junge ist allein. Vielleicht musste er die Wasserfrau zurücklassen.«* Seine Augen sahen aus, als würde Ben versuchen, etwas zu fixieren, das außerhalb seiner Sicht lag. *»Ich kann das Mädchen nicht mehr finden.«*

Seine Worte fuhren mir wie ein Dolchstoß in die Brust. Erst Ric, jetzt Coral. Erneut verdrängte ich die Schmerzen, die mich zu ersticken drohten. Es gab nur noch ein Ziel: Wir mussten die Menschen beschützen. Eine stumme Träne bahnte sich ihren Weg über meine Wange. Ich wischte sie mit dem Handrücken weg und straffte meine Schultern.

»Lasst uns weitergehen. Es liegt noch ein beträchtlicher Weg vor uns. Die Elementarzone breitet sich immer weiter aus«, rief Cress uns zur Eile auf.

Ich nickte und wandte mich beim Losgehen an Ben: »Sobald du etwas Neues erfährst, gib mit bitte sofort Bescheid.« Ich biss mir fest auf die Lippen, versuchte, tapfer zu sein. Doch je länger wir die Grenze entlanggingen, desto mehr Bilder von Coral drängten sich in meinen Kopf. Wie sie bei unseren Einsätzen stets die Ruhe bewahrt hatte. Wie ihr Gesang uns so viele Male aus der Patsche geholfen hatte. Wie sie es immer geschafft hatte, den Frieden im Team zu bewahren, wenn Ric wieder einmal alles andere als freundlich gewesen war. Ich schluchzte und rieb mir die Tränen aus den Augen, die meine Sicht verschleierten.

Zac griff nach meinem Arm und bewahrte mich davor, über eine Wurzel zu stolpern. Ric hatte mich immer zur Weißglut gebracht, war die nervigste Person, die ich kannte. Zumindest hatte ich versucht, mir das einzureden. Doch tatsächlich war es so nie gewesen, gestand ich mir kopfschüttelnd ein. Selbst Ty hatte das erkannt. Ich erstarrte beim Gedanken an sie. Sie hatte mir zuletzt zu Ric geraten. Und sie hatte nichts ohne Hintergedanken gemacht. Warum war ihr meine Beziehung zu Ric doch noch wichtig gewesen, obwohl sie uns jahrelang hatte auseinanderbringen wollen?

Ich wandte mich zu Ben um, der halb stolpernd auf seinen haarigen Beinen neben Cress herlief. »Warum, glaubst du, hat Thyra zuletzt versucht, mich mit Ric zusammenzubringen? Dem Feuerjungen«, fügte ich hinzu.

Ben setzte gerade zu einer Antwort an, als Cress zischte: »Nicht jetzt! Wir müssen still sein. Hier in diesen Gassen könnten überall welche von ihnen sein.«

In diesem Moment ließen wir die letzten Bäume hinter uns und überquerten eine schmale Straße zum Industrieviertel der Stadt. Ben schloss den Mund wieder, blieb mir eine Antwort schuldig. Von irgendwoher waren Schreie zu hören. Schmerzerfüllte Laute, die sich mit einem Kreischen vermischten, das mir eine Gänsehaut bescherte. Mit Zac vorneweg schlichen wir die großen Hallen entlang, ohne einem der Seelenlosen zu begegnen. Die Schreie ihrer Opfer begleiteten uns jedoch auf dem Weg.

Sie rissen auch nicht ab, als wir ein Wohnviertel erreichten. Rascheln drang aus einem Garten zu uns, der sich hinter einer hohen Hecke verbarg. Kurz bevor wir das Grundstück passiert hatten, bewegten sich die Heckenpflanzen – ein Söldner sprang hindurch und stellte sich uns mitten in den Weg. Zac hob sofort die Hände.

»Sieh an, sieh an«, sagte der Söldner spöttisch. »Der berühmte Zacharias Clay.« Er sah von mir zu Cress und weiter zu Ben. »Und du hast mir Nahrung mitgebracht.« Sein Mund verzog sich zu einem breiten Grinsen.

»Niemals«, sagte Zac mit fester Stimme und schob mich weiter hinter sich. »Jael, du hast noch nie gegen mich gewonnen und heute wird da keine Ausnahme sein.« Seine Hand begann, zu glühen. Doch das war nur ein Ablenkungsmanöver. Aus den Augenwinkeln registrierte ich, wie sich die Schatten der Heckenzweige verdunkelten. Des Sieges gewiss lächelte ich leicht.

Doch ich hatte mich zu früh gefreut. Die Schatten wurden nicht von Zac kontrolliert, sondern von einem Söldner, der sich in diesem Moment neben uns auf der Straße materialisierte. Zodan.

»So trifft man sich wieder, Verräter«, sagte er mit einem selbstgefälligen Ausdruck in den Augen. Wir wandten uns ihm halb zu, mein Blick glitt zwischen Zodan, Jael und den Schatten hinter uns hin und her. Letztere verdichteten sich unter der Hecke immer weiter. Wir waren von drei Seiten eingekesselt.

»Verschwindet«, flüsterte Zac mir ins Ohr. »Ich werde sie ablenken.«

Nein!, dachte ich. Wenn er starb, wäre er für immer verloren. Er würde nicht nach Otherside zurückkehren. Noch jemanden konnte ich nicht opfern, weswegen ich den Kopf schüttelte. Er schob mich in Richtung des einzigen Fluchtwegs. Cress zog an meinem Arm. Sie und Ben waren bereit loszurennen.

Dann ging alles ganz schnell. Zac schleuderte ein blau-leuchtendes Geschoss auf Jael, der die Gefahr nicht hatte kommen sehen. Zodan ging zum Angriff über und hetzte die Schatten auf Zac, der sich jedoch verteidigen konnte. Ben schnappte meinen anderen Arm und ich wurde weggezerrt. Ich brachte keinen Ton über die Lippen, stolperte nur rückwärts, den Blick fest auf Zac gerichtet, der sich gegen Zodan auf der einen und die Schatten auf der anderen Seite verteidigte. Auch Jael kam wieder zu sich und schmetterte einen dämonischen Feuerball auf Zac, der laut aufstöhnte.

Die beiden Söldner waren frisch genährt, hatten die Kraft ihrer Opfer im Körper, sie waren nahezu unbesiegbar und in der Überzahl. Das Letzte, was ich sah, als ich um eine Ecke gezerrt wurde, war, dass Zac zu Boden ging. Ich wollte zusammenbrechen, Bilder all meiner Erlebnisse mit Zac zogen an mir vorüber. Doch Cress und Ben ließen es nicht zu.

»Beeil dich. Die Elementarkette ist nicht mehr weit entfernt. Du kannst ihn nicht retten«, sagte Cress und zog immer weiter an meinem Arm. Ich drehte mich in Laufrichtung, stolperte unentwegt auf geradem Boden, konnte vor lauter Tränen nichts mehr erkennen. In einer Nacht hatte ich alles verloren.

Plötzlich umfing mich eine warme Brise, strich mir über die Wange und trocknete die Tränen.

»Natalia?«, flüsterte ich und Cress' Kopf schoss in meine Richtung. Die Brise flaute sofort ab. Cress musterte mich argwöhnisch. Ich schüttelte den Kopf und murmelte tonlos: »Sie alle sind verloren.«

Ein Lächeln umspielte ihre Lippen, ehe sie ihr Gesicht wieder unter Kontrolle hatte und mich voller Mitleid ansah.

»Alles wird gut«, versuchte sie, mich zu motivieren, während mich nur ein Gedanke auf den Beinen hielt: Sie spielte nicht für mein Team. Aber was hatte Thyra vor? Natürlich waren wir nur so einfach aus dem Bunker gekommen, weil sie es so gewollt hatte. Warum hatte sie mich laufen lassen? Die Ideen kreisten in meinem Kopf, doch keine war logisch genug, um als Antwort zu gelten.

Mehrere Abzweigungen später hielt Cress an. Wir standen vor einem Mehrfamilienhaus im östlichen Wohnviertel der Stadt. Ric wohnte ein paar Straßen weiter in Richtung Zentrum. Die Barriere hatte beinahe die ganze Stadt im Griff. Cress öffnete das kleine Tor, das hinter das Haus führte, und betrat den dunklen Garten.

»Hier ist es«, sagte sie nahezu feierlich.

Ein starker Windstoß kam auf und stellte sich mir entgegen, als ich hinter Cress den Garten betreten wollte. War es Thyra? Ich wusste nur eines: Wenn ich die Kette trug, würde ich mich wieder verwandeln können und hätte endlich die Möglichkeit, zu kämpfen. Ich stemmte mich dem Wind entgegen. Ben schob mich von hinten unterstützend an. Hinter dem Haus flachte der Luftzug so schnell ab, dass ich nach vorne kippte. Cress kniete bereits vor einer Hecke und schob die Zweige auseinander. Nachdem sie gefunden hatte, was sie suchte, brach sie alle Äste des Busches ab, bis ich das Funkeln sah. Die Elementarkette lag da, als würde sie auf mich warten. Ich glaubte, dass sie mich rief, konnte das Flüstern meines Elements aus ihrer Richtung hören.

Magnetisch angezogen ging ich auf sie zu und hockte mich neben Cress. Mit der Hand griff ich bereits nach der Kette, als ich bemerkte, dass sich Cress und Ben bedeutungsschwere Blicke zuwarfen. Ich erstarrte in meiner Bewegung. Sie wollten, dass ich die Kette nahm. Aber warum? Meine Hand zog sich ohne mein Zutun zurück und ich richtete mich auf.

»Was ist?«, fragte Cress, die Stirn in Falten gelegt.

Ich schüttelte den Kopf. »Was passiert, wenn ich die Kette wegnehme?«

»Du wirst deine Elementarkräfte wiederbekommen«, antwortete Cress schnell. »Und du kannst uns helfen, Elizabeth aufzuhalten«, fügte sie hinzu.

»Nein!«, sagte ich mit fester Stimme. »Sag mir, was wirklich passiert, wenn ich die Kette an mich nehme.«

Cress rang nach Worten, als ein Flüstern an meine Ohren drang: *»Du wirst die Barriere auflösen und die Seelenlosen können fliehen.«*

Natalia? Oder wieder ein Trick von Thyra? Die Seelenlosen konnten doch auch so über die Grenze.

»Nicht, seit sich die Welten noch weiter überlagern«, flüsterte der Wind. *»Die Barriere, die sie selbst geschaffen hat, hält nun alle Seelen-*

losen, die von ihr für ihre Zwecke herausgelesen worden sind, innerhalb der Grenzen gefangen und kann nicht von Thyra durchbrochen werden. Sie kann die Elementaranhänger nicht einmal mehr berühren – keiner von ihnen kann es. Sie braucht einen Luftelementar. Ganz gleich, welche Pläne sie genau verfolgt, diese würden sich auf unsere Stadt beschränken. Ihr bleibt nicht mehr viel Zeit.«

Im selben Moment gingen mir mehrere Gedanken durch den Kopf. Cress hatte behauptet, Thyra trüge meine Kette, was mit dem Wissen, dass Thyra sie nicht berühren konnte, eine Lüge war. Vielleicht hatte sie wirklich geplant, die Barriere selbst aufzulösen, die Ketten einfach wegzunehmen und all die Kreaturen in die Welt zu entlassen, indem sie die Elemente aus ihrem Kreis entließ? Doch anscheinend hatte die Überlagerung der Welten auch für sie nicht vorhersehbare Probleme mit sich gebracht und es war anders gekommen, als sie geplant hatte.

Und nun war ich im Begriff, die Seelenlosen, die innerhalb der Barriere gefangen waren, auf den Rest der Welt loszulassen? Niemals!

Cress sprang auf und richtete ihre Hand drohend gegen die körperlose Stimme. »Die Stimme lügt!«, zischte sie, die Augen vor Zorn zu schmalen Schlitzen verzerrt. »Thyra will dich verwirren.«

Das hätte ich an ihrer Stelle auch behauptet und trat einen Schritt zurück. Sie sah kurz von mir zu Ben.

Als ich ihr Nicken sah, war es bereits zu spät. Ben hatte mir einen Stoß versetzt und ich landete auf meinem Hintern in dem Busch. Cress sprang auf mich und drückte mich zu Boden. Ben hielt meine Beine fest, sodass alles Strampeln und Winden nichts brachte. Ohne mein Element war ich nicht stark genug. Cress schnappte sich meine Hand und drückte sie über meinem Kopf zu Boden. Ich wehrte mich, konnte sie kurzzeitig aufhalten, doch Cress war stärker als ich.

In dem Moment, in dem mein Handrücken den Elementaranhänger berührte, durchfuhr mich ein Stromstoß und mit Leichtigkeit schleuderte ich Cress und Ben von mir weg. Ein Hurrikan tobte um mich herum, materialisiert aus all der Trauer, dem Zorn und der Enttäuschung, die sich in mir angestaut hatten. Binnen Sekunden waren Cress und Ben verschwunden. Von mir und meinem Element getötet.

»Du musst dich beeilen«, flüsterten mir die Winde zu und hoben die Kette vom Boden auf. »Die Barriere ist zerstört, die Seelenlosen, die aus all den Büchern kommen, drängen nach draußen.«

Nachdem ich mir die Kette über den Kopf gezogen hatte, fühlte ich mich wie neugeboren. Die Macht meines Elements pumpte durch meine Adern – doch zu welchem Preis?

»Finde Ric«, flüsterte es mir zu und ich erstarrte bei seinem Namen.

»Er lebt?«, fragte ich ungläubig in die dunkle Nacht hinein.

»Ihr wurdet in die Irre geleitet. Er befindet sich auf dem Weg an die südliche Grenze«, antwortete mir der Wind.

Schneller als jemals zuvor schrumpfte ich in mich zusammen und befreite mich aus dem Kleiderberg, der sich über mir auftürmte. Wie der Wind zischte ich durch die Gassen. Wenige Straßen weiter sah ich die ersten Seelenlosen. Es war eine Armee aus den unterschiedlichsten Charakteren, die auf dem Weg zur geöffneten Seite der Elementarzone jeden einzelnen Menschen überrannten. Die Szene glich einem Albtraum. Die Menschen, die noch unterwegs waren, hatten keine Chance.

Wie spät war es? Ich sah zum Kirchturm. Weniger als eine halbe Stunde bis Mitternacht. Die Kinder, die für Süßigkeiten um die Häuser zogen, waren längst in ihren Betten, hoffte ich zumindest.

Die Schmerzensschreie der Menschen stiegen zwischen den Gassen auf und echoten in meinem Kopf. Ich war eine Wächterin, ich war dazu auserkoren, diese Menschen zu beschützen. Doch alleine konnte ich nichts ausrichten. Mit Tränen in den Augen nahm ich den Blick von den Opfern und flog weiter zur südlichen Barriere. Nur zusammen würden wir sie aufhalten können.

»Was habt ihr vor?«, hörte ich eine wohlbekannte Stimme beinahe knurren, als ich an den letzten Häusern der Stadt ankam.

Mein Herz tat einen Satz, erneut drängten sich Tränen in meine Augen. Freudentränen. Ich horchte, woher die Stimme kam und entdeckte Ric vor einem Holzzaun, die Hände zu Fäusten erhoben. Direkt vor ihm standen Cress und ein halbverwandelter Werwolf, der Ben zum Verwechseln ähnlich sah.

Wieder waren wir auf sie hereingefallen! Alles war eine Lüge gewesen, um uns dorthin zu bringen, wo Elizabeth und Thyra uns haben wollten.

»Du kannst Lins Tod nur rächen, wenn du dein Element hast«, redete Cress auf Ric ein. Bei ihren Worten zuckte Schmerz über Rics Gesicht, was mich angesichts der Situation eigentlich nicht hätte zum Lächeln bringen sollen. Dennoch wurde es mir warm ums Herz.

Ric ging mit langsamen Schritten auf die Elementarkette zu, hielt dann jedoch inne. Auch ihm war anscheinend seine Kette abgenommen worden – trüge er seine eigene Kette noch, würde er keinen Anhänger benötigen. Und vermutlich hatte diese Cress ihm genau dieselbe Geschichte aufgetischt wie mir. Als ich Cress' Nicken sah, schleuderte ich einen Windstoß auf den Ben-Zwilling, der ihn zu Boden riss. Ric reagierte blitzschnell. Cress schrie erschrocken auf, als Ric sie an ihrem Zopf packte und an der Flucht hinderte. Ohne mit der Wimper zu zucken, warf ich mein Element auf Cress und Ben, bis sich diese auflösten.

Danach flatterte ich auf Rics ausgestreckte Hand. »Ich habe nie daran gezweifelt, dass du lebst«, sagte er leise und seine Worte ließen mich erschaudern.

Ohne einen einzigen Gedanken an Scham zu verschwenden, verwandelte ich mich und Ric presste mich an sich, sodass ich beinahe zu ersticken drohte. Ich schluchzte, so froh war ich darüber, dass er am Leben war. Während ich ihm erzählte, was ich von meinem Element erfahren hatte, strich er mir immer und immer wieder über den Rücken.

»Wenn ich die Kette an mich nehme, wird auch diese Seite der Grenze offen sein«, schlussfolgerte er und ich nickte. »Aber ich kann ohne nicht kämpfen, mich nicht verwandeln.« Erneut drangen Schreie an unsere Ohren.

»Die Stadt ist voll von ihnen«, begann ich. »Jenseits der Stadtgrenzen kommt erst einmal eine lange Zeit nichts.« Nie zuvor war ich so froh darüber gewesen, dass sich unsere Stadt im Nirgendwo befand. »Aber ich bin mir sicher, dass wir unsere Elemente brauchen werden, um Elizabeth aufzuhalten.«

Diese Aussage genügte Ric und er griff nach der Kette mit dem Feuersymbol. Als er sich wieder aufrichtete, musterte er mich mit einem Blick, der mir ein Schaudern über den Rücken jagte. »Du bist nackt«, raunte er und schluckte.

Die in dieser Situation vermutlich unangebrachtesten Gedanken schossen mir durch den Kopf, als uns ein starker Windstoß zur Besinnung brachte.

»Schwesterherz«, sagte Ric grinsend und pflückte etwas über meinem Kopf aus der Luft. Etwas, das aussah wie ein Nachthemd aus dem Mittelalter. Er krempelte es zusammen und zog es mir über den Kopf wie einem Kleinkind. Ich wollte eben in die Ärmel schlüpfen, als er mich fest an sich drückte und mir einen Kuss gab, der mir die Knie weichwerden ließ. Für einen winzigen Moment blieb die Zeit stehen. Erst dann trat er zurück und ich konnte meine Arme befreien. Der Kuss war ein Versprechen.

»Entschuldige, das musste sein«, sagte er nicht zu mir, sondern in den Wind, der ihm die Haare zerzauste.

Ich lachte kurz auf, ehe wir Natalias Drängen nachgaben und ihrem Lufthauch folgten, ohne zu wissen, wohin er uns führen würde.

Ric und ich rannten den Radweg entlang, der die Stadt auf der südlichen Seite von den angrenzenden Feldern trennte, während wir verglichen, was uns gesagt worden war. Unsere Elemente sorgten dafür, dass wir weder aus der Puste kamen, noch meine nackten Füße verletzt wurden. Wir hielten gerade auf Höhe des Parks, der das westliche Ende der Stadt bildete, als wir die Präsenz von Erde und Wasser spürten. Absolute Stille umgab uns. Hier waren keine Schreie zu hören. Die Seelenlosen tobten in der Stadt.

Die Kirchturmuhr schlug dreimal. Wir hatten nur noch fünfzehn Minuten bis Mitternacht, bis die Grenzen übereinanderliegen würden und eine der Welten für immer zerstört sein würde. Der Klang der lauten Glockenschläge hallte wider und wider, als würde mein Element dafür sorgen, dass wir die Zeit nicht aus den Augen verloren.

»Warum hat Natalia uns hierhergeführt?«, fragte ich, als wir den Park an der Westgrenze passierten. Hier roch es nach abgestandenem Wasser, Algen … Salzwasser?

Ric sog ebenfalls die Luft ein, als witterte er. »Coral?«, sprach er auch meinen ersten Gedanken aus.

Wir verlangsamten unseren Schritt und folgten dem Geruch zwischen den Bäumen entlang ins Innere des Parks. Schon nach kurzer Zeit hörten wir Corals Gesang. Sofort rannten wir los. Als wir durch das Gehölz auf eine Lichtung brachen – die Lichtung, auf der alles begonnen hatte –, sahen wir Coral am Rand des Teiches auf dem Boden sitzen. Ihr gegenüber, mit dem Rücken zu uns, standen sechs Gestalten, vermutlich Seelenlose, die immer wieder in Corals Richtung zuckten. Einzig ihr Gesang konnte sie von ihr fernzuhalten.

Als sie uns hörten, wandten sie sich zu uns um. Vampire. Ihre Zähne waren gebleckt, die Augen stachen blutrot aus den bleichen Gesichtern hervor. Sie stürzen auf uns zu. Meine Hand glitt wie von selbst zu Rics Arm, um meine Elementarkraft mit ihm zu teilen. Er rief das Feuer und schleuderte es auf die vordersten Vampire. Die beiden zerfielen im Lauf zu Staub, durch den die Verbliebenen brachen. Der nächsten Feuersalve wichen sie aus. Ich wollte mich gerade verwandeln, als Corals Gesang erneut ertönte und die Vampire dadurch langsamer wurden. Im selben Moment sprießten Wurzeln aus dem Boden hervor und pfählten zwei der Vampire, die sofort zerfielen. Die letzten beiden sahen sich an und beschlossen, zu fliehen, doch Ric traf sie mit zwei weiteren Feuerbällen.

Erleichtert atmete ich tief ein und aus und lächelte in Richtung der dichten Bäume neben dem Teich. Peter trat in zerfetzter Kleidung hervor, ging direkt zu Coral und half ihr, sich aufzurichten. Ric und ich liefen zu den beiden. Mein Team war vereint. Wohlbehalten! Ich konnte mein Glück kaum fassen. Doch es blieb keine Zeit für Wiedersehensfreude.

»Wir müssen zum Marktplatz«, sagte Peter und lief los.

Wir folgten ihm, ohne weitere Fragen zu stellen. Er war es schließlich, der die Verbindung zur Erde hatte. Unterwegs fragte Ric, was genau Peter und Coral zugestoßen war, nachdem sie von den Seelenlosen getrennt worden waren. Beide wurden von einer Art Magie betäubt und wachten getrennt voneinander ohne Elementarkette in einem Bunker auf. Mit einem Medium namens Ben, das berichtete, dass Ric nach seinem Kampf nicht mehr von Ben auffindbar gewesen sei; ich dagegen hätte mich in einem Kampf befunden und sei kurz danach verschwunden.

Coral hatte er erzählt, dass Peter ebenso verloren sei, bei Peter andersherum. Wie aus dem Nichts war Cress mit der vermeintlichen Lösung aufgetaucht. Genau wie bei Ric und bei mir. Die ganze Story über die herausgelesenen Charaktere, die komplett ausgelöscht worden waren, war eine Farce.

Einzig Zac passte nicht dazu. Hatte Thyra ihn als zusätzlichen Lockvogel für mich eingesetzt? Musste er unterwegs sterben, um mich schneller dazu zu bringen, die Barriere für sie zu öffnen oder mich zu isolieren? Hatte Zac mich wirklich vor Zodan und Jael gerettet oder waren sie jetzt gemeinsam auf der Jagd? Zac war der Schlüssel, wurde so oft gesagt. Doch auf wessen Seite stand er?

»Wir sind gleich da«, unterbrach Peter meine Gedanken. »Wir sollten uns verwandeln, bevor wir uns zeigen.«

Ich überlegte, ob das wirklich die beste Lösung war. Für mich und Ric war es kein Problem, in unserer Elementargestalt vorwärtszukommen. Coral und Peter jedoch waren da etwas schwerfälliger.

Wir hielten in der Gasse an, in der wir Bella vernichtet hatten. Im Schatten der Gebäude berieten wir uns. Wir einigten uns darauf, dass Ric Coral stützen konnte und Peter nicht sehr viele Schritte tun musste, ehe wir uns dem Tumult auf dem Marktplatz stellten. Gekämpft wurde anscheinend nicht, wir hörten kein Geschrei oder Menschen, die vor Angst davonstürmten. Es klang eher nach einer Party. Thyra musste gedacht haben, dass wir den entflohenen Seelenlosen folgen würden.

Binnen Sekunden umfing uns der Duft von Feuer, Wasser, Erde und Luft, ehe sich unsere Körper in ihre Elementargestalten wandelten. Ric, der Drache, stützte Coral wie geplant und nahm sie anschließend auf einen Arm. Den anderen hielt er erhoben, als wir langsam aus dem Schatten heraus auf den Marktplatz traten. Peter in seiner raschelnden und knarzenden Nymphengestalt war alles andere als unauffällig, dennoch zogen wir keinen Blick auf uns.

Der Marktplatz war nicht wiederzuerkennen. Manche Teile, wie das *Milk & Sugar*, stammten aus unserer Welt. Andere, wie der antike Brunnen mit einem Dach aus morschem Holz, schienen einer Geschichte entsprungen zu sein. Je länger ich mich umsah und die Gestalten auf dem Platz musterte, desto sicherer war ich mir, aus welcher. Die kleine Bude am anderen Zugang zum Platz gab dann den Ausschlag: Sie stammte unverkennbar aus *Otherside*. Und mir fiel noch etwas anderes auf, als ich meinen Blick schweifen ließ: Genau so hatte ich mir den zentralen Handelsplatz von Erea, Otherside Hauptstadt, vorgestellt. Selbst die Gebäude um uns herum hatten in Erea ihren Platz – war meine Fantasie der Grund hierfür? Hatte ich die mir bekannte Umgebung auf Othersides Hauptstadt projiziert?

»Gleich ist es so weit«, dröhnte eine Stimme über den Platz. Thyra. Ich versuchte, sie unter all den Anwesenden zu erkennen. Söldner, Vampire, Wölfe, die ihre Euphorie mit einem Heulen kundgaben. Doch nirgendwo konnte ich Ty entdecken. Plötzlich teilte sich die jubelnde Menge und ich sah, wie eine kleine Gestalt durch die Meute schritt. Die Seelenlosen verneigten sich vor ihr. Auf der anderen Seite des Platzes betrat sie eine Art Podest, das mir bisher nicht aufgefallen war.

»Nur noch wenige Minuten«, versprach sie mit fester Stimme. »Aber ich sehe, dass die Stars der heutigen Nacht bereits eingetroffen sind.« Die Menge sah sich um. »Heißt sie in unserer Mitte willkommen: Riccardo Fiorenzo, Melinda East, Coral Delta, Peter Bernstein und …«. Sie deutete auf die vier Söldner, die eine Trage durch die Zuschauer bugsierten und fügte dann hinzu: »Natalia Fiorenzo.«

19. KAPITEL

Es hat begonnen. Bist du bereit?

Ric neben mir war erstarrt. Ich flog vor seinem Gesicht hin und her, doch in ihm zeigte sich keinerlei Regung. Für einen kurzen Moment dachte ich über die Frage nach, ob ein Drache in Ohnmacht fallen konnte, und überlegte fieberhaft, wie ich den Koloss vor einem Sturz bewahren könnte. Peter schien ähnliche Gedanken zu hegen. Er kam zögerlich näher und seine Äste reckten sich der mit ihrem Fischschwanz zuckenden Coral entgegen, um sie im Ernstfall aufzufangen.

Als der erste der vier Glockenschläge ertönte, die die volle Stunde einläuteten, verstummte die Menge. Es war Mitternacht. Samhain. Die Zeit schien plötzlich langsamer zu vergehen. Beim zweiten Schlag waren die Söldner mit der Trage bereits bei Thyra auf dem Podest. Beim dritten Schlag hatte diese das weiße Tuch von der reglosen Person genommen.

Noch ehe der vierte Schlag ertönte, hatte Ric Coral an Peter übergeben und war losgestürmt. Ich flog ihm hastig hinterher. Beim letzten dumpfen Glockenschlag sank Ric neben dem leblosen Körper seiner Schwester auf die Knie und griff nach ihrer Hand. Das Mädchen sah nicht so aus, als wäre sie seit Jahren tot. Eher glich sie dem schlafenden Schneewittchen, das nur darauf wartete, aufgeweckt zu werden.

Der erste der zwölf melodischen Glockenschläge, doppelt so laut wie die vorherigen, hallte über den Platz und dröhnte in meinen Ohren. Ich sah, wie Natalia die Augen öffnete und Ric erschrocken zurückwich.

Gong.

Natalia erhob sich. Erst jetzt fiel mir auf, dass ihre Umrisse bei jeder Bewegung verschwammen.

Gong.

Thyra sprang auf Natalia zu und umarmte sie. Das geflüsterte Wort füllte die Stille bis zum nächsten Schlag: »Mutter.«

Gong.

Ric stand bewegungslos da, sein Gesicht jedoch spiegelte etliche Emotionen wieder, von Schock über Wut über tiefsten Hass.

Mit einem Mal erkannte ich das große Ganze. Ich sah, auf was Thyra all die Jahre hingearbeitet hatte. Das fünfte Element brauchte einen Körper in der realen Welt – eine Art Anker, wie ich es schon in so vielen Büchern gelesen hatte – und der seines lichten Gegenstücks schien wie geschaffen dafür.

Gong.

Die Luft über dem Marktplatz verdickte sich, Hitze breitete sich aus. Noch vor dem nächsten Glockenschlag war meine Haut von Feuchtigkeit überzogen, der Boden begann, zu vibrieren, und die Seelenlosen taumelten.

Gong.

Die Elemente waren präsent wie nie zuvor. Ric sprang auf und schrie etwas in die Nacht, was im nächsten Schlag unterging.

Gong.

Ric schleuderte sein Element auf die Seelenlosen, die ihm im Weg standen, als er sich den Weg zurück zu Peter und Coral bahnte.

Gong.

Ric und Peter nahmen Coral in ihre Mitte, streckten mir ihre freien Hände entgegen.

Gong.

Der Flug durch die elementgetränkte Luft war nahezu unmöglich. Mit letzter Kraft erreichte ich Ric und landete auf seiner Hand. Peter legte einen zarten Trieb daneben.

Gong.

Ich schloss den Kreis. Die magische Barriere, die unsere Verbindung anzeigte, breitete sich aus wie eine Druckluftwelle und warf die Seelenlosen zu Boden.

Gong.

Die Luft flimmerte, ein schimmernder Schleier schwebte von oben herab wie ein seidenes Tuch. Buchstaben leuchteten darauf auf. Unzählige Wörter segelten zu Boden, bedeckten alles und jeden mit ihrer Geschichte.

Der letzte Glockenschlag ertönte und die Welt um uns herum explodierte in einem grellen Licht.

20. KAPITEL

Willst du das wirklich?
Welchen Preis bist du bereit, für deine Freiheit zu zahlen?

Als ich meine Augen aufschlug, lag ich auf dem Boden. Es duftete nach Rauch, einem behaglichen Kaminfeuer. Wohlige Wärme umgab mich und ich erlag für einen kurzen Augenblick der Versuchung, an diesem wundervollen Moment festzuhalten, ehe mich die Realität einholte.

Nein, ich befand mich nicht auf dem Boden. Ich lag auf Rics Brust, den die Explosion auf den Rücken geworfen hatte. Ein Stöhnen entfuhr ihm, als er langsam zu sich kam.

Ich hob meinen Kopf und sah mich um. Coral und Peter lagen direkt neben uns, bewegten sich ebenfalls. Wie viel Zeit war vergangen? Ric richtete sich auf. Hastig schlug ich mit meinen Flügeln, um nicht auf dem Boden zu landen.

Und dann sah ich es: Endlose Ströme von Seelenlosen traten aus dem Schleier aus leuchtenden Buchstaben hervor, der einfach alles überzog. Es schien, als würden sie direkt aus der Mauer des Rathauses treten oder sich aus dem Kopfsteinpflaster erheben. Unter ihnen waren normale Menschen, aber auch auf den ersten Blick erkennbare Monster wie Dämonen oder blutrünstige Vampire. Sie strömten in alle Himmelsrichtungen, die Gassen rund um den

Marktplatz waren bereits so verstopft, dass lediglich die geflügelten Wesen aus dem Gedränge fliehen konnten.

Wenig später sah ich auch, weshalb die Seelenlosen nicht weiterkamen. Im Gegenteil. Sie wurden auf den Platz zurückgedrängt. Ich erkannte Josh, Laurie, Kenneth und Lara, die mit all ihrer Elementarkraft gegen die Seelenlosen vorgingen und immer mehr von ihnen am Entkommen hinderten.

Dennoch nahm der Strom, der sich aus den Wörtern ergoss, nicht ab. Ich sah die wildesten Kreaturen, mal bis ins Detail, mal nur grob skizziert. Werwölfe, Minotauren, Zentauren. Und ganz gleich, ob sie irgendwann in ihren Geschichten zur guten Seite gehört hatten: Ihr Überlebenswille war stärker als ihre Entscheidung für Gut oder Böse. Sie wollten leben, wollten unsere Welt übernehmen, wenn ihre unseretwegen nach und nach zerstört worden war.

Und sie waren in der Überzahl. So viele, dass ich erst höher fliegen musste, um zu sehen, was auf der anderen Seite des Platzes vor sich ging. Für einen Moment vergaß ich, mit meinen Flügeln zu schlagen, und sackte nach unten. Ric bemerkte es sofort, obwohl er gerade einen Feuerball nach dem anderen in die Menge schleuderte. Ich stieg wieder höher und deutete zum Podest.

In seiner Drachengestalt war Ric groß genug, um die meisten der Kreaturen zu überblicken, die einer immer dichter werdenden lebenden Masse glichen. Ich konnte genau erkennen, wann er realisierte, was er vor sich sah.

Auf dem Podest befanden sich zwei Schemen, die nur noch entfernt den Menschen glichen, die sie einmal gewesen waren. Knapp fünfzig Meter von uns kämpfte Licht gegen Dunkelheit. Beide hatten die zierliche Gestalt von Natalia, die langen fliegenden Haare, die bei jedem Schlag oder Aufruf eines Elements wirbelten. Es sah aus wie ein perfekt inszenierter Showkampf mit jeder Menge Special Effects. Natalia schleuderte einen starken Windstoß auf Elizabeth, der diese jedoch nur kurz ins Taumeln brachte, ehe sie mit einem Feuerball darauf reagierte. Im letzten Moment errichtete Natalia eine Barriere aus Wasser vor sich, die das Feuer sofort zum Erlöschen brachte. Es war ein beeindruckendes Schauspiel. Dabei verkörperten die beiden exakt ihr Überelement. Während Natalia leuchtete wie die unzähligen Buchstaben um mich herum, glich ihre Gegnerin einem Schatten, der jegliche Farbe wie ein schwarzes Loch aufsog. Elizabeth und Thyra kämpften nicht nur für ihre Welten, sondern auch um den Körper, der nun wieder leblos auf der Trage lag. Natalia hatte Elizabeth den Platz streitig gemacht und sie in dasselbe körperlose Dasein gezwungen, in dem sie die letzten Jahre existiert hatte.

Schon nach wenigen Sekunden sah ich, dass der Kampf ausgeglichen war. Niemals würde eine über die andere siegen können. Sie waren zwei Teile eines Elements, die Kehrseiten einer Medaille und sich mehr als ebenbürtig. Während weitere Seelenlose von den Wächtern, die sich zum Platz durchgekämpft hatten, vernichtet wurden, ging mir ein Gedanke nicht mehr aus dem Kopf: Es war ausweglos. Selbst wenn Natalia es schaffen sollte, Elizabeth so lange aufzuhalten, bis sich die Welten nicht mehr genau überlagerten, der Kampf würde immer wieder stattfinden. Jahr für Jahr würde Elizabeth uns an Samhain heimsuchen. Jedes Mal, wenn sich die Grenzen der Welten überlagerten. Was wäre, wenn Natalia dann nicht zur Stelle war?

Der Gedanke kam zeitversetzt, durchfuhr mich jedoch wie ein Blitz. Konnte das die Lösung sein? Ich vergaß, den Wind aufrechtzuerhalten, der mich schützte. Ein Schlag traf mich mit voller Wucht am Körper und ich taumelte zu Boden, nicht mehr in der Lage, die Flügel synchron zu schlagen und aufzusteigen. Eine Hand fing mich behutsam auf. Nach mehrmaligem Kopfschütteln, um den Schwindel fortzutreiben, erkannte ich Zac. Misstrauisch kniff ich die Augen zusammen und versuchte, zu entkommen, als er seine Finger mit dämonischer Stärke um mich schloss.

»Ihr habt den Kampf bereits entschieden«, sagte er leise. »Indem die Wächter-Teams die vier Elemente in den Kreisen heraufbeschworen haben, habt ihr das fünfte Element wieder ins Gleichgewicht gebracht. Das Licht zehrt von eurer Energie. Es sind zu viele. Elizabeth ist davon ausgegangen, dass Thyras Einfluss auf die Wächter groß genug sei, um sie von diesem Kampf fernzuhalten. Mit dir, Ric, Coral und Peter wären die Söldner fertiggeworden, nicht jedoch mit dieser Übermacht an Elementarmagie. Doch Elizabeth wird nicht aufgeben. Und ich werde es auch nicht. Ich will nicht zu ihr zurück. Die einzige Alternative, die mir bleibt, ist, die Grenzen offen zu halten. Die Möglichkeit zu bewahren in dieser Welt existieren zu können. Ich muss den Elementarkreis brechen, der das Licht aufgrund der familiären Verbindung am meisten stärkt, euren Kreis. Ich weiß, was du vorhast.« Er senkte den Blick. »Es tut mir leid, Lin.« Nach einer kurzen Pause fügte er hinzu: »Ich liebe dich.«

Ehe ich begriff, was er vorhatte, und noch ehe er dazu kam, mir den schmalen Dolch, den er in der anderen Hand hielt, in den Körper zu rammen oder ich auch nur einen Gedanken an Verteidigung verschwendete, schleuderte ein Feuerball Zac und mich in seiner Faust zu Boden. Binnen Sekunden stand Zacs Körper in Flammen, die heißer waren, als alles, was ich bisher erlebt hatte. Ich hörte Rics wütenden Schrei, als er erneut sein Element auf Zac schleuderte. Doch der ließ mich nicht los. Die Flammen leckten an seinem Körper, schienen ihm selbst jedoch nichts anhaben zu können. Ich dagegen hatte das Gefühl, bereits zu verbrennen.

Endlich kam ich zur Besinnung und rief die Luft zu mir. Schon bei der ersten kühlenden Brise kehrten meine Kräfte zurück. Mithilfe einer Druckveränderung meines Elements stemmte ich Zacs Finger auseinander, der von den Angriffen abgelenkt war, bis ich mich hinauszwingen konnte. Ich zischte zu Ric, der Zac gerade erneut attackierte. Aber das Feuer drang nicht durch seine Dämonenhaut, sondern verflog, ehe es ihm Schaden zufügen konnte.

»Er ist der Schlüssel«, piepste ich, doch ich glaubte nicht, dass Ric mich hörte.

Mit dem nächsten Feuer, das Ric auf Zac schleuderte, sandte ich mein Element zur Unterstützung hinzu. Ein Wirbelsturm umhüllte Zac und das Feuer, presste die Hitze immer fester gegen ihn, bis die ersten Schreie aus dem Wirbel heraus zu uns drangen. Der Geruch nach verbranntem Fleisch folgte und ich ließ mein Element ziehen. Ohne die stützende Luft brach Zac zusammen und landete hart auf den Knien. ER drehte sein verbranntes Gesicht in meine Richtung, die lidlosen Augen starrten mich an. Ehe er sich auflöste, hauchte er: »Ich liebe dich.«

Tränen standen mir in den Augen, auch wenn er kurz zuvor noch bereit gewesen war, mich zu töten. Die enge Verbindung, die ich über Jahre hinweg zu ihm aufgebaut hatte, konnte nicht mit einem Schlag vernichtet werden, und ich war wie benommen. Ich wusste nicht mehr, wie viel Schmerz ich ertragen konnte.

Mit einem Mal nahmen die Geräusche, die Schreie, das Heulen und das Einsetzen der Elemente wieder zu und holten mich zurück auf den Marktplatz. Sofort erkannte ich, dass Zacs Tod keine weitere Auswirkung auf das große Ganze hatte als all die anderen Tode, die heute hier stattfanden, die Hunderte Seelenlosen, die von den Wächtern besiegt worden waren und auch in diesem Moment in ihre Welt zurückgeschickt wurden. Zac war nicht der Schlüssel zu irgendwas gewesen. Er war es nicht, der den Kampf entscheiden konnte. Er war lediglich der Schlüssel zu mir gewesen.

Also musste mein Gedanke zuvor die Lösung sein. Mein Blick fiel auf Ric, der nun wieder Rücken an Rücken mit Peter gegen die Seelenlosen kämpfte. Ein dicker Ast von Peter stützte Coral, die mit ihrem Gesang dafür sorgte, dass die Seelenlosen langsamer wurden. Sie kamen zurecht, beschloss ich und sauste nach oben davon. Ich vernichtete noch eine Harpyie und eine andere geflügelte Gestalt, ehe ich meinem Element die Nachricht zuflüsterte und sie von den Winden überall auf der Welt wiedergeben ließ.

Nun konnte ich nur noch warten. Und hoffen, dass meine Gedanken von der vielen Fantasy-Literatur nicht auf irgendwelche unrealistischen Abwege geraten waren, die niemals funktionieren könnten.

Rasch glitt ich wieder zu meinen Freunden und vervollständigte so den Elementarkreis. Die Seelenlosen prallten an unserer Barriere ab. Die Verwirrung nutzte Ric aus, um sie mit seinem Feuer zu bekämpfen.

Ich erkannte, wie die anderen Teams es uns nachmachten. Aus allen Gassen wurden die Seelenlosen von Wächtern zurück auf den

Marktplatz gedrängt. Ich sah ein Jugendfantasy-Team, das in der Gasse neben Joshs Team kämpfte.

Die Teams der Erwachsenen-Literatur griffen von den Dächern aus ein und nahmen sich die geflügelten Seelenlosen vor. Die Luftelementare standen vorne, gestärkt von den anderen Elementen. Dennoch ebbte die Flut an Seelenlosen nicht ab. Ich hatte eher das Gefühl, dass sich immer noch mehr von ihnen durch den Buchstabenschleier in unsere Welt drängten, während Natalia und Elizabeth ihren ausgewogenen Kampf ausfochten.

Weitere Seelenlose direkt vor mir wurden von Rics Feuer zu Asche verbrannt, die noch für einen kurzen Moment umhertanzte, ehe auch der letzte Überrest der Charaktere im Wind zerstob.

Schreie ertönten und zogen unsere Blicke auf sich. Der Schleier erzitterte und nun traten die wahren Monster daraus hervor: Seelenlose der uralten Geschichten, Märchen und Legenden – Giganten, Riesen, mehrköpfige Monster. Ich musste zugeben, dass mein gesamtes mythologisches Wissen hauptsächlich aus der Geschichte eines bestimmten Halbgottes und seinen Freunden stammte, dennoch glaubte ich, den Höllenhund und auch die Hydra zu erkennen. Bei der Riesenschlange war ich mir nicht so sicher, sie hätte ebenso aus Hogwarts stammen können.

Sie alle jedoch hatten eins gemeinsam: Sie waren immun gegen das Feuer. Sie waren älter als alles andere, hatten vermutlich schon Dekaden vor den Wächtern existiert. Bisher hatte nie jemand gegen ein solches Monster kämpfen müssen – niemand hegte genügend Sympathie für eine solche Kreatur, um sie herauszulesen. Unsere bisherige Taktik konnten wir nicht weiterverfolgen.

Die Schreie wurden lauter, als sich die Riesen durch unsere Reihen wälzten, als wären wir Spielfiguren. Die Wächter wurden von ihnen einfach zur Seite gefegt wie Bauklötze, zu uninteressant, um sich näher damit zu beschäftigen.

Das Grauen kam mit den gefräßigen Ungeheuern. Schockiert beobachtete ich, wie sich die drei Köpfe des Hundes in einem Wächter-Team verbissen. Das zwei Meter große Monster hatte die Elementarbarriere ohne Mühe durchbrochen und widmete sich jetzt den drei hochgewachsenen Mitgliedern des Teams: Feuer, Erde und Wasser. Der grelle hochfrequente Schmerzensschrei des Luftelementars fuhr mir durch Mark und Bein. Ich begann, zu zittern, als der Zerberus mit bluttriefenden Lefzen auf uns zusteuerte. Einer der Köpfe schnappte im Vorbeigehen nach einem Seelenlosen, der sich sofort auflöste.

Ric rief sein Element und ließ eine Mauer aus dunkelrotem Feuer entstehen, aber der Höllenhund lief hindurch, als wäre sie nicht vorhanden. Coral zog Wasser aus dem uralten Brunnen und hohe Wellen schmetterten gegen das Monster, doch auch ihr Element hatte nicht den geringsten Einfluss auf Zerberus. Nun versuchte Peter, das Monster mit seinem Element aufzuhalten. Etliche Wurzeln schossen aus dem Boden, Pflastersteine und Kies flog in alle Richtungen. Die Wurzeln schlangen sich binnen eines Wimpernschlags um die Beine und Hälse des Höllenhundes, allerdings zerriss er sie sofort. Peter bildete neue, dickere Auswüchse seines Elements, doch alles, was er zustande brachte, war, das Monster zu verlangsamen.

Ich verdichtete die Luft um uns herum so weit, dass mir das Atmen schwerfiel. Unter voller Konzentration schleuderte ich die geballte Energie meines Elements auf das Monster. Der einzige Effekt war, dass sich die drei Köpfe kurz schüttelten und sich Sabber in der Gegend verteilte, der die getroffenen Seelenlosen auflöste, als wäre er Säure. Zerberus stieß ein dreistimmiges Knurren aus und stürmte durch die Aschereste der Seelenlosen direkt auf uns zu. Peter ließ unentwegt Wurzeln und Dornenhecken aus dem Boden schießen, doch ich sah unser aller Ende auf uns zujagen. Die Zeit dehnte sich, Zerberus verlangsamte seine Sprünge, die Speichelfäden an seinen Lefzen flogen in Zeitlupe von ihm fort. Jede Flucht war unmöglich und ebenso undenkbar. Doch ich hatte noch einen letzten Wunsch.

Ich schloss die Augen, rief mein Element zu mir und meine menschliche Gestalt explodierte aus mir heraus. Ich drehte mich zu Ric um und stellte erfreut fest, dass auch er splitterfasernackt inmitten dieses Chaos' stand, seine Kleidung war in all dem Feuer verbrannt. Seine goldenen Augen starrten mich an und ich wollte in ihnen versinken. Ric schlang die Arme um mich, küsste zuerst meine

Stirn und fuhr mit seinen Lippen an meiner Schläfe entlang, küsste die Tränen auf meinen Wangen hinfort, ehe sein Mund meinen fand und – zumindest für mich – die Welt ein weiteres Mal explodierte. Ich versank in den Kuss, während Stimmen an mein Ohr drangen. Viele Stimmen, die sich zu einem Chor fügten. Alte, rauchige Stimmen, hohe, weit tragende Stimmen, Personen jeden Alters.

»Hörst du das?«, unterbrach ich Rics Kuss, dessen Gesicht sofort wieder ohne jegliche Hoffnung war.

»Was?«, murmelte er an meinem Ohr, nicht sehr angetan von der Unterbrechung.

»Die Stimmen. Sie alle … erzählen etwas.«

Mein Element musste die Worte zu mir tragen. Ich sah nach oben und erkannte die irritierten Blicke anderer Luftelementare. Ich konzentrierte mich auf die einzelnen Stimmfarben und die Erkenntnis durchfuhr mich wie ein Blitz.

»Die Stimmen reden nicht«, keuchte ich und wäre vor lauter Freude beinahe aufgesprungen.

Ric starrte mich an, als hätte ich den Verstand verloren. Zerberus setzte irgendwo hinter meinem Rücken zu seinem Siegessprung an und ich lachte und strahlte, als hätte ich soeben ein Buch geschenkt bekommen. Doch es war sogar noch besser. Ich hatte Geschichten bekommen. Viele Geschichten.

»Sie lesen!«, schrie ich, packte Ric und küsste ihn erneut. In dem Moment spürte ich den sengenden Schmerz in meinem Rücken.

21. KAPITEL

Elizabeths Nein *hallt noch immer über den Platz. Sie ist nun ebenfalls zurückgekehrt. Der Höllenhund hat das Mädchen schwer verletzt. Der Feuerjunge kümmert sich um sie. Das Wassermädchen versucht, sie mit ihrem Element wiederzubeleben. Die Säure frisst sich durch ihren Körper. Es sieht schlecht für sie aus. Sie hat die Welt gerettet, uns zum ewigen Leben in Otherside verdammt und dafür mit dem Leben bezahlt.«*

»Das glaube ich nicht. Sie ist stark«, antwortet Zac und blickt voller Zuversicht in die Ferne, als könne er dort die Zukunft erahnen.

Ben lacht freudlos. »Sie mag stark sein, aber ihre Fantasie ist grenzenlos. Nur deshalb sind wir hier.«

Zac nickt, sein Gesicht von Schmerz verzerrt. Erst hier in Otherside ist er sich dessen bewusst geworden, was er getan hat. Er ist ein Dämon, ja. Aber er hat sich geschworen, die Unschuldigen für immer zu schützen. Doch genau das Gegenteil ist passiert: Diese andere Welt hat ihn seiner Sinne beraubt. Er hat nicht mehr klar denken können, als er Lin bedrohte. Elizabeths Einfluss auf ihn war zurückgekehrt. Ben hat alles mit angesehen und ihm später bis ins kleinste Detail geschildert, was er Lin und all den anderen angetan hat.

Ohne seinen Angriff auf Lin hätte sie den Winden ihre Bitte noch rechtzeitig zuflüstern können. Die alten Mythen wären nicht bis zur Grenze gekommen und in ihre Welt eingedrungen. Sie wäre niemals verletzt worden, hätte sie die Menschen früher zum Lesen aufgefordert. Oder hätten sich die Menschen nie in ihrer Fantasie einschränken lassen. Erst Lins Aufruf hat sie wieder daran erinnert und sie haben begonnen, zu lesen. Haben ihre Träume und Hoffnungen den Charakteren geschenkt. Doch anstatt sie in die Realität zu holen, um die Wächter in ihrem Kampf zu unterstützen, wie Lin es geplant hatte, ist etwas anderes geschehen: Die Grenzen von Otherside, der gesamten Buchwelt, haben sich plötzlich aufgelöst. Die Fantasie der Menschen – und damit auch die Buchwelt – war wieder grenzenlos und die Prophezeiung konnte sich nicht erfüllen. Es gibt keine Schnittpunkte der Welten mehr. Ohne Grenze kann die Dunkelheit aber nicht gegen das Licht kämpfen und die Dunkelheit kann nicht erfolgreich aus einem solchen Kampf hervorgehen.

Elizabeth hat den Schleier zwischen den Welten nicht komplett anheben können. Sie, Thyra und all die anderen Charaktere, ganz gleich, ob Mensch oder Monster, sind in ihre Bücher und in ihr altes Leben zurückgekehrt. Elizabeths Plan, dass alle Bewohner der Buchwelt die Grenze überschreiten und sich die Buchwelt mit der Realität verbindet, ist gescheitert.

Das Lesen hat die Menschen vor ihrem eigenen Untergang bewahrt. Solange es Träume und Hoffnungen gibt, werden diese in Geschichten verpackt und können von jedem bei Bedarf hervorgeholt werden. Sie sind ein Geschenk für alle, die träumen und hoffen wollen.

Der Schlag der Kirchturmglocke glich einem Hämmern gegen meinen schmerzenden Kopf. Nur ein Schlag für die Viertelstunde. All das, was mir wie mehrere Stunden vorgekommen war, hatte keine fünfzehn Minuten gedauert. Der Kampf gegen die Seelenlosen, die alten Mythen und Legenden.

Als würde sich mein Körper erst jetzt daran erinnern, spürte ich den sengenden Schmerz in meinem Rücken, der sofort das bisschen Konzentration, das ich zurückerlangt hatte, hinwegbrannte.

»Lin!« Diese Stimme. Mein Herz tat einen Satz. Ich spürte seine Hand, die sich auf meine legte. Eine elektrische Entladung, ein Impuls.

»Ric«, wollte ich sagen, meine Lippen begannen, sich zu bewegen, doch es kam kein Ton heraus, nicht einmal ein Flüstern.

»Lin, bleib bei mir«, sagte jemand, zu weit entfernt. »Lin!« Ein entferntes Wort wie durch Ohropax, ich konnte es nicht festhalten, wusste nicht um seine Bedeutung. »Wir verlieren sie.«

Mein Bewusstsein trieb dahin, immer weiter der Schwärze entgegen. Der endgültigen Dunkelheit.

»Sie stirbt, Zac.« Ben kann ihn nicht ansehen, sein Blick gleitet zwischen dem Tisch und der weiten Ferne der anderen Welt hin und her.

22. KAPITEL

»Sie wird nicht sterben«, zischt Zac zwischen zusammengepressten Lippen hervor. »Wo die Macht von fünf Elementen vereint ist, werden selbst Tote auferstehen. Du wirst leben, Lin.«

Peter, das Buch!«

Licht.

Da war ein Licht. Doch ich konnte mich nicht bewegen. Es war kalt, ich war vor Kälte erstarrt.

Feuer.

Wärme kroch in meine Glieder, lieferte jeder Zelle genügend Energie, um mich aus meiner Erstarrung zu lösen.

Wasser.

Ein belebender Nebel, warm wie ein Sommerregen. Das Versprechen eines Neubeginns.

Erde.

Ich kämpfte mich aus der Dunkelheit. Nein, keine Dunkelheit. Erde. Ich zwängte mich durch die Erde, roch das Leben um mich herum, drängte wie alles andere der Wärme und dem Licht entgegen.

Luft.

Ich sog scharf den Atem ein. Meine Lungenflügel entfalteten sich, als würden sie das erste Mal atmen. Wie ein Neugeborenes schrie ich all den Schmerz aus meinem Körper. Ich schrie und schrie, bis alles Negative verschwunden war und nur ein einziges Gefühl übrig blieb. Ich schlug die Augen auf und blickte in pures Gold.

Ric presste seine Lippen auf meine. Ich schmeckte das Salz, denselben Schmerz, den ich von mir geschoben hatte. Ein Lächeln schlich sich in meine Mundwinkel und Ric rückte ein Stück von mir ab.

Was?, schien sein Blick zu sagen.

»Du hast nicht etwa geweint, oder?«

»Um dich, Tinkerbell?« Sein Lachen hätte genauso gut ein Weinen sein können. »Niemals.« Er schniefte. »Jeder weiß, dass man nur einmal klatschen muss, um …« Ric schüttelte den Kopf und senkte ihn wieder auf meinen hinab. »Danke«, flüsterte er dicht an meinen Lippen und um uns herum knisterte es.

»Sie lebt.«

»Ich weiß.«

EPILOG

Ich schloss das Buch. Mein Buch. Meine Geschichte.

Auf den roten, ledernen Einband hatte Ric *Die Chroniken der Wächter* eingebrannt. Ich fuhr die dunklen verschnörkelten Buchstaben nach und mein Herz pochte allein beim Lesen des Namens. Lächelnd schüttelte ich den Kopf.

All das Wissen um die alte Prophezeiung, an die wir nie so richtig geglaubt hatten, die Wahrheit dahinter und die Grenzen einer Welt, die grenzenlos sein sollte, musste festgehalten werden.

Die Tür zu meinem Zimmer öffnete sich und ich drehte mich im Schreibtischstuhl herum.

»Bist du so weit?«, fragte Ric.

Ich presste das Buch an meine Brust, nickte und stand auf. Ric streckte mir die Hand entgegen. Eine kurze Fahrt im dröhnenden Diablo später betraten wir den Fahrstuhl zum Institut.

»Hey«, Ric stupste mich mit der Schulter an und ich stolperte beinahe zur Seite. »Das wird schon, Tinkerbell.«

»Du hast leicht reden, Drache«, feuerte ich zurück. »Was, wenn sie es ablehnen?«

»Sie können es nicht ablehnen. Wenn ein Buch in diesen verdammten Bunker da unten gehört, dann ist es dieses hier.« Er deutete auf das rote Buch, das ich wieder – oder immer noch? – mit der rechten Hand gegen die Brust presste. »Sofern du es irgendwann loslassen kannst.«

Die Fahrstuhltür öffnete sich und ich holte tief Luft. Instinktiv griff ich mit der linken Hand an meinen Elementaranhänger. Beinahe schmerzhaft erinnerte ich mich daran, dass es nun mehr eine Kette war. Die Elemente und damit unsere besonderen Kräfte waren aus der Welt verschwunden, die letzten Charaktere, die in ihre Bücher zurückgekehrt waren, hatten die Magie mit sich genommen – Thyra und Elizabeth. Elizabeths Verschwinden hatte dafür gesorgt, dass Natalia wieder allein über ihren Körper bestimmten konnte – den Körper, der durch Kryostase konserviert (das Einfrieren von Körpern war im Science-Fiction-Genre ja durchaus bekannt) und von Elizabeths Schergen auf den Marktplatz gebracht worden war. Soweit zumindest unsere Theorie zum guten Zustand von Natalias Körper.

Jedoch nicht einmal die Bibliothekare konnten sich erklären, was genau vor Jahren mit Natalia geschehen war. Sie vermuteten, dass das Gleichgewicht zwischen den Welten nicht zerstört werden durfte und das fünfte Element – Natalia – nicht ausgelöscht werden konnte, solange es ein Gegenstück in der Buchwelt gab. Die Elemente selbst hatten dafür gesorgt, dass Natalias Geist überlebte und in seinen Körper zurückkehren konnte. Dieser war lediglich etwas schwach, aber schon nach wenigen Wochen hatte sich Rics Schwester wieder erholt.

Wir konnten nur Vermutungen anstellen und hoffen, dass Elizabeth und Thyra fest in ihrer Welt eingeschlossen waren und es nie einen Weg für sie geben würde, erneut aus dieser zu entkommen. Auch über Elizabeths wahre Beweggründe konnten wir nur spekulieren, indem wir die einzelnen Bruchstücke an Informationen zusammentrugen. Elizabeths Intension war durchaus positiv: Sie wollte die Buchwelt – die gesamte Literatur – retten. Doch sie hatte den Weg der Zerstörung gewählt und hätte darüber hinweggesehen, eine andere Welt – die Realität – dafür zu zerstören oder von Monstern überrennen zu lassen. Dennoch hatte sie ihr Hauptziel erreicht: Sie hatte die Bibliothekare wachgerüttelt und die Menschen wieder zum Lesen gebracht. Und dafür musste man ihr fast dankbar sein.

Ric legte mir die Hand auf den Rücken und schob mich vorwärts.

Die Zeiten hatten sich geändert. Nach Samhain war unsere Welt eine andere geworden. Wir alle hatten so große Verluste erlitten, dass der Schmerz für immer hätte über uns schweben müssen. Mein Schreien hatte diesen Schmerz ausradiert, bis nur noch die Liebe geblieben war. Die Liebe zu den Buchstaben, Wörtern, Sätzen und was sie uns erzählten.

Wir waren einst Wächter gewesen, die Beschützer der Menschen. Nun waren wir die Hüter dieses besonderen Wissens. Wir wussten, dass wir die Fantasie nie mehr einschränken durften, denn die Fantasie musste grenzenlos sein. Wir waren die Botschafterinnen und Botschafter, die dieses Wissen in die Welt tragen würden.

Ric öffnete mir die Tür zur *Bibliotheca Elementara.* Der Duft nach Büchern hüllte mich sofort ein und Lärm drang an meine Ohren. Auch das war neu. Nicht länger war die Bibliothek vor den Menschen verborgen. Es war schließlich unser neuer Job, das Lesen an all die Menschen dort draußen zu bringen. Wir mussten dafür sorgen, dass die Fantasie eines jeden grenzenlos blieb. Grenzenlos wie die Fantasie der Kinder, denen Natalia gerade aus einem Märchenbuch vorlas.

Denn wer nicht mehr las und fremde Welten besuchte, mit Charakteren mitfühlen und zittern konnte, war in seinem Denken eingeschränkt und schaffte Grenzen, die niemals hätten entstehen dürfen. Grenzen, die es überhaupt erst möglich gemacht hatten, dass man die Charaktere in unsere Welt hatte holen können. Grenzen, die zuletzt Elizabeths Pläne beinahe hätten Realität werden lassen. Was letztendlich zu meinem Tod geführt hatte.

Noch während die letzten Seelenlosen und die Mythen und Legenden vom Schleier verschluckt worden waren, war *Otherside* neben mir auf den Boden gefallen. Peter hatte es sich geschnappt und die letzte Seite aufgeschlagen. Dort, wo Zac erwähnt, wie man mich zurückholen kann.

Ich hatte *Otherside* noch oft gelesen, vor allem die letzten zwei Sätze. Die Stelle, an der Ben sagte, dass ich lebte, und Zac antwortete, dass er dies wüsste. Ben spielte in *Otherside* eine so große Rolle und war doch nie in Erscheinung getreten. Ohne ihn zu kennen und ihm bei der Ausübung seiner Fähigkeit zugesehen zu haben, wäre ich nie auf die Idee gekommen, dass all die teils nicht zuordenbaren Kapiteleinstiege Visionen von ihm gewesen waren. Nachrichten zwischen unserer Welt und *Otherside*. Botschaften, die auch in *Die Chroniken der Wächter* nicht fehlen durften.

Der Dialog zwischen Zac und Ben war die letzte Veränderung von *Otherside* gewesen. Nun würde es sich nie wieder verändern.

Wir betraten die *Bibliotheca Elementara.*

Ebenso wenig wie jedes andere Buch würde es sich verändern. Nie wieder würden wir zulassen, dass Grenzen entstanden, wo keine sein sollten.

Nie wieder würden Seelenlose in unsere Welt herausgelesen werden.

Nie wieder müsste einer von uns kämpfen müssen.

Die Geschichte der Wächter war zu Ende.

Band 2

PROLOG

Jeden Tag ging ich an der mehrfach gesicherten Vitrine vorbei, die im wahrsten Sinne des Wortes mein bisheriges Leben beinhaltete. Instinktiv griff ich mir dabei an das nach unten zeigende Dreieck an meiner Halskette. Das Symbol der Luft. Automatisch überkam mich ein Hauch von Melancholie.

Bis vor einem Dreivierteljahr war diese Kette noch magisch gewesen, wie so vieles andere in meinem Leben. Ich hatte einen Job, der auf ganz besondere Weise mit Büchern zu tun hatte: Offiziell war ich in der Stadtbibliothek für die Archivierung alter Bücher zuständig gewesen. In Wahrheit jedoch hatte ich mich mit meinem Team von Elementar-Wächtern Nacht für Nacht auf die Suche nach Vampiren, Werwölfen und allerlei anderen Fantasy-Gestalten gemacht, die aus ihren Büchern herausgelesen worden waren.

Direkt neben den *Chroniken der Wächter* lag in einer weiteren Vitrine ein altes, in rotes Leder gebundenes Buch ohne Titel. Ich hatte es damals *Otherside* genannt, nach der fiktiven Welt, in der die Geschichte des Helden Zac spielte. Mein Magen verkrampfte sich bei dem Verrat, den er an mir begangen hatte. Ich war mir so sicher gewesen, ernsthaft in ihn verliebt zu sein – in eine Buchfigur! Als ich bemerkt hatte, dass ich einer jahrelang eingefädelten Intrige meiner vermeintlich besten Freundin Ty auf den Leim gegangen war, war es beinahe zu spät gewesen.

Im Laufe der Jahrzehnte hatte sich die Buchwelt verändert. Die Fantasie, die grenzenlos hätte sein sollen, war immer weiter eingeschränkt worden, hatte Grenzen bekommen. Nur aufgrund dieser Veränderung hatten wir Wächter überhaupt existiert – um einen weiteren Nebeneffekt der nun existierenden Grenzen wieder einzufangen: Buchfiguren, die Lesende aus ihren Lieblingsbüchern herausgelesen hatten.

Doch die Buchfiguren waren nicht die Einzigen, die diesen Zustand ausgenutzt hatten: Thyra, die Tochter des fünften Elements – genauer gesagt der dunklen Seite des fünften Elements! – hatte sich als meine beste Freundin Ty in mein Leben geschlichen und mich stetig manipuliert.

Ich schüttelte den Kopf und strich über die gläserne Vitrine von *Otherside*. Hätten wir es nicht im letzten Moment geschafft, die Menschen zum Lesen zu bringen und ihre Fantasie zu öffnen, wären die Realität und die Buchwelt kollidiert – und nur eine der beiden Welten hätte diesen Zusammenprall überlebt.

Nun war es an uns, den ehemaligen Wächtern, dafür zu sorgen, dass die Fantasie grenzenlos blieb. Jeder von uns hatte einen neuen Job zugewiesen bekommen. Aber auch, wenn uns das Lesen so viel Magisches und Übernatürliches bot, fehlte mir mein Element. Mir fehlte das Wesen, in das ich mich noch vor einem Jahr hatte verwandeln können. Als wäre ein Teil meiner Seele für immer verschwunden und nichts als Leere zurückgeblieben.

Ich ließ beide Hände sinken, der Dreiecksanhänger baumelte an meinem Dekolleté.

Eine sanfte Brise strich mir über die Haare. Ich seufzte beim Gedanken daran, dass diese nur noch von einem geöffneten Fenster und einem zarten Luftzug stammen konnte.

1. KAPITEL

Es war eine schlechte Idee gewesen, für Lin einzuspringen. Eine ganz, ganz schlechte Idee. Ric starrte in die erwartungsvollen Gesichter einer Horde Drei- bis Fünfjähriger, die ihm mehr Angst machten, als sämtliche Vampire, Dämonen und Werwölfe zusammen, die er in all den Jahren als Wächter bekämpft hatte.

Nachdem alle Wächter ihre magischen Fähigkeiten verloren hatten und nicht mehr auf die Jagd nach Seelenlosen gehen mussten, war vom Hohen Rat der Bibliothekare eine langfristige Umorganisation beschlossen worden: Nach wie vor katalogisierten sie Bücher, hielten sich auf dem Laufenden. Aber ihre Hauptarbeit bestand darin, die Fantasie zu fördern und weiterhin dafür zu sorgen, dass sie grenzenlos blieb. So dass nicht noch einmal dasselbe geschah wie im vergangenen Jahr.

Ric hatte sich vom ersten Moment an geweigert, mit Kindern – oder überhaupt irgendjemandem – zusammenzuarbeiten. Die Kleinen heulten schon los, wenn er sie nur ansah, obwohl er sein freundlichstes Lächeln aufsetzte.

»Wenn du sie anlächelst wie das Biest Belle, kann das nichts werden«, hatte Lin lachend gesagt. »Du siehst aus, als würdest du sie fressen wollen.«

Wenn die Kinder Ric weiterhin so anstarrten, wäre das eine Überlegung wert. Er kniff die Augen zusammen und die Minis wichen instinktiv ein paar Zentimeter zurück. Irgendwie war das lustig. Er verkniff sich ein »Buh!« und kramte das alte Märchenbuch hervor, das Lin ihm gegeben hatte. Heute stand *Dornröschen* auf dem Plan. Er setzte gerade zum »Es war einmal …« an, als sich ein kleines, in zu viel rosa gekleidetes Mädchen räusperte.

Knurrend fixierte Ric es. Seine Augen machten Kindern Angst. Sie waren golden, was sich nicht verändert hatte, als das Feuer ihn verlassen hatte. Das Mädchen schrak zurück. Er wollte ihr keine Angst machen, er war ja schließlich kein Kinderschreck, auch wenn Lin oder seine Schwester Natalia das oft behaupteten. Aber Ric konnte einfach nicht abschätzen, wie die Zwerge reagierten – ganz im Gegensatz zu einer wild gewordenen Bella oder einem Typen aus hellem Licht, die er binnen Sekunden zu Staub und Asche verwandelt und so in ihre Bücher zurückgeschickt hatte.

Das rosa gekleidete Mädchen hielt seinem Blick jedoch stand, was er als Herausforderung sah. »Lin trägt immer den Hut, wenn sie uns vorliest«, sagte die Kleine mindestens fünf Oktaven zu hoch für seine Ohren.

»Was?«

»Den Hut!«, riefen nun alle anderen Zwerge wie eine wild gewordene Horde Monster. Während sie weiterhin »Hut, Hut, Hut« skandierten, sprang das rosa Mädchen auf und zog aus einem Schrank einen Spitzhut mit rosafarbenem Tüll.

»Niemals!«, sagte Ric kopfschüttelnd.

Das rosa Monster trat nun mit dem rosafarbenen Hut auf ihn zu und ließ sich selbst von dem Grollen, das in seiner Kehle aufstieg und klang wie der Motor seines Diablos', nicht aufhalten.

Er sprang auf und die Luft knisterte. Wenn er sich nicht hundertprozentig sicher gewesen wäre, dass alle Elementarkräfte verloren waren, hätte er sein Auto drauf verwettet, dass er Kaminfeuer roch. Doch das war unmöglich.

2. KAPITEL

»Bitte, Ric«, flehte ich beinahe. »Sei kein Drache.«

Ich stand von seinem Bett auf und ging in Richtung Badezimmer, in dem sich mein Freund gerade befand.

Es fühlte sich auch nach all der Zeit noch komisch an, ihn so zu nennen. Wir hatten so viel durchgemacht und eigentlich hätte man eine eigene Bezeichnung für ihn erfinden sollen. Ganz gleich, wie viele tausend Bücher ich gelesen hatte, keiner dieser Typen konnte mit ihm mithalten. Natürlich behielt ich dieses Geheimnis für mich. Denn an Selbstbewusstsein mangelte es Ric nach wie vor nicht und solche Neigungen sollte man nicht noch unterstützen.

»Nie wieder«, grummelte er stur, als er nur mit Jeans bekleidet aus dem Zimmer trat und sich mit einem Handtuch die Haare trocken rubbelte. Ich versuchte, mich nicht zu sehr von seiner nackten Brust ablenken zu lassen, doch zu spät. Mein Blick klebte daran fest wie das Wort Julia an Romeo. Ich musste tatsächlich überlegen, was ich sagen wollte.

Ric warf das Handtuch achtlos auf den Boden und trat auf mich zu. Seine goldenen Augen hielten mich in ihrem Bann. Dort drin sah ich noch immer das Feuer, das er einst hatte materialisieren können. Und es brannte für mich. Die Luft zwischen uns knisterte, und als seine Hände mein Gesicht umfassten, übertrug sich dieses Kribbeln auf meinen ganzen Körper. Seine Augen funkelten, sein

Gesicht kam immer näher. Mein Herz hämmerte wie verrückt und ich war nicht mehr in der Lage, irgendetwas zu erwidern.

»Ich liebe dich, Lin.«

Dieser miese Drache wusste einfach, wie er mich zum Schweigen bringen konnte. Während mein Inneres noch schnulzige *Ohs* und *Hachs* von sich gab, versuchte ich, meine fünf Sinne wieder einzusammeln: Riechen – nichts als Rics sportliches Duschgel. Sehen – gab es etwas anderes als Rics goldene Augen? Fühlen – pure Elektrizität, für die Ric gesorgt hatte. Hören – nichts als mein Herz, das voller Erwartung aus meiner Brust zu springen drohte. Schmecken – da war doch noch was!

»Ich liebe dich wirklich.«

Er kam immer näher und auch der letzte meiner Sinne freute sich darauf, von ihm vereinnahmt zu werden. Widerstand war zwecklos, daher gab ich meinem verräterischen, ricumnebelten Körper nach und schloss die Augen. Die Zeit schien sich zu dehnen wie in den vielen Kussszenen aus Büchern. Ich spürte seinen Atem auf meinen schon leicht geöffneten Lippen, seine Wärme – die dann ganz plötzlich verschwunden war. Zusammen mit seinen Händen, was eine stechende Kälte an meinen Schläfen hinterließ.

Erschrocken öffnete ich die Augen.

Ric lächelte amüsiert.

Ich hingegen funkelte ihn an und mir lagen schon die wildesten Beschimpfungen auf der Zunge, doch er kam mir zuvor.

»Ich liebe dich wirklich, aber wenn du mich noch einmal zwingst, drachentötende rosa Monster zu unterhalten, gibt es Kuss-Entzug.« Während ich innerlich kochte, lächelte er siegessicher.

»Wenn das so ist, dann darf derjenige heute in meinem Bett übernachten, der für mich einspringt.« Ich reckte das Kinn in die Höhe und unterdrückte ein Schmunzeln.

»Das würdest du nicht tun«, knurrte er, packte mich an den Oberarmen und warf mich aufs Bett.

Ich quiekte vor Schreck wie meine alte Elementargestalt, ehe der Laut von seinen Lippen erstickt wurde. Nur mein dünnes Top trennte mich von seinem nackten Oberkörper, als er sich langsam auf mich senkte. Ich spürte seine Brustmuskulatur, seinen Herzschlag direkt über meinem. Das Grollen in seiner Kehle war noch immer eine Mischung aus Drachen und Mann und ich konnte ohne Elementarkraft einfach nicht genug Energie aufbringen, mich ihm zu widersetzen. Es war den Versuch nicht wert.

»Niemals!«, rief ich lachend. »Ich würde niemals auch nur an einen anderen denken.«

»Das will ich hoffen«, grinste er überlegen und sah mich dabei eindringlich an. Etwas leiser fügte er hinzu: »Das hoffe ich wirklich.«

Nun küsste er mich um des Kusses willen und ich spürte, dass der letzte Satz nicht so dahergesagt war. Er hatte sich diesen Schutzpanzer aus Überheblichkeit und Arroganz so viele Jahre nach dem Tod seiner Eltern aufgebaut, hatte all die Zeit gedacht, allen, die er liebte, würde etwas Schreckliches zustoßen. Dabei war auch daran meine angeblich beste Freundin Ty schuld gewesen.

Sein Kuss war nicht länger neckend, sondern voller widersprüchlicher Gefühle. Ich schmeckte den Schmerz über all die Verluste, das Verlangen, das Ric zu übermannen drohte, und genoss die bittersüße Mischung. Seine rechte Hand wanderte seitlich meines T-Shirts entlang bis zum Saum, während er sich mit der linken neben meinem Kopf abstützte. Gänsehaut breitete sich auf meinem Körper aus, als seine Hand unter das Shirt fuhr und seine Fingerspitzen über meine Taille strichen. Hatte ich mich ernsthaft wehren wollen?

Meine Hände wanderten gerade seinen muskulösen Rücken hinab, als es an der Tür klopfte. Ric richtete sich auf.

»Ich hätte ihr nie erlauben sollen, hier einzuziehen«, knurrte er.

Ohne eine Antwort abzuwarten, öffnete Natalia die Tür und trat herein. Jeder Fremde hätte erkennen können, dass die beiden Geschwister waren, sie hätten sogar als zweieiige Zwillinge durchgehen können, trotz des Altersunterschieds. Natalia hatte lange, schwarze Haare und sah aus wie eine typische Italienerin, auch wenn ihre Familie vor mehreren Generationen ausgewandert war. Nur die Augen waren anders: Die Iriden, deren Gold ich bei Ric von Anfang an so faszinierend gefunden hatte, waren bei ihr ein helles Blau, das beinahe weiß erschien. Natalia war die Begabteste unter allen Elementaren gewesen, die lichte Seite des fünften Elements, das alle anderen Fähigkeiten in sich vereinte.

Nachdem sie damals verschwunden war, hatten Rics Eltern die Suche nach ihr mit dem Tod bezahlt. Thyra hatte nicht nur die beiden, sondern zuvor auch Natalia getötet. Was Ty glücklicherweise nicht gewusst hatte: Natalia hatte in ihren Elementen weitergelebt, bis Elizabeth – ihr dunkles Gegenstück in der Buchwelt – ihren Körper aus der Kryostase geholt hatte. Nach dem Kampf um eben jenen, den Natalia gewonnen hatte, war sie wieder ein Mensch wie jeder andere geworden. Nur mit dem Unterschied, dass sie die vergangenen Jahre als so etwas wie ein Geist verbracht hatte. Nun gab es einiges aufzuholen.

Was sich in der ganzen Zeit jedoch nicht verändert hatte, war ihr mieses Timing. Ich setzte mich auf, zog mein T-Shirt nach unten und strich mir mit den Fingern durch die Haare.

Mit einem Schnauben kommentierte Natalia die Röte auf meinen Wangen. »Habt ihr denn keine anderen Freizeitbeschäftigungen? Ihr verhaltet euch wie zwei schlechte Jugendbuchcharaktere!«

»Nur weil du nichts Besseres zu tun hast, als uns zu stalken, müssen wir nicht damit aufhören.« Ric zog mich fest an sich und gab mir demonstrativ einen langen Kuss, der meinen Kopf erneut umnebelte. »Du verdirbst mir den Sieg.«

»Sieg? Über Lin?« Nat schüttelte den Kopf.

»Es war kein Sieg … Ich wollte …« Da kam mir eine Idee. »Würdest du heute meinen Dienst übernehmen? Ich muss unbedingt zu meinen Eltern.« Nun sah ich Natalia flehend an.

»Ich bin heute zur Führung eingetragen«, antwortete sie. »Tut mir leid.«

»Die würde Ric sicher gern übernehmen.« Mit fragend erhobenen Augenbrauen sah ich meinen Freund an.

Der ließ sich nach hinten fallen und fuhr sich seufzend mit beiden Händen übers Gesicht. »Von mir aus.«

Gewonnen!, jubelte meine innere Stimme.

»Wollen wir zusammen fahren?«, schlug Nat ihrem Bruder vor. »Sonst ist ja nie Platz in deinem winzigen Auto.«

Oh, oh. Noch bevor Ric etwas dazu sagte, stellte sich mein Kopf den Feuergeruch vor, den er in einem solchen Moment immer verbreitet hatte. Es glich für ihn einer Beleidigung seiner Person, wenn man etwas Negatives über den Diablo sagte. Der Duft nach Lagerfeuer wurde stärker. Erinnerungen konnten auf wirklich verblüffende Weise lebhaft sein …

»Winzig?« Rics Stimme überschlug sich fast. »Du bezeichnest einen Diablo GT mit Sechslitermaschine, V12-Motor und 575 PS als *winzig*?« Er schnappte nach Luft. »Er war zu der Zeit der schnellste Seriensportwagen der Welt!«

Die Ungläubigkeit in seinem Gesicht wäre ein Foto wert gewesen. Ich konnte mir ein Lachen nicht verkneifen.

»Was nützen dir über 500 PS, wenn du nicht mal deine Schwester mit zur Arbeit nehmen kannst? Hm?« Ihr Kinn war herausfordernd nach oben gereckt. Was war ich froh, dass ich keine Geschwister hatte.

»Es reicht schon, dass du überhaupt im selben Haus wohnen darfst wie der Diablo«, schnaubte Ric – wer etwas gegen seinen Wagen sagte, hatte es sich mit seinem Besitzer sofort verscherzt – und murmelte leise etwas von »Unwürdig«.

Trotz all der Sticheleien liebte er seine Schwester, das wusste ich. Er hatte so viele Jahre damit verbracht, nach ihr zu suchen, weil er nie daran geglaubt hatte, dass sie tot war. Doch seit Natalia bei ihm eingezogen war, hatte sie alles durcheinandergebracht. Nicht zuletzt platzte sie stets dazwischen, sobald Ric und ich etwas Privatsphäre bevorzugen würden. Ihr Timing war einfach schrecklich und je öfter sie uns bei jugendbuchuntauglichen Aktivitäten unterbrach, desto mehr ärgerte sich Ric über sein Angebot, Natalia könne vorübergehend bei ihm wohnen.

Leider dauerte dieses *vorübergehend* nun schon fast ein Jahr an. Ich mochte Natalia wirklich gern, aber irgendwann wollte ich meinen Drachen auch mal wieder für mich allein – nicht nur in meiner Wohnung, in der ich mich seit der Sache mit Ty nur ungern aufhielt. Ich beschloss, Ric noch einmal darauf anzusprechen, dass er mit Natalia reden sollte, anstatt sie ständig giftig anzusehen.

Um die Zankerei der beiden vorerst zu unterbrechen, bedankte ich mich überschwänglich bei Natalia und drückte Ric zum Abschied einen schnellen Kuss auf den Mund. Ich wollte nicht länger warten und mich endlich meiner Familie stellen.

Es war schon eine Weile her, seit ich das letzte Mal bei meinen Eltern gewesen war. Wenn möglich, beschränkte ich den Kontakt auf Telefonate. Seit ich damals den Elementartest bestanden hatte, war die Beziehung zu meiner Mutter konstant schlechter geworden. Natürlich war ich ein Teenager gewesen und wohl in dem Alter, das man als rebellische Phase bezeichnete. Wenn man dann jedoch auch noch eine Mutter hatte, die aus *allem* ein Drama machte, hatte man irgendwann die Nase voll. Ich war damals froh gewesen, endlich eine eigene Wohnung gefunden zu haben. Erst später hatte ich mir zusammengereimt, dass meine Mutter vielleicht gar nichts dafür konnte.

Außerdem war meine neue Aufgabe zeitintensiv und ich scheute mich davor, mich mit den Dramen der Realität auseinanderzusetzen. Den Anruf meiner Mutter hatte ich jedoch nicht verdrängen können. Ich wusste, dass es im letzten Jahr nicht sehr gut zwischen meinen Eltern gelaufen war, um es freundlich auszudrücken. Immer, wenn ich zu Besuch gewesen war, hatte eine Atmosphäre zum Davonlaufen geherrscht. Skeptische Blicke waren an meinem Geburtstag über meinen Kopf hinweg ausgetauscht worden. Ich hatte mich nicht einmischen wollen und nie nachgefragt, aber bemerkt hatte ich es durchaus.

Zögernd ging ich die paar Stufen zum Eingang des Zweifamilienhauses hinauf. Meine Haare, die ich immer offen trug, wenn ich zu meinen Eltern ging – irgendwie hingen sie an diesem Kleine-Mädchen-Look – wehten in einer starken Böe, die aus dem Nichts gekommen war. Ich holte ein letztes Mal tief Luft und klingelte.

Von drinnen erklangen Schritte und kurz darauf öffnete meine Mutter mir die Tür. Sofort fielen mir die rotgeschwollenen Augen auf, als hätte sie die letzten Tage nichts anderes getan, als zu weinen.

»Endlich bist du da«, flüsterte sie und zog mich in eine Umarmung und anschließend ins Haus.

Nach einer kurzen Begrüßung folgte ich ihr in die Küche. Dort sah ich mich um. »Wo ist Papa?«

Das war die falsche Frage gewesen, denn meine Mutter begann sofort, zu schluchzen. Sie war eine Fictionmate, ein normaler Mensch, der eine besondere Verbindung zu Büchern hatte. Fictionmates, so hieß es, waren diejenigen, die instinktiv von Elementarfamilien angezogen wurden. Ric hatte mir erklärt, dass so gut wie jeder Mensch, der eng mit Elementarfamilien in Verbindung stand, in diese Kategorie fiel.

Die Reaktionen von Fictionmates waren jedoch nie vorhersehbar. Sie versetzten sich in Extremsituationen immer in irgendwelche Buchrollen, um sich selbst zu schützen. Bei meiner Mutter musste es in diesem Moment eine sehr dramatische Figur sein. Ich blickte zur Seite, damit sie mein Augenrollen nicht sah. Sie übertrieb so maßlos.

Früher – bevor mir Ric von den Fictionmates erzählt hatte – hatte ich immer vermutet, dass sie sich in alles hineinsteigerte, hielt sie für eine Dramaqueen. Seit ich die Hintergründe kannte, fand ich es nur noch nervig. Ein weiterer Grund, nicht so oft bei meinen Eltern vorbeizuschauen, auch wenn das egoistisch war. Unbeholfen ging ich auf meine Mutter zu und umarmte sie.

Sie schluchze erneut theatralisch, ihre Tränen benetzten mein T-Shirt und die Feuchtigkeit war schnell auf meiner Haut zu spüren.

»Dein Vater …«, setzte sie an, schluchzte ein weiteres Mal, sodass ich die Zähne fest zusammenpressen musste, um nichts Böses zu sagen. »Er ist gegangen.«

»Wohin?«, fragte ich dämlich, obwohl ich wohl genau das Richtige vermutete.

»Weg. Als ich heute Morgen aufgestanden bin, war er nicht mehr da.« Sie schlüpfte aus meiner Umarmung, straffte ihre Schultern und ging zur Kaffeemaschine. Nun war sie offenbar in eine andere Rolle geschlüpft.

»Hat er wieder eine Nachricht hinterlassen?«, erkundigte ich mich vorsichtig. Es war leider nicht das erste Mal, dass wir dieses

Gespräch führten. Schon zweimal hatte sie mich aufgrund des Verschwindens meines Vaters angerufen. Nachdem sie mir dann endlich von den Botschaften erzählt hatte, die er hinterlassen hatte, war es einfach gewesen, sie zu beruhigen.

Doch sie schüttelte langsam den Kopf und bereitete uns einen Kaffee zu. Wir setzten uns an den kleinen Küchentisch und tranken wortlos.

Irgendwann holte sie tief Luft und erzählte: »Seit letztem Jahr ist alles anders geworden zwischen uns. Von heute auf morgen war das gewisse Etwas verschwunden, das unsere Beziehung ausgemacht hat, weißt du. Zuerst habe ich es darauf geschoben, dass es Herbst wurde. Da haben ja viele Menschen depressive Verstimmungen. Aber es wurde im Winter nicht besser, obwohl wir so oft spazieren gingen. Und auch nicht im Frühjahr, meiner liebsten Jahreszeit. Dein Vater hat es als Unsinn abgetan, er hat sich nicht anders verhalten als all die Jahre zuvor und doch fühlte es sich für mich anders an. Von jetzt auf gleich. Und dann ist er spurlos verschwunden, obwohl ich das Gefühl hatte, dass es seit dieser Woche endlich wieder bergauf ging.«

Ich nickte nur langsam, weil ich nicht wusste, was sie von mir erwartete. Doch in meinem Kopf ratterten die Zahnrädchen ohne mein Zutun, blieben an den Worten *von heute auf morgen*, *Herbst* und *das gewisse Etwas fehlte* hängen. Als es dann plötzlich Klick machte, schlug ich erschrocken die Hand vor den Mund.

Bei Aither! Vom Verschwinden der Elementare waren nicht nur wir Wächterinnen und Wächter betroffen. Mein Vater besaß selbst zwar keine Magie, die Kräfte hatten nicht ausgereicht, um eins der Elemente zu beleben. Aber in seinen Genen waren diese dennoch vorhanden. Schließlich hatte er sie an mich weitergegeben. Daher hatte sich meine Mutter auch immer zu ihm hingezogen gefühlt. Nun, da die Elemente aus unserer Welt verschwunden waren, war all den Fictionmates der Auslöser für ihre Zuneigung abhandengekommen.

Ich hatte die Beziehung meiner Eltern zerstört.

»Ist alles in Ordnung, Kleines?« Sofort schaltete meine Mutter in den Mama-Modus. »Ich wollte dir nur davon erzählen. Ich wollte nicht, dass du dir Sorgen machst. Er kommt sicher bald zurück, wie immer. Vielleicht braucht er Zeit für sich.« Sie nahm meine Hand und sah mich hoffnungsvoll an. »Es hat im letzten Jahr einige Hochs und Tiefs gegeben, aber wir haben sie alle gemeistert. Ich liebe ihn, und das weiß dein Vater doch auch.«

Ich nickte träge. Was, wenn die Liebe meiner Eltern wirklich nur auf dieser besonderen Anziehung beruht hatte? Würden sie – und all die anderen gemischten Paare dort draußen – sich nun trennen? Für wie viele von ihnen war es schon zu spät?

Kurz dachte ich darüber nach, das Thema meiner Mutter gegenüber anzusprechen. Da ihr emotionaler Zustand jedoch noch nie sehr stabil gewesen war, verwarf ich die Idee. Es hätte zu keinem Ergebnis geführt. Ich musste schnellstmöglich mit Ric reden. Und vielleicht sogar Perry einschalten. Immerhin war er weiterhin unsere Führungskraft, auch wenn er nicht mehr die nächtlichen Jagdeinsätze koordinierte.

»Danke, dass du es mir erzählt hast«, schloss ich das Thema. »Wenn du irgendetwas von ihm hörst, melde dich bitte gleich bei mir, in Ordnung?«

»Natürlich, mein Schatz.« Sie nahm die Hand von meiner und sammelte die Kaffeetassen ein.

»Ich … Ich muss dann jetzt auch zur Arbeit«, log ich und sprang vom Stuhl auf.

»Bis bald, Kleines.« Sie zwang mir noch eine Umarmung auf und drückte mir einen Kuss auf die Stirn. »Ich freue mich immer, wenn du mich besuchst.«

»Ich mich auch, Mama«, log ich ein weiteres Mal. Ich würde in die Hölle kommen.

3. KAPITEL

Zähneknirschend hatte Ric Natalias Anweisungen zur Führung durch die Bibliothek über sich ergehen lassen. Wer den Diablo nicht zu würdigen wusste, hatte ihm rein gar nichts zu sagen. Sie hatte sich doch glatt beim Aussteigen beschwert, dass sie nun ein Dröhnen in den Ohren hatte!

Die Führungen durch die *Bibliotheca Elementara*, das früher am strengsten gehütete Geheimnis der Wächter, fanden regelmäßig einmal die Woche statt. Auch wenn die Sache mit den Elementen Geschichte war, erinnerte hier in diesen Räumen doch sehr viel daran. Überall an den Regalen konnte man die Schnitzereien erkennen. Die vier dreieckigen Symbole befanden sich auch in jedem einzelnen Buch, das in diesen schier unendlichen Hallen stand. Natürlich roch es nach wie vor nach Tinte, Papier und dem Leder der vielen alten Ausgaben, die in meterhohen Regalen die Bibliothek bewohnten. Aber es herrschte nicht mehr diese unheimliche, Ehrfurcht heraufbeschwörende Stille.

Heute war eine Gruppe von Kindern im Grundschulalter da, die Ric an den Bücherreihen vorbeischob und denen er die Sortierung erklärte. Freundlich lächelnd (Nat hatte ihn mehrmals daran erinnert) versuchte er, ihre Fragen zu beantworten. Nun standen sie gemeinsam direkt vor der großen hölzernen Tür mit den vier Symbolen. Die Aufregung der Knirpse war greifbar und Ric ließ sie nur zu gern ein wenig zappeln.

»Hinter dieser Tür, so heißt es, wurden früher die Kinder der Elementare auf ihre Fähigkeiten getestet.« Er flüsterte es beinahe, damit es wirkte, als wäre es ein großes Geheimnis. Die Reaktion kam prompt.

Er genoss die *Uuuuhs* und *Aaaaahs* der Kinder. Dieses Alter war ihm doch viel lieber als die Zwerge, die gleich losheulten.

Frisch motiviert fuhr er fort: »Seht ihr diese vier Zeichen hier? Sie stehen für Feuer, Wasser, Erde und Luft.«

Ric tippte im Uhrzeigersinn auf die Symbole, die ihren Himmelsrichtungen entsprechend angeordnet waren. Das nach unten schauende Dreieck mit dem Querstrich war das Symbol der Erde und befand sich oben, wo auf Karten Norden lag.

»Und soll ich euch was verraten?« Er machte eine dramatische Pause, um die Spannung zu steigern. »Die Zeichen wurden mit Drachenfeuer in das Holz der Tür gebrannt.« Er verzog kurz den Mund, als er an die Stärke seiner ehemaligen Elementargestalt dachte, an die ihn durchströmende Macht, die der Drache mit sich gebracht hatte.

»Gibt es diese Drachen immer noch?«, fragte ein blondhaariges Mädchen mit Zöpfen wie Pippi Langstrumpf.

Ric ballte die Hände zu Fäusten und schloss für einen Moment die Augen. »Nein, die Drachen gibt es nicht mehr.«

Es auszusprechen schmerzte. Schnell öffnete er die Tür und führte die Gruppe weiter. Mitten im Raum, zwischen etlichen weiteren Regalen, befand sich der große, steinerne Tisch, auf dem auch heute noch die vier Schalen mit den Elementen standen. Ein kleines Feuer brannte in der ersten, Wasser war in der zweiten. Die dritte war mit Erde gefüllt. Die letzte war leer. Damals, bei Rics Eignungstest, hatte ein kleiner Tornado über dieser letzten Schale geschwebt. Nun musste die Luft, die sowieso allgegenwärtig war, ausreichen. Umso deutlicher konnte man dafür das Dreieck auf dem Boden erkennen. Das Zeichen der Luft, Lins Element. Er hing noch einen Moment seinen Erinnerungen nach, ehe er sich wieder an die Gruppe wandte, die ihn erwartungsvoll anstarrte.

»Wollt ihr vielleicht testen, ob auch ihr Elementarkräfte habt?«, fragte Ric die Standardfrage und natürlich antworteten alle mit einem lauten »Ja«. Die Kinder stellten sich in einer Reihe auf und fuhren mit ihren Händen über die Schalen. Ric stand auf der anderen Seite des Tisches, um dafür Sorge zu tragen, dass die Kinder keinen Unsinn anstellten – oder Feuer fingen. Einer nach dem anderen ging am Tisch entlang und ließ die erhobene Hand über den Schalen entlanggleiten.

Es gab keinerlei Zwischenfälle, bis das Mädchen mit den Zöpfen an der Reihe war. Auch sie trat mit bereits erhobener Hand an den Tisch und Ric sah in die erwartungsvollen und aufgeregten Augen der anderen, ob nicht dieses Mal etwas passieren könne, was niedlich war. Kinder gaben nicht so schnell die Hoffnung auf. Da konnten sich einige Erwachsene ein Beispiel dran nehmen.

Dann lenkte ihn ein kurzer Schmerzenslaut wieder auf seine Aufgabe. Das Mädchen stand vor der ersten Schale. Hatte es sich verbrannt? Sofort eilte er zu ihm und sah sich seine Hand an. Es war nichts zu sehen. Vermutlich hatte die Kleine die Hand nur zu tief über das Feuer gehalten und es war heiß geworden.

»Alles in Ordnung?«, fragte Ric und sie presste die Lippen fest aufeinander und nickte tapfer mit dem Kopf. Aber es war offensichtlich, dass nicht alles in Ordnung war. Sie war kreidebleich und auch die anderen waren unruhig geworden und traten nervös von einem Bein auf das andere. »Vielleicht sollten wir für heute Schluss machen und weitergehen«, schlug er vor und einige der Kinder, die noch nicht an der Reihe gewesen waren, nickten eifrig und erleichtert.

»Dann zeige ich euch jetzt das Buch, in dem die ganze Geschichte von all dem hier«, er beschrieb mit seinen Händen einen großen Bogen, »geschrieben steht. Und es ist nicht irgendein Buch. Das Buch wurde von meiner Freundin handgeschrieben. Es ist das einzige Exemplar dieser Geschichte um einen mutigen Drachen und den anderen Elementaren.«

Ric ging voran zur Seite des Raumes. An den hohen Wänden standen wie überall Bücherregale, die bis zum Tonnengewölbe reichten. Vor diesen Regalen hatten die Bibliothekare zwei Vitrinen aufgebaut, besser gesichert als sein Diablo. Er bewegte sich rückwärts, um den Blick der Kinder zu halten, die bei der nun folgenden Ansprache immer kamen.

»Hier hinter mir seht ihr *Die Chroniken der Wächter* und das Buch, das für die Verbindung zwischen unserer Welt und der Buchwelt gehalten wird: *Otherside*.« Ric machte seine typische Pause, um die *Achs* und *Ohs* zu hören, doch es kam nichts. Er wiederholte seine präsentierende Geste, aber noch immer starrten ihn alle an, als hätte er sich direkt vor ihnen in einen Drachen verwandelt.

Dann zupfte ihn die blonde Pippi Langstrumpf am Shirt. Er beugte sich zu ihr hinab, wie Lin es ihm empfohlen hatte, und sie flüsterte mit gebrochener Stimme: »Da liegt kein Buch.«

Binnen eines Wimpernschlags hatte sich Ric umgedreht und die letzten Meter bis zu den Vitrinen überwunden. Er starrte so lange auf die leere Stelle, dass *Die Chroniken* eigentlich schon durch seine bloße Gedankenkraft hätten dort liegen müssen. Doch das taten sie nicht. *Die Chroniken der Wächter* war verschwunden. Das Buch, das erzählte, wie alles endete. Und mit ihm *Otherside*, das Buch, mit dem alles begonnen hatte.

4. KAPITEL

Ich war froh, als ich die vielen Umarmungen meiner Mutter hinter mich gebracht und das Haus verlassen hatte. Sofort fühlte ich mich, als könnte ich freier atmen. Es war erst früher Nachmittag und die Augustsonne brannte heiß auf meine bloßen Schultern. Das Lenkrad meines schwarzen Fiestas glühte regelrecht. Ich liebte mein kleines Auto – auch wenn es nicht allzu viele PS hatte.

Unwillkürlich musste ich an Peters alten Corsa denken. Ric belächelte immer, dass Peter *das alte Ding* nicht endlich loswerden wollte. Aber warum sollte er? Nur weil seine Eltern genug verdienten? Als Angestellte der *Bibliotheca* mussten sie sich über Geld keine Gedanken machen. Genauso wenig Ric, der dank der Waisenrente der Bibliothekare eigentlich gar nicht arbeiten müsste. Von dem Geld, das er damals nach dem Tod seiner Eltern bekommen hatte, hatte er sich den Diablo gekauft. Vielleicht hing er deshalb auch so an dem Auto: Es war für ihn eine Art Verbindung zu seinen Eltern.

Schon während ich aus der Einfahrt rollte, drängte sich das Gespräch mit meiner Mutter wieder in meine Gedanken. Mir ging nicht aus dem Kopf, was sie gesagt hatte: dass die Anziehungskraft zwischen meinen Eltern so plötzlich nachgelassen hatte. Lag es wirklich daran, dass wir die Buchwelt verschlossen und die Magie der Elemente wieder zwischen den Buchdeckeln eingesperrt hatten? Warum hatte der Rat der Bibliothekare oder irgendjemand anderes noch nichts bemerkt? Es musste doch aufgefallen sein, dass sich

Ehegatten, treue Freunde oder andere Bekanntschaften plötzlich abwandten. Ich war gespannt, was Perry dazu sagen würde.

Während ich in die Innenstadt fuhr, ließ ich mir die klimatisierte Luft auf stärkster Stufe ins Gesicht wehen. Wie praktisch war es gewesen, als ich mich noch binnen Sekunden von meinem Element hatte kühlen lassen können … Erst nachdem ich die Kräfte verloren hatte, war mir bewusst geworden, wie oft ich sie tatsächlich in Anspruch genommen hatte.

Da um diese Zeit sämtliche Mitarbeitenden-Parkplätze in der Tiefgarage belegt waren, glich die Parkplatzsuche einem Kampf gegen Titanen. Percy hatte Atlas den Himmel abgenommen? Das war leicht im Vergleich zu dieser Herausforderung. Doch wie es so schön hieß, hatte jede Suche ein Ende – nur dass meine gefühlt zwei Weltreisen von der Bibliothek entfernt lag und es ewig dauerte, durch die engen Gassen zu laufen.

Ich war so in Gedanken versunken, dass ich in einen jungen Mann hineinrannte. Als ich aufsah, murmelte ich eine kurze Entschuldigung, aber er schien mich ebenso wenig registriert zu haben. Erst an der nächsten Querstraße blitzte das Bild des Jungen noch einmal in meinem Kopf auf. Er kam mir so bekannt vor. Wie …

Schnell drehte ich mich um. Der Mann bog gerade um die Ecke und ein Autospiegel oder etwas in der Art blendete mich, ehe er aus meinem Blickfeld verschwand.

Ich schüttelte den Kopf. Was ich zu sehen geglaubt hatte, war vermutlich eher meinem Wunschdenken geschuldet. Beziehungsweise gab es vielleicht tatsächlich einige Typen, die kaum Sonne sahen und sich stylten wie Edward …

Er hat geglitzert, sagte eine Stimme in meinem Kopf.

»Es war ein Autospiegel«, antwortete ich laut, um mich selbst zu überzeugen. »Ein Lichtreflex. Es kann nichts anderes gewesen sein.« Während ich weiterging, wollte mir Edward nicht aus dem Kopf gehen. Wieso musste ich ausgerechnet heute in diesen Typen laufen, wenn ich mir ohnehin schon genügend Gedanken machen musste? Ich schnaubte und beschleunigte meine Schritte.

Doch die flüchtigen Bilder von dem jungen Mann und dem Leuchten am Ende der Gasse ließen mich erst los, als ich endlich im Aufzug stand und den Knopf drückte, der nun für jeden Menschen sichtbar war. Direkt daneben hatte man sogar ein Metallschildchen mit der Aufschrift *Bibliotheca Elementara* angebracht. Irgendein Mistkerl hatte das *Elementara* durchgestrichen – und ganz gleich, wie oft wir das Schild sauber machen mussten, der Mistkerl kam immer wieder.

Als sich die Fahrstuhltür öffnete, empfing mich Lärm. Mir fiel sofort auf, dass es lauter war als sonst. Die Aufregung schien greifbar. Schnell ging ich den großen Saal entlang und unter der Doppeltreppe durch, um zur *Bibliotheca Elementara* zu gelangen. Irgendetwas musste vorgefallen sein.

Über eine Schar von Kindern hinweg sah ich Ric, der gerade mit Perry und Josh sprach und wild gestikulierte. Josh war ebenfalls ein Feuerelementar gewesen und hatte zeitweise mit uns im Team gearbeitet. Wir alle hatten ihn verdächtigt, mit Thyra und Elizabeth gemeinsame Sache zu machen, doch der Rat hatte seinen Fall genauestens überprüft und ihn von allen Verdächtigungen freigesprochen. Meine Skepsis war geblieben, auch wenn Josh beim großen Showdown an Halloween auf unserer Seite gekämpft hatte.

Schnell schob ich mich durch die Gruppe und versuchte, kaum angekommen, zu hören, über was die drei sprachen.

»Und für so eine Aufgabe nimmt man ausgerechnet ihn?« Ric fuhr sich kopfschüttelnd durch die schwarzen Haare.

»Die Bibliothekare selbst haben mich damit beauftragt.« Josh hob entschuldigend die Hände. »Dass sie nicht an die heutige Führung gedacht haben, konnte ich nicht wissen.«

Ric setzte bereits zu einer Antwort an, doch ich stellte mich demonstrativ neben ihn.

»Was ist denn passiert?« Ich registrierte mit einem Lächeln, dass sich Ric merkbar entspannte. Dann zog er mich mit einem Arm an seine Seite, beugte sich kurz zu mir hinab und drückte mir einen Kuss auf die Stirn. Die Stelle brannte sofort und jagte mir einen Schauder den Rücken hinunter. Warum hatte er noch immer so eine Wirkung auf mich?

Da niemand auf meine Frage antwortete, ergriff Perry das Wort: »Ric hat den Alarm ausgelöst, obwohl …«

»Aus gutem Grund«, unterbrach Ric zähneknirschend. »Wie soll ich denn reagieren, wenn die *Chroniken der Wächter* und *Otherside* nicht in ihren Vitrinen liegen?«

»Wusstest du nicht, dass der internationale Rat gerade hier im Haus tagt?« Ich sah ihn fragend an.

Typisch Ric. Seitdem er nicht mehr als Wächter auf Patrouille gehen konnte, war ihm so ziemlich alles egal. Immer wenn der Rat hier war, wollte der die Bücher begutachten. Ich wusste zwar nicht, was sich die Bibliothekare erhofften. Es war ja nicht so, dass sich *Otherside* noch verändern konnte, seit sich die Grenzen nicht mehr überschnitten. Mittlerweile konnte es auch jeder lesen – was vor Samhain nicht möglich gewesen war.

»Ich habe nicht daran gedacht, Tinkerbell.« Mein früherer Kosename ließ mich die Augen zusammenkneifen. Sofort hob er entschuldigend die Hände. »Es war nicht mein Dienst, vielleicht hätte ich mich sonst erinnert.« Er sah mich mit herausfordernd gehobenen Augenbrauen an.

Ja, ja. Schon gut. War klar, dass er mir das jetzt auf die Nase binden musste. Schließlich war ich nicht zu meinem Vergnügen bei meiner Mutter gewesen. Doch da fiel mir etwas ein: »Kann ich später noch mit dir sprechen, Perry?«

»Ist was passiert?« Rics Blick war so eindringlich, dass ich für einen Moment in den goldenen Augen versank. Dann schüttelte ich schnell den Kopf und deutete mit dem Kinn auf Josh. Ric verstand sofort. Er teilte mein Misstrauen.

»Wir können gern in mein Büro gehen, nachdem sich hier ja alles geklärt hat, oder Ric?«

Der zuckte nur mit den Schultern.

»Dann kommt.« Wir folgten Perry am Rand der Schülergruppe entlang.

Die armen Kinder mussten nach diesem Chaos sicher total durcheinander sein. Mir fiel ein blondes Mädchen mit Zöpfen auf.

Es fixierte Ric, der vor mir ging, und wirkte, als würde es ihm jeden Moment hinterherrennen wollen.

»Du hast einen Fan«, flüsterte ich ihm von hinten ins Ohr.

»Nur einen?« Er drehte sich kurz zu mir um und schenkte mir ein 100-Watt-Lächeln, das mich automatisch mitlächeln und die Aussage ignorieren ließ. Ich deutete mit einem Nicken auf die Blonde. Ric runzelte die Stirn, ehe er sich wieder umdrehte und weiterging.

»Sie starrt dich immer noch an.« So langsam wurde sie mir unheimlich. Bei Aither, hatte ich das gerade gedacht? Jetzt gruselte ich mich schon vor einem kleinen blonden Mädchen? Die Kleine war nicht annähernd so gruselig wie so mancher Geist, der früher aus Büchern herausgelesen worden war. Ich schüttelte den Kopf. Erst Edward auf der Straße, dann die seltsame Reaktion auf dieses Mädchen? Ich brauchte wohl dringend Urlaub.

Perry öffnete die Tür zu seinem Büro und wir traten ein.

»Sie ist mir bei der Elementarprüfung aufgefallen«, erzählte Ric schließlich. »Ich habe gerade auf die anderen Kids geachtet, da hat sie kurz aufgeschrien. Vermutlich ist sie zu dicht ans Feuer gekommen.« Wieder legte er die Stirn in Falten. »Sie war aber nicht verbrannt oder so, das ich hätte melden müssen«, rechtfertigte er sich vor Perry, der sofort aufhorchte. Unfälle mussten akribisch protokolliert werden. Nicht einmal ein Pflaster durfte man aus dem Erste-Hilfe-Koffer nehmen, ohne einen ganzen Zettel auszufüllen. »Das Seltsame ist, dass die anderen danach auch nicht mehr sonderlich erpicht darauf waren, sich zu testen.« Ric verzog das Gesicht.

»Haken wir die heutigen Ereignisse ab«, sagte Perry und sah mich an. »Du wolltest mit mir reden?«

Ich nickte und überlegte, wo ich anfangen sollte. »Ich war bei meinen Eltern zu Besuch. Oder besser gesagt, bei meiner Mutter«, begann ich. »Mein Vater ist verschwunden.«

Perry schaute mich erschrocken an. »Verschwunden?«

»Es ist nicht das erste Mal. Meine Mutter ist eine Fictionmate«, antwortete ich, als wäre das Erklärung genug. »Sie neigt schon immer zur Übertreibung. Sie hat jedoch etwas erwähnt, das mir Bauchschmerzen bereitet.« Ich erzählte von dem fehlenden Etwas, von dem meine Mutter berichtet hatte. Danach herrschte für mehrere Minuten Stille.

»Wir haben in der Tat einige familiäre Probleme gemeldet bekommen«, sagte Perry irgendwann und verzog den Mund. »Aber bislang hat das niemand mit dem Fehlen der Elemente in Verbindung gebracht. Ich werde das später in der Ratssitzung vorbringen.« Er fuhr sich übers Gesicht und wandte sich anschließend an Ric. »Mit dir ist alles in Ordnung?«

Ric sah ihn fragend an.

»Du bist nach wie vor nicht sehr gut auf Josh zu sprechen. Vielleicht solltest du die alte Geschichte ruhen lassen.«

Ric schnaubte. »Ich weiß nicht, wie er oder seine Eltern es geschafft haben, ihn da ungestraft rauszuholen, aber ich weiß, dass letztes Jahr nicht alles mit rechten Dingen zugegangen ist.«

Ich nickte eifrig zur Bestärkung.

»Ihm konnte nichts nachgewiesen werden. Und du kannst nicht ewig nachtragend sein. Vor allem nicht, wenn du im Unrecht warst. Josh und seine Eltern sind den Bibliothekaren nie unangenehm aufgefallen. Ganz im Gegensatz zu dir und deiner Familie.«

Sofort funkelte Ric ihn an und meine Haut prickelte, als läge irgendeine Form von Magie in der Luft. Dieses Prickeln hatte ich auch immer gespürt, ehe sich ein Elementar verwandelt hatte. Die geballte Macht eines Elements. Rics Augen flackerten bedrohlich, was Perry jedoch nicht beeindruckte.

Er zuckte mit den Schultern und ließ das Thema auf sich beruhen. »Ich werde dir dann Bescheid geben, was beim Rat herausgekommen ist«, schloss er und damit war das Gespräch beendet. Gemeinsam verließen Ric und ich Perrys Büro.

»Wollen wir noch was trinken gehen?«, fragte ich Ric und schnappte mir seine Hand, als wir die große Empfangshalle durchquerten.

»Wenn es euch nichts ausmacht, würden wir gern mitkommen«, sagte plötzlich eine Stimme neben uns.

Ich sah mich um und blickte in Corals strahlend blaue Augen. Neben der früheren Wasserelementarierin stand Peter, der wie immer etwas unsicher war.

»Unsere Schicht ist gerade zu Ende«, ergänzte er und wurde rot im Gesicht. Daran hatte sich in der Zwischenzeit also nichts geändert.

»Na klar«, sagte ich und spürte, wie sich Ric verkrampfte. Er wurde nicht gern daran erinnert, wie es noch vor einem Jahr gewesen war. Wie wir als Team nahezu jede Nacht auf Patrouille gegangen waren.

»Ins *Milk & Sugar*?«, fragte Coral und ich nickte.

Wir verließen das Gebäude durch den Notausgang wie zu früheren Zeiten. Ric voran, ganz der Anführer unseres Teams. Ein Hauch Melancholie legte sich über die Gruppe, die im grellen Sonnenlicht jedoch schnell wieder verschwand.

Wir gingen gemeinsam durch die Gassen, bis wir an meinem Lieblingscafé ankamen. Nach Halloween hatte ich mich lange von diesem Ort ferngehalten. Ich war so oft mit Ty hier gewesen, wir hatten ganze Nachmittage mit dem besten Milchschaum der Stadt verbracht. Wie hatte sie mich so täuschen können?

»Das *Milk & Sugar* kann doch nichts dafür«, hatte Ric ständig gesagt, bis ich endlich eingesehen hatte, dass er recht hatte – was er natürlich nicht von mir bestätigt bekommen hatte. Seitdem kamen wir wieder öfter hierher und verhielten uns wie normale junge Erwachsene, von denen es im Café nur so wimmelte.

Wir hatten Glück: Ein Vierertisch wurde gerade vor dem schnuckeligen Gebäude frei und wir setzten uns. Sophie, die Kellnerin, kam sofort zu uns und nahm unsere Bestellung auf.

»Was war denn heute in der *Bibliotheca* los?«, fragte Peter neugierig, als wir unsere Bestellung aufgegeben hatten.

Zähneknirschend erzählte Ric von den fehlenden Büchern. Peter verdrehte die Augen und setzte zur Antwort an, die Ric jedoch mit einem schneidenden Blick verhinderte. »Ich weiß, dass der Rat tagt.« Er verschränkte die Arme vor der Brust. »Aber in dem Moment habe ich nicht daran gedacht. Als dann noch Josh«, er spuckte den Namen beinahe aus, »sagte, dass er die Bücher herausgenommen hat, habe ich rot gesehen, glaubt mir.«

Das konnte ich mir gut vorstellen. Mein Drache in Höchstform.

»Ausgerechnet Josh?« Coral schüttelte langsam den Kopf. Wenigstens hatten wir vier nach wie vor eine Sache, die uns verband.

»Überwachen ihn deine Eltern immer noch?«, fragte ich Peter. Seine Eltern waren schon früher für die Qualitätssicherung zuständig gewesen und an ihrem Job hatte sich nichts geändert: Sie überprüften Teamfähigkeit, innerbetriebliche Probleme oder Reibungspunkte, wie es so schön hieß.

»Ich glaube nicht mehr, nein. Sie konnten absolut nichts finden, auch wenn ich ihnen mehrmals haarklein alles erzählt habe, was damals vorgefallen ist.«

Sofort dachte ich an unsere Verdachtsmomente zurück. In der Zeit, in der Josh wegen einer Verletzung seiner Teampartnerin Laurie mit uns auf Patrouille gegangen war, hatte er niemals seine Elementarkräfte eingesetzt. Wir hatten vermutet, dass er seine Elementarkette Thyra gegeben hatte – zusammen mit Ketten von anderen Elementaren. Aber bei der Überprüfung hatte er sie plötzlich wieder und unser Verdacht wurde entkräftet. Für seine Verwirrtheit hatte er die Verletzung von Laurie verantwortlich gemacht. Irgendwas lief zwischen ihm und der Wasserelementarierin seines früheren Teams. Auch heute noch sah man sie immer wieder zusammen. Aber offiziell waren sie kein Paar.

»Haben deine Eltern etwas von Streitigkeiten in Fictionmate-Beziehungen gehört?« Wenn jemand davon wusste, dann die Qualitätssicherung, vermutete ich.

»Keine Ahnung. Aber ich kann sie gern fragen.«

Stille legte sich über unseren Tisch und wir alle hingen unseren Gedanken nach. Vermutlich ging es Coral oder Peter auch nicht besser als Ric und mir. Sie vermissten ihre Elementargestalt sicher ebenso wie wir unsere. Coral war eine wunderbare Vorleserin, aber wenn ich mich daran erinnerte, wie sie Seelenlose mit ihrem Gesang überzeugt hatte, waren selbst die tollen Lesestunden mit ihr nur ein Echo dessen, was sie einmal gewesen war, als sie ihre Sirenenkräfte vollends hatte nutzen können. Peter hingegen war zu einem Büromenschen mutiert, trug ständig Anzüge und wurde zum Teamleiter weitergebildet. Vielleicht würde er danach irgendwann in die Fußstapfen seiner Eltern treten.

Sophie bugsierte ein Tablett zwischen den vielen kleinen Tischen hindurch und stellte schließlich unsere Getränke vor uns ab. Wir löffelten nahezu synchron den Milchschaum ab und es herrschte erneut Stille. Wir hatten uns einfach nicht mehr genug zu sagen, was wirklich traurig war. Immerhin waren wir mehrere Jahre eine geschlossene Einheit gewesen, auch wenn Ric vor allem Peter das Leben manchmal schwer gemacht hatte.

Ich seufzte und Ric legte seine Hand auf meinen Oberschenkel.

»Habt ihr von der Sache in Paris gehört?«, fragte Peter plötzlich.

Wir alle schüttelten den Kopf und sahen ihn fragend an.

»In der *Bibliotheca Elementara* ist bei einer Führung ein Feuer ausgebrochen. Glücklicherweise konnte es schnell genug gelöscht werden, bevor Bücher beschädigt wurden.«

»Wie kann dort ein Feuer ausbrechen?«, fragte Ric skeptisch.

Peter zuckte mit den Schultern. »Die Sache wird noch untersucht. Die dortige Qualitätssicherung hat jedoch empfohlen, die Feuerlöscher in den Instituten weltweit aufzustocken.«

Coral sah bedrückt auf ihren Cappuccino hinab. Feuerlöscher hatten wir nie gebraucht. Wenn die Feuerelementare ihr Element nicht mehr im Griff gehabt hatten, war irgendein Wasserelementar zur Stelle gewesen. Wie es schien, schlug es uns allen auf die Stimmung, zusammen mit dem alten Team hier zu sitzen.

Plötzlich deutete Ric mit dem Kopf in Richtung Marktplatz und instinktiv folgten wir alle seinem Blick: Josh eilte über den Platz, kam vermutlich direkt von der Bibliothek.

»Er sieht verdächtig aus«, sagte Ric tonlos und bestätigte meinen Eindruck.

Josh hielt eine Ledertasche vor der Brust und rannte um sein Leben. Na ja, vielleicht nicht ganz, aber irgendwie musste man die Langeweile unseres neuen Lebens ja ausfüllen. Vier Augenpaare sahen ihm mit zusammengezogenen Brauen hinterher, bis er in eine der kleineren Gassen eingebogen war.

»Da ist doch was faul«, stimmte nun auch Peter zu. »Vielleicht sollte ich meine Eltern noch einmal darauf stoßen.«

»Was er wohl im Arm hatte?«, überlegte Coral.

»Und was will er damit in einer Sackgasse?«, fügte Peter stirnrunzelnd hinzu.

»Wollen wir es herausfinden?« Rics Augen leuchteten, seine Augenbrauen zuckten aufgeregt.

Das Feuer seiner Begeisterung steckte uns an und wie von selbst sprangen wir auf, legten binnen Sekunden das Geld für unsere Getränke auf den Tisch und rannten zu der kleinen Gasse. Es tat gut, wieder ein kurzfristiges Ziel zu haben, und ich fühlte mich plötzlich unendlich befreit. Sogar eine zarte Brise umspielte mich wie zu früheren Zeiten. Ein fantastisches Gefühl, auch wenn es nicht mehr dasselbe war.

5. KAPITEL

Für einen kurzen Moment war es wie früher. Ric glaubte sogar, das Feuer zu spüren, das durch seine Adern rauschte. Josh war ihm noch immer suspekt; sein Instinkt sagte ihm, dass mit dem anderen Feuerelementar etwas nicht stimmte.

Er rannte über den Marktplatz, scheuchte ein paar Tauben auf und war kurz davor – dicht gefolgt von den anderen –, die Sackgasse zu betreten. Hier hatten sie so viele Seelenlose gebunden, er konnte sie gar nicht mehr zählen. Die Gasse war perfekt dafür gewesen. Durch die hohen fenster- und türlosen Mauern hatten selbst die stärksten Buchcharaktere nicht entkommen können, ohne sich mit Team A, dessen Anführer er gewesen war, anzulegen. Die perfekte Falle. Und in genau die war Josh jetzt getappt. Wie dämlich konnte man sein? Schließlich war er bei einem ihrer letzten Einsätze dabei gewesen.

Ric bog um die letzte Ecke und musste mehrmals blinzeln, um seine Augen an das Dunkel zu gewöhnen. Er blinzelte nochmals, damit er glauben konnte, was er sah, als er seinen Blick über die lange, schnurgerade Gasse schweifen ließ. Josh war nirgends zu sehen. Sicherheitshalber gingen sie bis zur Mauer am Ende, durchsuchten auch die kleinen Winkel hinter den herumliegenden Kartons und den Mülltonnen. Bis auf ein paar gebundene Zeitungsstapeln und zwei alte Gemälde, die eigentlich noch recht gut aussahen, war nichts zu sehen. Das eine Bild zeigte einen Wald, das andere einen

Fahrstuhl. Bei Letzterem war ihm klar, warum man es weggeworfen hatte. Wer hing schon Bilder von Fahrstühlen auf?

»Wo ist er hin?«, sprach Lin neben ihm das aus, was auch Ric im Kopf herumgeisterte. Sie hatten ihn alle in diese Gasse gehen sehen. Wie, bei Hephaistos, konnte er nun verschwunden sein?

»Wir müssen ihn übersehen haben, als wir unser Geld auf den Tisch gelegt haben«, versuchte sich Peter an einer Erklärung.

»Ja klar, Laubkopf«, antwortete Ric. »Dir sind wohl deine Blätter abhandengekommen.«

Lin sah ihn sofort böse an und er verzog das Gesicht. Wie konnte man denn eine so dämliche Erklärung abgeben? Als hätte Ric den Ausgang der Gasse auch nur für einen Moment aus den Augen gelassen.

»Wir sollten Perry Bescheid geben«, schlug Lin vor.

»Was kann der schon tun?« Ric ballte die Hände zu Fäusten. Er spürte, dass etwas Wichtiges passiert war. Etwas, das sie alle wissen mussten. Mit einem Mal fühlte er sich, als wären sie etwas Großem auf der Spur. Ein wohliger Schauder durchlief seinen Körper.

»Ric!«, rief Lin plötzlich neben ihm und riss ihn aus seinen Gedanken.

Er folgte ihrem erschrockenen Blick zum Ende der Gasse. Dort stieg Rauch auf. Gänsehaut fuhr über Rics Arme. Je länger er hinsah, desto stärker qualmte es. Erste Flammen züngelten an den Kartonbergen und den Gemälden empor. Ric konnte selbst nicht glauben, was er da sah.

»Ich rufe die Feuerwehr«, sagte Peter und zog sein uraltes Handy aus der Tasche, das noch aus der ersten Generation stammen musste.

Ric hingegen wollte nicht glauben, dass einfach so spontan irgendwo Feuer entstanden war. Doch der Rauch wurde immer dichter und bald konnte er nicht einmal mehr bis zum Ende der Gasse sehen.

»Wir müssen hier weg«, sagte Lin und zog ihn mit sich.

Peter meldete den Brand bereits und kurz darauf konnten sie den entfernten Lärm der Sirenen hören. Sie warteten am Ende der Gasse auf die Einsatzkräfte. Auch die Polizei rückte an und nahm ihre Aussage auf. Danach beschlossen sie, Perry Bericht zu erstatten. Er musste wissen, dass Josh etwas verbarg.

»Fangt ihr schon wieder damit an?«, seufzte Perry nach dem ausgiebigen Bericht. »Josh hat nur Besorgungen für den Rat erledigt.«

»In einer Sackgasse, aus der er plötzlich verschwindet?« Ric sah Perry herausfordernd an. Sein Team unterstützte ihn nickend.

Perry fuhr sich übers Gesicht. »Ihr müsst euch getäuscht haben. Ich habe ihn vor einer Viertelstunde noch hier gesehen. Er hat die *Chroniken der Wächter* zurück in ihre Vitrine gebracht. Etwas später habe ich die Sirenen gehört.«

Ric brannte innerlich. Wieso hatte man ausgerechnet dem Verräter die Verantwortung für Lins Buch anvertraut?

»Ist das Buch wirklich wieder sicher verwahrt?«, fragte Peter mit neutraler Stimme. Auch wenn es Ric ungern zugab, war er für solche Gespräche besser geeignet.

»Natürlich. Ihr könnt gern nachsehen. Ich war schließlich dabei, als er es in die Vitrine gelegt hat. Der Mechanismus kann nur zusammen mit einer Führungskraft aktiviert werden.«

Warum verschlossen sich alle so offensichtlich davor, Josh als das zu sehen, was er war? Ric konnte darüber nur den Kopf schütteln. Er wollte sich schon selbst davon überzeugen, ob das Buch zurück war, als Perry die Gruppe zurückhielt.

»Da wäre noch etwas«, druckste Perry herum. »Ich musste eine Beschwerde über euch weiterleiten. Wir haben einen anonymen Hinweis bekommen, dass ihr für das Feuer da draußen verantwortlich seid.« Er deutete mit der Hand in die Richtung, in der ein paar Straßen weiter der Marktplatz lag.

»Wie bitte?«, fragte Peter empört. So viele Emotionen hatte Ric dem Grünspan gar nicht zugetraut. »Meine Eltern werden sicher begeistert sein, wenn sie eine Beschwerde über ihren Sohn auf den Schreibtisch bekommen.« Er schnaubte doch tatsächlich. Ric konnte ein Grinsen nicht unterdrücken.

»Ich wollte euch nur vorwarnen, falls jemand auf euch zukommen sollte.« Perry hob entschuldigend die Hände. »Ihr könnt dann jetzt gehen.«

Wütend stürmte Ric nach draußen und auf den Fahrstuhl zu. Die Tür öffnete sich bereits mit dem typischen Bing, als Lin an seine Seite trat und beruhigend die Hand auf seinen Rücken legte. Ohne es zu beabsichtigen, entspannte er sich ein wenig.

Während der Fahrt nach oben fragte Lin, ob er dasselbe dachte wie sie, und bei Hephaistos, das tat er. Dieser miese Feuerelementar wollte von sich ablenken und hatte Rics Team verdächtig gemacht. Das würde er büßen. Ric kochte vor Wut.

Er ballte die Fäuste und die Luft im Fahrstuhl war plötzlich zum Schneiden dick. Es roch eindeutig nach Feuer, das konnte er sich nicht länger einbilden. Ein Blick auf Lin zeigte ihm, dass sie den Geruch ebenfalls wahrnahm. Vermutlich Rauch, der in ihren Klamotten hing. Mit großen Augen sah Lin zu ihm hinauf.

Das war einer dieser Momente, die er in tausenden Jugendbüchern bereits gelesen hatte. Ein winziger Augenblick, der aus der Zeit gerissen schien. Er fühlte sich von seinem Element wie berauscht, auch wenn er die Magie des Feuers nicht direkt spüren oder lenken konnte.

Seine Augen versanken in denen von Lin und die Zeit blieb stehen, als er sich langsam zu ihr hinabbeugte, um sie zu küssen. Es hätte ein perfekter Moment werden können, wie ihn so viele Autorinnen und Autoren beschrieben haben. Lin hatte die Augen instinktiv geschlossen und die Lippen leicht geöffnet. Er spürte ihren warmen Atem, der sich mit dem Duft des Feuers vermischte.

Lin jedoch verdarb die Stimmung.

»Der Fahrstuhl bewegt sich nicht«, flüsterte sie.

Er schreckte hoch und stellte fest, dass sie recht hatte. Schnell lösten sich die Vorstellung eines perfekten Augenblicks und die Erinnerung an sein Element auf, als er den Rauch sah, der durch die geschlossene Fahrstuhltür drang. Die Tür des Fahrstuhls, der sich nicht bewegte.

6. KAPITEL

Mein Hirn schaffte es kaum, alle Details zu begreifen. Erst war Ric wütend zum Fahrstuhl gerannt, ich war ihm gefolgt; dann hatten wir uns plötzlich fast geküsst, weil er von jetzt auf gleich seine alte Ausstrahlung hatte. Als wäre sein Element wieder zugegen, das ihn stärkte und sein altes Ego zutage förderte – was ich, wie ich zu meiner Schande gestehen musste, äußerst attraktiv fand.

Ich hatte schon dieses Kribbeln im Bauch, diese Vorfreude auf den Kuss. Da roch ich es. In meiner kurzzeitigen geistigen Umnebelung hatte ich wirklich geglaubt, den alten Drachen bei mir zu haben, und nah an seinen Lippen gelächelt. Mein Magen hatte einen Hopser gemacht vor Freude. Jenseits des Nebels erkannte ich allerdings, dass das Hopsen von dem anhaltenden Fahrstuhl rührte und der Geruch nach Feuer eine ebensolche erklärbare Ursache hatte. Irgendwo da draußen brannte ein Feuer und der Rauch quoll bis in den Fahrstuhl. Peters Worte geisterten mir durch den Kopf, sein Bericht über den Brand in Paris.

Sofort musste ich husten und konnte nicht mehr damit aufhören. Ric strich mir über den Rücken, aber selbst das konnte mich nicht beruhigen. Mehrmals schlug ich panisch auf den Alarmknopf ein, obwohl Ric das bereits getan hatte. Ich hätte nie geglaubt, dass ich Angst in einem Fahrstuhl bekommen könnte. Jetzt schon. Ein Gewicht legte sich schwer auf meine Brust und ich konnte nicht mehr atmen. Nicht, weil dort Rauch war, sondern weil die Wände immer näherzukommen schienen.

Gefühlte Stunden später ertönte eine Stimme. Der Rauch waberte oben unter dem Deckenlicht des Fahrstuhls.

»Lin? Ric? Seid ihr dort drin?«

Perry! Aither sei Dank!

»Brennt es dort draußen?«, fragte Ric und ich bekam wieder einen Hustenanfall.

Perry ging nicht auf die Frage ein. »Wir stemmen jetzt die Tür auf. Ich kann euch von hier oben aus sehen.«

Steckten wir so lange schon in dem Aufzug fest, dass Perry – der sonst so gemütliche Perry, dessen Elementarfähigkeit einem Tümpel glich im Vergleich zu Corals munterem Bächlein – die Feuertreppe mit den gefühlten zig Millionen Stufen hatte hochlaufen können? Das hatte ich einmal gemacht und ohne mein Element wäre ich auf dem Weg zusammengeklappt. Und das, obwohl ich regelmäßig joggen ging.

Ein Kratzen und Schaben war von außerhalb des Fahrstuhls zu hören. Der bewegliche Raum schwankte beinahe unmerklich und mit einem Mal beschlich mich eine weitere Angst: Die Dinger konnten abstürzen! Ich atmete tief ein – so gut das mit all dem Qualm ging – und versuchte, meine Nerven zu beruhigen. Meine Hand krallte sich fest um die von Ric und die andere wanderte instinktiv zu meinem Elementaranhänger. Nervös starrte ich zur Tür.

Es ruckelte erneut und ein schmaler Lichtstreifen drang durch den Rauch.

Perry fluchte: »Was bei Poseidon habt ihr gemacht?« Er presste die Tür mit etwas auseinander und wir konnten sein besorgtes und zugleich verärgertes Gesicht sehen. »Wieso riecht es hier so nach Feuer?«

»Dürfen wir vielleicht erst einmal hier raus?«, fragte Ric schnippisch, während sich bei mir der nächste Hustenanfall ankündigte. Er schnappte mich an der Hüfte und hob mich den Meter hinauf zu Perry. Dieser zog mich zu sich und schob mich zur Seite.

Kurz darauf stemmte sich Ric ebenfalls in die Freiheit.

»Würde mir jetzt endlich einer erklären, was ihr dort drin getrieben habt?«

Ric grinste breit, wackelte mit den Augenbrauen und setzte schon zu einer bissigen Antwort an, doch ich hielt ihn zurück.

»Wir dachten, draußen würde es brennen. Wir haben rein gar nichts gemacht.«

Perry wirkte besorgt. Coral kam in dem Moment ebenfalls die Feuertreppe hoch, den keuchenden Peter im Schlepptau.

»Was ist passiert?«, fragte er, während er um Atem rang.

»Josh ist passiert, wollen wir wetten?«, stieß Ric aus zusammengepressten Zähnen hervor. »Erst das Feuer in der Gasse, dann der Rauch hier drin. Mit dem Typen stimmt etwas nicht.«

»Solange du keine Beweise hast, Ric, solltest du vorsichtiger mit deinen Vorwürfen sein. Aber ich wollte eben sowieso zur Überwachung gehen. Dort können wir gern nachsehen, ob deine Vorwürfe haltlos oder begründet sind.« Perry sah Ric herausfordernd an.

Gute Idee. Schließlich wollte ich ebenfalls mit eigenen Augen sehen, was die Überwachungskameras aufgezeichnet hatten.

»Warum wolltest du zur Überwachung?«, fragte Coral, als wir uns auf den Weg zur Feuertreppe machten. Mich bekamen heute keine zehn Drachen mehr in den Fahrstuhl. Coral und Peter hatten sich ohne zu fragen angeschlossen – wir waren eben doch noch ein Team. Der Gedanke brachte mich zum Lächeln.

»Es geht um den Vorfall während der heutigen Führung«, nuschelte Perry, aber Ric hatte es dennoch mitbekommen und sah ihn scharf an. Perry hielt seinem Blick stand und zuckte mit den Schultern. »Es ist nach wie vor meine Aufgabe, solche Dinge zu überprüfen.«

Ohne weitere Worte liefen wir die Treppen hinab und gingen gemeinsam in das Büro der Überwachung. Früher waren hier sämtliche öffentliche Kameras angezapft worden, die den Technikern Hinweise lieferten, wo sich herausgelesene Seelenlose gerade aufhielten. Heute waren sie erweitertes Security-Personal. Es waren auch nur noch wenige der vielen Arbeitsplätze besetzt.

Perry begrüßte den leitenden Techniker der Überwachung (ich glaubte, mich zu erinnern, dass er Jimmy hieß) und stellte uns alle vor. »Hast du die Aufnahmen von der Führung?«, fragte er dann.

Jimmy drehte sich geschäftig zu seinen vielen Bildschirmen um und hackte auf die Tastatur ein. Sofort erschien der Prüfungsraum und kurz darauf trat Ric mit einer Schar Kinder ein. Zunächst blieb alles normal. Ein Kind nach dem anderen ging den Tisch mit den Elementarschalen entlang. Ric musterte die umstehenden Kinder und ein Lächeln schlich sich auf sein sonst so ernstes Gesicht. Automatisch hoben sich auch meine Mundwinkel.

Dann passierte es. Es ging viel zu schnell und auch Perry bat Jimmy, noch einmal zurückzuspulen. »Und jetzt langsamer.«

In Slow Motion ging die kleine Blonde mit den Zöpfen, die mir vorhin als Stalkerin aufgefallen war, zum Tisch. Sie hatte ihre Hand wie all die anderen vor sich erhoben. Ihr Gesicht wirkte ernst, als sie auf die erste Schale zuging.

Rics Blick war noch immer auf die anderen gerichtet, da schoss das Feuer aus der Schale empor und die Feuersäule umspielte die Hand der Blonden. Sie schrie erschrocken auf und zog blitzschnell die Hand zurück. Ric rannte zu ihr und untersuchte die Hand auf Verletzungen. Seine Erleichterung war ihm anzusehen. Das Bild stoppte.

»Was bei Poseidon war das denn?« Der Patron der Wasserelementare hatte heute sicher schon ein Klingeln im Ohr, so oft, wie er erwähnt wurde. Perry fluchte ansonsten nie.

Jimmy sah fassungslos auf den Bildschirm, spulte zurück, sah sich die Feuersäule noch einmal an und stoppte an der Stelle, als das Feuer die Hand des Mädchens vollständig umschloss.

Ich konnte ebenfalls nicht glauben, was ich da wieder und wieder sah. Das Element hatte eine eindeutige Reaktion gezeigt. Eine starke Reaktion, wie sie nur bei wenigen Elementaren hervorgerufen wurde.

»Wer ist dieses Mädchen?«, fragte Perry mehr an sich selbst gerichtet und wandte sich anschließend an Ric. »Bist du die Teilnehmerliste durchgegangen, wie es Vorschrift ist?«

»Natürlich, Chef«, seufzte Ric.

»Meinst du, du kannst den Namen der Blonden zuordnen, wenn wir die Liste gemeinsam durchgehen?«

»Nicht nötig«, warf Jimmy ein, hackte auf die Tastatur ein und suchte nach dem Beginn der Führung. Ric stand mit der Liste da, las vor und hakte ab. Absolut vorbildlich – bis auf den Gesichtsausdruck, der besagte, dass er bei einem falschen Wort töten würde. Jimmy drehte an einem Rädchen und plötzlich gab es auch Ton zum Bild.

»Oskar Mayer«, sagte der Ric im Video.

»Hier!«, rief ein dürrer kleiner Junge mit Brille.

»Leonie Funke?«

Noch ehe das kleine Stalkermädchen reagierte, atmete Perry geräuschvoll ein.

»Hier!«, piepste es.

»Okay, das genügt. Danke, Jimmy. Jetzt weiß ich, zu wem das Mädchen gehört.«

Wir sahen ihn alle fragend an.

»Die Funkes sind eine alte Elementarfamilie, bei der die letzte Generation jedoch übersprungen wurde.« Er fixierte mich, als wolle er hinzufügen: »Wie bei dir, Lin.« Denn auch mein Vater hatte die Elementarkraft ja nicht selbst besessen, sondern nur an mich vererbt.

»Dann können wir die Kleine herholen lassen?«, fragte Peter. Er schien regelrecht aufgeregt, was bei ihm selten der Fall war. Er war normalerweise die Ruhe in Person.

»Ich denke, ich kann ihren Vater kontaktieren. Andreas Funke hatte seine Tochter damals schon für den Eignungstest vormerken lassen. Ich werde das gleich mal erledigen.«

Ohne uns weitere Anweisungen zu geben, eilte er davon. Fragend sahen wir einander an, bis Ric plötzlich ein falsches Lächeln auf die Lippen glitt.

»Könntest du uns den Fahrstuhl zeigen?«, fragte er Jimmy betont höflich.

»Natürlich.« Jimmy zuckte mit den Schultern, tippte Befehle in die Tastatur und das Bild zeigte den Fahrstuhl in der Bibliothek.

»Nein, oben bitte.«

Kurz darauf wechselte das Bild zur oberen Etage.

»Und jetzt langsam zurückspulen«, wies Ric an und Jimmy folgte seiner Aufforderung.

Wir sahen eine ganze Weile nur die geöffnete Fahrstuhltür und die Kabine, die zur Hälfte zu sehen war. Dann rannten wir alle gemeinsam rückwärts durchs Bild, blieben kurz stehen und redeten, ehe Coral und Peter davoneilten und Ric und ich in den Fahrstuhl sprangen. Perry schloss ihn und kniete davor und redete auf ihn ein. Es sah wirklich lustig aus und ich konnte mir ein kurzes Lachen nicht verkneifen. Anschließend rannte Perry rückwärts zur Feuertreppe.

Gleich darauf wurde das Bild schwarz.

7. KAPITEL

Jimmy spulte vor und wieder zurück, doch es fehlte ein großer Teil der Aufnahme.

»Wer auch immer das getan hat«, presste Ric zwischen mahlenden Kiefern hervor, »wusste genau, was er tut, verdammt.« Er ballte die Fäuste, während Jimmy spulte und spulte. Bis zu dem Moment, als Perry auftrat, schien die ganze Aufnahme aus Schwärze zu bestehen.

»Tut mir leid, Leute«, sagte Jimmy und hob entschuldigend die Hände. »Wir haben in letzter Zeit öfter technische Probleme. Die kürzen laufend unser Budget.« Er fixierte Peter. »Du könntest deinen Eltern ja mal einen Tipp geben, dass auch die Technik ohne Gelder nicht reibungslos funktioniert.«

Peter nickte höflich, ganz der Setzling, zu dem man ihn erzogen hatte. Das war nicht der erste Wink mit dem Zaunpfahl, den man an ihn richtete, um seinen Eltern eine Botschaft zukommen zu lassen. Ric dachte sich nur, dass es ihn tierisch nerven würde, wenn sich ständig jemand mit seinen Beschwerden über sonst was an ihn wenden würde.

»Wir könnten ja noch einen Kaffee trinken gehen«, schlug Lin vor und zwinkerte Ric zu, während sie seine Hand nahm.

Coral und Peter nickten und gemeinsam verließen sie den Technikraum, um erneut ins *Milk & Sugar* zu gehen. Ric konnte es kaum erwarten, endlich das Gebäude zu verlassen.

»Dieser verdammte Mistkerl! Wie hat er das nur geschafft?« Ric wusste nicht, wohin mit seiner Wut. Er schlug einmal kräftig gegen die bröckelnde Fassade der Bibliothek und stieß weitere Verwünschungen in Joshs Richtung aus, für die sich seine Großmutter geschämt hätte.

»Beruhig dich, bitte«, versuchte Lin, ihn zu besänftigen.

Doch das war leichter gesagt als getan. Ric konnte es nicht fassen, dass dieser Typ einfach mit allem ungeschoren davonkam. Er wandte sich an Peter. »Ich hoffe, du redest noch einmal ein ernstes Wörtchen mit deinen Eltern«, grummelte er und tat jetzt genau das, wofür der Erdling ihm kurz zuvor leidgetan hatte. Ein weiterer Grund, sich zu ärgern.

»Wollen wir?«, fragte Coral und sah Ric mit ihren großen dunkelblauen Augen an. Auch wenn sie nicht mehr sein elementares Gegenstück war, beruhigte sich sein Gemüt ein wenig und nickend lief er die Strecke zurück zum Café.

Doch so weit kamen sie nicht.

»Wenn das Mädchen in der *Bibliotheca Elementara* das Feuer kontrollieren konnte, könnten dann auch wieder Seelenlose hier auftauchen?« Lin hatte diese niedliche Falte zwischen den Augenbrauen, die auftauchte, sobald sie nachdachte. Ric hatte gedacht, das sei so ein Autorenklischee, aber Lin belehrte ihn immer wieder eines Besseren.

Peter antwortete als Erster: »Ich weiß nicht, ob sie das Feuer wirklich kontrollieren konnte. Die *Bibliotheca* ist noch so viel mehr als ein bloßer Raum. Vielleicht ist dort etwas Magie zurückgeblieben?«

»Und wieso können dann wir die Elemente dort nicht kontrollieren?«, schnaubte Ric.

»Hast du es denn schon einmal versucht?« Peter sah ihn mit schräg gelegtem Kopf an.

Tatsächlich hatte es Ric nie probiert. Nicht, nachdem er den halben November damit zugebracht hatte, zu Hause auch nur ein Fünkchen zu erzeugen. Was jedes Mal fehlgeschlagen war. Zerknirscht schüttelte er den Kopf.

»Aber die Magie ist aus der Welt verschwunden, warum sollte sie dort noch vorhanden sein?« Die Falte zwischen Lins Augenbrauen wurde tiefer.

»Weil dieser Ort eine zentrale Rolle gespielt hat vielleicht?«, mutmaßte Coral. »Ich habe nie daran geglaubt, dass die gesamte Magie ganz weg ist. Das wäre … nicht richtig.«

Wem sagte sie das!

»Ich glaube, ich habe heute einen Edward gesehen«, flüsterte Lin, als wäre es gefährlich, so etwas auszusprechen.

»Bist du dir sicher?«, fragte Peter. »Das müssten wir sofort Perry sagen.«

»Ich bin mir eben nicht sicher. Es gibt wahrscheinlich Tausende Jugendliche, die ihre Haare so tragen.« Ihr Blick fiel auf Ric und der fragte sich, was das zu bedeuten hatte. »Und da war ein Leuchten, das aber genauso gut eine Reflexion eines vorbeifahrenden Autos hätte sein können.«

»Oder ein Vampir, der ins Sonnenlicht tritt.« Corals Augen leuchteten plötzlich noch mehr als sonst.

»Genau.« Lin nickte.

Sie waren mittlerweile fast am Rand des Marktplatzes angekommen, der belebteren Gegend der Stadt. Ric hielt sein Team an. »Warum hast du mir nichts davon erzählt?«, fragte er Lin.

»Weil ich bis vor einer halben Stunde noch geglaubt habe, dass die Elemente aus unserem Leben verschwunden sind«, verteidigte sich Lin.

»Und was fangen wir mit all diesen Informationen an? Meint ihr, Josh kann das Feuer auch wieder kontrollieren?« Peter sah in die Ferne. Er hatte denselben Blick drauf, mit dem er immer die Bäume angestarrt hatte, wenn er mit ihnen verbunden gewesen war.

Ric schnaubte erneut zur Antwort. Das wäre ja die Höhe. Wenn einer sein Element zurückerhalten sollte, dann ja wohl er. Aber wenn er genauer überlegte, hatte er doch den Rauch gerochen, als die rosaroten Zwerge auf ihn eingestürmt waren. Könnte es sein, dass … Er holte tief Luft und konzentrierte sich auf das, was früher so selbstverständlich gewesen war. Er zog an jenem Funken, der ihm von Geburt an ihm Blut lag, und zerrte mit all seiner mentalen Stärke daran.

Ein erschrockener Aufschrei brachte ihn aus dem Konzept. Grimmig sah er zu Lin, die die Hand vor den Mund hielt, und folgte ihrem Blick. Aus einem der metallenen Mülleimer, die in regelmäßigen Abständen die Straßen der Stadt säumten, quoll dichter Rauch. Ein lange nicht mehr gespürtes Hochgefühl durchfuhr Ric und ein vermutlich dümmliches Grinsen stahl sich auf sein Gesicht. Was Josh konnte, konnte er schon lange. Mit einem siegesgewissen Lächeln verschränkte er die Arme vor der Brust.

»Warst du das etwa?«, fragte Peter, als würde er Ric nichts zutrauen.

Hallo?

»Da guckst du, Grünschnabel, was?« Sofort spürte er Lins bösen Blick auf sich und fügte hinzu: »Es sitzt tief in uns. Ich musste mich stark konzentrieren, aber es ist nach wie vor da. Ganz weit in uns.«

»Hast du es seit Halloween schon einmal auf die Art versucht?«

Bei Hephaistos! Was dachte der Setzling denn? Dass Ric seine Gabe einfach ohne weitere Versuche aufgegeben hatte? Dass er sich nicht tagelang zurückgezogen hatte, um mit allem, was er hatte, an diesem kleinen Funken in seinem Blut zu zerren – mit aller Gewalt? Unter Lins mahnendem Blick stieß er nur ein Grummeln aus und unterdrückte den Drang, Peter wüste Beschimpfungen entgegenzuschmettern. Seine zu Fäuste geballten Hände zitterten.

»Lass das«, befahl Lin und deutete mit einem Nicken zu dem Mülleimer, aus dem immer mehr Rauch hervorquoll, was eindeutig seiner hitzigen Gefühlslage zuzuschreiben war.

Und plötzlich sah er alles klar!

»Josh ist unschuldig«, brummte er und hätte sich dabei am liebsten auf die Zunge gebissen, um es für sich zu behalten. Er sah in drei fragende Gesichter, als er fortfuhr: »Der Rauch. Er kam von mir.«

Er brauchte nicht zu erklären, dass es in der einsamen Gasse, in der sie nach Josh gesucht hatten, die Aufregung war, endlich wieder etwas zu erleben. Lediglich Lin schenkte er einen bedeutsamen Blick, bei dem sie sich hoffentlich denken konnte, warum seine Gefühle im Aufzug mit ihm durchgegangen waren. Ein Grinsen breitete sich auf Lins Gesicht aus und sie bekam rote Wangen, auf die er sie am liebsten sofort geküsst hätte. Dieser Drang, den er bis zum letzten Jahr ständig hatte unterdrücken müssen, ließ ihn nach wie vor nicht los.

»Brauchst du etwas Abkühlung?«, fragte Coral mit einem sanften Lächeln und hielt seinen Blick für einen kurzen Moment in ihrem Bann. Ihre Augenfarbe wechselte von Dunkelblau zu Meerblau und wieder zurück. Noch ehe er antworten konnte, umspielte ihn eine leichte Brise, die ihm über den Nacken kroch und anschließend die Haare zerzauste.

Lins glockenklares Lachen war ansteckend. Als sie dann noch laut rief »Sie sind wieder da!«, explodierte etwas in seinem Inneren, das er längst verloren geglaubt hatte.

»Ihr wisst, was das heißt, oder?« Coral deutete auf den Boden unter sich. Sie stand in einem kleinen Rinnsal, das entgegen aller physikalischen Gesetze aus dem Brunnen des Marktplatzes kroch und die leichte Steigung zu ihr nach oben floss.

Peter antwortete mit einer Stimme, die aus einer tiefen Höhle zu kommen schien, seiner Elementarstimme: »Die Grenzen haben sich erneut geöffnet.«

8. KAPITEL

Ich konnte es nicht fassen. Mir war nach Springen und Tanzen. Ich wollte herumhüpfen wie ein Gummiball, als ich die Gegenwart meines Elements nach all der Zeit spürte. Am liebsten hätte ich mich sofort verwandelt, wäre aus meiner Kleidung geschlüpft und durch die Lüfte gesaust, um die ganze Welt zu begrüßen und zu umarmen.

Niemals hatte ich auch nur zu hoffen gewagt, dass ich dieses Gefühl noch einmal würde spüren können. Schnell drückte ich meinem Drachen einen Kuss auf die Wange und sprang von einem aufs andere Bein. Ich war rastlos, ganz wie mein Element, und es war einfach atemberaubend. Nicht mal der Gedanke daran, warum die Elemente wieder bei uns waren, trübte dieses Hochgefühl.

»Vielleicht sollten wir irgendwo hingehen, wo wir weniger auffallen?«, schlug Peter vor, der gegen einen Ast kämpfte, der vom anderthalb Meter entfernten Zierstrauch auf ihn zuwuchs und versuchte, ihn zu umarmen – oder so etwas in der Art.

»Wir sollten zu Perry gehen.« Coral starrte auf ihre Beine, die mittlerweile bis zu den Knöcheln im Wasser standen. Ihr Element sammelte sich wirklich um sie herum. Früher oder später würde das sicher Aufmerksamkeit auf sich ziehen.

»Perry würde uns nur den Spaß verderben«, grummelte Ric und ich stieß ihn leicht mit dem Ellbogen in die Seite. Eigentlich stimmte ich ihm zu, aber da Geheimnisse zu haben im Moment nicht gerade die beste Lösung war, schlug ich mich auf Corals Seite.

Da klingelte Peters Handy mit dem scheußlichsten Klingelton, den ich je gehört hatte. Er nahm das Gespräch an und Ric flüsterte mir ins Ohr: »Endlich kann ich dir wieder zeigen, wie heiß ich auf dich bin.«

Sein Atem kitzelte mich, die Wärme des Feuers strich meinen Hals entlang und über den Nacken, als würde Ric selbst mich an der Stelle berühren. Ich seufzte so leise wie möglich und hätte mich am liebsten mit meinem Drachen und meiner von Gänsehaut überzogenen Haut aus dem Staub gemacht.

Doch Peter hatte das Gespräch inzwischen beendet und sah uns so lange an, bis er unsere volle Aufmerksamkeit hatte.

»Jetzt sag schon, oder soll ich dir ein wenig einheizen?« Mit seinem Element war zweifellos auch Rics stichelnde Art präsenter geworden. Was einerseits vielleicht etwas nervig war – vor allem, wenn man Peter Bernstein hieß –, doch andererseits hatte ich meinen Drachen zu sehr vermisst, als dass mich derlei Nebensächlichkeiten störten. Diese forsche Art hatte einfach schon immer zu Ric gehört und ich musste zugeben, dass sie einer der Punkte war, die ich an ihm mochte. Auch wenn ich das erst im Nachhinein festgestellt hatte. Aber bemerkte man nicht immer, was einem wichtig war, wenn man es verloren hatte?

»Das war Perry. Kann es sein, dass du dein Handy wieder einmal nicht gehört hast?« Er sah mich an und sofort griff ich in meine Tasche. Mehrere Anrufe in Abwesenheit.

»Was will er von Lin?«, kam Ric mir zuvor.

»Es gab da wohl ein Problem in der Sitzung des internationalen Rates.«

»Und dafür brauchen sie mich?« Das klang nicht gut. Gar nicht gut. Sofort fühlte ich mich, als hätte ich etwas angestellt.

»Wir kommen mit«, entschied Coral und holte über Blickkontakt das Einverständnis von Peter ein.

»Und ob!« Ric griff nach meiner Hand und zog mich mit, während er mit großen Schritten zur Bibliothek zurücklief. Unser Teamführer war wieder da. Ich strahlte.

In eine Sitzung des Hohen Rates zitiert zu werden, fühlte sich an, wie vor die Inquisition zu treten. Ich wusste, ich hatte nichts Verbotenes getan und dennoch fühlte ich mich schuldig – weswegen auch immer.

Ich war nur selten in diesem ausladenden Sitzungssaal gewesen. So viel ich wusste, wurde er nicht oft benutzt. Für die Besprechungen des örtlichen Rates der Bibliothekare reichte der kleine Sitzungssaal vollkommen aus. Der große Saal wurde nur für die selteneren internationalen Treffen hier im Haus entstaubt.

Mein Blick fiel auf die voll besetzten kreisförmig angeordneten Tische in dem ansonsten kahlen Raum. Zur Tür – zu uns hin – befand sich eine Öffnung im Kreis und ich hatte freie Sicht auf die im Zentrum eingebrannten Elementarsymbole. Mein Zeichen – das nach unten zeigende Dreieck – befand sich im Osten und schien, zu flimmern. Aber vielleicht lag das auch an meiner Nervosität. Schnell hob ich den Kopf und sah die Reihe der Bibliothekare entlang.

Felipe, ein ehemaliger Feuerelementar und der ranghöchste Bibliothekar im internationalen Rat, verfolgte jeden unserer Schritte, bis wir – wie bestellt und nicht abgeholt – an der freien Stelle des Kreises standen und ihn somit schlossen.

»Wir haben nur Fräulein East hergebeten«, sagte er mit ruhiger Stimme, der aber so viel Autorität innewohnte, dass ich dem Drang widerstehen musste, die anderen sofort wegzuschicken. Peter wurde gleich um ein paar Zentimeter kleiner und Coral trat nervös von einem Bein aufs andere.

»Wir unterstützen Lin als Team«, antwortete Ric bestimmt. Ich hätte ihn dafür küssen können.

»Nun denn.« Felipe machte eine wegwerfende Handbewegung. »Als nächster Protokollpunkt steht die turnusmäßige Überprüfung des Werkes *Otherside* auf dem Programm.« Er machte eine kurze Pause und deutete auf eine kleine Vitrine hinter sich, die der Vitrine im Testraum ähnlich war. Darin lag vermutlich *Otherside*. Sehen konnte ich es nicht, weil Felipe mir die Sicht darauf versperrte. »Wir sind dann jedoch auf ein Problem gestoßen, von dem Josh sagt, dass du es lösen könntest.«

Ich verstand nicht, was er von mir erwartete, und sah verwirrt von Felipe zu Josh, der an der anderen Seite des Raumes stand. Das Ratsmitglied hätte genauso gut chinesisch sprechen können.

Als ich nicht reagierte, wurde er konkreter: »Wir können es nicht berühren.«

Mit diesem Satz war plötzlich alles klar. Die Elemente waren wieder da. Und wahrscheinlich auch die Seelenlosen. Alles war so wie im vergangenen Jahr, als niemand außer mir *Otherside* hatte berühren können. Es war durch einen Zauber geschützt gewesen, hatten wir vermutet. Doch schon während der finalen Schlacht an Samhain hatte Peter es lesen und mich auf diese Weise retten können. Denn nur darin stand, wie mich die fünf Elemente wieder zum Leben erwecken konnten, nachdem ich eigentlich schon tot gewesen war. Zac hatte diesen Teil der Geschichte hinzugefügt, ehe die Grenzen verschlossen worden waren. Die letzten Zeilen aus *Otherside* hatte ich noch so viele Male gelesen, um all das Geschehene wirklich verarbeiten zu können.

Ben hatte zu Zac gesagt: »Sie lebt.« Und Zac hatte geantwortet: »Ich weiß.«

Nachdem ich die *Chroniken der Wächter* abgeschlossen hatte, hatte ich *Otherside* nur noch geschlossen in der Vitrine angeschaut. Seit jenem Moment hatten allein Josh und die Ratsmitglieder Kontakt mit dem Buch gehabt. Eine leichte Brise fuhr mir durch die Haare – eine geflüsterte Beruhigung meines Elements, das meine Vorsicht registrierte.

Felipe und all die anderen älteren Männer und Frauen des Rates musterten mich argwöhnisch. Auch ihnen war die Bewegung meiner Haare in diesem windstillen, fensterlosen Raum aufgefallen. Sollten wir ihnen alles erzählen, was wir heute herausgefunden hatten?

Schnell sah ich zu Ric hinüber, der mit einer leichten Kopfbewegung ein Nein signalisierte. Wollte er es wirklich für sich behalten? Als ich seinem Blick jedoch folgte, erkannte ich den Grund: Josh, der uns gegenüber gespannt auf meine Reaktion wartete – wie der gesamte Rat.

»Ihr könnt es nicht berühren?«, war das Erste, das mir einfiel, auch wenn es nicht gerade sehr schlau wirkte.

»Niemand von uns kann das Buch mehr berühren, ohne sich zu verbrennen.« Margret, eine ehemalige Luftelementarierin, mit grauem, streng nach hinten gekämmtem Haar, sah mich an, als wäre ich höchstpersönlich schuld daran. Sie war Felipes Stellvertreterin, die zweithöchste Person im Rat.

Ich spürte, wie sich Ric neben mir anspannte. »Und nun soll ich es versuchen?« Auch wenn ich die Antwort kannte, wollte ich es von ihnen hören.

Felipe nickte und deutete mit einer Geste an, dass ich zur Vitrine gehen sollte. Also ging ich hinter den Ratsmitgliedern entlang – auf der entgegengesetzten Seite, auf der Josh stand. Doch er lief mit großen Schritten ebenfalls zu *Otherside* und kam sogar noch vor mir an. Die Blicke des gesamten Rates kribbelten mir wie Nadelstiche im Nacken. Josh sah kurz zu Felipe, der einmal nickte, und schon öffnete Josh die Vitrine mit einer präsentierenden Geste.

Plötzlich registrierte ich eine Art Summen, eine Vibration, die meinen Körper mit Gänsehaut überzog. Aber als ich mich umsah, schien niemand etwas Ähnliches zu bemerken. Und auch Josh, der so dicht neben mir stand, dass ich seine Körperwärme spürte, zeigte keinerlei Reaktion.

Als ich meine Hand nach *Otherside* ausstreckte, konnte ich das Brummen sogar spüren. Je näher ich dem Buch kam, das wir einst für die Verbindung zweier Welten gehalten hatten, desto lauter wurde es. Doch noch immer reagierte niemand außer mir darauf. Oder sie alle ignorierten es, weil sie es bereits bemerkt hatten, als unser Team nicht in diesem Raum gewesen war.

Schnell drehte ich mich um, um Rics Reaktion zu sehen. Aber auch er, Peter und Coral standen reglos da und warteten, was geschehen würde. Kopfschüttelnd wandte ich mich wieder dem Buch zu und näherte meine Hand *Otherside*. Meine Haut selbst schien nun zu vibrieren, kribbelte so stark, dass ich mir nicht sicher war, ob ich das Buch überhaupt aufschlagen konnte. Es glich dem tauben

Gefühl, wenn einem ein Körperteil eingeschlafen war und das Blut langsam, aber sicher an die Stelle zurückkehrte.

Doch ich war bereit, es zu versuchen, und fuhr erst etwas tapsig über den ledernen roten Einband, ehe ich es vorsichtig ungefähr in der Mitte öffnete. Eingehüllt in den Geruch des Leders und der alten Seiten, holten mich Bilder aus den letzten Jahren ein und ich schloss für einen Moment die Augen. Die anderen im Raum befanden sich so weit weg, Welten entfernt. Gerade zählten nur *Otherside* und die Erlebnisse, die uns verbanden.

Jeder hatte ein Buch, mit dem man besondere Momente verband. Es musste nicht einmal das Lieblingsbuch sein, die Zeiten waren für *Otherside* vorbei. Aber Zacs Geschichte stand für einen so langen Abschnitt in meinem Leben. Es hatte mich beinahe während meiner gesamten Ausbildung zur Wächterin begleitet. Müsste ich mein Leben in Büchern erzählen, wäre *Otherside* eines davon.

Ein lautes Keuchen drang an mein Ohr. Josh trat mit schmerzhaft verzerrtem Gesicht ein paar Schritte zurück. Mit einem Blick hinter mich sah ich in die Gesichter der Ratsmitglieder, die alle die Augen weit aufgerissen hatten. Nur Ric, Coral und Peter standen mit verschlossenen Mienen so reglos da wie kurz zuvor, selbst wenn ich Ric die Unruhe ansah, ganz gleich, wie sehr er sie zu verbergen versuchte.

»Sie kann es berühren«, flüsterte Margret Felipe zu und ich hätte am liebsten geantwortet: »Sie kann euch auch hören!«

Ich biss mir jedoch im letzten Moment auf die Zunge und schluckte den Kommentar hinunter.

»Dann hatte Josh also recht«, sagte Felipe laut, aber es wirkte eher so, als würde er mit sich selbst sprechen.

Sofort sah ich zu Josh, der nur zufrieden nickte. Warum war er eigentlich zurückgetreten? Er hatte ausgesehen, als wäre ihm übel geworden. Ich beschloss, den Gedanken später mit den anderen zu diskutieren, und wandte mich an Felipe: »Soll ich nach irgendetwas Bestimmten suchen?«

»Wir müssen wissen, ob sich das Ende verändert hat«, kam Margret Felipe zuvor und fixierte mich aus ihren kalten Augen, denen selbst das kleinste bisschen Wärme unseres Elements fehlte.

Ich klappte *Otherside* wieder zu, drehte es um, sodass die lederne Rückseite oben lag. Dann atmete ich ein letztes Mal tief ein und ließ mich von meinem wiedergewonnenen Element durchströmen, ehe ich das Buch öffnete. Ich brauchte nicht einmal wirklich zu lesen. Ein einziger Blick auf die letzte Zeile genügte, um mein Herz schneller und schneller schlagen zu lassen. Der Raum begann, sich zu drehen. Ich hatte das Gefühl, keine Luft mehr zu bekommen. Mit einer zittrigen Bewegung, die ich nur durch Mithilfe meines Elements zustande gebracht hatte, schloss ich das Buch.

Alles um mich herum verschwamm. Ich hatte nicht länger die Kraft, mich auf den Beinen zu halten. Mein Element unterstützte mich, während ich zu Boden glitt und von der Dunkelheit umschlossen wurde.

9. KAPITEL

Ric hatte jede einzelne Bewegung von Lin verfolgt, selbst das Auftreten der kleinen Falte zwischen ihren Augenbrauen, ehe sie *Otherside* von hinten aufgeschlagen und einen Blick auf die Seiten geworfen hatte.

Dann war alles so schnell gegangen. Sie war kreidebleich geworden und hatte das Buch hastiger geschlossen, als Ric mit bloßem Auge hatte verfolgen können. Als er ihre flatternden Lider sah, rannte er schon los.

Wie in Zeitlupe fiel Lin zu Boden, niemand unternahm etwas und Ric rannte schneller und schneller. Er schaffte es gerade noch, ihren Kopf aufzufangen, bevor er auf dem Parkett aufschlug. Vorsichtig bettete er Lins Kopf auf seinen Schoß und strich ihr die Haare aus dem Gesicht.

Ein lautes Knurren drang aus seiner Kehle, seine Haut kribbelte, als wollte der Drache jeden Moment daraus hervorbrechen. Die Angst um Lin war so unvorbereitet gekommen – es hatte kein Kampf stattgefunden, nichts, wovor er sie hätte beschützen können. Schnell tastete er nach ihrem Puls und spürte das Flattern unter seinen Fingerspitzen. Das beruhigte ihn ein wenig und das Kribbeln seiner Haut ließ nach. Er versuchte, wieder einen klaren Gedanken zu fassen, und sofort kam ihm nur ein möglicher Grund für Lins Zusammenbruch in den Sinn.

»Was hast du ihr angetan?«, fuhr er Josh an. »Du bist von ihr weggetreten, kurz bevor sie umgekippt ist.«

Josh starrte immer noch auf Lin und schüttelte den Kopf, als hätte er Rics Frage nicht einmal gehört.

»Josh! Was hast du getan?«, rief Ric nun lauter und Josh schien langsam wieder in der Gegenwart anzukommen. Fragend sah er Ric an, der seinen Vorwurf erneut wiederholte.

Dann kamen auch die Mitglieder des Hohen Rates in die Gänge. Felipe, der Oberboss, trat als Erstes zu Ric und hockte sich neben ihn und Lin. »Hatte sie so etwas schon einmal?«

Ric glaubte, ehrliche Besorgnis in seinem Gesicht zu entdecken. Ganz im Gegensatz zu Margret, die Ric nie hatte leiden können und die nun ebenfalls aufgestanden war und Ric von oben herab kritisch beäugte. Es schien sich jedoch niemand daran zu stören, dass Ric binnen Millisekunden bei Lin gewesen war, die dank ihres Elements nicht gefallen, sondern zu Boden geschwebt war.

»Ich glaube, es geht ihr gut«, sagte Ric knapp. »Sie atmet.«

»Wir haben alles genau beobachtet. Du kannst Josh keinen Vorwurf machen«, begann Felipe. »Er war dabei, als wir versucht haben, das Buch zu öffnen, und da gab es einen kleinen Unfall.«

Das beruhigte Ric keineswegs. Vielleicht konnte er sich bei den Bibliothekaren einschleimen, aber bei Ric sicher nicht.

»Bring sie ins Krankenzimmer«, wies Felipe an. »Margret kann euch begleiten.«

»Nicht nötig«, antwortete Ric barsch und zog Lin dichter an sich. Auf Margret, die ihre Elementarkraft früher sogar dazu hatte nutzen können, Wunden zu heilen (wozu eigentlich nur Wasserelementarier in der Lage gewesen waren), konnte er verzichten. Heute war sie nicht mehr als eine unfähige Krankenschwester. Oder hatten sie alle ihre Gaben ebenfalls zurück und bisher nur nichts gesagt?

Ric glaubte nicht daran. Wenn all die Menschen hier in diesem Raum wüssten, dass draußen wieder Seelenlose herumstrichen, wäre hier mehr los, davon war auszugehen. Vorsichtig hob er Lin hoch und trug sie auf beiden Armen an den gaffenden Ratsmitgliedern vorbei. Coral und Peter standen immer noch an derselben Stelle. Zeitgleich kamen sie jedoch in die Gänge und öffneten Ric die Tür.

Erst als sie wortlos die große Halle durchquert hatten und im kleinen Krankenzimmer bei den Büros der Teamleiter angekommen waren, löste sich Rics Anspannung. Er wusste, dass Lin nichts Schlimmes zugestoßen war, er spürte es … irgendwie. Nur deshalb hatte er auf Hilfe verzichtet. Behutsam legte er Lin auf die gepolsterte Liege und sah zu Coral, die gerade die Tür schloss.

»Hast du nicht auch so einen Heilzauber drauf wie Margret früher?«, fragte er.

»Ich … Ich weiß nicht. Ich habe die Kraft eben erst zurückbekommen, ich weiß nicht, was … oder wie …« Nun war sie so kreidebleich wie Lin. Super gemacht, Ric.

»Vielleicht kann ich helfen?«, bot sich Peter an und trat neben die Krankenliege. Er hielt seinen Arm von sich gestreckt, mit der Handfläche nach oben.

Im ersten Moment glaubte Ric schon, dass Peter Lin heilen wollte und irgendeinen Hokuspokus draufhatte, den er ihm bislang verheimlicht hatte. Doch dann verwandelte sich sein Arm mitsamt der Hand in einen Ast, aus dessen Ende sogleich eine Pflanze wuchs, die sofort einen intensiven Duft verströmte.

»Minze?«, fragte Coral ungläubig.

»Zu Hause wurde mir gesagt, dass Minzöl bei allem hilft.« Schweißperlen standen auf Peters Stirn, der die Pflanze immer dichter wachsen ließ, bis sie kurz davor war, zu blühen.

»Wo hast du das eigentlich gelernt?«, fragte Ric neugierig und deutete mit dem Kinn auf Peters hölzerne Hand.

»Das lernen wir alle im Elementarunterricht«, erwiderte Peter atemlos.

»Und wieso wusste ich das nicht?«, fragte Ric weiter.

Peter antwortete nicht sofort. Er schloss kurz die Augen und legte die Stirn in Falten. Dann entspannte er sich und sah Ric mit erhobenen Augenbrauen an. »Hätte ich Seelenlose mit einem Strauch Rosen vertreiben sollen?«

»Du kannst ja sogar witzig sein.« Das war Rics voller Ernst. Von Peter war normalerweise eigentlich kaum mehr als Stammeln zu vernehmen und es dauerte manchmal ewig, bis man etwas Brauchbares aus ihm herausbekam. Humor war bisher nie darunter gewesen.

Peter nahm die Aussage gelassen. »Pflückt die Blätter und zerreibt sie zwischen den Fingern«, wies er Ric und Coral an, die der Aufforderung sofort folgten. Binnen weniger Sekunden roch es in dem kleinen Raum wie in der Teeabteilung. »Jetzt haltet ihr das Konzentrat unter die Nase.«

Ric tat wie verlangt. Coral reichte ihm auch ihren Pfefferminzmatsch. Eine ganze Weile tat sich nichts. Lins Brustkorb hob und senkte sich immer noch regelmäßig, aber die Augen blieben geschlossen.

»Dann bleibt wohl nur eins«, sagte Coral, trat nach vorne und hielt ihre Hand mit der Handfläche nach unten über Lins Gesicht. »Tut mir leid, Lin.«

Mit diesen Worten ergoss sich ein wahrer Regenschauer aus Corals Hand und landete auf Lins Gesicht. Binnen Millisekunden setzte sich Lin prustend auf.

Ric warf Peter und Coral einen vorwurfsvollen Blick zu – das hätte sie auch mal früher machen können! –, ehe er Lin zärtlich auf den Rücken klopfte. Er konnte selbst nicht glauben, wie erleichtert er war, dass es ihr wirklich gut ging.

»Was ist passiert?« Lin sah sich fragend im Raum um, ehe ihr erneut die Farbe aus dem Gesicht wich und Ric schon Angst hatte, sie würde wieder umkippen.

»Das sollte ich wohl eher dich fragen«, antwortete Ric ruhig. »Was hast du in dem Buch gesehen?«

Lin schloss die Augen und sagte gar nichts. Die Stille im Raum wurde nur durch das Rascheln von Peters Rückverwandlung unterbrochen.

»Lin?«, hakte Ric nach.

Sie holte tief Luft und öffnete die Augen. Tränen glänzten darin und sofort machte sich Ric wieder Sorgen. Er strich ihr mehrmals sanft über den Rücken und schickte etwas Wärme zur Beruhigung aus, ehe er sie an der Schulter näher zu sich zog.

»*Otherside* hat sich erneut verändert«, begann sie mit zitternder Stimme und schüttelte immer wieder den Kopf, als könnte sie es selbst nicht glauben. »Und ich weiß jetzt, wo mein Vater ist.«

Weder Peter, noch Coral oder Ric sagten etwas. Keiner von ihnen regte sich, als könnten sie sich damit vor dem Offensichtlichen verstecken. Ric wollte nicht hören, dass so etwas möglich war, und widerstand nur schwer dem Drang, sich die Ohren zuzuhalten wie ein Kleinkind.

Und dennoch sprach Lin es aus: »Mein Vater ist in *Otherside*. Zac hat ihn zu sich geholt.«

10. KAPITEL

Alle drei keuchten nahezu zeitgleich auf. Ich hatte ihnen angesehen, dass sie sich ihren Teil schon zusammengereimt hatten. Aber was wirklich dahinterstecke, hatte sie dennoch überrascht.

»Was genau stand auf der letzten Seite?«, fragte mich Ric.

Ich zitierte die Zeilen, die sich in mein Hirn gebrannt zu haben schienen:

»Willkommen in Otherside«, sagte Zac zu dem neu angekommenen Mann, der anhand seiner auffälligen Kleidung sofort als Bewohner der Realität oder einer der neuen Gegenden von Otherside zu erkennen war. »Wie ist dein Name?« Interessiert wartete Zac auf die Antwort.

Sein Lakai verpasste dem Mann einen Stoß, der ihn zum Stolpern brachte.

»Nathan East«, flüsterte der Mann.

»Endlich«, sagte Zac und befahl dem Lakaien, Nathan East in einem der Gästezimmer unterzubringen. Im Moment stehe er unter seinem besonderen Schutz.

Als die beiden den Raum verlassen hatten, ging Zac zum Fenster hinüber und sagte zu sich selbst: »Du bist die Nächste, Lin.«

Erneut traten mir Tränen in die Augen. Zac hatte meinen Vater in ein Buch entführt!

»Wie hat er das geschafft?«, sprach Peter aus, was wir uns alle fragten.

Ich schüttelte den Kopf. »Vielleicht steht in *Otherside* noch mehr. Ich habe ja nur einen Blick auf die letzte Seite geworfen.«

»Dann sollten wir zurück zum Rat gehen, damit du auch den Rest lesen kannst.« Peter ging bereits in Richtung Tür, als sich Coral ihm in den Weg stellte.

»Ich glaube nicht, dass das eine gute Idee wäre. Wir müssten ihnen alles erzählen.« Das Wort *alles* betonte sie und machte mit der rechten Hand eine unser Team umfassende Geste.

»Das Wassermädchen hat recht«, stimmte Ric zu und legte die Stirn in Falten. »Irgendwas passt nicht zusammen.«

»Du hattest schon immer was gegen den Rat«, sagte Peter zerknirscht.

»Aus gutem Grund«, antwortete Ric barsch. »Wenn ich daran denke, wie man die Bibliothekare manipuliert hat.«

Mehr musste er nicht sagen. Jeder von uns wusste, was er meinte – oder wen. Wir waren überzeugt davon, dass Josh seine Finger mit im Spiel hatte, als es mit unserer Welt steil bergab gegangen war und nicht nur Thyra für alles verantwortlich gewesen sein konnte. Und dennoch arbeitete Josh weiterhin für die Bibliothekare, assistierte sogar dem internationalen Rat. Also musste dort nach wie vor etwas gewaltig schief laufen.

»Und jetzt?« Ich fühlte mich so hilflos. Wäre mein Vater an irgendeinem Ort in dieser Welt, würde ich ihn gemeinsam mit meinem Team dort herausholen. Aber wie sollte ich ihn aus einem Buch bekommen?

»Du könntest versuchen, ihn herauszulesen«, sagte Peter, als hätte er meine Gedanken gelesen.

»Dazu bräuchten wir aber das Buch. Also ist das eine Sackgasse, Grünling. Außerdem wäre er dann nur ein Schatten seiner selbst.« Sobald Ric mit den äußeren Umständen unzufrieden war, wurde er unfair. Ich sah ihn scharf an und zur Abwechslung registrierte er es sogar. »Tut mir leid, Mann«, presste er hervor.

Peter zuckte mit den Schultern, lächelte aber dennoch wie ein Kind an Weihnachten. Eine Entschuldigung des Drachen war äußerst selten und das wusste er auch. Mit neuer Motivation erklärte er uns seine nächste Idee: »Wenn wir keine Möglichkeit haben, an das Buch zu kommen, müssen wir wohl jemanden in dieser Welt befragen.«

Wir sahen ihn alle gespannt an, was ihn sofort verlegen machte.

»Wir könnten …«, stammelte er und die Luft war erfüllt vom Duft nach Wald und feuchtem Boden.

»Wir gehen auf Patrouille und schnappen uns einen Seelenlosen!« Rics goldene Augen begannen, zu strahlen. Er malte sich vermutlich bereits aus, dass es wie früher werden würde.

»Und wie wollen wir die finden?«, fragte Coral und ich nickte.

Der vermeintliche Edward, dem ich begegnet war, war am helllichten Tag auf der Straße herumgesprungen – glitzernd! Im letzten Jahr wäre so etwas beinahe undenkbar gewesen, die Seelenlosen waren eher in der dunklen Tageshälfte unterwegs. Und taten sie das überhaupt noch so regelmäßig wie früher? Schließlich hatten sich die Regeln geändert, wenn Zac sogar meinen Vater nach *Otherside* holen konnte.

»Als Erstes sollten wir zusehen, dass wir hier rauskommen, ohne dass es allzu verdächtig ist«, bemerkte Ric. »Immerhin habe ich dich aus einer Sitzung des Hohen Rates herausgetragen.«

»Wir sollten Perry einweihen«, sagte Coral. »Er kann uns sicher beim Rat entschuldigen.«

Ohne weitere Worte stimmten wir ihr mit einem Nicken zu und gingen zu Perrys Büro zwei Türen weiter. Er hatte bereits von meinem Zusammenbruch gehört. Als ich ihm erzählte, dass wir heute Mittag herausgefunden hatten, dass die Elemente zurückgekehrt waren, wurden seine Augen immer größer. Bei dem Zitat aus *Otherside* holte er erschrocken Luft und hielt sie an, bis ich ihm von unserer Bitte erzählte.

»Und du möchtest, dass ich den Rat belüge?«, fragte er völlig entgeistert. »Das kann ich nicht machen, Lin.«

»Du könntest sie aber etwas hinhalten«, antwortete Ric. »Wir werden uns auf die Suche nach einem Seelenlosen machen und vielleicht auch noch mit Peters Eltern sprechen.«

»Werden wir?«, fragte Peter dazwischen. »Warum?«

»Ich würde gern wissen, ob sie irgendetwas von der Rückkehr der Elemente wissen. Perry scheint ja nicht informiert zu sein.« Ric verzog den Mund, als er zu unserem Teamleiter hinübersah.

Der blickte bei den Worten zerknirscht drein. Er war im Informationsfluss schon so oft übergangen worden. »Ich kann es versuchen, aber versprechen kann ich euch nichts. Wenn der Rat mich direkt darauf anspricht, werde ich ihnen alles erzählen müssen.« Perry hob entschuldigend die Hände. Er war einfach ein Wasserelementar und denen lag das Lügen nicht im Blut.

»Das würde uns schon helfen«, sagte Coral, die Perrys Zwickmühle wohl nachvollziehen konnte.

»Dann zieht mal los. Aber passt auf euch auf.« Perry sah nicht sehr zuversichtlich aus. Wir waren eines der erfolgreichsten Teams gewesen, allzu viele Sorgen musste er sich nicht machen. »Bitte«, fügte er hinzu, als wir bereits zur Tür hinaustraten.

Ich nickte und folgte Ric zum Fahrstuhl. Die große Halle war zum Glück menschenleer. Doch gerade, als sich die Kabinentür schloss, konnte ich Josh aus der *Bibliotheca* treten sehen. Er sah mit zusammengekniffenen Augen zu uns hinüber, bis er aus meinem Gesichtsfeld verschwand und der Aufzug nach oben glitt. Hatte ich nicht eigentlich geschworen, heute nicht mehr mit dem Fahrstuhl zu fahren? Mein Körper spannte sich an und ich betete, dass Josh uns in Ruhe lassen würde.

Ric neben mir schnaubte. »Dass dieser Mensch auch immer dort sein muss, wo man ihn nicht gebrauchen kann.«

Ich stimmte ihm nickend zu. Wie weit war Josh wirklich in die ganze Sache verwickelt? Wusste er, dass mein Vater nun in *Otherside* war? War er vielleicht sogar daran beteiligt gewesen – wie auch immer das ausgesehen haben mochte? Am liebsten hätte ich ihn zur Rede gestellt, ihn geschüttelt, bis er mit den gewünschten Informationen herausrückte.

»Ich weiß, was du denkst«, flüsterte Ric ganz nah an meinem Ohr. »Und wir kriegen ihn früher oder später, keine Sorge. Und dann machen wir ihm ordentlich Feuer unterm Hintern, versprochen.«

Unwillkürlich musste ich lächeln. Es tat gut, zu wissen, dass Ric immer an meiner Seite sein würde. Genau das hatte ich mir all die Jahre gewünscht, in denen er sich zurückgezogen hatte. Sich gemeinsam solchen Herausforderungen zu stellen, machte einen stärker. Es fühlte sich an, als hätte ich noch ein weiteres Element zur Unterstützung.

Wir liefen unsere alte Strecke entlang, passierten die dunklen Gassen, als wäre die Sache an Samhain nie gewesen. Ich spürte, wie Ric regelrecht auflebte, die Luft um ihn herum knisterte ab und an wie Kaminfeuer. Es machte mich glücklich, ihn so zu sehen.

Coral und Peter waren nicht ganz so enthusiastisch, aber das lag an ihrem Charakter – oder dem des Wassers und der Erde. Dennoch blitzte sogar bei ihnen so etwas wie Begeisterung durch. Auch wenn es von niemandem von uns je laut ausgesprochen worden war, hatten wir die Elemente und unser Wächter-Dasein vermisst.

Was jedoch noch fehlte, war ein Seelenloser, den wir befragen konnten.

Es wurde Nachmittag, es wurde Abend. Aus Langeweile spielten wir mit unseren Elementen, während wir durch die Gassen zogen. Ich jagte eine leichte Brise zu Ric und brachte seine Frisur durcheinander, worauf er mit einer kleinen Kaskade aus Miniaturflammen antwortete. Peter ließ immer wieder neue Pflänzchen auf seiner verholzten Hand wachsen, Coral goss sie mit kurzen Regenschauern, was Peter sehr viel Energie zu sparen schien.

Es war eine so lockere Atmosphäre wie nie zuvor auf einer Patrouille, bis plötzlich mein Nacken kribbelte und die Luft um mich herum zu flirren begann. Im ersten Moment irritiert, tat ich es als Einbildung ab, denn auch früher hatte sich mein Element nie von selbst gemeldet. Als das Flüstern lauter und dringlicher wurde, hörte ich genau hin.

Im Gegensatz zu früher musste ich mich nicht einmal stark konzentrieren, um aus den vielen Stimmen des Windes, die wie Instrumente eines Orchesters als Gesamtes auf mich eindrangen, eine einzelne herauszufiltern und zu belauschen. Im Gegenteil. Meine Gabe schien mit solcher Stärke zurückgekehrt zu sein, wie ich es mit jahrelangem Training nicht hinbekommen hatte.

Ich lauschte den einzelnen Stimmen des Windes und verharrte länger bei einer, die mir erzählte, dass im Park etwas vor sich ging. An dieser Stelle mischten sich die anderen Stimmfarben lautstark mit ein und es war, als befinde man sich inmitten einer Menschenmenge, die auf einen einredete. Ich verstand nur noch Wortfetzen, die kaum mehr Sinn ergaben. Hier eine Warnung, dort ein gehauchtes »Vorsicht«.

»Lin!« Jemand packte mich am Oberarm und rüttelte leicht daran. Ich schrak zusammen. Ric.

»Die Luft ist sich sicher, dass wir im Park fündig werden«, erklärte ich meinem Team.

»Du hast sie doch gar nicht gefragt.« Coral hatte eine ihrer Augenbrauen skeptisch erhoben, was ihrem tadellosen Aussehen jedoch keinen Abbruch tat. War die Wasserfrau in ihr auch stärker geworden?

Ich schüttelte den Kopf. »Mein Element wusste, was wir suchen.« Vor meinem inneren Auge zogen etliche Bilder des Parks vorbei. Im letzten Jahr hatte Thyra dort eine Elementarzone errichtet, wo sie Seelenlose, die zu besonderen Zwecken herausgelesen worden waren, von den Technikern versteckt halten konnte. Zeitweise war ich dort von ihr gefangen gehalten worden, ja erst an dieser Stelle hatte ich überhaupt verstanden, dass meine beste Freundin Ty in Wahrheit Thyra, die Böse, war. Bei der Erinnerung daran – und mit wem ich eingesperrt gewesen war: Zac – zog sich mein Magen zusammen.

»Wenn das so ist, dann auf in den Park.« Ric ging mit schnellen Schritten voraus, stoppte, drehte sich um und wartete mit ausgestreckter Hand und einem strahlenden Lächeln auf mich, das meinen Puls sofort in die Höhe schnellen ließ. Er war einfach perfekt, wie er dastand, seine goldenen Augen leuchtend auf mir ruhend, die schwarzen Haare von dem Spiel mit der Luft zerzaust. Sein eng anliegendes T-Shirt zeichnete jeden einzelnen Muskel ab und von seiner Elementarkette, dem schlichten nach oben zeigenden Dreieck, gingen leichte Hitzewellen ab, die die Luft zum Flimmern brachten, sodass die Sicht an der Stelle etwas verschwamm.

Ohne darüber nachzudenken, ging ich auf ihn zu und reichte ihm die Hand. Wie bei einem elektrischen Schlag traf die Macht unserer Elemente aufeinander. Mein ganzer Körper kribbelte, während wir einander gegenüberstanden und ich in seinen brennenden Augen versank.

Es war ein denkbar ungünstiger Moment, das wusste ich selbst, aber dennoch hielt er mich mit seinem Blick so gefangen und der Rest der Welt wurde einfach blasser. Im Takt meines immer schneller schlagenden Herzens kamen wir einander näher. Die Luft zwischen uns knisterte. Ric senkte den Kopf und ich spürte bereits seinen Atem auf meinen Lippen, sog den Geruch nach Kaminfeuer ein. Mein Puls beschleunigte sich, als er einen Moment verharrte. Ich spürte sein schelmisches Grinsen und hätte ihn am liebsten angebrüllt, er sollte meine Erwartung nicht weiter ausreizen.

Er musste meine Gedanken gehört haben und überwand die letzten Zentimeter zwischen uns. Als seine Lippen meine berührten, wurde die Welt in gleißendes Licht getaucht und ich wurde fortgerissen. Fort von Ric.

11. KAPITEL

Das grelle Licht verblasste genauso schnell, wie es gekommen war. Ric brauchte ein paar Sekunden, bevor er realisierte, was soeben geschehen war. Er hatte Lin geküsst – wie so oft –, hatte den Moment genossen, den perfekten Kuss, und das in einem Augenblick wie diesem, in dem sie vor so großen Herausforderungen und eingequetscht zwischen hohen Mauern neben einem Müllcontainer standen. Es gab nicht den perfekten Ort oder den perfekten Moment für einen Kuss – nur den perfekten Menschen dafür.

Dann war das Licht aufgetaucht, und nachdem es verschwunden war, hatte er dagestanden. Das Licht hatte Lin mit sich genommen. Er glaubte zuerst an einen Scherz, sah sich suchend um, während er die einzige Erklärung verdrängte, die eine innere Stimme ihm zuflüsterte: *Sie ist weg. Und du weißt, wohin.*

Doch Ric wollte es nicht akzeptieren.

»Was war das denn?« Peter und Coral eilten auf ihn zu. Ihrer beider Blicke glitten ebenfalls suchend umher. »Wo ist Lin?«

Ric hatte Mühe, gegen den Drachen anzukämpfen, der aus ihm hervorbrechen wollte. Das Feuer pulsierte in seinem Inneren und drängte nach außen.

»Sie ist weg«, sagte Peter tonlos. »Ist sie …«

Ric fuhr herum und krallte sich Peter am Kragen. »Wehe, du sprichst es aus«, knurrte er und Peter zuckte zusammen.

Ric wollte nicht, dass es jemand aussprach. Wollte nicht, dass es durch die Macht der Wörter wahr wurde und er es nicht mehr zurückdrängen konnte, auch wenn das kindisch war. Er wollte sich vor der Realität verschließen – ohne Erfolg. Sie kam schneller auf ihn zu, als ihm lieb war. Lin musste … Er schluckte. Er war sich sicher, dass Lin …

»Sie ist auch in *Otherside*, nicht wahr?«, fragte Coral und presste die Lippen fest zusammen, ihre Augen glänzten bereits feucht. Sie trat einen Schritt auf Ric zu, wollte ihn beruhigen, doch er schüttelte den Kopf. Sie sollte von ihm fernbleiben. Er wollte nicht, dass sie dem wütenden Feuer zu nahe kam. Er brauchte diese Wut, um einen Weg zu finden, Lin da herauszuholen. Und wenn es das Letzte war, das er in diesem verdammten Leben tun würde. Bei Hephaistos, er würde Zac töten, wenn er Lin auch nur ein Haar krümmte! Nein, er würde ihn so oder so töten, wenn er ihm nur unter die Augen kam.

Plötzlich spürte Ric Blicke auf sich. Nicht die von Coral und Peter, die ihn mitleidsvoll ansahen und nicht wussten, wie sie reagieren sollten. Nein, es war ein Blick, den er nur allzu gut kannte.

Von seinem Element belebt, drehte er sich binnen eines Wimpernschlages um. Da sah er ihn. Es war einfach lächerlich, wie die Filmfigur das Aussehen des Seelenlosen beeinflusst hatte. Aber für diejenigen, die sie einfangen sollten, war das natürlich von Vorteil. Sein Arm glitzerte in dem schmalen Lichtstreifen der Abendsonne, der schräg in die Gasse fiel.

Ein Knurren drang aus Rics Kehle. Ohne Lin und das Element Luft konnten sie den Vampir nicht friedlich binden. Es würde auf einen Kampf hinauslaufen. Glücklicherweise hatte Ric die Waffe, die Edward töten konnte: Feuer. Sein Element machte sich bereit, Energie sammelte sich in seiner bereits ausgestreckten Hand.

»Halt!«, sagte der Vampir ruhig, seine Augen hatten erschreckende Ähnlichkeit mit denen von Ric, was ihn sehr irritierte. Niemand sonst hatte solche Augen. »Ich habe eine Botschaft des Königs für euch.«

»Welcher König?«, fragte Ric, verwundert darüber, dass der Seelenlose mit ihnen sprach.

»Zacharias der Erste.«

»Zac?«, keuchte Coral.

Für Ric kam das nicht sehr überraschend. Sie hatten einen Seelenlosen suchen wollen, um Antworten auf ihre Fragen zu *Otherside* zu bekommen, warum sollte es umgekehrt nicht ebenso funktionieren und der Seelenlose nahm Kontakt auf?

»Woher wusste euer *König*«, Ric setzte ein spöttisches Lächeln auf, »wer herausgelesen wird?«

»Es ist eine der großen Aufgaben. Wer die andere Welt betritt, soll die Botschaft weitertragen«, sagte Edward inbrünstig.

Coral konnte das Kichern, das auch in Rics Kehle saß, nicht unterdrücken. So schwülstig war nicht einmal das Original gewesen. Was ging in *Otherside* nur vor sich?

»Und wie lautet die Botschaft?«

»Wir werden vergessen.«

12. KAPITEL

Die Sonne strahlte mir so hell ins Gesicht, dass ich sie sogar mit geschlossenen Augen wahrnahm. Für einen kurzen Moment dachte ich, es könnte ein guter Tag werden. Aufwachen bei Sonnenschein und einer warmen Brise.

Ein lautes Krächzen, vielleicht einer Krähe, drang an mein Ohr, als ich versuchte, mich aufzusetzen und die Augen zu öffnen. Ein stechender Schmerz fuhr mir durch den Kopf und ich verfluchte mich für mein Vorhaben, blieb wieder entspannt liegen und atmete tief ein und aus.

Mit einem Schlag wusste ich, dass ich nicht in meinem Bett lag. Die Erinnerung an die Geschehnisse der letzten Minuten – oder war ich ohnmächtig gewesen und es war länger her? – kehrten zurück. Hastig öffnete ich die Augen, sprang auf, ignorierte dabei den Schmerz und sah mich um. Wo war Ric? Er hatte mich geküsst. Dann war alles weiß geworden.

Mein Blick glitt über eine weite Fläche, einer Steppe nicht unähnlich – es fehlten nur die Silhouetten von Giraffen unter den Bäumen am Horizont, um das Bild perfekt zu machen. Ganz gleich, in welche Richtung ich sah, überall dieselbe Ödnis.

Ein erneutes Krächzen zog meine Aufmerksamkeit auf sich. Aus den Augenwinkeln sah ich eine Bewegung bei den Affenbrotbäumen und erwartete eine auffliegende Krähe, einen Raben oder etwas in der Art.

Doch das Wesen war zu schnell. Ich legte den Kopf in den Nacken und mit einem Mal wurde zur Gewissheit, was ich bisher nicht zu glauben gewagt hatte: Der feuerspeiende Drache über mir – und damit war nicht Ric gemeint – war ein klares Zeichen dafür, dass ich mich nicht mehr in meiner Welt befand.

Mein Puls raste, meine Hände begannen, zu zittern. Mit klopfendem Herzen sah ich mich noch einmal um, weit in die Ferne. Am Ende des Horizonts erkannte ich das gewaltige Felsmassiv, das einer Reihe gigantischer Haifischzähne glich: das Dornengebirge aus *Otherside*.

Ich hatte immer geglaubt, die Welt von *Otherside* zu kennen. Jahrelang war ich in jeder unbeobachteten Minute an Zacs Seite hier gewesen, lesend. Nun mitten in dieser Einöde zu stecken, die von den nächsten Dörflern nur Brachland genannt wurde, war doch etwas anderes. Zac hatte das Land hier etliche Male durchqueren müssen, um zur Hauptstadt Erea zu kommen. Dorthin, wo Elizabeth in ihrem Häuschen am Fuß der Berge stets auf ihn gewartet hatte.

Noch vor einem Jahr hatte mir jeder Gedanke an Zac und Elizabeth beinahe körperliche Schmerzen bereitet, so eifersüchtig war ich auf Elizabeth gewesen. Neidisch darauf, dass sie Zac hatte und ich nicht. Wie sich die Zeiten doch ändern konnten. Jetzt durfte sie ihn getrost behalten – am besten für immer – und ich würde am liebsten nie wieder etwas von ihm hören.

Doch der Gedanke daran fühlte sich seltsam an, falsch.

Ich schüttelte den Kopf. Warum dachte ich so etwas? Zac hatte mich jahrelang begleitet, war immer für mich da gewesen. Ganz im Gegensatz zu diesem Idioten Ric, der sich all den Frauen gewidmet hatte, die ihm hinterherjagten wie die naive Protagonistin dem klischeehaften Bad Boy, nur weil er gut aussah.

Ich schlug mir an den Kopf, um das aus mir herauszubekommen, was mir diese bescheuerten Gedanken ins Hirn setzten. Zac hatte mich verraten, verdammt! Mich sogar beinahe umgebracht. Ric war Intrigen zum Opfer gefallen, nur deshalb hatte er mich versetzt und diese ganze Ereigniskette in Gang gesetzt, die ihr großes Finale an Samhain hatte.

Bist du dir sicher?, fragte ein teuflisches Flüstern in meinem Kopf. *Vielleicht hat er dir nur etwas vorgespielt wie all den anderen auch?*

»Still!«, rief ich laut. Meine Stimme ließ ein paar schwarze Vögel aufschrecken, die in den Bäumen saßen. Sie kreisten mehrere Male über mir, ehe sie davonflogen. Ich war verwirrt, mein Kopf schien viel zu voll. Erst die Erkenntnis, dass ich in Otherside war, dann die beiden Persönlichkeiten, die in meinem Kopf rangen. Mein altes Zac liebendes Ich und mein wahres neues Ich. Der Kampf verursachte Kopfschmerzen.

Während ich zu einem der Bäume lief, um der unbarmherzigen Sonne auszuweichen, rief ich mein Element zur Stärkung, zum Trost. Eventuell konnte die Luft Klarheit in meine Gedanken bringen. Aber sie rührte sich nicht. Ich griff an meine Elementarkette, aber sie war nicht da. Panisch lief ich die Strecke zurück, ob ich sie verloren hatte, doch ich fand sie nicht.

Ich saß nahezu orientierungslos im Brachland und hatte weder etwas zu essen oder zu trinken, noch mein Element, das mich vielleicht ins nächste Dorf bringen könnte. Ich würde warten müssen, bis die Sonne unterging und diese sengende Hitze abnahm.

Mir blieb nichts anderes übrig, als es mir unter dem Baum gemütlich zu machen, wenn ich nicht so enden wollte wie die Raufbolde in den Geschichten, die man hier den kleinen Kindern erzählte, um sie vom Brachland fernzuhalten. Die waren alle elendig vertrocknet als halbe Mumien zurückgekehrt. Obwohl ich nicht wusste, wie viel davon wahr war und was dem Erschrecken der Kinder dienen sollte. Ich wollte es nicht darauf ankommen lassen.

Also schloss ich die Augen und hörte den beiden Stimmen in meinem Kopf zu, die sich über Ric unterhielten. Mit dem Gedanken, dass Ric schlimmer war als jeder Romanmacho und sein Ego größer als seine Elementargestalt, der Drache, döste ich ein.

13. KAPITEL

Ric starrte Edward wütend an. »Ihr werdet vergessen?«, hakte er nach und der Glitzervampir nickte.

Ric wusste nicht, was man denen in *Otherside* so erzählte, aber er wusste sicher, dass die Buchwelt nicht vergessen würde. Schließlich hatten die Bibliothekare diese ganze Verwandlung der Wächter, die die Seelenlosen bekämpft und zurückgeschickt hatten, zu vorlesenden und fantasiefördernden Lesegurus eigens dafür angestoßen, dass die ganzen Geschichten nicht verblassten.

»Euch erzählt man nichts als Lügen«, sagte er barsch. »Geht das auf Elizabeths Kappe?«

Elizabeth war diejenige gewesen, die alles inszeniert hatte. Diejenige, die das Buch *Otherside* durch ihre Tochter Thyra zu Lin hatte bringen lassen und Zac als Helden aus Lins Träumen vorgestellt hatte. Was Ric immer noch zur Weißglut brachte, wenn er nur daran dachte.

Edward schüttelte den Kopf. »Elizabeth ist tot.«

Ric riss die Augen auf, Coral neben ihm keuchte erschrocken auf. Das war eine Wendung, mit der er nicht gerechnet hatte.

»Und Zac hat jetzt das Sagen in *Otherside*?«, fragte Ric.

»Er ist der König und hat seine Residenz in Erea«, antwortete Edward ruhig.

»Dann ist die ganze Entführungssache auf seinem Mist gewachsen?«, bohrte Ric weiter. Warum bei Hephaistos war dieser Typ so schweigsam? Musste man ihm jedes Wort aus der glitzernden Nase ziehen? Ausnahmsweise wünschte er sich, dass der Seelenlose eben nicht so war wie seine Buchvorlage. Nur Mädchen standen auf geheimnisvoll. Pah!

»Er ist der König und hat uns auserwählt, die Botschaft weiterzutragen.«

»Wen?«, mischte sich Peter ein.

»Diejenigen von uns, die die größte Chance haben, in eure Welt zu kommen. Jeder der Auserwählten hat eine eigene Botschaft erhalten, die er überbringen soll.«

Dann war natürlich klar, dass Edward einer von ihnen war. Nach wie vor wurde die Geschichte oft gelesen. Doch wer noch?

»Und warum tust du, was er dir sagt?« Coral hatte den Kopf schräg gelegt und musterte Edward mit großen Augen.

Dieser verzog in seiner typischen leidenden Geste das Gesicht. Einer Geste, die Ric zur Weißglut brachte – genauso wie das von Autorinnen und Autoren so oft verwendete *schiefe Lächeln*, von dem er beim Nachmachen immer einen Gesichtskrampf bekam.

»Seine rechte Hand hat Bellas Leben bedroht«, erklärte Edward finster.

Ric lachte laut und Edwards Augen funkelten. Wenn es um seinen Love-Interest ging, war mit ihm nicht zu spaßen. Ein Lächeln schlich sich auf Rics Lippen. Er hatte lange nicht mehr gekämpft und das Feuer lag nun mal in seinem Blut. Edward könnte ein guter Gegner sein. Doch Peter wollte die Angelegenheit anscheinend auf die freundliche Art lösen.

»Zac kann ihr Leben nicht bedrohen. Eure Geschichte gibt es zig Millionen Mal, er kann sie nicht überall auslöschen.«

»Sie hat uns ihre Macht demonstriert«, knurrte Edward.

»Sie?«, hakte Ric nach.

»Thyra«, presste Edward hervor. »Sie hat eine Möglichkeit gefunden. Und ich werde es sicher nicht darauf anlegen, dass Bella ebenso verschwindet wie diese andere Person.«

»Wen hat er denn verschwinden lassen?«

»Wenn ich mich noch an sie erinnern könnte, wäre sie nicht völlig ausgelöscht, oder?«

Ric schnaubte. Was für ein billiger Trick! Thyra hat vermutlich auch in *Otherside* Intrigen gesponnen, wie sie es hier getan hatte. Ihm reichte es so langsam mit diesem Typen und seinen kryptischen Antworten.

»Wie hat es Zac geschafft, Lin und ihren Vater nach *Otherside* zu bringen?« Ric hob erneut seine Hand, ein Feuer begann, darin zu knistern. Erst klein und unbedeutend wuchs es rasch zu einer weißglühenden Kugel aus reinem Drachenfeuer heran.

»Ich weiß es nicht. Das ist nicht meine Botschaft.« Wieder dieser gequälte Gesichtsausdruck.

»Falsche Antwort, Vampir.« Ric schleuderte den Feuerball auf Edward, der jedoch so schnell auswich, dass er ihn nicht erwischte.

Dann stand Edward plötzlich direkt vor ihm, packte Ric am Kragen und kam mit seinem Gesicht bedrohlich nahe. »Ich werde alles tun, um Bella zu beschützen«, sagte er. »Und wenn ich dafür selbst aus der Geschichte verschwinde. Ich werde nicht zulassen, dass die Meinen vergessen, wo sie herkommen und ihr Schicksal in die Hände des Königs und die von Thyra fällt.«

Nach diesen kryptischen Worten trat er einen Schritt zurück, senkte die Arme und schloss die Augen. »Tu, was du tun musst, oder ich werde dich töten.«

Ric war hin- und hergerissen. Einerseits wollte er Antworten, gerade jetzt wurde es interessant. Aber er hatte Edwards Fähigkeiten gesehen und war sich zwar sicher, dass er ihn besiegen konnte, nicht jedoch, zu welchem Preis. Mit einem kurzen Aufschrei schleuderte er eine weitere glutrote Feuerkugel auf den Vampir, der daraufhin zu Asche verbrannte, die vom Wind fortgetragen wurde.

»Wieso hast du das getan?«, fragte Peter vorwurfsvoll. »Er hätte uns noch mehr erklären können.«

»Das hätte er nicht.« Er würde um jeden Preis Bella beschützen – in dieser Sache waren sich Ric und Edward gar nicht so unähnlich, stellte Ric erschrocken fest. Glücklicherweise nur in diesem Punkt.

Als Peter widersprach, antwortete Ric nur barsch: »Ich führe dieses Team. Punkt.« Er zuckte zusammen, als er plötzlich Lins vorwurfsvollen Blick vor seinem inneren Auge sah. Sie wäre mit dieser

Antwort nicht zufrieden gewesen. Also fügte er seufzend hinzu: »Es wäre zu gefährlich gewesen, okay?«

Peter nickte und gab Ruhe.

»Dann können wir jetzt endlich überlegen, wo wir die anderen finden, die eine Botschaft für uns haben.«

Coral sprach als Erste: »Wir sollten in den Park gehen. Dort hat die Luft uns hinschicken wollen.« Sie senkte den Blick, doch selbst Ric erkannte, dass sie voller Schmerz an Lin dachte.

»Dann kommt«, sagte er und ging los. Peter und Coral folgten ihm augenblicklich.

Der Weg in den Park führte zwischen einigen Teichen hindurch. Sofort sah Ric die Bilder vom letzten Jahr wieder vor sich. Als sie sich von Lin getrennt hatten, weil nur sie in ihrer winzigen Elementargestalt ungesehen hatte spionieren können. Das war zumindest der Plan gewesen – der zuletzt dazu geführt hatte, dass das Team getrennt und jeder Einzelne von ihnen gefangen genommen worden war. Ric schüttelte den Gedanken ab. Er musste sich auf das Hier und Jetzt konzentrieren.

Sie folgten eine ganze Weile dem Weg immer tiefer in den Park. Je älter die Bäume wurden, desto entspannter schien Peter.

»Grüß deine Verwandtschaft.« Ric biss sich auf die Zunge, aber er konnte sich nicht beherrschen, als er Peters sehnsüchtigen Blick sah.

»Spürst du etwas?«, fragte Coral und lenkte damit den zerknirscht dreinblickenden Peter ab.

»Irgendwas ist hier«, murmelte der.

»Ein Seelenloser?«, hakte sie nach.

»Es fühlt sich eher nach Feuer an. Die Natur ist in Aufruhr.« Peters Stirn bekam tiefe Furchen wie die Rinde eines alten Baumes.

»Ein Brand?« Das ließ Ric aufhorchen. Er fuhr den Sinn für sein Element aus und fühlte in alle Richtungen. Weit entfernt spürte er ein sanftes Ziehen, es konnte jedoch kein Feuer sein, dafür war es zu wenig.

»Nein, eher …«

Weiter kam Peter nicht, denn Josh trat hinter einem dichten Gestrüpp hervor.

Sofort spannte sich jeder einzelne Muskel in Ric an, seine Haut vibrierte. »Was hast du hier zu suchen? Spionierst du uns nach?«

Josh sah geknickt aus, nicht wie der Feuerelementar, der er sein sollte. »Laurie ist verschwunden.«

»Laurie auch?«

Ric strafte Coral sofort mit einem bösen Blick, der die Wasserfrau augenblicklich zusammenzucken ließ. Musste sie dem Spion gleich alles verraten?

»Wieso *auch*?«, fragte Josh sogleich und sah sich um. »Wo ist Lin?«, fragte er mit zusammengekniffenen Augen.

»Als ob du das nicht wüsstest!«, brüllte Ric und konnte sich nicht mehr beherrschen. »Du hast das alles eingefädelt, nicht wahr? Du hast Lin nach *Otherside* gebracht.« Die Haut an seinen Armen färbte sich stellenweise schon schwarz, wurde zu undurchdringlichen Drachenschuppen.

»Lin ist in *Otherside*?« Josh sah ihn ungläubig an, was Ric nur noch mehr reizte.

»Jetzt mach hier keinen auf Unschuldslamm. Wir sind dir in die Gasse gefolgt und dann warst du wie vom Erdboden verschwunden.«

Bei diesen Worten zeigte Josh nun endlich eine Reaktion. Für einen winzigen Augenblick sah er aus, als hätte er große Schmerzen. Die würde er noch bekommen, darauf konnte er wetten. Ric trat ein paar Schritte auf Josh zu, die Hände zu Fäusten geballt.

Doch ein Schwall Wasser hielt ihn vom nächsten Schritt ab. Er funkelte Coral wütend an, die nur mit den Schultern zuckte. »Wir sollten uns erst mal anhören, was er dazu zu sagen hat.«

»Ich stimme Coral zu. Lin ist nicht hier, also steht es zwei gegen einen«, fügte Peter hinzu.

Die Bäume rechts und links von Ric bewegten sich, der Boden vibrierte. Stellte sich nun schon sein eigenes Team gegen ihn? Rics Körper spannte sich an, wappnete sich gegen einen Angriff der Erde, doch der blieb aus. Dabei hatte sich Ric eigentlich sogar gewünscht, dass er endlich die angestaute Energie loswerden konnte. Das Feuer hatte einfach einen hitzigen Charakter.

»Beruhig dich!«, sagte Coral mit strenger Stimme, die Ric aufhorchen ließ.

Normalerweise war sie nicht diejenige, die etwas befahl. Eine Woge von Beruhigung glitt über ihn und er hatte damit zu kämpfen, dass sie nicht zu tief in ihn drang.

»Erzähl uns, was in dieser Gasse passiert ist«, wandte sie sich nun an Josh. »Wir haben gesehen, dass du etwas in der Hand hattest. War es *Otherside*? Hast du was mit dem Buch gemacht?«

Hastig schüttelte Josh den Kopf. »Nein, ich habe *Otherside* nicht angerührt. Vermutlich hätte ich es gar nicht berühren können. Ihr habt ja selbst gesehen, was während der Sitzung passiert ist.«

»Was war es dann?«, hakte Coral nach.

Josh senkte den Blick. »Das kann ich euch nicht sagen.«

»Wenn du nicht sofort mit der Sprache herausrückst …« Ric wagte erneut einen Schritt auf Josh zu.

»Sag mir nicht, was ich zu tun habe!«, gab Josh nun lauter zurück. Er stellte sich aufrechter hin und sah Ric fest in die Augen. »Sie haben auch Laurie, verdammt. Meinst du, ich bringe sie in Gefahr, nur weil du dich hier so aufspielst? Vergiss nicht, wer ich bin.«

Ein Feuerelementar wie Ric. Allein an seiner Haltung konnte man es ihm nun wieder ansehen. Feuer war das stärkste der vier Elemente, das vernichtendste.

»Und was hast du dann hier zu suchen?«

»Ich möchte, dass wir zusammenarbeiten. Überlegt es euch. Es gibt Dinge, die können wir nicht beeinflussen. Aber wir können gemeinsam darauf reagieren.« Mit diesen Worten trat Josh den Rückzug an. Er verschwand zwischen den Büschen, hinter denen er aufgetaucht war.

Ric und seine Teamkollegen standen ein paar Sekunden perplex da, ehe Ric wütend in die Richtung rannte, aus der sie gekommen waren.

Zusammenarbeiten? Ausgerechnet mit Josh? Nie im Leben! Schneller als ein normaler Mensch rennen konnte, eilte er durch den Park und zurück zur Bibliothek. Erst als er im Diablo saß und das Röhren des Motors hörte, beruhigte er sich. Er musste raus.

Er musste sich etwas überlegen. Also raste er ohne Rücksicht auf geltende Verkehrsregeln aus der Stadt und über die Landstraßen zu dem Ort, an den er sich früher immer zurückgezogen hatte. Hier würde er endlich Zeit haben, sich einen Plan auszudenken.

Doch als er langsam die schmale Einfahrt zu der Hütte am See entlangfuhr, erkannte er, dass dort bereits jemand auf ihn wartete.

14. KAPITEL

Wieder weckte mich ein lautes Krächzen. Über mir flatterten die Vögel auf. Schnell scannte ich die Umgebung nach dem, was sie aufgeschreckt haben könnte. Die Sonne war bereits so gut wie verschwunden, das Brachland in orange-rote Farben getaucht, was das Bild einer afrikanischen Steppe perfektionierte. Das Dornengebirge wirkte nun wie ein blutverschmiertes Vampirgebiss. Igitt.

Als ich meinen Blick von dem Bild losriss, sah ich die Reiter kommen. Sie mussten die Vögel aufgeschreckt haben. Schwarze Pferde, schwarze wehende Capes, alles schwarz. Es gab nicht viele, die sich in *Otherside* Pferde leisten konnten. Rasch rutschte ich auf die ihnen entgegengesetzte Seite des Baumstammes und rappelte mich hoch. Dann linste ich vorsichtig um den Stamm herum.

Die Pferde wirbelten Staub auf. Krähen flogen über den Köpfen der Söldner. Ich hatte so oft von ihnen gelesen (Zac war einer von ihnen gewesen, ehe er die Seiten gewechselt und für das Gute gekämpft hatte), doch so imposant waren sie mir nie vorgekommen. Selbst der Anführer Zodan, mit dem ich bereits Bekanntschaft machen musste, hatte in unserer Welt nicht halb so furchterregend gewirkt wie diese drei hier auf ihren geradezu dahinfliegenden Pferden.

Die Hufschläge wurden lauter, ebenso das Krächzen der Vögel, die nun vorausflogen – direkt auf meinen Baum zu. Mistviecher! Sie setzten sich doch glatt auf die obersten Äste weit über mir und warteten. Am liebsten hätte ich sie verscheucht, aber das hieße, dass ich mich verraten würde.

Die Sorge war jedoch umsonst, denn die Reiter hielten genau auf meinen Baum zu. Ich zog mich zurück. Kurz darauf kamen sie zum Stehen. Jemand stieg vom Pferd. Ich hörte gedämpfte Schritte schwerer Stiefel auf dem trockenen Grund.

»Melinda East. Im Auftrag des Königs werden wir dich zum Palast begleiten.«

König? Otherside hatte einen König? Verdammt, wie hatten sie mich so schnell entdeckt?

Die Gedanken kamen zeitgleich, ich konnte mich nicht für einen entscheiden, rührte mich vorsichtshalber nicht. Die Vögel segelten vom Baum und ein kurzes Rauschen war zu hören, gefolgt von einem Licht, wie ein Motiv, das man mit Blitz fotgografierte.

»Sie ist hinter dem Baum«, sagte eine raue Stimme. Gestaltwandler. Sie waren doch alle Verräter. »Nun ist der Rest der Zahlung fällig.«

Ich kochte vor Wut. Am liebsten hätte ich dem dämlichen Vogel einen kräftigen Windstoß verpasst.

»Melinda East, wir wissen, wo du bist. Du brauchst dich nicht zu verstecken.« Irgendwie kam mir die Stimme bekannt vor. Da ich sowieso keine Möglichkeit hatte, aus der Sache herauszukommen, trat ich neugierig aus meinem Versteck hervor. Und da stand er, größer, als ich ihn in Erinnerung hatte, machtvoller denn je. Zodan, der Befehlshaber der dämonischen Söldner.

»Hier habt ihr euren Lohn«, sagte er mit einem kurzen Blick auf mich und warf einen kleinen Stoffbeutel in Richtung des zerlumpten Gestaltwandlers. Beim Aufprall klimperte es. Während ich mich fragte, wie der Wandler an seine Kleidung gekommen war, (schließlich war ich immer nackt, wenn ich mich zurückverwandelte), schossen weitere Krähen nach unten und zankten sich krächzend um den Beutel.

»Du reitest mit mir!«, befahl Zodan und ging zurück zu seinem Pferd, das ohne Übertreibung gesagt das größte Pferd war, das ich je gesehen hatte. Selbst der Rücken befand sich ein ganzes Stück über meinem Kopf, der Hals des Tieres und sein Kopf waren noch um einiges weiter oben. Plötzlich fühlte ich mich, als würde ich mich verwandeln und die Welt um mich herum immer größer und größer werden.

»Komm!«, befahl Zodan streng.

Mir blieb nichts anderes übrig. Ohne mein Element konnte ich es kaum mit dem stärksten dämonischen Söldner aufnehmen, den diese Welt kannte. *Dem Stärksten außer Zac*, kehrte das Flüstern in meinem Kopf zurück. Zodan schwang sich auf das Monsterpferd und reichte mir seine behandschuhte Hand. Ich griff danach und er hob mich vor sich auf den Sattel. Na wunderbar.

»Kann ich bitte hinten sitzen?«, versuchte ich es und sah mich zu Zodan um.

Der zuckte mit den Schultern. »Wie wir dich zum König bringen, wurde uns nicht vorgeschrieben. Wenn du dann besser kooperierst, komme ich deinem Wunsch nach.«

Ich nickte und versuchte mich an einem Lächeln. Zodan schnappte mich und wirbelte mich hinter sich auf den Sattel. Zufrieden drehte er sich wieder nach vorne, griff nach den Zügeln und ich hatte gerade noch Zeit, mich an dem Cape festzukrallen, als das Monsterpferd auch schon lospreschte.

Der kühle Wind tat gut, fühlte sich an wie die Liebkosung meines Elements. Doch sobald ich nach vorne sah, auf die Tätowierung an Zodans Nacken, wurde mir wieder klar, dass hier gar nichts gut war.

Zac wird dich retten. Er ist ein Held, sprach mir die Stimme Mut zu, während die andere kaum mehr hörbar hinzufügte: *Vergiss Ric nicht.*

Warum sollte ich Ric, den Idioten, nicht vergessen? Ich hatte jahrelang seine Eskapaden und Weibergeschichten ertragen, ständig zugesehen, wie er mich mit einer neuen Liebschaft verhöhnte. Ich war ihm scheinbar nicht gut genug gewesen. Aber Zac, Zac würde mich retten, da war ich mir sicher.

Vergiss nicht, wie er wirklich ist, erklang das Echo des Flüsterns, beinahe flehend. Ich ignorierte es und wartete jeden Moment darauf, dass Zac von irgendwo aus dem Nichts auftauchen und mich retten würde.

Dann veränderte sich die Landschaft, das erkannte ich selbst im Halbdunkel. Wir hatten die Grenze des Brachlandes überquert.

Doch die Gegend kam mir unbekannt vor. Wir ritten über mehrere kleine Hügel, an Wiesen und Feldern vorbei, alles war so nichtssagend. Wir hätten überall sein können.

Es wurde immer dunkler, aber irgendwann konnte ich die Silhouetten der ersten Gebäude sehen. Schuppen oder Höfe, möglicherweise Ställe. Wenig später tauchten entfernte Lichter auf, die von kleinen Häusern und Hütten stammten. Hatte Zac vielleicht auch diesem Dorf schon aus der Patsche geholfen? Sobald irgendwo eine Bedrohung aufgetaucht war, war Zac, der bescheidene Held, zur Stelle gewesen. Ich dachte mit Herzklopfen und gleichzeitig voller Wehmut an unsere gemeinsamen Abenteuer zurück.

Nachdem wir das Dorf durchquert hatten, ritten wir durch die schwärzeste Nacht, bis die Dunkelheit am Horizont von einem Leuchten durchschnitten wurde, das meinen Blick wie magisch auf sich zog.

Als wir auf der nächsten Anhöhe ankamen, glaubte ich wirklich, in einem Traum gelandet zu sein: Vom Fuße des Hügels an erstreckte sich ein Meer aus Lichtern vor mir wie etliche Sterne in einer kalten Nacht. Die Stadt ruhte am Fuße eines Berges, den ich nur aufgrund des hellen Scheins erkannte, der das imposante Schloss umgab, das über den Häusern inmitten der Felsen thronte.

Ich war wie gefesselt von dem Anblick. Etwas so Schönes hatte ich noch nie gesehen. Da konnte selbst das Schloss aus Disneyland nicht mithalten. Aber warum hatte ich nie darüber gelesen? Wie konnte diese absolute Vollkommenheit nicht auch Zac aufgefallen sein, sodass er in seiner Geschichte davon erzählt hätte?

Zodan zügelte das Tempo, als wir die ersten Häuser der Stadt passierten. Im Schritttempo ging es weiter. Immer wieder kamen wir an kleinen Ansammlungen von Personen vorbei. Unter ihnen waren nicht nur Menschen, was selbst im Schein der wenigen Lampen sofort auffiel. Manche trugen Hörner, manche von ihnen waren doppelt so groß wie andere, manche winzig wie … nun ja, Zwerge. Was mir besonders auffiel, war die Atmosphäre. Man hätte meinen können, dass es zwischen Menschen und den vielfältigen Wesen zu Streitereien kommen würde, aber während der ganzen Strecke, die wir zurücklegten, sah ich nichts dergleichen.

Meine Anspannung wuchs, je tiefer wir in Richtung Stadtkern ritten. Wo würde Zac sein, um mich aus den Fängen von Zodan zu befreien? Immer wieder sah ich mich um, warf einen Blick in die schmalen Gassen, die von der gepflasterten Hauptstraße abgingen, konnte meinen Helden jedoch nirgendwo entdecken.

Die Straße wurde breiter und endete an einem großen Platz, der unserem Marktplatz zu Hause zum Verwechseln ähnlich sah. Selbst der Brunnen, über den Coral oft mit ihrem Element Kontakt aufgenommen hatte, war vorhanden – nur war er eher zweckmäßig, ein Brunnen wie aus einem Märchen, ganz ohne Metallskulptur. Ich hatte ein Déjà-vu – hatte Zac alles so detailliert beschrieben, dass es mir vorkam, als wäre ich schon einmal hier gewesen?

Samhain, erklang wie von weit her eine der beiden inneren Stimmen. Ich verstand jedoch nicht, was sie damit meinte, und blendete ihre weiteren Kontaktversuche aus.

Wir überquerten den Platz, indem wir mehreren kleinen Gruppen von Stadtbewohnern auswichen. Sie johlten und lachten, als wären sie auf einer Party. Von irgendwoher drang Musik an meine Ohren, ein Saiteninstrument, dessen Klang ich nicht zuordnen konnte. Doch auch hier war die Stimmung wundervoll, selbst die dämonischen Söldner wurden weder misstrauisch beäugt, noch wurde hinter vorgehaltener Hand getuschelt – zumindest soweit ich das sehen konnte.

Am Ende des Platzes stand ein großes Gebäude, unserem Rathaus zum Verwechseln ähnlich, zwei Wege führten links und rechts davon vorbei. Zodan wählte die Straße rechter Hand und zog das Tempo wieder an. Kurz hinter dem Gebäude wurde der Weg steiler und schmaler. Wenig später befanden wir uns bereits weit über der Stadt und folgten einem serpentinenartigen Weg, der sich immer weiter emporschlängelte. In regelmäßigen Abständen brannten Fackeln, die an den Felswänden befestigt waren. Hatte man keine Angst, dass sie ausgehen würden?

»Wo bringt ihr mich hin?«, fragte ich und blickte sehnsüchtig zu den immer kleiner werdenden Lichtern unter mir.

»Zum König«, brummte Zodan zur Antwort und deutete auf das Leuchten weit über uns.

Das Schloss hatte ich völlig vergessen, so mitgerissen war ich von der geselligen Atmosphäre in der Stadt gewesen. Fieberhaft überlegte ich, ob Zac jemals einen König erwähnt hatte. Es gab eine Hauptstadt in Otherside, Erea, jedoch wusste ich rein gar nichts über die Hierarchie oder die Staatsform dieser Welt. Eigentlich müsste es einen König geben, das war in diesem Genre doch meistens der Fall. Auf meine Zielgruppe fielen nur selten High-Fantasy-Geschichten, daher kannte ich mich nur grob damit aus.

Je näher wir dem Schloss kamen, desto nervöser wurde ich. Immer öfter sah ich mich um, wartete, dass Zac hinter einem Felsen hervorspringen würde. Mein Magen verkrampfte, als wir direkt auf der Zielgeraden waren und uns nur wenige Meter von dem großen eisernen Tor trennten. Mein Held würde nicht kommen. Ich unterdrückte die aufsteigenden Tränen, als wir das Tor passierten und Zodan den Wachposten grüßte. Noch immer ritten wir durch weitere Gassen, die unter dem Schloss hindurch und weiter nach oben zu führen schienen.

Irgendwann wurde der Durchgang zu niedrig für die Monsterpferde samt Reiter und Zodan musste erst den Kopf ducken, dann sprang er vom Pferd. Kurz darauf hob er auch mich zu Boden und bedeutete mir, vorauszugehen. Der Weg machte eine Kurve und am Ende stand ich auf einem parkähnlichen Innenhof.

Auch wenn es Nacht war und nur hier und da eine Fackel brannte, konnte ich behaupten, dass ich mir den Innenhof eines Schlosses in Büchern immer genau so vorgestellt hatte. Zu Skulpturen gestutzte Bäume, wundervolle Blumenrabatten am Rand – weiter konnte ich leider nicht sehen. Doch es fühlte sich richtig an.

Ich hätte noch länger hier gestanden, allerdings schob mich Zodan weiter, erst den Weg entlang, dann in das Gebäude. Es bestand aus einem hellen Stein, spontan hätte ich Marmor gesagt, aber ich kannte mich nicht aus. Zahlreiche Kerzenhalter waren an den Wänden befestigt und tauchten den langen Flur, dem wir folgten, in gleichmäßiges, warmes Licht. Wir gingen auf eine große, doppelflügelige Tür aus hellem Holz zu, die von zwei Wachen schnell geöffnet wurde, als wir ankamen.

Dahinter war es um ein Vielfaches heller als in dem Flur und ich war für einen Moment geblendet. Während Zodan neben mir auf die Knie sank und irgendetwas von »Mylord« murmelte, konnte ich nur auf die Person starren, die ein Stück entfernt auf dem Thron saß. Ich blinzelte mehrmals, als könnte es an meinen Augen liegen, dass ich ihn da sitzen sah. Vielleicht hatte ich aber auch zu lange im Brachland in der Sonne gelegen. Der Mann vor mir konnte unmöglich der König sein, selbst wenn er es sicher verdient hätte.

Dann sprang Zac auf und stürmte auf mich zu.

15. KAPITEL

»Was hast du hier zu suchen?«, fragte Ric in schroffem Ton, wütend darüber, dass sein Rückzugsort nicht unentdeckt geblieben war. Er war nicht mit dem Diablo durch die Gegend geheizt – auf der Suche nach Abstand zu allem –, nur um seine Schwester hier vorzufinden. Er war in der Hütte am See immer ungestört gewesen, fernab von allem, was ihm durch den Kopf ging. Weit weg von all den Problemen, die in der Stadt auf ihn warteten.

Natalia saß auf dem kleinen hölzernen Steg, von dem aus sie früher immer in den See gesprungen waren, und starrte aufs Wasser, in dem sich der Mond spiegelte.

»Du bist nicht der Einzige, der seine Eltern vermisst«, antwortete Nat traurig. »Hier fühlt es sich an, als könnten sie jeden Moment aus der Strandhütte kommen.«

Ric nickte. Er wusste genau, was sie meinte.

»Du warst oft hier«, sagte sie und es war keine Frage. Sie starrte weiter auf den See. »Ich war auch ständig hier, aber du hast mich nie bemerkt.«

»Du warst hier?«

»In den Elementen. Es war … Irgendwie war ich überall, aber ein Teil von mir war ständig hier.« Sie wandte sich zu ihm um. »Ich habe einen Ort gebraucht, an dem ich mich festhalten konnte. Ich hatte Angst, dass ich sonst ganz verschwinden würde.«

Ric ging über die taufeuchten Bretter des Stegs auf seine Schwester zu und überlegte kurz, ob er sie in den Arm nehmen sollte, entschied sich aber dagegen und setzte sich nur neben sie. »Wie war es denn? Du hast nie erzählt, was passiert ist.« Er zog sich die Schuhe aus und hing seine Beine ins Wasser wie seine Schwester. Wie sie es früher als Kinder immer gemacht hatten.

Natalia starrte wieder auf das Wasser, in ihren Augen spiegelte sich der Mond. »Das Sterben?«, sie lachte kurz auf. »Das habe ich nicht einmal bemerkt. In einem Moment zog ich mit meiner liebsten Buchheldin um die Häuser, im nächsten war ich nichts als Luft.« Sie atmete bebend ein. An den zuckenden Schultern erkannte Ric Nats unterdrücktes Schluchzen. Auf ihren Wangen glänzten die ersten Tränen. »Ich habe mich gesehen, meine Leiche, wie in den vielen Geisterbüchern, weißt du. Es war so surreal und ich habe lange gebraucht, bis ich begriffen habe, was mit mir los ist. Aber mein Körper war mir egal, ich bin sofort zu dir gekommen. Daher wusste ich nicht, dass Thyra ihn aufbewahrt hatte. Ich habe dich ständig beobachtet und nach einer Möglichkeit gesucht, dir zu helfen.« Sie schüttelte den Kopf. »Und bin doch zu spät gekommen.«

Eine Weile saßen sie so da und Ric dachte über das Geschehene nach.

»Wollen wir reingehen?«, fragte Nat in die Stille hinein. »Mir ist kalt.«

Ric zuckte mit den Schultern. Er spürte die Kälte nicht. Nicht, nachdem sein Element zurückgekehrt war. In dem Moment fiel ihm auf, dass seine Schwester von den neuesten Entwicklungen nichts mitbekommen hatte. Sie wusste weder von den Elementen noch von Lins Verschwinden. Er sah sie an. »Sind deine Elemente nicht zurück?«

Natalia fuhr hoch. Mit schräg gelegtem Kopf musterte sie Ric und sah aus, als ob sie ernsthaft darüber nachdächte, ihn für verrückt zu erklären oder herauszufinden, ob er nur scherzte. »Du meinst es ernst?« Sie riss ihre Augenbrauen nach oben.

Ric nickte. »Du hast heute einiges verpasst, nachdem du die Bibliothek verlassen hast.« Er streckte die Hand aus und in der nach oben zeigenden Handfläche entstand ein kleines Feuer.

Natalia starrte ungläubig auf die tanzende Flamme. »Wie hast du … Ich meine, haben alle ihre Elementarkräfte zurück?«

Ric zuckte mit den Schultern. »Ich weiß es nicht. Mein Team auf jeden Fall. Wir haben Perry davon erzählt, aber nur nebenbei, denn es gibt ernstere Probleme. *Otherside* konnte nicht mehr gelesen werden, also musste Lin es versuchen.«

Ric berichtete seiner Schwester haarklein, was geschehen war. Wie Lin verschwunden war, was der Seelenlose zu berichten hatte und wie sie Josh im Park angetroffen hatten.

Als er endete, kniff Natalia die Augen fest zusammen, sie ballte die Hände zu Fäusten. Ihr gesamter Körper war angespannt. »Nichts«, seufzte sie irgendwann. »Ich habe weder eine Verbindung zum Wasser«, sie strampelte mit den Beinen, dass es nur so spritzte, »noch zur Luft, dem Feuer in deiner Hand oder der Erde da hinten.« Sie deutete ans Ufer und auf die großen Bäume, die neben dem schmalen gepflasterten Weg vor der Blockhütte standen.

»Wie kann das sein?«, fragte Ric, der überzeugt davon gewesen war, dass alle Elementare ihre Fähigkeiten zurückerhalten und nur noch nicht ausprobiert hatten.

»Ich weiß es nicht«, antwortete sie traurig.

Nat war das fünfte Element gewesen, hatte Macht über alle Elemente gehabt und nun war ihr kein einziges geblieben. Ric hatte sich schon mies gefühlt, als er nur eins verloren hatte, wie musste sich Natalia erst fühlen?

»Na ja, vielleicht braucht es bei mir einfach etwas länger. Schließlich lag mein Körper ewig auf Eis.« Sie lachte freudlos auf.

Thyra hatte ihren Körper mithilfe einer Technik aus Science-Fiction-Romanen konserviert, um diesen nach der Öffnung der Grenzen zu benutzen. Sie wollte keine Seelenlose in der Realität sein, sondern einen realen Körper besitzen. Den des anderen fünften Elements: Natalias. Doch sie hatte nicht gewusst, dass Natalia in den Elementen überlebt hatte, und so stritten sich die beiden um den Körper. Plötzlich hatte Ric zwei Schwestern gehabt, eine lichte und eine dunkle, die einen ausgewogenen Kampf geführt hatten, bis es Lin gelungen war, die Grenzen einzureißen und Elizabeth und all die anderen Buchcharaktere, die in die Realität vorgedrungen waren, zurückzuschicken. Ab diesem Moment hatte es nur noch eine Natalia gegeben und die Licht- sowie die Schattengestalt, die einander bekämpft hatten, waren verschwunden.

»Das wird schon.« Ric klopfte ihr zuversichtlich auf den Rücken. Er wusste nicht, wie er sonst darauf reagieren sollte.

»Dann überlegen wir uns jetzt, wie wir Lin zurückbekommen«, sagte Nat, stand auf und ging zur Blockhütte.

Ric folgte ihr und sah, wie Nat fröstelte. Er schickte etwas von seinem Feuer zu ihr, um sie aufzuwärmen. Keine Flammen, aber die Art Wärme, die ein gemütliches Lagerfeuer umgab. Das Zittern ließ gleich nach.

In der Hütte bereitete Natalia einen Tee zu, wickelte sich in drei der zahlreichen Decken, die auf dem kleinen Sofa gestapelt waren, und setzte sich. »Und jetzt erzähl mir, was ihr vorhabt.«

Ric ließ sich in den alten Ohrensessel seiner Mutter fallen. »Ich weiß es nicht.« Um das herauszufinden, war Ric ja hierhergekommen. Hier konnte er am besten denken. Wenn er allein war.

»Hey, dann überlegen wir einfach gemeinsam«, schlug Nat vor und nahm einen Schluck aus ihrer dampfenden Tasse.

»Wir müssen den nächsten Seelenlosen finden, der von Zac und Thyra eine Botschaft hat. Aber das könnte ewig dauern. Was, wenn die falschen Charaktere herausgelesen werden, weil Zac die neuesten Trends nicht kennt?« Er seufzte und wollte sich gar nicht ausmalen, was Zac Lin in der Zwischenzeit antun könnte.

»Was ist mit diesem Josh? Ich habe ein paar Mal mit ihm zusammengearbeitet. Wie könnte er euch helfen?«

»Gar nicht«, knurrte Ric. »Er ist ein Verräter. Er hat die Elementarketten gestohlen und an Thyra weitergegeben.«

»Ich weiß, dass ihr ihm nicht traut. Aber die Bibliothekare …«

»… haben keinen blassen Schimmer. Keine Ahnung, wie er es geschafft hat, sie zu überzeugen. Doch in ihren Augen ist er der perfekte Mitarbeiter, auf den sie nichts kommen lassen. Ich kann einfach nicht verstehen, warum. Er war mir schon immer etwas suspekt. Selbst im Unterricht damals.«

Nat sah ihn fragend an.

»Er ist ein Feuerelementar und so reserviert, beherrscht. Das entspricht doch gar nicht der Natur des Feuers.«

»Muss ja nicht jeder so hitzköpfig sein wie du. Es gibt auch ruhigere Feuerelementare. Ist er reinblütig?«

Ric zuckte mit den Schultern. »Das Feuer ist dominant, ein alter Name …« Den Rest ließ Ric offen, Natalia brauchte nicht über die Vererbung der Elementargene aufgeklärt zu werden. Es gab uralte Familien, die sich sogar nach den Elementen benannt hatten. In der Regel war dieser Familienname Programm und die Gabe wurde weitervererbt. Wenn aber starke Gene eines anderen Elements hinzukamen, konnte es vorkommen, dass auch dieses weitergegeben wurde – vielleicht sogar Generationen später. Daher wurden alle Wächterkinder geprüft.

»Wie heißt er denn?«

»Josh Bonfire.«

»Ui, das ist einer der ganz alten Namen.«

Ric nickte. Das wusste er. Auch wenn er nicht jahrelang Wächter-Stammbäume gelesen hatte wie Nat. Sie war bereits als Kind Feuer und Flamme für den Wächterinnenjob gewesen und hatte es gar nicht abwarten können, endlich ihre Elementarprüfung abzulegen. Schon bevor sie zur Prüfung musste, konnte sie jedem Mitschüler seine Ahnen aufzählen. Streberin. Ric schnaubte und erntete dafür einen skeptischen Blick von Nat.

»Aber kann es nicht sein, dass er wirklich nichts mit alldem zu tun hatte?«, versuchte es Natalia erneut.

»Niemals.« Das war sein letztes Wort. Er erzählte Natalia noch einmal haargenau, wie Josh in der Straße einfach verschwunden war.

»Ich kann auf jeden Fall nicht glauben, dass man ihm nichts nachweisen könnte, wenn da wirklich etwas gewesen wäre. Du bist zu verbohrt«, beharrte Natalia.

»Ich war ja auch direkt von dem ganzen Chaos betroffen«, zischte Ric.

»Und ich etwa nicht?«, rief Nat empört.

Gut, die Antwort für all die anderen, die an Joshs Mitschuld zweifelten, passte auf seine Schwester wirklich nicht so richtig. »Sorry.«

»Schon okay. Wollen wir los?«

»Wohin? Es ist fast Mitternacht.«

»Eine gute Zeit, um Seelenlose zu suchen, oder nicht?« Nat wickelte sich aus ihren Decken und stand auf.

Ric grinste breit. Endlich gab es etwas zu tun.

16. KAPITEL

Endlich bist du hier bei mir«, flüsterte Zac in mein Ohr, dass es mir heiß und kalt wurde. Die Stimme in meinem Kopf, von der ich gedacht hatte, dass ich sie losgeworden war, stieß wildeste Beschimpfungen aus und wollte mich dazu bringen, mich empört von Zac loszureißen. Aber warum sollte ich? Es war wie in einem Traum. Der Held der Geschichte war zum König geworden und er wollte mich – mich! – bei sich haben. Ich hätte am liebsten geseufzt.

Zac drückte mich von sich weg und hielt mich auf Armeslänge entfernt. Sein Blick ruhte auf mir, er hatte ein Strahlen in den Augen, das keine Autorin oder kein Autor in Worte würde fassen können. Seine Freude war so ansteckend, dass ich unwillkürlich lächeln musste.

»Ich kann es immer noch nicht glauben. Nach all der Zeit habe ich dich endlich gefunden«, sagte er.

Vor meinem inneren Auge liefen etliche Zeilen aus *Otherside* vorbei, in denen Zac immer wieder nach *ihr* gesucht hatte. Der Frau, die für ihn bestimmt war – für die er bestimmt war. Schon beim Lesen war es mir stets so vorgekommen, als würde er mich meinen – ein Kunststück des unbekannten Autors! –, aber es nun wirklich zu hören, war unbeschreiblich. Zac sah mir in die Augen, sah tief in mein Innerstes. Mein Herz klopfte so laut, dass ein Rauschen in meinen Ohren entstand, und ich erwartete schon, dass er mich küssen würde. Gehörte sich das nicht so? Ich senkte den Blick, wollte seine Aufmerksamkeit auf meine Lippen lenken. Doch der psychologische Trick aus den vielen Romanen wirkte bei Zac nicht. Mist.

Stattdessen nickte Zac mir zu, trat einen Schritt zurück und wandte sich um. Und ich stand irritiert inmitten dieses riesengroßen Saals und kam mir vor wie im falschen Buch. Es vergingen einige Sekunden, vielleicht sogar Minuten, bis ich meine Fassungslosigkeit abstreifen konnte und Zac folgte.

»Das war alles?«, fragte ich ihn entgeistert. So hatte ich mir das erste reale Rendezvous mit meinem großen Helden nicht vorgestellt. Das konnte doch nicht wahr sein!

»Verzeih mir mein Benehmen an Samhain, meine Liebste. Ich war nicht ganz ich selbst … Ich …«

»Wovon sprichst du?« Fieberhaft versuchte ich, mich an eine Stelle in *Otherside* zu erinnern, an der Samhain vorkam.

Er sah mich überrascht an, setzte dann jedoch wieder ein Pokerface auf und fuhr fort, als wäre nichts gewesen. »Meine Diener werden dir eine Zofe zuweisen und die Hochzeit vorbereiten.«

Wie bitte? Ich wusste nicht, was ich dazu sagen sollte. Ich war einfach nur sprachlos. Er hatte mich nicht geküsst, plante aber schon die Hochzeit? Hallo?

Von irgendwoher kam ein Typ herbeigesprungen und bat mich, ihm zu folgen. Ich warf Zac einen Blick zu, doch der saß inzwischen wieder auf seinem Thron und starrte in die Ferne. Was bei Aither lief hier schief? Immer noch völlig perplex ging ich dem Typen hinterher. Vielleicht war die Begegnung mit mir ein Schock für Zac gewesen? Schließlich hatte er so lange nach mir gesucht. Okay, das klang echt schräg, aber wer wusste schon, was im Kopf einer Figur vor sich ging, wenn sie nicht aus personaler Sicht erzählte?

Wir liefen Gänge entlang, die Kilometer lang schienen. Es gab – meist links – hübsche kleine Erkerfenster, die zu meinem Erstaunen Glasscheiben hatten. Irgendwie hatte ich mir das Setting von *Otherside* in der Zeit des Mittelalters vorgestellt und an Glas – durchsichtiges, schönes Glas wie in der Realität – war da noch nicht zu denken gewesen.

»Woher kommt das Glas?«, fragte ich den Diener, Boten oder Was-auch-Immer.

Er zuckte zusammen, als ich ihn ansprach. Der Höflichkeit halber blieb er dann jedoch stehen und wandte sich zu mir um. »Seine Hoheit hat es in einem weit entfernten Reich gefunden. Er hat eigens Meister für die Herstellung in die Stadt beordert.«

Aha. Der Bote sah mich erwartungsvoll an und ich wusste nicht, was er von mir wollte, bis mir einfiel, dass er vielleicht auf weitere Anweisungen wartete. Erst als ich nickte, drehte er sich um und ging weiter den Flur entlang. Aus Langeweile zählte ich die Türen auf der rechten Seite. Wir kamen an sechzehn vorbei, ehe wir abbogen und der Abstand zwischen den Türen größer wurde. Was wohl hinter ihnen war?

Irgendwie kam ich mir vor wie America, als sie das erste Mal durchs Schloss streifte. Mit dem Unterschied, dass ich wusste, wer mein Held war – nur leider war dieser etwas anders als in meiner Vorstellung. Aber ich war zuversichtlich, dass er bald wieder sein mir bekanntes Wesen offenbaren würde, und ich freute mich darauf.

Der Bote stoppte vor einer Tür, öffnete sie und blieb mit einer einladenden Geste daneben stehen. Zögernd trat ich ein – und fand mich in einem Zimmer aus einer Kleinmädchen-Prinzessinnengeschichte wieder. Das elektrische Licht im Zusammenspiel mit Fackeln, die nicht aus echten Flammen bestanden, irritierte mich weniger als die Farbe. So ziemlich alles in diesem Raum war rosa. Ich war ernsthaft schockiert. Darüber, dass es so viele verschiedene Rosatöne gab, und darüber, dass offenbar irgendwer glaubte, mir – oder irgendwem – könnte ein solches Zimmer gefallen. Mein Mund stand immer noch offen, was der Typ als positives Zeichen verstand.

»Seine Hoheit wird sich freuen, dass es Euch gefällt. Er hat eigens die besten Ausstatter der Reiche an den Hof geholt, um diesen Raum für Euch zu gestalten.« Er lächelte sehr zufrieden.

Ich wollte gar nicht wissen, welchem Buch diese Designer entsprungen waren. Wirklich nicht. Es fehlten lediglich noch *Hello Kitty*-Bildchen oder Einhörner. Ein Punkt, den ich mit Zac besprechen musste. Wenigstens war der Fußboden neutral – ein hochpolierter Parkettboden mit wundervoller Maserung.

»Eure Zofe wird Euch bei der Auswahl der Kleider behilflich sein. Sie müsste in wenigen Minuten eintreffen. Wenn Ihr meine Dienste nicht weiter benötigt, würde ich Euch nun allein lassen.«

Ich nickte ihm kurz zu, woraufhin er den Raum verließ und die Tür hinter sich schloss. Eine Zofe, die mir beim Einkleiden half. Das konnte ja lustig werden.

Bis sie eintraf, sah ich mich in der rosaroten Hölle um. Von dem Raum, in dem ich stand, gingen mehrere Türen ab. Die erste, die ich mir genauer anschaute, war verschlossen. Das fing schon gut an. Auf der ihr gegenüberliegenden Seite, vom Flur aus gesehen links, gab es zwei weitere Türen. Die erste führte in ein unverschämt luxuriöses Badezimmer mit glänzenden Marmorfliesen und noch glänzenderen goldenen Hähnen. Hatten die hier auch fließendes Wasser? Selbst eine kitschige Badewanne mit Klauenfüßen war vorhanden, worüber ich unwillkürlich lachen musste. Da hatte sich jemand wirklich Mühe gegeben. Das Badezimmer war vielleicht etwas übertrieben, könnte aber durchaus noch meinen Geschmack treffen.

Im Gegensatz zu dem Raum gleich daneben. Ja, ich war ein Mädchen und begeistert von begehbaren Kleiderschränken, vor allem in diesen Dimensionen – er war größer als mein ganzes Schlafzimmer in der Realität. Doch der Inhalt dieses Raumes sah aus, als hätte jemand Barbie ausgeraubt. Ich stand noch im Türrahmen, trotzdem glitzerte und funkelte es überall und die bodenlangen Kleider sahen alle aus wie Cupcakes.

Bei dem Vergleich knurrte mein Magen. Ich überlegte, wann ich das letzte Mal etwas gegessen hatte, konnte mich aber nicht daran erinnern. Ich war in der Mittagssonne im Brachland angekommen – glaubte ich zumindest. Irgendwie lag die Erinnerung daran in einem dichten Nebel und nur noch einzelne Fetzen waren zu erkennen. Je angestrengter ich versuchte, ihn zu durchdringen, desto weiter streckten sich die Nebelschwaden nach mir aus. Wie lange war ich im Brachland gewesen? Der Gedanke verursachte mir Kopfschmerzen. Beim nächsten Magenknurren räusperte sich jemand hinter mir und ich fuhr herum.

»Mylady.« Das Mädchen vor mir machte einen Knicks. »Seine Königliche Hoheit hat mich bestellt, Euch zu Diensten zu stehen.«

Ich musterte sie. Genau so hatte ich mir Zofen in Büchern immer vorgestellt. Über ihren geflochtenen dunkelblonden Zöpfen trug sie sogar ein niedliches Häubchen aus weißer Spitze. Aber sie war so unglaublich jung! Ich schätzte sie auf vielleicht zwölf – sie wirkte so zart, als könne man sie mit einem kleinen Schubs zerbrechen. Nicht dass ich das vorhatte, doch ihr Porzellanteint rief bei mir nun mal diese Assoziation hervor.

»Mylady?« Die Kleine fühlte sich offensichtlich nicht sehr wohl dabei, von mir so ausgiebig angestarrt zu werden. Mir würde es nicht anders gehen.

»Wie heißt du?«

»Marie, Mylady.«

»Und wie alt bist du?«

»Vierzehn, Mylady.«

Okay, vielleicht hatte ich mich etwas verschätzt. Ich sah zu den großen bodentiefen Fenstern hinüber. Am linken Rand konnte man bereits den Sonnenaufgang erahnen, ansonsten war da nichts weiter als der Schimmer, der das gesamte Schloss umgab, und mein eigenes Spiegelbild in der Glasscheibe, das inmitten dieses Schimmers zu schweben schien.

»Wünscht Ihr, dass ich Euch beim Ankleiden behilflich bin, Mylady? Bei Sonnenaufgang wird das Frühstück auf der oberen Terrasse serviert und Seine Königliche Hoheit wünscht, Euch dort anzutreffen.«

Diese gestelzte Sprache nervte mich jetzt schon. Ich war kein Fan von historischen Romanen und sehr froh darüber, dass diese im Jugendbuchbereich recht selten mit Fantastischem, also meinem Genre, vermischt wurden.

»Woher kommst du?«, fragte ich sie, ohne eine Antwort auf ihre Frage zu geben.

»Ich war Zofe am Hofe von Versailles, Mylady.« Das erklärte einiges. Ich verzog das Gesicht, was Marie falsch verstand. »Ich versichere Euch, dass ich dieser Aufgabe gewachsen bin, Mylady.« Sie sah leicht panisch aus, als hätte sie Angst, dass ich sie nicht für diesen Job haben wollte.

»Das glaube ich dir«, versicherte ich und sie sah sofort erleichtert aus.

»Darf ich Euch nun beim Ankleiden behilflich sein, Mylady?«

»Nur wenn du aufhörst, mich Mylady zu nennen. Ich heiße Melinda, aber du kannst mich auch gern Lin nennen.« Ich lächelte sie – hoffentlich gewinnend – an, dennoch schien Marie über meine Forderung nachdenken zu müssen. Eine winzige Falte erschien zwischen ihren Augenbrauen, ehe sie sich entspannte und nickte.

»Natürlich, Myla–… Lin. Ich werde nun Eure Garderobe vorbereiten. Wünscht Ihr eine bestimmte Farbe?«

Allein diese Frage überforderte mich. Ich linste noch einmal kurz in den gigantischen begehbaren Kleiderschrank, schüttelte dann aber den Kopf.

Das war Maries Startsignal. Sie sauste in rekordverdächtiger Geschwindigkeit im Raum herum, sammelte hier und da etwas ein und legte es sich über den Arm. Ich sah ihr amüsiert hinterher und versuchte, ihr aus dem Weg zu gehen, indem ich in der Mitte meines Zimmers verharrte. Irgendwann stand Marie mit einem Arm voller Sachen da und wartete auf irgendetwas. Ich sah sie fragend an.

»Ihr müsst Euch entkleiden, My- … Lin«, sagte sie auffordernd.

Ähm, ja. Das sollte ich wohl, wenn sie mich in einen zartgelben Cupcake verwandeln wollte. Diese Farbe dominierte den Stapel auf ihrem Arm. Es war ja nicht so, dass ich nicht oft genug nackt irgendwo stand. Wenn ich meine Elementargestalt angenommen hatte, war ich immer nackt gewesen. Als Fee war ich nicht wie Tinkerbell in ein Blatt gekleidet gewesen. Und auch wenn ich mich zurückverwandelt hatte, war ich nicht automatisch wieder bekleidet gewesen. Irgendwann hatte ich das Gefühl der Peinlichkeit abgelegt. Es gehörte dazu. Aber sich hier einfach vor einem Mädchen auszuziehen, war etwas anderes.

Marie wartete geduldig, ein freundliches Lächeln auf dem Gesicht. Ich überwand diesen seltsamen Komplex und streifte meine Kleidung ab, bis ich in Unterwäsche vor Marie stand.

»Ein Mieder würde Eure schmale Taille mehr betonen«, sagte Marie und starrte mit schräg gelegtem Kopf auf meinen BH.

Das konnte sie vergessen. Ich würde mich nicht in so ein Ding schnüren lassen!

Marie erkannte meinen Gedanken und fügte hinzu: »Aber es wird auch so gehen.«

Sie zog mir das Kleid über den Kopf, schnürte ein wenig daran herum, schob mich auf einen Hocker in der Ecke und zupfte professionell eine gefühlte Ewigkeit an meinen Haaren herum, ehe sie zufrieden mit ihrem Werk war. Sie befahl mir, aufzustehen, ehe sie ein hohes weißes Holzgestell neben mir aufklappte.

Ich sah direkt auf das Nachher-Bild einer dieser Styling-Shows. Und es war eine gewaltige Veränderung. Meine hellblonden Haare waren am Hinterkopf aufgebauscht, dass ein Vogel darin nisten könnte, ein paar feine Strähnen kringelten sich kunstvoll um mein Gesicht. Es sah nett aus, aber die Person vor mir war nicht ich.

»Und das wird Zac gefallen?« Meine nicht vorhandene Begeisterung war kaum zu übersehen.

Marie trat neben mich an den Spiegel. »Da bin ich mir sicher, Mylady.« Sofort sah ich, wie sie sich nach dem Wort *Mylady* auf die Zunge biss.

»Hoffen wir es.« Schließlich wollte ich Zac gefallen. Ich hätte es zwar lieber, wenn ich ihm gefallen würde, während ich ich selbst blieb, aber hier in Otherside lief vermutlich einiges anders. Außerdem hatte ich bislang noch niemanden getroffen, der mich so mochte, wie ich selbst war. Also konnte es nur besser werden.

Ric, hallte es irgendwo in meinem Kopf. Die Stimme war wirklich ein Witz. Was wollte sie mir denn einreden? Die Schwärmerei für den Drachen war längst Geschichte. Ich war damals so jung gewesen und er war eine eindrucksvolle Erscheinung, in die man sich ja praktisch vergucken musste. Wie die vielen Mädchen, denen es genauso ging wie mir und die Ric offensichtlich nie versetzt hatte. Der konnte mir nun wirklich gestohlen bleiben.

Zac hingegen hatte mich nie enttäuscht und daher wollte ich auch ihn nicht enttäuschen. Ich hob den Kopf an, drückte die Schultern zurück und bedeutete Marie mit einem Nicken, dass sie vorangehen sollte.

Zur Liebe meines Lebens.

17. KAPITEL

Ric konnte es nicht fassen. Sie hatten tatsächlich vier Seelenlose aufgespürt und sie befragt, nachdem sie mit zwei Autos in die Stadt zurückgefahren waren. Nat hatte die Rostlaube ihrer Großmutter nicht am See stehen lassen und mit ihm den Diablo nehmen wollen. Ihr Pech.

Sein Pech war jedoch, dass nicht einer dieser Buchcharaktere zu denen zu gehören schien, die der Glitzervampir als *Auserwählte* bezeichnet hatte. Ric hätte ohne Natalia drei von ihnen nicht einmal erkannt, weil sie aus Büchern für Erwachsene (und noch dazu realistischen Geschichten) kamen. Nummer vier war ein kleiner, boshaft dreinblickender Junge, den Ric glaubte, aus einem Kinderbuch zu kennen. Wer las denn um diese Uhrzeit Kinderbücher? Oder hatte sich der Kleine nur sehr lange versteckt? Fest stand, dass sie keine Spur weitergekommen waren.

Jetzt war es weit nach Mitternacht und kaum ein Mensch würde mehr lesen. Die Chancen, noch einen Seelenlosen zu finden, waren gleich null.

»Auch wenn morgen Sonntag ist, sollten wir langsam nach Hause, denkst du nicht?«, fragte Natalia in einem überzogen ruhigen Ton.

Ric fluchte, konnte ihr aber nur recht geben. Besser, sie gingen am nächsten Tag weiter auf die Jagd. Am Sonntag wurde sehr viel gelesen, manchmal schon in den Morgenstunden – vor allem in seinem Genre.

Nat folgte mit der Rostlaube, während Ric dröhnend durch die Straßen fuhr und dabei ständig gähnte. Heute war einfach zu viel passiert.

Zu Hause sah er aufs Handy: Peter hatte ihm mehrere Nachrichten geschrieben. Sofort war Ric wieder hellwach und lauerte Natalia auf, die langsam in die Straße hineinrollte und noch langsamer versuchte, in einer Nische vor dem Haus ihrer beider Großmutter einzuparken. Es dauerte gefühlte Stunden und Ric war kurz davor, sie hinter dem Lenkrad hervorzuzerren und das Auto selbst zu parken. Doch er beruhigte sich und übte sich in Geduld.

»Peter und Coral haben einen Daemon erwischt«, platzte er heraus, sobald Nat gähnend bei ihm ankam.

»Na und?«, fragte Nat und rieb sich über die Augen.

»Er hatte einen Hinweis.«

Sofort wirkte Natalia interessierter und sah ihn erwartungsvoll an.

»Sie werden uns gleich mehr erzählen«, erklärte Ric. In den anderen Nachrichten hatte Peter nur von all den Fehlversuchen berichtet. Es wurden sehr viele unbekannte Charaktere herausgelesen. »Da kommen sie schon.«

Peters ratternder alter Corsa kam direkt vor dem Grundstück zum Stehen. Coral stieg als Erste aus, dicht gefolgt von Peter.

»Und?«, fragte Ric, noch bevor die beiden bei ihm und seiner Schwester angekommen waren und auch, ohne sie zu begrüßen.

»Der Lux hat eine ähnliche Erklärung von sich gegeben wie Edward«, begann Coral nach einem kurzen »Hi« in Natalias Richtung, die nur mit einem Nicken und Lächeln antwortete. »Katy wurde bedroht und so weiter.« Dann war wohl klar, welche Charaktere sich Zac als *Auserwählte* ausgesucht hatte: all die geheimnisvollen Jungs, die einfach alles für ihre Liebe tun würden. Allein das klang schon superschmalzig. Aber diese Sorte Junge war auch sehr begehrt bei den Leserinnen, die unbedingt etwas zum Anschmachten brauchten.

»Und was war sein Hinweis?«, fragte Natalia.

»›Die Realität existiert bald nicht mehr‹«, zitierte Peter mit seiner tiefen Elementarstimme und malte Gänsefüßchen in die Luft, was das Ganze eher lustig als ernst wirken ließ.

Nat kicherte. »War das eine Drohung?«

»Peter und ich sind uns nicht sicher, ob uns nicht jemand von etwas Wichtigerem ablenken will«, sagte Coral.

»Vielleicht von jemandem, der uns wirklich helfen könnte?« Natalia sah mit erhobener Braue zu Ric, der die Augen sofort zusammenkniff. Er wusste, was kommen würde.

»Wir denken auch, dass wir uns anhören sollten, was Josh zu sagen hat«, flüsterte Peter und machte sich dabei so klein, als wäre er am liebsten nicht derjenige, der diese Worte vor Ric aussprechen musste.

Natalia grinste breit und ihr ganzes Gesicht schrie »Ha!«.

»Wenn irgendetwas schiefläuft, seid ihr dafür verantwortlich«, grummelte Ric, zog jedoch sein Handy aus der Tasche. Bislang waren alle Versuche Sackgassen gewesen und er musste im Sinne seines Teams entscheiden. Und natürlich wollte er Lin so schnell wie möglich retten. Er schrieb Josh eine Nachricht, der binnen Sekunden antwortete – und das um drei Uhr morgens! Er würde ebenfalls zu Ric kommen.

Sie gingen nicht ins Haus – Ric wollte den Verräter auf keinen Fall drinnen haben –, sondern lungerten auf der Treppe zur Eingangstür herum.

»Konntest du schon mit deinen Eltern sprechen? Sind alle Elementarkräfte zurückgekehrt?«, fragte er Peter. Er musste wissen, ob Nat hier die Ausnahme war oder sein Team.

»Sie waren unterwegs, als ich kurz zu Hause war. Vielleicht wurde ihnen ja das Auftreten weiterer Seelenloser gemeldet oder noch jemand hat seine Elementarkraft zurück.« Er sah Nat fragend an.

»Nein, ich habe keine Kräfte mehr«, sagte sie und senkte den Blick.

»Was vermutlich auch einen Grund hat«, sagte eine Stimme von der Straße her kommend. Josh trat aus dem Schatten eines Baumes und kam den Weg entlang auf sie zu.

»Wie meinst du das?« Ric versuchte, seine Gefühle zu unterdrücken, die bis dicht unter seiner Haut brodelten.

»Ich habe einen Seelenlosen getroffen, der behauptet, dass Elizabeth tot ist«, erklärte Josh. Das wusste Ric ja bereits von Edward. Also wartete er einfach ab, inwieweit das Natalias Gabe beeinflussen sollte.

»Du bist ihr Gegenstück in dieser Welt. Du hattest die Macht über alle Elemente nur, weil Elizabeth sie besaß.« Josh sah von einem zum anderen, bis er endlich Verständnis in ihren Blicken erkannte: Wenn Elizabeth tot war und keine Macht mehr besaß, besaß auch Natalia keine mehr.

»Hast du deine Kräfte zurück?«, fragte Peter in neutralem Ton. Er hatte seine Gefühle weit besser im Griff als Ric.

Zur Antwort ließ Josh mit einem selbstgefälligen Grinsen eine Flamme auf seiner Hand erscheinen, ballte die Faust drumherum und löschte sie – wie in einer billigen Zaubershow – mit einem Fingerschnippen. So ein Idiot! Und Ric hatte Nat noch erzählt, dass Josh zurückhaltend war.

»Und die Kräfte der anderen?« Peter konnte einfach nie genügend Fragen stellen.

»Ein paar haben sie wieder, wie ich mitbekommen habe. Ich würde mich aber an eurer Stelle nicht sofort melden, dass es euch genauso geht.«

»Warum?«, fragte Natalia neugierig.

»Der internationale Rat sammelt sie in der *Bibliotheca* und befragt sie.«

»Und du warnst uns vor ihnen? Du arbeitest doch für den Rat.« Ric lachte auf.

Josh sah ihn mit düsterem Blick an. »Ich mache nur das, was man mir aufträgt. Das heißt noch lange nicht, dass ich hinter allem stehe, was sie tun.« Es klang regelrecht, als hätte Josh eine Abneigung gegen den Rat. Die Rolle spielte er gut, das musste man ihm lassen. »Aber das muss ich ja nicht jedem auf die Nase binden wie gewisse andere Leute.« Dabei hielt er Ric mit seinem Blick gefangen.

Nat kicherte. »Also ich finde ihn ganz in Ordnung«, sagte sie und klopfte Josh auf den Rücken. War ja klar, dass sie nicht zu ihrem Bruder hielt. Geschwisterliebe schimpfte sich das wohl.

»Was genau ist da eigentlich während der Sitzung passiert?«, fragte Josh unschuldig.

Sofort waren Rics Sinne alarmiert und er schüttelte den Kopf, um sein Team von irgendwelchen Erzählungen abzuhalten. Coral und Peter sagten auch kein Wort. Das übernahm Natalia.

»Lin hat einen Blick auf die letzte Seite des Buches geworfen und das hat sie umgehauen«, sagte sie in lockerem Ton, als wäre es etwas Lustiges. Ric knurrte. Der Drache in ihm meldete sich bereits zu Wort.

»Und was genau stand da?«

»Stopp! Das werden wir dir sicher nicht verraten, damit du zu den Bibliothekaren rennst und ihnen alles weitererzählst. Perry versucht schließlich, sie hinzuhalten.« Ric war außer sich bei so viel Frechheit. Wie konnte Josh es wagen, hier vorbeizuschauen und für den Rat zu spionieren?

»Soll ich raten?«, fragte Josh in herausforderndem Ton. »Es hat sich wieder verändert, nicht wahr?«

»Der Kandidat hat hundert Punkte. Von dem war allerdings auszugehen, wenn sich alles wieder verändert hat und die Elemente mitsamt den Seelenlosen zurückgekehrt sind. Du weißt also nichts, das wir nicht schon wissen, und kannst jetzt verschwinden«, erklärte Ric.

»Ric«, schimpfte Natalia und wandte sich wieder an Josh. »Erzähl uns alles, was du weißt, und wir entscheiden dann, ob wir dir vertrauen können.«

»Klingt nach einem guten Vorschlag«, stimmte Peter zu und auch Coral nickte.

»Ihr hattet recht«, begann Josh und sofort schlich sich ein siegessicheres Grinsen auf Rics Lippen. »Ich wurde gebeten, ein Buch in die Gasse zu bringen.« Er wirkte nervös und nestelte an seiner Jacke.

»Welches Buch?«, knurrte Ric.

»Die *Chroniken der Wächter*.«

»Und wohin bist du verschwunden? Wir haben dich überall gesucht.« Peter stimmte Coral mit einem eifrigen Nicken zu.

»Wenn ich das so genau wüsste.«

»Ja, klar«, schnaubte Ric. »Jetzt kommt die Story von den Außerirdischen, die ihn weggebeamt haben. Ich dachte, du liest nur Zeitgenössisches.«

»Lass mich ausreden, bei Hephaistos! Ich wollte mich mit jemandem treffen, plötzlich wurde mir schwarz vor Augen und im nächsten Moment stand ich vor dem Aufzug der Bibliothek. Es war merkwürdig.«

Josh war wirklich ein guter Schauspieler. Ric wollte es sich selbst nicht eingestehen, aber Josh war sehr überzeugend.

»Deshalb waren die Kameras nicht aktiv«, murmelte Peter vor sich hin. »Das war nicht wegen des Rauches im Fahrstuhl, wie wir vermutet haben.« Er betonte das Wort *Wir*, obwohl eigentlich nur Lin und Ric davon überzeugt gewesen waren. »Mit wem wolltest du dich dort treffen?«

Josh druckste herum, ehe er den Kopf senkte. »Mit Laurie.«

»Und was wollte Laurie mit den *Chroniken*?« Natalia sah auch nicht sehr überzeugt aus – zu Rics vollster Zufriedenheit.

»Sie wollte das Buch nur mal mit eigenen Augen sehen. Sie darf ja nicht einmal Führungen veranstalten, sondern liest den Kids den lieben langen Tag vor.« Während Josh von Laurie erzählte, glitt sein Blick in die Ferne und ein Lächeln stahl sich auf seine Lippen. Der war total verschossen in die Wasserfrau.

»Und was passierte dann? Lass dir doch nicht alles aus der Nase ziehen.« Ric verlor langsam die Geduld.

»Wir haben in dem Buch geblättert und im nächsten Moment stand ein Typ neben uns, als wäre er aus dem Nichts gekommen. Dann bin ich ohnmächtig geworden. Den Rest kennt ihr.«

»Und seit diesem Moment fehlt Laurie? Klingt sehr nach einem Hinterhalt«, stellte Peter fest.

»Nein, sie war bei mir, als ich in der Bibliothek zu mir kam.«

»Und die *Chroniken der Wächter*?«, fragte Ric, als Josh nicht von selbst weitererzählte.

»Die hatte ich auch noch bei mir und habe sie schnellstmöglich mit Perry gemeinsam in die Vitrine gelegt. Laurie ist zum Dienst gegangen.« Er haderte einen Moment mit sich, ehe er hinzufügte: »Perry wusste übrigens von diesem Treffen.«

Ric glich Joshs Geschichte mit seinem Wissen ab. Es klang plausibel, das musste er zugeben. Wenn auch sehr Star-Trek-mäßig.

Die anderen schienen sich ebenso Gedanken zu machen. Peter meldete sich als Erster zu Wort: »Wann genau ist Laurie verschwunden? War da auch dieses grelle Licht?«

»Welches grelle Licht?«

»Als Lin verschwand, war da so ein helles Licht, das sie gewissermaßen eingesaugt hat«, erklärte Coral. So hatte Ric das noch nicht gesehen. Aber aus der Distanz mochte es vielleicht tatsächlich so gewirkt haben.

»Nein, es gab kein grelles Licht. Ich hatte mich mit ihr für den Abend verabredet. Wir hatten beide ganz schön Panik wegen der seltsamen Sache mit dem Buch und wollten später reden. Mehr Zeit blieb ja nicht, weil sie schon zu spät dran war.«

Ric sah den Schmerz in seinem Gesicht, als würde er in einen Spiegel schauen. Wenn es nicht ausgerechnet Josh wäre, der da vor ihnen stand, würde er ihm sofort helfen.

»Und sie ist nicht aufgetaucht?« Natalia gehörte wohl zu den Menschen, die sich leichter berühren ließen als Ric.

»Nein, und an ihr Handy geht sie ebenso nicht. Ich muss wissen, ob sie auch in dem Buch ist, in *Otherside*.«

»Nur leider werden wir das nicht mehr herausfinden können. Wir können es nicht anfassen und Lin ist mittendrin.« Sie waren genauso weit wie zuvor, was Ric ärgerte.

»Elementare können es nicht anfassen«, sagte Josh schnell. »Aber wir wissen nicht, ob es ein normaler Mensch kann.« Er sah Ric herausfordernd an.

»Du willst einen Menschen suchen und in das alles einweihen?« Ric glaubte, sich verhört zu haben.

»Nein. Wir haben schließlich einen hier.«

»Was? Du meinst, ich könnte …« Natalia schaltete eindeutig schneller als Ric, was ihn eigentlich ärgern sollte. Aber sie gehörte zur Familie.

»Es hat noch niemand getestet, so viel ich weiß. Wäre also einen Versuch wert, oder?« Joshs Augen leuchteten geradezu.

»Was denkt ihr?« Natalia sah in die Runde. Coral und Peter zögerten beide, nickten dann aber.

Wenn es tatsächlich funktionieren würde, könnte auch Ric nachsehen, was wirklich mit Lin passiert war und wie es ihr in Otherside erging. »Bleibt nur noch die Frage, wie wir an das Buch kommen sollen.« Ric sah Josh misstrauisch an.

»Das könnt ihr mir überlassen. Ich bringe euch in den großen Sitzungssaal. Das Buch liegt dort nach wie vor in der kleinen Vitrine, die ich allein öffnen kann. Schließlich konnte es bislang keiner herausholen. Also, was sagt ihr?«

»Wieso hast du keinen anderen Menschen gesucht, der das mit dir durchzieht?« Ric befürchtete immer noch, dass sie direkt in eine Falle laufen würden. Es war Josh, verdammt!

»Wie du bereits gesagt hast, kann ich doch keinen Menschen einweihen. Daher wollte ich auch wissen, ob ihr alle eure Elemente zurückhabt. Diejenigen, die ich gefragt habe, hatten sie zurück. Der Rest hat sich mir gegenüber irgendwie seltsam verhalten, als ich versucht habe, auf das Thema zu kommen.«

»Darüber wunderst du dich aber nicht wirklich, oder?«, sagte Ric eher zu sich selbst, Josh hatte es dennoch gehört.

»Was meinst du?« Nun war es Josh, der ihn ungläubig ansah.

»Nicht dein Ernst. Du weißt nicht …«, begann Ric, doch Natalia unterbrach ihn. »Was Ric sagen will: Im letzten Jahr gab es einige Ungereimtheiten, was dich angeht.«

»Wie bitte?« Stand jemand auf seiner Leitung oder was?

»Es gibt einige Stimmen, die besagen, dass du deine Finger beispielsweise im Spiel hattest, als die Elementarketten verschwunden sind.«

Sehr diplomatisch ausgedrückt, Ric war von seiner Schwester schwer beeindruckt. Doch trotz aller Diplomatie wurde Josh unruhig. Ha! Ric hatte es immer gewusst.

»Ich glaube, ihr solltet da etwas wissen.« Josh atmete tief ein. Die Luft war vom Geruch nach Feuer getränkt. Er war wirklich aufgeregt, sein Element probierte, ihn zu beruhigen. »Meine Familie hat versucht …« Er schüttelte den Kopf. »Ich kannte Thyra schon lange. Nicht als Thyra, sondern als Ty.«

18. KAPITEL

Ich folgte Marie durch die langen Flure und konnte kaum den Blick von den zahlreichen Fenstern losreißen, die auf den zauberhaften Garten führten. Von hier oben gesehen breitete er sich in jeden noch so kleinsten Innenhof aus und in der Morgendämmerung im Schatten des Schlosses sah er magisch aus. An einer Art geschlossener Brücke zwischen zwei Schlossteilen konnte ich auch einen Blick auf die unter mir liegende Stadt werfen. Die funkelnden Lichter waren erloschen. Es herrschte ameisengleiches Gewusel in den Gassen und auf dem Platz, den wir in der Nacht überquert hatten.

Allerdings wunderte es mich, dass ich kein bisschen müde war. Ich fühlte mich wie frisch ausgeruht, obwohl ich nun seit zwei Tagen wach war.

Marie ging einen anderen Weg hinab ins Erdgeschoss, nicht die langen ansteigenden Wege und Gänge in der Mitte des Schlosses. Heute musste ich Treppensteigen, was mit dem langen Kleid gar nicht so einfach war.

Als wir durch die offen stehende Doppelflügeltür nach draußen traten, fühlte ich mich wie in einer anderen Welt. Sofort wusste ich, dass ich meinen Lieblingsplatz im Schloss gefunden hatte.

Die steinerne Terrasse ging nahtlos in den Garten und ein wahres Blütenmeer über. Tautropfen funkelten und glitzerten wie Feenstaub. Bei dem Vergleich regte sich etwas in meiner Brust. Irgendetwas mit

Feen. Vermutlich, weil ich diese Wesen schon immer gemocht hatte. Aber welches Mädchen mochte sie nicht? Feen waren Miniatur-Prinzessinnen, so zarte Kreaturen – und sie konnten fliegen. Das musste ein wundervolles Gefühl sein. Ich hatte, seit ich klein gewesen war, davon geträumt, zu fliegen.

Mein Magen grummelte und ein Surren entstand in meinem Kopf. Es wurde sicher Zeit, dass ich endlich etwas frühstückte. Mit einem Mal wich das Grummeln einer inneren Aufregung. Über den fantastischen Ausblick hatte ich beinahe vergessen, wen ich hier treffen würde. Eine Horde Schmetterlinge stob in meinem Bauch auf und mein Herz klopfte wie vor einem ersten Date. Ich wandte mich nach rechts, wo ich aus den Augenwinkeln einen gedeckten Tisch wahrgenommen hatte.

Und unter der Pergola aus Rosenblüten saß er: Zac. Er musterte mich und trank dabei aus einem Kristallkelch, der die wenigen Sonnenstrahlen einfing, die nun über die Giebel des Schlosses fielen, und Farbpunkte auf Zac projizierte.

»Hi!«, sagte ich nervös. Hätte ich einen Knicks oder etwas in der Art machen sollen? Immerhin war Zac nicht mehr der desertierte Söldner, sondern der König. Eine wirklich märchenhafte Entwicklung.

Er stand auf und strahlte mich an wie das schönste Weihnachtsgeschenk seines Lebens. »Hi!«

Ich trat auf ihn zu und auch er schien zu überlegen, ob er sich erheben und mir entgegenkommen sollte. Doch er tat es nicht.

»Du siehst bezaubernd aus, Lin«, sagte er stattdessen. Immerhin etwas. »Setz dich zu mir und bedien dich.« Er deutete mit der Hand auf die zahlreichen Speisen, die vor ihm aufgetischt waren.

Ich folgte seiner Aufforderung, setzte mich und griff zu. Ein Diener schenkte mir Kaffee in einen der Kristallkelche, was irgendwie falsch aussah. Sie schienen eher für edle Weine oder sogar Ambrosia geschaffen zu sein. Schweigend aßen und tranken wir und ich kam mir vor wie ein Teil eines alten Ehepaars, als wäre es schon immer so gewesen. Es fühlte sich richtig an.

»Ich habe die Hochzeit für nächsten Samstag angesetzt«, sagte Zac mitten in die Stille hinein und ich verschluckte mich fast an meinem Kaffee.

»Wir haben noch kaum zehn Sätze miteinander gewechselt und du willst mich wirklich schon heiraten?«

Seine ausdruckslose Miene verriet mir nicht im Geringsten, was er dachte. »Ich habe dich endlich gefunden«, sagte er langsam. »Wieso sollten wir warten?« Nun schien er ernsthaft irritiert über meine Aussage. »Ich habe sogar ein Verlobungsgeschenk für dich.«

Er klatschte in die Hand, worauf der Diener, der hinter ihm gestanden hatte, ins Schloss rannte und wenig später mit einem Mann zurückkehrte.

Ich kniff mehrmals die Augen zusammen, weil ich es nicht fassen konnte, wer da vor mir stand.

Wie war mein Vater hierhergekommen?

19. KAPITEL

»Du kanntest Thyra?« Ric schüttelte den Kopf. Lin und auch er selbst waren Thyra jahrelang auf den Leim gegangen. Als Ty war sie Lins beste Freundin gewesen, die beiden hatten sich sogar eine Wohnung geteilt. Während all der Ausbildungsjahre hatte sie den Untergang der Realität geplant – und dabei wirklich gut intrigiert. Keiner hätte ihr das zugetraut, der unscheinbaren kleinen Blondine mit der großen Klappe.

»Ich kannte sie nicht als Thyra, sondern als Ty«, antwortete Josh. »Ich habe sie irgendwann einmal in einem Café kennengelernt und wir haben uns öfter getroffen. Sie hatte mir anvertraut, dass sie für den Rat arbeitete, so eine Art Einsatz in der normalen Welt. Ich weiß, wie bescheuert ich war, das zu glauben.« Er verzog das Gesicht. »Ich wusste zu dem Zeitpunkt auch nicht, dass sie mit Lin zusammen wohnt.«

»Und als sie dir dann gesagt hat, du sollst die Elementarketten klauen, bist du gleich losgerannt oder was?« Ric wusste, dass es schnippisch klang, aber so viel Blödheit musste bestraft werden.

»Nein. Sie hat gesagt, sie wisse, was zwischen meiner Familie und dem Rat vorgefallen sei. Und sie würde es mir sagen, wenn ich ihr helfe. Als ich gesehen habe, wohin das alles führt, habe ich begonnen, an ihrer Geschichte zu zweifeln und etwas recherchiert. Da habe ich herausbekommen, dass Ty Lins Freundin ist und niemals für den Rat arbeiten konnte. Kurz nachdem ich sie im letzten Jahr damit konfrontiert hatte, ist Laurie verschwunden. Vermutlich hatte sie auch schon die Finger im Spiel, als Laurie verletzt wurde.«

Ric erinnerte sich, wie verstört Josh gewesen war, als Laurie auf der Patrouille verletzt worden und für einige Tage vom Dienst ausgeschlossen gewesen war. Nur deshalb hatte Josh sein Team unterstützt.

»Was ist denn zwischen deiner Familie und dem Rat?«, hakte Peter nach.

»Wenn ich das wüsste! Mir sagt ja niemand was.« Er klang gekränkt.

So sehr sich Ric auch dagegen wehrte, langsam, aber sicher keimte Verständnis für den anderen Feuerelementar auf.

»Ich wurde von klein auf dazu erzogen, dem Rat nicht zu trauen. Ich sollte mich, so gut es ging, von ihm fernhalten.«

»Dann hast du jetzt eindeutig den falschen Job«, lachte Natalia.

Josh schüttelte den Kopf. »Als die Umstrukturierung stattfand, hat mein Vater mich dazu ermutigt, diesen Job anzunehmen. Nach allem, was im letzten Jahr passiert ist, hielt er es für das Beste. Niemand hat mir gesagt, warum, aber ich tat es. Die Familie Bonfire gehört zu den alten Elementarfamilien, der Rat konnte meinem Vater diesen Wunsch nicht ausschlagen.« Plötzlich räusperte er sich und richtete sich auf. Er sah aus, als hätte er mehr gesagt, als er hatte sagen wollen.

Es könnte alles ausgedacht sein, flüsterte eine Stimme in Rics Kopf. Aber sie könnten es riskieren. Ric musste wissen, wie es Lin ging. Und Josh war die einzige Möglichkeit, an *Otherside* zu kommen, ohne die Bibliothekare einzuweihen.

»Wir machen es«, entschied er daher. Peter, Coral, Natalia und auch Josh sahen ihn erstaunt an. Er zuckte nur mit den Schultern. »Einen Versuch ist es wert. Lasst uns in die Bibliothek einbrechen.«

»Es ist ja nicht so, dass wir dort einbrechen müssten«, warf Peter ein.

»Ich weiß, Setzling. Aber es klingt viel aufregender.« Damit war die Sache klar. »Lasst uns losfahren.«

»Jetzt?« Josh wirkte erschrocken darüber, was Ric nur recht war. Wenn er irgendwas hätte planen wollen, blieb ihm so vermutlich keine oder nur wenig Zeit.

»Warum nicht. Gerade ist nur die Nachtschicht dort«, stimmte Peter zu.

Seit letztem Jahr waren für die Nachtdienste lediglich zwei Techniker eingetragen, die dafür sorgten, dass die wenigen Angestellten, die noch bis in die Nacht in ihren Büros oder der Bibliothek saßen, keinen Unsinn anstellten. Für die Öffentlichkeit war die *Bibliotheca* geschlossen.

»Perfekt. Lasst uns gehen.« Ric lief schon zur Garage hinüber, in der der Diablo parkte.

»Du willst nicht mit dem Monster fahren. Jeder im Gebäude würde hören, dass du in die Tiefgarage fährst«, warf Natalia ein.

»Ihr könnt mit mir fahren«, schlug Josh vor. »Ich parke am Ende der Straße.« Er wies mit der Hand die Richtung an und musste Rics skeptischen Blick gesehen haben, denn schnell fügte er hinzu: »Es ist ein BMW X6, also keine Sorge.« Ein Lächeln erschien auf seinen Lippen.

Unwillkürlich musste auch Ric lächeln. Ein X6 war kein Diablo, aber wenigstens hatte er ebenfalls ein paar PS unter der Haube.

»Also ist das entschieden.« Natalia ging bereits voraus, Peter und Coral folgten ihr. Ric wartete, bis auch Josh hinterherlief, um ihn besser im Auge behalten zu können. Joshs BMW konnte sich jedenfalls sehen lassen. Ric fiel sofort auf, dass er hier kein Auto von der Stange vor sich hatte.

»Es ist ein xDrive 50i mit kleinen Extras«, sagte Josh auf Rics anerkennenden Blick hin mit einem breiten Lächeln. Doch auch mit seinen 450 PS konnte er nicht mit dem Diablo mithalten. Mit dieser Gewissheit lächelte Ric sogar zurück.

Knapp zwanzig Minuten später kamen sie beim Bibliotheksgebäude an. Josh parkte das Auto in der Tiefgarage, was vermutlich am wenigsten Aufsehen erregen würde. Sie hatten sich für den Fall, dass sie gefragt wurden, warum sie um diese Zeit hier waren, eine Geschichte zurechtgelegt. Mit Recherchen in der *Bibliotheca* konnte man sich immer herausreden. Das Schwierige war, unentdeckt zu bleiben, wenn sie in den Sitzungssaal gingen.

In der Nacht mit dem Fahrstuhl zur Bibliothek hinunterzufahren, war für Ric nichts Neues. Nach ihrer Patrouille hatten sie früher immer erst hier ihren Bericht abliefern müssen, ehe sie Feierabend gehabt hatten.

Die Lampen in der großen Halle waren gedimmt, aus einzelnen Büros drang durch einen Schlitz am Boden noch Licht. Auch bei Perry. Ric ignorierte es und lief zielstrebig auf den Sitzungssaal zu. Je selbstbewusster sie wirkten, desto unauffälliger waren sie. Mit dieser Methode war er immer gut durchs Leben gekommen.

Die Tür zum Saal war abgeschlossen, Josh hielt jedoch schon den Schlüssel bereit. Sie huschten alle in den Raum und Coral schloss geräuschlos die Tür. Nahezu zeitgleich flammte in Rics und Joshs Händen eine Flamme auf und sie gingen voran um die Tische herum, die immer noch im Kreis angeordnet waren.

Die Vitrine sah unscheinbar aus, das in rotes Leder gebundene Buch darin ebenso. Kein Außenstehender würde auf die Idee kommen, was er da vor sich hatte.

Josh löschte sein Feuer und steckte schnell den Schlüssel in das schmale Schloss der Vitrine. Ric überlegte, ob irgendwo ein versteckter Mechanismus angebracht war, wie man sich immer erzählte. Für ihn sah es nach einem primitiven Schloss aus.

Doch Joshs Anspannung, während er den Schlüssel drehte, zeigte etwas anderes. Regungslos wartete er ein paar Sekunden, ehe er die Vitrine öffnete. Vielleicht hatte auch er eine zusätzliche Sicherung erwartet. Erleichtert trat er zur Seite und sah Natalia auffordernd an.

Sie holte ebenfalls tief Luft und trat auf *Otherside* zu. Vorsichtig, als erwarte sie, dass sofort ein Feuerball aus dem Buch geschossen käme, schob sie ihren ausgestreckten Zeigefinger langsam an das Buch heran. Nichts passierte. Sie stupste es mehrmals an und sah zu Ric und den anderen. Josh nickte ihr aufmunternd zu, ein für Rics Geschmack zu rechthaberisches Grinsen lag auf seinen Zügen, weil er auf die Idee gekommen war, jemanden ohne Kräfte das Buch lesen zu lassen.

In diesem Moment begriff Ric, dass etwas nicht rund lief. Auch die Mitglieder des Rats mussten ihre Elementargaben zurückhaben – vielleicht sogar schon länger als er, Lin und die anderen – denn ansonsten hätten sie das Buch selbst lesen können. Sofort drängte sich wieder der eine Gedanke auf: dass Josh für den Rat arbeitete und sie ausspionierte.

Ric wollte Natalia zurückhalten, doch sie hatte *Otherside* bereits in ihren Händen und ließ sich gerade auf einem Stuhl nieder.

»Mehr Licht, bitte«, befahl sie, als sie es aufklappte. Josh eilte zu ihr und sorgte für eine helle Flamme.

Skeptisch stellte sich Ric auf Nats andere Seite und versuchte, einen Blick in das Buch zu werfen. Unmittelbar überkam ihn ein Schwindelgefühl. Je mehr er sich auf die Seiten vor Nat konzentrierte, desto stärker wurde es. Als ihm dann beinahe schon übel war, schloss er kurz die Augen. Sofort ging es ihm besser. Josh schien dasselbe versucht zu haben, er war bleich im Gesicht und blinzelte mehrmals, was Ric mit Genugtuung zur Kenntnis nahm.

»Nach was soll ich suchen?«, fragte Nat und ließ die Seiten zwischen ihren Fingern durchgleiten.

»Lin hat hinten begonnen«, sagte Josh. »Dort müssten die letzten Ereignisse aufgeschrieben sein.«

Natalia drehte das Buch um, wie auch Lin es getan hatte, und senkte ihren Blick auf die letzte Doppelseite. »Halt deine Flamme ruhig, ich kann sonst kaum etwas erkennen.« Sofort stand Josh wie versteinert da. Natalias Augen flogen über die Seiten und wurden dabei immer größer.

»Was steht da?«, fragte Josh, doch Nat hob nur die Hand. Kopfschüttelnd blätterte sie eine Seite zurück und las auch dort in aller Ruhe.

Die hatte Nerven! Es war ja nicht so, dass sie irgendwo zu Hause auf ihrem Bett lag. Sie konnten mächtig Ärger bekommen, wenn sie erwischt würden. Wie als Reaktion auf Rics Gedanken drangen Schritte durch die absolute Stille des großen Sitzungssaales. Binnen eines Wimpernschlags war die Luft von Elementarkraft durchtränkt. Ric roch Feuer und den Duft von Sommerregen, gemischt mit feuchter Erde. Im selben Moment löschten Josh und Ric ihre Flammen. Niemand bewegte sich. Die Schritte kamen dennoch näher.

Dann war alles ruhig. Ric zischte ein leises »Psst!«, damit die anderen weiterhin still blieben, und zählte bis hundert. Erst danach wagte er wieder, einzuatmen. Er ließ eine kleine Flamme in der Hand entstehen.

»Das war knapp«, flüsterte Josh.

»Allerdings. Zu knapp.« An Nat gewandt fragte Ric: »Konntest du etwas herausfinden?«

Natalia nickte und setzte schon zu einer Erklärung an.

»Später«, unterbrach Ric. »Das muss erst einmal reichen. Wir müssen hier verschwinden. Lasst uns rüber in die *Bibliotheca* gehen, da ist sicher noch niemand.« Er zog sein Handy aus der Tasche und warf einen kurzen Blick auf das Display. »Es ist fünf Uhr morgens – an einem Sonntag. Ich denke, dort können wir in Ruhe reden.«

Die anderen nickten. Natalia klappte *Otherside* zu und legte es zurück in die Vitrine, Josh schloss sie ab. Sie schlichen gerade wie eine Diebesbande zur Tür, als das Licht anging.

20. KAPITEL

Mein Vater stand vor mir und lächelte mich vorsichtig an, als könnte er mir Angst machen. Ich hatte ihn schon eine Weile nicht mehr gesehen oder von ihm gehört. Er war aufgrund seines Jobs viel unterwegs, aber dass er auch hier im Schloss Geschäften nachging, hatte ich nicht erwartet.

Ein kurzer Schmerz fuhr mir durch den Kopf, als würde mir jemand auf den Hinterkopf schlagen. Irgendwas fühlte sich falsch an. Doch je mehr ich versuchte, herauszufinden, was, umso stärker schmerzte es. Gehirnknoten oder so. Das würde schon wieder werden – hoffte ich.

Weil ich ihn so lange anstarrte, machte mein Vater den ersten Schritt. »Geht es dir gut, Lin?« Sein Lächeln wich einem besorgten Ausdruck.

»Ihr geht es gut«, sagte eine weibliche Stimme, die ich nur allzu gut kannte.

»O mein Gott, Ty!« Ich sprang auf und rannte – so schnell es in diesem Kleid ging – auf meine beste Freundin zu, die nun ebenfalls durch die Tür auf die Terrasse trat. »Was machst du denn hier?«

Der Schmerz kam so plötzlich, mitten in meinem nächsten Schritt, dass ich aus der Balance geriet und stolperte. Mein Vater fing mich auf und hielt mich fest, während ich versuchte, dieses dumpfe Gefühl aus meinem Kopf zu bekommen, das sich wie ein Schleier über meine Gedanken legte. Doch es war zu stark und vermischte sich mehr und mehr mit dem erschrockenen Gesichtsausdruck meines Vaters und der Umgebung. Ich schloss die Augen und freute mich über das Schwarz, das mich empfing und den Schmerz immer weiter von mir wegzog.

»Ich habe euch gesagt, dass es nicht funktionieren wird. Es ist zu viel, was ihr Lin glauben lassen wollt.«

Die Stimme meines Vaters drang entfernt an meine Ohren. Ich hatte die Augen geschlossen, lag auf irgendetwas Weichem, als schwebte ich auf Wolken. War ich ohnmächtig geworden? Mein Kopf fühlte sich an wie Suppe und ich konnte keinen klaren Gedanken fassen.

»Es wird funktionieren«, antwortete ihm Ty. »Sie braucht nur etwas Zeit.«

»Ich habe alles getan, was ihr wolltet. Ihr habt versprochen, dass es ihr gut gehen würde.«

Ich hatte meinen Vater noch nie so zornig gehört und widerstand dem Drang, die Augen zu öffnen und zu signalisieren, dass ich die Anwesenden hören konnte. Ich fühlte mich wie in einer Geschichte, in der die Protagonistin entführt worden war, und nicht wusste, warum. Still dazuliegen und die Ohnmächtige zu spielen, war in diesem Fall das Mittel der Wahl.

»Ihr wird es gut gehen. Es war immer ihr Traum, an Zacs Seite zu sein«, sagte Ty.

Zac. Hach. Ich unterdrückte ein Seufzen.

»Es war nie davon die Rede, dass sie heiraten soll. Was ist mit diesem Riccardo? So viel ich weiß, ist sie mit dem ehemaligen Feuerelementar zusammen.«

Ich war *was*? Nun konnte ich mich nicht mehr zurückhalten. Ich öffnete die Augen und setzte mich auf.

»Sie ist wach«, stellte Zac das Offensichtliche fest. Er hatte bisher nichts gesagt und ich hatte nicht gewusst, dass er direkt neben mir gestanden hatte. Ich lag auf einem Berg aus Kissen, die jemand unter einen schattenspendenden Baum gelegt hatte. Mein Vater und Ty standen ein paar Meter entfernt auf der Terrasse.

»Das hast du sicher falsch verstanden«, antwortete Ty meinem Vater. Seit wann duzten die sich? »Ric ist ein Ekelpaket, oder?«, fragte sie mit Blick in meine Richtung.

Ich nickte nur und versuchte, meine Gedanken zu sortieren. Kurz schoss mir ein Bild durch den Kopf. Goldene Augen brannten sich in meine, kamen immer näher und ich spürte weiche und zugleich feste Lippen, die sich auf meine pressten. Durch das Flattern in meinem Magen schien ich regelrecht abheben zu wollen. Doch dann kam der Schmerz und mit ihm der Sturz.

Es musste ein Traumbild gewesen sein, aus der Zeit, in der ich mir Hoffnung gemacht hatte, dass sich zwischen Ric und mir etwas entwickeln könnte. Doch ich hatte falsch gedacht und meine Schwärmerei zu Ric war eindeutig unerwidert geblieben.

»Na also«, sagte Ty. »Dann hat ja alles seine Richtigkeit.«

Ich nickte wieder. Aber hatte wirklich alles seine Richtigkeit? Irgendetwas fühlte sich falsch an. Ich versuchte, mich daran zu erinnern, wo ich Ric kennengelernt hatte. In der Schule? War er einer der beliebten Jungs gewesen, der gut aussehend war und Football spielte oder so? Kein Wunder, dass es nicht funktioniert hatte. Das war ja so klischeehaft. Zum Davonlaufen.

»Was willst du heute unternehmen?«, fragte Ty und setzte sich zu mir auf meinen Kissenberg. Sie sah in dem Kleidchen, das sie trug, aus wie eine Fee. Sie war nicht gerade groß und die blonden Haare passten perfekt ins Bild. Schnell musste ich meinen Blick abwenden, das Rauschen in meinem Kopf ging wieder los.

»Ich weiß nicht, was schlägst du vor?«, antwortete ich, während ich zu den perfekten Rosensträuchern hinübersah, die alle verschiedenfarbige Blüten trugen.

»Wie wäre es, wenn ich dir die Dachterrasse zeige?«

Dachterrasse? Ich hatte den Ausblick von der gläsernen Passage aus schon umwerfend gefunden. Wusste Ty davon oder kannte sie mich einfach zu gut? Ich sprang von den Kissen und sah sie freudestrahlend an. Ganz ohne Rauschen im Kopf.

»Das heißt wohl, ja«, lachte sie. »Dann komm mit. Zac hat sicher noch einige königliche Dinge zu erledigen.« Sie reichte mir ihren Arm und ich hakte mich unter, nachdem ich einen kurzen Blick zu Zac geworfen hatte. Doch der starrte mit einem verwirrten Ausdruck in die Gegend, als habe er etwas vergessen.

Mein Vater rief mir noch ein »Pass auf dich auf, Lin!«, hinterher. Als ob Ty mich vom Dach in den Tod schubsen würde. Sie könnte mir niemals etwas antun. Ich schüttelte lachend den Kopf und betrat mit Ty das Schloss.

War mein Leben nicht perfekt?

21. KAPITEL

»Warum schleicht ihr hier im Dunkeln herum?«, fragte Perry und musterte seine Mitarbeitenden mit einem skeptischen Blick.

Ric war zwar zu Tode erschrocken, als das Licht im Raum angegangen war, aber die Erleichterung, dass es lediglich Perry war, fegte den Schock wieder weg.

»Dasselbe könnten wir dich fragen«, konterte Josh und starrte argwöhnisch zu Perry hinüber.

»Ich schleiche nicht im Dunkeln herum, ich habe das Licht angeschaltet«, antwortete ihr Teamleiter ruhig.

Ric setzte schon an alles zu erklären, doch Josh kam ihm zuvor: »Wir wollten uns *Otherside* ansehen«, sagte er und sah schuldbewusst zu Boden. »Aber es ging nicht.«

»Das hat der Rat den ganzen Nachmittag versucht, nachdem Lin nicht mehr zurückgekommen war.« Perry zuckte mit den Schultern. »Es zu dieser Uhrzeit im Dunkeln zu versuchen, war scheinbar auch nicht die Lösung?« Er rieb sich mit der Hand übers Gesicht.

Josh schüttelte schnell den Kopf. »Nein, keine Chance.«

»Dann solltet ihr nach Hause gehen. Lin soll es morgen einfach noch einmal versuchen. Vielleicht mit weniger Druck. Der Rat … Ach, ihr wisst ja. So sind sie halt.« Er schüttelte den Kopf, sah danach zu Ric. »Geht es ihr besser?«

Natalia antwortete für Ric: »Noch nicht ganz, aber das wird schon«, sagte sie wenig aussagekräftig.

Perry schien es dennoch zu genügen. »Jetzt raus hier, bevor man uns unangenehme Fragen stellt.«

Dem kamen Ric und die anderen sofort nach. Josh eilte voraus, ging jedoch nicht wie vereinbart zur *Bibliotheca*, sondern direkt zum Fahrstuhl.

Erst als sie alle in seinem Auto saßen, noch ehe er die Zündung betätigt hatte, sagte er: »Mit dem stimmt was nicht.«

Ric fühlte sich wie im falschen Buch. »Das sagst ausgerechnet du?«

»Ich weiß, wie das aussehen muss«, beharrte Josh. »Aber überlegt doch mal: Da waren Schritte, dann ewig lange Ruhe, als würde uns jemand belauschen wollen. Perry muss die ganze Zeit vor der Tür gestanden haben. Findet ihr das nicht verdächtig?«

»Vielleicht waren die Schritte von jemand anderem? Coral kann sich auch anschleichen, ohne dass man sie hört. Perry ist ein Wassermensch. Könnte ja in der Natur des Elements liegen.« Peter hatte die Stirn in tiefe Falten gelegt.

Ric hingegen fand die Idee absurd. Josh wollte doch nur von sich ablenken.

Dieser schüttelte allerdings nur den Kopf und wandte sich zur Rückbank um, wo Natalia saß. »Was hast du gelesen? Hast du Laurie gefunden?«

»Nein. Von Laurie war nicht die Rede«, antwortete Natalia vorsichtig.

»Was dann? Erzähl schon!«, bat nun auch Ric.

»Lin ist dort. Sie hat ihren Vater getroffen und …« Sie holte kurz Luft. »Und Ty.«

Augenblicklich wogte das Inferno seines Elements durch Ric. Er wusste, zu was Thyra fähig war, und plötzlich machte sich Angst in ihm breit. Angst um Lin. Er wollte eben weiterfragen, als Nat bereits den Kopf schüttelte.

»Wir sollten morgen in Ruhe darüber reden und uns etwas überlegen. Oder besser gesagt, später. Ich bin hundemüde.« Um den Worten mehr Nachdruck zu geben, gähnte sie ausgiebig.

Wie konnte sie jetzt ans Schlafen denken? Skeptisch musterte Ric seine Schwester.

»Josh, würdest du uns nach Hause bringen?«, bat sie, worauf Angesprochener nickte, sich wieder umwandte und ohne weitere Fragen den Motor startete.

Nur Ric sah, wie Nat den Zeigefinger vor den Mund hielt und mit den Augen auf Josh deutete. Schnell drehte auch er sich um und spielte mit.

Josh parkte vor Rics Haus und alle stiegen aus, nachdem sie sich für zwölf Uhr mittags verabredet hatten und Josh zufrieden war. Coral und Peter liefen sofort zu Peters Corsa hinüber und fuhren zeitgleich mit Josh los. Natalia und Ric gingen in Rics – und leider auch Natalias – Wohnung im ersten Stock, dort schickten sie Coral eine SMS. Eine halbe Stunde später klingelte es endlich an der Tür. Natalia hatte in der Zwischenzeit kein weiteres Wort über *Otherside* verloren, selbst nach Rics Vorwürfen, dass Folter verboten sei.

»Er ist mir tatsächlich nachgefahren, bis ich Coral zu Hause abgesetzt hatte. Ich musste sie in der Parallelstraße aufgabeln.« Peter schüttelte den Kopf.

Natalia lud alle ins Wohnzimmer ein, wo sie sich auf Sofa und Sessel verteilten.

»Du hattest recht«, sagte Nat zu Ric die Worte, die er am liebsten hörte. »Mit Josh stimmt was nicht. Diese Geschichte mit Laurie, die kann nicht richtig sein. Ich habe vier Seiten gelesen und weitere überflogen, ihr Name tauchte nirgendwo auf.«

»Vielleicht steckt er hinter Lauries Verschwinden?«, fragte Coral mit einem Blick in die Ferne.

»Kannst du es nicht herausfinden? Es hat bereits einmal geklappt.« Peter sah Coral auffordernd an. Coral hatte im letzten Jahr aus einem Wasserglas einen Hinweis herausgelesen.

Doch Nat schüttelte den Kopf. »Ich habe das Wasser manipuliert, damit ihr das macht, was ich wollte. Das Überelement macht's möglich.« Für einen kurzen Moment sah sie bedrückt aus, fing sich jedoch schnell wieder.

»Dann erzähl uns endlich, was genau du über Lin erfahren hast«, sagte Ric voller Ungeduld.

Nat presste die Lippen zusammen, schlug kurz die Augen nieder und holte tief Luft. »Ich glaube, Lin kann sich nicht mehr daran erinnern, dass ihr zusammen seid.«

Ric fand den Ausdruck ›es brach eine Welt zusammen‹ in Büchern immer so was von übertrieben und kitschig. Doch nach diesem einen Satz seiner Schwester nahm er all die bissigen Sprüche darüber zurück. Er hatte so lange von Lin fernbleiben müssen und trotz all der Hürden, die ihnen in den Weg gelegt worden waren, hatten sie zusammengefunden – und diese Zeit wirklich genossen. Und dann tauchte ein Möchtegern-Held aus einem Buch auf und nahm sie ihm weg? Niemals!

»Wie kommen wir da rein?«, stellte er die einzige Frage, die beantwortet werden musste. Nichts anderes zählte.

Aber er bekam nichts als Schulterzucken und Kopfschütteln zur Antwort, ganz gleich, wie sehr er den anderen Ideen entlocken wollte.

»Moment«, sagte Natalia und hob gebieterisch die Hand. »Das ist noch nicht alles.« Sie schluckte. »Lin hält Ty für ihre beste Freundin. Und sie wird Zac heiraten.«

Nun sprang Ric auf. Das Feuer brannte unter seiner Haut, die dunklen Schuppen des Drachens zeichneten sich bereits ab, drängten nach außen. Coral reagierte sofort und versuchte, ihn mit dem Gegenelement zu beruhigen – viel Erfolg hatte sie nicht. Einzig Peter saß ruhig da. Wie konnte er so ruhig bleiben, wo Ric gerade kurz davor war, sich in seiner eigenen Wohnung zu verwandeln? Ric war fassungslos.

»Ich glaube«, begann Peter und registrierte nicht einmal, wie sich Coral bemühte, Ric mit ihrem Element zu beruhigen. »Nein, ich bin mir sogar sicher, dass Lin in *Otherside* so ist, wie sie vor knapp einem Jahr war.« Er fasste sich an die Stirn und Fältchen zeichneten sich darauf ab.

»Was?«, fragte Ric und versuchte dabei, nicht zu knurren.

»Sie ist nicht mit dir zusammen. Sie schwärmt für Zac. Ihre beste Freundin ist Ty.« Er zählte die drei Punkte an seinen Fingern ab.

»Und?« Ric hatte keine Zeit für Ratespielchen.

»Sie ist wie eine Seelenlose!«, rief Natalia und schlug sich die Hand vor den Mund.

»Exakt«, sagte Peter nickend.

Ric dachte über das Gesagte nach. Sie hatten es mit so vielen Seelenlosen zu tun gehabt – oftmals ein und derselben Buchfigur – und dennoch waren sie unterschiedlich gewesen. Denn Seelenlose, die aus Büchern herausgelesen wurden, waren so, wie sie zum Zeitpunkt des Lesens waren. Zuzüglich der Eigenschaften oder Merkmale, die der Lesende in seinen Charakter hineininterpretierte. Peters Theorie klang für Ric einleuchtend, wäre da nicht das Offensichtliche.

»Wieso ist sie dann nicht hier? Wir lesen niemals die Charaktere komplett heraus, sondern nur eine Version von ihnen«, sagte er stirnrunzelnd.

Im selben Moment fragte Coral: »Wie konnte Zac Lin herauslesen?« Im nächsten Moment leuchtete in ihren Augen das Erkennen.

»*Die Chroniken der Wächter*!«, sagte sie zeitgleich mit Natalia. »Eine Einzelausgabe«, fügte Coral hinzu.

Die Chroniken der Wächter waren ein absolutes Einzelstück. Ric fragte sich, ob es sein konnte, dass Lin dadurch komplett hineingelesen worden war – und keine Version von ihr –, ehe ihm wieder einfiel, auf wen er seine Gedanken konzentrieren sollte: »Josh!«, knurrte er. Nun war eindeutig, dass Josh seine Finger mit im Spiel hatte.

Die anderen nickten zustimmend.

»Wir sollten mit Perry sprechen«, schlug Peter vor.

»Heute ist Sonntag.«

»Als wüssten wir nicht alle, dass Perry trotzdem in der Bibliothek ist. Ich glaube, er wohnt dort.«

Coral nickte wie in Gedanken versunken. »Dann los.«

Natalia stieg mit Ric in den Diablo, Coral in Peters Corsa. Sie fuhren ins Parkhaus und besorgten sich noch kurz im *Milk & Sugar* einen Coffee-to-go und etwas zu essen.

Kaum hatten sie die Tür des Seiteneingangs der Bibliothek geöffnet, trat ihnen Josh in den Weg.

»Ich habe euch schon überall gesucht. Ihr schaut nie auf eure Handys, oder?«, fragte er atemlos.

In Ric kochte augenblicklich wieder alles hoch. Lin, die in *Otherside* war und ihn – ihn! – vergessen hatte, und Josh, der dafür verantwortlich sein musste. Binnen Sekunden war er bei dem Verräter und schlug ihm mit der Faust ins Gesicht. Seine Elementargabe war gegen einen anderen Feuerelementar nutzlos, daher war seine bloße Muskelkraft gefragt. Und es tat gut, sich auf diese Weise abzureagieren, endlich ein Ventil zu haben für das, was sich in ihm aufgestaut hatte.

Josh war so überrumpelt, dass er sich nicht verteidigte, ja nicht einmal reagierte, als seine Lippe aufplatzte und Blut daraus hervorquoll. Peter und Nat gingen sofort dazwischen. Sie zerrten Ric von Josh weg, ehe dieser ein weiteres Mal ausholen konnte.

»Er ist schuld daran, dass Lin in diesem verdammten Buch gefangen ist!«, brüllte Ric und versuchte, sich loszureißen. Binnen Sekunden übertönte der Geruch von Waldboden die Note des Feuers, die von Rics Wut ausging, und seine Hände waren von Lianen oder etwas Ähnlichem gefangen, das aus Peters Händen wuchs. Je mehr Ric daran zerrte, desto fester schlangen sie sich um seine Handgelenke. Er knurrte vor Wut.

»Ich habe damit nichts zu tun, wirklich«, versuchte sich Josh, herauszureden. Nat warf ihm einen Seitenblick zu, der besagte, dass er besser still sein sollte, ehe er Ric noch mehr reizte. Doch seine bloße Anwesenheit reichte dazu schon aus. »Ich sage euch die Wahrheit, ob ihr es glaubt oder nicht. Ich habe befürchtet, dass ihr mir nicht vertraut und euch noch weiter beraten würdet. Und ich war mir sicher, dass ihr früher oder später hier eintreffen würdet.«

»Ach, du spionierst uns nach? Mal ganz was Neues«, knurrte Ric und versuchte ein weiteres Mal, den Schlingen um seine Handgelenke zu entkommen.

»Ich muss euch etwas erzählen«, flüsterte Josh.

Ric schnaubte. Da konnte ja nichts Vernünftiges kommen, oder?

»Als Natalia in *Otherside* gelesen hat, ist etwas mit mir passiert«, fuhr Josh fort.

Ric sah ihn abfällig an, die anderen wurden jedoch neugierig. Sogar die Stränge aus Gestrüpp lockerten sich.

»Ich konnte *Otherside* ebenfalls lesen.«

22. KAPITEL

Der Tag war einfach wundervoll. Die Sonne strahlte, der Duft der unzähligen Blumen hing in der Luft. Ty und ich saßen zusammen im Garten des Schlosses, alberten herum wie immer. Und natürlich redeten wir auch über Jungs.

»Zac ist so distanziert«, gestand ich irgendwann.

»Lass ihm Zeit«, tröstete mich meine beste Freundin. »Er hat so lange nach dir gesucht. Er liebt dich mehr als alles andere.«

»Das lässt er sich allerdings nicht anmerken«, seufzte ich.

»Ich kann ja mal mit ihm reden«, schlug sie vor.

Ich wusste nicht, warum, aber das machte mich misstrauisch. Nein, es war etwas anderes. Es war irgendeine Verbindung, die ich mir nicht erklären konnte. Plötzlich nagte Eifersucht in mir. Ich kannte das Gefühl. Es war wie ein Schlag in den Magen. Ich hatte es jedes Mal gespürt, wenn sich Zac mit Elizabeth getroffen hatte.

»Was ist los?«, fragte Ty und sah mich mit ihrem elfenhaften Gesicht an.

»Liebt er Elizabeth?«

Ty prustete absolut unfeenhaft los.

»Was?«

»Elizabeth ist tot«, sagte sie emotionslos. »Schon eine ganze Weile. Und sie war nie mehr als eine Ablenkung für Zac«, setzte sie hinzu.

»Aber …«

»Keine Widerrede«, befahl Ty. »Ich werde mit ihm reden. Jetzt sofort.« Sie sprang auf und ehe ich michs versah, war sie zwischen den Sträuchern und Bäumen verschwunden.

Ich haderte noch ein paar Minuten mit mir, was ich hier allein anstellen sollte, als ich ein Schluchzen hörte. Neugierig folgte ich dem Geräusch, das mich tiefer in den Garten führte.

Endlich entdeckte ich eine junge Frau, die vornübergebeugt unter einem Baum saß, sich die Hände an den Kopf hielt und schmerzhaft die Augen zusammenpresste.

Die letzten Meter rannte ich zu ihr, doch sie schien mich nicht einmal zu bemerken, auch wenn ich alles andere als leise war. Es war merkwürdig zu ihr hinabzusehen. Sie war mir nicht unähnlich: Ihr langes blondes Haar war ein paar Nuancen dunkler als meines, aber ansonsten war es, als würde ich mich selbst dort sitzen sehen. In einem weißen Kleid, das Designer schrie und nun voller Grasflecken war. Sie konnte nicht größer sein als ich. Ich räusperte mich laut, aber sie reagierte immer noch nicht. Umständlich ging ich in der langen Robe, in die Marie mich gequetscht hatte, auf die Knie und stupste sie mit dem Finger an.

Ihr Kopf fuhr hoch und mit völlig desorientiertem Ausdruck sah sie mir entgegen. Dicke schwarze Schlieren zogen sich von ihren Augenwinkeln über ihre Wangen. Sie hatte mehr Make-up im Gesicht als ich in den letzten Jahren. Missmutig stellte ich fest, dass sie – egal, aus welchem Buch sie stammte – der Typ Highschool-Schönheit war. Das konnte ja lustig werden. Ich rief mir alle Bücher ins Gedächtnis, die eine solche Nebenfigur besaßen – und die waren in den seltensten Fällen angenehm. Für einen Moment überlegte ich, die junge Frau sitzen zu lassen.

Da straffte sie sich jedoch, reckte das Kinn nach oben, wischte sich die schwarzen Schlieren aus dem Gesicht – ich sagte ihr besser nicht, dass sie es schlimmer machte – und rappelte sich auf. »Was willst du?«, fragte sie barsch.

Für einige Sekunden war ich total perplex. Ich hatte ihr helfen wollen und sie blaffte mich so an? »Ich …«, setzte ich an, kam jedoch nicht weiter.

»Kannst du auch in ganzen Sätzen sprechen?« Sie stand nun aufrecht vor mir, als wäre ich diejenige, die man bemitleiden musste.

»Ich wollte dir helfen«, antwortete ich schnell. »Ich mache mir nämlich Sorgen, wenn jemand heulend im Wald sitzt.«

Sie sah mich an, als würde ich chinesisch sprechen. Ihre Augenbraue war arrogant erhoben. »Mir geht es gut«, erwiderte sie schnippisch und wandte sich von mir ab.

So leicht ließ ich sie jedoch nicht davonkommen. »Wo willst du hin?«

»Zum König.«

Sofort flammte die Eifersucht wieder in mir auf. Was, wenn Zac und diese … Zicke! Ich mochte es mir nicht vorstellen. »Was willst du von ihm?« Ich hielt die Frau am Handgelenk fest und sie starrte darauf, als könnte ich sie mit der Pest anstecken.

»Sag mal, kann es sein, dass du deine Neugierde nicht unter Kontrolle hast?«, zickte sie mich an. »Ich kenne dich nicht und ich will es auch gar nicht.« Dann kniff sie die Augen zusammen und musterte mich genauer. »Du bist dieses Mädchen, das ich gesehen habe«, stellte sie abschließend fest, mit einem verächtlichen Blick im Gesicht.

»Wo gesehen?«

Sie seufzte genervt auf. »Im Brachland.«

Ich guckte vermutlich genau so bescheuert, wie sie mich einschätzte.

Mit einer wegwerfenden Handbewegung fügte sie hinzu: »Ich bin eine Phoenicrus, eine Sentio.«

Ich kramte in meinem Hinterkopf und plötzlich fand ich die dazugehörige Geschichte. »Du hast Visionen.«

Sie nickte abfällig. »Na, endlich.« Sie deutete mit einem Nicken auf ihren Arm. »Lässt du mich jetzt gehen?«

Sofort ließ ich sie los. Ich hatte gar nicht mehr daran gedacht, dass ich sie noch festhielt. »Was hast du gesehen?«, fragte ich.

»Das geht dich nichts an. Ich arbeite für den König.«

»Und ich bin bald die Königin«, antwortete ich ihr in einem hoffentlich gebieterischen Tonfall.

»Dann kannst du ihn ja nach der Vision fragen.« Sie ließ sich nicht einschüchtern und stakste erhobenen Hauptes davon.

Damit würde sie nicht durchkommen. Mit offenem Mund ob dieser Unverschämtheit starrte ich ihr hinterher.

»Mach dir nichts draus«, sagte plötzlich eine Stimme neben mir. »Sie ist immer so, wenn sie eine Vision hatte.«

Ich fuhr herum und sah in das Gesicht eines Jungen mit hellbraunen Haaren, dem Traum einer jeden Jugendbuchleserin.

Der Junge schenkte mir ein gewinnendes Lächeln, das seine markanten grünen Augen zum Strahlen brachte, ehe er hinzufügte: »Wenn ich es mir recht überlege, ist sie auch so, wenn sie keine Vision hatte.«

Ich konnte nicht anders und musste lachen. Genau so hatte ich sie eingeschätzt. Ich musterte den Jungen und versuchte, ihn zuzuordnen. Was mir wie immer beim Typ gut aussehend, potenzieller Footballspieler und Schwarm der Schule sehr schwerfiel. Er erkannte meinen Gedanken, überwand die Distanz zwischen uns und reichte mir die Hand.

»Hi! Ich bin Maximilian Morgenstern.«

Ich nahm seine Hand und mit einem warmen, nicht unangenehmen Druck schüttelte er sie. Fieberhaft überlegte ich, in welche Buchwelt er gehörte.

»Ich kann durch Bilder von einem Ort zum anderen reisen«, half er mir auf die Sprünge, sein Ton war amüsiert.

Jetzt endlich kapierte ich es auch. »Was macht ihr alle hier? Wieso seid ihr nicht in eurer Welt?«, fragte ich das Erste, was mir in den Sinn kam.

Maximilian verzog das Gesicht. »Ich kann nicht darüber reden.« Er presste die Lippen fest zusammen, ehe ihm doch noch etwas herausrutschte.

Das musste ich wohl akzeptieren. Erst mal.

»Und aus welcher Welt bist du?«, wollte er wissen.

Ein Ruck fuhr durch meinen Körper. »Ich … Ich weiß es nicht.«

23. KAPITEL

Du konntest *Otherside* lesen?« Auch wenn Ric wusste, dass aus Joshs Mund nur Schall und Rauch kamen, konnte er nicht anders, als nachzuhaken. Gleichzeitig lösten sich die Fesseln um seine Handgelenke und Peter trat an seine Seite, seine Hände und Arme verwandelten sich zurück.

»Vielleicht ist *lesen* etwas falsch ausgedrückt«, murmelte Josh und sah sich dabei unbehaglich um. »Könnten wir das bitte woanders besprechen?«

Ric musterte ihn aus zusammengekniffenen Augen. Dann sah er nach Nat und Coral und wandte sich kurz darauf auch zu Peter um. Ihr Ausdruck war eindeutig. Sie brannten vor Neugierde und sagten stumm einer Besprechung mit Josh zu.

»Von mir aus«, beugte sich Ric den anderen. »Wir können wieder zu mir nach Hause fahren.«

»Zu uns«, korrigierte ihn Natalia und Ric verzog das Gesicht. Derzeit konnte Natalia zwar nirgendwo reinplatzen, doch wenn er Lin gerettet hatte, würde Natalia ausziehen müssen, das schwor er sich.

»Davor sollten wir aber kurz mit Perry sprechen«, sagte Peter. »Ist er da?«

Josh riss erschrocken die Augen auf. »Bitte nicht. Er gehört zum Rat. Glaubt mir, er war gestern da, als wir in *Otherside* gelesen haben. Ich spüre, dass ich recht habe.«

»Dann überzeug uns davon und erzähl uns, was du weißt«, ergriff Nat das Wort. »Danach entscheiden wir, in Ordnung?« Nun sah sie fragend zu Ric.

Der zuckte letztendlich mit den Schultern. »Von mir aus.«

»Wir können wieder zusammen fahren«, schlug Josh vor, aber Peter und Ric lehnten das Angebot zeitgleich ab. Gemeinsam gingen sie in die Tiefgarage, anstelle zum Fahrstuhl, der sie in die Bibliothek hätte bringen sollen.

Wenig später erstarb das Röhren des Diablos in seiner Garage und immer noch über den Lärm schimpfend stieg Natalia aus. Diese Person konnte doch gar nicht seine Schwester sein, oder?

Peter und auch Josh fuhren gerade in die Einfahrt und gemeinsam betraten sie Rics Wohnung, um sich auf Sofa und Sessel zu verteilen wie eine Stunde zuvor. Unterwegs hatten Ric und Nat einen Kaffee getrunken und gefrühstückt.

»Jetzt aber raus mit der Sprache!«, befahl Ric. »Und wehe, du hast uns nur wegen irgendeines Unsinns von Perry weggelockt.« Ihm brannte auf der Zunge, hinterherzuschieben, dass es hier schließlich um Lin ging und ihm die Zeit davonlief, aber das musste er Josh ja nicht auf die Nase binden.

Letzterer atmete kurz tief ein, die Luft war von einem Knistern und dem Duft von Kaminfeuer erfüllt. »Ich habe bei Natalia über die Schulter geschaut«, begann er und Ric erkannte sich sofort wieder. Nur war ihm speiübel geworden. Aber hatte Josh nicht auch so bleich ausgesehen? »Es war mit nichts zu vergleichen, was ich jemals gesehen habe. Die Worte standen da nicht nur in dem Buch wie in jedem anderen. Sie glichen eher einer Mischung aus Buch und Computer, die Worte waren nicht *fest.*« Er seufzte und fuhr sich durch die Haare. »Ich kann es nicht ausdrücken. Aber ich wurde irgendwie in das Buch hineingesaugt, habe durch ein Netz aus Zeilen in die Handlung gesehen. Lin und Thyra befanden sich in einem Garten. Da war ein Schloss im Hintergrund …«

Natalia nickte eifrig. »Genau. Lin hat gerade mit Zac auf der Terrasse gefrühstückt, als ihr Vater und kurz darauf Thyra ankamen.«

Das Bild, das sich vor Rics innerem Auge zusammensetzte, fühlte sich an wie ein Dolchstoß mitten ins Herz. Er saß hier und konnte nichts tun, während Lin mit Zac frühstückte? Ohne Zutun ballten sich seine Hände zu Fäusten, und um die Energie loszuwerden, schlug er auf seinen Oberschenkel. Der Schmerz lenkte ihn ein wenig ab.

»Und du hast so etwas noch nie zuvor erlebt?« In Peters Kopf konnte man die hölzernen Zahnrädchen rattern hören.

»Nein. Und ich habe einige Bücher gelesen.«

Wer von ihnen nicht? Coral lachte auf.

Peter massierte sich die Schläfe. »Hast du auch außerhalb der *Bibliotheca Elementara* gelesen?«

»Natürlich nicht!«, rief Josh. »Es ist verboten. Und wir haben ja gesehen, was es uns einbrockt, wenn man diese oberste Regel missachtet.« Er schielte zu Nat, die sofort mit leicht roten Wangen den Kopf senkte. Sie selbst hatte Thyra damals aus *Otherside* herausgelesen und machte sich immer noch Vorwürfe, wenn das zur Sprache kam. Dabei hatte sie mit ihrem Leben dafür bezahlt. Ric sah ihre Schuld als beglichen an, auch wenn Nat nach Jahren wieder *auferstanden* war.

»Hat jemand ein Buch dabei?« Peter sah in die Runde.

Eigentlich hätten nun alle den Kopf schütteln müssen – das Verbot, außerhalb der *Bibliotheca* zu lesen, war auch nach der Schließung der Grenzen nicht zurückgenommen worden. Doch offensichtlich hielt sich niemand daran. Coral wühlte in ihrer Tasche und zog einen kleinen Gedichtband heraus und Nat fluchte im selben Moment, dass sie ihr Buch in der Hütte am See hatte liegen lassen.

Auch Ric war diese Vorschrift inzwischen egal. Er sprang auf und ging zu dem Sideboard, das neben der Tür zum Flur stand, und hockte sich davor. Natürlich würde er nirgendwo Bücher offen herumliegen lassen, denn es kam durchaus vor, dass die Bibliothekare die Mitarbeitenden überraschend *besuchten* – kontrollieren traf es besser –, aber er und auch Lin lasen regelmäßig zu Hause. Es gehörte mittlerweile einfach zu ihrem Privatleben dazu. Er zog Lins aktuelle Lektüre aus dem Schrank und fühlte sofort wieder den Schmerz in seiner Brust. Doch er biss die Zähne zusammen und kehrte zur Gruppe zurück.

»Hier«, sagte er und warf Josh das Buch zu, der es gerade noch fangen konnte, ehe es ihn mitten ins Gesicht getroffen hätte. Zu schade.

»Und jetzt?«, fragte Josh offensichtlich verwirrt.

»Es ist ein Buch. Das kann man lesen«, sagte Ric mit einer Extraportion Sarkasmus in der Stimme.

»Haha!«, antwortete Josh. »Stell dir vor, ich weiß, was das ist. Aber warum soll ich eine Romantasy-Geschichte lesen? Haben wir nichts Besseres zu tun?«

»Ich will wissen, was bei einem anderen Buch, einem normalen Buch, passiert. Bist du echt so schwer von Begriff?«

Endlich blitzte die Erkenntnis in Joshs Augen auf und er öffnete das Buch mit dem typischen Jugend-Fantasy-Cover – mit einem Mädchengesicht – und senkte seinen Kopf darüber. Sofort war der Raum von einer Art statischen Aufladung erfüllt und Wärme ging von Josh aus. Keuchend hob er seinen Kopf wieder und schloss hastig das Buch.

»Es ist dasselbe«, sagte er mit schreckgeweiteten Augen. »Hätte ich … Wenn ich …«

»Ja, manchmal muss man erst etwas Verbotenes anstellen, um mitreden zu können«, lachte Nat. »War es wieder dasselbe Gefühl oder haben dich die Emotionen überrannt?«

In der *Bibliotheca Elementara* war das Lesen ein ganz anderes Gefühl als außerhalb. Auch nachdem die Elemente verschwunden waren, wurde einem das gewisse Etwas beim Lesen in den heiligen Hallen geraubt: die Emotionen. Man hegte weder Sympathie mit dem Protagonisten noch konnte man den Antagonisten hassen. Geschichten waren nur eine Aneinanderreihung von Worten. So musste sich ein verhasster Job anfühlen, den man tagein tagaus ausübte. Das erste freie Lesen konnte einen da schon mal umhauen.

Josh wirkte berauscht und verwirrt zugleich. Er nickte zaghaft, aber Ric sah ihm deutlich an, dass da mehr war als das. Nun starrte er fassungslos auf das geschlossene Buch auf seinem Schoß, als hätte er so etwas noch nie zuvor gesehen, und flüsterte: »Ich glaube, ich kann die Wörter verändern.«

24. KAPITEL

Mein Kopf dröhnte, als stünde ich unmittelbar vor einem Lautsprecher, der eine ganze Arena unterhalten sollte. Maximilian direkt vor mir schien zu überlegen, ob ich gleich umkippen würde.

»Geht es dir gut?«, fragte er besorgt.

Ging es mir gut? Eigentlich schon – bis auf die hämmernden Kopfschmerzen beim Versuch, mich daran zu erinnern, aus welcher Welt ich stammte. Daher gab ich erst einmal nach und löste mich von dem Gedanken. Sofort beruhigte sich der Schmerz und ich atmete erleichtert auf. »Ich glaube schon«, sagte ich vorsichtig.

»Lass uns zum Schloss gehen. Dort finden wir sicher jemanden, der weiß, aus welcher Welt du kommst.« Maximilian bot mir galant den Arm und ich hakte mich unter.

Gemeinsam gingen wir durch das Wäldchen im Garten des Schlosses und traten kurz darauf auf die Terrasse, auf der Zac und ich gefrühstückt hatten.

»Nathan«, sagte Maximilian zu einem Mann, der gedankenverloren in irgendwelchen Notizen blätterte, die auf dem Tisch ausgebreitet waren.

»Maximilian«, erwiderte der Mann und nickte Nathan zu. Mich sah er gleich darauf argwöhnisch an. »Lin? Alles in Ordnung?«

Kannte ich ihn?

»Sie braucht deine Hilfe«, sagte Maximilian. »Sie weiß nicht, aus welcher Welt sie stammt.«

Der Mann sah aus, als erleide er große Schmerzen, und irgendwas in mir drängte mich, ihm dieses Leid zu nehmen.

An mich gewandt sagte Maximilian: »Das ist Nathan East, er hat hier den Überblick über alles.«

»Freut mich, Sie kennenzulernen«, sagte ich höflich.

»Du kannst dich an nichts erinnern?«, fragte Nathan. Ich schüttelte den Kopf. Nathan fuhr sich daraufhin aufgebracht durch die Haare. »Lass uns bitte allein, Max.«

Dieser nickte und ging davon. Er rief mir noch ein »Bis später!« über die Schulter zu.

Nathan sah sich um und bot mir an, gemeinsam ein wenig im Garten spazieren zu gehen. Ich sagte zu.

»Lin«, setzte er irgendwann an.

Wir befanden uns gerade auf einer kleinen Wiese, die ein perfekter Platz für ein Picknick gewesen wäre. Das sollte ich Zac unbedingt vorschlagen. Ich stellte mir schon vor, wie wir hier säßen, nur wir beide, abgeschieden von der Welt. Wie er immer näher käme, bis er mich mit seinen Küssen um den Verstand brächte …

»Kannst du mir sagen, wo wir hier sind?«, fragte Nathan mit fester Stimme.

Hatte er die Frage schon einmal gestellt? Ich lächelte, als ich versuchte, Zacs Küsse aus meinem Kopf zu bekommen, um Nathan aufmerksam zuzuhören. »Wir sind im Schloss von Erea, der Hauptstadt von Otherside«, antwortete ich ihm nach bestem Gewissen.

Er nickte. »Du hast Max kennengelernt. Woher stammt er?«

»Aus Wanderer.« Es gab seltsame Länder hier in Otherside. Manche von ihnen bestanden nur aus einer Stadt, manche Länder waren gigantisch groß und hatten weitere Unterstrukturen.

Nathan fuhr sich mit beiden Händen übers Gesicht. Verzweiflung war auf seinen Zügen zu erkennen. »Und woher kommst du?«

Da war er wieder, der Kopfschmerz. Wie ein Blitz schnitt er durch mein Gehirn und ich weigerte mich, ihm weiterhin ausgesetzt zu sein. »Das ist mir egal. Jetzt bin ich hier. Der König von Erea will mich zur Frau.« Ich reckte den Kopf nach oben und war im Begriff, davonzugehen. Doch da fiel mir noch eine letzte Frage ein. »Woher stammen Sie denn?«

»Aus der Realität«, flüsterte er, die Enttäuschung war ihm ins Gesicht geschrieben.

Dieses Land sagte mir nichts. Aber Otherside war so groß, dass ich nicht jedes Land kennen konnte. Ich ging davon und merkte mir den Weg zu der wunderschönen Wiese, damit ich meinen Tagtraum von vorhin irgendwann in die Tat umsetzen konnte. Eine Liste im Kopf, die ich den Dienern diktieren würde, ging ich zurück zum Schloss. Ich würde Zac mit einem Mondscheinpicknick überraschen, um uns die Wartezeit auf die Hochzeit ein wenig zu versüßen. Mein Herz überschlug sich beim Gedanken daran.

25. KAPITEL

Josh saß noch immer reglos da. Seine Augen starrten wie gebannt auf das Cover mit dem jungen Mädchen, als könne er ihm irgendein Geheimnis entlocken.

Peter, Coral, Natalia und Ric beobachteten ihn. Keiner von ihnen sagte ein Wort. Mehrere Minuten vergingen und die Elemente im Raum wurden immer präsenter, je mehr ihre Aufregung anstieg. Irgendwann räusperte sich Ric und die anderen zuckten vor Schreck zusammen.

»Was heißt, du glaubst, du kannst die Worte verändern?«, fragte er.

Es dauerte eine Weile, bis Josh reagierte. »Es ist so, als hätte ich ein Manuskript vor mir, einen Text, den ich selbst schreibe. Ich müsste ihn nur bearbeiten, während im Hintergrund, hinter den Worten und Zeichen die Geschichte abläuft.« Mit den Händen gestikulierte er wild, rang nach den richtigen Worten. »Ich spüre, dass der Text nur darauf wartet, von mir bearbeitet zu werden.«

Er sah hoffnungsvoll in die Runde, als wollte er eine Bestätigung von Ric und den anderen, dass sie ihn verstanden. Doch zumindest Ric tat es nicht. Er hatte noch nie davon gehört, dass so etwas möglich war.

Auch Peter sagte nichts, stellte nicht einmal eine Frage. Joshs Aussage hing über ihnen und waberte gemeinsam mit den Elementargerüchen durch den Raum.

»Probier's aus!«, befahl Ric. »Wenn du wirklich etwas verändern kannst, müssten wir es ja sehen können.« Er wagte es nicht, sich auszumalen, was das bedeuten würde. Doch die Hoffnung in ihm regte sich und zerrte an seinem Magen. Wenn Josh den Text verändern konnte, dann könnte er auch *Otherside* verändern, oder?

»Wir müssen den Text zuerst lesen«, grübelte Peter vor sich hin. »Sonst wissen wir ja nicht, was ursprünglich passiert.«

Josh nickte unsicher und reichte Peter das Buch.

»Such eine Kussszene«, empfahl Natalia. »Und Josh soll dann dafür sorgen, dass sie sich nicht küssen.« Sie grinste dabei breit.

Peter nahm das Buch an sich und blätterte durch die Seiten.

»Fang hinten an. Wie ich Lins Geschmack kenne, kriegen die sich erst ziemlich spät«, sagte Ric. War es nicht in jedem zweiten Buch so? Die Charaktere tanzten ewig umeinander herum, weil sie nicht begriffen, dass sie zusammengehörten, komme, was wolle? Ihrem von der Autorin oder dem Autor bestimmten Schicksal konnten sie dennoch nicht entkommen.

Peter blätterte nun von hinten nach vorne und überflog die Seiten, bis er zufrieden aufsah.

»Lies vor«, bat Coral.

Die anderen stimmten zu und Peter begann: »Was hatten wir alles durchmachen müssen, um zu diesem Punkt zu gelangen? Nun sah ich in seine strahlend blauen Augen, die eine solche Intensität hatten, dass ich mich in ih*nen zu verlieren drohte.«*

Peter verdrehte die Augen und Coral kicherte.

»Psst!«, schimpfte Natalia.

Peter fuhr fort: »Alles rückte in die Ferne, all die Menschen hier im Park waren plötzlich verschwunden. Es gab nur noch ihn und mich. Mein Herz klopfte i*n einem unnatürlichen Rhythmus, es drängte, mich ihn zu küssen. Ich biss mir auf die Unterlippe, blickte unter den Wimpern hervor zu ihm nach oben.*

›Du bist mir noch was schuldig‹, sagte er lächelnd.

›Bin ich das?‹, fragte ich zurück, auch wenn ich die Wette nie vergessen würde – und den Einsatz.

›Allerdings.‹

Wettschulden waren Ehrenschulden, hieß es, also konnte ich mich nicht davor drücken – als wollte ich das! Ich lächelte und wollte mich eben auf die Zehenspitzen stellen, da berührten sich unsere Lippen schon. Ein erstes sanftes Flattern wie die Berührung eines Schmetterlings. Dann verharrte er für einen Moment, ehe der Kuss intensiver wurde, ernster. All den Schmerz, den wir hatten erleiden müssen, spürte ich in diesem Kuss.

Minuten oder vielleicht auch Jahre später löste er sich keuchend von mir, wieder ein Lächeln auf den Lippen.

›Was ist?‹, fragte ich, weiterhin benommen und voller Sehnsucht nach mehr.

›Ich habe dich geküsst, die Wettschulden sind immer noch offen‹, antwortete er mit einem amüsierten Grinsen.«

Ric stöhnte bei so viel Schmalz. Die anderen lachten und Peter hatte rote Wangen. Vielleicht war es nicht unbedingt das Beste gewesen, den schüchternen und zurückhaltenden Baum vorlesen zu lassen.

»Jetzt bist du dran«, sagte Peter erleichtert und gab es aufgeschlagen an Josh zurück.

Nervös legte Josh das Buch auf seinen Schoß und begann, zu lesen – so sah es zumindest aus. Abgesehen von dem Flimmern, das um ihn herum entstand. Wie starke Hitzewellen, die von ihm ausgingen. Aber Hitze konnte Ric keine spüren, das war definitiv etwas anderes.

Dabei gestikulierte Josh wild mit den Händen, als würde er Luft-Klavier spielen. Es sah schon irgendwie lustig aus. Wie ein geistig abwesender Klaviervirtuose beim Komponieren oder so. Dann schloss er die Augen, das Flimmern erlosch. Jetzt erst entdeckte Ric die Schweißperlen auf Joshs Stirn. Die Sache musste ganz schön anstrengend sein. Er gab das Buch wieder an Peter und wischte sich mit dem Handrücken über die Stirn. Aufgeregt flogen Peters Augen über den Text und wurden dabei immer größer.

»Du sollst nicht selbst lesen, sondern vorlesen!«, rief Nat empört.

Peter verzog das Gesicht, räusperte sich und begann: »Was hatten wir alles durchmachen müssen, um zu diesem Punkt zu gelangen? Nun sah ich in seine dämonischen roten Augen, die eine solche Inten*sität hatten, dass ich mich in ihnen zu verlieren drohte.*

Alles rückte in die Ferne, all die anderen Monster hier im Park waren plötzlich verschwunden. Es gab nur noch ihn und mich. Mein Herz klopfte in einem unnatürlichen Rhythmus, es drängte, mich Rache zu üben. Ich biss mir auf die Unterlippe, blickte unter den Wimpern zu ihm nach oben.

›Du bist mir noch was schuldig‹, sagte er lächelnd.

›Bin ich das?‹, fragte ich zurück, auch wenn ich die Wette nie vergessen würde – und den Einsatz.

›Allerdings.‹

Wettschulden waren Ehrenschulden, hieß es, also konnte ich mich nicht davor drücken – zumindest sollte es den Anschein haben. Ich grinste ihn an, stellte mich auf die Zehenspitzen, um ihn abzulenken, da berührten sich unsere Lippen schon. Ein erstes sanftes Flattern wie die Berührung eines Schmetterlings. Als er kurz verharrte, ergriff ich die Chance. Mit aller Macht schlug ich mit der Faust zu.

Minuten später begriff auch er, wer ich war. In diesem Moment rammte ich ihm den Dolch in die Brust.«

Im Raum war es absolut still. Keiner schien zu begreifen, was soeben geschehen war. Nicht einmal Josh selbst, seinem ungläubigen Blick nach zu urteilen. Auch Ric musste zugeben, dass es zu unglaublich war, um es wirklich zu erfassen. Alles, was er zu wissen geglaubt hatte, zerbarst in Tausende von Teilen und versuchte, sich neu zusammenzusetzen. Zahlreiche Lücken blieben übrig.

»Wie …« Auch wenn Nat nicht weitersprach und nur den Kopf schüttelte, drückte sie genau das aus, was sie alle dachten.

»Ich weiß es nicht«, sagte Josh in einem fast jammernden Tonfall. Dabei fuhr er sich mit beiden Händen durch die Haare. Sein Blick wirkte … ängstlich.

»Du hast nie zuvor außerhalb der *Bibliotheca Elementara* gelesen?«

»Nicht nach der Elementarprüfung.«

»Das ist …«, setzte Coral an.

»… einfach fantastisch!«, endete Nat begeistert. »Josh kann Lin aus *Otherside* herausdenken!«

Ric sah erst misstrauisch von Nat zu Josh. Der jedoch antwortete mit leuchtenden Augen: »Und Laurie.«

»Laurie ist nicht in *Otherside*«, erklärte Natalia.

»Aber ... Sie ist nicht mehr da.« Panik stand in sein Gesicht geschrieben. Er musste die Wasserfrau wirklich lieben.

»Wir werden sie finden«, sagte Coral verständnisvoll.

»Sobald wir Lin wieder hier haben«, fügte Ric scharf hinzu. Das war ein guter Ansatz für einen Pakt mit dem Verräter. Denn nach wie vor glaubte Ric nicht an Joshs Unschuld. Wie konnte er so eine Fähigkeit nicht entdeckt haben? Es musste doch ...

»Kann deine Familie das auch?«, fragte er und sofort schossen alle Blicke neugierig zu Josh.

»Nein. Die meisten sind Feuerelementare, nur meine Mutter hat keine Gabe.«

»Bist du dir sicher?«, beharrte Ric.

»Hallo? Ich lebe mit diesen Menschen zusammen! Wie sollte mir entgehen, dass sie Geschichten verändern können?« Josh lachte humorlos auf.

»Vielleicht wollten sie es vor dir geheim halten?«

»Quatsch. Ich kenne alle Geheimnisse der Fami–« Josh stockte und runzelte die Stirn.

»Was?«

»Thyra.« Er verzog den Mund und Ric erinnerte sich daran, wie Josh erwähnt hatte, mit was Thyra alias Ty ihn erpresst hatte – mit dem Familiengeheimnis.

Als Ric nachhaken wollte, klingelte Joshs Handy. Er zog es hervor.

»Mein Vater«, sagte er entschuldigend. Wenig später legte er auf. Er war kreidebleich im Gesicht. »Ich muss sofort nach Hause.« Er sprang auf und ehe jemand reagieren oder ihn fragen konnte, was passiert war, rannte er durch den Flur und kurz darauf fiel die Wohnungstür ins Schloss.

»Was war das denn?«, fragte Nat.

Alle zuckten nur mit den Schultern.

Bis auf Ric, der eben seine Chance, Lin vielleicht schon bald zurückzubekommen, aus der Einfahrt fahren hörte.

26. KAPITEL

Sorgfältig stellte ich den von der Küche zusammengestellten altmodischen Flechtkorb auf die ausgebreitete Decke. Zufrieden betrachtete ich mein Werk.

Mehrere Dienstboten waren meinem Wunsch nachgekommen und hatten Fackeln, wie sie überall im Schloss der Beleuchtung dienten – ohne etwas zu verbrennen –, rund um die kleine Wiese aufgestellt und sogar welche in den Bäumen aufgehängt. Die Atmosphäre war jetzt schon stimmungsvoll, der Mond leuchtete in all seiner bläulich schimmernden Kraft direkt über uns. Bald würde er hinter dem Schloss verschwinden.

Ein Räuspern ließ mich herumfahren. Beinahe schüchtern trat Zac aus dem Wald und fuhr sich durch die stets ungezähmten Haare, was es nicht besser machte. Ich lächelte und er tat es mir gleich.

»Der Bote hat mir gesagt, ich solle dringend zu dir kommen. Ich hatte schon befürchtet, dir wäre etwas zugestoßen …« Die Sorge war wohl sehr schnell verflogen, als er sich auf der Wiese umgesehen hatte.

Ich trat auf ihn zu. »Wir hatten außer unserem ersten Treffen keinen einzigen Moment für uns allein«, flüsterte ich und sah ihm dabei erwartungsvoll in die Augen.

Zac kniff sie kurz zusammen – nur für einen winzigen Augenblick, ich registrierte es jedoch – und streckte mir dann die Hände entgegen. »Du hast recht.«

Er zog mich an sich. Sofort war ich von seinem Geruch umgeben. Er duftete nach einem Aftershave und alten Büchern. Ich sog die Luft ein und war erst im nächsten Moment über meinen Gedanken irritiert. Wieso roch der König nach Büchern – oder besser: nach altem Papier und Leder? Doch als sich Zac zu mir hinabbeugte und mir ins Ohr flüsterte, war mein Hirn wie leergefegt.

»Ich habe mich so sehr nach dir gesehnt«, hauchte er. Sein Atem kitzelte mich und verursachte gleichzeitig einen wohligen Schauder. Zac hob mich auf seine starken Arme und trug mich vorsichtig zur Picknickdecke, wo er mich behutsam wie einen Schatz absetzte. Er ließ sich hinter mir nieder, und ehe ich michs versah, hatte ich eine Gänsehaut am ganzen Körper. Zac bedeckte meinen Nacken mit zärtlichen Küssen, streifte mich mit seinem Atem.

Mein Herz schlug schneller als jemals zuvor in meinem Leben. Ich seufzte und spürte Zacs Lächeln in meinem Nacken. Ich wandte mich zu ihm um, wollte ihm in diesem perfekten Moment in die Augen sehen, meine Lippen sehnten sich nach seinen. Doch anstelle von Zac saß dort ein junger Mann mit goldenen Augen, in denen ein neckisches Feuer loderte. Er hatte ein spöttisches Lächeln auf den Lippen, das mich aus irgendeinem Grund zur Weißglut trieb und gleichzeitig anzog, was ich nicht verstehen konnte. Ich blinzelte kurz und der Typ war verschwunden.

Zac saß wieder vor mir, beugte sich gerade vor, um mir einen Kuss zu geben. Irritiert versuchte ich, die Gedanken an dem anderen Mann zu verdrängen und mich ganz auf Zac zu konzentrieren. Doch der Kuss fühlte sich hohl an, falsch und keineswegs so, wie sich ein Kuss unter dem strahlenden Mond und dem Meer aus kleinen Fackeln anfühlen sollte. Enttäuscht verlangsamte mein Herz seinen Rhythmus.

Zac küsste mich noch eine ganze Weile, aber ich war in Gedanken woanders. Erst bei den goldenen Augen, dann bei der Frage, aus welchem Land ich stammte. Sie wirbelten durch meinen Kopf, bis auch Zac spürte, dass ich abgelenkt war.

»Alles in Ordnung, meine Königin?«, raunte er mir mit stockendem Atem ins Ohr und bedeckte diese Stelle ebenso mit zarten Küssen.

Ich rückte von ihm ab. »Ich glaube nicht«, sagte ich wahrheitsgemäß. »Aus welchem Land komme ich?«

Zacs Reaktion war interessant. Erst erkannte ich Schreck, dann Argwohn, gefolgt von Wut. »Wer hat mit dir gesprochen?«, zischte er und war in dem Moment nicht wiederzuerkennen.

»Niemand, wieso?« Ich runzelte die Stirn.

Er entspannte sich sichtlich. »Dann ist ja alles gut.«

Nichts war gut! Sofort keimte in mir die Neugierde. Irgendetwas wurde hier vor mir verborgen. Ich musste mit mehr Leuten reden – es gab hier am Hof schließlich genügend davon. Und einer von ihnen wusste die Antwort auf meine Frage. Ich konnte hartnäckig sein. Ich würde denjenigen finden.

27. KAPITEL

Ric, Natalia, Coral und Peter hatten sich in der Tiefgarage getroffen. Kurz nachdem Josh davongestürmt war, hatten auch die Handys der anderen losgesummt. Eine Mitteilung der Bibliothekare war eingegangen. Die Aufforderung, unverzüglich in die Bibliothek zu kommen. Das war ein Befehl und dem musste jeder Mitarbeitende folgen.

»Wetten, dass Josh seine Finger im Spiel hat?«, knurrte Ric zum vermutlich hundertsten Mal. Der zeitliche Zusammenhang ließ sich nicht leugnen. Vielleicht hatte Josh ihn verpfiffen, dass er Bücher zu Hause hatte? Bei Hephaistos, sie hätten dem Mistkerl nicht vertrauen sollen.

»Jetzt warte einfach mal ab«, antwortete Nat ebenfalls zum hundertsten Mal, inklusive Augenverdrehen.

In der großen Halle herrschte buntes Treiben. So voll war es hier nicht einmal an Besuchertagen. Wirklich alle Mitarbeitenden waren versammelt, standen in kleinen Gruppen zusammen – meist ihren früheren Teams – und tauschten Theorien aus. Ric sah sich nach Josh um, konnte ihn jedoch nirgendwo entdecken. Je länger sie alle in der Halle herumstanden, desto lauter wurde es. Die Leute wurden unruhig und fragten sich zu Recht, was hier vor sich ging.

Plötzlich ertönte ein lauter Knall und alle zuckten zusammen. An der Tür der Galerie, die sich oberhalb des Eingangs zur *Bibliotheca Elementara* befand und über zwei geschwungene Treppen nach unten führte, stand Felipe, der Vorsitzende des internationalen Rates der Bibliothekare. Daneben, ein wenig weiter hinten, Margret, seine Stellvertreterin.

Als Felipe die volle Aufmerksamkeit auf sich gezogen hatte, sah er zur Seite. Ein Mann im Anzug führte eine Person zum Geländer, damit jeder der Untenstehenden sie sehen konnte.

Ric merkte genau, wer aus dem Jugendbuchbereich stammte oder zumindest die Trends der letzten Jahre verfolgt hatte. Oben auf der Galerie stand Edward. Ein Seelenloser hier unten konnte nichts Gutes bedeuten. Kurz darauf erschien ein weiterer Mann auf der anderen Seite der Galerie. Auch er hatte jemanden bei sich, den Ric allerdings nicht erkannte. Das Raunen in der Menge sagte ihm jedoch, dass es sich ebenfalls um einen Seelenlosen handeln musste.

»Liebe Kolleginnen und Kollegen«, donnerte Felipes Stimme von oben herab. »Vielen Dank, dass sie alle so zeitnah auf unsere Nachricht reagiert haben.«

»Was blieb uns auch anderes übrig …«, hörte Ric ein Flüstern, das genau das ausdrückte, was er dachte.

»Seit gestern haben sich beunruhigende Dinge ereignet, die umgehend von uns geprüft werden mussten.« Felipe ließ das *Oooh* und *Aaah* der Menge ausklingen, ehe er fortfuhr: »Mehrere Seelenlose wurden gesichtet und konnten eindeutig zugeordnet werden.« Er deutete auf Edward und den anderen Seelenlosen. »Zeitgleich sind die Elemente zurückgekehrt.«

Ein Raunen ging durch die Menge. Ric hingegen fragte sich, worauf das alles hinauslaufen sollte.

»Sie alle müssen verstehen, wie groß unser Bedauern ist, dass sich nicht ein jeder von Ihnen umgehend bei seinem direkten Vorgesetzten gemeldet hat.«

Nun reagierten auch Coral und Peter und wurden ein paar Zentimeter kleiner, Ric dagegen nur umso misstrauischer. Mit Vorwürfen zu beginnen, konnte niemals gut enden.

»Stichproben haben ergeben, dass wirklich alle von Ihnen ihre Elementarkräfte zurückerhalten haben, was uns als Führungskräfte zutiefst enttäuscht.« Margret stand daneben und nickte bedauernd.

»Doch aus diesem Grund haben wir Sie nicht zusammengerufen. Die Bildung der alten Teams ist zweitrangig. Denn uns wurde zugetragen, dass in der Buchwelt etwas geschieht, dem umgehend Einhalt geboten werden muss.«

Felipe wartete das erneute kollektive Aufkeuchen ab. Seine Kolleginnen und Kollegen waren so vorhersehbar und ließen sich von einer so platten Rede fesseln, dass Ric lediglich den Kopf schütteln konnte.

»Wie Sie alle wissen, konnten wir im letzten Jahr nur knapp das größte Unglück abwenden, indem wir dafür gesorgt haben, dass die Fantasie wieder grenzenlos wird. Die Realität und die Buchwelt existieren in einer Art Symbiose, die Welten müssen im Gleichgewicht sein. Doch etwas stört erneut dieses Gleichgewicht und der Schleier zwischen den Welten wird wieder durchlässig.«

Er trat einen Schritt zurück und gab den Blick auf Edward frei.

»Wir werden vergessen«, sagte der tonlos, als würde er den Text ablesen. Als Ric ihm begegnet war, hatte er ganz anders geklungen.

Sofort ging ein Sturm der Entrüstung durch die Massen. Sie riefen dasselbe, was auch Ric beteuert hatte. Jeder Einzelne von ihnen sorgte doch dafür, dass die Buchwelt nicht in Vergessenheit geriet!

Felipe trat neben Edward und schüttelte den Kopf. »Sie haben keine Angst, vergessen zu werden«, erklärte er. »Sie vergessen uns. Sie vergessen, dass sie aus unserer Welt heraus erschaffen wurden. Sie vergessen die Realität.«

Nun verhielt sich auch Ric wie alle anderen. Ihm fehlten die Worte. Er hätte ja alles erwartet, nachdem Zac diese Auserwählten, wie Edward sie genannt hatte, mit den Botschaften auf die Reise geschickt hatte. Alles, aber nicht das!

Nun trat der andere Seelenlose nach vorne. »Die Realität existiert bald nicht mehr«, sagte er ebenso emotionslos wie Edward kurz zuvor und wiederholte den Satz, den auch Daemon Peter mit auf den Weg gegeben hatte.

In Rics Kopf wirbelten die Gedanken umher: Konnte die Realität vernichtet werden, wenn die Buchwelt nicht mehr an sie glaubte, wie es umgekehrt beinahe der Fall gewesen wäre? Allein die Idee zwickte in sämtlichen Ecken seines Gehirns. Es war surreal wie diese

Bilder, die zwei Dinge auf einmal zeigten: Je nachdem, was man als Erstes erblickte, konnte man das andere ohne Hilfe nicht mehr erkennen. In so etwas war Ric nie gut gewesen.

»Wir werden eine Gruppe von Wächtern nach *Otherside* entsenden, um das Problem zu lösen.« Mit diesen Worten wandte sich Felipe um und verließ die Galerie durch die geöffnete Tür. Margret und die Seelenlosen mit den Anzugträgern folgten ihm ohne ein weiteres Wort in den Raum dahinter.

Sofort löste sich die Stille in Luft auf. Die Präsenz der Elementarkräfte war in jedem kleinsten Winkel zu spüren.

»Wie wollen sie jemanden nach *Otherside* entsenden?«, fragte Peter dicht neben Ric, damit man ihn überhaupt verstehen konnte.

Das war die eine Frage. Doch die interessantere war, wer zu besagtem Team gehören würde.

Ein Pfiff erklang von der Empore. Dort stand Perry. »Liebe Kolleginnen und Kollegen«, versuchte er, sich Gehör zu verschaffen. Als nach wie vor nicht alle nach oben sahen, dröhnte seine Stimme mit seiner Elementarkraft und kam wie zwanzigfach verstärkt aus seinem Mund: »Ich bin der Einsatzleiter dieser Mission.«

Dass Perry für sowas geschaffen war, bezweifelte Ric. Auch, ob er diese *Ehre* freiwillig auf sich genommen hatte. Allzu begeistert wirkte er jedenfalls nicht.

Nachdem Ruhe eingekehrt war, erklärte Perry, dass alles Weitere in dem Sonderteam besprochen werden sollte, das für den Einsatz ausgewählt worden war: »Riccardo und Natalia Fiorenzo.«

Ric konnte sich ein selbstgefälliges Grinsen nicht verkneifen und stupste seine Schwester an. Peter hingegen sah äußerst skeptisch aus.

»Peter Bernstein und Coral Delta.«

Die beiden sahen sich erstaunt an.

»Und zuletzt …«

Ric befürchtete das Schlimmste – und es traf ein.

»Josh Bonfire. Kommt bitte zu uns in den Besprechungsraum.«

28. KAPITEL

Nachdem unsere Unterhaltung auf so negative Dinge hinausgelaufen war, hatte sich Zac sehr schnell zurückgezogen. *Königliche Geschäfte*, hatte er behauptet. Doch es war eindeutig, dass es mit unserer Unterhaltung zu tun hatte.

Ich blieb nicht lange auf der Picknickdecke sitzen. Die Neugierde trieb mich dazu, in dem Wäldchen herumzulaufen. Wie konnte es hier mitten im Gebirge – im Schlosshof – gewachsen sein? Auch wenn Zac mir nicht verraten wollte, aus welchem Land ich stammte, wusste ich doch mit ziemlicher Sicherheit, dass es in meinem Land nicht so war.

Erea lag schon sehr hoch – weit über dem Rest des Landes – und ein langer und steiler Pfad verband die Stadt mit diesem Schloss. Für die mir dargebotene Artenvielfalt waren wir viel zu weit oben – und auch war es trotz der Höhe warm genug, dass ich in meinem Kleid nicht fror.

Ich schüttelte den Kopf und verließ das Wäldchen an einem mir bisher unbekannten Ende. Vor mir lagen ein kurzes Stück Rasen und dahinter sah ich einen großen Erker des Schlosses. Schnell ging ich hinüber und schlüpfte durch die offen stehende Tür.

»Aber wenn meine Vision korrekt ist – und das sind sie immer …«

Ich kannte diese Stimme und blieb sofort stehen. Es war diese Zicke! Sie unterhielt sich mit jemandem im Nebenraum.

»Dann werden sie vielleicht kommen und uns retten«, antwortete eine männliche Stimme. War das Maximilian?

»Und wenn sie uns bestrafen? Wir haben diesem Miststück geholfen.«

Das sagte ja die Richtige! Mit aller Mühe unterdrückte ich ein Prusten.

»Wir alle haben es für diejenigen getan, die wir lieben«, sagte Maximilian. Nach einer kurzen Pause fügte er hinzu: »Na ja, fast alle.«

Die Zicke schnaubte.

»Falls sie kommen«, wiederholte Maximilian mit Nachdruck. »Besser wir halten uns an unseren Plan. Hast du das Buch inzwischen gefunden?« Vermutlich gestikulierte sie zur Antwort, denn wenig später fuhr Maximilian fort: »Wir haben Bilder von überall in dieser Welt. Wir müssen nur wissen, wohin ich gehen muss. Es ist wichtig, Ophelia. Wir müssen diese Sache beenden.«

Aha, Ophelia hieß sie also. Ein viel zu schöner Name für diese Zicke!

»Und du willst dich dafür opfern? Wie nobel von dir.«

»Ich weiß nicht, ob es funktioniert. Aber es ist die einzige Möglichkeit. Wir können hier nicht herumsitzen und warten, bis Thyra unsere Welten zerstört. Ich glaube nicht, dass sie irgendetwas davon abhalten wird, wenn sie endlich hat, was sie will.«

»Wir wissen nicht, was sie will. Es war doch nur diese eine Vision, Max.« Ophelias Stimme klang ganz anders als vorher. Beinahe ängstlich.

»Und die hat uns gezeigt, dass wir alle zerstört werden könnten, sollte Thyra die Welten aus dem Gleichgewicht bringen und das Zentrum der Macht, was auch immer das sein soll, verschieben«, zischte Max. »Um das zu verhindern, würde ich alles tun. Versuch es weiter, okay?« Sein Ton war bittend, dennoch klang es wie ein Befehl.

»Such dir doch einfach jemand anderen, der auch Visionen hat, wenn ich dir zu langsam bin.« Da war sie wieder, die alte Ophelia.

»Ich verlange nur, dass du nicht so eigensinnig bist und den lieben langen Tag um diesen Typen herumtanzt, wenn unsere Welt auf dem Spiel steht«, seufzte Maximilian.

»Du bist auf mich angewiesen, mein Lieber. Also sei besser nett zu mir.«

Dann sagte niemand mehr etwas. Kurz darauf hörte ich Schritte, die sich entfernten. Vorsichtig schlich ich mich an die Tür heran und stemmte sie auf. Was hatten die über Welten gesprochen? Diese Welt würde untergehen? Wer war Thyra? Irgendwo tief in meinem Unterbewusstsein regte sich etwas, aber ich bekam es nicht zu fassen.

In dem Raum, den ich soeben betreten hatte, gab es unzählige Gemälde. Alle in etwa im selben Stil. Auch wenn ich mich damit nicht auskannte, vermutete ich, dass es sich um dieselbe Malerin oder denselben Maler handelte. Es waren jeweils Orte darauf zu sehen, doch keiner kam mir bekannt vor. Auf einem Bild befand sich ein kreisrunder Turm, der sich aus irgendeinem Grund zur Seite neigte. Ein anderes Bild zeigte einen spitz zulaufenden hohen Turm, der aus unzähligen Metallstreben zu bestehen schien. Auf dem nächsten war eine dunkle Gasse mit mehreren metallenen Tonnen abgebildet. Es sah nicht sehr einladend aus. Warum malte jemand so eine Szene?

All diese Bilder waren mir seltsam vertraut. Etwas zupfte in meinem Inneren, als ich das nächste Gemälde betrachtete. Eine große Halle breitete sich vor mir aus. An den Seiten führten geschwungene Treppen zu einer Empore. Es musste ein Schloss sein. Leider passte nicht dazu, dass mein Hirn damit einen ganz bestimmten Geruch in Verbindung brachte: den Duft nach vergilbtem Papier und stinkendem Leder. Ich erschauderte. Mein Kopf begann erneut, zu schmerzen, je mehr ich mich in dieses Bild von der Halle vertiefte.

Plötzlich wurde die andere Tür aufgerissen, durch die Maximilian und Ophelia verschwunden sein mussten.

»Was machst du hier?«, fragte Maximilian wütend.

»Ich habe euch belauscht«, sagte ich wahrheitsgemäß. Ich würde keine Angst vor ihm haben. Der Kopfschmerz klang langsam ab und ich konnte wieder normal Luft holen.

»Was hast du gehört?« Sein Blick wurde beinahe panisch, die Augen waren weit aufgerissen. Er sah sich hastig um, als erwarte er, dass in diesem Moment jemand aus einer Ecke hervorspringen könnte. Aber hier war nichts außer den Gemälden. »Du darfst Thyra nichts davon sagen.« Er deutete auf die Bilder.

Ich sollte dieser Thyra nicht verraten, dass Maximilian hier heimlich Bilder sammelte? Warum? »Wer ist Thyra? Ich habe euch von ihr sprechen hören.«

»Du weißt es nicht?« Er sah mich misstrauisch an, ich schüttelte den Kopf. »Sie ist …«

Vor der Tür, durch die Maximilian eingetreten war, erklangen Schritte.

»Verdammt«, zischte er. »Komm!«

Er zog mich zu einem Gartengemälde. Dieser Platz kam mir vage bekannt vor. Ungefähr dort hatte ich ihn – und auch Ophelia – das erste Mal getroffen. Er ließ mich nicht los, als er immer dichter vor das Bild trat.

Dann erfasste mich ein Sog, zerrte mich in das Bild und spuckte mich gemeinsam mit Maximilian wieder aus. Nun befanden wir uns an genau jener Stelle im Garten, die das Gemälde gezeigt hatte. Mein Magen war noch ganz durcheinander und ich sah mich verwirrt um.

»Aus welchem Land kommst du? Von so etwas habe ich noch nie gehört«, fragte ich.

Er seufzte nur und fuhr sich mit der Hand durchs Haar. »Ich habe es dir schon einmal erzählt, aber du vergisst es. Du wurdest mit dieser … nennen wir es Eigenschaft hereingelesen.«

»Häh?« Für diese geistreiche Antwort verdiente ich ein Extrasternchen.

»Je länger du hier bist, umso mehr vergisst du deine Welt«, versuchte er, zu erklären.

»Welche Welt? Du meinst mein Land? Weißt du, wo ich herkomme?« Ich sah ihn hoffnungsvoll an. Er würde Licht ins Dunkel bringen können!

»Du kommst aus keinem Land. Nein … Doch … vielleicht schon.« Er zögerte und schüttelte den Kopf. »Du bist aus einer anderen Welt, Lin. Diese Welt hier, die existiert nur in eurer Fantasie.«

Ich trat ein paar Schritte zurück. Bislang hatte ich diesen Maximilian für vernünftig gehalten, aber nun zweifelte ich ernsthaft an seinem Verstand. Er war verrückt, irre, total … Mir fielen keine passenden Synonyme mehr ein. Jedenfalls war er ganz viel davon.

Schnell sah ich mich um und überlegte, wo ich hingehen könnte, um mich vor ihm in Sicherheit zu bringen. Das war es also gewesen, weshalb Zac mich gefragt hatte, ob ich mit jemandem gesprochen hatte. Er wollte mich vor diesen Irren beschützen, in deren Arme ich direkt gelaufen war. »Ich … Ich werde dann mal gehen.« Mit einem breiten falschen Lächeln im Gesicht wandte ich mich ab.

Maximilian hielt mich zurück. »Wo willst du hin?«, fragte er mit zusammengekniffenen Augen.

»Nirgendwohin.« Blöd stellen half immer. Doch er hielt mich noch fester am Unterarm und ich war gezwungen, mich wieder zu ihm umzudrehen.

»Du wirst nicht zu Thyra gehen. Und auch nicht zum König.« Nun funkelten seine Augen regelrecht. Das mit dem Blödstellen hatte wohl nicht funktioniert.

»Ich kenne diese Thyra nicht und Zac ist mein Verlobter. Wir haben keine Geheimnisse voreinander«, sagte ich, das Kinn nach vorne gereckt.

»Ach, wirklich?«, lachte Maximilian verächtlich auf und ließ meinen Arm los. »Dann frag ihn mal, woher du kommst.«

»Das werde ich.« Pah, dieser Möchtegern-Irgendwas verunsicherte mich nicht. Was glaubte er denn, wer er war? So langsam verstand ich Ophelia. In seiner Gegenwart musste man ja zickig werden. Ich wollte schon gehen, da packte er mich wieder. »Was ist denn noch?«, zischte ich und sah ihn so böse an, wie ich konnte.

»Bitte sag ihm nichts.« Sein Ton war nun so sanft, sein Blick so bittend, dass ich ihm gar nichts ausschlagen konnte.

»Lass mich von jetzt an in Ruhe«, sagte ich. »Dann überlege ich es mir.«

Er zog seine Hand zurück und nickte.

Als ich davonging – bloß schnell weit weg von ihm –, hörte ich ihn noch flüstern: »Wir sind die Guten, Lin.«

Ja, klar. Wenn dem so wäre, müsste er es nicht sagen, oder?

29. KAPITEL

Ric schob sich durch die Masse an Mitarbeitenden, die sich zwischen ihm und der Treppe befanden, die nach oben zu Perry und dem Besprechungszimmer führte. Dicht hinter ihm folgten Nat und der Rest seines Teams. Als sie endlich an der Treppe ankamen, sah Ric Josh auf der anderen Treppe stehen. Etwas in ihm machte Klick und er stürmte die Stufen hinauf und kam zeitgleich mit Josh bei Perry an. Ric warf einen abfälligen Blick auf den anderen Feuerelementar.

»Keine Streitereien!«, befahl Perry und winkte die beiden in den Raum, in den auch schon Felipe und Margret verschwunden waren.

Ric trat ein und schaute sich um, bis Nat, Peter und Coral eintrafen. Felipe und Margret saßen an der Kopfseite des länglichen Tisches, Peters Eltern waren anwesend sowie ein Mann, den Ric nicht kannte und der ihn aus stechenden Augen musterte. Perry schloss die Tür hinter sich, setzte sich zu dem fremden Mann und gebot auch Ric und den anderen, sich zu setzen.

Felipe ergriff das Wort: »Es war nicht leicht, aus unseren besten Mitarbeitenden die geeignetsten für diesen Einsatz auszuwählen.«

Ric fühlte sich, als würde er gleich auf einer Schleimspur ausrutschen. Josh hingegen hob mit jedem Wort den Kopf etwas höher.

»Da jeder von euch bewiesen hat, wie gut er mit unvorhergesehenen Ereignissen zurechtkommt, fiel die Wahl auf euch. Josh hat uns informiert, dass manche von euch auch ein sehr persönliches Interesse an dem Auftrag haben.« Felipes Blick ruhte auf Ric.

Er würde Josh umbringen! Musste er gleich zum Rat rennen und verraten, wo Lin steckte?

»Nehmt ihr den Auftrag an?« Felipe sah von einem zum anderen.

»Zuerst stellt sich die Frage, wie wir an unseren Einsatzort gelangen sollen.« Peter klang sehr diplomatisch, doch auch in ihm brodelte es, das sah Ric eindeutig.

Peters Mutter antwortete sofort: »Die Sicherheitsvorkehrungen wurden mehrfach von deinem Vater und mir überprüft. Du brauchst keine Angst zu haben.«

»Ich habe keine Angst, ich möchte wissen, wie wir in ein Buch reisen sollen.« Peter sah aus wie um Jahre verjüngt und verschränkte wie ein bockiger Teenager die Arme vor der Brust.

»Das werde ich euch erklären«, sagte der fremde Mann und fixierte Josh dabei. »Wir haben die Möglichkeit, ein Tor zu öffnen, wie es auch benutzt wird, um die Buchcharaktere herauszulesen. Es basiert auf … Ach, das wird zu technisch.« Er winkte mit der Hand ab. »Wir können das Tor öffnen und euch nach *Otherside* transportieren. Doch wir können nicht bis ins Detail steuern, wo ihr landen werdet. Die Buchwelt verändert sich zu schnell, und was gestern noch an der einen Stelle war, ist heute ganz woanders.« Er lachte ein gekünsteltes, vermutlich gewinnendes Lachen, aber bei Ric verfehlte es sein Ziel.

»Wer sind Sie?« Ric musterte den Typen argwöhnisch.

»Das tut nichts zur Sache, Ric«, sagte Felipe. »Wichtig ist, ob ihr den Auftrag annehmt oder wir uns mit der Alternative besprechen sollen. Immerhin wären in dem anderen Team alle vier Elemente vertreten.«

»Warum ist er dabei?« Ric deutete auf Josh. »Er gehörte nicht zu meinem Team.«

»Aber er hat bereits mit euch zusammengearbeitet. Perry hat uns davon überzeugt, euch auszuwählen, weswegen wir auch auf einen zusätzlichen Luftelementar im Team verzichten würden. Es gab wohl in der Vergangenheit des Öfteren Probleme, wenn man Ersatzkräfte in ein Team integrieren wollte.« Felipes Stimme war eiskalt, als duldete er keine weiteren Widerworte.

Ric dachte an eine Zeit vor zwei Jahren zurück, als man während einer längeren Fortbildung von Coral diverse andere Wasserelementare als Ersatz mit ihnen auf Patrouille geschickt hatte. Ric war mäßig damit klargekommen, stets von ihnen beruhigt zu werden. Und selbst wenn Josh im Vorjahr zusätzlich zu ihnen gestoßen war, war Ric auch bei ihm skeptisch geblieben.

»Ich bin dabei«, sagte Josh sofort und der fremde Mann nickte.

»Wie genau lautet der Auftrag?« Coral war bisher reglos dagesessen und hatte alle Eindrücke in sich aufgenommen.

»Ihr werdet den Bewohnerinnen und Bewohnern der Buchwelt zeigen, dass es uns gibt und sie jederzeit mit uns rechnen können.« Margrets Stimme war ebenso schneidend wie die von Felipe.

Irgendwas war hier falsch, nur konnte Ric nicht sagen, was.

»Ja oder nein?« Margret raschelte mit den Papieren vor sich. »Die Zeit läuft uns davon. Entweder ihr begleitet Josh oder wir werden die anderen zu uns rufen.«

Warum drängten sie so?

Falsch, falsch, falsch, sagte Rics innere Stimme. Doch was blieb ihm anderes übrig, als zuzusagen? Wollte er Lins Schicksal in die Hände eines anderen legen? In die von Josh? Niemals! Und ganz gleich, wie der Auftrag lautete: Lin war seine oberste Priorität.

»Ich bin dabei«, sagte er bemüht ruhig, um die Zweifel in seinem Inneren nicht zu zeigen.

»Dann komme ich natürlich auch mit«, sagte Natalia neben Ric.

Sofort sah sie scharf an. »Du hast keinerlei Elementarkräfte mehr, du kannst nicht kämpfen! Wer weiß, auf was wir dort treffen.«

Der Fremde räusperte sich. »Es könnte sein, dass eure Elementarkräfte verlorengehen oder sich verändern. Selbst wenn sie bei eurer Ankunft noch da sein sollten, wäre es möglich, dass sie versiegen. Ihr solltet euch nicht auf sie verlassen. Es gibt nicht genügend Tests, die eine definitive Aussage erlauben würden. Daher habe ich auch zugestimmt, dass nicht alle vier Elemente vertreten sein müssen.«

Ric verzog das Gesicht, aber letztendlich änderte das nichts an seiner Entscheidung. Nat lächelte wie eine Siegerin in einem dämlichen Geschwisterstreit.

Peter und Coral sahen einander an und sagten anschließend: »Wir sind ein Team. Wir werden natürlich mitgehen.«

Felipe nickte, Margret schob die losen Blätter vor sich zusammen. Peters Eltern wirkten nicht gerade begeistert, elterliche Sorge trübte ihren Blick.

»Dann werden wir das Portal öffnen«, sagte der Fremde.

Felipe stand langsam auf. »Folgt mir. Die Vitrine mit *Otherside* befindet sich immer noch im großen Sitzungssaal.«

Nach wie vor rangen Skepsis und Neugierde in Rics Innerem, als er neben seiner Schwester lief und den anderen folgte. Felipe war zu einer unscheinbaren Tür gegangen, die Ric immer für einen Zugang zu einem Abstellraum gehalten hatte. Dahinter führte jedoch eine Wendeltreppe einen Stock tiefer zu einem langen schmalen Gang.

»Das ist einer der alten Fluchtwege«, hörte Ric jemanden flüstern. Vermutlich Peters Mutter. Nicht einmal im Traum wäre ihm in den Sinn gekommen, dass es hier im Gebäude so etwas geben konnte.

Zahlreiche Türen gingen von dem Flur ab, immer nach links. Vor einer blieb Felipe stehen und öffnete sie. Wenig später befanden sie sich im großen Sitzungssaal. Die Tür, durch die sie getreten waren, war nach dem Schließen kaum mehr zu entdecken. Sie fügte sich beinahe nahtlos in das Muster der hinteren Wand des Raumes ein. Ric schüttelte den Kopf. Direkt neben ihnen stand die Vitrine.

Perry eilte zu ihr und zog ein klapperndes Monster aus unzähligen Schlüsseln aus seiner Tasche. Zielgenau griff er nach einem von ihnen und öffnete die Vitrine.

Josh sog die Luft ein. Auch Ric spürte die Macht, die von *Otherside* ausging. Sie glich geballter Elementarkraft, aber war doch irgendwie anders, fremd. *Otherside* musste sich erneut verändert haben, wenn die Magie nun schon spürbar war. Josh, Peter, Coral, Natalia und Ric hatten sich auf der einen Seite des Buches versammelt, die Erwachsenen auf der anderen.

Der Fremde trat vor, holte *Otherside* behutsam aus der Vitrine und legte es auf den Tisch. Er zeigte keinerlei Anzeichen von Schmerz, konnte also kein Elementar sein. Oder … Schnell sah Ric zu Josh, der aufmerksam beobachtete, was der Fremde mit dem Buch tat.

»Ich versuche, euch zu den neuesten Ereignissen zu schicken«, sagte der Mann und blätterte von hinten ausgehend ein paar Seiten nach vorne. »Wir brauchen nur eine sichere Stelle. Ah, da ist sie.«

Ric wollte fragen, wann und wo sie ankommen würden, doch dann ging alles zu schnell. Die Erwachsenen traten nahezu synchron einen Schritt zurück, Ric glaubte, auf der Wange von Peters Mutter eine Träne zu sehen. Der Fremde nahm das Buch in beide Hände, wandte sich an Ric und die anderen und begann, laut zu lesen.

Ric konnte nichts verstehen, auch wenn er wusste, dass das Buch in seiner Sprache verfasst war. Lin hatte es lesen können, selbst Natalia. Und dennoch klangen die Worte jetzt so fremd wie die erfundene Sprache einer High-Fantasy-Story.

Ein goldenes Licht stieg aus dem Buch empor und breitete sich mit rasanter Geschwindigkeit in Rics Richtung aus. Er wollte zurückzucken, doch da umhüllte ihn das Licht bereits. Erst aus der Nähe erkannte er, dass es kein Licht war, keine Einheit, sondern aus Hunderttausenden von Buchstaben bestand, die wild herumwirbelten, ehe sie zur Ruhe kamen und sich ordneten. Eine Röhre aus leuchtend goldenen Wörtern entstand, die immer schneller um Ric herum rotierten, bis er die Buchstaben wieder nur als Einheit sah.

Durch die Rotation bildete sich ein Sog wie in einem Wirbelsturm, der an ihm zupfte und stärker und stärker zog, bis er sich mit seinem ganzen Körpergewicht dagegenstemmte – und trotzdem verlor. Er wirbelte in dem Sturm aus Buchstaben, die ihn vom einen auf den anderen Moment nach oben katapultierten. Irgendwo in den hintersten Windungen seines Gehirns bereitete sich Ric auf den Aufprall an der hohen Decke des Sitzungssaales vor. Der blieb jedoch aus. Stattdessen beschleunigte er immer weiter und schoss höher und höher. Die Buchstaben waren nur noch vereinzelte Schlieren, wie Sterne bei WARP-Geschwindigkeit.

Dann irgendwann kam der Aufprall doch. Ric landete so hart auf den Beinen, dass er das Gleichgewicht verlor, umkippte und sich unsanft auf den Hintern setzte. Dabei hatte er sich ungünstig abzufangen versucht und ein stechender Schmerz schoss durch sein linkes Handgelenk. Er stieß einen lauten Fluch aus.

Als das Licht, das ihn ausgespuckt hatte, verschwand, erkannte er die anderen. Sein neues Team schimpfte ebenso vor sich hin, lag und saß auf dem sandigen Boden herum und jeder von ihnen sah benommen um sich.

Ric sprang auf die Beine und rannte zu Natalia, die sich den Kopf hielt. »Alles in Ordnung?« Er reichte ihr die Hand, um sie nach oben zu ziehen. Sie griff danach und ein elektrischer Schlag ließ sie beide die Hände erschrocken zurückziehen. Natalia presste schmerzerfüllt die Augen zusammen. Ric ging in die Hocke und berührte vorsichtig Natalias Handrücken. »Sorry. So eine Reise in einem Wortkanal scheint einen magnetisch aufzuladen. Hast du dir bei der Landung wehgetan?«

Natalia schüttelte den Kopf und zuckte erneut zurück. »Mein Kopf fühlt sich an wie nach einer sehr heftigen Party.«

»Das wird hoffentlich wieder verschwinden. Ich glaube nicht, dass es hier Kopfschmerztabletten gibt.« Ric drehte sich um die eigene Achse. Außer ein paar fremdartig aussehenden Bäumen erkannte er nur spitz zulaufende Felsen und etwas weiter entfernt ein Gebirge, das in der Dunkelheit leuchtete wie phosphoreszierend.

Dunkelheit? War es nicht eben noch hell gewesen? Wie viel Uhr war es? Instinktiv zog Ric sein Handy aus der Hosentasche und stieß erneut einen Fluch aus, als er realisierte, dass so ein modernes Gerät die WARP-Reise anscheinend nicht überleben konnte. Es ließ sich nicht einmal anschalten.

Auch der letzte Goldschimmer um sie herum verblasste und sie standen in dunkelster Nacht da. Ric konnte kaum die unmittelbar vor ihm stehende Natalia sehen. Er packte das Handy wieder weg und entzündete eine kleine Flamme in seiner Handfläche. Wenigstens hier hatte der Fremde falschgelegen: Ric besaß seine Elementarkraft noch, was ihn unwillkürlich lächeln ließ.

Mit der anderen Hand zog er endlich Natalia hoch, ohne daran zu denken, dass es das schmerzende Handgelenk war. Er sog scharf die Luft ein und wartete. Das beste Gefühl überhaupt war, wenn der Schmerz nachließ.

Coral und Peter traten zu ihnen.

»Habt ihr eure Kräfte noch?«, fragte Ric. Im Hintergrund erkannte er Josh, der ebenfalls mit einer Flamme in der Handfläche auf sie zu lief.

Peter verwandelte seine Hand kurz in einen Ast, während Coral winzige Wassertropfen wie Tau aus ihrer leeren Hand heraus in die Höhe warf.

»Kannst du heilen?«, fragte Ric weiter und deutete mit einem Nicken in Natalias Richtung. »Sie hat Kopfschmerzen.«

»Das müsste klappen«, sagte Coral. Sie war während der Ausbildung nur selten in der Krankenstation gewesen, weil sie sich eher auf Angriff und Verteidigung spezialisiert hatte, was auf Patrouillengängen wichtiger gewesen war. Sie legte Natalia die Hände auf die Schläfen. Kurz darauf war die Luft vom Duft eines Sommerregens erfüllt und Natalia seufzte erleichtert auf.

»Danke.«

Coral nickte nur.

Ric überlegte kurz, ob er Coral bitten sollte, auch seine Verletzung zu heilen, aber er verwarf den Gedanken. Die Hand würde von alleine heilen.

»Was machen wir jetzt? Weiß einer von euch, wo wir hier gelandet sind? Kennt einer das Buch?« Joshs Fragen kamen in einem einzigen Wortschwall aus ihm heraus, so dass Ric Mühe hatte, sie zu verstehen.

»Zuerst sollten wir darüber reden, was im Institut vorgefallen ist. Fandet ihr das alles auch ziemlich merkwürdig?«, fragte Natalia und rieb sich über die Schläfe, als könnte sie immer noch nicht begreifen, dass der Schmerz weg war.

»Allerdings. Die haben uns ja mehr oder weniger abgeschoben«, antwortete Ric nickend.

Peter zuckte mit den Schultern. »Meine Mutter hat mir auf dem Weg erklärt, dass alles sehr kurzfristig angesetzt wurde und es keine andere Möglichkeit gab.«

»Hat sie sonst noch etwas gesagt?«, fragte Josh aus dem Off. Er hatte seine Flamme gelöscht und stand nun irgendwo hinter Coral, vermutete Ric.

»Willst du nicht zu uns kommen?« Peter trat einen Schritt zur Seite und machte Josh zwischen sich und Coral Platz.

Ric sandte das Feuer aus seiner Hand ins Zentrum ihrer Runde und ließ die Flammen höher lodern. Unter Umständen – und in anderer Gesellschaft – hätte das hier recht nett werden können.

»Um auf deine Frage zurückzukommen: Sie hat mir nichts weiter erzählt. Warum?« Peter kniff die Augen zusammen und musterte Josh.

»Nur so eine Frage. Schließlich sind wir alle hier reingeschossen worden, oder?« Josh zuckte mit den Schultern. »Wie kommen wir hier jetzt weiter? Kann sich jemand orientieren?«

»Leider hat uns niemand eine Karte mitgegeben«, antwortete Ric sarkastisch. »Außerdem wollte ich euch fragen, wer dieser Typ war, der uns hierhergeschickt hat. Kennt ihn jemand von euch?« Er setzte all seine Hoffnung in Peter, doch der zuckte mit den Schultern, während die anderen den Kopf schüttelten. Mit Argwohn sah Ric, dass Josh zu enthusiastisch verneinte.

»Was ist?«, lenkte Josh sofort ab, er fühlte sich sichtlich unwohl.

»Das war ein Treffen des Rates, du hast ihnen sogar von Lin erzählt und warst scheinbar irgendwie bei der Planung dabei. Wer war dieser Typ? Und Coral hier spürt, wenn du lügst.« Er deutete mit dem Kopf auf Coral, die ihre Augen kurz aufriss, dann aber mitspielte. Josh brauchte nicht zu wissen, in welche Richtung Corals Fähigkeiten gingen. Er hatte zwar schon vernommen, dass manche Wasserelementare Lügen erkennen konnten, Coral gehörte jedoch leider nicht zu dieser Sorte.

»Dieser Typ«, knurrte Josh. »Ist mein Vater.«

30. KAPITEL

Am Nachmittag traf ich mich mit Ty in einem Zimmer, das Marie Gesellschaftsraum nannte. Es war ein riesengroßer Raum mit mehreren Sofas, Sesseln und Tischchen. Auf einem von ihnen standen Kaffee und Kekse.

Ich wusste nicht, welchen Job meine beste Freundin am Hof hatte, aber sie schien immens wichtig zu sein. Ständig klopfte irgendwer und störte uns beim Nichtstun. Dabei hatten wir diese Disziplin bereits in den ersten Wochen unserer Freundschaft auf weltmeisterliches Niveau gebracht. Mit keiner Person konnte man das so gut wie mit ihr.

Zwischen zwei solcher Unterbrechungen stellte sie mir eine seltsame Frage: »Bist du zufrieden?« Ich musste genauso ausgesehen haben, wie ich mich fühlte – total planlos, was sie meinte –, denn sie fügte schnell hinzu: »Mit Zac, meine ich. Er ist überglücklich. Er war sein ganzes Leben lang auf der Suche nach dir, weißt du? Und jetzt, wo er dich wirklich gefunden hat, wo sich für ihn alles zum Guten gewendet hat, scheint er etwas überfordert.«

Kurz zuvor hatte sie mir erzählt, wie sehr Zac für den Frieden in Otherside gekämpft und dafür gesorgt hatte, dass sich die Welt vereint hatte und die einzelnen Gruppierungen den Krieg und die Angriffe eingestellt hatten. Er hat sich selbst die ehemals dämonischen Söldner zu loyalen Untertanen gemacht. Es war beeindruckend. So war er von einem Tag zum anderen zum König einer

Welt geworden, die davor nicht einmal gewusst hatte, dass sie einen benötigte. Und Ty war von ihm zu so etwas wie seine rechte Hand ernannt worden. Eine wahnsinnig große Ehre.

»Er benimmt sich seltsam«, vertraute ich meiner besten Freundin an.

»Inwiefern?« Sie hob gekonnt die Augenbraue, was sie aussehen ließ wie eine dieser typischen Jugendbuchzicken, die alle anderen abfällig behandelten.

Ich erschrak bei diesem Gedanken und sog scharf die Luft ein. Im selben Moment überrollte mich wieder eine Schmerzattacke. Was waren Jugendbuchzicken? Ich kannte Zicken wie Ophelia, die waren in meinem Land nicht gerade selten gewesen, aber Jugendbuchzicken? Was war ein Jugendbuch? Auch Maximilian und Ophelia hatten das Wort *Buch* erwähnt. Ich runzelte die Stirn.

»Ty, was ist ein Buch?«, fragte ich, selbst wenn mir das Wort Schmerzen bereitete.

Ty schrak zusammen und hob den Finger vor den Mund. »Sag es nicht so laut«, ermahnte sie mich. »Es ist lange her, dass jemand darüber gesprochen hat. Es ist verboten.«

Ich sah sie ungläubig an. Eine innere Unruhe ergriff mich, als ich an das Gespräch zwischen Maximilian und Ophelia dachte. Hatte ich doch gewusst, dass mit den beiden etwas nicht stimmte.

»Bücher«, erklärte Ty im Flüsterton weiter, »sind die Fesseln unserer Gesellschaft. Sie drängen uns Dinge auf, die wir nicht wollen, versklaven unsere gesamte Welt. Bücher beschneiden unseren freien Willen.«

Ihre Worte erzeugten unwillkürlich Bilder in meinem Kopf: Wirbel aus verschiedenen Eindrücken, gefesselte Bewohnerinnen und Bewohner von Otherside, etliche Reihen verwahrloster Menschen, die nicht tun konnten, was sie wollten.

»Zac hat dafür gesorgt, dass sie abgeschafft werden, dass sich kaum jemand mehr an sie erinnert. Die Söldner streifen allerdings immer noch durch die Länder von Otherside, um auch die letzten Widerständler zu zwingen, die Bücher zu vernichten.«

Ich dachte über das Gesagte nach, konnte mir jedoch diese Bedrohung nicht vorstellen.

»Halte dich fern von solchen Büchern und den Leuten, die damit zu tun haben«, sagte mir Ty mit festem Blick. »Sie sind gefährlich. Sie wollen unsere Welt zerstören.«

So dramatisch sah ich das jetzt nicht, aber irgendwas in Tys Ausdruck machte mir Angst.

»Hast du jemanden über Bücher sprechen hören, Lin?« Sie fixierte mich und ich glaubte schon, sie könnte Gedanken lesen.

Ich musste das alles erst einmal für mich ordnen. Auch Freundinnen durften ab und zu Geheimnisse voreinander haben. Zumindest für eine kurze Weile. Daher schüttelte ich den Kopf. »Ich habe nur gerade an ein Wort gedacht, das ich nie zuvor gehört habe: *Jugendbuch*.«

Tys Miene veränderte sich schlagartig. »Lasst sie in Ruhe!«, schrie sie in den Raum. »Oder ihr werdet es büßen.«

Ich zuckte zusammen. Was war nur mit meiner besten Freundin los? Scheinbar ging hier etwas mit den Leuten am Hof vor. Plötzlich fühlte ich mich so allein mit Ty nicht mehr wohl.

»Wollen wir spazieren gehen?«, fragte ich.

Irgendwohin, wo viele Leute sind, fügte ich in Gedanken hinzu.

»Ich muss sowieso gleich zum nächsten Meeting. Wir haben ein paar Aufständische aufgespürt, die bald hier eintreffen müssten. Sie werden unverzüglich vor Gericht gestellt und so schnell wie möglich hingerichtet.«

Ich wurde neugierig. »Was haben sie denn getan?«

»Sie durchqueren das Land und erzählen unserem Volk, dass alles, was sie tun, vorherbestimmt sei und sie nichts dagegen unternehmen können, weil ihr Schöpfer ihnen den Weg weist.« Sie wedelte mit der flachen Hand vor dem Gesicht herum, um ihren Worten mehr Nachdruck zu verleihen. Es war eindeutig, dass sie die Aufständischen für nicht ganz richtig im Kopf hielt.

Aber so allmählich zweifelte ich daran, dass es überhaupt jemand hier war. Ich lachte bei der Vorstellung, dass irgendeine nicht zu greifende Person mein Leben bestimmen könnte.

Du weißt es besser, flüsterte mir eine Stimme zu.

Ich rümpfte die Nase. Die Stimme klang anders. Wie die eines Mannes. Ich sah mich um und suchte nach dem Sprecher. Irritiert erkannte ich, dass niemand außer uns hier war. Ich runzelte die Stirn und schüttelte den Kopf. War Wahnsinn ansteckend?

Ty bezog die Gesten auf ihre Worte und strahlte mich an. »Genau das ist es, Lin. Wir müssen dafür sorgen, dass sie mit diesem Unsinn aufhören.«

Es klopfte erneut an der Tür. Nach Tys »Ja?« trat ein Mann ein und nickte ihr zu.

»Es ist so weit«, sagte sie daraufhin an mich gewandt. »Wollen wir uns später treffen?«

Ich nickte ihr ebenfalls zu, und als sie ging, hing ich meinen eigenen, teils schmerzvollen Gedanken nach. Da war etwas, das ich hätte wissen müssen, doch mir wollte es einfach nicht einfallen.

Bis sich die männliche Stimme wieder meldete.

31. KAPITEL

Nur das Knistern der Flammen war zu hören, während sie alle Josh anstarrten. Niemand von ihnen sagte ein Wort.

In Rics Kopf waren sofort die wildesten Spekulationen losgegangen. Josh war ein Verräter, da waren sie sich ja mittlerweile einig. Josh hatte außerdem diese absolut ungewöhnliche Fähigkeit. Und er hatte sie alle belogen, als er behauptet hatte, seine Familie bestehe nur aus Unbegabten und Feuerelementaren.

Ric steigerte sich so sehr in die Sache hinein, dass sich sein Element einmischte. Binnen Sekunden stand er in Elementargestalt in der Runde. Er hatte die Verwandlung nicht einmal bemerkt, so schnell war alles gegangen.

Natalia neben ihm schrak zurück, die anderen zuckten zusammen, als sie sich dem schwarzen Drachen gegenübersahen.

»Bei allen Gewässern«, sagte Coral.

Ric schloss die Augen, versuchte, das Feuer in sich zurückzudrängen und seine normale Gestalt anzunehmen, doch er schaffte es nicht.

»Hey«, sagte Natalia sanft und trat neben ihn. »Wenn du irgendwie Hilfe brauchst …«

»Nein«, zischte Ric. Das Feuer hatte die Kontrolle über ihn übernommen. So war es seit den ersten Versuchen während der Ausbildung im Institut nicht mehr gewesen. Er konzentrierte sich auf die ersten Übungen und die Worte seines Mentors, die ihm hatten helfen sollen den Drachen in ihm zu bändigen: Er atmete tief durch und zählte in Gedanken bis zehn. Mit jeder Zahl schob er einen kleinen Teil des Feuers beiseite und ersetzte den Drachen durch Rics menschliche Gestalt. Es funktionierte. Das Feuer in ihm kühlte ab und erlosch zuletzt. Mit dem Ergebnis, dass Ric nun halb nackt dastand, nur bedeckt von ein paar Fetzen seiner zerrissenen Kleidung.

»Was ist denn passiert?«, fragte Peter. »Du bist sonst die Beherrschung in Person – zumindest was die Verwandlung angeht.«

Natalia kicherte.

»Wenn ich das wüsste«, knurrte Ric zur Antwort. »Das Feuer ließ mir gar keine Gelegenheit, einzuschreiten.«

»Vielleicht ist das eine der Veränderungen in *Otherside*?«, warf Coral ein. »Die Elementarkräfte sind noch da, aber schwerer zu kontrollieren?«

»Na, spitze. Jetzt renne ich hier mit vier Elementaren herum, die ihre Gaben nicht kontrollieren können«, sagte Nat zynisch.

»*Er* hat sich nicht unter Kontrolle«, warf Josh ein.

Wie konnte er es wagen?

»Ric, beruhig dich!«, rief Nat, als die Drachenschuppen bereits unter Rics Haut Wellen schlugen und jede Sekunde nach außen zu drängen drohten.

Er schluckte die Wut hinunter und holte tief Luft. Das konnte ja heiter werden, wenn ihm nicht einmal mehr sein Ärger über Josh gegönnt war. Er schnaubte, versuchte jedoch, sich nicht weiter hineinzusteigern, sondern seiner Wut Luft zu machen.

»Er hat behauptet, seine Familie wäre normal«, sagte er und deutete mit dem Finger auf Josh, der sofort zerknirscht den Kopf senkte. »Und jetzt hat uns ausgerechnet sein Vater– in ein Buch geschickt?«

Tief Luft holen, Ric.

»Bis zu seinem Anruf wusste ich nichts von alldem!«, schrie Josh und hob verzweifelt die Arme über den Kopf. »Mein Vater rief an und sagte mir, ich soll sofort nach Hause kommen. Dort offenbart er mir schon zwischen Tür und Angel, dass unsere Familie die einzigen Menschen wären, die das aktuelle Chaos in Ordnung bringen könnten.«

»Und das heißt?«, fragte Peter neugierig dazwischen.

»Das heißt, dass mich meine Familie mein ganzes Leben lang belogen hat!« Im nächsten Moment stand ein grüner Drache jenseits des Feuers.

Wer hat sich hier nicht unter Kontrolle?, dachte Ric mit Genugtuung und konnte ein Grinsen nicht unterdrücken.

»Jetzt beruhigen wir uns alle erst einmal«, sagte Coral und sofort senkte sich der Testosteronspiegel um das Lagerfeuer. Corals Augen leuchteten in diesem übernatürlichen Blau, das sich immer kurz vor ihrer Verwandlung zeigte. Ihre Stimme war wie das Gluckern eines Bergbaches. Sie setzte ihren Sirenengesang ein.

Ric verzog den Mund. Er konnte sich nicht wirklich gegen den Gesang wehren, aber gefallen musste er ihm ja auch nicht.

Wenig später stand ein in Fetzen gekleideter Josh am Feuer. Da waren es schon zwei.

»Willst du uns erklären, was genau deine Familie macht?«, versuchte es Peter mit Diplomatie.

»Mir wurde gesagt, dass die Familie Bonfire die letzte ihrer Art ist. Die letzten Menschen, die Bücher beeinflussen können. Mein Vater bezeichnete uns als *Schöpfer.*«

»Und du wusstest nichts davon?« Corals Frage war plausibel.

»Wie denn? Ich durfte niemals außerhalb der *Bibliotheca Elementara* lesen, ich sollte mich immer nach den Regeln verhalten, sollte nicht auffallen.«

»Wusste der Rat davon?«, fragte Ric. Hatten auch die Führungskräfte all die Jahre gelogen?

Josh schüttelte den Kopf. »Die Gabe galt als ausgelöscht. Genau deshalb sollte ich mich ja unauffällig verhalten. Doch nun, da die Bewohner der Buchwelt nicht mehr an ihre Schöpfer glauben, mussten wir uns zeigen, behauptet mein Vater. Im ganzen letzten Jahr hat die Familie alles darangesetzt, die Ordnung aufrechtzuerhalten. Doch wer nicht an die Schöpfung glaubt, an die Idee, aus der sie entstanden ist, der kann nicht mehr kontrolliert werden.«

Es dauerte ein paar Minuten, bis sich alle ausreichend mit Joshs Erklärung beschäftigt hatten. In Rics Kopf kündigten sich bereits wieder die ersten Gehirnknoten an.

»Und wie sollen wir das bewerkstelligen?«, fragte Peter.

»Sollen wir herumrennen und sagen: ›Dich kenne ich, du wurdest von der Autorin XY geschrieben.‹ Die lachen sich doch eher tot, als dass sie uns glauben.« Irgendetwas an diesem Auftrag war falsch, so falsch, dass Ric es sich nicht einmal vorstellen konnte. Ric hätte am liebsten das, was Josh ihnen an Wissen vorausĥatte, aus ihm herausgeprügelt. Wieso waren sie nur auf diesen Typen angewiesen?

»Ric!« Coral sagte nur ein Wort in ihrer Singsang-Stimme und sofort beruhigte sich Ric wieder.

»Coral hat recht. So kommen wir auf keinen Fall weiter.« An Josh gewandt fragte Natalia: »Würdest du uns den Plan erklären? Oder hat man uns wirklich einfach hier reingeschubst – ganz ohne Masterplan?«

»Es gibt keinen Masterplan. Thyra überzeugt die Charaktere, dass sie tun und lassen können, was sie wollen. Wir müssen sie vom Gegenteil überzeugen.«

»Und wie?«

»Mein Vater hilft uns dabei. Von der Realität aus. Er kann die Charaktere umschreiben, sie Dinge tun lassen, die gegen ihren Willen sind. Er wird uns unterstützen.«

»Das klingt irgendwie … surreal«, sagte Nat skeptisch. »Wenn wir mit jemandem sprechen, verändern wir doch die Geschichte. Sie ist noch nicht geschrieben, wie kann dein Vater da eingreifen?«

»Dann bitte einfach um was und probier's aus«, antwortete Josh herausfordernd.

Natalia grinste. »Ich hätte gern etwas zu essen. Und ganz wichtig: Kleidung für meinen Bruder. Bei aller Liebe, aber ich will nicht ständig auf seinen halb nackten Hintern starren.«

Coral gluckste, während Ric seiner Schwester vernichtende Blicke zuwarf. Im nächsten Moment trug er jedoch seine Kleidung. Sie bestand nicht mehr aus Fetzen, sondern war wie zuvor, sogar noch sauberer. Auch Josh war wieder komplett bekleidet.

»Und mein Essen?«, fragte Natalia beleidigt.

»Ist vermutlich schwerer hierherzuschaffen. Er müsste es von irgendwoher holen. Man kann Dinge nicht einfach erscheinen lassen, das lässt unsere Fähigkeit nicht zu. Wir können nur verändern, was bereits da ist«, erklärte Josh.

»Okay«, sagte Natalia enttäuscht. »Aber da das nun geklärt ist, sollten wir wissen, wo genau wir hinsollen. Ich glaube, dass wir im

Brachland sind, doch es ist viele Jahre her, seit ich Thyras Geschichte gelesen habe.« Nat senkte schuldbewusst den Blick. Sie hatte damals verbotenerweise *Otherside* gelesen und so sehr für die damalige Heldin Thyra geschwärmt, dass sie diese in die Realität geholt hatte. »Hat man dir zufällig gesagt, wo die Charaktere sind, die vergessen haben, dass es die Realität gibt?«

Alle Augen richteten sich auf Josh. »Am schlimmsten ist es wohl rund um die Hauptstadt.«

»Erea.« Natalias Augen leuchteten. »Ich glaube, es liegt südöstlich des Dornengebirges. Wenn es hell wird, müssten wir es bereits sehen können.«

Ric mochte kein High Fantasy und jetzt wurde ihm wieder bewusst, warum. Er tat sich mit der Orientierung in einer völlig fremden Welt schwer. »Dann müssen wir also warten, bis es hell wird?«

»Sieht so aus.« Natalia setzte sich im Schneidersitz an das Feuer zwischen ihnen. Die anderen taten es ihr nach.

»Wenn jetzt noch jemand ein Lied singen würde, wäre das doch ein perfekter Abend«, sagte Ric dabei sarkastisch, setzte sich letztendlich allerdings auch.

Coral nahm seine Aufforderung jedoch ernst und begann tatsächlich, zu singen. Sie sang in einer ihm fremden Sprache, aber ihr Lied war so emotional, dass er sich die Tränen verkneifen musste. Auch die Augen der anderen glänzten feucht.

»Was war das?«, fragte Nat stockend, nachdem sie den letzten Ton, der in die weite Ebene getragen worden war, hatten ausklingen lassen.

»Es ist ein Lied meiner Großmutter. Ein Liebeslied. Sie hat mir immer erzählt, dass der Richtige kommen und das Lied verstehen würde. Sie hat es mir nur ein einziges Mal übersetzt, ich bekomme nicht mehr alles zusammen. Aber es klang ein wenig nach *Romeo und Julia*.« Sie lächelte verträumt, den Blick in die Ferne gerichtet.

Eine ganze Weile herrschte einträchtiges Schweigen. Bis Coral ihre Augen zusammenkniff. »Da ist jemand.«

Alle Köpfe fuhren herum. Und tatsächlich bewegte sich ein Schatten über die Ebene, im blassen Mondlicht kaum zu erkennen.

Ohne Scheu kam die Gestalt näher und Ric sprang auf. Seine Haut prickelte, aber noch konnte er sich kontrollieren. Auch die anderen rappelten sich schnell hoch.

»Wer bist du?«, fragte Ric den Neuankömmling knurrend, der ihn gar nicht beachtete, sondern unentwegt auf Coral starrte, als wollte er sie jeden Moment auffressen. War er ein Vampir? Nein, Ric verwarf den Gedanken sofort wieder. Dafür wirkte er zu schmächtig und nicht selbstbewusst genug. Trotzdem stimmte etwas mit ihm nicht. Er starrte Coral an, als sei sie das größte Geschenk seines Lebens.

Auch der Wasserelementarierin fiel das auf. Sie sah schüchtern zu Boden, das Rauschen von Wasser war wie von weit entfernt zu hören.

Der Junge war vermutlich der Traum eines jeden Teenie-Mädchens – nach Ric natürlich. Er hatte dunkle lockige Haare, die überall vom Kopf abstanden wie bei Momo. Na ja, vielleicht nicht ganz so extrem, aber die Tendenz war da. Hinzu kamen große dunkle Augen in einem ebenmäßigen Gesicht, das dennoch die richtige Portion Ecken und Kanten besaß. Für einen jungen Mann war er durchaus schön, gab Ric neidlos zu. Wenn man auf Weichlinge stand. Die helle Leinenkleidung und die hellbraune Lederweste, die er trug, machten es nicht besser.

»Ich bin David«, sagte der Junge und sprach immer noch ausschließlich zu Coral. Die beiden schienen sich magnetisch anzuziehen.

»Und was tust du hier draußen?«, fragte Ric weiter. Sie waren hier mitten in der Pampa und dieser David sah nicht so aus, als ob er halb verhungert, verdurstet oder überhaupt schon ewig in der kargen Gegend unterwegs gewesen wäre.

»Ich hatte so ein Gefühl, dass ich hierherkommen müsste«, sagte er mit verträumtem Blick. »Und mein Gefühl lag richtig.«

Ric sah geradezu die Herzchen aus seinen Augen fliegen wie in einem Comic. Das war … widerlich.

Coral hingegen senkte die Lider und blickte ihn unter ihren dichten Wimpern hervor an. Flirteten die beiden etwa miteinander? Hier? Jetzt? Wo keine Ahnung was auf dem Spiel stand? Das konnte ja wohl nicht wahr sein!

»Hallo David«, sagte Peter und räusperte sich so lange, bis David seinen Blick von Coral abwandte, was ihm sichtlich schwerfiel. »Wer bist du und woher kommst du?« Peter sprach so langsam und so laut, als wüsste er, dass David nicht gut hörte.

»Ich bin David«, wiederholte der Junge und sah Peter irritiert an. »Ich gehöre zum Clan des Wassers. Wir sind die Hüter der Meeresgeschöpfe. Ich habe ihren Gesang erkannt.« Er sah wieder zu Coral, konnte es einfach nicht lassen.

»Ich war so oft hier«, sagte Nat, als hätten ihre Ausflüge nicht nur in Gedanken während des Lesens stattgefunden. »Aber von einem Clan des Wassers habe ich noch nie gehört.«

Der Junge runzelte die Stirn. »Wir sind nicht mehr sehr viele und treten nur selten in die Öffentlichkeit. Ich bin von zu Hause weggelaufen, um meiner Bestimmung zu folgen. Die Welt ist gefährlich geworden.«

»Warum?«, hakte Peter nach.

»Der König«, sagte David. »Er lässt alle Bücher vernichten. Er und seine rechte Hand stehlen den Bewohnern das Wissen, dass sie Charaktere sind. Sie vergessen es einfach. Die Meerwesen wollten sich nicht bändigen lassen, daraufhin ließen die beiden das Wasser vergiften. Unzählige von ihnen starben qualvoll.« Er schluckte und Tränen glänzten in seinen Augen. »Sie wurden an Land gespült. Eine von ihnen hat mir gesagt, dass ich mich auf diese Reise begeben muss, ehe sie von uns ging.«

»Und wie kannst du dich dem Einfluss des Königs entziehen?« Natalia musterte David ebenso wie Ric, der versuchte, David und seine Erzählung mit irgendeinem Buch in Einklang zu bringen.

»Die Meerwesen gaben mir dieses Amulett, das mich vor der Manipulation schützt. Während meiner Reise habe ich ähnliche gesehen.« Er zog den Anhänger an einem Lederband aus seinem Shirt hervor.

Ein Elementaranhänger! Das Dreieck mit dem Querbalken, das Zeichen des Wassers. Mit einem schüchternen Lächeln zog Coral auch ihre Elementarkette hervor.

»Kann bitte jemand eingreifen? Das wird zu schnulzig!«, zischte Ric und hob die Hände zum Himmel – oder zu Joshs Vater. Natalia neben ihm kicherte.

»Ich denke nicht, dass er eingreift, wenn er es nicht wirklich muss«, flüsterte Josh, aber Coral und David hätte man genauso gut anbrüllen können, sie hätten es nicht bemerkt. »Niemand kann vorhersehen, wohin sich eine Geschichte entwickeln wird. Da bleibt nur, weiterzumachen.«

Auch wenn Ric es ungern zugab, gab es ein Körnchen Wahrheit in Joshs Worten.

»Und was machen wir jetzt mit Coral und ihrer plötzlichen Liebe?«, fragte Natalia und rümpfte die Nase. Liebe auf den ersten Blick konnte es einfach nur in Büchern geben.

»Wir nehmen ihn mit. Er kann uns vielleicht was darüber erzählen, wie *der König* die Bewohner vergessen lässt.«

Im Gegensatz zu Peter war Ric weniger überzeugt von der Idee. Er befürchtete, dass aus David nichts Vernünftiges herauszubekommen wäre. Zumindest, solange Coral in der Nähe war. »Coral?«, versuchte er es freundlich. Mehrmals.

Irgendwann reagierte sie dann tatsächlich und sah zu Ric.

»Würdest du David bitte klarmachen, dass er uns über alles informieren soll, was wir bezüglich unserer Mission wissen müssen?«

»Ich kann dich auch hören«, sagte David und schaute Ric erneut irritiert an. »Was müsst ihr wissen?«

»Wie können die Bewohner vergessen, dass sie einst geschrieben wurden?«, kam Peter Ric zuvor.

»Thyra, die rechte Hand des Königs, verzaubert sie. Der König hat alle Bücher verbrennen lassen. Alles, was die Bevölkerung wieder dazu bringen könnte, zu hinterfragen. So geht es schon seit Jahren.« David senkte bedrückt den Kopf.

»Seit Jahren?«, stutzte Ric. Es war noch kein Jahr her, dass Elizabeth das Sagen gehabt hatte. Zumindest in der Realität.

»Die Zeit in Büchern läuft anders ab, hat mir jemand erzählt. Dinge scheinen kürzer, als sie in Wahrheit sind«, erklärte David.

Zum Glück. Ric mochte sich gar nicht vorstellen, so manche Heldenreise bis ins kleinste Detail miterleben zu müssen. Er schüttelte sich bei dem Gedanken.

Dann erzählte David von den Umbrüchen in Otherside, vom Tod der ehemaligen Machthaberin Elizabeth, die Gerüchten zufolge von ihrer eigenen Tochter Thyra ermordet worden war. Doch Thyra wollte nicht selbst regieren, sondern sorgte dafür, dass Zacharias Clay zum König von Otherside wurde. Die Bevölkerung war zufrieden, zumal wirklich Ruhe einkehrte. Nur wusste niemand, dass dies vermutlich von Thyras Beeinflussung herrührte. Dann begannen die Razzien in den Dörfern, eine nach der anderen. Die Söldner des Königs sammelten die Bücher ein und verbrannten sie. Danach ging Thyra durch die Dörfer und verhexte alle. Dem Hörensagen nach besaß sie noch stärkere Kräfte als Elizabeth.

»Dann tauchten überall diese Ketten auf.« David deutete auf den Elementaranhänger. »Niemand konnte sagen, woher sie kamen – aber sie schützen ihre Träger vor Thyras Einfluss. Sie waren einst der Widerstand, doch viele sind nicht mehr übrig«, schloss er seine Erzählung.

Auch wenn Ric jedes Wort von David in sich aufgesogen hatte, hatte er Joshs Reaktion auf Elizabeths Tod und Thyras Macht durchaus registriert. Er war zusammengezuckt. Das würde sich Ric merken.

»Wie kann man diesen Widerstand kontaktieren?«, fragte er schließlich. Irgendeinen Weg gab es in Büchern immer. Sei es ein Kontaktmann, ein toter Briefkasten oder so was in der Art.

»Es wurde zuletzt immer seltener, dass wir etwas vom Widerstand gehört haben. Ich gehöre nicht dazu, ich trage nur die Kette einer Widerständlerin. Sie hat mit ihren Gesängen bis zum letzten Atemzug dafür gesorgt, dass sich mein Clan gegen die Beeinflussung zur Wehr setzen konnte.« Die Trauer um den Verlust und die tiefe Bewunderung schwangen in jeder Silbe mit.

»Wir müssen in diese Dörfer und allen wieder klarmachen, dass sie Charaktere in Geschichten sind. Hilfst du uns?«

»Wo sie hingeht, gehe auch ich hin«, sagte David mit einem sehnsüchtigen Blick in Corals Richtung.

O bitte, lass es bei Tageslicht besser sein. So viel Kitsch konnte Ric nicht die ganze Zeit ertragen.

32. KAPITEL

Das war es also. Ich wurde verrückt. Vielleicht war es ansteckend, zumal hier so ziemlich jeder merkwürdige Verhaltensweisen hatte. Mittlerweile lag ich auf einem der Sofas im Gesellschaftsraum und hatte die Augen geschlossen. Nur so war der Kopfschmerz einigermaßen erträglich.

Ich hatte bestimmt einen Tumor, vielleicht auch ein Aneurysma. Etwas, das dazu führte, dass ich eine männliche Stimme hörte, die auf meine Gedanken antwortete und mit der ich mich – unter Schmerzen – unterhalten konnte. In manchen Ländern von Otherside, hatte ich gehört, hielten die Menschen die Stimme für den sogenannten Teufel und diejenigen, die ihn hörten, wurden sofort getötet. Dabei hatte ich nicht darum gebeten, wirklich nicht.

Doch, hast du. Da war sie schon wieder. Ich konnte nicht einmal in Ruhe nachdenken, ständig fuhr sie mir dazwischen. Sie hatte mir erzählt, dass ich eigentlich nicht nach Otherside gehörte, sondern aus einem Land stammte, das Realität hieß. Und ich war in das Buch – ich erschauderte bereits beim Gedanken daran – *Otherside* hineingelesen worden. Wenn das nicht verrückt war, wusste ich auch nicht.

Beim nächsten Treffen sollte ich Ty fragen, ob es hier im Schloss einen guten Arzt gab. Etwas, das gegen meine Kopfschmerzen half, wäre auch nicht schlecht.

Aspirin, empfahl die Stimme und das Wort kitzelte in meinem Kopf. Da war etwas Bekanntes – und weg war es. Es war zum Verrücktwerden – oder sein – oder … egal.

Ric wird bald hier eintreffen. Du musst dich erinnern. Er wird dich befreien.

Wie bitte? Ich musste nicht befreit werden.

Du musst mit Nathan, Max und Ophelia sprechen. Ophelia weiß, was zu tun ist. Sie kann mich auch hören.

Das wurde ja immer besser! Jetzt empfahl mir mein Tumor schon, dass ich mich mit den Bösen einlassen sollte, die irgendwelche geheimen Pläne mit einem Buch schmiedeten.

Sie sind nicht die Bösen. Thyra sagt, dass sie es sind. Nichts, was sie sagt, ist wahr. Sie hat die eigentliche Macht hier in Otherside. *Sie ist es, die die Bevölkerung vergessen lässt.*

Schon wieder Thyra. Ich seufzte. Diese Frau schien das Gesprächsthema überhaupt zu sein.

Lin, Tys echter Name ist Thyra!

Darauf sagte – dachte? – ich nichts mehr. Wer meine beste Freundin verleugnete, konnte nur zu den Bösen gehören. Ty war immer für mich da gewesen und war es noch. Selbst jetzt, wo sie einen so wichtigen Job hatte. Pah! Die Stimme konnte mir gestohlen bleiben.

Ich verdrängte die Kopfschmerzgedanken und machte mich auf den Weg in den Garten. Zumindest hatte ich das vor. Doch irgendetwas lenkte mich von dem mir bekannten Weg weg und ich landete in einem Schlossflügel, den ich noch nie zuvor betreten hatte. Hier war es nicht so schön beleuchtet, die Gänge waren düster und nur hin und wieder hing eine dieser fliegenden Flammen direkt von der Wand. Zwischen diesen kleinen Inseln aus Helligkeit wirkten die unbeleuchteten Stellen umso düsterer. Neugierde regte sich und gewann zuletzt die Oberhand. Ich sah mich mehrmals um und lauschte auf jedes Geräusch, als ich den langen Gang entlanglief. Ich war regelrecht aufgekratzt – ganz ohne Schmerzen. Mein Herz pochte und ich fühlte mich so wach wie lange nicht mehr.

Bei deinen Patrouillen hattest du dasselbe Gefühl, nicht wahr?

Ich erschrak beinahe zu Tode und realisierte erst Augenblicke später, dass die Stimme in mir und nicht irgendwo aus der Dunkelheit gekommen war. Patrouille. Mein Herz pochte erneut und aus einem unerfindlichen Grund fasste ich an mein Dekolleté. Doch ich hatte heute keinen Schmuck angelegt.

Kopfschüttelnd ging ich weiter, direkt auf die Tür zu, hinter der ein Feuer brennen musste. Strahlend rotgoldenes Licht drang durch einen schmalen Spalt zwischen Tür und Boden. Noch einmal schaute ich über meine Schulter. Mit einem letzten Schritt überwand ich die Distanz und drückte die Türklinke nach unten. Das Licht erhellte den gesamten Flur und löschte sämtliche Düsternis aus. Ich erschrak, war für einen Moment so geblendet, dass ich lediglich weiße Flecken sah. Schnell trat ich ein und schloss, noch immer blind, die Tür hinter mir.

Erst nachdem sich meine Augen an die Helligkeit gewöhnt hatten, konnte ich mich umsehen. Auch den Geruch bemerkte ich erst jetzt, da ich ihn mit den Bildern zusammenbringen konnte.

Der Raum war nicht sehr groß, dafür mehrere Stockwerke hoch. An den Wänden waren bis ganz nach oben hin Regale über Regale aufgebaut. Darin standen viele schmale Rechtecke in allen möglichen Farben. Ich trat zu dem Regal direkt neben der Tür und ließ meine Finger über die Rechtecke gleiten.

Manche von ihnen waren aus dickem Papier, andere aus einem zarten Stoff, die nächsten dem Geruch nach zu urteilen aus Leder. Der Geruch … Er war der Inbegriff von Träumen und Fantasie, von Hoffnungen und Wünschen, von Bestimmung und Kampf.

Der Duft von Büchern.

Bücher? Ich zuckte zurück, als hätte ich mich verbrannt. Sie waren verboten, wurden verbrannt, durften nicht besessen werden.

Thyra – Ty – belügt dich. Sie will die alleinige Kontrolle über die Bewohner von Otherside. Sieh genau hin.

Ich trat auf den kleinen runden Tisch in der Mitte des Raumes zu. Darauf lag ein einziges Buch. *Die Chroniken der Wächter* war vorne zu lesen. Ich ließ meine Finger sanft darüber gleiten. Es war wie ein Déjà-vu. Ich kannte es, da war ich mir sicher. Behutsam klappte ich das Vorderteil zur Seite und erschrak bei dem, was ich zu lesen bekam.

»*Die Chroniken der Wächter* – eine Aufzeichnung von Melinda East«, flüsterte ich. Was bei Aither …

Aither! Die Schutzgöttin der Luftelementare! Ich griff erneut an meine Brust. Meine Elementarkette war verschwunden. Da strömte die Erinnerung auf mich ein. Schmerzfrei. Der Damm war gebrochen. Ich konnte mich wieder an alles erinnern.

Wer bist du?, fragte ich in Gedanken.

Jemand, der dir hilft, antwortete die Stimme. *Ric und die anderen sind auf der Suche nach dir.*

Von draußen ertönten Geräusche.

Du musst schnell hier verschwinden. Jemand kommt. Ich kann nicht sehen, wer. An der hinteren Wand befindet sich ein geheimer Gang.

Ich huschte zu dem Regal.

Siehst du den blauen Einband? Zieh an dem Buch.

Ich folgte der Aufforderung und versuchte, das Buch aus dem Regal zu nehmen. Es hatte ein winziges Dreieck, dort, wo heutzutage das Verlagslogo prangte. Das Buch ließ sich nur leicht kippen – dann löste sich mit einem leisen Klick ein Teil des Regals von der Wand.

Geheimgänge!, seufzte ich. Die gehörten wohl einfach in ein Buch mit einem Schloss.

Die Gänge sind überall im Schloss. Thyra weiß nichts davon.

Hastig drängte ich mich durch den schmalen Zugang und zog die Tür hinter mir zu. Mein Herz schlug so schnell, dass ich ein Rauschen in den Ohren hatte. Ich versuchte, mich zu beruhigen, um zu hören, was im Bücherzimmer vor sich ging.

Du liest in Otherside*, oder?*, fragte ich.

Doch die Stimme antwortete nicht mehr. Ich machte mir die wildesten Gedanken darüber, was passiert sein könnte, wie es überhaupt funktionierte, dass sich jemand mit mir unterhalten konnte. Oder war es für Charaktere immer so? Fühlten sie sich stets dazu gedrängt, das zu tun, was der Lesende – oder der Schreibende – verlangte? Hatte Ty – Thyra – recht damit, wenn sie sagte, Bücher würden den freien Willen der Menschen einschränken? Nein, nicht der Menschen – der Buchfiguren.

Während jenseits des Regals immer noch Geräusche zu hören waren, versuchte ich das, was ich über die Außenwelt wusste, in Einklang zu bringen mit dem, was ich hier inzwischen erlebt hatte.

Max und Ophelia wussten aus irgendeinem Grund mehr, als ihnen guttat. Ophelia hörte auch die Stimme, war mir gesagt worden. Ich konnte es kaum erwarten, die beiden aufzusuchen.

Wenn dieser jemand im Bücherzimmer nur endlich verschwinden würde.

33. KAPITEL

Der Tag brach kurz nach Davids Eintreffen an. Es hatte keine Morgendämmerung gegeben, und wenn Ric es sich genau überlegte, nicht einmal einen Sonnenaufgang. Es war einfach plötzlich Tag geworden, wie es in Büchern oft der Fall war.

Die Sonne brannte sofort gnadenlos vom Himmel und nur dank Corals Elementarkraft hatten sie stets etwas zu trinken. Sie spürte die kleinste Menge Wasser in dem kargen Boden auf und zwang es nach oben. Sie war besser als ein Kamel.

Diese tolle Fähigkeit sorgte bei David allerdings dafür, dass er Coral noch ehrfürchtiger betrachtete. Fehlte nur noch, dass er sich vor ihr auf die Knie warf und sie als Göttin anbetete. Doch zumindest hatte der schmalzige Part etwas nachgelassen – worüber Ric mehr als zufrieden war. Aber selbst er spürte die Verbindung zwischen den beiden, was irgendwie gruselig war, wo sie sich kaum kannten. Zudem erinnerte ihn die stille Turtelei zu sehr an seinen Verlust. Hoffentlich würde er Lin bald wieder in die Arme schließen können.

Sie liefen durch die karge Landschaft, was Ric wie das Vorblättern in einem Buch vorkam, denn das Gebirge vor ihnen wurde rasend schnell größer. Es stand in keinem Verhältnis zu den wenigen Schritten, die sie taten. Vielleicht half auch hier Joshs Vater ein wenig nach?

Nebenbei erzählte David wieder von seiner Welt und den Gerüchten, die er gehört hatte. Coral hing an seinen Lippen. So hatte Ric die Wasserelementarierin bisher nie gesehen. Wenn Ric recht überlegte, hatte er Coral überhaupt noch nie mit einem Jungen außer Peter wirklich reden sehen. Das ging ihm alles etwas zu schnell, aber so war es in Büchern einfach manchmal. Nicht immer konnte man sich Zeit lassen mit dem Entwickeln von Gefühlen, wenn der Plot anderes verlangte. Ric beobachtete auch Josh ganz genau. Das viele Laufen schien ihm nicht zu bekommen. Er fasste sich oft an den Kopf und setzte dabei eine konzentrierte Miene auf. Doch auf Peters Nachfrage hin sagte er nur, dass alles gut sei.

Bald erreichten sie die ersten Ausläufer des Berges. Leuchtend grünes Gras bedeckte nun den Boden. Ein Blick nach links zeigte Ric die imposante Höhe des Dornengebirges, wie Nat es genannt hatte. Wolkenkratzerhohe spitze Felsen, die aussahen, als würden sie alles, was sich ihnen von oben her näherte, sofort aufspießen. Hinter dem ersten Hügel, den sie erklommen, erschienen schon Häuser.

»Woher wissen wir, ob die Bewohner alles vergessen haben?«, fragte Peter. »Wir können ja schlecht nachfragen.«

»Ihr könnt kämpfen, oder?«, warf David ein. »Wir könnten ihnen die Symbole zeigen und ihre Reaktion abwarten.«

»Und mein Vater könnte eingreifen, wenn sie sich nicht erinnern«, fügte Josh hinzu.

David sah ihn aus seinen großen dunklen Augen an. »Bist du einer dieser Halbgötter? Ich habe von ihnen gehört. Ihr ganzes Leben dreht sich um Prophezeiungen, nicht wahr? Ihre Geschichte ist sehr abenteuerlich.«

Wie hatten sie das vergessen können? David wusste nicht, woher sie kamen und wer sie wirklich waren. Josh schüttelte den Kopf und setzte schon zu einer Antwort an, doch Ric fuhr dazwischen: »Nur er. Wir anderen haben uns dem Widerstand angeschlossen«, erklärte er David. Dieser war mit der Erklärung zufrieden.

»Es scheint, als hätten wir einen Plan«, sagte Josh grinsend. »Natürlich bestimme ich, wo es langgeht.«

Na klasse. Die Vorstellung, dass er das Sagen hatte, nahm Josh anscheinend die Kopfschmerzen – zumindest sah er nicht mehr so leidend aus. Schade eigentlich.

Wenig später klopften sie an die Tür eines Bauernhauses. Mehrere Scheunen lagen dahinter und Felder, auf denen seltsame Tiere grasten, schlossen direkt an das Gebäude an.

Ein faltiger alter Mann öffnete die Tür. »Was wollt ihr?«, knurrte er misstrauisch und seine Augen wurden zu Schlitzen.

Und das war keine Metapher. Seine Pupillen dehnten sich nach oben und unten und sahen plötzlich aus wie die eines Reptils. Was für ein Wesen war der Typ denn? Josh trat nach vorne und hob ihm seinen Elementaranhänger vor die Reptilienaugen. Mit einem Zischen wich der Alte zurück.

»Verräter!«, stieß er noch aus, ehe die Luft um ihn herum anfing, zu flirren, und er auf die Knie sank, um sich zu … häuten?

Nach dem Bruchteil einer Sekunde erhob sich eine haushohe Schlange aus der Kleidung des Mannes. Zumindest hoffte Ric, dass es nur die Kleidung war. Er sah jedoch nicht genauer hin, denn in diesem Moment schoss der Kopf der Schlange mit zuckender Zunge nach vorne. Josh sprang gerade noch rechtzeitig zur Seite.

»Es wäre Zeit, einzugreifen, Papa!«, rief er, während er dem nächsten Angriff auswich. Doch nichts geschah. Die Schlange veränderte sich nicht, wurde nicht zahm oder ruhig. Im Gegenteil: Sie wurde von Joshs Schrei nach Hilfe nur aufgestachelt.

»Verräter!«, zischte die Schlange noch einmal.

Erneut wichen sie zurück.

»Das ist eine Falle!«, schrie Ric und die Erkenntnis ließ reinste Wut durch seine Adern strömen. Sie waren es, die verraten worden waren. Deshalb war alles so schnell gegangen, deshalb waren sie in diese Welt gestoßen worden, ohne dass sie Antworten auf ihre Fragen bekommen hatten. Die Wut in seinem Inneren wurde zu Feuer und im nächsten Augenblick brach der Drache aus ihm hervor. Umgehend schleuderte er einen Feuerball auf die Schlange, die nun endlich in ihrem Vorrücken innehielt.

Ihre eiskalten Augen waren auf Ric gerichtet, der bereits die nächste Kugel aus seinem Element in den Drachenklauen materialisierte.

Endlich reagierten auch Rics Kollegen. Erde, Wasser und noch mehr Feuer – die Energie der Elemente hüllte sie ein und berauschte sie. Coral stützte sich auf Natalia und David, Letzterer hatte seine Hand um ihre Hüfte gelegt, damit sie sich trotz ihrer Verwandlung aufrecht halten konnte. Ihr Fischschwanz zuckte unter dem langen Rock hervor. So konnten sie sich gegenseitig wenigstens stärken, auch wenn es ihnen – ohne Luftelementar – nicht möglich war, einen Elementarkreis zu bilden. Ihre geballte Macht drängte die Schlange dennoch zurück. Sie fauchte und zischte, wagte immer dann einen kurzen Vorstoß, wenn Ric oder Josh näher traten. Doch gegen das Feuer hatte sie keine Chance.

Als Coral anfing, zu singen, wurden die Reptilienaugen mit einem Schlag matt. Das Tier schien noch schneller beeinflussbar zu sein als ein Mensch. Corals Gesang befahl ihm, sich zurückzuverwandeln, und es konnte sich nicht widersetzen. Die Schlange wurde kleiner und kleiner, bis der alte Mann aus der Schlangenhaut hervorbrach. Es war widerlich. Und nach all dem Blut zu urteilen, war *Otherside* kein Jugendbuch. Ric und sein Team behielten ihre Elementargestalten bei, für den Fall, dass die Schlange zurückkehrte. Doch der schrumpelige, nackte Alte wirkte kaum bedrohlicher als eine Gummiente.

»Und jetzt beantwortest du uns ein paar Fragen«, knurrte Ric und drängte den Alten mit einem Schubs in sein Haus.

David hob Coral auf seine Arme und gemeinsam folgten sie. Innen wirkte es erschreckend gemütlich, ja beinahe einladend – wenn man auf rustikale Bauernhäuser stand.

Ric drückte den Alten auf einen der Stühle an einem großen hölzernen Tisch, drehte ihn zur Seite und stellte sich neben ihn, sodass er dem Mann direkt gegenüber stand.

»Wie heißt du?«, fing er mit einer einfachen Frage an.

»Domenico«, zischte der Alte.

»Domenico.« Ric wollte es zuerst auf die freundliche Art versuchen, ganz wie Lin es gewollt hätte. »Wieso hast du uns angegriffen?«

Der Alte musterte Ric mit schräg gelegtem Kopf, wollte ihn einschätzen. »Es ist ein Kopfgeld auf euch ausgesetzt.«

»Was?«, stieß Natalia hervor. »Wie kann das sein? Wir sind eben erst angekommen!«

»Jeder in der Stadt und im Umland kennt euch«, lachte er. Ric folgte seinem Blick und erstarrte. An der Wand hingen tatsächlich Fahndungsfotos wie in einem alten Western. Mit Kohlezeichnungen von Ric, Natalia, Josh, Coral, Peter und auch David.

»Sie haben ein Kopfgeld auf uns ausgesetzt?«, kiekste Natalia.

»Wer?«, knurrte Josh.

»Des Königs rechte Hand. Die Botschafterin der Freiheit.« Domenico grinste selig. Oder bescheuert, je nachdem, wie man es sah.

»Thyra«, sagten Ric und Natalia wie aus einem Mund.

Der Alte nickte.

Ric schlug so fest mit der Klauenfaust auf den Tisch, dass das Holz ein Knacken von sich gab.

Domenico zuckte zusammen. »Sie weiß längst, dass ihr hier seid«, murmelte er. »Sie hat eine Phoenicrus. Genauer gesagt, eine Sentio.« Er lachte.

»Eine Seherin?«, fragte Peter.

Der Streber. Für harmlose Wesen hatte sich Ric nie sonderlich interessiert. Er legte sein Augenmerk beim Lesen auf diejenigen, die wirklich Schaden anrichten konnten, wenn sie aus ihren Büchern herausgelesen wurden. Er notierte sich im Kopf, wie man sie bekämpfen konnte, jede einzelne ihrer Schwachstellen.

Domenico lachte schadenfroh. »Sie wird bald mit den Söldnern hier eintreffen, Außenweltlinge.«

»Du weißt, dass es eine Außenwelt gibt?«, fragte Ric erstaunt.

»Natürlich. Nur die Narren, die dumm genug sind, sich ihr zu widersetzen, werden von Thyra korrigiert.«

Aus den Augeneinkeln sah Ric, wie David die Hände zu Fäusten ballte.

»Thyra hat diejenigen ausgemacht, die für Ärger gesorgt hätten. Sie musste die Grenzen wieder öffnen und hat dafür die richtigen Opfer erwählt.« Der Alte nickte anerkennend. »Ihre Mutter hatte nie den Mut, sich gegen die Außenwelt zu stellen. Sie wollte uns alle hier beschützen, wie sie immer betonte. Glücklicherweise hat Thyra eine andere Intention und Elizabeths Zentrum der Macht wird ihr dabei helfen.« Plötzlich verstummte Domenico. Vielleicht hatte er bemerkt, dass er wie aus dem Nähkästchen plauderte. Er presste die Lippen fest zusammen.

»Erzähl weiter!«, sang Coral.

Domenico wehrte sich, schüttelte den Kopf und versuchte, sich gegen den Gesang zu stemmen.

»Bitte, erzähl es uns.« Corals Stimme umwogte den Alten.

Seine Augen wurden trüber, starrten in die Ferne. Dann war sein Wille gebrochen: »Nur wenige kennen Elizabeths Geheimnis: dass sie vor langer Zeit aus eurer Welt in unsere gelangt ist. Sie kam, um die Buchwelt zu retten. Sie hat sich selbst in die Geschichte geschrieben. Sie nannte sich immer eine *Schöpferin*.«

Nun war es an Josh zu erstarren. Mit zusammengekniffenen Augen sah Ric zu ihm hinüber. Er hatte es immer gewusst, dass diesem Typen nicht zu trauen war. Und auch seinem Vater nicht, der sie letztendlich hier reingeworfen und im Stich gelassen hatte. Er arbeitete für die falsche Seite. Ric knurrte.

»Ich wusste nichts davon. Ehrlich. Ich bin genauso in die Sache hineingerutscht wie du.« Josh hob abwehrend die Hände. »Meinst du, ich wäre mitgekommen, wenn ich gewusst hätte, dass es eine Falle ist? Für wie blöd hältst du mich?«

Diese Frage beantwortete Ric besser nicht.

»Mein Vater hat mir nur gesagt, dass er etwas wiedergutzumachen hat. Und dass ich der Einzige bin, der ihm helfen kann.« Er verzog das Gesicht. Dann spiegelte sich Erkennen darin. »Er hat mich geopfert.«

»Aber warum?«, fragte Natalia. »Warum wurden wir hierher geschickt?«

Domenico grinste wissend und fuhr sich mit der immer noch gespaltenen Zunge über die Lippen. Natalia erschauderte und Ric konnte es ihr nicht übelnehmen.

»Es ist nicht das erste Mal, dass man Aufrührer einfach aus dem System entfernt. Und wo ginge das besser als hier? Wer weiß denn schon, dass es einst die Fähigkeit gab, Bücher zu verändern?« Domenico lachte ein kehliges Lachen. Dann ruckte sein Kopf zur Seite. »Und die Schlinge hat sich soeben zugezogen.«

Nun hörte Ric es auch: das Aufstampfen von Hufen. Vielen Hufen. Die von Domenico erwähnten Söldner waren hier. Die Glut in seinem Dracheninneren wurde wieder entflammt. Sollten sie kommen. Ric würde kämpfen bis zum bitteren Ende.

34. KAPITEL

Gefühlte Tage saß ich in der Dunkelheit jenseits des Bücherregals, bis das Scharren der Person im geheimen Bücherzimmer endlich verklungen war.

Mehrmals hatte ich mit der Stimme Kontakt aufgenommen, aber sie antwortete nicht mehr. Ich fühlte mich plötzlich schrecklich allein gelassen. Wenn ich doch nur wüsste, wo Ric war. Die Stimme hatte behauptet, er sei hier, in *Otherside*. Auch wenn ich mich zu der Zeit nicht an ihn hatte erinnern können, war klar, dass mein Drache mein Verschwinden nicht einfach so hinnehmen würde. Ich lächelte in mich hinein und gönnte meinem Herzen einen kleinen Moment, dieses Wissen zu genießen und kräftig zu applaudieren.

Dann wagte ich es, die geheime Tür zu öffnen. Vorsichtig spähte ich in den Raum – auch wenn ich mir sicher war, dass er mich sowieso schon angesprochen hätte, sollte sich tatsächlich noch jemand hier befinden. Mit erhöhtem Puls trat ich hinter dem Regal hervor.

Als ich die geheime Türe wieder schloss, erregte ein dünnes Büchlein zwei Regalfächer darüber meine Aufmerksamkeit. Es passte genauso wenig in die nicht ersichtlichen Regeln der Ordnung in dieser Bibliothek, wo Fantasy neben Thrillern und Klassikern stand, High Fantasy zwischen zeitgenössischer Literatur und historischen Romanen. Dennoch stach es aus allen Werken hervor, vielleicht weil es so unscheinbar schien. Der Rücken des braunen Einbandes war weder verziert noch mit irgendwelchen Mustern geprägt, wie es sonst üblich war. Es wirkte auf den ersten Blick wie ein primitives Notizbuch, was meine Neugierde sofort weckte.

Ich zog es aus dem Regal und schlug es auf. Es war alt, handgeschrieben und entweder mit einer schrecklichen Handschrift oder in einer mir fremden Sprache verfasst. Vielleicht wirklich eine Art Tagebuch? Es war dünn, hatte ungefähr einhundert Seiten und einen flexiblen braunen Ledereinband. Ich suchte vorne und hinten nach einem Hinweis über die Autorin oder den Autor oder zumindest einen leserlichen Titel, wurde jedoch nicht fündig.

Um nicht noch länger hier herumzustehen, nahm ich es an mich und versuchte, es unter diesen seltsamen Unterrock zu quetschen, den Marie mir aufgezwungen hatte. Dann ließ ich meinen Blick nach oben über die Sammlung von Büchern gleiten. Die obersten Regale konnte ich nur sehen, wenn ich meinen Kopf in den Nacken legte. Diese Bibliothek war wirklich beeindruckend, obwohl ich nicht wusste, welchem Zweck sie diente, wo Bücher hier doch so sehr verschrien waren. Ich sah wieder nach unten.

Die Chroniken der Wächter lag nach wie vor auf dem Stehpult in der Mitte. Nur war es jetzt irgendwo im letzten Drittel der Geschichte aufgeschlagen. Ich warf einen kurzen Blick auf die Seiten. In der Szene hatte ich mir endlich eingestanden, wie blind und blöd ich gewesen war, und erkannt, dass meine vermeintlich beste Freundin Ty in Wahrheit Thyra war. Ich schüttelte den Kopf.

Ich fragte mich, was ich tun sollte, und wartete auf eine Regung der inneren Stimme. Doch nichts geschah. Vollkommene Stille war die Antwort. Dann musste ich mir eben selbst einen Plan zurechtlegen. Ganz oben auf der Prioritätenliste standen Ophelia und dieser Max.

Ich huschte in den Flur, nachdem ich mich, so gut es ging, versichert – und auch ziemlich viel gehofft und gebetet – hatte, dass er leer war. Dann rannte ich bis zu dem mir bekannten Teil des Schlosses. Hier konnte ich wieder ganz normal herumlaufen, ohne dass ich auffiel. Ich durfte mich nur nicht verquatschen. Außerdem hoffte ich, dass ich auf der Terrasse denjenigen fand, der diese ganze Sache ins Rollen gebracht hatte: meinen Vater.

Er hatte sich die meiste Zeit hier draußen aufgehalten und so hatte ich auch jetzt Glück. Er saß am Tisch und schaute in irgendwelche Aufzeichnungen. Ein ganzes Stück hinter ihm stand jemand vom Servicepersonal reglos im Schatten.

»Hallo, Lin«, sagte mein Vater neutral.

»Hi, Papa«, antwortete ich leise, damit es der Typ im Schatten nicht hörte. Mein Vater zuckte kaum merklich zusammen, riss jedoch seine Augen fragend auf.

Ich presste die Lippen zusammen, nickte und er verstand. »Können wir irgendwo reden?«, flüsterte ich.

Er schien, zu überlegen. »Wenn du Fragen zu den Pflanzen hast, helfe ich dir natürlich gern weiter«, sagte er betont laut.

Ich strahlte übertrieben breit, um die Tarnung aufrechtzuerhalten. Darauf kam mein Vater zu mir und bot mir seinen Arm, ich hakte mich ganz der Etikette entsprechend unter. Wir gingen an den Blumenbeeten vorbei in das Wäldchen und kamen wenig später auf der Lichtung an, auf der ich mit Max gelandet war.

»Du kannst dich wieder erinnern?«, fragte er mich und seine Augen strahlten dabei. Er drückte mich an sich und umarmte mich, so dass ich mich sofort wieder wie eine Fünfjährige fühlte. »Es tut mir alles so leid, Lin. Wie geht es deiner Mutter?«

Plötzlich bekam ich ein schlechtes Gewissen, als ich an unsere letzte Begegnung dachte. »Du bist verschwunden, ohne ihr eine Nachricht zu hinterlassen.«

Mein Vater verzog das Gesicht. »Es lief nicht gut zwischen uns.«

Das hatte ich ja bereits selbst festgestellt und nickte daher nur.

»An diesem Tag war es mit einem Mal irgendwie anders. Wir waren uns wieder nähergekommen, sie sah mich auf einmal an wie früher – nicht ein Anzeichen von Vorwürfen in ihrem Blick. Ich wollte mir keine Hoffnungen machen und bin wie jeden Tag ins Archiv gefahren. Während ich die neue Lieferung katalogisiert habe, kam es mir so vor, als würde sich die Geschichte verändern. Ich konnte es nicht fassen, beobachtete das Ganze und behielt Recht: Die Geschichte veränderte sich mit dem Verschwinden einer Figur. Während des Beobachtens muss ich eingeschlafen sein. Ich erwachte am nächsten Nachmittag und wollte nach Hause, als es plötzlich gleißend hell wurde – und ich hier gelandet bin.«

Das kannte ich leider auch nur zu gut und nickte wieder zustimmend.

»Was genau tust du eigentlich für Zac und Thyra?«

»Was ich für sie mache?« Mein Vater lachte. Es war ein wundervolles Geräusch. So echt, so warm. »Ich studiere Unterlagen, auch Bücher, wenn Thyra mir mal welche überlässt.«

Ich verdrehte die Augen. Nur weil die Elementarkräfte bei meinem Vater nicht dominant gewesen waren, hieß das ja nicht, dass er nichts mit Büchern zu tun haben konnte. Er war ein Antiquar und handelte mit alten Büchern.

»Ja, schon gut. Eigentlich mache ich das nur zum Zeitvertreib. Ich war der Erste, den sie aus den *Chroniken der Wächter* herauslesen konnten. Weder Thyra noch Zacharias lesen mit Herzblut. Es funktioniert bei ihnen nur sehr selten. Sie wollten immer nur dich – stattdessen bin ich in dieser Welt angekommen.« Er hob die Arme und zuckte mit den Schultern. »Sie haben mich gut behandelt, das muss man ihnen zugestehen. Insbesondere Zac hat sehr viel Wert darauf gelegt, dass es mir gut geht. So als zukünftiger Schwiegervater.«

Er rümpfte die Nase und sah mich dabei mit diesem Blick an, den Mütter ihren Töchtern zuwarfen, wenn sie sagen wollten: »Ich will mit vierzig noch keine Großmutter *sein.«*

Ich lachte. »Weißt du, wie wir hier rauskommen?«, fragte ich direkt. Das war alles, was ich wollte. Ric und mein Team suchen und raus hier.

Mein Vater schüttelte den Kopf. »Wir versuchen es schon so lange. Wir haben Bilder von unserer Welt, von der *Bibliotheca*, einfach allem … Und doch schafft es Max nicht, dieses Bild so fest vor dem inneren Auge zu sehen, dass er die Grenze zwischen den Welten ohne Thyra überqueren könnte. Er musste ihr *Die Chroniken der Wächter* besorgen und gegen eine leere Kopie austauschen, hat er mir erzählt, und seitdem hat er schwere Gewissensbisse.«

Mir fiel plötzlich ein, was Max konnte – und ich sah die Gemälde wieder vor mir: das Bild der dunklen Gasse. Die Gasse, in der sich

Josh einfach in Nichts aufgelöst hatte. Max war das gewesen. Und noch eine andere Frage drängte sich auf: »Was ist mit dieser Stimme? Ophelia hört sie auch.«

Mein Vater kniff misstrauisch die Augen zusammen.

»Welche Stimme?«

»Ich habe ständig eine Stimme gehört. Eigentlich seit dem Moment, in dem ich hier in *Otherside* angekommen bin. Sie hat sich immer für Ric ausgesprochen, obwohl ich ihn gehasst habe …«

»Zac hat nur die ersten Seiten des Buches gelesen. Er wollte, dass du ihn anhimmelst, wie du es zu diesem Zeitpunkt getan hattest.«

Okay. Das erklärte einiges. Ich nickte und suchte meinen Faden. »Aber diese Stimme war irgendwann plötzlich verschwunden. Komplett. Als ich … diesen Blackout hatte.« Ich verzog das Gesicht. »Und heute war sie wieder da, klang männlich. Sie hat fürchterliche Kopfschmerzen verursacht und mich in dieses Bücherzimmer geführt. Dort habe ich die *Chroniken* liegen sehen und mich an alles erinnert.«

»Was hat die Stimme gesagt?«, wollte mein Vater wissen.

»Dass Ophelia sie auch hört und dass Ric und die anderen auf dem Weg sind.«

»Und woher wusste diese Stimme das?«

Ich zuckte mit den Schultern. »Sie hat mich gewarnt, als jemand kam. Und dann habe ich sie nicht mehr gehört. Deshalb wollte ich auch Ophelia und Max suchen.« Jetzt sah mich mein Vater an, als würde er an meinem Verstand zweifeln. Hmm, mir wäre es nicht anders ergangen. Stimmen im Kopf und so.

»Dann suchen wir sie«, sagte er schließlich. »Ophelia hat mir nie etwas von einer Stimme erzählt. Es ist ganz sicher nur dein Unterbewusstsein, das sich gegen die Manipulation wehrt.«

Anfangs vielleicht, überlegte ich, aber heute sicher nicht. Woher hätte mein Unterbewusstsein all dieses Wissen haben sollen? Ich wollte jedoch nicht weiter diskutieren. Wir gingen schweigend nebeneinander her.

»Ist sie immer so zickig?«, fragte ich beim Gedanken an Ophelia. Vielleicht war das nur für verwirrte Außenweltlinge reserviert, die sich nicht mehr erinnern konnten.

Mein Vater schnaubte. Wirklich. »Ich fürchte, die ist immer so. Sie hat mir auch nicht gesagt, warum sie tut, was Thyra sagt.«

Ich sah ihn fragend an.

»Max und die anderen … Sie machen das nicht, weil sie Thyra helfen wollen. Sie werden erpresst. Thyra hat damit gedroht, dass sie ihre Geschichten verändert. Hast du in letzter Zeit Seelenlose getroffen, also in unserer Welt?«

Ich nickte. »Edward.«

»Thyra hat eine ganze Truppe hier versammelt. Hauptcharaktere, die mit einer Botschaft versehen wurden«, erklärte mein Vater.

Ich verzog den Mund, als ich mich an Edwards kryptische Worte erinnerte.

»Es ist ihr Plan B.«

Ich sah ihn fragend an.

»Allein, seit ich hier bin, sind schon Monate ins Land gezogen. Tagtäglich haben Zac und Thyra versucht, auch dich in diese Welt zu lesen – ohne Erfolg. Dann hat sie die Charaktere ausgeschickt. Und ich vermute, ihre Botschaften hatten den gewünschten Effekt. Zumindest, wenn es stimmt, was du erzählt hast und Ric wirklich hier ist. Thyra plant etwas.«

»Und das wäre?«

»Wenn ich das wüsste! Sie will noch mehr Macht, wie jeder in ihrer Position. Aber die Frage ist, wie sie diese erreichen will.« Er kratzte sich am Kinn. »Ich fürchte, du bist von ihr nicht hierhergeholt worden, weil Zac dich an seiner Seite haben will. Solange sie nicht am Ziel ist, wird sie weiter Charaktere mit Botschaften versehen.«

»Warum helfen die ihr? Sind sie auf ihrer Seite?«

Mein Vater schüttelte den Kopf. »Jeder von ihnen hat etwas oder vor allem jemanden, für den er alles tun würde. Ich glaube, ich habe diesen Edward gesehen. Er kämpft für seine Bella. Die Charaktere sind so geschrieben. Mit einem Grundbedürfnis, eine Person – oder mehrere – zu beschützen. Diesen Hauptbeweggrund für ihre Handlungen hat Thyra ausgenutzt. Ebenso bei Zacharias. Er wurde von Elizabeth geschrieben, um dich zu finden und sein Happyend zu bekommen. Er hat all das getan, um sein Ziel zu erreichen. Jetzt, wo er dich an seiner Seite hat, ist seine Entwicklung zu Ende.«

»Deshalb ist er so?« Ich lachte freudlos. Der Zac, den ich hier kennengelernt hatte, war nicht gerade der, den ich aus dem Buch kannte. Er war ja in unserer Welt schon seltsam gewesen – ein wenig schnulzig für meinen Geschmack –, aber hier war er einfach nur langweilig. Schließlich wollte doch jede Frau, dass man sich um sie bemühte, oder?

»Ich wollte es dir nur sagen, damit du es verstehst. Genauso geht es Max und Ophelia. Sie haben ebenfalls große Angst und Sorge – also genau das, was ihre Autorinnen ihnen als Wesenszug mitgegeben haben. Und das können sie nicht abschütteln. Keiner von ihnen kann das. Sie können sich nicht entwickeln oder verändern, wenn es ihnen nicht von vorneherein mitgegeben wurde.«

Das war plausibel. Die Seelenlosen, die wir in all der Zeit aufgelesen hatten, waren ja auch genau so, wie sie geschaffen worden und zu dem Zeitpunkt gewesen waren, als sie jemand herausgelesen hat.

»Dann lass uns jetzt mit Ophelia sprechen«, schlug mein Vater vor. »Vielleicht kann sie es uns erklären.«

Wir gingen zurück in Richtung der Bäume, als ein Licht hinter uns aufblitzte. Erschrocken sah ich mich um. Max und Ophelia, beide kreidebleich, waren aus dem Nichts aufgetaucht.

»Nathan!«, rief Max sofort, als er uns entdeckte. Mit zusammengekniffenen Augen fügte er hinzu. »Lin.«

»Sie kann sich wieder an alles erinnern. Wir wollten euch gerade suchen. Was ist passiert?«

»Thyra hat mitbekommen, dass Ophelia eine Vision hatte. Einer ihrer Schergen hat uns verpetzt.«

»Und dann?« Ich wusste nicht, warum das so schlimm sein sollte.

»Kannst du dir das nicht denken?«, zischte Ophelia mich an. »Weil sie mich so lange mit ihren Worten bearbeiten wird, bis ich ihr sage, was ich gesehen habe.«

Ich wusste immer noch nicht, worauf sie hinauswollte.

»Ophelia versucht, ihre Visionen darauf zu konzentrieren, eine Lösung für unser Problem zu finden«, erklärte mein Vater. »Was hast du denn gesehen?«

Ophelia starrte misstrauisch zu mir und rümpfte ihre schmale, gepuderte Nase.

»Sie ist auf unserer Seite. Sie will hier raus«, sagte mein Vater.

Da zuckte sie mit den Schultern. »Auf deine Verantwortung, Nathan. Die Außenweltlinge meiner letzten Vision sind in Otherside angekommen. Es ist so weit. Fünf Personen, zwei ganz annehmbare Typen sind dabei.« Ophelia grinste kurz, dann wurde sie wieder ernst. »Einer davon war auf dem Foto, das Thyra mir gezeigt hat. Sie haben schon die Grenzen des Brachlands passiert.«

»Riccardo?«, fragte mein Vater und Ophelia nickte. Bei seinem Namen schlug mein Herz schneller, auch wenn ich bereits gewusst hatte, dass er hier war.

»Wenn Thyra weiß, dass er hier ist, wird sie ihn jagen«, sagte Max.

Ich erinnerte mich an Thyras Erzählung über die Widerständler und was mit ihnen passieren würde: Sie sollten hingerichtet werden.

»Sie hat hier in dieser Welt so unglaubliche Macht«, fuhr mein Vater fort. »Allein, wenn sie spricht, beeinflusst sie die Charaktere. Sie kann sie verändern, wirklich verändern. Sie hat so viele da draußen vergessen lassen, dass sie einst von einem Autor erschaffen wurden. Einfach, indem sie ihnen erzählt hat, dass dem nicht so ist. Es ist lange her, dass ich von so einer Fähigkeit gehört habe. Deine Großmutter hat mir davon berichtet und selbst sie hat geglaubt, dass es nur Mythen waren.« Er sah mich eindringlich an.

Meine Großmutter war auch eine Wächterin gewesen, eine starke Elementarierin. »Was hat sie genau erzählt?« Ich war neugierig. Mein Vater hatte nie wirklich viel über den Teil der Familie erzählt, der die Gabe ebenso besessen hatte.

»Einst gab es Schöpfer, heißt es. Menschen, die zusätzlich zu ihrer elementaren Gabe die Fähigkeit hatten, Geschichten zu verändern. Entweder durch gesprochene Worte, die sogenannten *Flüsterer*, oder durch das Verändern geschriebener Worte, die *Schreiber*. Sie waren es, die dafür gesorgt haben, dass in der Buchwelt alles in geordneten Bahnen ablief.«

»Und wo sind die jetzt?«, fragte Max misstrauisch.

»Ich hatte geglaubt, es sei ein Mythos.« Mein Vater gestikulierte wild mit den Händen. »Es hieß, dass sie verschwunden sind, als Charaktere erstmals in unsere Welt kamen. Die Bibliothekare sorgten seitdem für Ordnung, zumindest was die Seelenlosen betraf.« Max und Ophelia zuckten zeitgleich zusammen. Mein Vater erkannte seinen Fehler und entschuldigte sich sofort. »Tut mir leid. Ich weiß, dass ihr hier mit Leib und Seele für eure Intentionen kämpft. Aber bei uns seid ihr nur ein blasses Abbild davon, daher der Name.«

»Das wissen wir«, schnaubte Ophelia. »Trotzdem ist es nicht schön, als seelenlos bezeichnet zu werden.«

»Du hörst diese Stimme auch, oder?«, unterbrach ich die beiden.

»Welche Stimme?« Sie sah mich ebenfalls mit diesem ›Kein normaler Mensch hört Stimmen‹-Blick an.

»Die Stimme hat mir gesagt, du würdest sie ebenso hören«, beharrte ich.

»Du hörst Stimmen?« Nun auch noch Max.

Na, toll. Wir waren in der Buchwelt, einer Welt, in der alles möglich war, und doch wurde ich schief angesehen, weil ich eine Stimme hörte? »Sie hat mir gesagt, dass Ric und die anderen kommen würden.« Ich klang verzweifelter, als ich beabsichtigt hatte.

»Ich höre jedenfalls keine Stimmen«, sagte Ophelia von oben herab. »Ich bin eine Sentio und habe Visionen.« Ihr Kinn war so weit nach oben gereckt, dass sie schon den Himmel zwischen den hohen Bäumen sehen musste.

Wie sollte man mit so einem Menschen klarkommen? Ich kochte innerlich. Vielleicht war sie ja zu arrogant, um die Stimme als Stimme wahrzunehmen, und nannte es *Visionen*?

»Also das ist jetzt sowieso egal. Woher auch immer diese Stimme kam …« Mein Vater bekam plötzlich große Augen und öffnete erstaunt den Mund.

»Was?«, fragten Max, Ophelia und ich gleichzeitig.

»Wenn es irgendwo in unserer Welt noch jemanden mit dieser Gabe gibt, einen *Schreiber*, vielleicht liest er gerade in *Otherside* und kann die Geschichte verändern.« Er bekam leuchtende Augen.

»Und wieso hat er das bisher nicht getan?«, warf Ophelia ein. »Wieso hat er nicht verhindert, dass all das passiert ist?« Nach einer kurzen Pause rief sie ganz laut: »Hallo! Es wird Zeit, uns zu retten!«

Max warf ihr einen finsteren Blick zu.

»Ich habe die Stimme eine Weile nicht mehr gehört«, wandte ich ein. Sie hätte sich sicher schon eingemischt und bestätigen oder korrigieren können, was mein Vater sich da zusammenreimte.

»Dann sollten wir jetzt erst mal dafür sorgen, dass Thyra dich nicht findet«, schloss mein Vater die sinnlose Debatte.

»Zu spät«, flüsterte Max und sah über meinen Kopf hinweg. Unwillkürlich wandte ich mich um.

Fünf Söldner traten durch die letzten Bäume, die an die kleine Wiese grenzten. Ich sah direkt in Zodans Gesicht. Das hämische Grinsen auf seinen Lippen ließ ihn so dämonisch aussehen, wie er geschrieben worden war.

»Wen haben wir denn da?«, fragte er mit sanfter Stimme, die mir eine Gänsehaut bescherte. »Ist die zukünftige Königin«, er spuckte das Wort förmlich aus, »etwa zur falschen Seite gewechselt?« Spitze Zähne blitzten im Sonnenlicht auf. »Das wird Thyra nicht gefallen. Sie sollte schnell dafür sorgen, dass du wieder vergisst.« Er hob seine Hand und befahl zwei seiner Soldaten, vorzutreten. Mit dem Kopf deutete er in meine Richtung.

Mein Vater schob mich mit einer Hand hinter sich. Dann öffnete er diese Hand und ich bemerkte, was sich darin befand: eine Elementarkette mit einem umgekehrten Dreieck, dem Symbol für Luft. Unbemerkt nahm ich sie an mich und ballte meine Hand zur Faust.

In genau diesem Moment ergriffen die beiden Söldner meine Oberarme und zerrten mich mit sich. Ich schrie, versuchte, mich zu wehren, schlug und trat um mich. Doch mein Element schien die Gefahr nicht zu spüren, in der ich mich befand. Der Kontakt zum Elementaranhänger sollte mir eigentlich größere Kräfte verschaffen, aber nicht einmal das kleinste Lüftchen regte sich.

Mein Vater versuchte, einen der Söldner von mir wegzuzerren, Max unterstützte ihn dabei. Doch der eine hob die Hand und schleuderte die beiden ohne Anstrengung zwei Meter fort. Ich keuchte auf, als ich meinen Vater sah, der Mühe hatte, sich aufzurichten. Ophelia stand währenddessen reglos da, die Augen geschlossen. Wieso tat sie nichts?

»Hilf ihnen!«, schrie ich ihr zu, ehe ich weitergezerrt wurde.

Endlich erwachte sie aus ihrer Lethargie und griff sich benommen den Kopf. »Sie wird sie finden«, flüsterte sie gerade so laut, dass ich sie noch hören konnte.

»Und ob ich das werde«, sagte plötzlich eine Stimme wie aus dem Nichts. Nur es war nicht *die* Stimme. Im nächsten Moment stand Thyra vor mir. Der freundliche Ausdruck war aus ihren Zügen gewichen, jetzt sah sie wieder aus wie an Samhain, auf dem Marktplatz unserer Stadt – in der Realität. Die Söldner salutierten. Alle, bis auf Zodan. Der hatte das vermutlich nicht nötig.

Plötzlich rauschten Elementarkräfte über die Wiese. Ich spürte sie. Feuer, Wasser, Erde, Luft. Sie strömten aus ihren Himmelsrichtungen herbei und schossen auf Thyra zu, bis sie in feinen Nebel gehüllt war. Ihr Kleid wehte in dem stetigen Strom der Luft, Strähnen wurden aus dem festen Zopf gezerrt. Dann hob sie die Arme und begann, zu sprechen. Es klang fremdartig, war mehr Gesang als Sprache und gleichzeitig erinnerte es mich daran, wie Thyra als Ty immer laut vorgelesen hatte. Sie hatte eine ganz besondere Lesestimme gehabt und so kam es mir vor: als lese sie aus einem Buch.

»Ophelia hatte eine Vision«, sagte sie. Es war jedoch weder eine Frage noch eine Aufforderung. »Sie kroch aus der Benommenheit, die eine solche stets bei ihr verursachte, und schüttelte den Kopf.«

Ophelia schüttelte den Kopf.

Thyra fuhr fort: »Dann trat sie auf Thyra zu und lächelte sie an. ›Ich hatte eine neue Vision‹, sagte sie.«

Ophelia stand nun direkt vor Thyra und sprach die Worte nach. Oder sogar zeitgleich? Ich war fassungslos. Thyra war wie eine Souffleuse, die einem Schauspieler diktierte, was er zu tun hatte.

»Thyra sah Ophelia aufmerksam an und forderte sie mit Blicken auf, zu sprechen. Ophelia kam dem nur allzu gerne nach: ›Die gesuchten Personen sind bereits in Otherside angekommen und schnell vorangekommen.‹« Thyra sprach die Worte zeitgleich mit Ophelia aus.

Was geschah hier? Ich schrie Ophelia an. Das hieß, ich versuchte es. Doch meine Stimme war wie ausgeschaltet. Ich brachte keinen Ton heraus.

»Die Söldner führten Lin ab, die versuchte, Thyras Allmacht zu entkommen. Sie hätte es besser wissen müssen. Thyra lachte.«

Ihr Lachen verfolgte mich noch, als ich mich vergeblich dagegen zur Wehr setzte, dass die beiden Typen mich weiterzerrten. Thyra bestimmte die Szene. Ich hätte nicht gedacht, wie … hätte nie vermutet, dass es wirklich so funktionieren könnte. Thyra veränderte die Geschichte, diktierte die Szene und alles geschah genau so, wie sie es wollte. Ich schüttelte den Kopf. Versuchte, zu hören, was Ophelia gerade sagte, doch wir waren bereits zu weit entfernt.

Ich wurde zurück zum Schloss geführt und in meinem Zimmer eingesperrt. Marie, die dort scheinbar immer auf mich wartete, beschimpfte die Söldner und verjagte sie. Auch wenn es mehr als unhöflich war, tat ich dasselbe mit ihr und schickte sie nach draußen. Sie war etwas geknickt, nickte jedoch und kam meinem Befehl nach.

Allein im Raum suchte ich nach einem Ausweg. Da fiel mir die Kette ein, die ich noch immer in der Faust hielt. Ich legte sie mir um den Hals, doch das vertraute Kribbeln war nicht da. Dieses Miststück – oder vielleicht auch Zac – hatten mich tatsächlich ohne Elementarkräfte herausgelesen. Wenn da draußen irgendwo so ein Schöpfer saß und unsere Schritte lenkte, sollte er diesen Zustand dringend ändern.

Hallo?, rief ich innerlich und hoffte, dass mein Text auch im Buch *Otherside* auftauchte. *Hilf mir! Ich brauche meine Kräfte. Ohne die habe ich nicht die geringste Chance.*

Doch es tat sich nichts. Vielleicht machte derjenige, der unser Schicksal beeinflussen konnte, gerade Pause und würde bald erkennen, dass ich Hilfe brauchte? Und dann würde er mir gleich meine Elementarkräfte wiedergeben! Bis dahin sollte ich einen Plan haben.

Diese Abhängigkeit machte mir allerdings Angst. Und ich machte mir Sorgen. Was war aus meinem Vater geworden? Was würde mit Ric und den anderen passieren? Eine Träne lief über meine Wange, doch ich wischte sie fort. Das war nicht ich. Ich würde nicht hier versauern, ohne etwas zu unternehmen.

Ich lief in meinen begehbaren Kleiderschrank und suchte eine halbe Ewigkeit nach etwas Brauchbarerem zum Anziehen. Irgendwo tief vergraben fand ich eine Hose und ein Shirt. Letzteres würde meine Elementarkette verbergen. Das kleine Buch aus dem Bücherzimmer steckte ich hinten in den Hosenbund, wo es von meinem Oberteil verdeckt wurde. Ein Gefühl sagte mir, dass es wichtig war und ich unbedingt genauer hineinlesen sollte. Aber nicht jetzt.

Schnell ging ich zu den großen bodentiefen Fenstern hinüber und versuchte, sie zu öffnen. Ich war mir sicher, dass ich schon mal auf dem Balkon gewesen war. Doch nun hatten sie nicht einmal mehr einen Griff oder irgendetwas, mit dem man sie öffnen könnte. Sie waren wie fest in die Mauern eingebaut. Thyra. Dieses Miststück!

Vor der Tür waren natürlich die Söldner aufgestellt wie eine undurchdringliche Wand. Es war zum Verzweifeln. Jetzt, da ich mit eigenen Augen gesehen hatte, zu was Thyra fähig war, hatte ich wirklich Angst um Ric und die anderen. Sie konnten nicht einmal erahnen, in was sie sich da blindlings gestürzt hatten, um mich zu retten.

Mit einem Lächeln auf den Lippen wurde mir in dem Moment bewusst, dass es egal gewesen wäre. Ric wäre dennoch gekommen, da war ich mir sicher.

Genauso sicher konnte er sein, dass ich ihn nicht in Thyras Falle laufen lassen würde. Und plötzlich regte sich da eine Idee, wie ich aus diesem rosaroten Verlies entkommen könnte.

35. KAPITEL

Ric zerrte Domenico nach draußen, während die Hufschläge immer lauter wurden und wie Donner über das Tal grollten. Natalia und Josh folgten ihm auf dem Fuße und David trug Coral auf den Armen nach draußen.

Sie hörten das Kampfgeschrei, noch ehe sie die Söldner sahen, die eben über den Hügel geritten kamen. Es waren viele, sehr viele – und ihnen folgten immer mehr. Die Pferde, auf denen die Söldner saßen, wuchsen zu wahren Monstern heran. Die Reiter schwebten weit über Rics Kopf, obwohl er in seiner Elementargestalt größer war als in seiner menschlichen. Aus den Augenwinkeln sah er, wie Natalia schluckte. Sie hatte keinerlei Fähigkeiten mehr und war einem Kampf gegen die schwarzen Männer nicht gewachsen.

Mit seiner Pranke versetzte Ric Domenico einen Schlag gegen den Kopf, worauf dieser bewusstlos zu Boden sackte. Sie konnten sich keinen Angriff aus dem Hinterhalt leisten. Josh hatte schnell geschaltet und zerrte den reglosen Körper ins Haus, brachte mit einer kleinen Flamme das Schloss der geschlossenen Tür zum Schmelzen und stellte sich anschließend an die Seite von Ric.

Der schob seine Schwester hinter sich, während Josh gleichermaßen seine Gestalt wechselte. Er signalisierte David, dass auch er hinter ihnen in Deckung gehen sollte, doch der straffte sich nur und stützte seine Coral, die mit ihrer Elementarkraft ebenfalls in vorderster Front kämpfen würde. Das Knarren von Ästen sagte Ric, ohne dass er hinsehen musste, dass auch Peter sich verwandelte.

Kurz darauf brach der Hügel vor den Söldnern auf. Wurzeln schossen pfeilschnell nach oben und brachten ein paar Pferde zu Fall. Aber die meisten der Söldner erkannten die Gefahr rechtzeitig und sprangen über das plötzliche Hindernis hinweg. Peter ließ daraufhin die Erde aufbrechen, der Hügel wirkte wie ein grünes Meer. Doch leider hielt sich der Großteil der Söldner mit ihren Pferden obenauf, wie Surfer auf den Wellen.

Denselben Gedanken schien Coral zu haben, denn plötzlich ging ein schwerer Platzregen auf die bereits aufgewühlte Erde nieder. Zwei Monsterpferde versuchten, sich auf den Beinen zu halten, gerieten jedoch immer mehr ins Schlittern und warfen dabei ihre Reiter ab. Corals Augen leuchteten so dunkelblau wie selten zuvor. Sie hob ihre Hände und dirigierte die Regensalven, feuerte das Wasser waagerecht auf die ungeschützten Söldner wie Gewehrkugeln. Mit einer flinken Handbewegung nach oben sammelte es sich und stürzte anschließend wie ein Wasserfall auf die vordersten Reiter hinab.

Es wurde Zeit, dass auch das Feuer seinen Auftritt hatte. Zeitgleich mit Josh hob Ric die Drachenpranken. Es knisterte unter der dicken Haut, das Feuer sammelte sich in den vielen Rillen und Furchen der Drachenschuppen. Wie Lava strömte es herbei und entzündete sich von selbst. Die Luft war von Feuermagie getränkt, es roch nach Rauch und Zerstörung.

Ric feuerte gezielt auf die Gegner, die von Coral verschont blieben. Josh tat es ihm gleich. Doch der Sturm auf sie endete nicht, ganz gleich, wie viele Söldner vor ihren Augen mitsamt ihren Pferden zu schwarzem Staub zerfielen. Es rückten zu viele nach, um ihnen Herr zu werden.

Ohne nachzudenken, griff Ric nach einem von Peters Ästen. Coral registrierte mitten im Schleudern einer haushohen Welle die Bewegung neben sich und ahnte, was Ric plante. Während sie ebenfalls nach Peter griff, legte Josh seine Hand auf Rics Rücken. Die verbundenen Elemente tobten durch ihre Körper, rasten von einem zum anderen und belebten ihre Kräfte. Die Feuerbälle waren mit einem Mal energiereicher, zerstörten mindestens zwei der Angreifer auf einmal. Coral schoss tennisballgroße Hagelkörner auf Dämonen und Pferde. Peters Wurzeln griffen wie Tentakel nach den vorbeistürmenden Hufen, brachten unzählige Tiere zu Fall und ihre Reiter rutschten noch etliche Meter weit den Hügel hinab.

Es sah gut aus, Ric fühlte sich dem Sieg ganz nahe. Die Elemente vibrierten weiter in ihnen allen und tränkten sie mit ihrer Macht.

Bis der Strom plötzlich verebbte. Ric ließ in diesem Moment gerade einen weiteren Feuerball in seiner Hand entstehen, er war fast schon so groß wie seine Drachenpranke, ehe er in sich zusammenfiel und nur ein Wölkchen Rauch übrigblieb. Er sammelte die Energie, wie er es ohne die Bündelung der Elementarkräfte getan hätte. Doch außer einer winzigen Flamme, nicht größer als die einer normalen Kerze, entstand nichts. Und selbst diese wurde kleiner und kleiner, als würde ihr der Sauerstoff entzogen.

»Was passiert hier?«, rief Josh, der fassungslos auf seine menschliche Hand hinabblickte.

»Das, was dein Vater gesagt hat. Unsere Elementarkräfte sind nach dem Übertritt nach *Otherside* nicht berechenbar. Ich schätze, unsere Energie ist versiegt.« Auch Peter sah auf seine Hände, die sich bereits zurückverwandelt hatten.

Ric spürte den Sog, der ihn wieder in seine menschliche Gestalt trieb. Der Drache zog sich zurück, ohne dass Ric etwas dagegen tun konnte. Selbst die Wut auf die Angreifer, die nun nur noch knapp fünfzig Meter entfernt waren und die Ebene zum Haus im Galopp überquerten, brachte sein Element nicht zurück.

Lediglich Coral konnte ihr Element halten und tat das Einzige, das sie alle in diesem Moment noch retten könnte: Sie sang. Sie sang vom Ende des Kampfes, von Ruhe und Frieden und die Pferde blieben stehen, sahen sich um und schienen jetzt erst zu realisieren, in welcher schönen Gegend sie gelandet waren. Sie senkten ihre Köpfe und grasten. Zupften hier an einem Büschel Grün, dort an kleinen Wiesenblumen. Sie ließen sich nicht aus der Ruhe bringen, ganz gleich, wie ihre Reiter versuchten, sie anzutreiben.

Die ersten Männer resignierten, stiegen von den Pferden und rannten auf Domenicos Haus zu. Sie wären ein so leichtes Ziel gewesen, langsam und vereinzelt, wie sie ankamen. Sie wären ein leichtes Ziel – wenn Ric nur das Feuer noch in seinen Händen tragen würde. Er rief es, betete zu Hephaistos, doch das zarte Glimmen tief in seinem Inneren war nicht zu entflammen. Warum gerade jetzt? So kurz vor dem Sieg?

Der erste schwarze Söldner schleuderte ihnen noch im Flug eine blauweiße Kugel entgegen. Glücklicherweise zielte er nicht sehr gut. Der Ball schlug in der Wand weit neben ihnen ein und hinterließ ein klaffendes, rauchendes Loch. Auch der nächste konnte ihnen nichts anhaben, als er wie blind auf sie zustürmte.

Ganz im Gegensatz zu dem, der plötzlich wie sein eigener Schatten neben Ric stand, ihn mit voller Wucht am Kopf traf und ihn nach hinten warf. *Schattenkontrolle*, blitzte eine Erinnerung in ihm auf, während er sich abrollte. Lin hatte davon erzählt.

Ric versuchte, sich hochzustemmen, doch der Schatten war schneller und etwas traf ihn mit der Gewalt eines Lastwagens in den Magen. Er krümmte sich unter dem Schmerz zusammen, hörte die Schreie der anderen. Sein Blickfeld war verschwommen, ein Schwindel war von dem Schlag auf den Kopf übriggeblieben. Er presste die Augen zusammen. Plötzlich spürte er einen Druck auf der Kehle und riss die Lider wieder auf. Die Gestalt über ihm glich einem grauen Nebel, er konnte hindurchblicken und die anderen Söldner herankommen sehen, während dieser Nebel, dieses Nichts, ihm die Luft abpresste.

Ric schlug um sich, traf den Nebel, durchbrach ihn, nur um atemlos zu erkennen, dass er sich sofort wieder zusammensetzte. Natalias markerschütternder Schrei reanimierte die letzten Kräfte in ihm. Er stemmte sich der Gestalt entgegen, seine Kehle war plötzlich wieder frei und er sog den rettenden Sauerstoff ein.

Er musste sich kurz orientieren, dann hastete er auf Natalia zu, die sich in den Fängen zweier Söldner befand. Coral und Peter lagen bereits leblos am Boden. Coral hatte Davids Hand fest umklammert, der ebenso reglos direkt neben ihr lag. Josh kämpfte indessen mit karateähnlichen Tritten gegen zwei der Angreifer. Ric sah sich nun dem Rest gegenüber. Zahlreiche bleiche Gesichter, die ihn mit einem abfälligen Lächeln auf den schmalen Lippen musterten. Er warf einen Seitenblick auf Natalia, die ihre Augen schloss und mit zusammengepressten Lippen nickte.

Sein letzter Gedanke galt Lin. Seiner Lin, für die er diesen Kampf aufgenommen und für die er sterben würde.

36. KAPITEL

Verdammter Mist! Ich fluchte innerlich vor mich hin. Mein Zimmer – oder besser gesagt, mein persönliches Verlies – sah aus, als hätte ich meine volle Elementarkraft darauf losgelassen. Kein einziges Bild hing noch an der Wand – teilweise nicht einmal mehr die kitschige Tapete. Der gesamte Inhalt meines begehbaren Kleiderschranks türmte sich vor meinem Bett auf und sämtliche Kommoden und Sessel, Tische und Stühle waren umgekippt oder zur Seite gerückt.

Kurz waren meine zwei Wachen ins Zimmer gekommen, um nachzusehen, warum ich so einen Krach veranstaltete, aber ich brüllte sie an und sie schienen gedacht zu haben, dass ich lediglich meine Wut an dem Inventar ausließ.

Doch meine Wut war gespielt. Ich hatte einen Plan. Als ich mich im Bücherzimmer hinter dem Regal versteckt hatte, hatte die Stimme mir gesagt, dass es überall im Schloss Geheimgänge gäbe, von denen Thyra nichts wüsste. Die Stimme musste sie in die Geschichte gebaut haben – und ganz gleich, wo sich die nun befand, die Gänge mussten noch da sein. Nur wo? Ich hatte jeden Winkel des Zimmers untersucht, war mit meinen Händen über sämtliche Wände gefahren und hatte zusätzlich geklopft, um eine nahezu unsichtbare Tür nicht zu übersehen. Leider fand ich nichts.

Wie viel Zeit blieb mir noch? Wie schnell schritt die Geschichte voran, wenn Thyra Ric und die anderen erst gefunden hätte?

Völlig außer Atem ließ ich mich auf den Kleiderberg fallen und rutschte prompt an all der Seide ab und knallte seitlich mit dem Kopf auf den Boden. Benommen versuchte ich, mich aus all dem Stoff zu befreien, der auf mich gestürzt war. Dabei sah ich unwillkürlich unter das Bett. Mein Blick blieb an einer Schramme hängen, die im ersten Moment aussah wie ein Kratzer im edlen Parkett. Ich robbte näher heran und erkannte, dass es sich nicht um einen Kratzer, sondern ein Dreieck handelte. Mein Herz schlug schneller.

Ich tastete rund um das Zeichen meines Elements den Boden ab, klopfte vorsichtig und hörte den Hohlraum darunter. Doch wie bei Aither ging er auf? Verdammt! Hier gab es kein Buch, das man herausziehen konnte, um den Mechanismus zu öffnen. Hier waren nicht einmal ein Körnchen Staub oder Wollmäuse, die sich bei mir zu Hause immer dem Staubsauger widersetzten.

Ich robbte ein weiteres Mal hin und her. Dabei fiel mir meine Kette aus dem Ausschnitt meines Shirts. Das Dreieck! Schnell presste ich es auf die Kerbe im Boden und konnte mich gerade noch festhalten, um nicht in das dunkle Loch zu fallen, das entstanden war, als sich zwei Bretter des Parketts absenkten und zur Seite glitten. Ich schob meinen Kopf über die Öffnung und sah nichts als Finsternis. Ohne eine Lampe würde ich dort unten verlorengehen.

Ich entfernte mich vom Loch, der Anhänger löste sich von der Kerbe und die Bretter glitten langsam zurück an ihren Platz. Ich kroch unter dem Bett hervor, ging zur Wand und nahm die magische Fackel oder was auch immer es war aus ihrer Halterung. Sie leuchtete im Moment zwar nicht, aber ich hoffte, dass sich das bei Dunkelheit ändern würde.

Eine Minute später wurde mein Wunsch erhört: Ich hielt die Fackel in den wieder geöffneten Geheimgang und erkannte, dass es bis zum Boden vielleicht ein Meter war. Schnell ließ ich mich nach unten gleiten, die Bretter schoben sich über mir zusammen und mir kam der Gedanke, dass ich in eine ziemlich dämliche Falle getappt sein könnte. Denn neben und vor mir befanden sich nichts als nackte Mauersteine. Mit klopfendem Herzen wandte ich mich um und hob das magische Licht neben meinen Kopf, um mich nicht selbst zu blenden.

Vor mir erstreckte sich ein kahler Gang, der jenseits des Scheins der Fackel zu reiner Schwärze wurde. Ich holte tief Luft und ging mit vorsichtigen Schritten los.

Mein Orientierungssinn war nie sonderlich gut gewesen, aber in meiner Welt hatte ich zumindest immer gewusst, wo Osten war – die Himmelsrichtung meines Elements. Doch auch das half mir hier ohne Elementarkraft nicht weiter. Solange es geradeaus ging, konnte ich ungefähr einschätzen, dass ich unter all den Gästezimmern entlang in Richtung Foyer ging. Aber dann gab es Kurven und Kreuzungen und ich hatte mich bald heillos verirrt. Fieberhaft suchte ich nach einem Ausgang, ohne zu wissen, wie der überhaupt aussehen sollte. Im Geheimgang hinter dem Regal hatte ich einfach drücken müssen, um die Tür wieder zu öffnen. Hier dagegen … Überall konnte sich ein Ausgang aus diesem Labyrinth befinden und ich würde ihn übersehen.

Meine Hoffnung schwand, je länger ich unterwegs war. Irgendwo in meinem Hinterkopf summte die Frage, warum es hier so sauber war. Kein Körnchen Staub lag herum, keine Spinnwebe war an den Wänden oder der Gewölbedecke zu sehen. Vermutlich war er zu neu, und wer auch immer das hier erschaffen hatte, hatte sicher keine Zeit darauf verschwendet, für eine gruselige Stimmung zu sorgen. Mein Kopf machte das jedoch von selbst, wie ich feststellte. Nur deshalb war mir das überhaupt aufgefallen.

Schnell vertrieb ich den seltsamen Gedanken und konzentrierte mich wieder. Inzwischen war ich so lange umhergelaufen, dass ich mich gefühlt schon außerhalb des Schlosses befinden musste – was ja eigentlich nicht möglich war. Dennoch war kein Ende in Sicht. Wo war der Autor, wenn eine Figur ihn dringend brauchte? Ich kam mir vor wie in einem Füllkapitel.

Genau dieser Gedanke bereitete mir sofort ein Magengrummeln. Warum wurde ich hier festgehalten, ohne dass ich die Geschichte voranbrachte? Was geschah in den anderen Handlungssträngen? Panik erfüllte mich. Ich rannte los, konnte den Gedanken nicht loswerden, dass ich zu spät kommen würde. Ziellos hetzte ich durch die gleich aussehenden Gänge. Mein Gefühl sagte mir, dass es stetig abwärts ging, aber sicher war ich mir nicht. Mein Herz klopfte immer schneller, die Sorge um Ric war präsent wie nie. Warum quälte mich dieser *Schreiber* so?

War da ein Geräusch? Ich blieb stehen und fuhr herum. Ich war mir so sicher gewesen, etwas gehört zu haben, doch durch das Rauschen meines Pulses in den Ohren hätte ich es mir auch einbilden können.

Mit tiefen Atemzügen versuchte ich, zur Ruhe zu kommen – zumindest so ruhig, wie ich in einer solchen Situation sein konnte. Nur langsam verlor sich das Rauschen im Nichts und ich konnte ein Klopfen hören, das definitiv nicht mit dem Rhythmus meines Herzens übereinstimmte. Der Versuch, es schnell zu orten, missglückte. Auch wenn das Pochen nur leise war, zog sich sein Echo durch den langen Gang. Ich lief hierhin und dorthin und es brauchte ewig, bis es wirklich etwas lauter wurde. Knapp fünf Meter weiter.

Ich presste mein Ohr auf die kahlen Steine. Von hier kam es. Eindeutig. Ein erneutes Klopfen, dann ein Schaben und zum Schluss ein Fluchen, von dem mir nicht bewusst war, wie sehr ich es vermisst hatte.

»Bei Hephaistos! Lass mich machen, Peter!«

Mein Herz machte einen Satz. »Ric!«, rief ich.

Die Geräusche hielten inne. Ich ließ meine Fackel fallen und fuhr verzweifelt mit den Händen die Wand entlang, presste mich dagegen wie im Bücherzimmer, doch nirgendwo öffnete sich eine versteckte Tür. Verdammt! Ich war so nah, *er* war so nah.

»Lin?« Ich hörte die Ungläubigkeit in seiner Stimme. Dann wurden die Schläge gegen die Wand fester.

Auch meine. Ich warf mich filmheldinnenhaft gegen die Mauersteine, doch außer Schmerzen im Oberarm tat sich nichts. Ich brauchte ein System. Meine Finger glitten über die Fugen, von oben nach unten. Vielleicht würde ich so den verborgenen Mechanismus finden. Die Ungeduld in mir wurde immer stärker, während meine Hoffnung schwand, je weiter ich mich nach unten arbeitete. Er war direkt hinter dieser Wand! Wieso konnte ich nicht zu ihm?

»Sucht nach dem Eingang!«, rief ich Ric zu. »Vielleicht ist da irgendwo ein Elementarsymbol.«

Am Boden angekommen, ließ ich mich entmutigt auf den Hintern fallen. Wer sagte denn, dass der Gang nicht einfach nur an diesem Raum vorbeiführte? Konnte es nicht sein, dass es gar keinen Zugang gab? Woher hätte der *Schreiber* wissen sollen, wo man später in der Geschichte, die noch nicht geschrieben war, Ric hineinsperren würde? Vielleicht gab es mehrere Möglichkeiten. Ich musste sie finden!

»Lin?«

Mein Herz sehnte sich nach dieser Stimme, wäre am liebsten durch die Wand gesprungen. Mir schossen Tränen in die Augen. »Ich suche nach einem Ausgang«, antwortete ich erstickt, doch ich glaubte nicht, dass er mich hörte.

Ich hob die Fackel vom Boden auf und ging damit nach links. Ich beleuchtete jeden einzelnen der Mauersteine von der Decke bis zum Boden – mehrere Meter weit. Nichts. Ich stöhnte verzweifelt auf. Am liebsten hätte ich aufgestampft – das Bedürfnis war da, aber ich konnte mich gerade noch so zurückhalten. Also die andere Richtung.

Rics Hand oder die jemand anderes schlug erneut gegen die Wand, mein Drache rief immer wieder meinen Namen. Doch ich hatte keine Zeit, zu antworten. Ich wiederholte die Prozedur, und als ich schon drauf und dran war, mein Bein gegen diese verdammte Wand zu rammen, entdeckte ich es: ein wirklich lächerlich kleines Dreieck, eingeritzt in die Fuge zwischen zwei Steinen auf Höhe meiner Brust. *Jemand hätte es sicher auch ein wenig größer machen können!*, fluchte ich innerlich. Nichtsdestotrotz hatte ich es gefunden.

Ich drückte mit dem Finger darauf, nichts geschah. Anschließend stemmte ich mich, die Hände rechts und links des Symbols gepresst, mit meinem Körpergewicht gegen diesen Teil der Mauer. Sie gab nicht nach. Und plötzlich schlich sich ein Gedanke in meinen Kopf: Es war eine Ablenkung, mein Füllkapitel hatte noch nicht geendet. Die Geschichte war noch nicht bereit für ein Wiedersehen. Ich hatte mir und auch Ric falsche Hoffnungen gemacht. Warum lief *Otherside* plötzlich so klassisch ab? So vorhersehbar? Ich dachte, der *Schreiber* würde mir helfen?

Ich glitt mit dem Rücken langsam an der Wand hinab, schrammte mir an den unregelmäßigen Steinen den Rücken auf. Doch ich spürte den Schmerz nicht. Der in meinem Herzen war größer. Wer spielte hier mit uns? Wie konnte derjenige uns das antun? Ich wollte zu Ric, wollte nach Hause – mit ihm gemeinsam. Warum war uns nicht einfach etwas mehr Glück gegönnt?

Ich war in der Hocke angekommen, mein Shirt war nach oben gerutscht und hatte sich irgendwo verfangen, als ich das leise Klicken hörte. Ich konnte gerade noch das Gleichgewicht halten, ehe die Wand hinter mir nachgab und es plötzlich hell wurde.

Nach mehrmaligem Blinzeln starrte ich in den Raum jenseits des Geheimgangs. Ich befand mich direkt unter der Decke eines niedrigen Zimmers, es musste ein Kellerraum sein. Eine Zelle, sagte mir die geschlossene Tür mit dem vergitterten kleinen Fenster in der oberen Hälfte an der gegenüberliegenden Wand. Natürlich waren die Zellen im Keller des Schlosses – wo auch sonst. Ich lachte hysterisch auf, die angestaute Verzweiflung floss aus mir heraus.

»Hast du das gehört?«, brummte eine tiefe Stimme und ich erschrak. Ich war die dämlichste Protagonistin des Jahrhunderts. Wieso hatte ich laut gelacht?

»Ich habe nichts gehört«, antwortete eine andere Stimme.

Mein Puls ging auf mindestens hundertachtzig, als ich stampfende Schritte hörte, begleitet von einem Schlüsselklappern. Vorsichtig, ohne einen Laut von mir zu geben, zog ich die Geheimtür wieder zu, warf dabei einen Blick auf die Wand neben mir – die Wand der Zelle. Sie war ebenso aus nackten, unregelmäßigen Steinen, daher fiel es hoffentlich nicht auf, wenn ich sie nicht ganz schloss.

Einen Augenblick später erkannte ich durch den Schlitz der noch geöffneten Tür, wie jemand eintrat, auf den die Beschreibung Ork zutraf. Erschreckend gut. Ich krallte mich an der Tür fest, damit sie nicht versehentlich aufglitt. Mehrere Schrecksekunden vergingen, in denen sich der Ork im Raum umsah und ein paar Schritte hin- und herging, ehe er ihn wieder verließ und die Tür hinter sich schloss.

Auch wenn ich nicht sonderlich viel Ahnung von High Fantasy hatte, wusste ich, dass die Viecher meist strohdumm waren. Leider auch nicht sehr leicht zu töten, wenn man nicht gerade ein axtschwingender Zwerg war. Blieb nur zu hoffen, dass der *Schreiber* das ebenso vorhergesehen hatte und ich wirklich auf das billige Mittel der Hilfe aus dem Nichts zählen konnte. Doch herumsitzen brachte auch nichts.

Ich stieß erneut die Tür auf und ließ mich rückwärts aus meinem Versteck auf die unter mir stehende Pritsche gleiten. Ich kam ins Schwanken und musste die widerlich aussehende Matratze berühren. Ein Ekelgefühl überkam mich und ich erschauderte. Dann sah ich mich im Raum um. Leider gab es keine Tür zur nächsten Zelle.

Mein Blick blieb an einem Dreieck hängen. So langsam hatte ich ein Gespür für den Stil des Autors. *Ha!*, dachte ich und ging schnell darauf zu. Vorsichtig drückte ich von unten nach oben gegen die Wand. Natürlich war die richtige Stelle jetzt weit oben. Ich würde den *Schreiber* töten, wenn ich ihm begegnen sollte, und verdrehte die Augen.

Mit einem Klick öffnete sich die Geheimtür und ich konnte es kaum abwarten, sie aufzureißen und Ric endlich wiederzusehen.

Doch es war nicht der Raum, den ich gehofft hatte, zu erblicken.

37. KAPITEL

Es bringt nichts, ihm Vorwürfe zu machen«, sagte Peter mit ungewohnt fester Stimme. »Josh hat mit uns gekämpft. Das kannst du nicht abstreiten.«

Ric fuhr sich durch die Haare, während er aufgebracht in der winzigen Zelle auf- und abging. Er war erst wenige Minuten zuvor aufgewacht. Natalia behauptete, dass ihn ein Schlag gegen den Kopf getroffen hatte, noch ehe er einen von diesen Mistkerlen erwischt hatte. Doch das glaubte er nicht. Lin, er hatte es für Lin getan. Er wollte nicht gefangen genommen werden, sondern war bereit, für sie zu sterben. War das zu kitschig für diese Geschichte gewesen? Was machte diese Welt mit ihm? Veränderte er sich, entwickelte er sich zu etwas …

Er schüttelte den Kopf. Besser nicht darüber nachdenken, sagte er sich und fauchte laut: »Und ob ich es abstreiten kann. *Der* ist an allem schuld.«

»Ist er nicht«, verteidigte jetzt auch noch Natalia den Verräter.

»Hast du etwa nicht mitbekommen, dass uns sein Vater, der uns hätte helfen sollen, in eine Falle gelockt hat?«, erwiderte Ric.

»Doch … schon, aber er steckt mit uns hier drin.« Sie deutete auf eine Pritsche, auf der Josh weiterhin bewusstlos lag. Er hatte seinen Kampf definitiv auch verloren.

»Vielleicht beamt ihn sein Vater jeden Moment hier raus«, lachte Ric. »Dann sind nur noch wir in diesem Irrsinn. Wo haben sie uns überhaupt hingebracht?«

»Zu einem Schloss«, erklärte Natalia, die als Einzige die ganze Zeit bei Bewusstsein gewesen war. Sie schien den dämonischen Söldnern wohl zu harmlos. Lediglich die Hände hatte man ihr hinter dem Rücken gefesselt. »Aber eher über den Dienstboteneingang, der noch unterhalb des Schlosstors liegt. Wir sind irgendwo im Keller.«

»In einem Verlies, wie einfallsreich«, kommentierte Ric.

Coral saß lethargisch an die Wand gelehnt auf dem Boden. Auch David war noch nicht zu sich gekommen und sie hatte seinen Kopf auf ihren Schoß gebettet. Seit sie aufgewacht war, hatte sie kein Wort gesprochen.

»Du vergisst die klischeehaften Wachen da draußen«, ergänzte Natalia. Sie hatte sie Dick und Doof genannt.

Die Schlauesten schienen die beiden Orks nicht zu sein. Auch wenn sie erstaunlich gut sprechen konnten, wie Ric festgestellt hatte, als er versucht hatte, sie zu reizen. Wo man die wohl aufgetrieben hatte?

»Wenn wir in einem Klischee sind, gibt es sicher einen Geheimgang.« Peter legte die Stirn in Falten.

»Träum weiter«, schnaubte Ric. Doch so ganz konnte er Peters Idee nicht von der Hand weisen.

»Wenn wir an die Steine klopfen, könnten wir hören, ob einer davon hohl klingt«, schlug Natalia vor und ging zu der Wand, die der Zellentür gegenüberlag.

»Und wenn dahinter einfach eine weitere Zelle ist? Dann stecken wir genauso fest wie hier.« Ric hob skeptisch die Augenbraue und verschränkte die Arme, während Natalia begann, gegen die unregelmäßigen Mauersteine zu schlagen.

»Einen Versuch ist es wert.« Peter folgte Natalias Beispiel und begann auf der anderen Seite, mit der Unterkante seiner Faust auf jeden einzelnen Stein zu trommeln.

Mit einem abfälligen Lächeln im Gesicht sah Ric den beiden zu. Sollten sie sich abmühen. Es würde nicht klappen. Doch wenig später wurde er eines Besseren belehrt.

Peter stand mittlerweile auf eine der Pritschen und klopfte im oberen Bereich. »Hier ist etwas«, flüsterte er Natalia zu, die sofort nach etwas suchte, worauf sie klettern konnte.

Ric klopfte nun auch. Direkt neben Peter, von unten nach oben. Und er konnte es nicht fassen: Es klang tatsächlich anders, selbst wenn er kaum mehr Kraft für das Klopfen über seinem Kopf aufwenden konnte.

»Bei Hephaistos! Lass mich machen, Peter!« Er hob den Setzling von der Pritsche und stieg selbst nach oben.

»Ric?«, drang eine gedämpfte Stimme an sein Ohr. Sofort presste er es gegen den nächsten Stein, nur um sie noch einmal hören zu können.

»Lin?« Er konnte es nicht glauben. Mit einem Mal spülte tatsächlich so etwas wie Hoffnung durch ihn hindurch. Vom Flur drang ein gegrunztes »Ruhe, verdammt noch mal!«, das Ric jedoch nicht interessierte.

Der Verzweiflung nahe, machte Lin ihm Anweisungen, aber es gab keinen geheimen Zugang zu dieser Zelle. Ric hatte mittlerweile jeden einzelnen Stein und jede Fuge untersucht. Lin versprach weiterzusuchen, und als er sie nicht mehr hören konnte, machte sich sofort wieder Sorge in ihm breit.

Wenn er könnte, würde er dieses ganze verdammte Schloss abfackeln! Doch der Anhänger um seinen Hals war ungefähr so hilfreich wie billiger Modeschmuck. Er schlug mit aller Kraft gegen die Wand vor sich. Mehr als ein paar Körnchen, die aus den Fugen rieselte, brachte er jedoch nicht zu Fall.

Hinter ihm ertönte ein Stöhnen.

»Josh?« Peter ging zu ihm und half ihm, dabei sich aufzusetzen.

»Mein Schädel brummt, als wäre ich gestern auf einer Party gewesen«, grummelte er und fasste sich an den Kopf. »Leider habe ich die Erinnerung an diese Party verloren.« Er seufzte und blinzelte ein paar Mal, riss dann plötzlich die Augen auf und sah sich um. »Ein Verlies?«

»Sieht so aus«, sagte Ric, bemüht darum, seine wiederaufwallende Wut im Zaum zu halten.

»Du erzählst uns jetzt absolut alles, was du weißt«, befahl Peter.

Coral auf der anderen Pritsche legte ihren desorientierten Ausdruck ab und hörte sofort interessiert zu. Auch Natalia kam näher und setzte sich gemeinsam mit Ric auf das gegenüberliegende provisorische Bett.

»Mein Vater hat mich verraten«, sagte Josh mit einem fassungslosen Ausdruck im Gesicht. »Ich … Habe ich nicht immer getan, was er wollte?« Er sah fragend in die Runde, aber darauf konnte ihm wohl keiner antworten.

»Sag uns, was passiert ist, nachdem du herausgefunden hast, dass du die Bücher beeinflussen kannst. Und dieses Mal die Wahrheit«, forderte Natalia ihn auf. Ihr Ton war freundlich, so hätte Ric das vermutlich nicht hinbekommen.

»Ich bin nach Hause gegangen und habe meinem Vater davon erzählt. Er ist beinahe ausgerastet, dass es Zeugen dafür gab. Dass ihr erfahren habt, zu was ich in der Lage bin.«

»Und dann hat dein Vater beschlossen, dass du uns in eine Falle führst und er dich später wieder befreit?«, vermutete Ric knurrend.

»Nein!«, antwortete Josh sofort. »Er hat gesagt, ich dürfte niemandem davon erzählen, aber dass es alles verändern würde. Es hatte vor langer Zeit eine Zunft gegeben, die sich *Schöpfer* nannte. Sie haben in der Welt der Literatur für Ordnung gesorgt. Doch nachdem sich die Wächter ebenfalls organisiert und den Rat der Bibliothekare gegründet hatten, verlor die Zunft immer mehr Macht. Bis zum letzten Samhain. An jenem Tag wurde alles zurückgesetzt, plötzlich waren es die Bibliothekare und ihre Wächter, die machtlos waren – die Schöpfer hingegen besaßen ihre Fähigkeit nach wie vor und gingen wieder ihrer Aufgabe nach.«

Peter fuhr sich mit den Händen übers Gesicht.

»Und was geschah dann?«, hakte Coral nach.

»Vor ein paar Wochen hatte es begonnen. Sie haben Bücher aufgespürt, die sich verändert hatten. Diese wurden ins Archiv gebracht, um korrigiert zu werden. Doch das war nicht möglich. Selbst die besten Schöpfer konnten den Text nicht verändern.«

»Weil die Charaktere die Außenwelt vergessen haben«, vermutete Peter.

Josh nickte. »Irgendwann zwischen diesem Zeitpunkt und dem Moment, als das Chaos begann, müssen Lin und Laurie verschwunden sein und die Elemente sind zurückgekehrt, weil die Grenzen wieder durchlässig geworden waren. Oder vielleicht war es auch andersherum, das konnte mir mein Vater nicht sagen. Er hat nur erwähnt, dass es zu einem einzigartigen Pakt kommen müsste. Er sah die Buchwelt und unsere Welt in Gefahr und ist auf den Rat zugegangen. Den Rest kennt ihr ja.«

»Aber wieso haben sie uns hierher geführt? Sollten wir wirklich Überzeugungsarbeit leisten?«, fragte Natalia skeptisch.

Ric nickte voller Überzeugung. »Die Charaktere mussten wieder glauben.«

»Warum ausgerechnet wir?«, fragte Peter. »Sie hätten ältere und erfahrenere Wächter hineinlesen können.«

Diese Bemerkung empfand Ric als beleidigend und er sah seinen Kollegen böse an.

Joshs sehnsuchtsvoller Blick war Beweis genug, während er sagte: »Wegen Lin und Laurie, vermute ich. Der Rat weiß, wie viel sie uns bedeuten.«

Nahezu zeitgleich überlegte Natalia: »Vielleicht, weil wir diejenigen waren, die den Komplott im letzten Jahr verhindert haben?«

»So war es nicht.« Josh senkte den Blick.

»Aber Lin hat …«, setzte Ric an, doch Josh fuhr dazwischen.

»Es waren die Schöpfer, die das Ganze beendet haben. Sie schrieben die Charaktere um, löschten den Wunsch nach Vergeltung, wie Elizabeth und Thyra es ihnen eingeredet hatten. Sie sind freiwillig zurückgekehrt.«

»Aber die Grenzen …«

»Die haben sich geschlossen, als alles im Gleichgewicht war, die Geschichten wieder so, wie sie sein sollten. Die … Zeilen, die Worte, die Lin und die anderen gehört haben, waren die Flüsterer. Diejenigen, die nicht den Text verändern, sondern mit Worten den weiteren Verlauf ändern. Sie haben in all der Zeit, in der wir Seelenlose gebunden oder vernichtet haben, die Tagesschicht übernommen. Habt ihr euch nie Gedanken gemacht, dass sie alle nur in den Abend- und Nachtstunden auftauchten?« Er sah in die Runde. Natürlich hatten sie sich alle diese Frage schon einmal gestellt. Wer aber mit Magie arbeitete, dem gingen irgendwann die logischen Erklärungen aus.

Josh nickte wissend. »Deshalb gab es zu dieser Tageszeit kaum welche – weil sie schneller sind als wir und die Seelenlosen zurücklesen, bevor jemand sie aufspüren konnte. Doch sie sind nur noch wenige.«

»Aber …« Ric fiel jedoch kein Einwurf ein, der dem Gesagten wirklich widersprechen würde. Es war alles zu schnell gegangen in dieser Nacht. Dann fiel ihm eine andere Frage ein: »Warum haben die Schöpfer diesen Sieg nicht für sich beansprucht?«

»Weil sie sich vom Rat fernhalten wollen. Sie agieren im Hintergrund. Nicht einmal ich wusste von ihnen und laut meinem Vater waren auch die Bibliothekare der Meinung, dass die Zunft längst ausgestorben war.«

»Und wieso haben sie sich jetzt plötzlich zu Wort gemeldet?«, kam Peter erneut mit der Frage.

Josh zuckte mit den Schultern. »Mein Vater hat nur gesagt, dass er das nicht länger mitansehen konnte.«

»Hast du andere dieser Schöpfer kennengelernt?« Peter hatte noch tiefere Falten auf der Stirn als sonst.

»Nein. Es ging doch alles so plötzlich.«

»Weißt du, was ich glaube?« In Rics Kopf setzte sich ein Bild zusammen. Alle Augen waren nun auf ihn gerichtet. Am neugierigsten wirkte Josh. »Ich glaube, dass dein Vater ohne das Wissen dieser Schöpfer gehandelt hat. Und jetzt hat man ihn erwischt und deshalb hilft er uns nicht mehr.«

Alle schienen einen Moment darüber nachzudenken, dann nickte einer nach dem anderen.

»Es ist die einzige plausible Erklärung für alles«, bestätigte Peter nach reiflicher Überlegung.

»Und jetzt? Der Plan ist wohl kräftig danebengegangen«, grübelte Natalia.

»Wir müssen hier raus und Lin finden«, sagte Ric.

Wie zum Zeichen, dass sie nicht allein waren, grunzte einer der Orks etwas und lief kurz darauf mit schweren Schritten den Flur entlang.

»Wie?«, flüsterte Coral, auf deren Schoß David noch immer reglos lag. Sie strich ihm behutsam über die Stirn, als wollte sie seine Temperatur fühlen.

»Ich weiß es nicht«, gestand Ric ehrlich.

Minuten vergingen, in denen niemand etwas sagte. Plötzlich wurde die Stille von einem lauten Knurren durchbrochen, das Sand aus den Fugen aller Wände rieseln ließ. Ric konnte nicht sagen, woher das Knurren kam. Ganz gleich, wie er den Kopf drehte, das Echo war überall.

»Was ist das?«, fragte Natalia.

Einem erneuten mehrstimmigen Knurren folgte ein kurzer erstickter Schrei, der Ric das Blut in den Adern gefrieren ließ: Lin.

38. KAPITEL

Sechs Augen fixierten mich. Drei Mäuler fletschten die Zähne und Schleim tropfte auf den Boden. Ich zuckte zurück, der Zerberus knurrte.

Die Bilder von letztem Samhain glitten vor meinem inneren Auge vorüber. Wir hatten versucht, den Zerberus aufzuhalten, als die alten Mythen und Legenden aus ihren Büchern hervorgekommen waren. Unsere Elementarkräfte hatten jedoch nicht ausgereicht, um all die Monster zu bekämpfen. Unsere Magie war an den alten Geschichten wirkungslos abgeprallt. Dann waren plötzlich von allen Seiten die Worte auf uns eingeströmt. Mein Plan, die Menschen wieder zum Lesen zu bringen, hatte funktioniert. Die Charaktere waren zurück in ihre Bücher gerissen worden, die Grenzen hatten sich geschlossen.

Wir waren gerade dabei, unseren Sieg zu feiern, als der Zerberus mir eine tödliche Wunde am Rücken zufügte, ehe auch er in die alten Legendenbücher zurückgekehrt war. Nur dank der fünf Elemente – und Zac! – lebte ich noch. Gänsehaut begleitete meinen Schrei bei der Erinnerung an die Dunkelheit, die der Tod mit sich gebracht hatte.

Der Zerberus sah das als Grund an, langsam näherzukommen. Er war jetzt vielleicht noch zwei Meter von mir entfernt. Seine Köpfe füllten mein gesamtes Sichtfeld aus. Ich spürte den faulig riechenden Atem auf meinem Gesicht. Dieses Mal würde mich niemand retten können. Ric saß in einer anderen Zelle fest, und ich hatte keine Elementarkraft, mit der ich wenigstens versuchen könnte, mich zu verteidigen.

In meinem Kopf lief das letzte Jahr wie ein Film ab. Immerzu blitzten Bilder von Ric auf. Wie wir beide dagegen ankämpften, unsere Zuneigung zu zeigen, und das Schicksal dennoch immer wieder dafür sorgte, dass wir unaufhaltsam aufeinander zutrieben. Die Erinnerung an unseren ersten Kuss im Park, bei dem mich die Erkenntnis mit voller Wucht getroffen hatte. Das Wissen, dass ich mich vor meinen Gefühlen noch so sehr verschließen, jedoch nichts dagegen unternehmen konnte. Und das Gefühl war seit Jahren da gewesen. Ich hatte mir nicht aussuchen können, mich ausgerechnet in den überheblichen Drachen zu verlieben.

Unwillkürlich schlich sich ein Lächeln auf meine Lippen. Mein Drache.

Der Zerberus setzte zum Sprung an. Etliche Zähne aus drei Mäulern blitzen mir entgegen. Dann flog er auf mich zu.

Ich schloss die Augen und dachte an Ric.

Er sollte mein letzter Gedanke sein.

39. KAPITEL

Lin!«, schrie Ric so laut, dass die anderen zusammenzuckten. Sogar David war hochgeschreckt und sah sich panisch um.

Ric rannte auf die Zellenwand zu, die in Richtung des Schreies lag. Alles um ihn herum war in die Ferne gerückt, er sah wie durch einen Tunnel und wusste nur noch eines: Er musste Lin retten, der Rest war egal. Er würde jeden einzelnen Stein zu Split verarbeiten, wenn er dadurch zu Lin kommen würde. Nichts würde ihn von ihr fernhalten.

Er spürte die Flammen in dem Moment, in dem seine linke Schulter die Steinwand rammte. Reine Glut ließ jedes Empfinden für Schmerz sofort verblassen. Er spürte den Aufprall nicht, er schoss geradewegs durch die Wand wie ein Superheld, die Mauersteine stoben auseinander.

Ric geriet beinahe ins Stolpern und musste erst sein Gleichgewicht finden, ehe er auf die Umgebung achten konnte. Erst dann sah er die drei gigantischen Köpfe, die sich zu ihm umgewandt hatten. Der Zerberus. Und an der gegenüberliegenden Wand, schräg neben dem Monster, stand Lin mit ungläubigem Blick.

Feuer entfachte sich von selbst in Rics Händen. Dieses Vieh hatte Lin bereits einmal getötet, er würde sie nicht noch einmal bekommen. Mit einem lauten Schrei stürzte er sich auf das Ungetüm. Seine Feuerkugeln leuchteten beinahe weiß, besaßen mehr Energie als jemals zuvor. Befeuert von der Angst um Lin.

Er schoss zwei der Kugeln auf den rechten und den mittleren Kopf. Das Monster drehte sich um, ging leicht in die Hocke. Es war nicht einmal verletzt. Speichel triefte aus den Mundwinkeln hinab – das Vieh könnte eindeutig Minzdragees vertragen.

Ric feuerte gerade zwei weitere Feuerbälle ergebnislos auf das Ungetüm, als sich die Zellentür öffnete und die beiden Wachen vorsichtig eintraten. Etliche Sekunden vergingen, ehe sie die Situation erfassten und ihre Keulen und Äxte erhoben, um auf Ric loszugehen.

Sekunden, in denen er zwei seiner Feuerkugeln auf sie abgeschossen hatte. In dem Moment, in dem sie ihren Plan in die Tat umsetzen wollten, zerfielen sie bereits zu schwarzem Staub. Der Zerberus trat einen Schritt nach vorne, war jetzt keinen Meter von Ric entfernt, als ein starker Windstoß durch die Zelle fegte.

Ric grinste. Auch wenn er gerade nichts als Zerberus-Köpfe sehen konnte, wusste er, dass Lin dafür verantwortlich war. Ric formte größere Flammen, versuchte, den Zerberus einzuhüllen, der sich an dem Feuer nicht einmal zu stören schien. Ric hoffte, dass Lin verstehen würde, was er vorhatte. Es hatte bereits einmal geklappt, eine nahezu unzerstörbare Kreatur zu töten: Zac.

Und Lin verstand. Ein Wirbelsturm zog seine Kreise stetig enger um den Höllenhund, der in Flammen stand. Doch Ric fühlte, wie sein Element schwächelte, als sei sein Akku beinahe wieder leer. Die Flammen leckten am Äußeren des Zerberus, erloschen für einen kurzen Moment fast, loderten dann erneut auf.

Die Berührung an seiner Schulter wirkte wie eine Energiespritze. Erde und Wasser belebten ihn gleichermaßen, sein Feuer wurde heller und heller, der Wind kreiste immer enger und der Zerberus verharrte, als überlegte er, was er unternehmen sollte. Diese Gelegenheit nutzte Lin, um an den Wänden entlang zu ihnen aufzuschließen.

Als sie ihre Hand in seine legte, zerbarst der Zerberus in einer weißen Feuerwand. Ric zog sein Element zurück. Aschereste wirbelten im abflauenden Wind.

Ric war ganz egal, wie unpassend dieser Moment auch sein mochte. Er zog Lin an sich und umschloss sie mit beiden Armen.

Er würde diese Fee nie wieder loslassen, versprach er sich, um die Tränen, die sich tatsächlich irgendwo sammelten, zurückzuhalten. Er presste sie an sich, bis sie versuchte, sich zu befreien.

»Willst du mich ersticken, Drache?«, fragte sie und stemmte sich ein paar Zentimeter von ihm weg.

Anstatt zu antworten, küsste er sie.

40. KAPITEL

Es reicht.«

Ich ignorierte die Stimme. Berauscht von Rics Küssen war das kein Problem. Wie lange hatte ich diesmal darauf warten müssen? Irgendwie schien uns eine dauerhaft glückliche Zeit nicht vergönnt zu sein.

»Schluss jetzt«, zischte Natalia erneut.

Warum war eigentlich sie immer diejenige, die störte? Ich schnaubte, als ich mich von Rics Lippen löste.

»Wir sind in einem verdammten Verlies und bei dem Krach werden bald neue Wachen kommen, denkt ihr nicht?« Nun reichte es Natalia und sie zog mich von Ric weg. Der Kuss brannte noch auf meinen Lippen, aber ich ließ es zu und taumelte mit weichen Knien ein paar Schritte zurück.

»Lasst uns gehen«, sagte Josh, der gerade durch das Loch kletterte, das Ric in die Mauer gerammt hatte, und deutete auf die geöffnete Zellentür. Die Überreste der Orks hatten sich durch meinen Wirbelsturm überall im Raum verteilt.

Hinter Josh trat ein fremder Junge in seltsamer Kleidung über die steinernen Trümmer. Ich sah fragend von ihm zu Ric und Natalia neben mir.

»Das ist David. Er gehört zu Coral«, erklärte Natalia und zuckte mit den Schultern. Okay. Fürs Erste würde mir das reichen. Obwohl … Ich sah noch einmal hin, registrierte den ehrfürchtigen

Blick, den dieser David auf Coral warf. Der war ja total verschossen in sie! Ich hob die Augenbrauen, Natalia nickte und ich lächelte.

»Will mir einer erklären, warum wir unsere Kräfte plötzlich wiederhaben?«, fragte Peter in die Runde.

»Du hättest dich ernsthaft verletzen können, Ric«, mahnte Natalia und brachte Ric damit zum Lachen.

»Wusstest du nicht, dass ich ein Superheld bin?« Er fuchtelte herum, was wohl irgendwelche Heldenposen darstellen sollte, aber eigentlich nur lächerlich aussah.

Ich verdrehte die Augen, konnte mir ein Lachen jedoch nicht verkneifen.

»Lachst du etwa?«, fragte er mit gespielt entrüstetem Gesicht.

Ich bemühte mich – vergeblich – um einen neutralen Ausdruck, prustete dennoch los.

»Vergiss nicht, wer dich gerettet hat«, sagte Ric daraufhin nur und schüttelte den Kopf. »Undankbares Volk. Nicht einmal Heldentaten werden mehr belohnt.« Er funkelte mich mit seinen goldenen Augen an, ein ganz spezielles Feuer brannte darin.

»Wie würde so eine Belohnung denn aussehen?«, fragte ich stockend. Dieser Blick raubte mir klischeehaft die Luft zum Atmen.

»Das kann ich dir gern zeigen.« Mit einem Zwinkern trat er auf mich zu. Mein Herz schlug schneller, sein Gesicht kam näher. Dann wurde er von mir fortgerissen.

»Wir haben keine Zeit für so was!«, mahnte Natalia. »Wir müssen nach oben und anschließend nach Hause.«

»Wenn du einen Plan hast, wir folgen gern«, sagte Ric sarkastisch.

»Wenn ihr eure Kräfte wieder habt, dann könnten wir es zumindest mit denen da oben aufnehmen, denkt ihr nicht?«, erwiderte Natalia.

»Wir sollten es auf jeden Fall versuchen.« Ric nickte und reichte mir seine Hand.

Natürlich griff ich sofort danach. Wir hatten – leider – keine Zeit für Spielchen. »Wir müssen Max suchen«, sagte ich und Rics Kopf schoss sofrt in meine Richtung. »Und auch Ophelia und meinen Vater.«

Ric runzelte die Stirn.

»Max und Ophelia sind Seelenlose und spielen eine wichtige Rolle in Thyras Plänen. Ophelia war eine derjenigen, die mir gesagt haben, dass du hier bist.« Die Stimme ließ ich besser außen vor – ich brauchte nicht noch mehr Leute, die mich schief ansahen. »Sie hat Visionen. Visionen, die sie nach Möglichkeit vor Thyra verborgen hält. Sie sind beide auf unserer Seite.« Als ich ihren Namen erwähnte, fiel mir plötzlich wieder ein, was geschehen war, als man mich in mein Zimmer geführt hatte. »Mein Vater!«, schrie ich auf und lief los.

Ric zog ich hinter mir her, die anderen folgten. Auf dem Flur suchte ich zuerst, ob man ihn vielleicht ebenfalls hier ins Verlies gesperrt hatte. Aber außer den drei Zellen, die wir bereits kannten, gab es keine anderen. Wir spurteten weiter.

Während wir durch die langen Gänge liefen, erklärte ich: »Thyra kann die Charaktere beeinflussen, indem sie spricht, was passieren soll. Oder was gerade passiert. Ich war einmal dabei, es war so seltsam! Ophelia war plötzlich wie ferngesteuert und konnte sich nicht dagegen wehren. Natürlich hat sie Thyra also von ihrer Vision erzählt.«

»Sie ist die Sentio, die Domenico erwähnt hat«, sagte Peter wissend.

Ich nickte, während ich den Gang entlanghastete, obwohl ich keine Ahnung hatte, wer Domenico war. Ich machte mir eher Gedanken darüber, ob ich überhaupt den richtigen Weg eingeschlagen hatte.

»Und dieser Typ?«, knurrte Ric neben mir. »Was kann der?«

»Er kann durch Gemälde springen. Es gibt einen Raum, dort hängen etliche. Sogar eins von der *Bibliotheca*.«

»Kann er in unsere Welt springen?« Natalias Stimme war eine Oktave höher.

»Nein, nicht ohne Thyra. Er hat es versucht. Er wollte Hilfe holen oder uns warnen. Er arbeitet mit meinem Vater zusammen.« Ich erzählte, dass Max die *Chroniken* ausgetauscht hatte, und meine Freunde verzogen das Gesicht. Außer Josh, dessen Augen bei der Erklärung leuchteten. Er warf ein, dass er froh war, dass Laurie nichts damit zu tun hatte. Ich verstand zwar den Zusammenhang nicht, nahm es aber als gegeben.

Wir stießen tatsächlich auf eine Treppe und stiegen beinahe lautlos hinauf. Oben angekommen brauchte ich ein paar Sekunden, um mich zu orientieren. Wir befanden uns in dem Gang, der zum Bücherzimmer führte. Ich schlug die andere Richtung ein.

In der Haupthalle begegnete uns lediglich ein Bediensteter, der vor Schreck schon beinahe in Ohnmacht gefallen war. Mit einem leichten Schlag von diesem David auf den Kopf erledigte sich das von selbst.

Coral nickte David anerkennend zu, woraufhin dieser sofort rot wurde und schüchtern zu Boden sah. O Mann, war das niedlich! Wenn wir die Sache hier hinter uns hatten, wollte ich unbedingt die ganze Geschichte hören.

Ich sah mich erneut in der Eingangshalle um. Es war so verdammt ruhig hier, das konnte nicht sein. Hier liefen sonst immer mindestens drei Wachen umher, außerdem all die Bediensteten. Hier stimmte etwas nicht. Mein Nacken kribbelte, Gefahr drohte, aber ich konnte nicht sagen, aus welcher Richtung.

»Und nun?«, fragte Ric. »Wo sollen wir zuerst suchen?«

Ich zuckte mit den Schultern. Vielleicht war es keine so gute Idee gewesen, den Typen k.o. zu schlagen. Er hätte uns sagen können, warum es hier so ruhig war. Ich betrachtete ihn, während ich überlegte.

»Soll ich ihn aufwecken?«, fragte Coral, die meine Gedanken erraten hatte.

»Vielleicht kann er uns erzählen, was passiert ist. Du brauchst ihn nur zu überzeugen«, sagte ich.

Sie nickte, ging zu dem leblosen jungen Mann hinüber und setzte sich auf den Boden. Ein paar Wimpernschläge später war die Luft von Meeresduft erfüllt, der Davids Augen glänzen ließ, und der Fischschwanz lugte unter Corals langem Rock hervor. Sie legte dem jungen Mann eine Hand auf den Kopf und holte ihn so aus seiner Bewusstlosigkeit. Dann sang sie für ihn und bat um Informationen, was geschehen war und vor allem, wo sich alle aufhielten.

»Der König hat alle in den Thronsaal bestellt und Thyra hat dort ein mehrere Mann breites Gemälde enthüllt«, sagte er, die Augen waren benebelt, aber er schien sich nicht gegen die Beeinflussung von Coral zu wehren.

»Frag ihn, was auf dem Bild zu sehen ist«, flüsterte ich Coral zu und sie sang die Frage weiter.

»Es zeigt die Halle eines Schlosses, zwei gewundene Treppen führen links und rechts zu einer höher gelegenen Etage.«

»Das Institut«, wisperte ich.

»Und was ist passiert, nachdem Thyra das Gemälde enthüllt hat?«, fragte Coral weiter.

»Wir alle haben gewartet. Lange gewartet. Thyra hat behauptet, dass die Zeit bald kommen würde, und sie hat Recht behalten: Es folgte eine Erschütterung und eine Energiewelle rollte durch das Schloss, wie ich sie in all den Jahren hier noch nie erlebt habe. Daraufhin veränderte sich das Gemälde, goldene Ornamente und Symbole prangten auf dem Bild – oder besser: schwebten davor. Danach sind Thyra und das Heer des Königs durch das Gemälde marschiert, ein junger Mann hat sie begleitet.«

»Max?«, fragte ich und der Bedienstete antwortete selbst auf meine Frage. Corals Gesang war nicht länger notwendig.

»Maximilian Morgenstern«, nickte er. »Er war der Erste, der durch das Gemälde ging.«

»Wo sind die anderen? Nathan East und Ophelia?« Ich hatte Angst vor der Antwort, betete in Gedanken zu Aither, die hoffentlich nicht alles so enden lassen würde.

»Sie sind weiterhin im Thronsaal. Der König erlaubt jedem Bewohner, in die Neue Welt überzuwechseln und für unsere Freiheit zu kämpfen. Es sind noch immer unzählige von ihnen dort. Nathan und Ophelia müssen alles mit ansehen.«

»Was machst du dann hier? Möchtest du nicht überwechseln?«

Der Bedienstete schüttelte den Kopf, öffnete den obersten Knopf seiner Uniform und zog ein Lederband hervor, an dem ein Elementarzeichen hing.

»Du bist eine Elementar?«, fragte ich völlig perplex, worauf Ric für mich kurz zusammenfasste, was es mit den Symbolen in *Otherside* auf sich hatte.

»Ich war auf der Suche nach euch«, sagte der Junge. »Nathan schickt mich.«

»Wie heißt du?«, fragte Peter.

»Darian.«

Ric nickte ihm zu und bat ihn, uns zum Thronsaal zu begleiten.

»Weißt du, was Thyra genau vorhat, wenn sie in unserer Welt ist?«, wollte ich wissen, als wir durch einen der hellen Gänge rannten, durch die ich an meinem ersten Tag geführt worden war. Eigentlich wollte ich die Antwort gar nicht hören. Ich konnte es mir denken. Dieses machtgierige Biest.

Dasselbe schien auch Darian zu denken, denn er runzelte die Stirn und sah mich an, als sei ich nicht ganz richtig im Kopf, antwortete aber dennoch: »Sie will das erreichen, woran sie gemeinsam mit Elizabeth gescheitert ist. Sie will die Realität erobern.«

»Und wieso ist sie nicht einfach gleich mit all den Charakteren hinübermarschiert?«

»Thyra konnte nur eine einzige Person direkt in die echte Welt schicken, um den Handel abzuschließen«, sagte Darian. »All die Figuren, die Botschaften für die Realität hatten, mussten ja praktisch nur darauf warten, von irgendeinem Lesenden herausgelesen zu werden.«

»Welchen Handel?«, hakte Peter sofort nach und legte die Stirn in baumrindentiefe Falten.

»Das weiß ich nicht. Ich habe nur von anderen Bediensteten gehört, wie sie es einander erzählt haben.«

»Das bringt uns auch nicht weiter«, sagte Ric enttäuscht und bedeutete uns mit einem Kopfnicken, weiterzugehen. »Solange wir nicht wissen, mit wem Thyra in unserer Welt gearbeitet hat, kennen wir die Stärke unseres Gegners nicht.«

»Und wenn wir nichts unternehmen, werden wir nie erfahren, wer dieser Gegner ist, und ihn nicht bekämpfen können«, konterte Natalia.

Ich konnte die große Tür zum Thronsaal bereits sehen und erinnerte mich für einen Moment daran, wie ich vor gefühlten Jahren das erste Mal durch diese Tür geführt wurde und Zac erblickt hatte.

Ich schüttelte den Kopf. Das hatte Thyra wirklich gut eingefädelt: Mich aus diesem Teil der Handlung herauszulesen, als ich Ric nicht hatte ausstehen können oder mir nicht hatte eingestehen wollen, dass es anders war. Die Tür stand einen Spalt breit offen, aber kein Laut drang zu uns auf den Flur.

»Wenn dort so viele Leute sind, wie du behauptest, müssten sie doch irgendwelche Geräusche machen.« Ric musterte Darian und beobachtete gespannt seine Reaktion.

Dass er sofort losrannte, kam unerwartet. Ric setzte ihm nach und warf ihn mit einem Sprung zu Boden. Gleich darauf wurde Ric nach hinten geschleudert. Eine Falle? Zu welchem Zeitpunkt hatte Thyra Darian aus seiner Geschichte gelesen? Seine anfängliche Intention war, seinem dämonischen Vater zu gefallen und für die Dunkelheit zu kämpfen, ehe er in Form der Protagonistin des Buches ganz neue Beweggründe bekam. Wieso hatten wir nicht daran gedacht? Er war ein starker Magier.

Ric rappelte sich gerade benommen auf. Noch im Aufstehen verwandelte er sich in den Drachen, aber Darian befand sich bereits mit einem Bein im Thronsaal. Ric schleuderte ihm einen Feuerball hinterher, der jedoch in der geschlossenen Tür einschlug. Jeder von unserem Team kannte diesen feurigen Blick, mit dem er uns nun ansah: Auf in den Kampf!

Binnen Sekunden verwandelten wir uns direkt vor dem Zugang zum Thronsaal. Die Luft war erneut von purer Energie getränkt, als uns die Elemente umwehten. Coral stützte sich auf die Schultern von Natalia und David, ich schlüpfte aus meinen Kleidern hervor und flatterte direkt neben seinem Kopf, als Ric die Tür aufriss.

In einem hatte Darian nicht gelogen: Im Raum stand ein gigantisches Gemälde, dass die Haupthalle der *Bibliotheca* zeigte. Direkt daneben befand sich allerdings Thyra mit einem siegessicheren Lachen.

Dann stürzten von allen Seiten Söldner auf uns zu.

41. KAPITEL

Im selben Augenblick waren wir uns alle der Lage bewusst, berührten einander und schufen so eine Barriere, die zumindest für den Moment den Energiegeschossen der Dämonen standhielt, die vom Flur her auf uns eindrangen.

Ric und Josh schossen einen Feuerball nach dem anderen hinter die Barriere, doch es waren zu viele der dunklen Diener. Ich versuchte, sie mit meinem Element zurückzudrängen, jagte ihnen Sturmböen entgegen, die ihre Kleidung flattern ließ – mehr jedoch nicht. Peter hatte lediglich seine eigenen Triebe zum Kämpfen. Hier im festen Boden des Schlosses gab es keine Wurzeln, die er beherrschen konnte. Coral hingegen zog ihr Element aus der Umgebung, versuchte, es den Körpern der Söldner zu entziehen, doch es schien große Anstrengung zu verursachen. Sie schoss mit Wasser um sich und versuchte, die Angreifer wegzuschwemmen. Vergeblich.

Thyras Krieger rückten weiter auf uns zu, drängten uns immer tiefer in den Thronsaal hinein. Dort waren wirklich zahlreiche Charaktere versammelt, wie ich mit einem kurzen Blick um mich herum bemerkte. Einige davon waren alte Bekannte, die wir schon etliche Male in diese Welt zurückschicken mussten – friedlich gebunden oder im Kampf getötet.

Darian stand nun direkt neben Thyra, die ihn in diesem Moment anlächelte. Im nächsten verwandelte er seine Gestalt und ich wusste, wer uns nun gegenüberstand. Die Augen waren dieselben geblieben, auch das grobe Aussehen. Er war lediglich um ein paar Jahre gealtert. Vor uns stand Balthasar von Steinbach. Erschrocken keuchte ich auf.

Thyra hob den Arm und die Söldner standen sofort stramm. Es folgten keine weiteren Angriffe.

»Schön, dass ihr endlich zu uns gestoßen seid«, begann Thyra.

Ric schleuderte noch weitere Feuerbälle auf die Dämonen, die sich in schwarze Asche verwandelten. Es rückten allerdings ständig neue nach, damit wir nicht entkommen konnten.

»Hört auf, oder ich werde ihn töten!«, rief Thyra so laut, dass der Saal zu erbeben schien.

Zwei Wachen zerrten meinen Vater hinter dem großen Gemälde hervor. Mein Herzschlag setzte für einen Moment aus. Sein Hemd war blutgetränkt, sein Gesicht von blauen Flecken und getrocknetem Blut übersät, er konnte sein rechtes Auge kaum öffnen und hing eher in den Armen der Wachen, als dass er selbst ging.

Ric stellte sofort das Feuer ein, hielt die Hand jedoch erhoben – jederzeit zur Verteidigung bereit.

»Was willst du?«, zischte er.

»Hat Darian euch das nicht gesagt?« Sie lächelte und ihr Tonfall war der einer Mutter, die ihrem Kind etwas erklärte. »Ich möchte in eure Welt zurück. Aber nicht allein.« Sie deutete auf all die Charaktere, die den Thronsaal füllten. »Und dazu brauche ich eure Hilfe«, sagte sie mit einem boshaften Lächeln.

»Niemals!«, knurrte Ric und ein Hitzewall umgab uns.

»Dann werdet ihr euch von Nathan verabschieden müssen.«

»Nein!«, rief ich mit der Mickymaus-Stimme, die ich in meiner Elementargestalt hatte.

»Ihr dürft ihr nicht helfen«, stöhnte mein Vater und erhielt als Antwort einen weiteren Schlag in das geschundene Gesicht. Er krümmte sich vor Schmerz zusammen.

Ich litt mit ihm. Alles in mir schrie danach, ihm zu helfen und alles zu tun, was Thyra verlangte …

»Tu es nicht, Lin«, sagte mein Vater erneut und fixierte mich mit seinem Blick.

Das würde ich ja, wollte ich ihm zurufen, doch ich konnte nicht. Er war mein Vater! Tränen rollten aus meinen Augenwinkeln, Ric sah mich hilflos an. Er wollte mich in den Arm nehmen, aber in meiner winzigen Elementargestalt ging das nicht. Daher hielt er mir seine Drachenpranke hin und ich setzte mich darauf, um überhaupt eine Art Trost zu bekommen.

»Ich verspreche euch, dass ihm nichts geschehen wird. Öffnet nur dieses eine Portal für mich«, säuselte Thyra.

Ich presste die Lippen zusammen und schüttelte den Kopf.

»Dann eben auf die harte Tour.« Thyras Gesichtsausdruck veränderte sich schlagartig und die Bosheit war nun nicht mehr zu leugnen. »Würdest du?« Sie sah zu Balthasar hinüber und der nickte, ehe er nach vorne trat und die Arme hob.

Ein mächtiger Zauber drang auf uns ein, schob uns gegen unseren Willen immer weiter auf das Bild zu, das in diesem Moment zu Boden glitt. Wie Puppen arrangierte uns der Zauber und ich spürte sofort, dass ich zum östlichen Rand des Bilderrahmens geschoben wurde. Die Himmelsrichtung meines Elements. Goldene Ornamente schwebten vor unseren Augen, als Balthasar sein Ziel erreicht hatte.

Thyra nickte ihm dankend zu. »Maximilian!«, rief sie und weitere Wächter führten Max durch die wartende Menge. Er stemmte sich ihnen entgegen und weigerte sich, näherzukommen, aber er hatte keine Chance gegen die Söldner.

Ich wollte meine Hand heben, um die beiden wegzuschleudern, doch ich konnte mich nicht bewegen. Ich war erstarrt, noch immer in Balthasars Zauber gefangen.

Thyra trat näher, gemeinsam mit Balthasar. Was mich in dem Moment aber weit mehr schockierte, war die Tatsache, dass sie seine Hand ergriff.

Dann ging alles ganz schnell. Thyra nickte den Wachen zu, die Max daraufhin auf das Gemälde schubsten. Doch anstatt zu Boden zu gehen, glitt er durch das Bild hindurch, wie er es bereits mit mir getan hatte, als wir in den Garten geflohen waren. Ihm folgten sofort die ganzen Söldner, die sich mittlerweile um uns geschart hatten. Ich versuchte, mich Balthasars Bann zu entziehen, sah, wie auch Ric,

Coral und Peter sich anstrengten, sich aus der Erstarrung zu lösen. Doch keiner von uns hatte Erfolg.

Während die Seelenlosen, die den Raum bevölkert hatten, in Gruppen auf das Bild zumarschierten, als folgten sie einer einstudierten Choreographie, sah ich in einer Ecke des Raumes endlich Ophelia, die tränenüberströmt zusah, was hier vor sich ging. Sie wirkte so hilflos. Rasch sah ich mich nach Natalia und David um. Beide waren scheinbar ebenfalls erstarrt und versuchten, dagegen anzukämpfen. Ausrichten hätten sie jedoch eh nichts können.

Wir alle waren in eine Falle gelaufen. Thyra hatte geplant, dass ich aus meinem Zimmer entkommen und die anderen retten würde. Sie hatte nur die Macht der vier Elemente gebraucht. Erneut war wieder alles von ihr genau berechnet gewesen. Sie hatte mich geholt, weil sie sich sicher gewesen war, dass der Rest des Teams folgen würde. Das war Plan A. Ich erinnerte mich an die Worte meines Vaters, der davon gesprochen hatte, dass die auserwählten Seelenlosen mit ihrer Botschaft Plan B seien. Auch Zac war, wie mein Vater vermutet hatte, nur eine Spielfigur gewesen. Sie hatte mich nicht für ihn hergebracht. Thyra brauchte die Macht aller vier Elemente.

Aber wo war Zac während der ganzen Zeit gewesen, als ich gefangen und eingesperrt war? Auch jetzt konnte ich ihn nirgendwo entdecken. Nicht in diesem Strom von Seelenlosen, die durch das Bild schritten. Was hatte es mit dem Handel auf sich, den Darian erwähnt hatte? Ich speicherte die Frage für später.

Die Wachen, die meinen Vater festgehalten hatten, waren mittlerweile ebenfalls durch das Bild gegangen. Sein Körper lag regungslos auf dem Boden. In mir schmerzte alles, erneut wehrte ich mich gegen diesen Bann. Tränen rannen aus meinen Feenaugen, ich versuchte, meine Flügel zu bewegen, probierte, ob ich mich zurückverwandeln konnte, um dieses verdammte Portal zu schließen. Doch nichts davon gelang. Durch einen Schleier aus Tränen musste ich zusehen, wie Thyra und Balthasar Hand in Hand auf das Gemälde zuschritten und darin verschwanden.

Schließlich entließ uns der Bann und ich schoss in die Höhe, da meine Flügel endlich wieder auf meinen Willen reagierten. Ric schleuderte Feuer um sich, Coral stürzte zu Boden, weil sie auf ihrem Fischschwanz nicht von allein stehen konnte.

Ich rauschte hinüber zu meinem Vater und Ophelia schrie los, als hätte sie meine Gedanken erraten: »Ihr dürft euch nicht zurückverwandeln, sonst seid ihr für immer hier gefangen.«

Zu spät. Zumindest ich verwandelte mich bereits zurück.

Noch während ich halb fliegend, halb stolpernd in die Höhe wuchs, verloren die goldenen Ornamente, die über dem Bild geschwebt waren, an Farbe und sanken in das Gemälde hinein. Josh stieß einen lauten Schrei aus, Ophelia hielt sich mit schmerzerfülltem Blick den Kopf. Ich sah zu Ric, der sofort an meine Seite kam und sich neben meinen Vater kniete, um ihn zu untersuchen. Ein tränenersticktes »Nein!« entfuhr mir, als er die Lippen zusammenbiss und den Kopf schüttelte.

Nein! Das durfte nicht sein! Er hatte mit alldem nichts zu tun!

Ich rannte zu Coral, die gerade von David in seine Arme gehoben wurde. »Du musst ihm helfen!«, schrie ich.

David setzte Coral bei meinem Vater ab. Ihr Fischschwanz zuckte vor Aufregung, als sie sich über ihn beugte und ihm die Hände auf seine Brust drückte. Sofort strahlten sie einen goldenen Schimmer ab, der von der Kleidung meines Vaters absorbiert wurde. Doch noch immer regte sich nichts. Ric, der den Puls meines Vaters fühlte, schüttelte den Kopf.

Verzweifelt legte ich meine Hand auf Corals Schulter, leitete mein Element an sie weiter. Das heilende Licht wurde stärker, aber es half nichts. Mein Vater war tot. Tränen liefen mir über die Wangen. Ich fühlte mich in diesem Moment so verloren. Allein. Ric rückte näher zu mir, legte den Arm um mich und zog mich fest an seine Brust.

»Mein Vater ist tot«, schluchzte ich. »Er hätte nicht einmal hier sein sollen. Zac und Thyra wollten immer nur mich.« Ich hätte niemals für möglich gehalten, wie schmerzhaft eine solche Erkenntnis sein konnte.

»Er hat es so gewollt«, sagte Ophelia. »Er kannte die Vision. Er hat sich geopfert.« Auch sie presste nun die Lippen zusammen und Tränen rannen aus ihren Augen. »Er hat mir einmal gesagt, dass die Wächter geschworen haben, die Menschen da draußen zu beschützen.«

Der Schmerz in meinem Inneren war kaum zu ertragen. Ric presste mich mit beiden Armen an seine Brust und trotzdem fühlte ich mich endlos weit von ihm entfernt. Allein in meiner eigenen Welt.

Bis sanfte Töne zu mir durchdrangen. Coral hatte ein Lied angestimmt, das an Melancholie nicht zu überbieten war. Es hätte einem Komiker Tränen in die Augen getrieben, doch es nahm mit jeder Silbe ein wenig Schmerz von mir, bis ich zumindest wieder klar denken konnte.

Ophelia hatte recht. Wir mussten heraus aus dieser Geschichte. Dort draußen gab es noch mehr Menschen, die wir liebten. Jeder von uns hatte Verwandte, Kollegen und Freunde, die nun überrannt wurden. Ich konnte nur hoffen, dass in unserer Welt Vorsichtsmaßnahmen getroffen worden waren.

Ich dachte an meine Mutter, die bereits ihren Mann verloren hatte. Nun war ich hier in *Otherside* gefangen und sie wusste es nicht. Es würde sie zerstören, mich auch noch zu verlieren – ganz gleich, wie unser Verhältnis immer gewesen war.

Ich straffte mich, was Ric erleichtert ausatmen ließ. Er erhob sich und reichte mir die Hand. Meine Beine, ja mein ganzer Körper, zitterten noch und ich hatte Probleme, das Gleichgewicht zu halten. Was jedoch nicht nur an mir lag. Die Erde bebte, das Schloss erzitterte mehrere Male, ehe es genauso abrupt aufhörte, wie es begonnen hatte. Irritiert sah ich mich um, doch dann zogen laute Schritte meine Aufmerksamkeit auf sich.

»Bei allen Dämonen«, fegte eine Stimme über uns hinweg und alle Blicke richteten sich auf Zac, der soeben in den Thronsaal stürmte. »Lin!« Er stürzte auf mich zu und riss mich von Ric weg, der erst etwas zeitversetzt mit einem Knurren reagierte und versuchte, mich von Zac zu lösen.

Er wirkte auf mich verändert, nicht so abwesend wie während der letzten Tage. In seinen Augen blitzte das auf, was ich bei unserer ersten Begegnung in unserer Welt gesehen hatte: Als sei ich das allergrößte Geschenk und als empfinde er tiefste Dankbarkeit, dass er es auch nur ansehen dürfte. Er zog mich noch näher an sich und umarmte mich so fest, dass mir die Luft wegblieb. Dann schob er mich etwas von sich und betrachtete mich, als sähe er mich das erste Mal.

»Du hast geweint«, stellte er fest. Das war ja nicht zu leugnen. Schon im nächsten Moment sah er an mir vorbei. Ich erkannte an seiner Mimik, wann er meinen Vater entdeckte. »Es tut mir so leid, Lin.« Mit diesen Worten presste er sich wieder an mich und ich versank in seinem Geruch nach Natur und … Büchern.

Die Tränen flossen erneut. Ich war zu kraftlos, um mich zu widersetzen.

Das erledigte Ric für mich. Mit einem Grollen, das tief aus seiner Brust drang, riss er mich aus Zacs Umarmung. »Was tust du noch hier?«, fragte er knurrend und schob mich hinter sich.

»Ich …«, setzte Zac an und fuhr sich nervös durch die Haare. »Thyra hat mich die ganze Zeit beeinflusst. Ich … Es tut mir so leid.« Er schüttelte den Kopf. Sein ganzes Selbstbewusstsein und der Glanz, den er eben noch ausgestrahlt hatte, verloren sich in einem grauen Nichts. »Ich habe gewusst, was sie vorhat. Ich wusste alles. Und doch habe ich nie den Drang verspürt, etwas dagegen zu unternehmen.« Er sah zu Boden, er ballte die Hände zu Fäusten. »Sie hat mir den Grund genommen, zu kämpfen. Für dich zu kämpfen.« Mit einem Funkeln in den Augen, einem Aufblitzen seiner alten Willensstärke griff er nach meiner Hand. »Ich werde alles dafür tun, um es wieder gutzumachen.«

»Bis Thyra kommt und dir noch mal etwas einflüstert«, konterte Ric sarkastisch und schlug Zacs Hand beiseite. »Vergiss es!«

»Er ist wieder er selbst«, wandte Peter ein. »Er kann uns helfen, hier rauszukommen.«

Ric warf ihm sofort einen tödlichen Blick zu.

»Peter hat recht. Wenn Zac wirklich alle Pläne kennt, weiß er auch, wie wir hier rauskommen können.« Natalia stellte sich zwischen Peter und Josh, der etwas verloren wirkte.

Ric blieb misstrauisch und ich konnte ihn verstehen. Er verschränkte die Arme vor der Brust und machte sich groß. »Dann erzähl mal, was wir noch nicht wissen.«

Und Zac erzählte.

Insbesondere Joshs Augen wurden dabei immer größer. »Ihr seid euch sicher, dass …« Josh starrte Zac mit offenem Mund an und schüttelte unentwegt den Kopf.

Zac hingegen nickte bestimmt. »Elizabeth ist eine Ahnin von dir. Sie hat zuerst *Otherside* verfasst und sich anschließend selbst in die Geschichte geschrieben.«

Es dauerte einen Moment, bis dieses neue Wissen endlich in meinem Hirn ankam. »Elizabeth hat sich in die Buchwelt geschrieben?«

Josh war kreidebleich und sah aus, als würde er jeden Moment umkippen. Natalias Hand zuckte in seine Richtung – bereit, ihn zu stützen, sollte ihn die neueste Erkenntnis tatsächlich umhauen. Auch Coral hatte sich mittlerweile zurückverwandelt und stand an Davids Seite, ihre Hand ruhte in der von David.

»Sie wollte von hier aus die Buchwelt beschützen. Thyra hat etwas von einem *Zentrum der Macht* erwähnt, von dem aus sie alles kontrollieren konnte. Als der Verfall der Buchwelt weiter voranschritt, hat sie keine andere Möglichkeit gesehen, als das in Gang zu setzen, was am letzten Samhain geendet hatte.« Zac senkte betroffen den Blick.

Ich wusste, dass er daran dachte, wie er versucht hatte, mich zu töten. Für einen Moment bekam ich eine Gänsehaut bei der Erinnerung daran und erschauderte. Ric presste mich an seine Seite und rieb mir über den Oberarm.

Peter hingegen analysierte das Gesagte und plante. »Dieses *Zentrum der Macht* hat es Thyra ermöglicht, in unsere Welt zu gelangen?« Er deutete mit der Hand auf das große Gemälde mitten im Saal, das nur noch ein Gemälde war.

Zac schüttelte den Kopf. »So groß ist die Macht nicht. Sie konnte nur einen durch das Portal schicken.« Zacs Blick zuckte kurz zu Ophelia, die ihre Lippen fest zusammenpresste. »Maximilian Morgenstern hat dein Buch hierher geholt und Thyra hat mich gezwungen, dich herauszulesen. Sie wusste, dass ihr alle«, er sah den Rest meines Teams nacheinander an, »kommen würdet, um Lin zu retten. Sie brauchte die Macht aller vier Elemente, um das Portal aufrechtzuerhalten. Ihr Plan ist aufgegangen.«

»Und wie sollen wir nun hier rauskommen?«, fragte Natalia und die Hoffnung, die in ihren Augen glitzerte, versetzte mir einen Stich. Ich wagte es nicht einmal, zu hoffen.

»Wir suchen dieses Zentrum der Macht«, sagte Peter entschlossen. »Und dann treten wir der Dame ordentlich in den Hintern.«

Aus seinem Mund klang die Drohung so absurd, dass ich unwillkürlich auflachte. Es war ein schrilles Lachen. Dennoch sorgte es dafür, dass meine Entschlossenheit zurückkehrte. Ich wischte mir die letzten Tränen aus den Augen und holte tief Luft.

Wir würden nicht aufgeben. Das hier war *Otherside*, die Buchwelt. Ein Ort, an dem alles möglich war. Ein Ort, an dem Träume und Hoffnungen selbst unter den widrigsten Umständen wahr werden konnten. Was wäre die Buchwelt ohne die vermeintliche Hoffnungslosigkeit, aus der wahre Helden und Heldinnen hervorgingen? Frauen wie Katniss, Hermine oder Annabeth, die an ihren Herausforderungen wuchsen. Männer wie Harry, Percy oder Bilbo Beutlin.

Ich sah zu meinem Vater hinab und ließ für einen kurzen Moment den Schmerz zu. Wir würden ihn hier bestatten. So, wie es sich für den Helden gehörte, der er definitiv war. Ich schluckte die Tränen hinunter.

Und anschließend würden wir dafür kämpfen, dass keine weitere Person ein solches Schicksal erleiden musste.

Ich griff nach Rics Hand. Wir waren wieder zusammen. Dann würden wir den Rest auch schaffen.

EPILOG

Der Netzhautscanner piepte zweimal und die Sicherheitstür öffnete sich. Die Sterilität des Zentrums sorgte bei ihr wie immer in letzter Zeit für ein inneres Unwohlsein, das sie bis dahin nicht gekannt hatte.

Laurie ging den langen, hell beleuchteten weißen Gang entlang an all den Laboren vorbei in den Wohnbereich des Zentrums. Mit ihrem Fingerabdruck öffnete sie ihr Zimmer und betrat den krankenhauszimmerähnlichen Raum.

»Willkommen, Junioragentin Nummer sieben«, sagte die männliche Stimme aus den Lautsprechern freundlich. »Sie sind zu spät. Ihr Bericht wird bereits erwartet.«

Seufzend lief Laurie zu dem Pad, das auf dem kleinen Tisch lag, und ging die Nachrichten durch. Der Supervisor höchstpersönlich hatte ihren Bericht angefordert. Seit sie immer mehr in die Gruppe der Wächter integriert worden war, war das Interesse des Unternehmens an ihr erschreckend schnell gewachsen. Doch Laurie war sich nicht sicher, ob sie tatsächlich das Richtige tat, wenn sie die Zentrumsleitung mit Informationen versorgte.

Obwohl sie schon seit Jahren als Ermittlerin tätig war, hatten sich wirkliche Zweifel erst geregt, als sie Perry davon überzeugt hatte, mit der Zunft zu kooperieren, von der sie durch ihren Vorgesetzten erfahren hatte. Die Zunft stand ebenso unter ständiger Beobachtung wie die Bibliothekare. Die Agenten hatten herausgefunden, dass die

Zunft *Die Chroniken der Wächter* Thyra zugespielt hatte. Thyra hatte die Buchfiguren die Außenwelt vergessen lassen, um die Zunft zu erpressen – also diejenigen, die nun ebenfalls nicht mehr einschreiten konnten, wenn sich in der Buchwelt etwas veränderte. Die Zunft ging nur zu gern auf den aus ihrer Sicht naiven Handel ein – die Folgen hatte niemand bedacht.

Laurie war beauftragt worden, die Übergabe zu überwachen und den Termin zu koordinieren. Thyras Bote war aus einem Gemälde getreten. Nachdem er Josh bewusstlos gesetzt hatte, hatten der Bote und Laurie Josh in die Bibliothek geschafft. Gleich nach dem Austausch der Bücher war der Bote verschwunden und Laurie musste mit einem kleinen Klick das letzte Bild – die letzte Spur – vernichten.

Gegen den Befehl, das Institut zu überfallen und *Otherside* zu stehlen, hatte sie jedoch beinahe aufbegehrt. Sie wollte nicht, dass die Wächter, mit denen sie in ihrer vermeintlichen Ausbildung so viel Zeit verbracht hatte, zu Schaden kamen. Doch der Supervisor hatte sie im letzten Moment überzeugt. Die Zukunft gehörte der Wissenschaft und nicht irgendwelchen fantastischen Gedanken und Träumereien. Für solche gab es keinen Platz in dieser Welt.

Die einzige Möglichkeit, die Zukunft zu retten, bestand darin, die Fantasie und ihre Unterstützer zu vernichten. Mit neuer Entschlossenheit tippte sie ihren Bericht über die heutigen Entwicklungen in das Eingabefeld des Pads.

Und was ist mit Josh?, fragte eine innere Stimme. Etwas, das es in der Welt der Wissenschaft nicht geben durfte. Eine Welt, in der nur rationale Gedanken zählten, nicht jene, die für Verwirrung sorgten. Laurie machte sich Sorgen, seit sie diese Stimme das erste Mal gehört hatte. Sie gehörte nicht zu einer Agentin. Niemand durfte davon erfahren. Genauso wenig wie von ihren verwirrenden Gefühlen für Josh. Denn für Gefühle gab es im Zentrum genauso wenig Platz wie für Fantasie und Magie.

Der Touchscreen ihres Pads verdunkelte sich für einen Moment, ehe eine Sondersendung des lokalen Nachrichtensenders eingeblendet wurde.

Rund um die *Bibliotheca Elementara* veränderte sich das Stadtbild, wurde älter und glich wie am letzten Samhain wieder der Kulisse des Buches *Otherside*. Schreie waren im Hintergrund zu hören, als der Reporter berichtete, dass es zu zahlreichen tödlichen *Zwischenfällen* gekommen war, ehe eine Frau den Reporter zur Seite schubste und das Wort an die Zuschauenden richtete: *»Mein Name ist Thyra Bonfire. Von diesem Moment an werden Sie alle jedem meiner Befehle gehorchen.«*

Während das Bild schwarz wurde, hatte Laurie nur einen Gedanken: Was war mit Josh geschehen?

Band 3

PROLOG

Die Sonne brannte vom Himmel über dem Schloss von Erea, als ich die erste Schaufel Erde in die Grube warf. Sie traf Tolkiens Meisterwerk. Saurons Auge auf dem Cover war nun zur Hälfte bedeckt. Ich hielt den Blick gesenkt, bis mir Ric seine Hand auf den Rücken legte und mich vorsichtig an seine Brust drückte, als könne ich jeden Moment zerbrechen. Doch meine Tränen waren versiegt. Übrig geblieben war nur das Sinnen nach Rache. Thyra würde für das büßen, was sie mir angetan hatte.

Einer nach dem anderen nahm die Schaufel an sich und bedeckte meinen Vater und seine Lieblingsbücher, die wir ihm mit auf seine letzte Reise gegeben hatten, mit Erde. Mein Blick glitt die Reihe meiner Freunde entlang – alte und neue.

Ric neben mir, der meine Hand fest drückte und mit seiner Elementarkraft Wärme sendete.

Seine Schwester Natalia, die noch im letzten Jahr Macht über alle vier Elemente besessen hatte und mit Thyra um ihren Körper hatte kämpfen müssen. Dennoch hatte sie sich Ric angeschlossen, um mich zu retten.

Danach Peter, der schüchterne Erdelementar, ein Fels in der Brandung.

Coral, die hier in der Buchwelt ihrer wahren Liebe begegnet war: dem jungen Seelenlosen David, der seinen Blick nur für Sekunden von ihr losreißen konnte.

Neben David stand Josh, der Feuerelementar, den wir immer für einen Verräter gehalten hatten und der ebenso Thyras Intrigen unterlegen war wie wir anderen.

Mit etwas Abstand Zacharias Clay. Der Held des Buches *Otherside*, der von Thyras Mutter Elizabeth extra für mich geschrieben worden war und der mich immer noch wie das größte Geschenk seines Lebens ansah. Eine Eigenschaft, die Ric zur Weißglut brachte. Aber wir brauchten seine Hilfe. Nun, da Thyra keinen Einfluss mehr auf ihn hatte, konnte er uns helfen, in unsere Welt zurückzukehren.

Sie alle wurden vom Duft nach Meer umgeben. Corals Element schlang sich um uns, während ihr Sirenengesang über die Wiese schwebte. Coral hatte ein Lied angestimmt, das sie ganz offensichtlich speziell für mich komponiert hatte, daran ließ kein Ton einen Zweifel. Die Sirene transportierte mit jeder Silbe so viele Emotionen, dass jeder normale Mensch damit überfordert gewesen wäre. Sie sang über meinen Vater und dessen Leben – über all das, was ich ihr erzählt hatte, um mich an ihn zu erinnern. Sie hatte jede noch so kleinste Anekdote in ihr Lied eingewebt. Sie sang nicht nur von meinem Vater, sie fasste unsere Erlebnisse zusammen, die uns an diesen Punkt gebracht hatten.

Wir alle hatten geglaubt, die Buchwelt und die Realität wären wieder im Gleichgewicht, nachdem wir am letzten Samhain dafür gesorgt hatten, dass die Fantasie der Menschen wieder grenzenlos war. Doch das war ein Trugschluss gewesen, wie Josh erklärt hatte. Das Lesen der Menschen hätte nie so schnell Wirkung gezeigt, dass all die Seelenlosen, die durch den Schleier der Welten getreten waren, binnen Sekunden in ihre Geschichten hätten zurückgerissen werden können.

Es waren Mitglieder der sogenannten Zunft gewesen, die die Menschheit gerettet hatten. Sie konnten die Seelenlosen beeinflussen, indem sie ihnen soufflierten, was sie zu tun hatten. Auch Josh gehörte der letzten Familie an, die diese besondere Gabe besaß. Doch er war kein Flüsterer – er war ein Schreiber, konnte die Worte in einem Buch bewegen wie in einem Manuskript und so den Verlauf der Geschichte beeinflussen. Sein Vater hatte dasselbe Talent. Er sah die einzige Chance, die Verkettung von Ereignissen, die Thyra hier in Otherside in Gang gesetzt hatte, zu beenden, darin, dass er meine Freunde zu mir in die Buchwelt geschickt hatte.

Doch all das hatte zu Thyras finsterem Plan gehört. Sie war davon ausgegangen, dass Ric und meine Freunde versuchen würden, mich zu befreien, wenn sie mich aus den *Chroniken der Wächter*, die sie durch eine Intrige in ihren Besitz gebracht hatte, nach Otherside las. Sie brauchte die Macht aller vier Elemente, um das Tor zur Realität zu öffnen.

Nachdem Thyra und ihr neuer Partner Balthasar durch das Portal getreten waren – durch ein riesengroßes Gemälde der *Bibliotheca Elementara* –, hatte ich mich zurückverwandelt, um meinem Vater zu helfen, den Thyras Schergen übel zugerichtet hatten. Aber ich war nicht nur zu spät gekommen, ich hatte uns auch gleichzeitig den einzigen Weg in die Realität versperrt, weil das Portal nur mithilfe aller vier Elemente bestehen konnte. Sobald ich mich zurückverwandelt hatte, schloss es sich – was sicher genau so von Thyra geplant gewesen war.

Mein Vater war als Held gestorben. Er hatte gewusst, was ihm bevorstand, kannte die Vision der Phoenicrus Ophelia. Und dennoch war er seinem Schicksal entgegengetreten und hatte gehofft, den Übertritt von Thyra und Balthasar verhindern zu können.

Die letzten Töne von Corals Gesang lagen noch über der Lichtung, als Peter sein Element bat, meinen Vater zu sich zu holen. Die Erde kam seinem Wunsch nach, füllte die Grube vollständig aus. Gleich darauf waren die ersten zarten Pflanzentriebe zu sehen, die wie im Zeitraffer emporwuchsen und Blüten bildeten. Lilien. Weiße Lilien, die Lieblingsblume meines Vaters. Inmitten des Blütenmeeres reckte sich ein Bäumchen in die Höhe, bildete immer weitere Äste, die sich schützend über die letzte Ruhestätte meines Vaters beugten. Die Geste ergriff mich so sehr, dass doch noch eine letzte Träne kullerte.

»Danke«, flüsterte ich, während die Trauerweide einen Kokon für meinen Vater bildete. Einen Kokon in der Mitte der Lichtung, auf der so vieles geschehen war.

Ric zog mich an sich und spendete mir Trost.

»Du wirst immer mein größter Held bleiben«, erklärte ich meinem Vater in Gedanken, ehe ich das salzige Nass auf meiner Wange mit dem Handrücken wegwischte und mich zu den anderen umwandte.

Wir mussten einen Weg zurück in die Realität finden und die Menschheit retten.

1. KAPITEL

Gemeinsam mit ein paar anderen Agenten verfolgte Laurie den Newsfeed der weltweiten Nachrichtensender im Aufenthaltsraum des Zentrums. Mittlerweile lief die Botschaft der Seelenlosen Thyra an die Menschheit nicht mehr nur auf dem Lokalsender.

Der große Screen, der die gesamte Seitenwand des Raumes einnahm, war in etliche kleine Fenster gesplittet. Über ihr In-Ear-Implantat hörte Laurie immer den passenden Ton zu dem Bild, das ihre digitale Kontaktlinse erfasste.

Das erste offizielle Statement des Oberhaupts des Zentrums lief auf sämtlichen Splitscreens der obersten Reihe in Endlosschleife, Rechtfertigung und Motivation in einem: »Wir haben immer gewusst, wie gefährlich Fantasie sein kann. Seit Jahren bekämpfen wir Träume und Illusionen, die über Bücher transportiert werden. Wir dürfen niemals Fremden die Macht über uns geben. Die aktuellen Berichte zeigen uns die Folgen. Die Menschheit wird unterdrückt, das Szenario übertrifft selbst die schlimmsten Dystopien, die Autoren so arglos erschaffen haben. Die Zeit ist gekommen, um uns der Welt zu zeigen.«

Keiner der Agenten wusste, wann es so weit sein und die körperlose Stimme, die man nur *den Professor* nannte, wirklich ins Licht treten würde. Laurie war seit ihrem dritten Lebensjahr hier im Zentrum und hatte den obersten Chef noch nie zu Gesicht bekommen.

Auf Videos wie diesem hier saß er stets im Dunkeln, ein greller Scheinwerfer war auf die graue Wand hinter ihm gerichtet, sodass nur die Umrisse der Person davor zu erkennen waren. Laurie wusste nicht einmal, wo genau im Zentrum er wohnte. Selbst seine Stimme war etwas verzerrt, klang blechern, was nicht an der Technik liegen konnte – denn die war im Zentrum mehr als nur auf dem neuesten Stand, wenn nicht sogar visionär.

Dem kurzen Statement von Thyra folgten Aufnahmen der Großstädte rund um die Welt – und die glichen den schlimmsten Endzeitromanen. Wären es Trailer für Kinofilme, würde Laurie zu den gelungenen Special Effects gratulieren.

Das Weiße Haus stand in Flammen, ebenso das UN-Hauptquartier in New York und das Reichstagsgebäude in Berlin. Überall hatten Dämonen die Symbole für Rechtschaffenheit und politische Ordnung zerstört. Eine gelungene Taktik von Thyra. Denn mit diesen verhältnismäßig kleinen Zerstörungen demonstrierte sie ihre Macht und schuf Panik unter den Menschen weltweit. Eine Panik, die Menschen zu Monstern machten – Diebstähle, Vandalismus, erste Verkündungen über das Ende der Welt … Niemand ahnte, dass die Zerstörung zahlreicher Bibliotheken direkt mit diesen Anschlägen zusammenhing – Thyras Angriff auf die Wächter der *Bibliotheca Elementara* und gleichermaßen auf die Zunft.

Laurie erkannte die Zusammenhänge – auch sah sie, dass die neue Kooperation, zu der Bibliothekare und Zunft getrieben worden waren, ebenso Teil von Thyras großem Plan gewesen war.

Was ist nur mit Josh passiert? Die verbotene innere Stimme meldete sich wieder und Laurie fuhr zusammen. Dieser hinterfragende Teil ihres Unterbewusstseins war im Zentrum nicht willkommen. Im Handbuch des Professors stand explizit, dass eine solche Stimme meldepflichtig war. Laurie erschauderte, als sie daran dachte, was mit einer anderen Junioragentin geschehen war, die der Anweisung nachgekommen war. Sie war in den Krankenflügel gebracht und am Gehirn operiert worden. Danach war sie nicht mehr wiederzuerkennen – und die Ärzte feierten es dennoch als erfolgreichen Eingriff.

Lauries digitale Kontaktlinse, die DigiLens, zeigte ihr eine neue Nachricht des Supervisors an. Laurie hasste es, Mitteilungen über die Linse abzurufen, und griff zu ihrem Pad.

Einsatzbesprechung Raum 2.12.

Seufzend erhob sich Laurie gemeinsam mit anderen Junioragenten, die kurz zuvor ins Nichts gestarrt hatten – sie hatten wohl keine Probleme damit, Nachrichten via DigiLens zu lesen. Wie mechanisch ging Laurie los, darauf bedacht, sich ihre Neugierde nicht anmerken zu lassen. Sie hoffte auf Neuigkeiten über die in der Buchwelt gestrandeten Wächter. Sie musste einfach wissen, ob es Josh gut ging. Die Emotionen, die sie beim Gedanken an den Feuerelementar überrollten, verbarg sie, wie sie alle Gefühle verbarg. Sie konnte es sich nicht leisten, aufzufallen. Emotionen und Gefühle waren nicht das, wofür das Zentrum stand: Wissenschaft, Technik und die Zukunft der Menschheit, die nicht durch unkontrollierbare Emotionen oder Fantastereien zerstört werden durfte.

Auf dem Weg in die zweite Etage dachte sie an ihren Unterricht bei dem Androiden Einstein zurück. Die vergangenen Kriege der Menschheit hatten ihren Ursprung immer in Emotionen gehabt. Die zahlreichen Kriege des Glaubens waren der beste Beweis dafür und Laurie hatte verstanden, was Gefühle bei Menschen anrichten konnten. Vor allem was Menschen anrichten konnten, wenn sie die Gefühle anderer für ihre Zwecke missbrauchten.

Laurie betrat als Erste Raum 2.12. Er sah genauso aus wie alle anderen nicht privaten Räume im Zentrum. Die Wände bestanden aus einem Hightech-Material, das der Optik von Milchglas glich. Dieses Material konnte jedes x-beliebige Bild projizieren – wenn auch nicht so hochauflösend wie die richtigen Screens. In unbenutztem Zustand leuchtete es matt wie indirektes Licht. Mitten im Raum schwebte eine Projektion des Buches *Otherside* und wurde von ihrem Supervisor Nate ohne Berührung umgeblättert. Laurie brannte darauf, zu erfahren, wie es Josh ging.

Mit starrem Gesichtsausdruck und dem nötigen Desinteresse in der Mimik trat sie an Nates Seite.

2. KAPITEL

Wir hatten uns erneut alle im Thronsaal versammelt und starrten auf das immer noch auf dem Boden liegende Gemälde der großen Halle der *Bibliotheca Elementara*. Sehnsucht zupfte tief in mir – gefolgt von düsteren Gedanken, die ich am liebsten sofort verdrängt hätte: Was war geschehen, nachdem Thyra und Balthasar durch das Portal verschwunden waren? Hatten die Wächter – oder Joshs Vater, der *Otherside* gelesen und uns geholfen hatte – genügend Zeit gehabt, die Bibliothek irgendwie zu versiegeln, damit Thyra und die anderen nicht entkommen konnten?

Ich wusste nicht, ob so etwas möglich war, doch ich hoffte es inständig.

Die Beerdigung meines Vaters war nun zwei Tage her, aber ich wusste, dass die Zeit hier anders ablief als in der Realität. Hoffentlich tat sie das zu unseren Gunsten. Denn in diesen zwei Tagen hatten wir nichts gefunden, das uns weiterbringen könnte, und Ophelia hatte keine einzige Vision gehabt, so sehr sie sich auch anstrengte.

»Ist alles in Ordnung mit dir?«, fragte Zac und trat auf mich zu, die Hand bereits erhoben, um mir Trost zu spenden. Rics mörderischen Blick beachtete er gar nicht. So ging es nun schon, seit Zac in den Thronsaal gestürmt war und uns seine Hilfe angeboten hatte. In jenem Moment war ich, wie immer direkt nach der Verwandlung, nackt gewesen.

Ric traute ihm nicht und seine Eifersucht auf meinen früheren Schwarm machte es nicht besser. Ric war ein Mensch, der seine negativen Emotionen schlecht verbergen konnte. Er war impulsiv, direkt, ohne Rücksicht auf Verluste – ganz wie sein Element Feuer. Hätte er Zac damit töten können, hätte er es getan. Vielleicht hatte er es bereits versucht, aber gegen den ehemaligen dämonischen Söldner hatte er keine Chance. Wenn es um Kraft und Talent ging, waren sie ebenbürtige Rivalen.

Ich versuchte, Zac unauffällig anzudeuten, dass er Ric nicht weiter reizen sollte – aber in Sachen Empathie waren sich die beiden auch nicht unähnlich und selbst ein Wink mit dem Zaunpfahl konnte sie nicht von ihrem Vorhaben abbringen. Mit der Hand berührte Zac meinen Oberarm, und ohne dass ich es wollte, ging von der Stelle ein kurzes Kribbeln aus. Nahezu im selben Augenblick wurde Zac von einem kleinen Flammenstoß getroffen und zur Seite geschleudert.

Ich seufzte. Die beiden benahmen sich wie kleine Kinder, die sich um ein Spielzeug stritten. Nur dass *ich* dieses Spielzeug war und genau wusste, was ich wollte. Auch wenn tatsächlich noch irgendwo tief in mir Gefühle für Zac da waren, so beruhten diese eher auf Erinnerungen an schöne Zeiten. Es gab nun einmal Buchfiguren, die man nie im Leben vergaß – Zac war eine solche. Uns verband eine lange gemeinsame Zeit als Leserin und Protagonist. Aber mehr nicht.

Bei Ric hingegen verursachte jeder noch so kurze Blick in seine goldenen Augen einen Emotionstornado wie in einem kitschigen Buch. Alles in mir sehnte sich danach, in unser normales Leben zurückzukehren, meine ehemals beste Freundin zurück in ihre Geschichte zu schicken – oder am besten für immer zu vernichten, sollte dies möglich sein – und die nächsten sechs Monate (mindestens!) mit Ric allein in meiner Wohnung zu verbringen, ohne auch nur einmal gestört zu werden.

Ich biss mir auf die Lippe beim Gedanken daran, was wir alles anstellen könnten. Dann räusperte sich Natalia. Grrrr! Nicht einmal in Gedanken ließ sie mich mit ihrem Bruder allein! Fürs Stören hatte sie ein unglaublich gutes Talent.

»Ich will gar nicht wissen, welchen der Jungs du gerade in Gedanken ausziehst. Aber ich wette, deine Gedanken sind alles andere als jugendbuchtauglich.« Sie wackelte verheißungsvoll mit den Augenbrauen und mir schoss die Röte ins Gesicht.

»Was?«, fragte ich empört. Sie wusste schließlich, dass ich allein ihren Bruder wollte, wie kam sie …

»Ganz ruhig, Lin. Das war ein Witz«, fügte sie hinzu.

»Der war nicht witzig«, grummelte ich und sah zu Ric neben mir. Er hatte ein so ernstes Gesicht aufgesetzt, dass ich ihn mal wieder nicht einschätzen konnte. Er nahm Natalias Worte doch nicht ernst, oder? »Zwischen mir und Zac ist …«

Zac hob die Hand und gebot mir, nicht weiterzureden. Für ihn – und auch David – galt, dass Worte Macht bedeuteten. So war es hier in Otherside. Was ausgesprochen war, wurde niedergeschrieben, so einfach war das. Und was niedergeschrieben war, war Teil der Geschichte. Vielleicht ein wichtiges Detail, auf das sich später jemand berufen könnte. Ach, es war kompliziert.

Nur hier in *Otherside*, in dem Buch, das die Realität und die Buchwelt verband, wussten die Charaktere – zumindest bis Thyra ihnen etwas anderes erzählt hatte –, dass sie selbst und all die anderen Buchwelten der Fantasie eines Autors entsprungen waren und ihre Geschichte irgendwo niedergeschrieben stand.

Ophelia hingegen, die nicht direkt aus dem Buch *Otherside* stammte, hatte erst von Thyra davon erfahren – kurz bevor diese ihr eröffnet hatte, dass sie ihre schlimmsten Albträume wahr werden lassen könnte, sollte sie nicht kooperieren. Diesen ersten Schock hatte Ophelia überwunden und war mittlerweile wieder ganz so, wie ihre Autorin sie geschrieben hatte. Leider. Sie war nämlich zu ihrer alten Zickigkeit zurückgekehrt. Je größer der Druck auf sie wurde – wir benötigten schließlich eine brauchbare Vision –, desto schlimmer wurde es. Sie brezelte sich immer noch auf, nutzte das ganze Schloss als Shopping-Mall, um sich neu einzukleiden, während wir anderen grübelten, wie wir dieses *Zentrum der Macht* finden konnten, von dem mehrmals gesprochen worden war. Etwas, das Elizabeth erschaffen hatte, um alles nach ihren Wünschen zu beeinflussen, und das Thyra später dazu genutzt hatte, um das Portal zur Realität zu öffnen. Wir hofften inständig, dass dieses Zentrum der Macht nicht ein Ring oder so was war, das sie nun in die Realität mitgenommen hatte. Dann würden wir für immer hier festsitzen.

Nein, daran wollte ich gar nicht denken und besann mich wieder auf das Hier und Jetzt und auf unseren Rückweg – gemeinsam mit Coral, David, Peter, Natalia, Josh und Ric.

Ophelia hingegen war sich zu fein dafür, an unseren gemeinsamen Brainstormings teilzunehmen. Sie müsste auf andere Gedanken kommen, um eine Vision zu bekommen, betonte sie immer wieder, wenn sie uns im Schloss über den Weg lief – meist in der Küche, wo sie sich an dem von Coral, Natalia und mir zubereiteten Essen bediente.

Ihr Egoismus war ein rotes Tuch für mich, aber Ric hielt mich mehr als einmal davon ab, ihr die Meinung zu sagen. Auch heute war sie nicht zum vereinbarten Treffen erschienen. Wie auch gestern nahmen wir auf den Stufen Platz, die zum Thron hinaufführten. Nur Coral, David und Josh setzten sich uns gegenüber auf den Boden.

Mehrere Minuten saßen wir still da und grübelten.

»Ich war heute wieder in der Bibliothek«, sagte Peter, um einen Anfang zu machen. »Ich bin immer noch der Meinung, dass Thyra ihre Macht von diesem Raum erhalten hat. In den Regalen steht so ziemlich jedes Buch, das ich kenne. Wenn das, gepaart mit ihren Fähigkeiten als Flüsterer, nicht *Macht* gleichkommt, weiß ich auch nicht.« Er runzelte die Stirn, als müsste er sich selbst noch weitere Gedanken machen, fügte dem jedoch nichts mehr hinzu.

»Das hatten wir doch gestern schon besprochen, Setzling«, konterte Ric. »*Uns* bringen die Bücher nichts. Wenn da irgendeine Art von Magie oder Macht wäre, würden wir sie spüren, oder?«

»Vielleicht«, antwortete Peter nur vage.

»Wir können gern jedes Regal durchgehen«, versuchte ich zu schlichten. »Schließlich haben wir keine anderen Pläne. Und eventuell hat unsere Diva bis dahin eine erhellende Vision«, ergänzte ich mit etwas mehr Sarkasmus als beabsichtigt.

»Das habe ich gehört!«, rief hinter mir eine empörte Stimme. Wenn man vom Teufel sprach … Ophelia trat zu uns, setzte sich aber nicht, sondern musterte uns mit vor der Brust verschränkten Armen. Erst dann fielen mir ihre Augen auf.

»Du hattest eine Vision?« Sofort schossen alle Blicke zu Ophelia. Sie sonnte sich in unserer Aufmerksamkeit, wofür ich sie schon wieder am liebsten mit einem kurzen Luftstoß geschubst hätte. Ric griff nach meiner Hand und fixierte sie auf seinem Oberschenkel. Es war ja nicht so, dass ich meine Hand dafür bräuchte … Aber ich nahm die beruhigende Wärme von ihm gern entgegen.

»Willst du uns davon erzählen?«, fragte ich mit einem breiten Lächeln im Gesicht und übertriebener Freundlichkeit in der Stimme.

Ophelia durchschaute mich natürlich sofort, kniff die Augen zusammen und … tat nichts! Ohne mein Zutun wirbelte eine sanfte Brise zum Fenster herein und brachte Ophelias akkurate Frisur durcheinander, woraufhin sie mich völlig entgeistert ansah, schnaubend umkehrte und aus dem Thronsaal rannte.

»Lin!«, fuhr Natalia mich an, dabei war ich es nicht einmal gewesen – mein Element entwickelte hier in der Buchwelt ein Eigenleben.

»Ich war …« Nein, Rechtfertigungen brachten uns nicht weiter. »Willst du ihr hinterhergehen oder soll ich?«

Die Antwort war eindeutig. Ric ließ meine Hand los und ich rappelte mich auf. Man musste seinen Stolz auch mal hinunterschlucken. Mit schnellen Schritten folgte ich Ophelia in die Halle vor dem Thronsaal. Als ich sie dort nicht mehr entdecken konnte, bat ich mein Element um Hilfe und der Wind flüsterte mir die Richtung zu.

Nun rannte ich durch die Flure in eines der Empfangszimmer, von wo aus eine Tür nach draußen in den Garten führte. Dort fand ich Ophelia. Sie hatte die Lippen zusammengepresst, als müsste sie Tränen zurückhalten. Sie sah trotzdem wunderschön aus. Herausgeputzt, als ginge sie auf einen großen Ball. Ganz im Gegensatz zu mir – ich trug immer noch die Kleider, die ich mir für die Flucht aus meinem Zimmer zusammengesucht hatte. Nach meiner Rückverwandlung an Tag 0 – dem Moment, in dem ich die Grenzen geschlossen hatte – hatte Ophelia sie mir gebracht. Ich hatte sie neben der doppelflügeligen Tür zum Thronsaal liegen gelassen, als ich als Fee aus ihnen herausgeschlüpft war.

Langsam ging ich auf sie zu. »Tut mir leid«, versuchte ich es und hob entschuldigend die Hände.

Sie schüttelte nur den Kopf und holte tief Luft. »Ich weiß, dass ich nicht gerade die angenehmste Gesellschaft bin«, flüsterte sie so leise, dass ich mir nicht sicher war, ob ich sie richtig verstanden hatte. Doch ich wollte nicht nachhaken. Daher wartete ich ab. Ophelia schluckte und holte tief Luft, ehe sie ihre Vision zusammenfasste: »Otherside wird vernichtet und all das hier wird in sich zusammenbrechen.«

3. KAPITEL

Laurie hatte Mühe, ihre Mimik neutral zu halten. Sie stand dicht neben ihrem Supervisor Nate, der mit einer Handbewegung die Seiten des vor ihm schwebenden *Otherside* umblätterte. Mal vor, mal wieder zurück. Er schien Laurie nicht einmal wahrzunehmen. Doch sie hatte den Namen gesehen, nach dem sie gesucht hatte. Josh wirkte unverletzt. Es ging ihm gut.

Erleichterung durchströmte sie. Schnell versuchte sie, den verräterischen Herzschlag zu senken, ehe er jemandem auffiel. Sie hatte schon sehr früh gelernt, das Sichtbare ihrer Gefühle zu kontrollieren, nachdem in ihrer Kindheit einige andere Bewohnerinnen und Bewohner des Zentrums *verschwunden* waren.

Sie trat einen Schritt zurück, räusperte sich und Nate drehte langsam den Kopf zu ihr. Seine Züge erhellten sich, das Maximum an Ausdruck an Gefühlen, das im Zentrum ohne Folgen gestattet war. Ein strahlendes Lächeln war verpönt, überschwängliche Begrüßungen selbst unter eng verbundenen Agenten verboten. Solche Verbundenheit war das, was einer Freundschaft in der normalen Welt am nächsten kam. Hieraus waren schon Zweckgemeinschaften entstanden, die für zentrumsinternen Nachwuchs sorgten.

Diese Zentrumsbabys wuchsen auf, wie Laurie aufgewachsen war: Rund um die Uhr wurden sie von einem humanoiden Roboter bemuttert und es fehlte ihnen an nichts. Der Professor hatte die Vision gehabt, die Kinder von klein auf an eine nicht-menschliche

Bezugsperson zu gewöhnen, um die Gefühlsverbindungen schon im Kleinkindalter auf das absolut nötigste Minimum zu reduzieren. Mutterliebe, so hieß es in den Schriften des Zentrums, war übertrieben und widersprach der gewünschten Loyalität zum Professor und seinem Zentrum. Diese war einfacher zu erreichen, wenn man diese erste Bindung zwischen Individuum und der Welt auf einem geringen Maß hielt, so der Professor.

Nate deutete Laurie an, sich auf den weißen Hocker neben seinem zu setzen. Auch dies war eine Bekundung seiner Zuneigung und Wertschätzung, denn die Hierarchie innerhalb des Zentrums war streng und eindeutig.

Die Agenten und Junioragenten, die soeben Raum 2.12 betraten, bemerkten es sofort. Nicht dass sie Wut, Argwohn oder andere Gefühle zeigten – hier im Zentrum war es so anders als in der *Bibliotheca Elementara* –, sie nahmen es einfach nur zur Kenntnis, akzeptierten es und setzten sich auf die noch freien, im Kreis angeordneten Hocker aus formbarem Kunststoff, der sich ihrer Anatomie anpasste.

Nate nickte jedem Einzelnen zu – eine Respektsbekundung –, ehe er die Agenda in die Mitte des Kreises projizierte. Es gab heute nur einen einzigen Punkt: das Buch *Otherside*.

»Dank Junioragentin 7 ist ein lang gehegter Traum des Professors in Erfüllung gegangen.« Nate nickte Laurie anerkennend zu und auch die anderen Agenten taten es ihm nach.

Sie selbst hatte Mühe, ihr Unwohlsein zu verbergen. *Otherside* aus der *Bibliotheca* zu rauben, indem sie Joshs Vater mit einem Sedativum betäubt hatte, fühlte sich noch immer an wie ein Verrat. Wenn Josh – und auch den anderen – wirklich etwas passieren würde, hatte sie das zu verantworten. Dieser Gedanke brachte eine der stärksten Emotionen in ihr zum Vorschein, die sie jemals gefühlt hatte: Angst. Nicht jedoch Angst um sich selbst, sondern um die anderen Wächter – ihre Freunde.

»Schon damals, als das Zentrum gegründet wurde, die besten Forscher ihrer Zeit den Dienst antraten und die größten technischen Innovationen der Menschheit hier ihren Anfang nahmen, war die

Erforschung und Entschlüsselung dieses Buches der große Wunsch des Gründers.« Nate tauschte die Agenda gegen die dreidimensionale Projektion von *Otherside* aus, die sich um sich selbst drehte. »Dieses Buch ist wahrhaft einzigartig«, fuhr er fort. »Die Brücke zwischen der Realität und der Buchwelt, der Fantasie der Menschen.« Der Supervisor ließ die Worte für einen Moment auf die Agenten wirken. »Seit das Buch in unserem Besitz ist, verändert es sich laufend. Es besitzt ein Eigenleben.«

An den aufgerissenen Augen der anderen Agenten erkannte Laurie, dass sie nicht gewusst hatten, was dieses Buch wirklich konnte. Sie selbst war über Josh an all die Informationen gelangt – als derzeit einzige Junioragentin im Außendienst war genau das ihre Aufgabe. Doch den normalen Agenten, die den unterschiedlichsten geheimen Einsätzen nachgingen, war die *Bibliotheca* ein Dorn im Auge.

»Zuviel Fantasie und unwissenschaftliche Vorgänge«, war die häufigste Antwort auf die Frage, warum sich niemand einen Einsatz dort vorstellen konnte. Laurie hingegen fand genau das besonders reizvoll. Vom ersten Moment an, da man sie mit gefälschten Dokumenten in die Elementarprüfung geschmuggelt hatte, fühlte sie sich der Gemeinschaft zugehörig. Den Test hatte sie mit Hilfe des HyCon bestanden, einer kleinen Apparatur, die Wassermoleküle in geringem Maße beeinflussen konnte.

Die Wächter strotzten vor Emotionen, die Laurie anfangs völlig überrumpelt hatten. Nach und nach hatte sie gelernt, die Gefühle anderer zu interpretieren und zuzuordnen, nicht zuletzt die ihres Teamkollegen Josh. In ihrer Bauchregion setzte ein kurzes Kribbeln ein. Laurie senkte den Kopf, um das leichte Zucken ihrer Mundwinkel zu verbergen.

»In der letzten Nacht wurde *Otherside* ein weiteres Kapitel hinzugefügt. Der Professor ist der Meinung, dass die Abteilung *Fantasie* bald der Vergangenheit angehören könnte. Aus diesem Grund habe ich Sie alle hier zusammengerufen. Binnen der nächsten Tage werden Sie anderen Aufgabengebieten zugeordnet.«

Laurie riss entsetzt die Augen auf, ehe sie ihre Gefühle wieder unter Kontrolle hatte. Ein nach außen hin stummer Schrei hallte umso lauter in ihrem Inneren wider. Über sieben Jahre, mehr als ein Drittel ihres zwanzigjährigen Lebens, hatte sie in dieser Abteilung verbracht. Wieso sollte sie plötzlich aufgelöst werden? Es gab noch so viel Fantasie dort draußen, die *Bibliotheca* selbst war zwar von Thyra und den Seelenlosen besetzt, doch viele der Wächter hatten einen Zufluchtsort gefunden und arbeiteten von dort aus weiter. In zwei Stunden würde auch Lauries Dienst wieder beginnen.

»Sie werden in den nächsten Tagen via Pad über ihren neuen Einsatzbereich informiert. Die Schulungsmaßnahmen werden kurzfristig angesetzt, sodass eine Einarbeitung zeitnah erfolgen kann. Damit ist das Meeting beendet.«

Die Agenten erhoben sich und verließen einer nach dem anderen den Raum. Laurie fühlte sich dazu nicht in der Lage. Sie stand mechanisch auf, hatte jedoch mit einem Schwindelgefühl zu kämpfen. Sie fühlte sich hohl. Als hätte sie einen Teil ihres Inneren verloren.

Auch wenn es nicht den Umgangsformen des Zentrums entsprach, blieb sie neben Supervisor Nate stehen, der bereits wieder in dem virtuellen *Otherside* blätterte. Diesmal registrierte er sie erst, als sie sich räusperte. Mit einem Hauch von Neugierde im Blick sah er Laurie an.

»Darfst du mir erzählen, warum die Abteilung geschlossen wird?«, fragte sie im Flüsterton. Dieser verbarg ihre Neugierde besser, zudem diente er Nates Schutz, sollte er nicht darüber sprechen dürfen.

Prompt griff er in seine Hosentasche und zog ein kleines Bedienelement heraus, das dem Schlüssel von Joshs Auto glich. Per Knopfdruck verdunkelten sich die Wände – der Raum war nun inaktiv und es wurde nicht mehr alles aufgezeichnet, was in seinem Inneren geschah. Nate trat einen Schritt auf Laurie zu. Er stand nun ganz nah – zu nah für die Umgangsprotokolle des Zentrums. So nah, dass man ihnen bereits nachsagen könnte, eine Zweckgemeinschaft bilden zu wollen. Lauries Magen grummelte.

»In dem Buch wird eine Vision erwähnt«, erklärte Nate flüsternd. »Thyra wird *Otherside* in ihren Besitz bringen und es zerstören.«

Laurie schaffte es nicht, ein Aufkeuchen zu unterdrücken, worauf hin Nate sie skeptisch musterte. Diese Information war zu viel gewesen, als dass sie die damit einhergehenden Emotionen hätte kontrollieren können. Was würde dann aus Josh, Lin und den anderen werden? Würden sie aus der Welt herausgerissen und nach Hause geschickt werden, in die Realität? Oder wäre die Folge, dass Laurie Josh für immer verlieren würde?

»Was passiert dann mit all den Seelenlosen da draußen?«, versuchte Laurie sich herauszureden. »Ich dachte, wir werden sie in ihre Welt zurückschicken, wie es auch die Wächter und die Zunft tun?«

Nates Mimik wurde wieder weicher. Er hatte ihr die Lüge abgenommen. Laurie entspannte sich unmerklich.

»Der Professor geht davon aus, dass all die Hirngespinste wie von selbst verschwinden werden.« Nate – wie auch alle anderen Agenten – bezeichnete die Buchfiguren als Hirngespinste, denn genau das waren fiktionale Geschichten für sie: Flausen, Hirngespinste, unproduktiver Verbrauch von Energie.

Nun war es an Laurie, ihn skeptisch zu mustern. Skepsis lag in der Natur der Wissenschaftler, hieß es. Skepsis fördert den gesunden Verstand und das logische Denken.

Nate zuckte nur mit den Schultern. »Sie entstammen alle der Buchwelt, manche von ihnen direkt diesem Buch.« Er deutete auf *Otherside*. »Wenn ihre Grundlage zerstört wird, ihre ganze Welt zusammenbricht, werden auch sie vergehen. Diese selbst ernannte Königin der Welt wird ihr eigenes Grab schaufeln. Wäre sie nicht so machtgierig, würde sie das kommen sehen. Bis dahin haben wir noch etwas Zeit, das Buch zu erforschen.«

Laurie bekam keine Luft mehr. Ihre Gedanken waren bei dem Teil des Satzes hängen geblieben, der besagte, dass *ihre ganze Welt zusammenbrechen würde*. *Otherside* würde zerstört werden. Josh war in *Otherside*. Sie wollte Luft holen, doch je mehr sie danach schnappte, desto weniger konnte sie atmen.

»Du brauchst dir keine Sorgen zu machen. Ich persönlich werde dich für den Forschungsbereich empfehlen«, versuchte Nate, Laurie zu beruhigen. Als wäre das ihre Sorge.

»Wann?«, brachte sie nur hervor, ihre Stimme war lediglich ein Piepsen.

»Vermutlich innerhalb der nächsten Woche«, antwortete Nate.

Laurie stürmte aus dem Raum und stürzte um die Ecke. Weit entfernt hörte sie Nates Stimme, aber das interessierte sie nicht. So schnell sie ihre Beine trugen, rannte sie durch die langen, hell beleuchteten Flure zu ihrem Zimmer.

»Willkommen, Junioragentin Nummer 7«, begrüßte sie die freundliche männliche Stimme wie jedes Mal. Laurie schlug auf den Türschließer, und noch während sich die Milchglasscheibe mit einem leisen Zischen schloss, warf sie sich aufs Bett und ließ den Tränen freien Lauf.

4. KAPITEL

Die Zeit drängte. Ich hatte Ophelia dazu überreden können, mit mir zurück zum Thronsaal zu kommen, und sie hatte den anderen alles erzählt. Die Sonne ging bereits unter. Nicht einmal die wollte sich unsere Hilflosigkeit weiter ansehen.

»Ich denke wirklich«, vertrat ich meinen Standpunkt, »dass jemand – und damit meine ich Thyra – das Buch zerstört und somit auch die Welt des Buches. Wir gehen davon aus, dass dein Vater«, ich wandte mich an Josh, »dich, Ric und die anderen nur deshalb nicht vor den Söldnern gerettet hat, weil er es nicht mehr kann, oder?«

Josh nickte. Ich sah ihm an, dass er hoffte, dass es so war. Die einzige andere Möglichkeit wäre, dass Joshs Vater seinen Sohn böswillig in eine Falle hatte laufen lassen. Ich kannte die Familienverhältnisse der Bonfires nicht, aber Josh erwähnte, dass bis auf dieses *kleine* Geheimnis immer alles gut gewesen wäre.

»Könnte es tatsächlich sein, dass die Zerstörung eines Buches die Welt hier vernichten würde?«, dachte Peter laut nach.

»Es ist ein Unikat«, warf Natalia ein.

David nickte eifrig. Er schien zuzuhören, obwohl er wie meist nur Coral anstarrte. An ihrer Stelle würde ich das gruselig finden, aber sie hatte wohl kein Problem damit. »Die Meeresgeschöpfe erzählten mir einmal, dass einzelne Welten damals erschüttert wurden – es war die Zeit des Krieges in eurer Welt und zahlreiche Bücher waren vernichtet worden.«

Ich seufzte beim Gedanken daran, weil auch Cress im letzten Jahr kurz vor Samhain auf dieser dunklen Stunde der menschlichen Geschichte herumgeritten war. Das schien hier in Otherside jeder zu wissen.

»Meinst du *erschüttert* nur im übertragenen Sinn? Haben die Figuren das denn bemerkt?« Peters Augen leuchteten in einem intensiven Grün, das seine Neugierde verriet.

»Es heißt, die Erde habe gezittert, während die Bewohner weiter verblassten. Manche Welten konnten sich erholen, manche wurden für immer ausgelöscht.« David sah bedrückt zu Boden.

»Hast du irgendeinen Zeitraum, in dem deine Vision wahr werden soll?«, fragte Natalia Ophelia.

»Es könnte Vollmond sein«, antwortete die Sentio mit einem Schulterzucken. »Aber das hat hier nichts zu sagen.«

Leider. Wir waren in der Buchwelt und hier lief nichts so ab wie in der Realität. Ereignislose Passagen konnten zusammengefasst werden und so war es möglich, dass rückblickend betrachtet ein großes Zeitloch klaffte, an das sich niemand von uns erinnern konnte. Das war eine Tatsache, an die ich mich in der ganzen Zeit, die ich nun schon hier war – den genauen Zeitraum einzuschätzen, war unmöglich! –, noch immer nicht wirklich gewöhnen konnte. Manchmal folgte einem Sonnenuntergang direkt der Sonnenaufgang, manchmal schien sich die Sonne gar nicht erst unter den Horizont senken zu wollen – in romantischen Szenen war das natürlich sehr praktisch.

»Also bleibt uns nichts anderes, als schnellstmöglich nach einem Ausweg zu suchen«, fasste Peter zusammen.

»Und was haben wir bisher gemacht? Däumchen gedreht?« Ric verdrehte spöttisch die Augen.

»Wir haben nicht mit System gearbeitet«, sagte Peter beharrlich. »Ich bin mir sicher, dass wir das Geheimnis in der Bibliothek lüften können. Nur wird es uns sicher nicht entgegenspringen.«

»Dann sollten wir jetzt einfach gemeinsam dorthin gehen«, sagte ich. »Und Peter stellt uns unterwegs seinen Plan vor. Zur Not holen wir jedes einzelne Buch hierher und sehen es durch – wir haben sowieso nichts Besseres zu tun.«

Die anderen stimmten mit einem Nicken zu und erhoben sich vom Boden und der Treppe. Nur Ric schnaubte. Nach einem bösen Blick von seiner Schwester und von mir zuckte er jedoch mit den Schultern und raffte sich ebenfalls auf.

»Deine Idee ist gut«, sagte Peter leise, als er an meiner Seite den Thronsaal verließ. »Wenn wir jedes Buch dort herausholen, können wir nichts übersehen.«

»Das war nicht ernst gemeint«, setzte ich an. Aber die Logik erschloss sich mir auch.

Wenig später quetschten wir uns nacheinander in den turmähnlichen Raum, dessen Grundfläche wohl nicht mehr als zwanzig Quadratmeter war. Dafür war er sicher zehnmal so hoch. In den Regalen, die rundherum bis zur weit entfernten Decke aufeinandergestapelt waren, reihte sich ein Buch an das andere. Die alle von hier aus zum Thronsaal am anderen Ende des Schlosses zu schleppen, würde Monate dauern.

»Das ist nicht dein Ernst, oder?« Ophelia legte den Kopf in den Nacken und starrte nach oben. Sie war vermutlich zum ersten Mal in dem Raum, den es hier eigentlich gar nicht geben sollte. Denn Thyra hatte allen eingeredet, dass Bücher böse waren und vernichtet werden mussten. Einer der Schritte, um die Buchfiguren vergessen zu lassen, dass sie der Fantasie eines Menschen entstammten. Was wiederum dazu führte, dass die Zunft ebenfalls keine Macht mehr über die Buchwelt hatte und auf die – rückwirkend betrachtet – ziemlich dumme Idee kam, mein Team hierher zu schicken, und Thyra zu der Macht der Elemente verholfen hatte.

»Wir haben keine andere Wahl, wenn wir nichts übersehen wollen. Wir sind in der Buchwelt – Thyra ist die Tochter einer Frau aus unserer Welt. Wenn sie ihre Macht nicht aus Büchern schöpft, woraus denn sonst? Es könnte jedes Buch hier drin sein – selbst der unscheinbarste Gedichtband.« Peter schritt sofort zur Tat und zog die ersten Bücher aus dem Regal und stapelte sie auf seinem Arm.

Hier vorne neben der Tür standen hauptsächlich die aktuelleren Bücher der letzten Jahre – die konnte man noch einigermaßen bequem erreichen. Für die Auswahl an Lieblingsbüchern meines

Vaters hatte ich schon Rics Hilfe benötigt. Bei dem Gedanken zuckte ich zusammen. Was wäre, wenn Tolkien oder Orwell das Zentrum der Macht waren und nun unter der Trauerweide im Schlossgarten verrotteten – oder bereits zerstört waren? Schnell verdrängte ich diese potenzielle Katastrophe, ging zum Regal, zog wahllos einige Bücher daraus hervor und stapelte sie auf meinem Arm, um sie den langen Weg in den Thronsaal zu tragen.

5. KAPITEL

Erst nach einer kurzen Behandlung mit Sauerstoff und der Wirkung der Koffeintabletten, die sie mittlerweile zu oft konsumierte, war Laurie in der Lage, das Zentrum zu verlassen und ihren Dienst bei den Wächtern anzutreten.

Ein Fahrer des Zentrums brachte sie durch die Dunkelheit an den Stadtrand und hielt etwas abseits der leicht baufälligen Villa in einem überwucherten Garten. Den Rest des Weges ging sie zu Fuß. Die Straßen wirkten wie ausgestorben. Die Menschen hatten Angst, ihre Häuser zu verlassen. Es glich den Ausgangssperren in so vielen dystopischen Büchern, mit deren Hilfe sich die Regierung Kontrolle über die Bevölkerung zu verschaffen erhoffte. Laurie fühlte sich, als würde sie etwas Verbotenes tun – obwohl es keinerlei offizielle Anweisung gab, die es ihr verbot, auf der Straße herumzulaufen.

Sie kontrollierte noch einmal das HyCon in ihrer Rocktasche, das dafür sorgen würde, dass sie *ihr* Element zumindest ansatzweise kontrollieren konnte. Das Gerät war eine der vielen unglaublichen Erfindungen, die im Zentrum ihren Ursprung hatten.

Der Professor log keineswegs, wenn er behauptete, dass die Menschheit ohne das Zentrum ein paar Jahre im Rückstand wäre. Zahlreiche Gegenstände des täglichen Gebrauchs basierten auf technischen Errungenschaften des Zentrums. Die meisten Erfindungen wurden zwar für das Zentrum selbst genutzt und weiterentwickelt, jedoch waren in den vergangenen Jahrzehnten einige Patente an externe Firmen weitergegeben worden. Ohne die Wissenschaftler würden die Menschen vielleicht noch immer Mobiltelefone mit Tastaturen verwenden, während in Lauries Leben Touchscreens und multifunktionale Oberflächen von klein auf dazugehört hatten.

Laurie aktivierte mit einem Flüstern das HyCon und die Wassermoleküle der Luft reagierten auf die Wellen, die das Gerät aussandte. Das HydroControl sorgte dafür, dass die Moleküle je nach Befehl unterschiedlich reagierten. Für Laurie als Tarnung reichte es aus, dass sie sich zusammenfügten und herunterregneten.

Laut Testprotokoll der *Bibliotheca* war Laurie als »geringfügig kontrollierend« eingestuft worden, was praktisch bedeutete, dass sie so gut wie nie kämpfte. Sollte sie sich kurzfristig verteidigen müssen, hatte sie ihre Universalwaffe in der anderen Rocktasche – einen Neutralisator, der den potentiellen Gegner in seine Atome zerlegte. Was aber gleichzeitig bedeutete, dass sie sich verraten würde.

Die regulären Patrouillen mit ihrem Team der zeitgenössischen Literatur, wo es selten zu gefährlichen Situationen kam, waren eine größere Herausforderung. Denn hier verlangte es das Protokoll, dass Seelenlose möglichst *friedlich* gebunden werden sollten. Das setzte die gleichzeitige Berührung von vier Elementaren aller Richtungen voraus. Laurie hatte ihrem Einweiser damals nicht geglaubt, dass die ihr von den Bibliothekaren verliehene Kette mit dem Dreieckssymbol auf die gewünschte Weise funktionieren würde, und hatte regelrecht Angst vor dem ersten Test an der Akademie gehabt. Doch irgendwie hatten es die Forscher – oder der Professor selbst – tatsächlich geschafft, die vermeintliche Elementarmagie künstlich zu erzeugen und in den Anhänger ihrer Kette zu legen. Zumindest so viel davon, dass es ausreichte, um einen Seelenlosen zu binden.

Dies war mit ein Grund, warum Laurie an den Professor und das Zentrum glaubte. Wenn selbst die *Magie* der Wächter reproduziert werden konnte, stand die Wissenschaft der Fantasie doch in nichts nach. Wozu sollte sie ihre Gedanken an Traumwelten verschwenden, wenn sie die Zeit nutzen konnte, um ihre Träume von einer besseren Welt wahr werden zu lassen?

Mit dem Stempel »geringfügig kontrollierend« unterlag Laurie auch nicht dem Zwang, sich zu verwandeln oder Sirenengesang zu trainieren, weshalb sie damals einem Team für zeitgenössische Literatur zugeteilt worden war – an der Seite von Josh. Nur in diesem Team waren die Gegner so ungefährlich, dass auf den mächtigen Sirenengesang verzichtet werden konnte. Dieser hatte sie nicht als Elementar zweiter Klasse behandelt wie viele andere Wächter. Er hat sich stets bemüht, ihr offenes Geheimnis zu schützen und nicht gleich jedem auf die Nase zu binden. Darin war er so erfolgreich gewesen, hatte quasi für zwei gearbeitet, dass ihre Minderwertigkeit mit den Jahren nahezu vergessen worden war und sich Laurie als richtige Wächterin gesehen hatte.

Das würde jetzt anders sein. Josh war nicht mehr hier. Ihr Magen krampfte sich zusammen wie bei einer großen Übelkeit. Sie holte tief Luft, um das Gefühl wegzuschieben.

Nach mehrmaligem Umsehen öffnete Laurie die rostige Pforte zur Villa und huschte durch den Garten. Im fahlen Mondlicht folgte sie dem schmalen Pfad, den etliche Füße in das hohe Gras getrampelt hatten, hinter das Haus. Ihr Ziel war die etwa zehn Meter vom Hauptgebäude entfernte halb verrottete Gartenhütte. Sie schlüpfte durch die verwitterte Tür.

In der Hütte mussten sich ihre Augen für einen Moment an die Dunkelheit gewöhnen, ehe sie den Ring am Boden erkannte, mit dem man den Deckel zum vermeintlichen Kartoffelkeller anheben konnte. Vorsichtig schlüpfte sie hindurch und stieg langsam die Holztreppe in die Dunkelheit hinab. Sie musste sich vorantasten, um das Ende des Ganges und die Tür zu finden.

Kaum geöffnet wurde Laurie wie auch beim ersten Mal vom plötzlichen Licht geblendet und blinzelte mehrmals, ehe sie etwas erkennen konnte. Sie stand im Hauptraum des Unterschlupfs und sah sich um. Der Raum war nicht sehr groß – gemessen an den Verhältnissen der *Bibliotheca* –, vielleicht fünfzehn auf fünfzehn Meter. Heute befanden sich noch mehr Personen hier als beim letzten Mal.

Perry hatte ihr bei ihrem ersten Treffen hier am Vortag erzählt, dass die Wächter unterschiedliche Anweisungen hatten, wann sie im Falle einer Evakuierung der *Bibliotheca* zum Unterschlupf kommen sollten. Nur zu gern hätte Laurie gewusst, welchen Zeitraum die Rückkehr umfasste und mit wie vielen Wächtern sie noch rechnen konnten.

Auf den diversen Sofas und Tischgruppen waren zahlreiche Wächter aller Altersklassen verteilt – aber verglichen mit der Menge an aktiven Wächtern, die an Vollversammlungen teilnahmen, war sie lächerlich. Laurie zählte vierzig Personen, die meisten kannte sie nur vom Sehen. Endlich erblickte sie Perry, der am anderen Ende des Raumes mit einem Mann am Tisch saß. Sein Gesicht erhellte sich, als er sie sah, und sie ging mit schnellen Schritten auf ihn zu.

Perry war außer Josh der Einzige, der sie von Anfang an unterstützt hatte. Ein Wasserelementar, der oftmals still und tiefgründig war und mit dem man einfach auch schweigend dasitzen konnte, was Laurie sehr genoss. Dennoch gab er ihr Antworten auf all ihre Fragen – sofern er denn eine Antwort hatte.

Sie trat gerade an den Tisch, als der andere Mann aufstand. Laurie wusste nicht, ob sie ihn schon einmal gesehen hatte, aber unter der Vielzahl an Wächtern musste das nichts heißen. Insbesondere die Teams der Erwachsenenliteratur waren ihr nicht alle bekannt – im Gegensatz zur Jugendliteratur gab es einfach zu viele Bücher für Erwachsene und hier auch noch die unterschiedlichsten Fachrichtungen. Nach dem letzten Samhain hatten sich viele der ehemaligen Wächter zudem auf andere Dinge konzentriert und überließen die Leseförderung den Jüngeren wie Lin, Natalia, Coral oder Laurie.

»Setz dich«, sagte Perry mit einer freundlichen Geste und Laurie nahm ihm gegenüber Platz.

»Gibt es Neuigkeiten aus der *Bibliotheca*?«, wollte sie gleich wissen.

Perry schüttelte zögernd den Kopf. »Wir wissen nicht mehr als die Fernsehsender. Thyras Seelenlose machen kurzen Prozess mit allen Menschen, die in Panik ausbrechen oder sich der selbsternannten Herrscherin entgegensetzen wollen. Seit den letzten Angriffen auf die *Bibliotheca* am späten Nachmittag ist es ruhig geworden. Wir sind uns nicht sicher, ob sie noch immer dort sind.«

Laurie hob die Augenbraue. Von Angriffen hatte sie nichts mitbekommen – war sie zu dem Zeitpunkt bei Supervisor Nate gewesen?

»Mehrere Jets sind über die Stadt geflogen und wollten Bomben über der Bibliothek abwerfen. Bomben, Laurie!« Perry schüttelte bedauernd den Kopf. »Wer auch immer das angeordnet hat, hat in Kauf genommen, dass die in ihren Häusern sitzenden Anwohner allesamt getötet werden. Und warum? Weil sie es nicht ertragen haben, ihre Macht zu verlieren?« Perry presste die Lippen zusammen. »Die Realität ist grausamer als jedes Buch.«

»Hatten sie Erfolg?«

»Natürlich nicht. Um die *Bibliotheca* liegt ein magischer Bannzauber, der das gesamte Gebäude schützt. Wir haben ein paar Kundschafter ausgesandt, sie kamen nicht einmal bis zum Eingang. Die Bomben sind rund fünf Meter über dem Dach der *Bibliotheca* detoniert. Glücklicherweise gab es dadurch keine Verletzten.« Perry seufzte. »Wenn die Menschen doch nur genauer über die Folgen ihres Handelns nachdenken würden.«

»Sind heute irgendwelche Einsätze geplant?«, fragte Laurie direkt. Sie musste wissen, was die Bibliothekare vorhatten, um Josh und die anderen aus der Buchwelt zu *extrahieren*, wie es hier genannt wurde.

»Laurie, ich weiß, dass du dir Sorgen um Josh machst«, setzte Perry an und Laurie schrak zusammen. Waren ihre Gefühle so offensichtlich? Perry schmunzelte. »Ich bin zwar alt, aber nicht blind. Jeder hier sieht, dass du und Josh sehr gut befreundet seid – ein gutes Team bildet.«

Laurie entspannte sich. Hier bei den Wächtern musste sie ihre Gefühle zwar nicht kontrollieren, sie hatte sich jedoch dafür entschieden, weil sie sich sicher gewesen war, dass sich zu viel Lockerheit auch auf die Zeit im Zentrum auswirken würde. Entweder kontrollierte sie ihre Emotionen überall oder nirgendwo. Sie konnte ihre Persönlichkeit nicht so weit spalten, dass sie wirklich zwei völlig unterschiedliche Identitäten lebte.

»Joshs Vater arbeitet fieberhaft mit den noch verbliebenen Mitgliedern der Zunft an einer Lösung. Doch ohne *Otherside* gibt es wenig Hoffnung.«

Laurie senkte den Blick, um die Qual in ihren Augen zu verbergen, die sich beim Gedanken an Joshs Schicksal darin spiegelte.

Dann fiel ihr etwas ein: »Was, denkst du, würde passieren, wenn jemand *Otherside* zerstören würde?« Sie musste wissen, was Perry – oder die Bibliothekare – darüber dachten. »Wir wissen nicht, wer es gestohlen hat. Vielleicht war es Thyra oder einer ihrer Handlanger«, log sie, um ihre Frage etwas plausibler zu machen.

»Du meinst, Thyra würde ihre eigene Welt vernichten? Warum sollte sie das tun?«

»Um diejenigen, die sie schon einmal besiegt haben, für immer von sich fernzuhalten?« Sofort regte sich bei Laurie ein schlechtes Gewissen. Sie durfte kein Wissen aus dem Zentrum zu den Wächtern bringen. Doch hier ging es schließlich um Joshs Leben!

Perry fuhr sich mit beiden Händen übers Gesicht. »Ich weiß es nicht, Laurie. So einen Fall gab es noch nie.« Er überlegte einen Moment und legte die Stirn in Falten. »Ich denke, dass die Welt des Buches zerstört werden würde, sollte seine Basis, das Buch, nicht mehr existieren.«

»Vielleicht läuft uns schon die Zeit davon. Wir müssen etwas unternehmen!« Lauries Stimme war lauter und fordernder als üblich und ein paar Köpfe ruckten in ihre Richtung. Sofort machte sich Laurie kleiner. Eine gute Agentin durfte nie im Fokus der Aufmerksamkeit stehen, sonst würde man ihrem doppelten Spiel auf die Schliche kommen. Bei dem Gedanken hätte sie beinahe aufgelacht. Es war absurd: Sie hatte so viel Zeit ihres Lebens damit verbracht, Informationen der Wächter ins Zentrum zu tragen – nun machte sie genau das Gegenteil und versuchte, hoffentlich gut begründet, das Wissen des Zentrums zu den Bibliothekaren zu bringen.

»Ich werde das mit dem Rat abklären, in Ordnung? Peters Eltern haben ebenfalls großes Interesse daran, dass ihr Sohn wieder in unsere Welt zurückkehrt«, erklärte Perry.

Laurie hatte gehört, dass auch die Bernsteins nun in den Rat berufen worden waren. Zahlreiche Ratsmitglieder hatten den ersten Sturm auf die *Bibliotheca* nicht überlebt – wie so viele andere Wächter.

»Es wird heute zwei Patrouillen geben, die die Randgebiete der Stadt abklappern und versprengte Seelenlose auslöschen. Kann ich dich einteilen?« Perry blätterte in einem Schnellhefter vor sich, ehe er aufsah.

Laurie nickte. Sie würde tun, was sie konnte, um so viele von Thyras Schergen wie möglich zurückzuschicken.

»In einer halben Stunde besprechen wir den Einsatz.« Er nickte Laurie noch einmal zu und kritzelte dann in seinem Schnellhefter herum. Laurie stand auf und ging im Raum umher. Sie war nicht in der Lage, sich irgendwo zu setzen. Dazu war sie viel zu aufgeregt. Das Auf- und Abgehen machte es ihr leichter, ihre Emotionen zu kontrollieren.

Wenige Minuten später rannte ein Mann durch die geöffnete Tür in der Nähe von Perrys Tisch. »Sie haben das Kommunikationssystem lahmgelegt. Satelliten, die Überwachungskameras in der Stadt, Radio, Telefon. Es funktioniert nichts mehr«, verkündete er.

Das ist nur eine Frage der Zeit gewesen, dachte Laurie. So begann die Apokalypse in Büchern immer.

6. KAPITEL

Wir arbeiteten schon etliche Stunden daran, die Bücher aus ihren Regalen zu ziehen und in den Thronsaal zu schleppen. Dort blätterte Natalia jedes einzelne Buch durch, ehe sie es in eine andere Ecke stapelte. Sie sah nach, ob in dem Buch nicht doch etwas anderes stand, als es sollte, und Thyra – oder auch Elizabeth – das *Zentrum der Macht* nur gut getarnt hatten.

In Natalias chaotischer Ordnung türmten sich hier momentan rund zweitausend Bücher, schätzte ich. Ich wollte gar nicht nachrechnen, was das in Schritten zwischen Bibliothek und Thronsaal bedeutete. Gerade als ich einen neuen Stapel auf den Marmorboden beim Eingang legte, trat Peter ein.

»Ist dir aufgefallen, dass sich die Bibliothek anders anfühlt?«, fragte er mich vorsichtig.

»Vielleicht leerer?«, spottete Ric, der nun ebenfalls mit zehn Büchern bepackt zu uns kam.

»Nein, es fühlt sich … Ja, vielleicht auch leerer«, rang Peter nach Worten. »Es ist aber eher, als würde die Energie abnehmen. Verstehst du, was ich meine?« Beinahe flehend sah er mich aus seinen grünen Augen an.

Doch so gern ich ach Verständnis für ihn aufgebracht hätte, ich wusste nicht, was er mir sagen wollte.

»Ich spüre es auch«, sagte David vorsichtig.

Wann war der denn reingekommen? Und wo steckte Coral? Normalerweise sah man sie nie länger als zwei Sekunden getrennt. In genau diesem Moment kam sie mit Schweißperlen auf der Stirn um die Ecke. Sie hatte sich mit dem schwankenden Stapel an gebundenen Büchern eindeutig übernommen. David setzte seine Bücher schnell auf dem Boden ab und eilte seiner Herzensfrau zu Hilfe. Mit einem Blick, als hätte er ihr das Leben gerettet, zeigte Coral ihre Dankbarkeit.

»Das ist ja nicht auszuhalten«, flüsterte Ric von hinten in mein Ohr.

»Warum? Ich finde es süß.« Die erste Verliebtheit war doch einfach wundervoll. Ich sah über die Schulter zu ihm.

»Wer will schon süß sein? Heiß ist eher meins.« Ric wackelte mit den Augenbrauen und ich musste unwillkürlich lachen.

»Was?« Er kam noch näher, sein Atem kribbelte in meinem Nacken und Gänsehaut breitete sich von der Stelle aus.

»Es ist nicht verkehrt, süß und heiß zu sein!«, rief Natalia ihrem Bruder zu.

»Das darf doch nicht wahr sein«, grummelte Ric und die Stimmung verflog. »Hat sie einen eingebauten Detektor oder was?« Er warf ihr einen finsteren Blick zu, den sie nur mit einem Lachen beantwortete.

Ein plötzliches Donnern ließ mich zusammenzucken. Daraufhin ertönte ein lautes Grollen, das durch das Schloss hallte und den Boden zum Vibrieren brachte. Mein Element reagierte sofort auf meinen Schreck und wirbelte um mich herum.

Ric sah mich an. »War das eine Explosion?«

Es rumpelte erneut. Im selben Moment hörte ich die ersten Schreie durchs Fenster. Der Tumult wurde immer lauter. Ich rannte zum Fenster, das einen fantastischen Ausblick über die Stadt Erea weit unter uns bot. In den Gassen wuselten die Bewohnerinnen und Bewohner wie Ameisen. Ich konnte mich nicht erinnern, dass so viel los gewesen war, als ich von Zodan durch die Stadt geführt worden war oder wenn ich in den vergangenen Tagen aus dem Fenster geschaut hatte.

Ich rief die anderen zu mir, Ric kam sofort an meine Seite. Coral ging langsam neben David her. Er war bleich, sah aus, als wäre ihm übel. Auf meine angedeutete Frage hin winkte er ab und sagte nur, dass es ihm gut ginge. Für den Moment beließ ich es dabei, wollte aber später noch einmal nachhaken.

»Was ist da unten los?«, fragte Natalia.

Das laute Grollen und die Erschütterung im Hinterkopf beobachtete ich die lärmende Menschenmasse, die sich den Pfad zum Schloss hinaufschlängelte. Meine Kehle wurde trocken und ich griff instinktiv nach Rics Hand.

»Wir werden angegriffen«, flüsterte ich, als der Raum ein drittes Mal erzitterte.

Im selben Moment stürmte Josh in den Thronsaal und kam durch das kurze Beben ins Stolpern.

»Zac ist zusammengebrochen.«

7. KAPITEL

Laurie fühlte sich nicht wohl in ihrer Haut. Nachdem die Kommunikationsnetze ausgefallen waren, herrschte Chaos in der Stadt, wie die Kundschafter berichtet hatten.

»Es ist zu gefährlich, auf Patrouille zu gehen, wenn wir nicht kommunizieren können.« Perry widersetzte sich vehement dem Befehl des Ratsvorsitzenden Felipe, der weiterhin darauf bestand, so viele Seelenlose wie möglich auszulöschen, um Thyra irgendwann direkt angreifen zu können. Dabei sah er ständig zu Laurie, als würde er sich um sie die meisten Sorgen machen.

»Es ist immer gefährlich! Und wie oft wird während Patrouillen denn wirklich etwas abgesprochen?«, erwiderte der Ratsvorsitzende.

Perry nuschelte ein »selten« und verschränkte die Arme vor der Brust.

»Dann ist ja alles klar. Um die Sicherheit zu erhöhen, werden wir die Teamgröße anpassen. Sechs Mann pro Team. Keine friedliche Bindung, sondern sofortige Vernichtung«, wies Felipe an.

Laurie nickte und sah sich die Wächter nacheinander an. Sie kannte nur zwei Mädchen, die ihr direkt gegenübersaßen. Sie waren etwa in ihrem Alter. Die anderen mussten um die fünfundzwanzig oder älter sein. Hatte ansonsten keiner der Jugendteams überlebt? Oder waren die Jüngeren alle nur nicht mehr zur Arbeit erschienen und verschanzten sich mit ihren Familien zu Hause?

Wie würde Laurie handeln, wenn sie eine Familie hätte? Würde sie diese nicht ebenso beschützen wollen? Es war schwer für sie, sich eine solche Konstellation vorzustellen. Aber bei den Wächtern hatte sie so viel über Emotionen gelernt, dass sie innerlich zustimmte. Hatte sie nicht auch ein Geheimnis des Zentrums verraten, nur weil sie Josh helfen wollte? Der Gedanke war verwirrend und sorgte für eine innere Unruhe, die Laurie ebenso unangenehm war wie die innere Stimme. Doch solange sie alles in sich verschließen konnte, war es in Ordnung.

Perry notierte etwas in seinen Unterlagen, ehe er aufsah und die Teamzusammenstellung verkündete. »Laurie geht mit Samuel, Lucas, Tina, Sven und Colin. Der Rest bildet das andere Team.« Er deutete von einer Person zur anderen. Lauries neues Team saß auf der einen Tischseite, das zweite Team auf der anderen.

Der junge Mann neben ihr, vielleicht vier oder fünf Jahre älter als Laurie, stand auf und die anderen auf dieser Tischseite folgten ihm. Für Laurie war es schwer, sich mit diesen neuen Wächtern auseinanderzusetzen. Sie hatte so viele Jahre immer an Joshs Seite gekämpft – wenn ein Kampf wirklich nötig gewesen war. Der junge Mann stellte sich als Lucas vor, er war ein Feuerelementar und riss wie selbstverständlich die Teamführung an sich. Samuel und Tina waren Luftelementare, Sven ein Erdelementar, Colin ein Wasserelementar.

Nach der kurzen Vorstellungsrunde trat Perry zu ihnen und reichte Lucas eine Karte, auf der ihre Route eingezeichnet war. »Ihr müsst spätestens um vier Uhr zurück sein. Ansonsten werden wir eine Hilfsmannschaft aussenden. Verspätet euch nicht, wir können euch nicht kontaktieren.« Seine Sorge stand ihm ins Gesicht geschrieben. »Und keiner spielt den Helden. Vernichtet sie einfach.«

Lucas nickte, ehe er uns mit einem Winken zum Losgehen aufforderte.

»Hast du gehört, dass der Rat die Angriffe auf die Bibliothek gesteuert haben soll?«, flüsterte Tina dem anderen Luftelementar Samuel zu, kaum dass sie das rostige Tor der Villa hinter sich gelassen hatten.

Laurie wurde sofort hellhörig. Doch die beiden unterhielten sich nun so leise, dass sie nichts mehr verstehen konnte. Hatte wirklich der Rat die zahlreichen Menschenleben riskiert? Das passte nicht zu dem, was Perry ihr erzählt hatte. Doch Luftelementare bekamen meist mehr mit als alle anderen – ihr Element war sehr freigiebig mit Informationen.

Lucas trat neben die beiden. »Wir haben zwei Luftelementare, also müsste sich herausfinden lassen, wo wir vereinzelte von ihnen auffinden können, oder?« Er sah Samuel und Tina so herausfordernd an, dass die gar nicht anders konnten, als zu nicken und ihr Element um Hilfe zu bitten.

Böen pfiffen durch die Straße und kehrten tosend zu ihren Wächtern zurück. »Zwei Seelenlose beim Industriemaschinenhersteller, eine Gruppe von sieben weiteren am Ende des Industriegebiets bei einer Lagerhalle.« Samuel nickte zufrieden und sah Tina an.

»Drei von ihnen zwei Straßen weiter.« Tina deutete mit dem Kopf in die entsprechende Richtung.

Binnen Sekunden verwandelte sich Lucas in einen dunklen Drachen und schritt hastig voran. Laurie konnte im fahlen Mondlicht nicht sagen, ob er schwarz war oder dunkelgrün. Er wirkte grober als Josh, wenn der sich verwandelte. Oder lag das nur daran, dass Laurie Josh besser kannte? Die anderen folgten ihm ohne Einwände und Laurie schloss sich ihnen an. Feuer war meist die wirkungsvollste Waffe gegen Seelenlose aller Art und es war normal, dass die Drachen die Vorhut bildeten.

Kurz vor dem von Tina genannten Ziel befahl Lucas, den Elementarkreis zu schließen, ehe sie in die breite Straße traten.

Schon von Weitem erkannte Laurie die drei schwarz gekleideten dämonischen Söldner. Josh hatte ihr so vieles über *Otherside* erzählt, er war wie besessen von dem Buch. Jedes Mal, wenn er mit dieser übermäßigen Begeisterung davon berichtete, hallten ihr die Sätze aus dem Handbuch des Zentrums durch den Kopf: *Zuviel Begeisterung wird schnell zu Fanatismus. Emotionen sind nicht zu kontrollieren.* In Joshs Fall hatte das Handbuch recht behalten: Er hatte freiwillig an dieser Selbstmordmission teilgenommen, wie der Supervisor ihr berichtet hatte.

Laurie war zu der Zeit in einer Regenerationsphase gewesen. In unregelmäßigen Abständen wurden die Zentrumsbewohnenden ausgiebig untersucht und getestet – immer ohne Ankündigung. Offiziell wurde sie in der Akte der Wächter als *chronisch krank* geführt, damit solche Ausfälle keiner ausführlicheren Ausrede bedurften. Laurie hatte die Regeneration gerade beendet, als sie auf eine heikle Mission geschickt worden war: Das Buch *Otherside* aus der *Bibliotheca* zu entwenden. Es hatte Supervisor Nate etwas Überzeugung gekostet, bis Laurie geglaubt hatte, das Richtige zu tun. Josh zu schützen – vor dieser Zunft, die in jenem Moment sein Leben in der Hand gehalten hatte. Erst später – am Tag von Thyras Übertritt – hatte sie erfahren, dass Joshs Familie dieser Zunft angehörte und dass sie einem Vater die einzige Möglichkeit genommen hatte, seinen Sohn zu beschützen.

Ein Aufflammen im Augenwinkel holte Laurie in die Realität zurück. Ein greller Feuerball schoss auf die drei Gestalten zu und vernichtete eine davon, ehe sie überhaupt realisierten, dass sie angegriffen wurden. Die anderen beiden schossen in Lichtgeschwindigkeit auf sie zu. Laurie stand inmitten der zarten Nebelschwaden, die der Wasserelementar Colin um sich zog, und konnte daher auf die Tarnung mithilfe des HyCons verzichten. Stattdessen griff sie in die Tasche mit dem Neutralisator und richtete ihn grob in Richtung der Söldner. Die anderen feuerten ihre geballten Elemente auf die Seelenlosen, doch die bewegten sich zu schnell hin und her, als dass man sie gezielt hätte treffen können.

Laurie drückte in dem Moment ab, als die Luftelementare einen der Söldner mit einem starken Windstoß gegen eine Wand schleuderten. Seine Moleküle verteilten sich sofort. Niemand war verwundert darüber – seit sich so vieles innerhalb der Wächterkreise verändert hatte, stellte niemand mehr infrage, warum sich ein Seelenloser plötzlich auflöste. Das war früher, zu Zeiten von Lauries ersten Patrouillen, weit schwerer gewesen.

Lucas Selbstwertgefühl schien einen Knacks bekommen zu haben, denn er schleuderte einen Feuerball nach dem anderen auf den letzten verbliebenen Seelenlosen. Laurie nutzte den Moment, um auch diesen zu neutralisieren. Lucas schien sofort besser gelaunt. Wie einfach emotionsgesteuerte Menschen zu befriedigen waren.

Mit erhobenem Haupt ging er voraus, weiter die Straße entlang in Richtung Industriegebiet. Der Weg würde sie an der Fabrik für Industriemaschinen vorbeiführen, wo laut Samuel zwei weitere Seelenlose warteten. Den Neutralisator fest im Griff, folgte Laurie den anderen mit schnellen Schritten.

»Wo sind sie?«, flüsterte Lucas wenig später, als sie vom Schatten des benachbarten Gebäudes aus das Fabrikgelände beobachteten. Es war niemand zu sehen.

Tina sandte einen sanften Windstoß aus, um die Lage zu überprüfen. Auf dem Hof standen etliche Großfahrzeuge, Lastwagen und Gabelstapler. Hinter jedem von ihnen konnten sich die Seelenlosen verstecken.

Der Wind kehrte zurück und Tina lauschte mit geschlossenen Augen. »Sie sind nicht mehr dort«, flüsterte sie verwirrt, als zwei dunkle Gestalten direkt vor ihnen zu Boden stürzten und die Erde zum Erzittern brachten.

8. KAPITEL

Ich wusste gar nicht, wo mir der Kopf stand. Durch das Fenster unter mir sah ich so viele Menschen und andere Kreaturen, die auf das Schloss zuhielten. Die Lage des Gebäudes am Hang der Felsen erlaubte es mir nicht, von hier oben aus einen Blick auf das Schlosstor oder die unteren Zugänge zum Schloss zu werfen. Daher konnte ich nicht sicher sein, wer uns angegriffen hatte.

»Wir müssen nach Zac sehen, er ist vielleicht der Einzige, der uns hier heraushelfen kann«, drängte Josh, der die Lage erkannt hatte.

»Bisher hat es uns auch nichts gebracht, dass ich ihn trotz meines Versprechens am Leben lassen musste«, antwortete Ric bissig und sah mich dabei vorwurfsvoll an.

»Wer immer da unten steht, will sicher nicht mit dir reden«, sagte ich vielleicht eine Spur zu hart. »Wenn einer hier Ruhe reinbringen kann, dann ist es der König.«

Aber so weit dachte Ric nicht. Er war eifersüchtig, was mich in diesem Moment einfach nur ärgerte. Die Horde dort draußen wusste ja nicht, was sich vor Tagen – oder wie lange war es her, dass Thyra mit ihren Dämonen durch das Portal verschwunden war? – hier ereignet hatte.

»Da kann ich Lin nur zustimmen«, sagte Natalia. »Eine Eifersuchtsszene können wir hier nicht gebrauchen. Lasst uns nach Zac sehen, ehe sie stärkere Geschütze auffahren.«

Wenigstens ein Mitglied der Familie Fiorenzo war vernünftig. Ric grummelte noch etwas, folgte uns dann jedoch durch den Flur zur Bibliothek.

Meine innere Unruhe war so groß, dass mein Element um mich herumwirbelte und ich Mühe hatte, mich nicht zu verwandeln. Aber auch ohne zu fliegen, war ich schneller als die anderen und kam als Erste in der Bibliothek an. Mein Blick glitt auf dem Boden umher, ich rannte um das Stehpult in der Mitte des Raumes – doch nirgendwo konnte ich Zac sehen. Mein Hirn malte sich die schlimmsten Gründe aus: Zac war entführt worden. Er war aus dem Buch gelöscht worden – von der Realität aus. Oder Ophelias Vision hatte bereits begonnen.

»Suchst du mich, Liebste?« Mit einem Satz sprang er von der Leiter, die zu den oberen Regalen führte, und landete direkt vor mir. Ich wusste nicht, ob ich ihn schlagen oder umarmen sollte. Er schien mein Gefühlschaos zu erkennen und entschied für mich, in dem er mich an seine Brust presste. Der Duft von Leder und Papier umströmte mich. Zac roch immer noch genauso wie *Otherside*. Ich gönnte mir einen Moment, in dem ich die Zeit zurückdrehte und die Umarmung genoss. Erst als ich mir klar wurde, dass die Erleichterung darüber, dass ihm nichts geschehen war, mich dazu verführt hatte, drückte ich ihn von mir. Doch er hielt mich weiterhin an den Händen fest und sah mir tief in die Augen. »Du hast dir Sorgen um mich gemacht«, stellte er fest und ein Lächeln erschien auf seinen Lippen, das seine gesamte Erscheinung erstrahlen ließ. Er war atemberaubend. Fast genauso wie …

»Was bei Hephaistos tust du hier?« Rics Stimme war eine Mischung aus Knurren und Fauchen, als er zu uns trat und mich besitzergreifend von Zac wegzerrte.

»Ich war …«, begann ich, ehe ich bemerkte, dass ich ihm keine Rechenschaft schuldete. Es war ja nicht so, dass ich etwas Verbotenes getan hätte. Ich riss meine Hand von Ric los und verschränkte die Arme vor der Brust. »Zac geht es gut«, sagte ich anstelle einer Rechtfertigung.

»Das sehe ich«, grummelte Ric und kniff skeptisch die Augen zusammen. Er sah Zac lange an, ehe er einen Blick auf Josh warf, der nun ebenfalls eingetreten war. »Du hast gesagt, er wäre umgekippt«, sagte er vorwurfsvoll.

»Er ist ja auch umgekippt«, rechtfertigte sich Josh. »Zac war kreidebleich, sah beinahe aus wie ein altes Foto – sepiafarben, inklusive Falten. Was hätte ich tun sollen? Ihn photoshoppen? Ich bin sofort losgerannt und habe euch geholt.«

Endlich betraten auch Peter, Coral und David die Bibliothek. David sah noch immer bleich aus und ich erinnerte mich wieder daran, dass es ihm ebenfalls nicht gut gegangen war. Schnell blickte ich vom einen zum anderen. Mein Hirn arbeitete auf Hochtouren, bis sich endlich ein passables Bild vor meinem inneren Auge zusammenfügte. »Was es auch war, es ist euch beiden zugestoßen, vielleicht sogar im selben Moment.«

»David ist nicht umgekippt«, warf Peter ein.

»Ich ergänze: Was es auch war, es ist mit euch beiden passiert und hat Zac aus irgendeinem Grund mehr getroffen«, erläuterte ich mit einem Augenverdrehen in Peters Richtung.

»Vielleicht hat es mit dem Angriff auf das Schloss zu tun?«, dachte Peter laut und Zac wurde sofort hellhörig und hakte nach: »Angriff?«

»Da ist ein ganzer Mob hierher unterwegs«, erklärte Natalia und Zac sah sie verständnislos an. »Eine Horde Menschen, Monster, keine Ahnung was«, präzisierte sie und Zac verstand. Binnen eines Wimpernschlags straffte er seinen Körper und wirkte um mehrere Zentimeter größer. Seine Miene strahlte Autorität aus, Macht. In diesem Moment schien er sogar wie ein König, was mir imponierte. Thyra gehörte allein dafür umgebracht, was sie aus dem Helden Zac, dem gewählten Vertreter des Volkes von Otherside, gemacht hatte.

Erhobenen Hauptes eilte Zac mit schnellen Schritten vorneweg. Mit etwas Verzögerung liefen wir ihm hinterher, durch die langen Flure, am Thronsaal vorbei zu einer Art großem Erker, der zur Stadt hin ausgerichtet war. Von hier aus konnten wir den Zug der Menschen sehen.

Es glich im wahrsten Sinne des Wortes einer Szene aus einem Buch. Die einfachen Leute – sowie Zwerge und andere Wesen – waren mit den unterschiedlichsten Gerätschaften bewaffnet. Manche mit Mistgabeln, andere mit Speeren, wieder andere mit Seilen. Sie trugen sogar Fackeln – auch wenn hier der Effekt nicht ganz so strahlend rüberkam, schließlich war es helllichter Tag. Sie skandierten etwas, das ich nicht verstehen konnte. Hier oben kam nur ein konstantes Brummen an.

»Was sagen die?«, fragte Natalia.

Es war David, der antwortete: »Tod der Hexe!«

Sie waren nicht wegen unseretwegen hier. Sie wollten zu Thyra!

»Seht dort«, sprach David weiter und deutete auf ein dunkelblaues Banner mit vier silberglänzenden Symbolen darauf. Die vier Dreiecke für Feuer, Wasser, Erde und Luft. »Die Rebellen haben sich formiert.«

David hatte Ric und den anderen von den Rebellen erzählt. Diese stammten aus allen Ecken von Otherside und konnten mithilfe der plötzlich aufgetauchten Elementarketten Thyras Überredungskünsten widerstehen. Doch laut David waren die meisten von ihnen von Thyra oder den Söldnern getötet worden.

Über die Ketten hatten wir uns schon den Kopf zerbrochen. Mittlerweile vermuteten wir, dass diese ebenfalls zur Bewahrung des Gleichgewichts aufgetaucht waren. So wurde auch die Entstehung des fünften Elements in der Realität begründet. Elizabeth hatte sich selbst die Macht über alle Elemente verliehen, daher musste es ein Gegenstück in unserer Welt geben. Vielleicht war es mit den Ketten dasselbe? Den Bewohnerinnen und Bewohner von Otherside musste bewusst sein, dass es eine Art *höhere Macht* gab, die sie und ihre Taten beeinflusste – die Realität. Ohne den Glauben daran waren die Eingriffsmöglichkeiten der Zunft mit ihren Schreibern und Flüsterern verloren. Das Gleichgewicht war massiv gestört worden und die Elemente hatten dafür gesorgt, dass es nicht gänzlich verlorenging.

»Hattest du nicht gesagt, Thyra hätte die meisten von ihnen beseitigt?«, fragte ich. Wenn das da unten die wenigen waren, die überlebt hatten, wollte ich gar nicht wissen, wie viele es vorher waren.

David nickte, während er ungläubig auf die noch immer vor sich hin skandierende Menge hinabsah. Dann schlich sich ein Lächeln auf sein Gesicht, das ansonsten nur auftauchte, wenn er Coral im

Blickfeld hatte. »Es sind nicht nur Bewohner von Otherside«, sagte er voller Hoffnung in der Stimme.

»Sie haben noch andere Buchfiguren eingeweiht?«, hakte Peter nach.

Otherside war ein besonderes Buch. Denn die Charaktere dieser Welt wussten, dass es einen Autor gab, der sie erschaffen hatte und ihre Handlungen steuerte – zumindest bis Thyra es ihnen mittels ihrer Flüstergabe ausgeredet hatte. Aber die Bewohnenden der anderen Buchwelten hatten keine Ahnung. Nur diejenigen, die von Thyra oder irgendjemand anderem hierher verschleppt oder ins Schloss gelesen worden waren, wussten Bescheid – so wie Ophelia, die als Thyras persönliche Glaskugel hatte herhalten müssen; oder Max, der ihr das Portal in die Realität geöffnet hatte.

Meine Gedanken drifteten ab und zeigten mir düstere Bilder der aktuellen Lage in der Realität. Was hatten Thyra und Balthasar bereits alles zerstört? War die Menschheit versklavt? Hatten die Wächter überlebt? Gab es auch dort einen Widerstand gegen Thyra? Menschen, die mit Wächtern und der Zunft zusammenarbeiteten, um *die Hexe zu töten*? Ich hoffte es, aber gleichzeitig schlich sich die Sorge ein, dass die Bibliothekare nicht mit einem Angriff innerhalb der *Bibliotheca* gerechnet hatten. Wir mussten hier raus, so schnell wie möglich!

Ehe wir unser weiteres Vorgehen besprechen konnten, öffnete Zac eine Tür, die von dem Erker aus auf einen kleinen Balkon mit Balustrade führte. Die Schultern gestrafft, aufrecht und Ehrfurcht gebietend trat er mit erhobenem Kopf hinaus.

Ich stellte mir vor, wie er von den Leuten da unten wahrgenommen werden musste, und mir gefiel, was ich sah: einen selbstbewussten König, der seinem Volk entgegentrat. Nicht jedoch, ohne die Hand unterhalb der schützenden Balustrade erhoben zu halten und einen unsichtbaren Schutzschild zu generieren. Man wusste ja nie, wie das Volk reagierte.

»Bewohnerinnen und Bewohner von Otherside«, dröhnte seine volle Stimme über die Masse hinweg. »Ich kann mir vorstellen, warum ihr euch alle auf den Weg hierher gemacht habt.«

Er machte eine Pause, weil die Menge wütende Beschimpfungen ausstieß. Auf Thyra und auch auf ihn, der nichts gegen die Zustände unternommen hatte. Sein Schutzschild blitzte auf, getroffen von einem Fluch oder etwas anderem Unsichtbaren.

Im Augenwinkel sah ich Ric, der den Mund verzog, als hätte er gehofft, dass jemand das *Problem Zac* für ihn lösen würde. Ich stieß ihn mit dem Ellbogen in die Seite und er hob entschuldigend die Hände, ehe er mich näher zu sich zog. Die »Tötet die Hexe!«-Rufe wurden lauter, einzelne Stimmen forderten, dass der König Thyra ihnen überließ.

»In den letzten Monaten haben sich höchst unerfreuliche Dinge in unserem Land ereignet«, fuhr Zac mit fester Stimme fort und ignorierte die Zwischenrufe. »Thyra Bonfire hat nicht nur mich, sondern auch große Teile der Bevölkerung mit einer besonderen Gabe beeinflusst. Als Oberhaupt des Volkes von Otherside sinne ich ebenso auf Rache wie ihr alle.«

Der Mob wurde ruhiger, hing wie gebannt an den Lippen seines Königs.

»Die Beeinflussung durch meine selbsternannte rechte Hand hat sich nur gelöst, weil Thyra die Buchwelt verlassen hat. Sie ist mit dem gesamten Hofstaat – allesamt Spione und Untergebene von ihr – und den Söldnern in die Realität übergewechselt.«

Ein Raunen ging durch die Menge. Die Menschen wirkten erleichtert und beinahe zufrieden.

»Ihr alle kennt mich als Kämpfer gegen das Böse, doch nun steht uns eine Bedrohung bevor, wie es sie in dieser Art in keiner unserer Welten zuvor gegeben hat. Thyra wird uns nicht in Ruhe lassen. Sie plant, Otherside zu vernichten.«

Erschrockenes Aufkeuchen.

»Und das müssen wir verhindern!«, rief Zac lauter.

Zahlreiche Rufe ertönten, auch die »Tötet die Hexe«-Fraktion war wieder lautstark dabei.

»Ich bitte euch, Vertreterinnen und Vertreter eurer Welten ins Schloss zu entsenden, damit wir gemeinsam um unser Überleben kämpfen können. Ich zähle auf euch alle! Denn nur als Einheit können wir diesen alles entscheidenden Kampf gewinnen!«

Die Jubelrufe waren ohrenbetäubend. Zac hatte es geschafft. Die Euphorie rollte wie eine Welle zu uns empor, war ansteckend und berauschend. Ich erschauderte bei dem Gefühl.

Zac nickte seinen Anhängern noch einmal zu, ehe er sich umdrehte und wieder zurück ins Schloss und weiter zum Thronsaal ging. »Wir müssen das Chaos hier beseitigen«, befahl er, ohne jemanden direkt anzusprechen. »Das Volk wird seine Vertreter sicher ganz zeitnah entsenden. In der Buchwelt ist schnell klar, wer zum Kämpfen geboren ist.«

O ja. Selbst den unscheinbarsten Protagonistinnen merkte man schnell an, was in ihnen steckte. Als niemand auf seine Aufforderung reagierte, wiederholte Zac seine Anweisung noch einmal mit etwas mehr Schärfe.

»Wir sind nicht deine Bediensteten.« Natalia stand mit hochgerecktem Kinn und verschränkten Armen Zac gegenüber und hielt seinem finsteren Blick stand. Er reagierte nur mit einem süffisanten Grinsen. Es war nicht das erste Mal, dass die beiden aneinandergerieten, und für mich war es jedes Mal ein kleines Highlight.

»Willst du mich herausfordern?« Er hob die Augenbraue, wie ich es so oft von ihm gelesen hatte. Zac, der Held von *Otherside*, liebte Herausforderungen jeglicher Art. Im Normalfall waren das auf den ersten Blick unbesiegbare Gegner. Frauen hatten ihm immer zu Füßen gelegen und waren nie eine Herausforderung gewesen. Im Moment sah es ganz danach aus, als hätte er mit Natalia eine Premiere.

Was auch Ric zu begreifen schien. Sein Körper versteifte sich, während er von seiner Schwester zu Zac schaute und sein Gesicht immer mehr aussah, als hätte er in eine Zitrone gebissen. Im Gegensatz zu mir. Denn ich malte mir aus, dass es auch für Zac ein Happy End geben konnte – bei dem ich keine Rolle spielte. Ein Lächeln schlich sich auf meine Lippen.

»Sag nicht, dass dir das gefällt«, flüsterte Ric in mein Ohr und mein Lächeln wurde zu einem breiten Grinsen, als ich mich ihm zuwandte.

»Ich sage, dass ich zwei akute Probleme unserer Beziehung in einem Abwasch erledigt sehe.« Sein ahnungsloser Blick war Gold wert. Ich zog ihn dichter zu mir heran und flüsterte etwas in sein Ohr, woraufhin er zu begreifen schien.

»Du sprichst von meiner Schwester«, grummelte er anschließend, wenn auch mit weit weniger Widerstand in der Stimme. Seine goldenen Augen blitzten auf und ich drohte, in ihnen zu versinken.

Der Rest des Thronsaals verschwand in grauem Nichts, als ich mir, getrieben von der Intensität seines Blickes, auf die Lippe biss.

Ohne zu zögern, zog er mich zu sich und senkte seine Lippen auf meine. Der Hormonrausch erledigte mich schneller als ein Kampf gegen die härtesten Buchfiguren. Ich rang nach Luft, wollte mich jedoch nicht von ihm lösen. Lediglich meinem Element hatte ich es zu verdanken, dass ich nicht vor Sauerstoffmangel umkippte.

Natalias empörter Schrei riss uns aus unserer Blase der Zweisamkeit, und während ich noch wie in Watte gepackt die Welt betrachtete und tief Luft holte, hatte sich Ric schon schützend vor seine Schwester gestellt.

»Was hast du getan?«, knurrte er Zac an, in seiner Handfläche zuckten die ersten Energieblitze, um einen Feuerball zu erzeugen.

»Er wollte mich küssen«, antwortete Natalia empört.

Der legte ja ein Tempo vor. Ich wusste nicht, ob ich mich freuen oder eher beleidigt sein sollte, dass ich so schnell abgeschrieben worden war. Oder war da schon die ganze Zeit mehr gewesen und ich hatte es nur nicht bemerkt?

»Ich wollte sie *nicht* küssen«, sagte Zac scharf. »Ich …« Er griff sich an die Schläfe und schüttelte den Kopf.

»Sicher wolltest du. Ich bin ja nicht bescheuert! Ich weiß ganz genau, was in Büchern passiert, wenn der Held mit einem solchen Blick auf eine arme Nebenfigur zusteuert.« Natalia schnaubte.

Ich sah zu den anderen hinüber und versuchte, in ihren Gesichtern eine Erklärung zu finden. Doch weder Coral noch David, Josh oder Ophelia waren mir eine Hilfe. Peter zuckte nur mit den Schultern.

»Was wolltest du dann?«, fragte Ric herausfordernd, als wartete er nur auf eine Gelegenheit, sich mit Zac zu prügeln.

Vom Flur aus hallte schallendes Gelächter, während erneut die Erde bebte, stärker als beim letzten Mal. Staub rieselte von der Decke, die Kronleuchter über unseren Köpfen klirrten und ich hatte Mühe, mein Gleichgewicht zu halten. Zac wurde kreidebleich und David sah aus, als müsste er sich jeden Moment übergeben.

Kaum stand die Welt wieder still, folgte ein zweites Beben, das mich von den Beinen riss, und von draußen drangen verzweifelte Hilfeschreie an mein Ohr.

9. KAPITEL

Was zur Hölle ist das?«, rief Lucas seinem Team zu.

Laurie musste nicht lange überlegen. Vermutlich war Lucas nicht aus dem fantastischen Genre. Vampire und Dämonen erkannte jeder schnell als solche. Aber riesige Gestalten aus Stein mit Monsterfratzen waren nicht ganz so alltäglich. Und Feuer würde ihnen rein gar nichts anhaben können.

»Das sind Gargoyles!«, brüllte Tina und schleuderte eine starke Windböe auf die zwei Meter großen Steinskulpturen – die jedoch nicht das Geringste bewirkte.

»Wie können wir sie bekämpfen?«

Das war eine gute Frage. Laurie hatte viel darüber gelesen, aber soweit sie wusste, konnten sie nur zerstört werden, wenn man genügend Kraft aufwand, um sie zu zerbrechen – und je nach Buchquelle *lebten* die einzelnen Bruchstücke dann sogar noch weiter. Sie hatte keine Ahnung, woher Thyra diese Gargoyles hatte – sollten sie aus *Otherside* stammen, folgten sie womöglich ihren eigenen Regeln. Wie sollte sie die Monster mit dem Neutralisator zerstören, ohne sich zu verraten?

»Gar nicht. Es sei denn, du hast einen großen Hammer zur Hand!«, rief Sven, der Erdelementar, und ließ die Straße aufbrechen.

Wurzeln schlangen sich um die breiten Beine der Gargoyles und schlängelten sich an ihnen hinauf. Für einen kurzen Moment sah es aus, als würden die beiden Steinskulpturen schon ewig hier mitten auf der Straße stehen, von grünen Ranken umwuchert. Doch in der nächsten Sekunde war es vorbei und sie machten beide einen Schritt nach vorne. Die Pflanzen griffen weiter nach ihnen, konnten ihrer Stärke jedoch nichts entgegensetzen.

»Wir müssen hier weg!«, schrie Tina.

»Oder wir zerstören sie mit einer Verbindung der Elemente«, schlug Laurie vor. Sie musste die anderen glauben lassen, dass es möglich war. Nur so konnte sie die Gargoyles zerstören. »Hüllt Feuer und Wasser mithilfe der Luft um sie, heizt das Feuer an, lasst sie verwittern.«

Ihre Teamkollegen legten sofort los. Während der Wasserelementar Colin für echtes Wasser sorgte, ballte Laurie zur Tarnung mit dem HyCon-Wassermoleküle zusammen, die nun in Tinas und Samuels Tornado wirbelten, der die beiden Seelenlosen umkreiste. Lucas entzündete das Feuer – weißglühende Flammen leckten an den steinernen Körpern. Die Gargoyles rasten vor Wut und drängten trotz des Sturmes in ihre Richtung.

Laurie aktivierte den Neutralisator. Der erste Gargoyle zerfiel zu Staub.

Dann ging alles schief.

»Es funktioniert!«, jubelte Tina und entließ ihr Element.

Der Wirbelsturm wurde schwächer, Samuel keuchte auf, weil er ihn nun allein erhalten musste und der Kraft des anderen Gargoyles nichts entgegenzusetzen hatte. Flammen schossen aus dem Sturm hervor, im letzten Augenblick konnte Lucas sie aufhalten, ehe sie seine Teamkollegen erwischten. Das war jedoch nur ein Ablenkungsmanöver des Gargoyles gewesen, der in diesem Moment seine steinernen Schwingen in Bewegung setzte, mit einem großen Satz auf Tina zusprang und sie zu Boden riss. Laurie verstieß gegen alle Verhaltensregeln des Zentrums, richtete den Neutralisator auf das Monster und drückte ab.

Ihr kam zugute, dass alles so schnell gegangen war. Vielleicht hatte niemand die Zusammenhänge bemerkt. Keiner sah sie argwöhnisch an, sondern alle stürzten zu Tina und knieten sich neben ihr auf den Boden. Blut breitete sich auf der dunkelgrauen Straße rund um ihren Kopf aus und Laurie presste fest die Lippen zusammen. Sie machte sich solche Vorwürfe. Hätte sie diese Ausrede nicht erfunden, wäre Tina nichts zugestoßen. Schon wieder Emotionen, die Laurie zu übermannen drohten.

Colin fühlte nach Tinas Puls und Laurie erkannte sofort, dass er sich entspannte. »Wenn ich sie hier heilen will, brauche ich neue Klamotten«, sagte er zerknirscht und deutete auf seine Jeans. »Könntest du übernehmen?«, fragte er an Laurie gewandt und sah auf den langen Rock, den alle weiblichen Wasserelementare trugen, damit sie sich problemlos verwandeln konnten. Auch wenn Laurie keine echte Elementarierin war, trug sie ebenfalls einen, um ihr Defizit nicht sofort offensichtlich zu machen.

Sie senkte den Blick und schüttelte den Kopf. *Geringfügig kontrollierend*, schwebte ihr durch die Gedanken.

»Bring sie zurück zur Villa«, befahl Lucas und sah Laurie eindringlich an. Vermutlich hatte Perry ihn über ihr *Defizit* informiert. Colin wollte protestieren, doch Lucas hob die Hand und sah ihn scharf an. Seine Mimik duldete keine Widerworte.

Er beschützt mich, dachte Laurie verwundert und konnte es sich nicht erklären. Sie war aufgrund ihrer vermeintlichen Minderbegabung so oft gehänselt und gemobbt worden. Stumm dankte sie Perry, dass er Lucas eingeweiht hat. Anschließend suchte ihr Blick den von Lucas und sie hauchte ein lautloses *Danke*. Lucas nickte nur.

»Du bringst Tina zu den Heilern – nimm Sven mit. Wir anderen sehen uns dieses Fabrikgelände noch kurz an, ehe wir nachkommen. Gib bitte Perry Bescheid«, wies Lucas an.

Colin nickte und stand auf. Gemeinsam mit dem Erdelementar Sven hob er Tina vom Boden. Laurie wusste nicht, wie die beiden sie durch die Straßen schleppen wollten, ohne aufzufallen, und wollte bereits vorschlagen, dass Samuel als Luftelementar besser für den Transport geeignet wäre. Doch da nahmen Colin und Sven Tina schon in ihre Mitte und legten sich ihre Arme über die Schultern. Ein paar kleinere Ranken hoben Tinas Kopf und sie sah rein von der Haltung her aus, als würde sie die beiden Jungs einfach umarmen. Nur wer genau hinsah, erkannte das Wasser, das Tinas Beine umspielte und dafür sorgte, dass es aussah, als würde sie sich selbst bewegen. Zum Glück war es bis zur Villa nicht sehr weit.

Als die drei verschwunden waren, nickte Lucas Samuel und Laurie zu. Ohne Aufforderung waren alle drei startbereit.

»Könntest du noch einmal die Lage checken?«, bat Lucas Samuel, der sofort die Luft aufforderte, alles auszukundschaften. Eine Brise sandte er Tina und ihren Begleitern hinterher. Ein paar Sekunden später kehrten die Winde zurück.

»Die Route der anderen ist sauber. Bei dieser alten Lagerhalle patrouillieren mehrere von den Steinmonstern. Es könnten sogar mehr als sieben sein.« Er schüttelte den Kopf. »Wollen wir da wirklich zu dritt hingehen?« Auch wenn sie es vermutlich nicht hätte sehen sollen, registrierte Laurie den kurzen Blick, den Samuel in Richtung Laurie warf, als wollte er sagen: »Zu dritt mit einer geringfügig kontrollierenden.« Also wusste auch Samuel, wer Laurie war und was sie konnte. Oder nicht konnte. Laurie fühlte sich wie damals im Unterricht am Institut. Wenn sie ihnen allen doch nur zeigen könnte, wer sie wirklich war und was sie zustande bringen konnte.

»Das ist ein Befehl. Du kannst gern den anderen hinterher, dann gehe ich mit Laurie allein.« Lucas erinnerte Laurie so sehr an Josh, dass sie einen Schmerz im Inneren spürte. Gefühle. Sie waren meist schmerzhaft, wie Laurie schon vor langer Zeit festgestellt hatte. Kein Wunder, dass der Professor und die Gründer des Zentrums der Meinung waren, sie gehörten abgeschafft oder zumindest gut kontrolliert. Wie es Josh wohl gerade ging? Lebte er noch?

»Ohne mich seid ihr nahezu blind. Ich komme mit«, zischte Samuel zur Antwort. War es normalerweise nicht das Feuer, das solch einen Charakter an den Tag legte? Es war, als hätten Samuel und Lucas die Rollen getauscht. Doch darüber wollte sich Laurie jetzt keine Gedanken machen. Sie hoffte nur inständig, dass sie sich bei diesem Einsatz nicht verraten würde.

Samuel war bereits losgegangen, als Lucas Laurie zurückhielt. »Meine Schwester ist wie du«, flüsterte er nur kurz, ehe er Samuel folgte.

Die Erklärung erleichterte Laurie, auch wenn das für Lucas' Schwester bedeutete, dass sie wirklich kaum eine Begabung hatte.

Schnell schlossen sie zu Samuel auf und liefen zu dritt durch die geisterhaften Straßen.

Das Gelände der Fabrik, in der irgendwann einmal Metallteile hergestellt worden waren, war von einem hohen Zaun mit Stacheldraht umgeben. Während ihrer Recherchen über die Vergangenheit der Stadt hatte Laurie gelesen, dass viele menschlich Jugendliche zu Mutproben in die Fabrikhallen eingebrochen waren. Als eine dieser Mutproben tödlich geendet hatte, war das Gelände besser gesichert worden. Aber die Mutproben waren weitergegangen. Man konnte die verwirrenden Gefühle, die Halbwüchsige durchlebten, nicht kontrollieren. Sie stachelten sich gegenseitig auf und fokussierten die falschen Ziele. Glücklicherweise war Laurie so ein Verhalten erspart geblieben.

Sie standen nun gemeinsam auf einem bewaldeten Hügel, der an das Fabrikgelände grenzte und einen guten Beobachtungsplatz abgab.

»Schick dein Element aus, vielleicht kann es etwas herausfinden«, ordnete Lucas an.

Samuel kniff kurz die Augen zusammen. Ihm passte es ganz offensichtlich gar nicht, von Lucas Befehle entgegenzunehmen. Laurie hätte zu gern gewusst, was zwischen den beiden in der Vergangenheit vorgefallen war.

Die Blätter über ihnen rauschten kurz, als sich die Luft auf ihren Weg machte. Wortlos warteten die drei auf ihre Rückkehr. Samuels Blick wurde immer konzentrierter, er presste die Zähne so fest zusammen, dass die Kiefermuskulatur deutlich hervortrat. Laurie war gespannt, was das zu bedeuten hatte.

»Und?«, fragte Lucas sofort, als der Wind zurückgekehrt war.

»Mindestens neun von ihnen. Gargoyles und Dämonen, vermute ich.«

»Was ist in der Halle?«, hakte Lucas nach.

»Die Luft kommt nicht durch«, presste Samuel hervor. »Da ist eine Art Barriere.«

Das war kein gutes Zeichen. Laurie erinnerte sich daran, was Josh ihr über die Elementarzone im letzten Oktober erzählt hatte.

Dort drin musste etwas vor sich gehen, das vor den verbliebenen Wächtern geschützt werden musste.

»Gehen wir zurück und besprechen mit Felipe und Perry, was wir unternehmen sollen.« Lucas wandte sich schon zum Gehen, als Blätter auf sie herunterrieselten.

Dann brachen Äste der Bäume ab und etwas stürzte zu Boden. Im nächsten Moment war Samuel verschwunden, ein Schrei durchbrach die Stille der Nacht.

10. KAPITEL

Vorsichtig rappelte ich mich auf und wischte mir den Staub aus dem Gesicht, während Ric schon auf mich zukam. Die von Natalia so sorgfältig aufgestapelten Büchertürme waren in sich zusammengestürzt und von Staub und kleineren Brocken weißen Putzes bedeckt. Mein Herz schmerzte bei dem Anblick.

»Geht es dir gut?«, fragte Ric besorgt und zog mich an sich.

Ich nickte halbherzig, nicht sicher, wie es wirklich in mir aussah. »Was bei Aither war das?«, fragte ich laut.

»Das war ein Erdbeben, falls du es nicht bemerkt hast«, lachte eine fremde Stimme. Von ihr war auch das Kichern gekommen, ehe die Erde gebebt hatte.

Ich sah misstrauisch zu der offen stehenden doppelflügeligen Tür, die vom Thronsaal zum Flur führte. Ein paar Gestalten kamen zum Vorschein, allesamt von Staub und Putz bedeckt. Bei dem Anblick hätte ich beinahe aufgelacht, denn sie sahen trotz der Waffen in ihren Händen aus, als hätten sie gerade Plätzchen gebacken und eine Mehlschlacht veranstaltet.

»Habt ihr das zu verantworten?« Zac richtete sein Augenmerk auf die Neuankömmlinge, nachdem er Natalia aufgeholfen hatte.

»Eure Majestät«, sagte die Stimme von vorhin spöttisch und ein kleiner dünner Junge – oder junger Mann – verneigte sich so übertrieben tief, dass Staub aus seinen verwilderten Haaren rieselte. »Mit dem Beben habe ich absolut nichts zu tun. Gestatten, mein Name ist Puck.«

Na super – jetzt hatten wir auch noch den Streichekönig der Literatur an der Backe.

Mit einem breiten Grinsen in dem von Sommersprossen übersäten Gesicht sah er von Natalia zu Zac und wieder zurück. Jetzt wurde mir einiges klar. Bereits in seiner Originalgeschichte hat Puck dafür gesorgt, dass sich Titania, die Feenkönigin, in einen Typen mit Eselskopf verliebt – auch wenn er im Auftrag von Feenkönig Oberon handelte. Einer solche emotionalen Beeinflussung hatte er kurz zuvor Zac unterzogen – daher das Lachen. Auch als Wächter hatte ich es das eine oder andere Mal mit ihm zu tun gehabt, denn die Adaption einer Jugendbuchautorin war noch lange nicht abgeschlossen. Die Frage war nur, mit welcher Figur wir es hier wirklich zu tun hatten, mit dem Original oder der Adaption.

Ric knurrte in Pucks Richtung. Nahezu synchron mit Zac. Beide standen wohl nicht auf Feenstreiche.

»Was willst du hier?«, verlangte Zac, zu wissen.

»Ihr seid ja alle schlechter gelaunt als Königin Titania.« Er schüttelte den Kopf, als könnte er es nicht glauben. »Wir sind hier, um euch bei eurem Problem zu helfen, wie Ihr gewünscht habt, Eure Königliche Hoheit.« Erneut triefte seine Stimme vor Spott und Hohn. Ich ahnte Böses. Zac und Puck würden sicher niemals Freunde werden.

»Was Puck sagen möchte …« Nun trat eine junge Frau neben Puck und schob ihn beiseite. »Wir sind die Abgesandten der Rebellen, König Zacharias. Die anderen gehen wieder hinab nach Erea und suchen dort nach einer Unterkunft, ehe noch welche von ihnen durch herabstürzende Teile verletzt werden.«

Ich musterte das Mädchen, es war vielleicht siebzehn Jahre alt und hatte langes schwarzes Haar, auf dem ebenfalls eine zarte Staubschicht lag. Seine Augen waren beinahe genauso dunkel, sodass ich den Drang verspürte, herauszufinden, ob es nur ein dunkles Braun oder echtes Schwarz war. Am Gürtel der Jeans baumelte ein Schwert. Ich versuchte, sie einzuordnen, doch das Mädchen kam mir zuvor.

»Ich bin Fen, eigentlich Fairley, und Dämonenjägerin der Crusade und das«, sie deutete nacheinander auf zwei dunkelhaarige

Jungs, die unterschiedlicher nicht auftreten konnten, »sind Cliff und Sage.«

Sages Augen hielten mich für einen Moment gefangen. Sie waren bernsteinfarben, nur eine minimale Farbnuance entfernt von Rics Augen, was mich irritierte. Auch seine Haare waren schwarz wie die von Ric. Doch in seiner Mimik lag der wirkliche Unterschied. Er wirkte so unnahbar, distanziert, seine Züge waren hart – er sah nicht gerade so aus, als wäre er freiwillig hier.

Im Gegensatz zu diesem Cliff. Selbst wenn ich *Phantomliebe* nicht gekannt hätte, wäre klar gewesen, dass es sich hier um Brüder handelte. Cliff hatte wohl – unter der Staubschicht war es schwer, zu erkennen – etwas hellere Haare und wirkte schon auf den ersten Blick viel zugänglicher. Alles an ihm strahlte Offenheit aus, aber auch eine gesunde Portion Selbstbewusstsein. Während Sage ebenso ein Schwert trug wie Fen, baumelte an Cliffs Gürtel eine Art Säbel. Die sichelförmige Waffe reflektierte jeden Lichtstrahl.

Fen zog die Jungs weiter in den Raum und ich erkannte, dass hinter ihnen eine weitere Person stand. Ich hätte nicht gedacht, dass ich dieses Gesicht noch einmal wiedersehen würde. Wind umtoste mich, spiegelte meine innere Aufruhr. Auch Ric war kurz davor, sich zu verwandeln. Die Haut seines Unterarms schimmerte schon schwarz. Wir beide konnten nicht vergessen, was er letztes Jahr getan hatte.

»Ben?«, fragte Zac und seine Reaktion war das genaue Gegenteil von Rics und meiner. Er schien sich regelrecht zu freuen, dass der Halbwerwolf hier war, was ich absolut nicht nachvollziehen konnte.

»Das ist nicht dein Ernst«, setzte ich an und starrte Zac noch immer entsetzt an. »Er hat uns für Thyra ausspioniert, er hat mich gemeinsam mit Cress dazu gebracht, die Elementarbarriere aufzulösen!« Am liebsten hätte ich meine komplette Elementarkraft auf ihn geschleudert. Thyra hatte mehrere Bens herausgelesen und jeder Einzelne von ihnen hatte einem Mitglied meines Teams dieselbe Falle gestellt. Auch Peter stand mit großen Augen da und starrte den Halbwerwolf an. Coral hatte die Fäuste geballt, ihre Augen funkelten bedrohlich.

»Wenn er nicht gewesen wäre, hätte ich dich für immer verloren, Lin.«

Zacs Antwort war entwaffnend und mir blieben die Worte im Hals stecken. Ric schnaubte, beruhigte sich aber wieder. Wog mein Leben diesen Verrat auf? Hätte Ben uns nicht hintergangen, wäre es erst gar nicht so weit gekommen … Doch hatte ich nicht auch Zac verziehen, dass er mich hatte töten wollen, während Thyra ihn wieder beeinflusst hatte? Meine Wut verpuffte. Es war zu viel passiert. Was-wäre-gewesen-wenn-Szenarien halfen uns hier nicht weiter. Daher nickte ich einfach nur. Ein Seher war vielleicht nicht die schlechteste Wahl.

Ben schien meinen inneren Kampf verfolgt zu haben. Als Medium war er Experte darin, das Gesehene zu interpretieren und Emotionen genauestens zu beobachten. Er lächelte mich vorsichtig an, als mein innerer Kampf für ihn entschieden war – oder es zumindest auf ein Unentschieden hinausgelaufen war. Für ein Zurücklächeln war es aber definitiv noch zu früh. Ben akzeptierte mit einem leichten Nicken, auch wenn ich Bedauern in seinem Gesicht aufblitzen sah.

»Das ist Sam«, stellte er den etwa gleichaltrigen Mann neben sich vor. »Er ist ein Vollblut.«

Es dauerte mehrere Sekunden, bis ich verstand, was er meinte. Ben selbst war nur ein halber Werwolf. Die Medien aus *Otherside* konnten nur *sehen*, wenn sie in ihrer nicht-menschlichen Gestalt waren. Ben war Sohn eines Werwolfs und eines Menschen und dadurch glich seine Wergestalt einer Mischung aus Wolf und Mensch – ein seltsamer Anblick.

»Sam hat den Kontakt auf der anderen Seite aufrechterhalten, bis sich die Welten zu weit überlagert hatten«, erklärte Zac. »Die beiden haben mir schon sehr oft geholfen. Ich bin froh darüber, dass sie sich uns anschließen wollen.«

»Eigentlich wollten wir Thyra töten«, knurrte Ben. »Sie hat uns alle manipuliert.«

Auch die anderen Neuankömmlinge stimmten ihm mit einem Nicken zu. Außer Sage, dessen Desinteresse nicht zu übersehen war.

»Dazu werdet ihr bald Gelegenheit haben«, sagte Zac inbrünstig. »Wir suchen bereits nach einer Möglichkeit, die Buchwelt zu verlassen.«

»Du willst wieder in die Realität?«, fragte Ben verwirrt. »Jetzt hätten wir die Möglichkeit, Thyra ein für alle Mal aus unserem Leben zu verbannen! Wir müssten nur die Portale für immer schließen, jede Möglichkeit auf Rückkehr zerstören.«

Ich sog erschrocken die Luft ein. Das Aufkeuchen im Thronsaal klang wie ein Echo.

»Vergiss es!«, zischte Ric. »Wir werden auf keinen Fall hierbleiben und Thyra unsere Welt überlassen. Wir wissen nicht einmal, was sie dort bereits alles verbrochen hat oder wie viele unserer Leute überlebt haben.«

»Das«, sagte Sam mit einem überheblichen Grinsen im Gesicht, »kann ich euch gern erzählen.«

Sofort hatte er die Aufmerksamkeit des ganzen Raumes.

»Thyra hat weltweit alle Regierungssitze vernichtet – ebenso wie die Häuser der Wächter«, begann er und ich wurde kreidebleich. Bilder all unserer Kollegen zogen vor meinem inneren Auge vorbei. Die alte Ausbilderin Melanie, Perry, ja, selbst Felipe, der Ratsvorsitzende – waren sie alle Thyras Anschlag zum Opfer gefallen? Herr und Frau Bernstein … Mir wurde es eiskalt.

Peter sah aus, als würde er sich gleich übergeben. Seine Eltern waren sicher in der Bibliotheca gewesen, da sie auf Nachricht gewartet hatten, was mit ihrem Sohn geschah.

Der Erste, der überhaupt reagierte, war Josh. Er verwandelte sich, während er auf Sam zustürmte, packte ihn am Kragen und schüttelte ihn mit seinen Pranken. »Geht es meinem Vater gut? Und Laurie? Sag mir, wo Laurie ist!«, befahl er, doch es glich einem verzweifelten Schrei.

Sam blieb ruhig, eine beeindruckende Fähigkeit angesichts des bedrohlich über ihm aufragenden grünen Drachen, der den ganzen Thronsaal mit seinem Geruch nach Großbrand füllte. Er wandte sich langsam aus Joshs Umklammerung und trat einen Schritt zurück.

Zac nutzte den Moment, um alle weiter in den Thronsaal zu beordern, damit wir nicht zwischen Tür und Angel sprachen. Wir setzten uns wie üblich auf und vor die Treppenstufen zum Thron.

Dort bat Sam um ein paar detailliertere Informationen über Laurie, ehe die Luft so magiegetränkt war, dass sich die Härchen in meinem Nacken aufstellten. Plötzlich durchriss ein kurzes Zischen die Stille im Saal und dem grünen Drachen stand ein menschengroßer grauer Wolf gegenüber.

Es war skurril zu hören, wie der Wolf mit menschlicher – Sams – Stimme sprach: »Ich sehe sie.«

Er kniff die Augen zusammen, eine so menschliche Geste, dass mein Gehirn versuchte, sie auszublenden. Dann schloss er die Lider und erzählte, was gerade in der Realität vor sich ging, während ein weiteres Beben Otherside erschütterte.

11. KAPITEL

Die Schrecksekunde schien ewig anzuhalten. Blätter und kleine Äste rieselten in Zeitlupe zu Boden. Samuels Schrei hing noch in der Luft.

Laurie hatte reagiert, ohne nachzudenken, und mit dem Neutralisator zu den Bäumen hoch auf den dunklen Schatten gefeuert, der sich Samuel geschnappt hatte. Der Gargoyle zerfiel zu Staub und Samuel rief im letzten Moment sein Element, das ihn sanft zu Boden gleiten ließ.

Mit großen Augen sah er Laurie an. Und sein Blick war nicht dankbar. Laurie erkannte jede Menge Skepsis darin. Gefolgt von Angst. Instinktiv wich sie zurück.

»Was hast du getan?«, fragte Samuel, anstatt sich zu bedanken, dass sie ihm das Leben gerettet hatte.

Ihres hatte sie nämlich in diesem Moment zerstört. Für das, was sie getan hatte, konnte sie keine nachvollziehbare Erklärung abgeben. Ein nie dagewesenes Gefühl überrollte sie: Panik. Panik, die alle ansonsten voll funktionsfähigen Teile ihres Gehirns lahmlegte und einen Urinstinkt übernehmen ließ. Sie drehte sich um und rannte, so schnell sie konnte.

Sie hatte sich verraten. Sie hatte die oberste Regel des Zentrums gebrochen. Sie hatte eine visionäre Waffe ohne Tarnung benutzt. Und wofür? Um einen Luftelementar zu retten, den sie kaum kannte. Eine Kurzschlussreaktion. Sie hatte gehandelt, ohne nachgedacht zu haben. Ein absolutes No-Go in dem analytisch vorgehenden Kreis des Zentrums. Sie hatte kopflos gehandelt und musste sich nun den Konsequenzen stellen.

Sie rannte den Hügel hinab, immer weiter in den Wald hinein. Sie musste sich vor Lucas und Samuel verstecken – vor einem Luftelementar! Warum hatte sie das Notfallset nicht mitgenommen? Das Set beinhaltete ein Gerät, das sie unsichtbar machen konnte. Aber es war zu schwer, um es ständig herumzutragen, und die Wahrscheinlichkeit, dass es zum Einsatz kam, war sehr gering. Daher verzichtete sie meistens darauf. Doch gerade heute hätte sie es gebrauchen können.

Um sie herum wurde es dunkler und dunkler. Laurie stolperte mehr, als dass sie lief. Dornige Büsche und Äste auf Kopfhöhe kratzten über ihre Haut. Sie ignorierte den Schmerz, lief immer weiter, fort von den Wächtern, die nun ihr Geheimnis kannten. Ihr *wahres* Geheimnis.

Laurie hatte eine gute Kondition, aber das Laufen auf den Airwalks war kein Vergleich zu einer echten Flucht. Sie konnte nicht so rhythmisch atmen, wie es ihr schneller Herzschlag erforderte, und so ging ihr irgendwann die Luft aus. Keuchend lief sie noch ein paar Schritte, ehe sie sich an einem Baumstamm zu Boden gleiten ließ, um eine kurze Pause zu machen. Ihr rechter Knöchel schmerzte, vermutlich war sie falsch aufgetreten. Sie lauschte angestrengt und versuchte, das Rauschen ihres Blutes im Ohr auszublenden. Sie konzentrierte sich auf unregelmäßige Windbewegungen, doch scheinbar wurde sie weder von Lucas und Samuel verfolgt noch von seinem Element.

Laurie wagte es, das Zentrum zu kontaktieren. Sie umgriff mit den Fingern ihrer rechten Hand das linke Handgelenk. Sofort rauschte ihr In-Ear-Implantat, das außerhalb des Zentrums ansonsten genauso inaktiv war wie die DigiLens.

»Laurie«, erklang Nates Stimme in ihrem Ohr.

»Code Red«, flüsterte Laurie nur. *Evakuierung*.

»Ich werde dich orten und abholen.«

Das war das Zentrum. Der Notfallknopf war nur für äußerst prekäre Situationen gedacht und es bedurfte keiner weiteren Erklärungen. Im Falle einer Gefangennahme war die Chance hoch, dass jemand ihr Handschellen anlegte oder ihre Handgelenke fest umgriff – auch dann würde das Notsignal gesendet werden. Zusammen mit dem, was sie hörte, sowie dem, was sie sah.

Laurie rappelte sich gerade auf, als eine statische Aufladung die Härchen an ihren Unterarmen erfasste. Gleich darauf begann die Luft vor ihr, zu flimmern wie über einer starken Wärmequelle. Aus dem Flimmern trat Nate auf sie zu, seine Mimik spiegelte Erleichterung wieder und entgegen aller Verhaltensregeln nahm er sie in den Arm und drückte sie fest. Laurie war total überrumpelt und wusste nicht, wie sie reagieren sollte, als der Moment auch schon vorbei war und Nate mit gesenktem Kopf zurücktrat. War er etwa peinlich berührt?

»Komm«, sagte er leise und wandte sich um, ohne Laurie noch einmal in die Augen zu blicken. Er wirkte mit einem Mal so anders. Doch sie hatte keine Zeit, sich Gedanken darüber zu machen. Nate trat durch die flimmernde Luft und sie folgte ihm. In ihrem Kopf spukten bereits die düstersten Bilder darüber, was sie im Zentrum erwartete.

Das Kribbeln, das sie das letzte Mal gespürt hatte, als sie im Training ein Portal benutzt hatte, wurde stärker, ehe sie absolut nichts mehr spürte. Sie war in Einzelteile zerlegt, nur noch eine Wolke aus reiner Energie, die vom Materietransmitter übertragen wurde. Laurie hatte nie in ihrem Leben infrage gestellt, dass diese hochtechnologische Erfindung nur im Zentrum benutzt wurde, obwohl sie den Alltag der Menschen um so vieles erleichtern würde. Denn die Energie, die für den Betrieb des Transmitters notwendig war, stammte aus dunkler Materie, die eindeutig nicht in falsche Hände geraten durfte.

Laurie wappnete sich für die Rematerialisierung. Es war nicht so, dass sie wirklich spürte, wie ihr Körper wieder zusammengesetzt wurde, aber ihr Bewusstsein konnte nicht ohne irgendeine Interpretation dabei sein. Also erdachte sie sich ein Ziepen und Zerren in ihrem ganzen Körper, ehe ihre Sinne wieder aktiv waren und sie direkt vor Nate stand.

Sie blickte schnell zur Seite und versuchte, sich zu orientieren. Doch sie befand sich nicht dort, wo sie es erwartet hatte. In dem Raum standen ein Bett und ein kleiner Tisch. Er glich einer perfekten Kopie ihres eigenen Zimmers.

»Schnell, komm«, sagte Nate, tippte kurz auf dem Display des Transmitters herum, klappte es anschließend zu und packte das Gerät wieder in das kleine schwarze Kunststoffgehäuse. Erst dann entriegelte er die Milchglastür. Leise zischend glitt sie zur Seite und Nate trat auf den Flur. Laurie folgte ihm und sah sich das Namensschild neben der Tür an. Nates Zimmer. Was hatte das zu bedeuten?

12. KAPITEL

Was sind das für Lügen?«, knurrte Josh, nachdem der graue Wolf seine Augen wieder geöffnet hatte. »Neutralisator? Transmitter? Und wer ist dieser Typ?« Er rang nach Worten. »Wenn das einer von Thyras miesen Tricks ist …« Er trat dicht auf den grauen Wolf zu und pustete ihm heißen Atem ins Gesicht. Zusammen mit neuem Staub, der von dem Beben wie Schlieren in der Luft hing.

»Er sagt die Wahrheit«, bestätigte Ben in beruhigendem Ton und trat zwischen Wolf und Drache. »Dort draußen gibt es mehr, als ihr bisher geglaubt habt. Laurie gehört ganz sicher diesem Zentrum an, wie sie es nennen. Wir sind auf dem Weg hierher darauf gestoßen. Sam hat diese Laurie bestimmt wiedererkannt.« Er warf einen Blick zu dem grauen Wolf, der nickte.

»Könnte mit *Zentrum der Macht* dieses *Zentrum* gemeint sein?«, warf Peter ein.

Ich wollte diesen Gedanken eben für absurd erklären, da kam mir Sam zuvor: »Es ist nur ein Gebäude, ein Ort. An der Außenfassade steht *Zentrum für medizinische Forschung*. Sie nennen es nur so.« Der Wolf schüttelte den Kopf.

»Das ist der einzige Hinweis, den wir haben und …«, setzte ich zu einer Erklärung an – und wurde schon wieder unterbrochen, diesmal von Josh.

»Können wir sie kontaktieren?«, fragte er. Laurie war offensichtlich das Einzige, was ihn interessierte. »Sie kann nicht zu den Wächtern zurück, wenn es stimmt, was du erzählt hast.«

Der Junge hatte vielleicht ein Vertrauen! Man sagte ihm, sein Love-Interest war eine Art Doppelagentin, und ihm fiel weiter nichts ein, als sich um ihr Wohlergehen zu sorgen? Auch Ric schnaubte.

Peter stand mit baumrindentiefen Denkfalten auf der Stirn da, schüttelte den Kopf, als würde er versuchen, einen Gedanken zu greifen, der ihm im Hirn umherschwirrte. Es sah irgendwie lustig aus. Dann blitzten seine Augen plötzlich hellgrün auf und ich erkannte, dass sein Versuch erfolgreich gewesen war. »Du hast uns quasi live berichtet, was gerade da draußen passiert, oder?«

Sam bestätigte: »Ich sehe immer nur, was genau im jeweiligen Moment passiert. Es ist wie ein Fenster zu einem anderen Ort.«

Peter grübelte noch einmal, nickte dabei und ignorierte uns andere komplett, die wir alle wie auf Kohlen saßen, um *die* Erkenntnis zu hören. »Es besteht nach wie vor eine starke Verbindung zwischen Otherside und der Realität«, leitete Peter schließlich ein. »Die Beben entstehen, wenn einer von Thyras Seelenlosen dort draußen vernichtet wird. Laurie hatte in dem Moment auf den Gargoyle gefeuert, als Sam hinübergesehen hat.«

Oh. Darauf wäre ich nicht gekommen. Aber …

»Woher willst du wissen, dass der Gargoyle zu Thyra gehört?«, nahm Ric mir die Frage aus dem Mund.

»Ich habe welche von ihnen gesehen. Meine Augen haben gut funktioniert, als sie alle durch das Portal gegangen sind – auch wenn mein Körper bewegungsunfähig gewesen ist. Insgesamt waren es zwölf von ihnen.«

Wow! In jenem Moment hatte ich nur an meinen Vater gedacht, ihn beobachtet und gehofft, ich würde rechtzeitig kommen, würde ihn beschützen können. Mein Innerstes zog sich beim Gedanken an seinen leblosen geschundenen Körper zusammen.

»Und du meinst …«, setzte ich an.

»Wenn einer dieser Seelenlosen getötet wird, bebt Otherside?«, beendete Natalia meine Frage.

Peter nickte. »Und ich glaube nicht, dass sie noch hier sind. Es waren keine herausgelesenen Charaktere – sondern sie sind alle direkt durch das Portal marschiert. Die meisten von ihnen vermutlich Buchfiguren aus *Otherside*. Da draußen wird keine Kopie von ihnen vernichtet, sondern das Original.«

»Was das Gleichgewicht durcheinanderbringt und Otherside im wahrsten Sinne des Wortes erschüttert.« Endlich konnte ich mal wieder ausreden, ein gutes Gefühl.

»Nur was passiert, wenn dort draußen noch mehr von ihnen vernichtet werden? Wichtige Charaktere, tragende Rollen wie der Anführer der dämonischen Söldner?«, strickte Peter seinen Gedanken weiter.

»Oder Thyra«, fügte Natalia hinzu.

»Dann bricht ganz Otherside zusammen«, sagte Ric tonlos und instinktiv griffen wir beide nach der Hand des anderen.

»Und wir sind mittendrin«, flüsterte ich.

»Meine Vision.« Ophelia hob sich die Hände vors Gesicht.

13. KAPITEL

Laurie hatte keine Zeit, bei Nate nachzufragen, warum sie nicht im Transmitterraum gelandet waren. Kaum waren sie auf den hell beleuchteten weißen Flur getreten, als auch schon andere Zentrumsmitarbeitende hinter ihnen auftauchten und bis zur Haupthalle nicht mehr von ihrer Seite wichen.

Laurie wurde das Gefühl nicht los, dass sie beobachtet wurde, was völlig absurd war. Rund um die Uhr wurde im Zentrum einfach alles überwacht. Kameras in jeder einzelnen Lampe sorgten dafür, dass dem Professor nichts entging, was im Zentrum geschah. Da er sich selbst nicht zeigte und er Gerüchten zufolge eine Abneigung gegen Berichte hatte, war die technische Überwachung unumgänglich.

Laurie hatte das nie gestört. Bisher hatte sie auch nichts zu verbergen gehabt – ihre innere Stimme und die Gefühle, die sich ab und an regten, hatte sie ihrer Meinung nach gut unter Kontrolle. Die Privaträume selbst waren von der Überwachung ausgeschlossen. Sonst hätte sie sich niemals ihren Emotionen hingegeben, nachdem sie von der Zerstörung von *Otherside* – und Josh! – erfahren hatte.

»Wo gehen wir hin?«, fragte sie so leise wie möglich.

Nate schüttelte kaum merklich den Kopf, bog ab, ohne etwas zu sagen, und öffnete wenig später einen der Besprechungsräume.

Die Lichter in den Wänden schalteten sich automatisch an, als die beiden eintraten. Nate deaktivierte mit seinem Steuergerät die Überwachung und die Wände wurden dunkel. Wenn er unüberwacht reden wollte, warum waren sie dann nicht in seinen privaten Räumen geblieben? Laurie beantwortete sich die Frage selbst: Wenn man sie dort zusammen erwischt hätte, wären weit größere Konsequenzen auf sie zugekommen als hier.

»Ich weiß nicht, wie viel Zeit wir haben, also keine Unterbrechung bitte«, sagte Nate und holte Laurie wieder in die Gegenwart. »Ich habe deine Kommunikationsdaten gelöscht und die Kameras im Eingangsbereich deaktiviert«, sagte er schnell. »Niemand kann nachvollziehen, was da draußen passiert ist und wie du wieder ins Zentrum gelangt bist. Das bleibt unser Geheimnis, in Ordnung?«

Laurie sah ihn mit großen Augen an, verstand nicht, warum er das getan hatte. Er war Supervisor, hatte seine Loyalität dem Professor gegenüber mehr als einmal bewiesen. »Wieso tust du das?«

Nate zuckte mit den Schultern und sah zu Boden. »Ich weiß es nicht. Vermutlich, weil es richtig ist«, flüsterte er, ehe er den Kopf hob, einen Schritt auf sie zutrat und seine Augen eine Intensität ausstrahlten, die Laurie nicht von ihm kannte. »Laurie, ich …«

Weiter kam er nicht, denn die Wände wurden wieder hell. Im selben Moment glitt die Tür auf und einer der Wissenschaftler kam herein. Schnell trat Nate wieder einen Schritt zurück. Laurie fühlte sich ertappt. Aber nicht wegen des Geheimnisses um ihre Rückkehr, sondern aufgrund der – für das Zentrum – sehr intimen Situation mit Nate.

Der Wissenschaftler – aus der technischen Forschung, wie sein grauer Kittel zeigte – registrierte die Anwesenheit der beiden gar nicht. Im Gegenteil, er erschrak, als sich Nate irgendwann räusperte.

»Oh, Verzeihung, ich wusste nicht, dass der Raum belegt ist.« Der grauhaarige Mann fuhr sich übers Gesicht. »Ich werde einfach den nebenan nehmen.«

Auch als er den Raum verlassen hatte, war die Stimmung nicht mehr dieselbe. Laurie versuchte, Nate mit Blicken aufzufordern, die Überwachung erneut zu deaktivieren, aber er schien wie verwandelt. Der Mut, etwas Unerlaubtes zu tun, war verflogen. Vielleicht bereute er seine Taten bereits.

Mit neutralem Gesichtsausdruck starrte er Laurie entgegen, ehe er sagte: »Ich werde für morgen früh ein Meeting ansetzen. Es gibt eine neue Anweisung des Professors, die weitergegeben werden muss.« Er zog sein Pad aus der Tasche und tippte auf den Screen.

Laurie beachtete er nicht mehr und sie war mit ihren wild umherrasenden Gedanken allein. Warum hatte Nate das getan? Warum schützte er sie? Doch sie würde keine Antwort darauf bekommen, das war eindeutig. Sie war auf sich allein gestellt.

Ohne etwas zu sagen, verließ sie den Raum. Gedankenverloren zog sie durch die langen sterilen Flure. Warum hatte Nate sie gerettet, ohne die Störung zu melden? Was hatte er sagen wollen, ehe sie unterbrochen worden waren?

Laurie betrat ihr Zimmer. Selbst um diese Zeit begrüßte sie die freundliche Stimme. Im ersten Moment spannte sich Laurie an, weil sie befürchtete, dass die Stimme ihr noch melden würde, sie hätte eine Mitteilung für sie. Doch glücklicherweise schien Nate auch nach ihrem Gespräch niemandem von dem Desaster erzählt zu haben.

Sie zog sich um und legte sich ins Bett. Schneller, als sie gedacht hatte, fiel sie in den Schlaf. Und zum ersten Mal, seit es ihr als Kind abtrainiert worden war, träumte sie.

14. KAPITEL

Welche Vision?«, fragten Ben und Puck nahezu zeitgleich. Ophelia musterte den schäbigen Halbwerwolf und die Sommerfee und schaltete sofort wieder auf Zicke. Den Kopf erhoben und die Arme vor dem edlen Seidenkleid verschränkt blickte sie demonstrativ in eine andere Richtung.

Zac seufzte und klärte die Neuankömmlinge auf.

»Eine kleine Prophetin, ja?«, war Bens einziger Kommentar.

»Es ist eine Schande, eine solche Schönheit mit so grausamen Visionen zu quälen«, sagte Puck mit schmeichlerischer Stimme. Ophelia schien sofort besser gelaunt und der Anflug eines Lächelns war um ihren Mund zu erahnen. Wollte sie Pucks Taktik nicht durchschauen oder tat sie es wirklich nicht?

»Und ihr habt geglaubt, Thyra zerstört das Buch und somit diese ganze Welt hier?«, hakte Cliff nach, während er mit der sichelförmigen Waffe spielte, die immer wieder in der mittlerweile untergehenden Sonne aufblitzte.

»Auch wenn sich diese erste Theorie vermutlich als falsch herausgestellt hat, wissen wir nicht, was nach dem Zerfall von Otherside mit euren Welten geschieht«, erklärte Peter. »Es könnte sein, dass sie ebenso zerstört werden wie das alles hier.«

»Dann wissen wir ja, was wir zu tun haben, oder?« Cliff sah seinen Bruder Sage an, der nur arrogant den Mundwinkel verzog. Anschließend nickte er jedoch zögernd.

»Ich bin dabei«, sagte Fen und warf ihre langen dunklen Haare über die Schulter. »Sie hat all ihre Söldner dabei, oder? Da bleiben für jeden von uns genügend übrig.«

»Worauf warten wir noch?«, fragte Puck und sah uns nacheinander in die Augen.

»Das Portal ist geschlossen«, sagte Ric zähneknirschend und deutete auf das Gemälde der *Bibliotheca* auf dem Boden.

»Dann öffnet es doch einfach«, entgegnete Puck lachend.

»Wenn wir wüssten, wie, wären wir Thyra schon längst hinterher. Was glaubst du denn, wen du vor dir hast?« Zac war aufgestanden und baute sich drohend vor Puck auf.

»Oh, verzeiht, Eure Hoheit«, sagte Puck mit vor Sarkasmus triefender Stimme. »Ich arme kleine Sommerfee bin wohl davon ausgegangen, dass Ihr Portale öffnen könnt.«

»Kannst du es öffnen?«, hakte ich sofort nach.

»Ich kann alle Portale öffnen – sonst wäre ich doch nicht in der Lage gewesen, all die Dinge für Oberon und Titania zu erledigen«, lachte der Feenjunge und hüpfte in unserem lockeren Kreis hin und her. Es machte mich wahnsinnig.

»Setz dich!«, zischte Zac zeitgleich mit Rics »Kann der nicht stillsitzen?«.

Mit Schmollmund ließ sich Puck in den Schneidersitz fallen.

»Und jetzt noch mal: Kannst du das Portal wirklich öffnen?« Ric redete so langsam, als hätte er es mit einem kleinen Kind zu tun, obwohl Puck nur so aussah und erwachsen war. Er musste keine Ahnung wie viel Jahre alt sein.

»Natürlich!«, sagte der selbstbewusst und grinste schon beinahe unverschämt stolz.

»Zeig es uns. Öffne das Portal«, befahl Zac mit strenger Stimme, doch Puck zuckte nur mit den Schultern und machte keine Anstalten, es zu versuchen. Zac knurrte und trat auf den Feenjungen zu.

Ehe er ihn am Kragen packen und hochheben konnte, sprang Natalia auf und griff nach seinem Arm. Zac zuckte zusammen. »Wir sollten besser planen, was wir vorhaben, wenn das Portal geöffnet ist. Waffen zusammensammeln und all das«, sagte sie extrem ruhig.

Alle Blicke waren auf Zac gerichtet. In seiner Mimik waren die wechselnden Emotionen zu erkennen. Er wollte nicht bevormundet oder von Puck zum Narren gehalten werden. Doch dann sah er kurz in Natalias flehendes Gesicht und seine Züge wurden sofort weicher. Letztendlich ergab er sich mit einem Nicken.

Während sich die beiden wieder setzten, ging mir nur die Frage durch den Kopf, warum Natalia plötzlich so eine Wirkung auf Zac hatte, obwohl die Szene kurz zuvor doch eindeutig durch Pucks Manipulation ihrer Gefühle entstanden war. Ich beobachtete die beiden noch für einen Moment. Sie wirkten, als würden sie sich wortlos unterhalten, ehe sie die Blicke voneinander lösten. Vielleicht war da doch mehr – und schon länger im Gange und ich hatte es übersehen?

»Werden nur wir in die Realität gehen oder nehmen wir all unsere Kämpfer mit?«, fragte Ben. »Ich glaube ja, dass Puck dieses Portal öffnen kann – aber kann er es auch lange genug geöffnet halten, um eine Armee hindurchzuführen?«

Puck zuckte wieder mit den Schultern. »Ein paar von euch bekomme ich auf jeden Fall durch.«

»Also keine Armee, sondern die besten Kämpfer«, schlussfolgerte Sage, dessen Desinteresse wohl für einen Moment ausgesetzt hatte. Er saß völlig aufrecht – vielleicht um das Attribut *bester Kämpfer* zu verdeutlichen, worüber Fen nur die Augen verdrehte und sein Bruder den Mund verzog.

»Das dürfte kein Problem sein«, sagte Puck selbstsicher.

»Braucht jemand Waffen?« Ric sah zu Sam und Ben, die den Kopf schüttelten – dann weiter zu seiner Schwester, die verdächtig nah bei Zac saß, worüber er die Stirn runzelte. Anschließend wandte er sich an David: »Du vielleicht?« Schließlich besaß der weder eine Elementargabe noch eine offensichtliche Waffe. Er hatte erzählt, dass sein Clan friedliebend war und sich aus Kriegen herausgehalten hatte.

David nickte. »Ich muss Coral beschützen!«, sagte er beinahe feierlich.

»Die Waffenkammer ist bei den Räumen der Soldaten.« Zac betrachtete unsere Mini-Armee, die aus so verschiedenen Welten kam. Zuletzt blieb sein Blick an Ophelia hängen, die sich für ihre

Verhältnisse ungewohnt klein gemacht hatte. Sie war auch etwas bleich um die Nase – und das hatte nichts mit nobler Blässe zu tun.

»Ophelia?«, fragte ich. Sie verzog nur das Gesicht, sprang auf und rannte nach draußen. Plötzlich sahen mich alle an, als hätte ich ihr irgendwas getan. Super. Insbesondere Ric musterte mich scharf und ich hob nur entschuldigend die Arme. Dieses Mal hatte ich wirklich nichts getan. Dennoch gab ich den Blicken der anderen nach, erhob mich missmutig und lief Ophelia – wieder einmal – hinterher. Sie war noch nicht weit gekommen: Ich fand sie in der großen Eingangshalle, wo sie wie ein Häufchen in Seide gekleidetes Elend auf dem staub- und putzbedeckten Marmorboden saß.

Ich trat langsam auf sie zu, und obwohl meine Schuhe so viel Krach machten, dass sie mich hören musste, sah sie nicht hoch. Ihre Schultern bebten. Ein paar Atemzüge lang wartete ich noch ab, Ophelia reagierte jedoch nicht.

»Du willst nicht mit uns kommen, nicht wahr?«, sprach ich meine Gedanken aus. Ophelia war nach außen eine so taffe und starke Frau, in ihrem Inneren sah es ganz anders aus. Und vor allem war sie eins nicht: eine Kämpferin. Der Job der Zicke stand ihr besser als Waffen. Das war mir sofort klar gewesen, als sie sich im Thronsaal immer kleiner gemacht hatte.

»Ich kann nicht kämpfen, ich kann nicht …«, schniefte sie leise und sah mich mit Tränen in den Augen an. Ihre Lider waren geschwollen, das Make-up zog dicke Schlieren über die Wangen.

»Du kannst nicht mit in die Realität kommen«, vollendete ich ihren Satz und sie nickte. Ich konnte sie verstehen. Freiwillig wäre ich auch nicht in die Buchwelt gegangen. Wenn eine Figur nicht von Grund auf Kämpfer und Krieger war, konnten wir sie nicht verändern. Es gehörte nicht zu Ophelias Charakterzügen, sich eine Waffe zu schnappen und entlaufene Buchfiguren einzufangen oder Dämonen zu bekämpfen.

Sie schniefte erneut und sah zu Boden, als wäre es ihr peinlich. Aber sie konnte sich nicht verstellen – sie war nicht dafür geschrieben worden, und das war nicht weiter schlimm.

»Es ist okay«, sagte ich leise. »Du brauchst dir keine Gedanken zu machen. Versuch einfach, eine Vision zu bekommen, durch die wir erfahren, wie wir dieses Miststück Thyra besiegen können.«

Nun schlich sich ein Lächeln auf Ophelias Gesicht. »Wenn ihr sie tötet, richtet ihr liebe Grüße von mir aus.« Sie wischte sich mehrmals mit dem Handrücken über Wangen und Augen und sah danach aus, als würde sie eine Panda-Maske tragen. Doch ausnahmsweise schien ihr das nicht einmal etwas auszumachen.

Ich reichte ihr meine Hand und Ophelia nahm sie an, ohne das Gesicht zu verziehen. Sie griff fest zu und ich zog sie nach oben.

»Ist alles geklärt zwischen uns?«, fragte sie und mir kam es tatsächlich so vor, als würde es sie interessieren – nicht wie sonst immer.

Allein das erfüllte mich für diesen Augenblick mit einem solchen Glücksgefühl, wie ich es ich niemals für möglich gehalten hatte. Ich lächelte sie breit an und nickte. Sie freute sich ernsthaft – zumindest für einen kurzen Moment –, ehe sie mir an den Kopf warf, dass dieses dümmliche Grinsen, wie sie es nannte, nicht gut aussah. Ophelia war wieder die Alte. Sie ging mit so schnellen Schritten zum Thronsaal zurück, dass ich ihr kaum hinterherkam. Vor der Gruppe blieb sie stehen, sah mich kurz an und wartete auf meine Zustimmung.

»Ich werde nicht mit euch gehen«, sagte sie mit fester Stimme und wartete die Reaktionen ab. Scheinbar hatten sich das alle Anwesenden bereits zusammengereimt, denn sie nickten nur wissend.

Ric hatte diesen »Ich hab's doch gleich gesagt«-Blick und ich unterdrückte ein Schnauben. Obwohl Ophelia und ich nicht sehr lange weg gewesen waren, hatten sich Natalia, David und auch Ben bewaffnet, sodass sie aussahen wie Piraten, die kurz davor waren, ein Schiff zu kapern. Etwas übertrieben, wie ich fand, aber wenn es uns half, wieso nicht.

Ich verabschiedete mich noch von Ophelia und – ich war nun einmal ein gefühlsduseliger Mensch – drückte sie kurz. Sie rümpfte die Nase, ließ jedoch ein schüchternes Lächeln aufblitzen. Immerhin etwas.

»Seid ihr dann so weit?«, fragte Zac und diejenigen, die noch auf dem Boden herumsaßen, standen auf und stellten sich beinahe in Reih und Glied vor dem Gemälde der *Bibliotheca* auf. Lediglich Puck tanzte aus besagter Reihe, hüpfte leichtfüßig hin und her und balancierte – zumindest versuchsweise – auf dem goldenen Rahmen.

»Kompanie!«, rief er plötzlich und die sonst so belustigte und eher kindliche Stimme klang mit einem Mal ernst. »Bewaffnen!«

Die beiden Werwölfe verwandelten sich. Sam wurde zu dem enorm großen Tier, während Ben in seiner Halbgestalt verharrte: einer Art pelzigem Menschen mit Schnauze, scharfen Zähnen und einem Schwert in den Wolfsklauen. Seine Verwandlung sah weitaus schmerzhafter aus als die von Sam, der Schrei hing noch etliche Sekunden im Saal. Seltsamerweise zogen tatsächlich alle ihre Waffen – sogar die drei Dämonenjäger der Crusade, woraufhin Puck in gewohnter Weise kicherte.

Zac warf ihm einen tödlichen Blick zu – gefolgt von einem kurzen Hagelschauer aus blau-weißem Kügelchen Dämonenfeuer, die jedoch an Puck abprallten, ohne ihm Schaden zuzufügen. Dennoch verzog Puck theatralisch das Gesicht und wirkte, als würde er unendlich leiden, ehe er mit den Schultern zuckte und sich dem Gemälde auf dem Boden widmete.

Er wedelte ein wenig mit der Hand herum, sprang ohne erkennbares System hin und her, als müsste er einen verborgenen Mechanismus aktivieren, bis endlich ein Flimmern vom Bild aufstieg.

Die mir entgegengesetzte Wand des Thronsaals verschwamm. Weißer Nebel stieg vom Bild auf, der immer dichter wurde, bis ich kaum mehr erkannte, was Puck tat. Der Nebel schien irgendwie elektrostatisch oder von Magie aufgeladen zu sein. Meine bloßen Arme kribbelten und ab und an blitzte ein kurzer Funke der Entladung auf. Ric griff nach meiner Hand und Blitze tanzten meinen Arm empor.

»Ruft eure Elemente!«, befahl er und ich fasste mit der freien Hand an meine Elementarkette, jederzeit bereit, mich zu verwandeln. Coral und Peter konnte ich nicht sehen, aber ich roch ihre Elemente – wenngleich auch sie sich nicht sofort verwandeln würden. Aus Rics menschlicher Hand hingegen wurde bereits die Drachenklaue, seine Arme waren zum Teil von schwarzen Drachenschuppen bedeckt. Dann hielt er sich an diesem halbmenschlichen Stadium fest, zog mich dicht an sich und drückte mir einen Kuss auf die Lippen. Ich konnte gar nicht so schnell reagieren, da war der Kontakt schon vorbei und Kälte blieb zurück.

»Es ist so weit«, hallte Pucks Stimme durch den Nebel. »Das Portal ist offen. Am besten springt ihr hinein.«

Wir machten uns bereit. Ich drückte noch einmal Rics Hand und er meine. »Bei drei?«, flüsterte ich, doch ich kam nicht zum Zählen.

Ein Rumpeln und Stampfen erklangen, gefolgt von einem nicht jugendbuchtauglichen Fluchen.

15. KAPITEL

Als Laurie von der Computerstimme geweckt wurde, fiel es ihr schwerer, als jemals zuvor in ihrem Leben, die Augen zu öffnen. Sie hatte geträumt! Dieser nächtliche Rausch an unverarbeiteten Eindrücken und Informationen ihres Unterbewusstseins war alles andere als erholsam gewesen.

Natürlich wusste sie um die wissenschaftlichen Hintergründe von Träumen. Doch schon im Kleinkindalter war sie darauf trainiert worden, mental mit sich völlig im Reinen zu sein, ehe sie sich schlafen legte. Sie sollte alles notieren, was sie den Tag über nicht vollständig hatte verarbeiten können, um solche Träume zu vermeiden. Probleme sollten am nächsten Tag auf herkömmliche Weise gelöst werden. Den Schriften des Professors nach war die nächtliche Arbeit des Unterbewusstseins nicht zielführend, eher kontraproduktiv. Denn in der Nacht konnte niemand die Kontrolle über seine Emotionen behalten. Und Emotionen hatten bei der Problemlösung nichts zu suchen. Sie sorgten dafür, dass falsche Prioritäten gesetzt wurden und nicht das große Ziel im Blick behalten wurde.

Die Bilder des Traums waren noch so präsent, die Emotionen überwältigten sie selbst jetzt. Laurie wollte die Augen nicht öffnen, wollte dieses Gefühl behalten.

Natürlich wusste sie, dass ihre stets unterdrückten Gefühle für Josh dafür verantwortlich waren. Die Sorge, was mit ihm geschehen würde, war der Auslöser für die nächtlichen Bilder gewesen. Er und sie – gemeinsam in einer kitschigen Szene, bei Sonnenuntergang. Sie waren dicht beieinandergesessen und er hatte seinen Arm über ihre Schultern gelegt. Selbst jetzt glaubte sie noch, die durchdringende Wärme seines Elements zu spüren. Dann hatte er sie geküsst. Ein richtiger echter Kuss wie aus einem Buch. Laurie fasste sich an die Lippen und ein Echo von allem, was sie dabei empfunden hatte, hallte durch ihren Körper. Ihre Haut schien zu vibrieren, in ihrem Magen entstand ein Gefühl wie kurz vor einem freien Fall. Es war … atemberaubend, genau wie in ihrem Traum.

Ihre mentale Verfassung war durch die gestrigen Erlebnisse dramatisch gestört worden. Die Unausgeglichenheit war nicht zu leugnen. Ansonsten hätte sie niemals geträumt. Die Bilder wollten nicht mehr aus ihrem Kopf, so sehr sie mit all den von klein auf erlernten Techniken auch versuchte, sie zu verdrängen.

Die Stimme erinnerte sie daran, dass die Schlafphase vorüber war. Niemals zuvor war es vorgekommen, dass Laurie nicht sofort bei der ersten Meldung aufgestanden war. Der Raum überwachte ihre Schlafphase und weckte sie nach der für ihr Alter perfekten Schlafdauer. Sie hatte nicht einmal gewusst, dass der Weckruf ein weiteres Mal ertönte.

Ihre Glieder schmerzten, als sie sich endlich aufraffte und durch den kleinen Raum tapste. Der Professor hatte recht: Ein Schlaf voller Träume war alles andere als erholsam. Laurie fühlte sich wie gerädert, schlimmer als vor dem Schlafen. Mit halb offenen Augen verfehlte sie sogar den Türöffner und musste ein zweites Mal drücken, ehe die Tür zum Badezimmer aufglitt und das gedimmte Aufwachlicht des Schlafraumes zu tagheller Beleuchtung wurde, die ihr in den Augen schmerzte.

Während sie sich die Zähne putzte, las sie ihren auf den Spiegel projizierten Tagesplan. Nach dem Frühstück und Training war das von Nate erwähnte Meeting angesetzt worden. Sie hoffte, dass sie ihn davor oder danach allein erwischen würde. Sie musste mit ihm sprechen, andernfalls würde sie sich über all die möglichen Konsequenzen das Gehirn zermartern und so dessen Funktionsfähigkeit einschränken. Solche Gedanken waren Gift für einen wachen Geist

– das hatte sie von klein auf gelernt. Und auf eine weitere Nacht ohne Erholung konnte sie ebenfalls verzichten. Obwohl ... Erneut zogen die Bilder vom Kuss mit Josh vor ihrem inneren Auge vorbei und die Glückshormone versetzten sie ein weiteres Mal in einen Rauschzustand. Fühlte es sich so an, wenn man verliebt war?

Laurie sah in den Spiegel und erkannte sich kaum wieder. Ein Lächeln lag auf ihren Lippen, ihre Augen glänzten wie die einer echten Wasserelementarierin. Machten echte Gefühle so was mit einem?

Wie konnte der Professor etwas gegen diese innere Kraft haben, die dafür sorgte, dass man sich so viel stärker und besser fühlte? Ihre logischen Gedanken beantworteten die Frage sofort. Es war erwiesen, dass dieses Gefühl nur für kurze Zeit anhielt und von weiteren – meist negativen – Emotionen verdrängt wurde: Zweifel, Eifersucht – Begriffe, die negativ behaftet waren.

Laurie atmete tief durch, zog ihre Zentrumsuniform an und ging zum Frühstück. Am Foodprinter entschied sie sich gegen ihre Gewohnheit und druckte sich ein Frühstücksei. Um eine ausgewogene Ernährung mussten sich die Bewohnerinnen und Bewohner des Zentrums keine Sorgen machen. Vitamine und andere elementare Bausteine erhielten sie zielgerichtet in den gewählten Getränken. Laurie entschied sich für Kaffee.

In Gedanken versunken trug sie das Tablett zu einem freien Tisch. In der Kantine gab es keine Rangordnung, jeder saß dort, wo es einen freien Platz gab. Die Essenszeiten waren aufgrund der vom System berechneten Schlafenszeit so unterschiedlich, dass es keine festen Gemeinschaften gab, die sich zum Essen trafen, wie es in Büchern oft beschrieben wurde.

Oder in Familien, flüsterte die innere Stimme. Sie war wieder da. Lauter noch als jemals zuvor. *Wo ist deine Familie?*

16. KAPITEL

Der Nebel im Thronsaal lichtete sich nur langsam, begleitet von stetigen Flüchen auf Feen, Titania und sogar alte Götter. Puck war ein wahrer Meister darin. Ganz im Gegensatz zum Erschaffen eines Portals. Mit schmerzverzerrtem Gesicht saß er mitten auf dem Gemälde, das Bein in unnatürlichem Winkel verdreht.

Coral reagierte sofort, sprang auf ihn zu und setzte sich neben ihn. Während sie sich verwandelte und die Luft von einer frischen Meeresbrise erfüllt wurde, knurrte Zac: »Du hast es nicht geschafft.«

Ja, das war offensichtlich. Genauso offensichtlich wie die Tatsache, dass Puck seinen Sprung ins Bild sehr wörtlich genommen hatte. Andernfalls hätte er keine solche Verletzung davongetragen.

»Du kennst den Spruch über Übermut?«, stichelte Ric und konnte sich ein Grinsen nicht verkneifen.

Puck sah ihn böse an, ehe er die Lippen wieder schmerzverzerrt zusammenpresste. Doch Coral fuhr bereits mit ihrem Licht über das Bein und es entknotete sich wie von selbst.

»Danke, holde Maid«, flüsterte Puck erleichtert und küsste Corals heilende Hand.

Auf die Geste sprang David sofort an und trat mit düsterem Gesicht auf Puck zu. Coral winkte ab, verwandelte sich zurück und ließ sich von ihrem Liebsten hochziehen.

»Nun stehen wir wohl wieder am Anfang«, sagte Natalia in die plötzliche Stille hinein.

Puck reagierte mit einem weiteren Fluch. Dieses Mal auf Thyra, die Hexe, die seine Feenkräfte beschnitten hatte. Das war lustig anzuhören, brachte uns jedoch keinen Schritt weiter.

»Wir sollten jenseits, in der Realität nachsehen«, schlug Ben vor, nachdem er sich zurückverwandelt hatte.

Ric, dessen nun wieder menschliche Hand weiterhin in meiner lag, spannte sich an. Er hatte Ben noch nicht verziehen und würde es – nachtragend, wie der Drache war – vermutlich auch nie tun.

»Wir müssen herausfinden, wie es Thyra gelingen konnte, das Portal aufzubauen«, stimmte Sam zu, nun ebenfalls wieder in Menschengestalt.

»Sie hat etwas benutzt, das sich *Zentrum der Macht* nennt«, erklärte Peter. »Wir vermuten, dass es ein Buch in ihrer Bibliothek ist.«

Sam fuhr sich übers Gesicht und dachte nach. Sehr lange. Im Saal war es absolut still. Alle standen nach wie vor um das Gemälde herum und ich spürte, wie das Adrenalin in meinem Blut von Sekunde zu Sekunde weniger wurde. Irgendwann war die Euphorie, es endlich hier raus zu schaffen, Erschöpfung gewichen.

Rund um mich herum wurde gegähnt. Coral, David, Josh, Nat und Peter – sie alle steckten einander und zuletzt auch mich und Ric an. Wir hatten seit Tagen nicht geschlafen, was bisher aber nicht aufgefallen war. Die Sonne war zwar auf- und untergegangen, allerdings folgte die Welt hier ihrem eigenen Rhythmus, je nach der Dynamik der Geschichte, wie ich vermutete. Doch vielleicht war für unsere Körper in der Realität nun ein Tag oder mehrere vergangen und es war an der Zeit, auszuruhen?

Zac sah mich lange an. So lange, dass Ric mich demonstrativ an sich presste, wie um seinen Besitz zu verteidigen. Doch für eine Reaktion darauf war ich zu müde.

»Ich schlage vor, wir ruhen uns aus und überlegen morgen weiter«, erklärte Zac.

Morgen? Wann war es überhaupt dunkel geworden und die dämmerungssensorähnlichen Fackeln angegangen? Ich sah sofort zu den Fenstern hinüber und schüttelte den Kopf, als ich das blaue Licht sah, das das Schloss bei Nacht so wundervoll strahlen ließ. Ich gähnte erneut.

»Das wäre wohl das Beste«, stimmt Ric zu und strich mir mit der Hand über den Rücken. Ein zartes Kribbeln blieb zurück. Selbst die Reaktion meines Körpers auf Ric war schon halb verschlafen. Doch plötzlich kam mir der Gedanke, wo denn alle untergebracht werden sollten. Ich hatte ein Zimmer gehabt – ehe das große Chaos ausgebrochen war.

»Wo sollen wir schlafen?«, fragte auch Natalia.

Nun heftete Zac seinen Blick auf Natalia. Seine Miene war undurchdringlich, während sich Ric versteifte, weil er sich wahrscheinlich die schlimmsten Dinge ausmalte. Dann wandte sich Zac an mein Team und die Neuankömmlinge: »Jemand wird euch …« Vielleicht fiel ihm ein, dass niemand übrig war, den er beauftragen konnte. »Ich bringe euch zu den Gästezimmern«, sagte er dann mit einem sogar freundlichen Lächeln auf den Lippen.

Wir folgten Zac aus dem Thronsaal zu den Gängen mit all den Zimmern. Ric und ich begleiteten ihn noch, während er die Leute auf die Gästeräume aufteilte. Zu guter Letzt blieben wir vor einer Tür stehen – zwei Eingänge von meinem Zimmer entfernt. Dort sollte Natalia untergebracht werden. Ric und ich wünschten ihr eine gute Nacht und ich ging gezielt zu Rics und meinem Zimmer. Zac lief ein paar Schritte mit uns und blieb dann stehen.

»Willst du nicht auch schlafen?«, fragte ich, ehe ich erneut gähnte und weiter in Richtung meines Zimmers lief. Erst als ich die Tür schon halb geöffnet hatte, antwortete Zac.

»Doch, natürlich. Wir müssen ausgeruht sein, wenn …« Er schüttelte den Kopf und griff an die Klinke der Tür direkt neben ihm und öffnete sie.

Ric reagierte schneller als meine schon halb schlafenden Hirnzellen: »Er wohnt im Zimmer neben dir?«

»Das wusste ich nicht.« Und das war ernst gemeint. Ich hatte Zac nie zuvor hier im Flügel gesehen.

»Sie hat das Zimmer der Königin«, sagte Zac mit einem Hauch Melancholie in der Stimme, ehe er vom Flur verschwand.

Mit zusammengezogenen Augenbrauen folgte mir Ric in mein Zimmer. Die magischen Fackeln brannten – bis auf die eine, die ich für meine Flucht durch die Geheimgänge aus der Halterung genommen hatte.

»Was bei Hephaistos ist denn hier passiert?« Ric stand noch im Türrahmen und starrte auf das Chaos, das sich in meinem Zimmer ausbreitete.

Während Thyra mich hier eingesperrt hatte, hatte ich wirklich jeden Winkel nach einem verborgenen Zugang zu den Geheimgängen durchsucht, von denen mir die Stimme – rückblickend betrachtet vermutlich Joshs Vater – erzählt hatte. Dabei hatte ich aus meinem überdimensionierten begehbaren Kleiderschrank jedes einzelne Stück herausgezogen und auf einen Haufen neben meinem rosaroten Himmelbett geworfen, Möbel zur Seite gerückt und Porträts von den Wänden gerissen. Nun sah es hier aus, als wäre mein Element völlig entfesselt gewesen.

»Das war dann wohl ich«, sagte ich mit leicht geröteten Wangen und erzählte Ric die Geschichte – immerhin hatte ich ihn auf diese Weise gefunden.

Er nickte, zufrieden über die Erklärung, trat in den Raum und schloss die Tür hinter sich. »Badezimmer?«, fragte er und deutete auf eine andere Tür.

Ich schüttelte den Kopf und zeigte ihm das Badezimmer.

»Was ist hinter der Tür da drüben?«

»Keine Ahnung. Die war von Anfang an verschlossen. Vielleicht ein Fluchtweg?«

»Verschlossen?« Er hob die Augenbraue.

Ich zuckte mit den Schultern. »Keine Ahnung. Ich habe mir keine Gedanken gemacht. Geistige Umnebelung, du weißt schon.«

Ric ging mit schnellen Schritten zu der Tür und versuchte, sie zu öffnen. Und sie öffnete sich tatsächlich.

»Fluchtweg, hm?« Seine Stimme brodelte.

Alarmiert trat ich näher und erkannte, dass nur diese Tür mich von Zacs Schlafräumen getrennt hatte. Dass es sich um Zacs Schlafzimmer und kein anderes handelte, war eindeutig. Denn direkt neben einem noch größeren Himmelbett als meinem stand Zac, nur in Hosen bekleidet, mit dem Rücken zu uns, so dass seine Tätowierung – das Brandmal der Söldner – zu sehen gewesen wäre. Hätte mich der muskulöse Rücken nicht abgelenkt, wie ich zu meiner Schande gestehen musste.

Als er Ric hörte, drehte er sich zu uns um und ich musste zugeben, dass er meinen Fantasien beim Lesen von *Otherside* bis aufs kleinste Detail glich. Er war genau richtig proportioniert, die Brustmuskulatur trat deutlich hervor, ebenso wie der Sixpack und die seitlichen Bauchmuskeln. Weil seine Hose so tief saß, folgten meine Augen dem Verlauf bis … Ich schüttelte mich und griff nach Rics Hand. Es war ja nicht so, dass er in dieser Beziehung ein Defizit hätte.

Doch er entzog mir die Hand sofort wieder. Ich spürte die Hitze, die in Wellen von ihm ausging. Seine Augen funkelten bedrohlich, als er von Zac zu mir sah.

»Die Tür war immer abgeschlossen, ich habe nicht mal gewusst, dass Zacs Zimmer ebenfalls auf dieser Etage liegt«, versuchte ich, mich zu rechtfertigen, wusste im selben Moment jedoch nicht, wofür.

Ric knurrte – oder schnaubte.

Zac sah nur von mir zu Ric und schob die Augenbrauen zusammen.

Bestätige es!, betete ich im Stillen. Wenn Zac Ärger provozieren wollte, wäre das die Gelegenheit. Und für einen Moment schien er darüber nachzudenken.

»Lin hat diese Tür nie geöffnet«, sagte er dann mit fester Stimme, leiser, kaum hörbar, fügte er hinzu: »Leider.«

Ric nickte mit zusammengepressten Lippen, ehe er wortlos die Tür schloss.

Erleichtert atmete ich auf. Zac war kein Intrigant, sondern noch immer heldenhaft, auch wenn etwas nicht in seinem Sinne verlief. Zumindest das hatte sich nicht geändert.

»Tut mir leid«, murmelte Ric. »Ich habe überreagiert. Aber wenn ich mir vorstelle, dass dieser Typ … Du warst jede Nacht …« Verzweifelt rang er nach den richtigen Worten und versuchte, sie mit wilden Gesten aus der Luft zu fischen.

Ich konnte ihn nicht leiden lassen, fing seine Hände ein und hielt sie fest. Rics Blick hielt mich wiederum gefangen. Er war so intensiv, dass mir der Atem stockte.

»Du brauchst dir keine Sorgen zu machen«, flüsterte ich leise. Meine Müdigkeit war wie verflogen, erneut rauschte Adrenalin durch meine Adern, angetrieben vom Feuer in Rics Augen.

»Ich weiß«, gestand er leise. »Aber es ist … schwierig.«

In seinen Augen blitzte Schmerz auf, ehe er den Blick senkte. Er hatte so viele Jahre dagegen angekämpft, tiefere Gefühle zuzulassen, dass er anscheinend nicht einfach aus seiner Haut konnte. Sofort bekam ich ein schlechtes Gewissen, weil ich Zacs Anblick nicht abstoßend gefunden und Ric damit Schmerzen bereitet hatte. Seit fast einem Jahr hatte ich dagegen anzukämpfen, dass er wieder eine feste Mauer um sich herum aufbaute. Warum verstand er nicht, wie sehr ich ihn liebte? Ihn, nicht Zac. Diese Zeiten waren vorbei. *So* verletzt hatte ich Ric lange nicht gesehen. Ich zog Ric ganz dicht zu mir, doch er sah mich weiterhin nicht an.

»Ich liebe *dich*, großer böser Drache«, hauchte ich ihm entgegen und ich glaubte, seine Mundwinkel zucken zu sehen. Zeit, sein Ego ausnahmsweise einmal etwas aufzubauen. »Warum sollte ich jemand anderen wollen?«, flüsterte ich, während ich begann, sein T-Shirt nach oben zu schieben. »Wenn mir das hier schon gehört?«

Ich zog ihm das Shirt über den Kopf, er wehrte sich nicht, half mir aber auch nur wenig dabei. Erst als ich meine Finger über seine starke Brust gleiten ließ, konnte zumindest sein Körper eine Reaktion nicht mehr verbergen. Ich strich weiter über seine Bauchmuskulatur. Er zuckte mehrmals zusammen, sein Atem wurde unregelmäßiger. Mit einem ganz egoistischen Missbrauch meiner Elementarkräfte schubste ich ihn vorsichtig an dem Kleiderberg vorbei hinüber zum Bett. Endlich trafen sich unsere Blicke wieder. Alles, was ich erwartet hatte, darin zu sehen, war wie ausgelöscht und ein ganz anderes Feuer brannte da. Er zog mich in Gedanken bereits aus, das erkannte ich, während er auf seiner Unterlippe kaute – was einen schüchternen Eindruck machte, obwohl Ric definitiv das Gegenteil war.

Ich trat langsam näher, gefangen von seinen goldenen Augen. Wie paralysiert ging ich zu ihm und quiekte vor Schreck auf, als er binnen eines Wimpernschlages aufgestanden war, mich zu sich gezerrt und rücklings aufs Bett geworfen hatte. Seine Hände lagen nun neben meinem Kopf aufgestützt, sein Körper über mir. Mit einem Knurren senkte er sein Gesicht zu meinem herab und ich wollte nur noch eines: den Kuss, den mir seine Augen versprachen. Die Leidenschaft spüren, die darin geschrieben stand.

Quälend langsam kamen seine Lippen näher, hielten inne, als ich seinen heißen Atem bereits auf meinem Mund spürte. Ich versuchte, mich aufzubäumen, der Qual ein Ende zu bereiten. Aber mit einem Grinsen hielt er mich an den Oberarmen fest. Ich wollte ihn am liebsten anschreien, womit ich es verdient hätte, dass er mich so quälte – doch die Genugtuung musste ich ihm nun nicht mehr geben.

»Ich liebe dich«, flüsterte er, und ehe ich antworten konnte, verschloss er meinen Mund mit seinen Lippen. All die noch vor wenigen Minuten empfundenen Emotionen legte er in diesen Kuss. Zart und einnehmend zugleich, voller Liebe und voller Schmerz. Ein Kuss, den es eigentlich nur in Büchern gab.

Bis das Bett unter uns erzitterte und Teile der Stuckdecke auf uns herabfielen.

17. KAPITEL

Nach ihrer Trainingsstunde im Übungsraum konnte Laurie gar nicht schnell genug zum Meetingraum kommen. Sie beeilte sich so sehr – dabei wieder einmal in Gedanken versunken –, dass sie vor dem Zimmer mit Nate zusammenstieß, der vor Schreck sein Pad fallen ließ. Glücklicherweise waren sämtliche Gerätschaften im Zentrum bruchsicher.

Schon im Training war Laurie nicht bei der Sache gewesen. Ständig rauschten ihr Bilder von Josh durch den Kopf, gefolgt von Gefühlen unterschiedlichster Art. Dem Kribbeln und Glücksrausch folgte Sorge. Angst, dass sie keine Lösung finden würde, um diese Vision, von der Nate berichtet hatte, aufhalten zu können. Allein der Gedanke daran war die reinste Qual. Ihr Hirn malte sich die schlimmsten Szenarien aus, zeigte ihr, wie Josh vergeblich kämpfte, zu ihr zurückzukommen.

Zu ihr? Wie kam sie darauf, dass er das überhaupt wollte?

»Laurie?« Jemand rüttelte sie sachte an der Schulter. Hatte Nate schon länger versucht, sich mit ihr zu unterhalten? Sie tauchte nur langsam aus den Bildern in ihrem Kopf auf, unterdrückte mit Mühe die Sorge, die sich wie von selbst auf ihrem Gesicht zeigen wollte.

»Ist alles in Ordnung mit dir?«, fragte Nate mit einem Hauch von Besorgnis in der Stimme.

Laurie nickte vage, während sie den antrainierten neutralen Gesichtsausdruck annahm. Anschließend sah sie ihn fragend an.

»Du hast gelächelt«, flüsterte er, damit es niemand hören konnte.

Laurie zuckte zusammen. Schon wieder war ihr ein Fehler unterlaufen. Und Fehler waren gefährlich.

Nate zog sie in den Besprechungsraum und deaktivierte die Wände. Anschließend stand er einfach nur da, setzte ein paar Mal dazu an, etwas zu sagen, schloss den Mund jedoch immer wieder und blickte zuletzt zu Boden.

Laurie legte den Kopf schief, überlegte, ob sie etwas sagen sollte oder ob es besser wäre, ihn nicht zu unterbrechen. Aber ihr lief die Zeit davon. Nur noch wenige Minuten, bis die anderen Agenten eintreffen würden.

»Danke«, sagte sie daher und Nates Kopf ruckte nach oben. Seine Augen fixierten sie, als würde er nach etwas suchen.

»Ich habe die beiden Wächter neutralisiert«, sagte Nate, ohne mit der Wimper zu zucken.

Nun konnte Laurie ihre Emotionen nicht mehr verbergen. »Du hast was?« Sie wusste nicht, dass ihre Stimmbänder so hohe Töne hervorbringen konnten. Kopfschüttelnd dachte sie an Lucas und Samuel, Feuer und Luft. Sie hatte sich doch nicht verraten und Samuel gerettet, nur damit Nate ihn töten konnte. Ihr Gesicht war erstarrt, eine Maske des Schocks. Wie von selbst bewegte sich ihr Kopf hin und her, ihre Lippen flüsterten immer wieder: »Nein, nein, nein.«

»Sie hätten dich verraten, Laurie. Ich musste dich schützen.«

Deshalb hatte er keinen Kontakt mehr zu ihr aufgenommen. Nate hatte das Zentrum verlassen, um eine solch schreckliche Tat zu begehen. In seinem Gesicht, vor allem in seinen Augen, spiegelte sich etwas, das Laurie von ihm nicht kannte: Sorge um sie.

»Warum?«, fragte sie nur stumm, kämpfte gegen die Tränen, die in ihr aufstiegen und die sie nicht zeigen durfte. Die Traumnacht forderte ihren Tribut. Sie hatte sich kaum mehr unter Kontrolle.

Nate sah sie eine ganze Weile an. Laurie zählte in so einem Fall normalerweise die Sekunden, doch auch das verpasste sie. So dauerte es eine gefühlte Ewigkeit, bis sich Nate regte. Er straffte sich, setzte ebenfalls die neutrale Maske auf. Wie auf Knopfdruck wirkte er kalt und berechnend.

»Sie hätten unsere Mission gefährdet. Das Wissen um das Zentrum muss mit allen zur Verfügung stehenden Mitteln geheim gehalten werden.« Seine Stimme klang roboterhaft, während er das Handbuch des Professors zitierte. Dann verzog er für einen winzigen Moment das Gesicht. »Ich habe dich nicht gemeldet, also musste ich negative Konsequenzen unterbinden.«

»Aber …«, begann Laurie, doch sie wusste nicht, was sie sagen wollte. Wie sie es sagen sollte. Hatte es keine andere Möglichkeit gegeben? Sie dachte an Lucas, der sie – und ihr Defizit – beschützt hatte, dachte an Samuel, der nicht die freundlichste Person gewesen war, aber dennoch nicht den Tod verdient hatte. Wie konnte Nate so grausam sein? Hatte er denn keine Gefühle?

Nein, die hatte er nicht, beantwortete sich Laurie die Frage. Genauso wenig, wie sie welche haben sollte. Die gehörten nicht hier ins Zentrum. Nate hatte richtig gehandelt. Wenngleich er Laurie hätte melden müssen. Sie war ihm dankbar. Aber auch die Chefetage hätte dafür gesorgt, dass Zeugen ihres Einsatzes neutralisiert worden wären. Nate hatte sich nicht nur ihr gegenüber loyal gezeigt – indem er einen eigentlich meldepflichtigen Tatbestand verheimlichte –, sondern auch dafür gesorgt, dass alles beim Alten blieb und das Zentrum weiterhin geschützt war – und Laurie obendrein ihren Job als Wächterin behalten konnte.

Lucas und Samuel hatten niemanden informieren können, nachdem die Kommunikationsnetze ausgefallen waren. Daher haben sie das Wissen, dass Laurie keine von ihnen war, mit ins Grab genommen. Eigentlich sollte Laurie wirklich dankbar sein, aber in ihr regte sich etwas, das man Gewissen nannte. Oder auch die böse innere Stimme.

Plötzlich blitzte Schmerz in Nates Augen auf. Etwas quälte ihn, doch vermutlich wusste er nicht, wie er damit umgehen sollte. Sie alle hatten es nie gelernt. Er rang mit sich selbst, das war deutlich. Von diesem Hin und Her, diesen zwei Persönlichkeiten, die in Nate zu stecken schienen, wurde Laurie schwindelig. Dann hob er sein Pad, tippte etwas darauf ein und hielt ihr das Display hin.

Laurie zuckte zusammen, als sie darauf sah: ein E-Book. Im Zentrum gab es nur E-Books. Das einzige gedruckte Buch war *Other-*

side – sämtliche Literatur, die zu Recherche- oder wissenschaftlichen Zwecken benötigt wurde, befand sich nur einen Klick entfernt in den Pads der Zentrumsmitarbeiter. Doch dass Nate E-Books las, war nicht das Seltsame. Sondern das, was auf dem Cover zu sehen war. Es zeigte zwei Personen unter einem Regenschirm – und der Mann auf dem Cover war Nate wie aus dem Gesicht geschnitten. Ihr Supervisor wischte, ohne etwas zu sagen, über den Screen und zeigte Laurie die Inhaltsangabe des Buches. Ihr Blick blieb sofort an einem Namen hängen: Nate.

18. KAPITEL

Ric schützte mich vor den von der Decke herabstürzenden Teilen, während das Schloss immer weiter bebte. Das Mauerwerk neben den Fenstern bekam bereits schmale Risse, die Fackeln kippten in ihren Halterungen leicht hin und her. Als das Zittern aufhörte, sprang Ric sofort vom Bett und zog mich mit sich.

»Wir müssen mit Zac reden. Hier im Schloss ist es nicht mehr sicher«, sagte er und schüttelte den Kopf, damit der Staub herausrieseln konnte.

Ohne meine Hand loszulassen, marschierte er – halb nackt – über Seide und Tüll des Kleiderberges direkt auf die Tür zu Zacs Zimmer zu. Ohne anzuklopfen, riss er sie auf und holte im nächsten Moment erschrocken Luft.

Ich drängte mich an ihm vorbei und erkannte, warum mein Drache mir nun beinahe die Hand zerquetschte: Zac stand – immer noch oder vielleicht schon wieder – oben ohne neben seinem Bett. Sein Rücken war von Staub bedeckt wie auch der von Ric. Und wie mein Drache hatte er eine Frau beschützt. Selbst wenn ich sie nicht gesehen hätte, wäre Rics Knurren Aussage genug gewesen.

Natalia stand, nur in BH und Jeans bekleidet, neben Zac. Sie schüttelte sich gerade Teile der Decke aus den dunklen Haaren, als sie Ric sah. Ihr Blick war Gold wert. Binnen Sekunden rasten die unterschiedlichsten Ausdrücke über ihr Gesicht. Sie wusste nicht, ob sie sich hinter Zac verstecken oder zu dem stehen sollte, was auch immer da gelaufen war. Dann sah sie mit dem typischen »Du hast uns gestört«-Blick zu Ric – ich kannte diesen Ausdruck zu gut, nur normalerweise lief das Ganze andersherum. Anschließend schaute sie zu mir und wirkte irgendwie … peinlich berührt? Schüchtern? Hatte sie ein schlechtes Gewissen?

»Lin! Es tut mir leid.«

Wieso entschuldigte sie sich bei mir? Ihr Bruder war der bessere Adressat dafür. Oder dachte sie etwa, ich wäre sauer, wenn sie was mit Zac anfing?

»Du brauchst dich sicher nicht entschuldigen«, sagte ich lächelnd. »Im Gegenteil. Ric und ich haben schon …«

Ric stieß mir mit dem Ellbogen in die Seite. Okay. Sein Einverständnis wäre vielleicht zu viel erwartet. Aber das zählte sowieso nicht, schließlich war Natalia alt genug.

Zac hatte uns bisher nur beobachtet. Vor allem mich. Dachte er dasselbe wie Nat? Ich war nicht eifersüchtig, ganz sicher nicht. Auch wenn ich mich fragte, wie es überhaupt so weit hatte kommen können. Es war Zacs angeborene – oder angeschriebene? – Intention gewesen, mich zu finden. Schrieb sich die Geschichte des Helden nun um, da es einfach nicht klappen wollte? Wurde so vielleicht auch Zacs Happy End geschrieben? Ich gönnte es ihm von Herzen.

Im Gegensatz zu Ric, der Zac mit so vielen tödlichen Blicken beschoss, dass er eigentlich schon hätte umfallen müssen.

Ich lächelte Zac an und sein Gesicht wurde sofort weicher. Er hatte auf meine Reaktion gewartet. Ich zwinkerte ihm zu und er lächelte zurück. Zwischen uns war alles klar und meinen Drachen würde ich schon unter Kontrolle bekommen. Das Thema war für mich erledigt.

»Ric meinte, wir müssen das Schloss verlassen. Hier ist es nicht mehr sicher«, wiederholte ich Rics Plan. Im selben Moment hörten wir diverse Stimmen auf dem Flur: Auch die anderen waren aus ihren Zimmern gekommen und riefen nach uns.

»Zieht euch an«, sagte ich schnell zu Ric, Zac und Natalia – war ich tatsächlich die Einzige, die noch alle Klamotten anhatte? Normalerweise war ich diejenige, die nach der Rückverwandlung nackt herumstand –, ehe ich zu meiner Zimmertür lief und sie öffnete. »Wir sind hier!«, rief ich in den Flur. Alle bis auf Zac, Natalia, Ric und mich hatten sich bereits zusammengefunden. Nein, Ophelia fehlte. Wo steckte sie?

»Ich habe gerade in die andere Welt geschaut, als das Beben losging«, erzählte Sam sofort – er war noch immer in seiner Wolfsgestalt, in der er *sehen* konnte. »Dorthin, wo ich dieses Mädchen vermutete – in der Nähe des Fabrikgeländes. Eine weitere Wächtergruppe greift Thyras Schergen an.«

Wie zur Bestätigung bebte es erneut. Der nächste von Thyras Seelenlosen war vernichtet worden. Ric trat neben mich, nun wieder in seinem T-Shirt – reflexartig hielt ich ihm meine Hand hin und er ergriff sie.

»Wir müssen aus dem Schloss raus«, sagte Zac bestimmend und legte Natalia schützend die Hand um die Schulter – was sofort alle Blicke auf ihn zog. Die Fragen in den Augen der Anwesenden ignorierte er – oder er bemerkte sie wirklich nicht. »Wenn sie noch weitere Buchfiguren töten, stürzt hier bald alles in sich zusammen.«

»Ophelia ist nicht da«, sagte ich und die anderen schienen es erst jetzt zu bemerken. Sie war so oft lieber allein im Schloss umhergelaufen, anstatt sich uns anzuschließen, daher gehörte sie lange nicht so zum Team wie die anderen. »Ohne sie können wir nicht gehen!« Auch wenn ich sie nicht immer gemocht hatte, wollte ich doch nicht, dass sie hier in den Schlossmauern den Tod fand.

»Ich suche sie«, sagte der Wolf und schloss die Augen. Da rollte ein weiteres Beben an, so stark, dass sämtliches Glas in den Fensterrahmen zerbarst und überall Scherben herumflogen.

»Wir müssen los«, drängte Ric, während er einen Riss in der Flurwand musterte, der sich bereits bis zum Boden durchzog und dort einen knapp drei Zentimeter breiten Spalt hinterließ. Das Schloss war direkt an den Berg gebaut – ob mit Magie oder reiner Architekturkunst wusste ich nicht. Aber ich war mir sicher, dass durch die Beben bald schon ein gewaltiger Teil davon abbrechen und nach unten rutschen würde. Mitsamt dem Flur, in dem wir uns gerade befanden.

»Such sie unterwegs«, befahl Zac und trat vorsichtig über den Riss im Boden. »Wir müssen in den hinteren Teil des Schlosses oder in den Garten.«

Sam nickte ergeben und sprang mit leichtfüßigen Schritten voraus. Wir anderen huschten in einer Reihe durch die Gänge. Mein ganzer Körper war angespannt, mein Element so präsent wie die Elemente der anderen. Uns umgab Feuer, Wasser, Erde und die Luft. Was würde passieren, wenn in diesem Moment weitere Seelenlose getötet würden? Ich konnte mich verwandeln und fliegen, die anderen nicht. Ich beschleunigte meine Schritte und zog Ric mit mir, hoffte, dass der Trupp es mir nachtat. Ein Kribbeln lag in der Luft, die Flure schienen kein Ende zu nehmen, obwohl wir mittlerweile richtig schnell rannten. Trotz regelmäßigen Joggens rang ich nach Atem und musste mich mit meinem Element nahezu wiederbeleben. Die Schlaflosigkeit – wenngleich wir nicht müde gewesen waren – verlangte ihren Tribut. Mein Körper war geschwächt und nicht gerade in der Verfassung für Höchstleistungen.

Endlich passierten wir den Thronsaal, die doppelflüglige Tür stand noch immer weit offen. Seit Thyra und Balthasar alle Schlossangestellten mit durch das Portal genommen hatten – schockierend, dass jeder von ihnen in ihrem Team spielte –, kümmerte sich keiner mehr um das Öffnen und Schließen der Türflügel. Mitten durch den Eingang zog sich nun ebenfalls ein Spalt im Boden. Dieser war an seiner weitesten Stelle knapp zwanzig Zentimeter breit.

Nur noch wenige Meter lagen bis zum Empfangsraum vor uns, der von der Eingangshalle gesehen etwas versetzt hinter dem riesengroßen Thronsaal lag. Der gemütliche Raum hatte einen Ausgang zu jener Terrasse, wo ich das erste Mal auf meinen Vater getroffen war. Die Erinnerung daran fuhr wie ein sengender Schmerz durch meine Brust. Ich biss fest die Lippen zusammen und drängte die Bilder meines sterbenden Vaters zurück. Dann setzten wir gerade zum Endspurt an – die Sofas des Empfangszimmers schon in Sicht –, als der ganze Berg erzitterte. Ein ohrenbetäubendes Grollen und Rumpeln folgte dem Schrei des steinernen Riesen, gleich darauf war das Knirschen und Knacken allgegenwärtig.

Ein starker Luftzug streifte mich, nur wenige Meter von unserem Ziel entfernt. Mein Element drang durch die zahlreichen geborstenen Fenster ins Schloss ein, wollte mich warnen. Die ersten Abschnitte des Schlosses stürzten bereits ins Tal, flüsterten die Winde, was das knirschende Geräusch und die stetigen kleinen Erschütterungen erklärte.

»Wo ist Ophelia?«, rief ich atemlos.

»Sie ist sicher schon im Garten«, versuchte Ric, mich zu beruhigen.

Doch mein Element kannte die Wahrheit. *Sie ist im Thronsaal*, antworteten mir mehrere Stimmen und ich blieb so abrupt stehen, dass Ric an meiner Hand riss und mich dabei beinahe umwarf.

Ein weiteres Beben fuhr durch das Schloss und machte jede Unterhaltung unmöglich. Ich deutete zurück zum Thronsaal, zerrte in die Richtung, doch Ric ließ mich nicht gehen. Die letzten – Coral, David und Peter – rannten gerade an uns vorbei, der Sicherheit entgegen.

»Ophelia ist im Thronsaal!«, schrie ich Ric an. »Wir müssen ihr helfen!«

Mein Drache gab mir keine Gelegenheit dazu. Seine Hand war bereits zur Drachenpranke verwandelt und mir blieb keine andere Möglichkeit, als meine Elementarkraft gegen ihn einzusetzen. Eine Böe schob ihn von mir fort zu den anderen, während ich immer kleiner wurde und mich so seinem Griff entwinden konnte.

Er knurrte vor Wut, brüllte seinen Ärger hinaus und versuchte vergeblich, gegen die ihm entgegenströmende Luft anzukommen. Während seines Kampfes schlüpfte ich bereits aus meiner Kleidung heraus und schwirrte zum Eingang des Thronsaals zurück.

Ein dumpfer Knall wie der einer großen Detonation hallte durch den Flur. Mit einiger Verzögerung folgte ihm eine Druckwelle, die Staub und Geröll mit sich brachte. Ich versuchte, den größeren Stücken auszuweichen, kämpfte mit festen Flügelschlägen dagegen an, mitgerissen zu werden. Im Schneckentempo näherte ich mich der nächsten Ecke, von wo aus ich den Eingang zum Thronsaal würde sehen können.

Die Kraft, die mich davonschieben wollte, ließ so plötzlich nach, wie sie gekommen war, und ich hatte Mühe, ihr Fehlen auszugleichen. Ich wirbelte für einen Moment orientierungslos herum, kurz darauf fand ich mich im Eingangsbereich wieder. Der Spalt zog sich bereits sichtbar durch die gesamte Vorhalle, ein Hohlraum von mehreren Metern Tiefe, bis hinab zu dem dunklen Fels. Die doppelflügelige Tür hing aus den Angeln, der Durchgang war um mehrere Meter größer geworden, reichte nun bis zur hohen Decke dieser Etage. Der Schlund breitete sich rasant aus und das Knirschen war so laut, dass ich gegen den Drang ankämpfen musste, mir die Hände auf die Ohren zu legen, was mich am Fliegen hindern würde.

Mit einem letzten unscheinbaren Knacken brach alles jenseits der Öffnung weg und rutschte bergab. Für einen Augenblick stand die Zeit still, holte kurz Luft, ehe sie sich beschleunigte und das halbe Schloss in die Tiefe donnerte. Der Sog glich dem eines sinkenden Schiffes. Ich kämpfte und kämpfte, versuchte, mich dem zu entziehen, doch der Boden des halben Thronsaals kam näher und näher und ich schaffte es nicht, nach vorne zu kommen und auf sicherem Terrain zu landen. Teile der Decke stürzten unaufhaltsam auf mich zu und forderten meine gesamte Aufmerksamkeit.

In einem winzigen Moment der Stille zwischen dem Donnern von aneinander reibenden Steinen und dem Aufprall großer Granitbrocken der Säulen hörte ich Rics Schmerzensschrei.

19. KAPITEL

Mit großen Augen sah Laurie Nate an, blickte erneut auf die Inhaltsangabe auf dem Pad, das er ihr immer noch hinhielt, dann wieder auf ihn. Der Name Nate war sicher nicht selten und die Ähnlichkeit auf dem Cover ein Zufall. Sie wollte nicht einmal daran denken, dass sie einen Seelenlosen vor sich hatte.

Nate schien ihre Gedanken erraten zu haben: »Ich habe es gelesen«, sagte er. »Das bin ich. Jedes Detail des Aussehens passt.« Er holte tief Luft und fuhr sich durch die dunkelblonden Haare. Seine gewitterblauen Augen wirkten dunkler als sonst und sie hielten Lauries Blick gefangen. »Ich weiß nicht, was hier vor sich geht. Es … Durch Zufall bin ich auf dieses Buch gestoßen. Und du … du arbeitest doch bei *ihnen* …« Er rang nach Worten. So hatte Laurie ihn noch nie erlebt. Aber angesichts dieser schockierenden Erkenntnis – einer Erkenntnis, die er glaubte, zu haben – war das nicht verwunderlich.

»Du meinst die Wächter?«, half sie ihm auf die Sprünge.

Er nickte. »Kannst du herausfinden, ob ich eines von den Hirngespinsten bin? Ich kann mich ja schlecht von den Sensoren draußen prüfen lassen.«

Das war kompliziert. Laurie selbst konnte es nicht spüren – sie war schließlich keine Wächterin. Konnte sie es riskieren, Perry einzuweihen? Mit diesem Hintergrundwissen konnte Laurie Nates Beweggründe verstehen – auch wenn der Tod von Samuel und Lucas unentschuldbar war. Er hatte überreagiert, um sich selbst zu schützen – nicht Laurie. Sie war derzeit die einzige Verbindung zu den Wächtern. Etwas stieg in ihrem Hals auf, das sich wie Magensäure anfühlte. Sie brauchte ein wenig, bis sie es benennen konnte: Sie fühlte sich ausgenutzt.

»Es sind nur noch so wenige, du hast es sicher im Bericht gelesen?« Sie sah ihn fragend an.

Doch anstatt zu antworten, sah Nate kurz zu Boden. Mit dem Wissen, dass er nicht der war, für den er sich selbst gehalten hatte, war etwas in ihm zerbrochen. Die Fassade des distanzierten taffen Supervisors hatte Risse bekommen; er hielt seine Emotionen nicht unter Kontrolle wie sonst, sie spiegelten sich in seinen Augen.

Er wirkte genau so verloren, wie sie sich oft fühlte. Anders als die restlichen Bewohnerinnen und Bewohner des Zentrums. Sie verspürte den Drang, ihm zu helfen. Sie wollte ihm helfen. Aber wie?

»Ich könnte Perry fragen«, sprach sie ihren Gedanken aus.

»In deinem Bericht stand, dass die anderen ihm nicht vertrauen. Denkst du anders darüber?«

Laurie überlegte. Perry hatte immer zu ihr gehalten und ihr Defizit, so gut es ging, verdeckt. *Wie Lucas*, fügte die innere Stimme hinzu, aber Laurie ignorierte sie. Sie konnte nicht sagen, was Josh und Lins Team gegen Perry hatten – es gab Geheimnisse, die nicht einmal Laurie hatte herausfinden können. Josh vertraute ihr, doch ihr Doppelleben hatte es immer nötig gemacht, ihn auf Distanz zu halten, und zuletzt hatte sie bemerkt, dass der Graben zwischen ihm und ihr größer und größer geworden war. Daran war der Überwachungsauftrag schuld gewesen. Sie hatte die Übergabe der *Chroniken der Wächter* überwachen sollen, woraufhin Lins Team sie für verdächtig gehalten hatte; und sie hatten Josh mit ihrer Skepsis angesteckt.

Vermutlich hatte der Professor sie daher für den Routinecheck aus dem Verkehr gezogen – und nach ihrer Rückkehr konnte sie nichts wiedergutmachen.

»Laurie?«

Sie schreckte aus ihren Gedanken auf und Nates Frage kam ihr wieder in den Sinn. Vertraute sie Perry?

»Ich glaube, ich vertraue ihm«, sagte sie mit einem Nicken. Ganz sicher war sie sich nicht. Aber wen sollte sie sonst fragen? Die Wächter hatten Anweisung, jeden Seelenlosen sofort zu vernichten. Sollte Nate wirklich einer von ihnen sein, wüsste sie es erst, wenn er von ihnen getötet wurde. Dieses Risiko wollte sie nicht eingehen, auch wenn sie bezweifelte, dass die Namensgleichheit und die Ähnlichkeit zwischen Supervisor Nate und der Buchfigur mehr als Zufall waren. Wenn sie Perry jedoch einweihen wollte, wie sollte sie das anstellen?

Ihre Gedanken wurden jäh unterbrochen, als das Licht in den Wänden anging und die Tür zur Seite glitt. Die anderen Agenten kamen zum Meeting.

Nate setzte seine distanzierte, emotionslose Maske auf und spielte seine Rolle als Supervisor, während Laurie nicht wusste, was sie denken sollte. Diese beiden Persönlichkeiten waren ihr unheimlich. Er wartete, bis sich alle gesetzt hatten – dieses Mal bot er Laurie nicht den Platz neben sich an –, und begann nach einem kurzen Blick auf sein Pad mit dem Meeting:

»Uns wurde berichtet, dass sich im Industriegebiet überproportional viele Individuen aus Büchern herumtreiben. Die Führungsetage vermutet, dass es sich hier um den Unterschlupf von Thyra Bonfire handelt, der Ahnin des Wächters Josh Bonfire.« Laurie überkam bei der Erwähnung seines Namens eine Gänsehaut.

»Ich dachte, sie ist in der Bibliothek in der Stadtmitte untergekommen«, hakte einer der Agenten, Nummer 32, nach.

Nate legte kurz den Kopf schräg – man sah ihm nicht an, wie er sich ärgerte, aber Laurie wusste, dass dem so war. Jemanden zu unterbrechen, gehörte sich nicht. Schon gar nicht einen Supervisor.

»Vielleicht gab es dort nicht genügend Platz für alle«, fuhr Nate fort. »Sicher ist jedoch, dass auf dem alten Firmengelände des Maschinenbauers ein erhöhtes Aufkommen ihrer spezifischen Frequenz gemessen wurde.« Er machte eine kurze Pause, in der sich alle wieder bewusst werden konnten, wie gut sie technisch ausgestattet waren. Im Gegensatz zur Überwachung im Institut, wo selbst in Zeiten, in denen jede Nacht Wächter auf Patrouille gegangen waren, nur auf die öffentlichen Überwachungskameras zugegriffen werden konnte, war im Zentrum an der Struktur der Seelenlosen geforscht worden. Der Professor hatte herausgefunden, inwiefern sich Seelenlose von realen

Menschen unterschieden. Drohnen mit speziellen Sensoren, die die Wissenschaftler über der Stadt kreisen ließen, erkannten die Krümmung in der Netzstruktur des Raumes. Laurie hatte nur kurz in diese Abteilung hineingeschnuppert – die Außeneinsätze waren ihr lieber gewesen –, daher wusste sie nicht bis ins kleinste Detail Bescheid.

»Neben Agentin 7, die sich in ihrer Rolle als Wächterin der *Bibliotheca Elementara* mit ihrem Team dem Gelände genähert hat, hatte sich vor Kurzem auch die zweite Gruppe dort eingefunden. Mindestens fünf der von den Sensoren überwachten Krümmungen waren eliminiert worden, die Wächter kämpfen jedoch weiter. Derzeit wird geprüft, ob unser Team eingreifen wird.«

Lauries Kopf ruckte sofort hoch. Sie tat sich schwer damit, ihre Überraschung zu verbergen. Das Zentrum mischte sich nie ein, wenn es um die Vernichtung von Seelenlosen ging. Es sei denn, sie wurden zu Forschungszwecken gebraucht. Auch Laurie hatte schon an solchen *Beschaffungen* mitgewirkt.

»Wann wird das Buch *Otherside* abgeholt?«, fragte Agent 32, nachdem er sich versichert hatte, dass Nate ausgesprochen hatte. »Gibt es einen Zeitplan?«

Abgeholt klang nach etwas völlig Alltäglichem. Dabei wollten sie tatenlos zusehen, wie Thyra *Otherside* und damit die Brücke zwischen den Welten in die Finger bekam und zerstörte? Laurie atmete tief ein und aus, um ihre Gefühle zu kontrollieren. Josh stand mitten auf dieser Brücke, zu weit weg, um ihm zuzurufen, dass sie bald einstürzen würde.

Nate schüttelte den Kopf. »Die Angaben über die Vision im Buch sind sehr vage. Der Professor rechnet jeden Tag damit.« Er stand auf, sah jedes Mitglied seines Teams noch kurz an, ehe er das Meeting beendete: »Ich werde Sie informieren, sobald die Zentrumsleitung den Sondereinsatz genehmigt hat. Halten Sie sich bitte bereit.«

Die Agenten nickten und standen auf. Laurie konnte nicht noch einmal im Raum sitzen bleiben. Irgendwann würde es ihren Kollegen auffallen und das konnte sie sich nicht leisten.

Sie war schon fast an der Tür, als Nate sich räusperte und sagte: »Agentin 7, könnte ich Sie noch für einen Moment sprechen?«

Sofort hielt sie an und ließ die anderen passieren, ehe sie zu Nate zurückkehrte. Dieser schloss hinter dem letzten Agenten die Tür und deaktivierte die Überwachung.

In diesem Moment fragte sich Laurie, warum es überhaupt möglich war, die Überwachung der Räume zu deaktivieren. Sie hatte bisher an die Technik, die Wissenschaft und all die Botschaften geglaubt, die der Professor via Screen übermitteln ließ. Warum sollte jemand Geheimnisse haben wollen – oder haben dürfen?

Wird die Überwachung wirklich eingestellt, wenn man den Raum deaktiviert, oder wird nicht vielleicht genauer hingeschaut? Laurie erschauderte, als sich die Stimme wieder meldete.

Nate machte gerade einen Schritt auf sie zu und öffnete den Mund, als Laurie ihn zurückhielt. Die innere Stimme hatte sie gewarnt. Sie hielt den Zeigefinger vor den Mund und schüttelte den Kopf. Sie hatten schon zu viel riskiert. Bisher hatten sie geflüstert, vielleicht waren sie durch Zufall noch nicht genauer gesichtet worden. Doch sie sollten es nicht riskieren.

Sie deutete mit dem Kopf zur Tür. »Draußen«, hauchte sie tonlos und Nate verstand. Auf dem Flur waren die schweren rhythmischen Schritte des Wachdienstes zu hören. Sie kamen immer näher.

Lauries Herz schlug schneller als im Training. Die wildesten Szenarien spannen sich in ihren Gedanken zusammen – und keines davon endete gut. Sie hoffte, dass die Schritte gleich wieder leiser wurden, die Wachleute an diesem Raum vorbeigehen würden, doch ihr Wunsch wurde nicht erhört.

Laurie hörte das Zischen der Tür. In dem Moment entschied sie sich für einen der in ihrem Kopf konstruierten Lösungswege. Sie riss Nate an sich und küsste ihn, als das Licht aufflackerte.

20. KAPITEL

Rics Schrei mobilisierte die letzten Kraftreserven in mir. Meine Flügel schlugen schneller als jemals zuvor, mein Element sorgte für weiteren Auftrieb und mit letzter Anstrengung kämpfte ich mich wieder auf Höhe des Fußbodens des Thronsaals.

Von diesem Moment an war es ein Kinderspiel. Ich beugte mich nach vorne und zischte auf die eingestürzten Bücherstapel zu, die nun kaum mehr als solche erkennbar waren. Scharfkantige Steine hatten sich zum Teil in die Bücher gebohrt, die nun unter Geröll und einer dicken Schicht aus Staub lagen. Es tat mir im Herzen weh, doch um die Bücher konnte ich mich nicht kümmern.

Mein Element hatte mir gesagt, dass Ophelia hier sein würde, aber so angestrengt ich mich auch umsah, um durch die nebelgleichen Staubschwaden zu blicken, ich konnte sie nirgends sehen. Sie musste in dem abgerutschten Teil des Saales gewesen und mit ihm in die Tiefe gestürzt sein. Meine Augen brannten, die Flügel lahmten und ich sank langsam immer weiter zu Boden. Ich war zu spät gekommen.

»Lin!«, erklang ein Ruf aus dem Nichts, das einmal die andere Hälfte des Thronsaals gewesen war. Ric. Er wusste nicht, dass es mir gut ging. So schnell mich meine Flügel trugen, überquerte ich den schier endlosen Abgrund, ohne einmal hinabzusehen, und glitt an der trennenden Mauer zwischen ihm und mir vorbei. Sein Blick traf mich mit einer solchen Wucht, dass ich beinahe wieder umgekehrt wäre. Unbändige Wut und Selbstvorwürfe quälten ihn, bis er mich sah. Dann lag nur noch der Vorwurf in ihnen.

Wie habe ich ihm das antun können?, hallte das Echo seiner stummen Frage durch meinen Kopf.

Doch dann fiel all das Negative von ihm ab und pure Erleichterung stand ihm ins Gesicht geschrieben. Er streckte mir seine Hand entgegen, damit ich darauf landen konnte. Aber das genügte mir nicht. Kaum dass ich den Abgrund hinter mir gelassen hatte, verwandelte ich mich zurück und ließ mich noch im Flug auf ihn fallen. Wir gingen beide zu Boden, doch das war mir ebenso egal wie Ric. Ich nahm seinen Kopf zwischen beide Hände und küsste ihn stürmisch.

Er war überrumpelt, aber es dauerte nicht lange, bis er mich sanft von sich drückte und versuchte, ein böses Gesicht aufzusetzen – was ihm nicht gelang. »Tu das nie, nie wieder«, funkelte er mich an, ehe er sich aufrappelte und mich mit hochzog. Trotz allem presste er mich ganz fest an sich und ich hörte sein pochendes Herz, das alles andere als cool war. Ich grinste in mich hinein. »Nie wieder«, wiederholte er, schob mich ein wenig von sich weg und versuchte, mich mit seinen goldenen Augen zu hypnotisieren.

Ich sah zu Boden, sonst hätte ich keinen klaren Gedanken fassen können. »Ich wollte Ophelia retten«, sagte ich und presste die Lippen zusammen beim Gedanken, was mit ihr passiert war.

»Und was denkst du, warum ich nicht wollte, dass du dorthin zurückgehst – wo es *gefährlich* werden würde?« Er redete mit mir wie mit einem Kleinkind.

Natürlich kannte ich die Antwort. »Du wolltest mich beschützen, wie immer«, seufzte ich, um überhaupt zu reagieren. »Aber du weißt, dass du nicht über mich …«

»Falsche Antwort«, sagte Ric kopfschüttelnd, griff mit einer Hand unter mein Kinn und drehte meinen Kopf zur Seite, sodass ich an ihm vorbeisehen konnte.

Und dort stand, etwas eingestaubt und ebenfalls kopfschüttelnd: Ophelia.

»Du bist hier?«, fragte ich das Offensichtliche, weil ich es nicht glauben konnte. Mein Element belog mich nicht. Und die Zeit war zu kurz gewesen, um einen anderen Ausweg zu finden, als durch die einzige Tür, die zum Thronsaal führte.

»Ja, bin ich. Ich erkläre dir alles, wenn du nicht mehr nackt bist«, sagte sie und drückte mir wieder einmal meine Klamotten in die Hand. »Ich bin draußen bei den anderen.«

Fürs Erröten war ich zu alt, stattdessen verzog ich das Gesicht, griff nach dem Stapel und schlüpfte als Erstes in meine Unterwäsche und das lange Shirt, ehe ich die Hose überstreifte und Socken und Schuhe anzog.

Um Rics Blicken zu entgehen, die teils belustigt und teils nicht ganz jugendfrei waren, überlegte ich, wie Sam das mit dem Anziehen machte. Ihn hatte ich noch nie nackt herumstehen sehen. Ben verwandelte sich ja nur zur Hälfte und ließ seine Klamotten an. Die Überlegung verwarf ich, als ich fertig war und Ric meine Hand schnappte und mich zu den anderen zog.

Hier im Garten fühlte ich mich sofort sicherer. Wir befanden uns auf natürlich gewachsenem Boden, wenn auch sehr hoch über der Stadt. Ich mochte gar nicht daran denken, wie Erea jetzt aussah, nachdem das halbe Schloss in die Tiefe gestürzt war. Hoffentlich hatten sich die Bewohner retten können. Und auch die anderen Rebellen, die sich einen Schlafplatz in den Gästehäusern hatten suchen wollen. Ich verbot mir den Gedanken.

Fen, Sage und Cliff hockten auf dem Boden unter einem hohen Baum, auf dessen unterstem Ast Puck balancierte. Etwas entfernt von ihnen standen die Werwölfe und unterhielten sich. Coral, David, Josh und Natalia saßen in der Morgensonne. Zac stand hinter Natalia wie ein Krieger hinter seiner Königin. Erneut wünschte ich mir ein Happy End für ihn.

Mein Blick traf Ophelia, die etwas verloren zwischen den Grüppchen stand, und mit einem halben Lächeln auf mich zukam. Sie war mir noch eine Erklärung schuldig. Doch davor, ich traute meinen Augen kaum, bedankte sie sich bei mir. Ich winkte ab, aber sie bestand darauf.

»Du hast dein Leben riskiert, um mich zu retten«, sagte sie mit Nachdruck in der Stimme. »Das hätte nicht jeder für mich getan.« Sie schluckte und sah sich um.

»Wenn du nicht gerade deine zickigen fünf Minuten hast, kannst du ja ganz erträglich sein«, erwiderte ich, um diesen für Ophelia sehr schweren Moment aufzulockern. Sie schnaubte, lachte dann jedoch. »Mich würde eher interessieren, wie du da herausgekommen bist, ohne dass ich dich gesehen habe.«

Sie kaute für einen Moment auf ihren Lippen und sagte anschließend: »Während ihr nach einer Lösung für euer Heimkehrproblem gesucht habt, hab ich die Geheimgänge des Schlosses gesucht. Ich hatte gehofft, dass einer von ihnen mich zu dem ominösen *Zentrum der Macht* führen würde.« Sie verzog das Gesicht und erwiderte meine stumme Frage, ob sie fündig geworden war, mit einem Kopfschütteln. »Hinter dem Porträt des alten Typens befindet sich einer der Zugänge und die Wand zwischen Empfangsraum und Thronsaal verbirgt einen Geheimgang nach draußen.« Sie zuckte mit den Schultern. »Ich bin sofort hier raus, als das Beben angefangen hat.« Mit der Hand deutete sie zur Schlossmauer und dort glaubte ich, hinter einem Busch eine geöffnete Tür zu erkennen, getarnt als Mauerwerk.

»Was hattest du denn mitten in der Nacht überhaupt im Thronsaal zu suchen?«, fragte Zac, der aufmerksam zugehört hatte.

Ophelia kramte in ihrer Umhängetasche und zog dann triumphierend ein unscheinbares braunes Buch heraus. Es dauerte ein paar Momente, bis ich es erkannte. Ich hatte nicht mehr daran gedacht, seit ich in meinem Zimmer eingesperrt worden war.

»Wo hast du es gefunden?«, fragte ich atemlos und streckte die Hand nach dem kleinen Notizbuch aus.

»Was ist das?«, fragte Ric und musterte aus zusammengekniffenen Augen das kleine schmucklose Lederbuch, das soeben in meine Hand wanderte.

Sofort dachte ich wieder daran zurück, wie ich es in Thyras Bibliothek gefunden hatte. Eingereiht zwischen all den unsortierten Büchern war es mir ins Auge gestochen, nachdem ich mich eine ganze Weile in dem Geheimgang versteckt hatte, in den mich *die Stimme* geführt hatte. Ich hatte es kurz aufgeblättert, aber nicht lesen können, weil es in einer seltsamen Handschrift – oder anderen Sprache? – verfasst war. Es war dünn, hatte an die hundert Seiten und weder Titel noch etwas anderes, an dem man festmachen könnte, um was genau es sich handelte. Als man mich in meinem Zimmer eingesperrt hatte, hatte ich es in den Hosenbund gesteckt und … Später hatte ich mich verwandelt und meine Klamotten wie immer liegen gelassen. Ophelia hatte sie mir gebracht.

»Es lag hinter dem linken Türflügel«, erklärte Ophelia. »Du hattest dich dort verwandelt, deine Kleidung war auf dem Boden gelandet und dann habt ihr die Tür geöffnet. Nach deiner Kleidung hatte ich ja gesucht und sie hervorgezerrt, als du …« Sie ließ den Satz offen.

Ich hatte mit meiner Rückverwandlung das Portal geschlossen. Aber selbst wenn ich es gewusst hätte, war ich mir nicht sicher, ob ich anders gehandelt hätte. Meinen Vater zusammenbrechen zu sehen, war nichts, das ich so schnell hätte von mir schieben können, um in einen Kampf zu ziehen. Ich erklärte Zac und Ric, wo ich das Notizbuch gefunden hatte. Mittlerweile waren auch die Wölfe samt Puck, die Dämonenjäger und die Wächter zu uns gestoßen.

»Und wieso suchst du hinter der Tür nach Büchern?«, fragte Natalia misstrauisch und sah Ophelia an, als zweifelte sie an ihrer geistigen Gesundheit.

»Ich habe es in einer Vision gesehen«, antwortete Ophelia barsch. »Dieses Buch ist der Schlüssel für eure Heimkehr.«

»Na dann sollten wir es vielleicht lesen«, schlug Peter vor.

»Ich kann es nicht lesen«, antwortete ich. »Du kannst es gern versuchen.«

An Peters Stelle schnappte sich Ric das Buch und schlug es relativ weit hinten auf. »Es ist in einer seltsamen Sprache«, sagte er mit zusammengekniffenen Augen. »Die Buchstaben verschwimmen irgendwie. Wie soll das der Schlüssel sein, wenn wir es nicht einmal lesen können?«

Ich zuckte mit den Schultern und deutete mit einer Kopfbewegung an, dass er es den anderen zeigen sollte. Nacheinander beugten sie ihre Köpfe darüber, nur um sie anschließend enttäuscht zu schütteln.

David war es, der schließlich etwas sagte: »Es ist in der Sprache des Wassers verfasst.« Sofort sahen wir alle zu Coral.

»Kannst du es lesen?«, fragte ich sie, während die Buchstaben vor meinen Augen immer wieder davonglitten.

Coral legte den Kopf schief und starrte auf die Seiten. Plötzlich riss sie den Mund auf. »Es ist Thyras Geschichte!« Sie riss das Buch an sich und blätterte weiter nach vorne und überflog den Text. Minuten vergingen, ehe sie wieder etwas sagte: »Sie ist nicht Elizabeths Tochter, nicht ganz zumindest. Elizabeth hat sie sich in den Leib geschrieben. Sie ist eine Buchfigur, deren Geschichte in Elizabeth begann. So hat sie ihr auch die Fähigkeiten eines Schöpfers geben können.«

»Sie ist also trotzdem eine Seelenlose?«, keuchte Natalia, während all die Buchfiguren um uns herum bei dem Ausdruck zusammenzuckten. Natalia fügte eine Entschuldigung hinzu.

»Steht da vielleicht auch, wie sie es geschafft hat, das Portal zu öffnen?«, fragte Ric.

»Lass ihr doch Zeit, das ganze Buch zu lesen«, hielt ich ihn zurück. »Es hat ja nicht nur zwei Seiten.«

»Du könntest das Buch verändern!«, sagte Ric an Josh gewandt. »Mit deiner Schreiber-Fähigkeit.«

»Ich kann es genauso wenig lesen wie du. Also kann ich auch nichts daran verändern«, antwortete Josh mit Bedauern in der Stimme.

Coral zog sich zurück – natürlich nicht ohne David – und las an David gelehnt in dem Buch. Der sah so aus, als würde er immer wieder versuchen, ebenfalls darin zu lesen, dann wirkte er, als wäre ihm übel und er konzentrierte sich lieber auf Coral. Strich ihr übers Haar, massierte ihren Nacken. Immer wieder schlich sich dabei ein Lächeln auf Corals Lippen und ihre Augen glänzten wie die ihres Elementarwesens. Wenn ich es nicht besser gewusst hätte, hätte ich gesagt, dass die beiden schon seit Ewigkeiten zusammen waren.

»Während Coral liest, könntest du doch vielleicht einen Blick in unsere Welt werfen?«, fragte ich vorsichtig und sah Sam dabei an. Dieser schien keine Befehle von mir annehmen zu wollen, sondern warf einen Blick in Richtung Zac, der dann glücklicherweise ebenfalls nickte.

»Kannst du herausfinden, was in diesem Fabrikgebäude vor sich geht, das von Thyras Schergen so eifrig bewacht wird?«, fragte Zac ohne Reaktion auf meinen Fehlversuch.

»Natürlich«, sagte Sam selbstbewusst, während die Luft um ihn herum zu flirren begann. Einen Moment später stand der große Wolf in unserem lockeren Kreis und die hellen Wolfsaugen trübten sich zusehends. Angestrengt kniff er immer wieder die Augen zusammen und entspannte sie anschließend.

»Keine Chance. Da ist etwas rund um das Gebäude.« Sam schüttelte fassungslos den Kopf. »Es ist wie im letzten Jahr, als sich die Grenzen immer weiter überlagerten: Eine undurchdringliche Barriere, aber nur um dieses Gebäude.«

»Was Thyra dort wohl versteckt?«, sagte ich mehr zu mir selbst.

»Wenn sie es so akribisch bewacht, nichts Gutes«, vermutete Ric und alle stimmten mit einem Nicken zu.

Wir mussten so schnell wie möglich in unsere Welt, um Thyra von ihren Plänen abzuhalten. Hoffentlich las Coral schnell genug.

21. KAPITEL

Im ersten Moment war Nate wie erstarrt, als Laurie ihren Mund auf seinen presste. Ehe sie es sich jedoch versah, veränderte er sich. Seine Lippen wurden weicher, die Berührung fühlte sich nicht mehr hart an, sondern zärtlich.

Durch Laurie rasten die unterschiedlichsten Empfindungen und Gedanken. *Ihr erster Kuss!* Ein Kuss war im Zentrum nicht gerade verboten, aber nur Verpaarungen gestattet, die eine gemeinsame Zukunft planten. Niemals hätte Laurie gedacht, dass es sich *so* anfühlen würde. Ihre Lippen brannten, ihr Herz klopfte noch schneller – und das lag sicher nicht an den soeben eintretenden Soldaten des Wachdienstes.

Nate öffnete seine Lippen, sie roch – nein schmeckte! – ihn, sein warmer Atem kam stoßweise. Plötzlich spürte sie seine Hände an ihrem Rücken, ein sanfter Druck, der mehr war: ein Versprechen, sie nicht loszulassen. Ein stilles Einverständnis, das Bündnis des Zentrums einzugehen.

Laurie war überwältigt. Solche geballten Emotionen hatte sie nie zuvor gespürt. Sie war nicht länger in der Lage, ihr Handeln zu steuern – ihr Körper übernahm die Kontrolle. Es war wie ein Rausch, eine Welle puren Verlangens nach etwas, das sie nicht kannte, aber schon immer vermisst hatte. Ein angeborener Instinkt, der – wie der Ausdruck von Emotionen – unterdrückt worden war.

Dabei hatte sie nicht einmal eine enge Verbindung zu Nate. Er war ihr Supervisor, auch wenn sich nach den letzten Ereignissen etwas anderes daraus entwickelt hatte. Wie wäre es erst, wenn sie Josh küssen würde? Ihr Magen machte einen Sprung, ihr ganzer Körper schien, fliegen zu wollen. Josh! In ihrem Kopf veränderte sich die Person vor ihr, hinter geschlossenen Augen stellte sie sich vor, Nate wäre Josh, und der Kuss wurde intensiver. Ihre Zunge streifte seine Lippen, als das schwebende Gefühl in ihrem Magen abrupt endete.

Nate ist der Falsche. Es ist nicht richtig. Josh sollte an seiner Stelle sein.

Ihr Gegenüber hatte das Problem nicht. Er ließ sich von den Hormonen mitreißen, presste sich fester an sie. Als die Männer im Stechschritt den Raum betraten, war Laurie froh über die Unterbrechung.

»Supervisor Nate«, unterbrach der Soldat vom Wachdienst höflich. Laurie wusste nicht, wie oft so etwas im Zentrum vorkam. Sie hatte noch nie gesehen, wie sich jemand in der Öffentlichkeit küsste. Selbst bei den offiziellen Verbindungszeremonien küsste sich niemand so, wie es in Büchern stand. Empfanden die anderen überhaupt dasselbe? Nate ja, vermutete Laurie. Könnte es wirklich sein, dass er ein Seelenloser war? Dass er deshalb anders war? Wie auch Laurie sich immer anders gefühlt hatte?

»Ja?«, antwortete Nate nur atemlos und rückte ein klein wenig von Laurie ab, ohne sie jedoch aus den Augen zu lassen. Niemand hatte sie je zuvor so angesehen – außer Josh. Erst jetzt konnte Laurie diesen Blick zuordnen. Zu spät.

»Entschuldigen Sie die Störung, Supervisor Nate. Uns wurde ein möglicher Verstoß gegen die Privatsphärenrichtlinien gemeldet. Aber wie es scheint, handelt es sich nicht um eine Verfehlung.« Er machte eine kurze Pause, wartete, ob Nate sich endlich ihm zuwenden würde – was er nicht tat –, ehe er fortfuhr: »Ich möchte Sie noch darauf aufmerksam machen, dass Ihre Verbindung binnen sieben Tage offiziell anzumelden ist.«

Nate nickte nur. Laurie war sich nicht sicher, ob er überhaupt zugehört hatte. Er wirkte total abwesend. Sie hatte im Rahmen ihrer Tätigkeit bei den Wächtern viele Bücher gelesen und die Beschreibung solcher Momente nicht annähernd realitätsnah empfunden.

Doch Nates Ausdruck belehrte sie eines Besseren.

Der Wachmann grüßte kurz zum Abschied, ehe er seinen Männern mit einem Wink zu verstehen gab, dass sie zurücktreten sollten.

Kaum war die Tür geschlossen, zog Nate Laurie wieder zu sich. Dieses Mal konnte es jedoch nicht zur Tarnung sein. Die Gefahr war vorüber. Nates dunkle Augen funkelten, als blitzte es vor einem gewitterblauen Himmel. Für einen kurzen Moment kam Laurie der Vergleich mit einem Raubtier in den Sinn. Und gleich danach meldete ihr Hirn *Gefahr*.

»Nate, wir …« Weiter kam Laurie nicht. Nate hatte ihre Lippen mit seinen verschlossen. Sie stieß ihn von sich. Sanft, aber bestimmt. »Nate, es war ein Notfall. Mir ist nichts Besseres eingefallen.«

Nur sehr langsam stieg er aus seinem Gefühlsrausch auf, während seine Augen immer klarer wurden. Gefühlte Stunden später reagierte er auf das Gesagte. Laurie sah den Schmerz in seinen Augen. Schmerz, den sie verursacht hatte. Sie hatte ihn abgewiesen.

Nates Ausdruck wurde wieder der des kühlen Supervisors. Er nickte mit zusammengepressten Lippen. »Ich verstehe«, flüsterte er.

»Es tut mir leid«, warf Laurie ein. Das tat es wirklich. Der Kuss war ein fantastisches Erlebnis gewesen. Aber ihr Innerstes wollte jemand anderen. Wollte solche Momente mit Josh verbringen, auch wenn sie es nicht für möglich gehalten hatte, dass man sich nach etwas sehnen konnte, das man nicht kannte. Sie wollte Josh küssen, ihm so nahe sein wie kurz zuvor Nate. Doch das konnte sie ihm unmöglich sagen.

»Ich verstehe«, wiederholte Nate nur, die gewitterblauen Augen waren so kalt, dass es Laurie fröstelte. »Lass uns draußen spazieren gehen«, forderte er sie auf – es war ein Befehl, kein Vorschlag.

Sie mussten reden, das stand nicht zur Debatte. Daher folgte Laurie ihm mit gebührendem Abstand. Während sie die sterilen Flure entlanggingen, versuchte sie, das Chaos in ihren Gedanken zu ordnen und sich zurechtzulegen, was sie Nate sagen konnte, ohne ihn zu verletzen.

Doch all die Vorbereitung half nichts, wenn man es mit Gefühlen zu tun hatte. Kaum waren sie aus dem als medizinisches Forschungsinstitut getarnten Zentrum draußen, schnappte sich Nate ihre Hand und zog sie dichter zu sich. Laurie fühlte sich in seiner Gegenwart nicht mehr sehr wohl in ihrer Haut. Auch dieses Gefühl war neu. Nie hätte sie es erwartet, so etwas Supervisor Nate gegenüber zu spüren. Sie nahmen einen Fußweg, der an einer Allee entlang zum Park führte. Unter den Baumkronen war es schattig und ein konstanter Wind pustete ihnen entgegen.

»Die Verbindung ist die beste Tarnung, die wir uns wünschen können«, durchbrach Nate die Stille. »Du hast vorausschauend gedacht.« Er nickte anerkennend.

Auch wenn es sich neutral anhörte und er von dem Kuss wie von einem Einsatz sprach, hielt er nach wie vor ihre Hand und mit dem Daumen strich er unentwegt über ihren Handrücken. Laurie würde ihre Hand am liebsten zurückziehen, aber sie wollte Nate nicht noch einmal vor den Kopf stoßen, daher drängte sie das Unwohlsein in die letzten Winkel ihres Kopfes zurück. Mit Kontrolle von Gefühlen kannte sie sich ja aus.

Erneut schwiegen sie beide. Nate runzelte die Stirn, entspannte sich wieder, bis er endlich mit der Sprache herausrückte: »Kannst du mich zu diesem Perry bringen?«

»Ich weiß nicht, wie«, gestand sie. Solange sie auch überlegt hatte, ihr war keine Möglichkeit eingefallen, wie sie Perry unauffällig darauf ansprechen könnte.

»Sag ihm, du hast einen tollen Typen kennengelernt und bist dir nicht sicher, ob er eine Buchfigur ist.« Er lachte trocken.

»Dann wäre meine Tarnung dahin. Ich müsste es ja selbst spüren können, wenn ich eine echte Wächterin wäre.« Sie schüttelte den Kopf. »Genauso gut könntest du dich unter die Drohne stellen und dich von den Technikteams scannen lassen.«

Nate verzog das Gesicht. Sie liefen im Gleichschritt, wie Laurie auffiel. Als wäre es schon immer so gewesen. Hand in Hand, alles im Einklang. Es wäre ein gutes Gefühl gewesen – wenn an ihrer Seite nicht der falsche Mann gehen würde. Bald kamen sie im Park an, in dem im vergangenen Jahr alles begonnen hatte. Laurie wusste nur aus dritter Hand davon. Denn auch Josh hatte nicht zu denen gehört, die hautnah dabei gewesen waren: dem Team von Ric und Lin. Durch ihre Auszeit im Zentrum hatte sie das Wichtigste verpasst.

Als hätte er ihre Gedanken erraten, sagte Nate: »Blöd, dass gerade in dieser Zeit im Zentrum so viele Untersuchungen anstanden. Wer hatte das eigentlich geplant? Gerade, als es hier draußen interessant wurde, waren sämtliche Agenten in medizinischen Scans.« Er schüttelte ungläubig den Kopf.

Laurie jedoch glaubte nicht an Zufälle. Sie kniff die Augen zusammen und dachte angestrengt nach. »Warst du auch in der medizinischen Abteilung?«, fragte sie und er nickte langsam.

Laurie konnte beinahe die Gedanken in seinem Kopf hin und her huschen sehen, ehe er zum selben Ergebnis kam wie sie: »Du meinst, sie haben uns bewusst ferngehalten?«

»Ja. Die Frage ist nur, warum?«

»Weil ich eines dieser Hirngespinste bin und mit all den anderen in die Buchwelt zurückgekehrt wäre?«

»Ich dachte eher, weil man uns nicht in Gefahr bringen wollte.« Laurie musste Nate unbedingt von dieser fixen Idee abbringen, ein Seelenloser zu sein. »Da scheint jemand mehr zu wissen als die Wächter selbst, denkst du nicht?«

Nate grübelte, freundete sich letztendlich aber mit ihrer These an.

»Und jetzt?«, fragte sie.

»Dein Dienst bei den Wächtern beginnt bald. Wir sollten zurück ins Zentrum, damit du dich vorbereiten kannst.« Er blieb plötzlich stehen, Lauries Hand noch immer fest in seiner verankert.

»Wenn ich Perry treffe, werde ich fragen, wie man einen Seelenlosen erkennen würde, sollte man über keinerlei Elementarkräfte verfügen«, schlug Laurie vor. »Ich muss nur zusehen, dass ich es gut verpacke.« Sie versuchte, überall hinzusehen außer in die gewitterblauen Augen, die sie fixierten.

»Laurie«, begann Nate und griff auch nach ihrer anderen Hand. »Ich weiß nicht, ob diese Emotionen echt sind. Ich hatte nie vorher überhaupt Gefühle für jemanden. Aber ich habe schon immer instinktiv gewusst, dass ich dir vertrauen kann.« Er holte tief Luft, Laurie wappnete sich bereits dafür, zurückzutreten, um einem Kuss zu entwischen. Doch der kam nicht. »Ich möchte das nicht verlieren, was wir hatten. Selbst wenn ich ein Hirngespinst bin. Versprichst du mir das?«

Laurie sah auf ihre verschränkten Hände hinab und dachte darüber nach. Sofort ließ Nate sie los und wartete geduldig auf ihre Antwort.

»Du kannst auf mich zählen«, sagte Laurie dann. »Wir werden herausfinden, was du wissen musst.« Und sie dachte nicht einmal daran, dieses Versprechen zu brechen. Denn ihr Gehirn spuckte eine These aus, die so schockierend war, dass sie nicht wagte, sie auszusprechen – nicht einmal vor Nate.

Was, wenn er nicht der Einzige ist?

22. Kapitel

Die Werwölfe spielten irgendein Kartenspiel mit Puck und brachten es später auch den Dämonenjägern bei. Peter, Josh und Ophelia hatten sich neben den lockeren Kreis gesetzt und beobachteten abwechselnd das Spiel und Corals Fortschritte. Zac und Natalia hockten etwas abseits im Gras und redeten, wobei sie ständig zu Coral sahen.

Ich war zu nervös, konnte nicht stillsitzen und lief auf und ab. Immer mal wieder packte Ric mich an der Hand, zog mich zu sich und drückte mir einen Kuss auf die Lippen. Doch nicht einmal das lenkte mich ab. Ich konnte auch nicht dafür sorgen, dass Ric aufhörte, böse Blicke in Richtung Zac und Natalia zu werfen. All das war in diesem Moment einfach egal. Solange er nicht auf ihn losging zumindest.

Es dauerte gefühlte Stunden, bis Coral endlich das Notizbuch zuklappte. Sofort herrschte absolute Stille. Alle Blicke waren konzentriert auf Coral gerichtet, die eher verwirrt aussah als wissend. Ihre Augen glänzten weniger als sonst, wirkten getrübt. Sie machte keine Anstalten, uns zu berichten, was sie gelesen hatte. Ich war kurz davor, sie vor Ungeduld anzuspringen, als sie sich endlich regte. Ihre Augen wurden zusehends klarer und irgendwann schien sie uns auch wieder wahrzunehmen. Sie war in einer ganz anderen Welt versunken gewesen.

»Thyra ist nicht wirklich Elizabeths Tochter«, begann Coral. »Sie wurde nicht von Elizabeth erfunden, wie wir vermutet hatten. Elizabeth hat sie sich in den Leib geschrieben, dort ist Thyra herangewachsen und geboren worden.«

»Das hast du uns bereits erzählt. Aber was ist dann passiert?«, fragte Ric.

»Als sie alt genug war, hat Elizabeth festgestellt, dass Thyra die Fähigkeit, Buchfiguren zu kontrollieren, vererbt bekommen hat – die Gabe der Flüsterer der Familie Bonfire.« Coral sah uns nacheinander an, als würde sie auf Fragen warten.

»Und das war alles?«, fragte Ric und verschränkte die Arme vor der Brust. »Scheint aber eine seltsame Sprache zu sein, wenn man die vielen Seiten so kurz zusammenfassen kann. Oder hat Elizabeth einen so ausschweifenden Erzählstil?« Er lachte trocken.

»Das war die Stelle, an der Peter das Buch aufgeschlagen hatte«, sagte Coral geheimnistuerisch und blätterte zu einer Stelle im hinteren Teil des Buches. »Hier vorne steht alles über Elizabeths Vergangenheit, über ihre Träume, den Wunsch, die Buchwelt zu beschützen.«

Coral seufzte.

»Damals hatte nur die Zunft existiert und deren Schreiber haben für Ordnung in den Geschichten gesorgt«, erzählte sie. »Gemeinsam mit einem Freund, den sie immer Grin nannte und der nur ein Element beherrschen, aber nicht in Bücher eingreifen konnte, hat sie herausgefunden, dass hin und wieder Buchfiguren aus ihren Geschichten entkamen, jedoch nicht lange in dieser Welt überlebten und vergingen. Die damalige Literatur war eher realistisch geprägt, die Figuren fielen also kaum auf und es kam nur selten zu tödlichen Übergriffen. Die Zunft tat es als Humbug ab und hat Elizabeth und Grin nicht geglaubt. Die beiden stellten weitere Nachforschungen an und machten sich auf die Suche nach entkommenen Buchfiguren. Es stellte sich heraus, dass Elizabeth nicht nur von außerhalb des Buches die Figuren beeinflussen konnte, sondern sie auch in unserer Welt mit ihrer Stimme überzeugen konnte, zu tun, was sie wollte. So hatte man herausgefunden, dass sie eine Flüsterin war, wie wir sie heute nennen – eine Gabe, die bis dahin nicht bekannt war, weil es keine Buchfiguren außerhalb der Buchwelt gegeben hatte.

Die beiden stellten ebenfalls fest, dass Grin sie in seinen Bann ziehen konnte, auch wenn er kein vollwertiges Mitglied der Zunft war. Wie alle auf die Schreibergabe bezogenen vermeintlich talentlosen *Niederen* konnte er seine Gestalt wandeln – in seinem Fall in einen Wassermann. Und als solcher konnte er mit seinen Gesängen Buchfiguren ebenso beeinflussen, wie Elizabeth es konnte.« Coral machte eine Pause, damit wir das Gehörte verarbeiten konnten.

»Alles hat zu Elizabeths Lebzeiten begonnen?«, fragte ich. »Steht da irgendwo, wann das war?«

»Nein, leider nicht.«

»Also waren Wächter und Zunft damals ein und dasselbe«, stellte Josh fest. »Vollwertige Mitglieder konnten die Buchstaben verändern, die *Niederen*, wie Elizabeth es nennt, waren die Wächter.«

Coral nickte. »Vielleicht hat es schon immer Übertritte gegeben, aber die hat einfach keiner bemerkt. Erst diese beiden jungen Leute haben genauer hingesehen.«

»Und daraufhin haben sich Wächter und Zunft zerstritten?«, fragte Josh.

»Noch nicht. Grin und Elizabeth trieben mit Hilfe ihrer Gabe zahlreiche Seelenlose zusammen, wollten den Erwachsenen beweisen, dass sie nicht verrückt waren, und ließen diese dann in einer Versammlung der Zunft los. Ein paar der hohen Zunftmitglieder konnten die Figuren ebenso steuern wie Elizabeth – sie besaßen die Gabe des Schreibens und des Flüsterns. Andere niedere Elementare, die bis dahin als talentlos galten, waren in Wahrheit Flüsterer und hatten plötzlich mindestens genauso viel Macht wie ranghohe Mitglieder der Zunft. Die dritte Gruppe jedoch konnte – bis auf die Wasserelementare in ihrer Elementargestalt – noch immer keinen Einfluss auf die Figuren nehmen.«

»Lass mich raten: Sie waren sauer, sind abgezogen und haben daraufhin die Wächter gegründet?« Ric nickte wissend.

»Genau. Es wurde immer seltener, dass die gesamte Zunft zusammentraf. Es bildeten sich zwei Gruppen und die *Niederen*, die nichts als ihre Elemente hatten, schlossen sich zusammen und begannen mithilfe ihrer Elementarkräfte, Jagd auf die Seelenlosen zu machen. Es entstand ein erbitterter Kampf um die herausgelesenen Buchfiguren und deshalb einigte man sich, dass die Zunft die Tage übernahm, die Wächter die Nacht.«

»So, wie wir es immer kannten«, sagte ich kopfschüttelnd. »Bis auf die Tagesschicht.« Bis vor Kurzem wussten wir ja nichts von der Zunft. Ich warf einen kurzen Blick zu Josh hinüber, der in seine eigenen Gedanken versunken war.

»Und was hat das jetzt alles mit *Otherside* zu tun?«, fragte Natalia.

»Binnen kürzester Zeit wurden aus der einstigen Gemeinschaft Gegner, Elizabeth und Grin standen sich als Feinde gegenüber. Sie sahen es kommen, dass dieser Kampf ihre ganze Welt vernichten könnte, und begannen, nach einer Lösung zu suchen. Die fixe Idee war geboren, dass sie eine Barriere zwischen unserer Welt und der Buchwelt erschaffen mussten. Eine Art Zwischenwelt, damit die Geschichten von der Realität nicht weiter beeinflusst werden konnten.«

»*Otherside*«, schlussfolgerte ich.

»Sie nennt es *Grenzwelt*, aber es muss sich um dasselbe Buch handeln. Grin und sie haben das Buch gemeinsam entwickelt, Elizabeth hat es dann mit ihrer Gabe geschrieben.«

»Wo ist dieser Grin jetzt? Ist er tot? Ich kenne ihn jedenfalls nicht.« Zac hatte die Augen misstrauisch zusammengekniffen.

»Ich weiß es nicht«, erklärte Coral. »Elizabeth hat sich immer weiter in ihre *Grenzwelt*-Idee hineingesteigert und es kam zu einem Streit, als sie Grin vorschlug, die Buchwelt von innen heraus zu schützen. Er wollte mit ihr eine gemeinsame Zukunft – aber in der Realität. Er hat sie geliebt, sie hat jedoch nie viel mehr in ihm gesehen als einen Kollegen, einen guten Freund. Sie wollte sich nicht von ihrer Idee abbringen lassen und hat sich außer einem kurzen Brief ohne weitere Verabschiedung in das Buch geschrieben, als sie es vollendet hatte.«

»Dann ist er irgendwann in der Realität gestorben?«, fragte Zac.

»Es muss schon lange her sein, also denke ich, ja. Vermutlich voller Trauer um seine Geliebte Elizabeth. Sie hat noch oft an ihn gedacht und war immer wieder kurz davor, ihm Hinweise in Büchern zu hinterlassen oder zu ihm zu gehen. Sie hat sich nämlich einen Weg offen gehalten, jederzeit in die Realität zurückkehren zu können.« Coral klang melancholisch. Elizabeths Worte mussten sie tief berührt haben.

»Und wie sieht dieser Weg aus?«, fragte Josh. Jetzt wurde es interessant.

»Das erzähle ich euch gleich. Aber zuerst möchte ich euch das hier zeigen.« Coral blätterte in dem Notizbuch und zeigte uns schließlich eine Doppelseite mit verschwommenen Zeichnungen. Nein, nicht die Zeichnungen verschwammen, sondern die Schrift, die die einzelnen Szenen erläuterte.

Wir alle starrten wie gebannt auf die Seiten und konnten nicht fassen, was wir dort sahen.

23. KAPITEL

Laurie versicherte sich wie immer, wenn sie zu ihrem Zweitjob ging, ob sie den Neutralisator und das HyCon dabei hatte. Der Fahrer hatte sie an derselben Stelle rausgelassen wie immer. Sie schaute noch ein Mal die dunkle Straße hinab, ehe sie das verrostete Tor aufschob und an der Villa vorbei zum Unterschlupf der Wächter lief.

Der Mond war von Wolken bedeckt und so war es weit schwieriger, über das Gelände bis zur Hütte zu kommen, ohne zu stolpern. Sie tastete wieder nach dem Metallring und öffnete die Luke, stieg langsam die Treppen hinab. Endlich spürte sie die Tür am Ende des dunklen Ganges, hinter der sie bereits zahlreiche Stimmen hörte. Ein letztes Mal ging Laurie die Geschichte im Geiste durch, die sie mit Nate auf dem Rückweg zum Zentrum abgesprochen hatte. Sie hatte eine Art Schock erlitten und war orientierungslos durch die Gassen gerannt, ehe sie aufgelesen und in ein Krankenhaus gebracht worden war. Die nötigen Nachweise würde Nate ins System des Krankenhauses einspeisen. Glücklicherweise waren die hochgesicherten Kommunikationsnetze des Zentrums nicht von Thyras Eingriff betroffen. Das herkömmliche Internet war mit dem Mobilfunk und den Festnetzleitungen zusammengebrochen.

Vorsorglich die Lider geschlossen haltend, drückte sie die Klinke hinunter. Jemand musste das Licht im Aufenthaltsraum gedimmt haben – es war weniger grell als beim letzten Mal und Laurie konnte die Augen sofort wieder öffnen.

Nahezu alle Stühle und Sofas waren besetzt. War eine Versammlung einberufen worden? Wie hatte der Rat die Wächter ohne Funknetz kontaktiert? Laurie scannte die Anwesenden und suchte nach bekannten Gesichtern. An einem Tisch in der Ecke sah sie eine von Tränen überströmte Frau, die von mehreren Personen getröstet wurde. War das die Mutter von Lucas? Oder Samuel? Laurie zuckte zusammen. Die beiden waren tot, weil sich Laurie verraten hatte.

Nach der Sache mit Nate hatte sie keinen einzigen Gedanken mehr an die Toten verschwendet. Sie sah schnell weg und blickte direkt in Tinas Augen. Ihr Herz setzte für einen Moment aus. Sie hätte nicht herkommen dürfen, hatte ihre Gefühle nicht mehr unter Kontrolle.

Tinas Gesicht erstarrte vor Wut. Sie stieß die Personen zu ihrer Rechten und Linken an und sofort richteten sich die Blicke von Colin und Sven auf sie. Der Erd- und der Wasserelementar schauten sie fassungslos, aber auch skeptisch an, während sich die Neuigkeit wie ein Lauffeuer durch den Raum ausbreitete und sich immer mehr Augen auf Laurie richteten.

Endlich sah Laurie den Menschen, den sie die ganze Zeit gesucht hatte. Perrys Gesicht war zu einer ausdruckslosen Miene gefroren und Laurie konnte nicht abschätzen, was er dachte. War er froh, sie zu sehen? Endlich etwas von den vermutlich als vermisst geltenden drei Wächtern zu hören? Der Ratsvorsitzende Felipe hingegen, der direkt neben Perry saß, musterte Laurie voller Argwohn.

Dann ging das Murmeln und Flüstern los, Mutmaßungen wurden ausgetauscht und selbst Felipe konnte die Geräuschkulisse erst mit Hilfe seines Elements durchbrechen, indem er einen kurzen Flammenstoß in Richtung Decke sandte. Er und Perry tauschten einen stummen Blick und Lauries Magen ballte sich zusammen. Würden sie ihr die Geschichte abkaufen? Hatte Nate es geschafft, sich ins System des Krankenhauses zu hacken?

»Laurie, würdest du bitte mit uns kommen?«, bat Perry in gewohnt ruhigem Tonfall und stand zeitgleich mit Felipe auf.

Laurie nickte und ging in Richtung der hinteren Tür, auf die auch der Ratsvorsitzende und ihr Teamleiter zusteuerten. Es war der reinste Spießrutenlauf zwischen den Tischen hindurch, und der Weg wollte nicht enden, während sich die Blicke in Lauries Rücken bohrten.

Als sie durch die Tür getreten war, die Perry ihr offenhielt, atmete sie erst einmal erleichtert auf. Er schloss das weiter ansteigende Getuschel aus und gab ihr mit einem Wink zu verstehen, in welchen der hinteren Räume sie gehen sollte. Lauries Herz pochte immer schneller – wäre sie eine echte Wasserelementarin, wäre die Luft bereits vom Duft einer Meeresbrise erfüllt.

Perry trat direkt hinter ihr in den kleinen Raum, der nur mit dem nötigsten ausgestattet war. Eine Glühbirne baumelte an einem Kabel von der Decke – sie wirkte wie ein Relikt aus vergangenen Zeiten. Selbst in der *Bibliotheca* waren die Energiefresser längst ersetzt worden – wenn auch nicht mit der Null-Energie-Variante des Zentrums. Laurie setzte sich auf den Stuhl Felipe gegenüber und fühlte sich genauso fehl am Platz wie die Glühbirne über ihr. Perry schloss die Tür, ehe er den Stuhl an Felipes Seite besetzte.

Felipe starrte Laurie eine ganze Weile an, was ihr Unbehagen noch weiter ansteigen ließ und sie verunsicherte. Sie wusste nicht, ob sie einfach zu erzählen beginnen sollte. Vom Zentrum hatte sie immer die Anweisung gehabt, unter dem Radar zu bleiben, nicht aufzufallen – und nun saß sie dem Vorsitzenden des internationalen Rats gegenüber und musste ihm eine Lüge auftischen. Sie schluckte.

»Berichte, wo du gewesen bist und was passiert ist«, erlöste Felipe sie endlich.

Und Laurie begann, zu erzählen. Um sich so nah wie möglich an der Wahrheit zu halten, begann sie mit Tinas Verletzung und all den Details, die Felipe sicher schon bekannt waren. Erst dann wagte sie sich auf unbekanntes Terrain und berichtete von dem Fabrikgelände, ihrer Observation und dem Angriff auf die verbliebenen drei Teammitglieder. Um es nicht überdramatisch wirken zu lassen, erklärte sie in neutralem Tonfall, dass Lucas ihr vermutlich das Leben gerettet hatte, als er Laurie schützend zur Seite geworfen und so aus der Schusslinie des angreifenden Gargoyles gebracht hatte. Ab dann konnte sie sich an nichts mehr erinnern. Das lag an der Panik, wurde ihr im Krankenhaus gesagt, nachdem ein Spaziergänger sie gefunden und den Notarzt gerufen hatte. Eine Art Schockzustand. Erst jetzt hatte man sie gehen lassen. Um ihre Geschichte zu untermauern, fragte sie am Ende: »Sind Lucas und Samuel schon wieder aufgetaucht?«

Felipe, der sich während ihrer Erzählung kontinuierlich Notizen gemacht hatte, sah auf und musterte sie aus zusammengekniffenen Augen. Laurie war froh darüber, dass Margret, Felipes Stellvertreterin, nicht anwesend war. Ihr wurde nachgesagt, dass sie Lügen sofort durchschaute, obwohl diese Fähigkeit eher zu einem Wasserelementar gehörte. Der Gedanke, dass sie froh über Margrets Tod, die bei Thyras Invasion ums Leben gekommen war, ängstigte sie. Diese Situation war zu viel für Laurie und ihre sonst so sorgfältig organisierten Gedanken wurden konfus und erdrückend.

Perry wirkte passiv, wie ein stummer Zeuge. Er notierte nichts, seine Mimik war die ganze Zeit über regungslos geblieben. Laurie hatte ihn immer für einen Verbündeten gehalten, doch je mehr sie diese selbständigen, unerwünschten Gedanken zuließ, desto mehr grübelte sie; und die gefürchtete innere Stimme konfrontierte sie mit Ideen, die Laurie erschraken: Perry war ein Wasserelementar. Hatte er die Gabe, Lügen zu erkennen?

Nun hatte sie Mühe, den immer schnelleren Herzschlag zu beruhigen. Denn dieser würde sie verraten. Sie bat inständig darum, dass Felipe bald antwortete und die entsetzliche Stille, die wie eine Bedrohung im Raum hing, beendete. Doch der Ratsvorsitzende quälte sie noch eine gefühlte Ewigkeit weiter, während sich sein scharfer Blick in ihr Hirn zu bohren schien.

»Lucas und Samuel werden nach wie vor vermisst. Wir haben sämtliche Mitarbeitenden aufgesucht und sie hergebeten, um Suchtrupps zu bilden. Die Familien sind völlig aufgelöst, Tina macht sich Vorwürfe und ist kaum einsatzfähig.« Er verzog den Mund, als wäre ein solcher Charakterzug etwas Schlechtes. »Wir haben auch jemanden zu dir nach Hause geschickt.«

Die Aussage klang wie ein Vorwurf. Nie zuvor war es nötig gewesen, die vom Zentrum geschaffene Adresse aufzusuchen, eine kleine

Wohnung in einem anonymen mehrstöckigen Mietshaus der Nähe des Stadtzentrums. Laurie war nur einmal dort gewesen, danach hatte das Personal des Zentrums dafür gesorgt, dass die Nachbarn immer wieder etwas von *Laurie* mitbekamen, sollte irgendwann einer der Wächter auf die Idee kommen, sie über die junge Mieterin zu befragen. Die Adresse war nur den Führungskräften bekannt. Josh gegenüber hatte sie immer behauptet, in der Nachbargemeinde zu wohnen, und hatte jedes Angebot von ihm, sie nach Hause zu bringen, abgelehnt.

Weil Laurie nicht reagierte, feuerte Felipe die nächste Frage ab: »Wo hat dich der erwähnte Spaziergänger gefunden?« Er wollte Laurie verunsichern, was sie nur stärker – und überzeugender – machte.

»In der Nähe des Parks, wurde mir gesagt.«

»Das ist eine ganz schöne Strecke für ein verwirrtes Mädchen.«

Er konnte sie nicht aus der Reserve locken, Laurie war oft genug auf solche Verhöre vorbereitet worden. Sie zuckte mit den Schultern. Man konnte ihm regelrecht ansehen, dass er am liebsten sofort ihre Geschichte überprüft hätte. Doch ohne moderne Kommunikation waren ihm die Hände gebunden.

»Ich weiß nicht, wie ich dort hingekommen bin«, erklärte Laurie ruhig. »Ich kann mich auch nicht an eine Fahrt zum Krankenhaus erinnern.«

»Vielleicht sollte sich einer der Wasserelementare der Sache annehmen«, wandte sich Felipe an Perry. »Sie können sie sicher von dieser Amnesie heilen.«

Perry verzog das Gesicht. Obwohl sein Element das Wasser war, konnte er nur oberflächliche Verletzungen heilen. Möglicherweise war das der Grund, warum er sie mit ihrem Defizit immer unterstützt hatte. Nun einen anderen Wasserelementar zu rufen, war wie ein Neonschild, das auf sein Problem hinwies. Laurie konnte ihn verstehen. Doch Perry hatte sich gleich wieder gefasst und nickte langsam.

»Ich werde nun die Suchtruppen einteilen und eine von ihnen begleiten«, sagte Felipe nach ein paar weiteren Notizen und erhob sich. Laurie hätte wetten können, dass er eine Gruppe in die Nähe des Krankenhauses schicken und dort die Gelegenheit wahrnehmen würde, ihre Geschichte zu überprüfen. Sie zuckte nicht einmal beim Gedanken daran, dass Nate es vielleicht nicht geschafft haben könnte. Sie wollte etwas Neues testen, das man Hoffnung nannte.

Sobald Felipe den Raum verlassen hatte, entspannte sich Laurie. Perry war – neben Josh – ihr engster Vertrauter bei den Wächtern. »Gibt es Neuigkeiten über Josh und die anderen?«, lenkte sie das Gespräch in die von ihr geplante Richtung.

Perry schüttelte den Kopf, sein Blick war auf den Tisch gerichtet.

»Was werdet ihr weiter unternehmen? Kann ich irgendetwas tun?«

»Der verbliebene Rat ist sich uneins. Felipe will dieses Fabrikgebäude untersuchen, das so stark bewacht wird. Tina, Colin und Sven sind auf dem Weg hierher dem anderen Team begegnet und haben sie darauf aufmerksam gemacht.«

Seine grünblauen Augen musterten Laurie intensiv und plötzlich hatte sie das Gefühl, dass er mehr wusste, als er zugab. Sie schluckte. War ein Wächter dieser Patrouille Zeuge ihrer Neutralisation geworden? Oder hatten sie vielleicht Nate gesehen? Perry würde es ihr doch sagen, oder?

Als Laurie nicht reagierte, fuhr Perry fort: »Sie haben etliche Gargoyles vernichtet, bis sie sich zurückziehen mussten, weil sie von einer Horde Dämonen attackiert wurden. Felipe will nun einen Großangriff starten. Die Trupps sind nicht nur für die Suche nach Lucas und Samuel da.« Perrys Gesicht blieb ohne jeglichen Ausdruck. Laurie konnte nicht ablesen, was er davon hielt. Er war wie ein verschlossenes Buch. Ohne Cover.

»Können wir die Menschen warnen?«, versuchte Laurie, das Gespräch wieder auf ihren Plan zu bringen.

»Wie meinst du das?« In seinem Blick lag Unverständnis. »Ich denke, die Menschen sind gewarnt genug. Dort draußen findet man kaum mehr einen von ihnen. Wer Thyras Seelenlosen begegnet, stirbt.«

»Was, wenn sie denken, ihnen steht ein normaler Mensch gegenüber?«, versuchte Laurie, die gewünschte Antwort zu provozieren. »Wie könnten sie erkennen, dass es ein Seelenloser ist?«

Perry legte die Stirn in Falten und grübelte über die Frage nach. Dann schüttelte er den Kopf. »Ich glaube nicht, dass sie den Unterschied sehen könnten. Der einzige Weg …« Er machte eine Pause.

Laurie hatte die Luft angehalten, wagte es nicht, zu atmen, um den Rest des Satzes nicht zu unterbrechen. Sie sah ihn erwartungsvoll an und hoffte.

»Ich fürchte, selbst wenn die Menschen davon wüssten, könnten sie es doch nicht erkennen«, sagte Perry dann kryptisch.

»Also gibt es eine Möglichkeit?«, hakte Laurie nach.

»Es *gab* eine.«

»Und die gibt es jetzt nicht mehr?« Sein Verhalten machte Laurie ganz nervös. Wieso musste man Perry jedes einzelne Wort aus der Nase ziehen?

»Nein.« Laurie wollte schon weiterfragen, als er hinzufügte: »Das Buch *Otherside* … Wir haben durch Zufall herausbekommen, dass es Seelenlose irgendwie entmaterialisiert. Die klugen Köpfe des Rates vermuteten, dass es wie ein Portal für sie funktioniert. Bei der ersten Berührung waren die Buchfiguren verschwunden.«

»Ihr habt mit *Otherside* herumexperimentiert?« Laurie ließ sich ihren Schock nicht anmerken.

»Eigentlich nicht. Es war eher Zufall. Wir hatten diesen Edward hier und haben versucht, ihn weiter zu befragen, wollten mehr Details über Thyras Pläne wissen. Er hat im kleinen Sitzungssaal das Buch gesehen und wollte verhandeln. Wenn er das Buch sehen dürfe, würde er uns alles erzählen. Den Deal sind wir eingegangen.«

»Und daraufhin ist er verschwunden?« Lauries Gedanken fuhren Achterbahn. *Otherside* war im Besitz des Zentrums. Nate hatte bereits darin gelesen, er konnte folglich kein Seelenloser sein. *Er hat das Hologramm gelesen*, flüsterte die innere Stimme, woraufhin Laurie das Gesicht verzog. Aber sie hatte die gewünschte Möglichkeit gefunden. Nate musste einfach nur *Otherside* berühren.

»Er wurde regelrecht ins Buch gesogen«, bestätigte Perry. »Nur leider hilft das den Menschen dort draußen auch nicht.«

»Ja, leider«, sagte Laurie gedankenverloren.

»Hast du noch weitere Fragen? Dann bin ich jetzt nämlich dran.«

Lauries Blick schoss nach oben, die wildesten Gedanken rasten ihr durch den Kopf.

»Ist mit dir wirklich alles in Ordnung? Du wirkst erschöpft.«

Erleichtert atmete sie auf. »Ich fühle mich nicht ganz fit, aber es geht. Ich möchte hier sein, möchte helfen«, log sie. »Unter anderen Umständen …«

»Wir können keine Wächterin auf Patrouille schicken, die kurz zuvor noch in einem Krankenhaus war. Du solltest nach Hause gehen und dich ausruhen. Heute wird Felipe nur auskundschaften, morgen Nacht solltest du fit sein. Wenn ich Felipe nicht überzeugen kann, werden alle Wächter zu diesem Fabrikgelände gehen und kämpfen.«

Laurie versuchte, bedrückt auszusehen, doch es misslang ihr. Sie wollte tatsächlich nur noch zurück ins Zentrum, wollte Nate von den neuesten Erkenntnissen berichten. Ihr Herz klopfte vor Aufregung. Wenn sie Nate erst davon überzeugt hatte, dass er ein normaler Mensch war, könnten sie weiter nach einer Lösung suchen, um Josh zu befreien. Also nickte sie nur ergeben.

»Gut. Ich gebe Felipe Bescheid. Bleib hier, bis alle raus sind. Dann geh nach Hause und ruh dich aus.« Er stand auf und ging mit großen Schritten zur Tür. Dort wandte er sich noch einmal zu ihr um: »Und denke immer daran: Du kannst nicht alle retten.«

Mit diesen kryptischen Worten ließ er sie allein in dem leeren Raum zurück. Die Glühbirne über ihr baumelte im Luftzug der Tür.

24. KAPITEL

Woher …«, stammelte Peter.

»Wie bei Hephaistos …«, setzte Ric an.

Auch alle anderen gaben nur halbe Sätze von sich. Niemand konnte in Worte fassen, was er dachte. Ich starrte weiterhin auf die Illustration in Elizabeths Tagebuch, versuchte, nicht auf die Schrift zu achten, die meine Sicht immer wieder verschwimmen ließ, sondern die Zeichnung zu fixieren. Die Augen zusammenkneifend sah ich von einer Seite zur nächsten, auf der Suche nach einer Erklärung, wie und wann dieses Bild dort in das Buch gekommen war.

Die Szene kam mir sofort wie ein Déjà-vu vor: Sie zeigte den Thronsaal des Schlosses vor dem Einsturz. Auf dem Boden lag ein riesengroßes Gemälde, vier Gestalten standen an seinen vier Seiten. Über dem Bild schwebten vier unterschiedliche Dreiecke: Die Symbole für Feuer, Wasser, Erde und Luft. Natürlich konnte die Szene genauso geplant gewesen sein, eingebaut in Elizabeths Geschichte. Doch warum bei Aithers Namen erkannte ich die Elementarwesen auf dem Bild? Der über dem Bild schwebende Baum, ihm gegenüber der schwarze Drache, zu dessen rechter Seite die blonde Fee – körperliche Details verschwommen wie in der Realität. All jene Elementargestalten hätten Zufall sein können. Nicht jedoch die schwebende Wasserelementarierin auf der vierten Seite – die frontal gezeichnet worden war und bei der es keinen Zweifel gab, dass es sich um Coral handelte.

Coral fand als Erste ihre Sprache wieder: »Das hier war Elizabeths Plan B, sollte es ihr nicht gelingen, die Buchwelt mit Plan A zu evakuieren.«

»Die Weltenüberschneidung an Samhain«, flüsterte ich.

Coral nickte. »Elizabeth hat das alles nur getan«, sie klappte das Buch zu und winkte damit, »um die Buchfiguren zu schützen, die Fantasiewelten zu bewahren. Sie wollte nie etwas Böses. Es war alles nur für den Notfall gedacht, sollten die Geschichten verblassen.«

Die Dämonenjäger keuchten auf. Puck seufzte und senkte den Kopf. Er entstammte einer der älteren Buchwelten, die vielleicht für immer überdauern würden. Aber die neuen Welten verblassten sicher rascher. Die Wölfe rümpften nur die Nasen – was in ihrer anderen Gestalt vermutlich einer Drohgebärde gleichkam.

»Wäre dies nicht geschehen«, fuhr Coral fort, »hätte sie niemals zum fünften Element werden müssen – diesen Zauber hatte sie schon von der Realität aus in *Grenzwelt* hineingeschrieben. Sie hätte dadurch nicht unerwartet ein Gegenstück in der Realität hervorgerufen. Es wäre alles beim Alten geblieben und sie hätte von hier aus für die Liebe ihres Lebens gesorgt: die Geschichten.«

Coral schluckte. »Durch das Verblassen der ersten Welten hat sie begonnen, zu kämpfen – gemeinsam mit der Tochter, die sie sich in den Leib geschrieben hatte. Eine Figur, die sie nicht völlig kontrollieren konnte, weil sie teils menschlich war, von ihrem eigenen Blut. Und die ihr nahezu ebenbürtig war, dazu noch skrupellos. Elizabeth hatte gewusst, dass ihre Tochter sie eines Tages töten würde. Genauso wie sie gewusst hat, dass wir vier ihr helfen würden, das Portal zu öffnen, sollte es für die Figuren in der Buchwelt zu gefährlich werden. *Grenzwelt* ist ihre Geschichte, sie folgt Elizabeths Denken und als Autorin weiß sie, wo die Handlungsstränge hinführen werden – selbst wenn sie noch nicht geschrieben sind. Das Buch, das wir als *Otherside* kennen, wird sich weiterschreiben, nie zum Ende kommen, und dabei immer seinem eigenen Stil – Elizabeths Stil …«

»Wie kommen wir hier raus?«, unterbrach Ric mit scharfem Ton Corals beinahe schwärmerische Erzählung über Elizabeth. Auch wenn dieser Hintergrund ein anderes Licht auf sie warf, war sie doch kurz davor gewesen, unsere Welt zu zerstören – ihre ehemalige Heimat. Eine gute Absicht rechtfertigte eine solche Tat keinesfalls. So empfand ich das zumindest.

Die Bewohnerinnen und Bewohner der Buchwelt hingegen warfen Ric tödliche Blicke zu.

»Was?«, fragte Ric voller Wut und starrte mindestens so tödlich zurück. »Eure Wohltäterin ist tot. Getötet von dem Miststück, das jetzt in unserer Welt herumläuft und scheinbar gar nicht mehr daran denkt, euch, zu retten.« Er deutete von Puck zu Sage, Cliff und Fen und weiter zu Ben, Sam, Zac, David und Ophelia. »Sie denkt nur noch an sich, sonst hätte sie nicht nur Krieger und Kämpfer mitgenommen. Sie will Macht über die Realität – da ist kein tiefgründiger Hintergedanke, sondern purer Egoismus und Machtgier.«

Die Seelenlosen zuckten bei seinen scharfen Worten zusammen. Ich indessen erkannte meinen Drachen wieder: bestimmend, tonangebend, anführend. In der Rolle war er einfach perfekt. Ich griff nach seiner Hand und verschränkte unsere Finger, worauf er sich noch weiter straffte, als sonnte er sich in meiner Bestätigung. Ich lächelte stumm in mich hinein.

Coral sah sich etwas perplex um, als wäre sie eben erst aufgewacht. Sie blinzelte mehrere Male, ehe sie damit herausrückte, wie wir zurückkommen könnten. Oder zumindest einer von uns.

25. KAPITEL

Laurie war noch eine ganze Weile in dem Besprechungsraum sitzen geblieben, nachdem Perry sie verlassen hatte. Ewig hatte sie an die Decke gestarrt und die Glühbirne beobachtet, bis sie endlich aufgehört hatte, hin- und herzuschwingen. Jenseits der Tür war es immer ruhiger geworden. Felipe hatte also tatsächlich alle noch verfügbaren Wächter auf eine Suche geschickt, die zu keinem Ergebnis führen würde. Zumindest was die Suche nach den zwei vermissten Wächtern anging.

Ganz sicher würde er im Krankenhaus Informationen über Laurie einholen. Dieser Gedanke verfolgte sie auf dem Weg zu ihrer Abholstelle – jenem Ort, wo sie der Fahrer des Zentrums immer absetzte. Laurie hatte mittels Kurzwahl des in ihrem Handgelenk implantierten Kommunikators nach ihm gerufen; er würde sofort nach Erhalt der Nachricht zu der vereinbarten Stelle kommen.

Lauries Schritte wurden immer schneller. Perrys Angebot, sich auszuruhen, kam ihr wie gerufen. So hatte sie Zeit, mit Nate zu sprechen und ihm zu berichten, wie er sich selbst testen könnte.

Als Laurie um die letzte Ecke bog, stand der unauffällige schwarze Wagen bereits da. Schnell glitt sie auf die Rückbank und sie fuhren los. Unterwegs begegneten ihnen nur zwei Fahrzeuge. Vereinzelt waren auch Fußgänger unterwegs. Handelte es sich hierbei um Menschen oder Seelenlose? Thyras Seelenlose? Anscheinend hatte niemand überwacht oder kontrolliert, wie viele von ihnen durch das

Portal getreten waren – und die *Bibliotheca* überfallen hatten. Es mussten viele gewesen sein – menschlich Aussehende ebenso wie Übernatürliche.

Das Stadtbild hatte sich verändert. Auf der Hinfahrt zum Unterschlupf war Laurie so mit der vor ihr stehenden Aufgabe beschäftigt gewesen, dass sie nicht nach draußen gesehen hatte. Beinahe in jeder Straße hingen große Bildschirme, als wären sie schon immer dort gehangen. Unwillkürlich hatte Laurie dystopische Szenarien vor Augen. Was vermutlich Thyras Plan war. Sie hatte die Kommunikationsmöglichkeiten ausgeschaltet, nun musste eine Alternative her, um den Menschen Befehle zu erteilen – wie die auch immer aussehen mochten. Noch waren die Screens ausgeschaltet, aber Laurie befürchtete, dass das nicht mehr lange so bleiben würde.

Sie fuhren in die private Tiefgarage eines Wohnkomplexes und weiter ins unterste Parkdeck. Dort versicherte sich der Fahrer, dass kein Zeuge anwesend war, ehe er per Knopfdruck die vermeintlich feste Mauer vor der Zufahrt hochfahren ließ und schnell hindurchglitt. Jetzt waren sie beim Parkplatz des Zentrums angekommen. Hinter ihnen schloss sich der Geheimgang und sah von der anderen Seite wieder so aus, als würde die Tiefgarage dort enden.

Laurie stieg aus dem Wagen und ging zum Fahrstuhl. Der Fahrer blieb noch im Wagen sitzen, wie immer. Laurie war sich nicht sicher, ob sie jemals darüber nachgedacht hatte, warum er binnen kürzester Zeit nach einer Benachrichtigung zur Stelle war. Blieb er immer im Auto sitzen? Wenn sie allein die Zeit einrechnete, die sie nun benötigte, ins eigentliche Zentrum mit den Büros, Laboren, Sozialräumen oder auch privaten Unterkünften zu kommen, hätte der Fahrer sie niemals so schnell abholen können.

Ihr Grübeln endete, als sie auf den Flur trat, der sie zu ihrem Zimmer bringen würde. Eine Nachricht poppte auf ihrer DigiLens auf. Von Nate. Laurie beschleunigte ihre Schritte, um sich die Nachricht auf dem Pad in ihrem Zimmer anzusehen. Sie mochte die DigiLens nicht.

»Willkommen, Agentin 7. Eine Nachricht ist für sie eingegangen«, sagte die Stimme, nachdem sich die Tür zu ihrem Schlafraum geöffnet hatte. Das wusste sie ja bereits. Schnell setzte sie sich an den kleinen Tisch und griff nach dem Pad. Nate hatte ein Meeting anberaumt. Ein Eingriff stand möglicherweise bevor, wie er bereits angekündigt hatte.

Laurie warf einen Blick auf die Zeitanzeige des Pads und stellte fest, dass der Termin schon begonnen hatte. Schnell verließ sie ihr Zimmer und hastete zum Meetingraum, ohne darauf zu achten, dass sie nach wie vor ihre Wächterkleidung trug: den langen Rock, um sich besser anzupassen, auch wenn sie sich nicht verwandeln konnte, und das Baumwollshirt, das sich angenehm an ihren Oberkörper schmiegte.

Sie kam beim Meetingraum an, als die anderen Agenten ihr bereits entgegenströmten. Sofort erkannte sie die Möglichkeit, die sich ihr so bot. Selbst ohne den Hintergrund einer Verpaarung war sie nun gezwungen, Zeit allein mit ihrem Supervisor Nate zu verbringen, damit dieser sie auf den neuesten Stand brachte.

»Laurie!«, sagte er. Etwas wie Erleichterung glitt über seine dunklen Augen. »Ich hätte nicht erwartet, dich schon so früh wieder hier zu sehen.«

»Perry hat mich nach meinem *Krankenhausaufenthalt* zum Ausruhen nach Hause geschickt. Heute sind Erkundungen angesagt, morgen will Felipe die Fabrik angreifen, in der sich Thyra verschanzt hat. Alle werden aufgefordert, den Kampf zu unterstützen.«

»Wir haben ebenfalls den Auftrag bekommen, weitere Erkundungen einzuholen, ehe in der nächsten Nacht eingegriffen wird. Thyra plant etwas, sie hat überall Bildschirme aufgehängt.«

Laurie nickte. »Die habe ich gesehen.«

»Wir können sie nicht einschätzen, daher wird kurzer Prozess gemacht. Wir gehen rein und zerstören die Hirngespinste und ihre Anführerin. Der Professor hat die Freigabe von NeutroBombs erteilt. Die Wissenschaftler bereiten schon alles vor.«

NeutroBombs waren die zerstörerischste ihrer Waffen. Sie zerlegte im Umkreis von mehreren Metern Mensch wie Seelenlose in ihre Einzelteile, wie es Lauries kleiner Neutralisator tat. Nie zuvor war es dazu gekommen, auf diese absolut letzte Lösung zurückzugreifen. Bislang hatten die Wächter und die Zunft alles unter

Kontrolle gehabt und der Professor und seine Leute im Innendienst konnten sich den *Studien* über die zwei Gruppierungen widmen. Konnte die Zündung so genau eingestellt werden, dass keine Menschen zu Schaden kamen? Es war viel zu riskant.

»Hast du etwas herausgefunden?«, unterbrach Nate Lauries Gedanken. Er musste nicht erwähnen, was genau er meinte.

Sie nickte und Nate deaktivierte die Wände. Laurie sah sich skeptisch um.

»Ich habe unseren Verpaarungswunsch eingereicht«, sagte Nate so laut, dass mögliche Überwacher es hören könnten, ehe er näher trat und sie an seine starke Brust drückte.

Unwillkürlich pochte Lauries Herz schneller. Sie sog seinen ganz eigenen Geruch ein, befand sich plötzlich in einer kleinen Blase abgeschieden vom Rest der Welt. Es könnte so einfach sein. Sie und Nate könnten sich verpaaren und Nachkommen zeugen, sie könnte stets hinter die Fassade des ansonsten so emotionslosen Supervisors sehen. Auch in dieser Situation zeigte sich, dass der Professor recht hatte: Es wäre alles perfekt, würden Laurie nicht ihre Gefühle im Weg stehen. Die Gefühle für einen anderen Mann. Je öfter sie ihre Emotionen nicht unter Kontrolle hatte, desto leichter fiel es ihr, das schwebende Gefühl in ihrem Bauch zu genießen, wenn sie an Josh dachte. *Gefühle zerstören Leben*, hieß es in den Büchern des Professors. Das taten sie wirklich. Lauries Gefühle für Josh zerstörten das möglicherweise perfekte Leben an der Seite von Nate. Aber das war Laurie egal.

»Gibt es eine Möglichkeit, zu überprüfen, ob ich einer von *ihnen* bin?«, flüsterte Nate ihr ins Ohr.

Von seinem warmen Atem bekam Laurie eine Gänsehaut. Sie unterlag der Willkür ihrer Hormone – vermutlich eine Nebenwirkung der unkontrollierten Gefühle. Als er sie auch noch in ihrer Halsbeuge küsste, fühlte es sich an, als hätte die Stelle Feuer gefangen. Für einen Moment überlegte Laurie, ob er wieder versuchte, ihr näherzukommen, dann erkannte sie jedoch, dass ihr Mund auf diese Weise so nah an seinem Ohr war, dass niemand sie hören würde.

»Perry sagt, es gibt eine Möglichkeit: Als einer der Seelenlosen dem Buch *Otherside* zu nahe gekommen ist, wurde er ins Buch gesogen. Weißt du, wo sich das Original befindet?«

Nate küsste sie von ihrem Hals hinauf zum Ohr, während seine Hand sie fest an sich presste. Sie spürte seinen Herzschlag an ihrer Brust, begleitet von stetigem Kribbeln. Sofort huschte ein *Falsch* durch ihre Gedanken.

»Es ist im Hochsicherheitslabor. Allerdings haben Supervisoren Zugang zum Wissenschaftstrakt. Im Rahmen unseres Auftrags werde ich keine Probleme haben, unsere beste Junioragentin dort hineinzubringen.«

Was vielleicht wie ein Lob klingen sollte, ließ Laurie unwillkürlich zusammenzucken. Sie war längst nicht mehr die treue Zentrumsagentin. Auch dieses Leben hatten ihre Gefühle zerstört. War es das alles wirklich wert?

Ein Bild von Josh blitzte in ihren Gedanken auf. Wie er sie immer angesehen hatte! Jetzt konnte Laurie in diesem Blick Zuneigung erkennen. Warum war sie all die Zeit so blind gewesen? Warum hatte sie Gefühle nicht früher zugelassen? Sie hatte dieses Flattern in seiner Nähe gespürt, jedoch nicht zuordnen können. In Büchern, die sie zur Vorbereitung auf ihre Wächterarbeit gelesen hatte, war das Gefühl immer mit Schmetterlingen im Bauch verglichen worden. Ein für die realistisch denkende Laurie zu absurder Gedanke, um sich damit näher zu beschäftigen. Warum hatte sie es nur nicht getan? Hätte sie Josh so vielleicht beschützen können?

Sie kannte die Antwort. Doch die war schmerzhaft. Sie war im Zentrum immer zufrieden gewesen, hatte keinen Grund gehabt, am Professor zu zweifeln.

»Ich werde das sofort beantragen«, sagte Nate laut und rückte von Laurie ab. »Besorg dir etwas zu essen, ich komme dann in den Gemeinschaftsraum.«

Laurie nickte, wandte sich zur Tür und wollte gerade den Raum verlassen, als Josh ihr noch nachrief: »Bis später!«

Eine unverfängliche Aussage, die niemanden skeptisch machen würde. Als Laurie jedoch zu ihm zurücksah, drückte seine Mimik so vieles mehr aus – Erwartung, Sehnsucht, Schmerz und Angst. Vor der ungewissen Zukunft? Vor der Bestätigung, dass er ein Seelenloser war? Was würde Laurie in einem solchen Fall tun? Wenn Nate tatsächlich recht hatte, würde er laut Perry in das Buch gesogen werden. Wie sollte sie erklären, was passiert war?

Das Grübeln begleitete Laurie, während sie wie mechanisch in die Cafeteria ging und ohne hinzusehen ihre Mahlzeit auswählte und auf das Tablett stellte. Die Pasta schmeckte fader als sonst, ihr Kaffee, dem die erforderlichen Vitamine und Nährstoffe hinzugefügt waren, ebenfalls. Sie war viel zu sehr mit ihren Gedanken beschäftigt, um die Nahrungsaufnahme genießen zu können. Bissen für Bissen schob sie sich in den Mund und hatte dabei stets den Eingang im Blick.

Endlich trat Nate ein. Sofort schleuderte Laurie ihm die stumme Frage entgegen, ob er die Erlaubnis hatte, sie mitzunehmen. Nate nickte kaum merklich. Laurie trank den Rest ihres Kaffees aus, erhob sich und ging mit ihrem Tablett zu Nate. Direkt neben dem Eingang stellte sie es in das dafür vorgesehene Regal und verließ hinter Nate die Cafeteria.

Schweigend liefen sie nebeneinander die weißen Gänge entlang. Ihre Schritte klopften im gleichen Rhythmus. Lauries Gedanken wirbelten wieder umher und waren nicht zur Ruhe zu bringen. Ihre Aufregung stieg an und sie bemühte sich, sie sich nicht anmerken zu lassen – vor allem, wenn ihnen jemand entgegenkam.

An der Sicherheitstür wurde Nates Iris gescannt. Auch Laurie konnte nicht passieren, ohne sich von dem roten Licht blenden zu lassen. Doch sie war es gewohnt – der Zugang zum Zentrum war ebenfalls auf diese Art gesichert. Nach einem Piepen öffnete sich die dicke metallene Tür mit leisem Zischen.

Gemeinsam mit Nate betrat Laurie den Wissenschaftstrakt. Sie war immer nur für die medizinischen Untersuchungen in diesem Teil des Zentrums gewesen. Als Agentin hatte sie hier in der Regel nichts zu schaffen. Nate als Supervisor hingegen durfte neu erfundene Gerätschaften testen und prüfen, ob sie für Außeneinsätze taugten.

Zielstrebig schritt er den Flur entlang und hielt am Ende vor einer Tür. Lediglich die Anzeige auf dem Display auf Augenhöhe unterschied sie von all den anderen, an denen sie bislang vorbeigekommen waren. Die Anzeige war rot – höchste Sicherheitsstufe. Einen weiteren Irisscan später betraten sie den sterilen Raum und Lauries Blick wurde wie magisch von dem alten roten Lederbuch auf dem weißen Tisch in der Mitte angezogen. In all dem Weiß schien ein roter Farbklecks zu schweben. Wie paralysiert ging Laurie darauf zu. Zwei Stühle standen rechts und links des Tisches, aber Laurie ignorierte sie. Sie wollte dieses Buch öffnen, alles in ihr drängte darauf, herauszufinden, wie es Josh ging. Doch Nate hielt sie zurück. Laurie fuhr zu ihm herum.

»Ich öffne es«, sagte er tonlos. Langsam, beinahe ehrfürchtig, lief er an Laurie vorbei zu *Otherside*. Sein ganzer Körper war angespannt. Als er seine Hand hob, glaubte Laurie, ein Zittern zu erkennen. Zögernd kam er dem ledernen Einband immer näher. Die Sekunden dehnten sich. Laurie ließ ihn nicht aus den Augen, wagte es nicht einmal, zu blinzeln. Wenn Nate recht hatte, dann würde er jeden Moment in das Buch gesaugt werden und sie hätte den einzigen Verbündeten hier im Zentrum verloren.

26. KAPITEL

Kommt nicht infrage!«, zeterte Ric. »Entweder gehen wir alle, indem wir es irgendwie schaffen, dieses verfluchte Portal in dem Bild zu öffnen, oder es geht niemand.«

Coral hatte lediglich in Erfahrung bringen können, wie Thyra es geschafft hatte, Max in die Realität zu bringen und wieder zurückzuholen. Das war immer ihr Weg in die Realität gewesen. Auf diese Weise hatten Elizabeth und später auch Thyra nachschauen können, wie es um unsere Welt und die Wertschätzung der Bücher stand – und um die neuesten Bücher zu sich zu holen. So beantwortete sich endlich die Frage, wie all diese aktuellen Titel in die geheime Bibliothek gelangt waren.

Es gab eine verborgene Tür in Elizabeths Zimmer. Es war so einfach, wenn man es wusste. Das Zimmer lag direkt neben der Bibliothek, wie Elizabeth geschrieben hatte. Sie hatte von Beginn an dieses Schloss bewohnt, nur war es für die Bewohner von Otherside nicht zu sehen gewesen. Daher war es mir auf den ersten Blick auch nicht bekannt vorgekommen. Nicht einmal Zac hatte es gesehen, bis zu der Stelle der Geschichte, an der *Otherside* damals endete. Eine unscheinbare Tür, die uns nach Hause führen konnte. Die Verlockung war groß, Otherside einfach hinter uns zu lassen.

Natalia stand die Erleichterung ins Gesicht geschrieben. Denn laut Notizbuch hatte sie Thyra gar nicht herausgelesen. Nein, die war durch Elizabeths Notausgang in unsere Welt gekommen. Elizabeth konnte nur durch die Weltenüberlagerung nachrücken, weil immer nur eine Person übertreten konnte, ohne das Gleichgewicht zu stören. Ein Umstand, der mir ein klein wenig Sorgen machte, denn schließlich waren hier doch einige aus unserer Welt und störten das Gleichgewicht – genauso wie die Massen an Seelenlosen, die Thyra und Balthasar um sich geschart hatten. Über die Folgen hatte Elizabeth auch nur Mutmaßungen angestellt. Doch wir erlebten gerade eine davon – die Erschütterungen in Otherside.

Um jedoch das richtige Portal zu öffnen, bedurfte es noch immer das ominöse *Zentrum der Macht* – die vier Elemente hatten wir ja bereits zusammen. Aber Coral versicherte uns mehrfach, dass nirgendwo in dem Notizbuch Genaueres erwähnt wurde.

Nun standen wir vor der Frage, ob einer von uns in die Realität gehen sollte. Josh hatte sich sofort freiwillig gemeldet – er wollte zu Laurie, begründete er, aber Ric hielt das für eine schlechte Idee.

»Wir wissen nicht, wie es dort draußen aussieht«, wiederholte er erneut energisch. »Es könnte doch sein, dass da ein Szenario erwartet wie in einem Endzeit-Roman.«

»Dann sollen Sam und Ben nachschauen«, konterte Josh. »Wenn sie grünes Licht geben, werde ich gehen.«

Ich hatte Josh lange nicht so entschlossen gesehen. In seinen Augen funkelte etwas, das an Wahnsinn grenzte. Die fixe Idee, auf direktem Weg zu Laurie zu gelangen, war nicht mehr auszulöschen. Feuerelementare waren so beratungsresistent. Ich seufzte.

»Von euch sollte keiner gehen«, fügte Josh hinzu. »Vielleicht findet ihr während meiner Abwesenheit das ominöse *Zentrum der Macht* und dann braucht ihr alle Elemente für den Übertritt.«

»In dem Fall könnte auch Ric gehen«, schlug Zac vor und mein Drache spannte sich sofort an.

»Als würde ich Lin ein weiteres Mal hier allein lassen.« Der Blick, den er Zac zuwarf, war göttlich. Zur selben Zeit schob er mich hinter sich, wie um mich vor Zac zu beschützen. Ich lachte. Als ob sich Zac noch für mich interessieren würde.

Mit Corals Erklärung, dass sich *Otherside* gemäß den Gedankengängen von Elizabeth weiterhin weiterentwickelte, war mir klar geworden, dass sie sich für *ihren* Helden sicher ein Happy End erdacht hatte. Und da es dieses mit mir niemals geben würde, musste die Buchfigur zwangsläufig eine Alternative finden.

»Ich könnte gehen. Ich kann euch hier sowieso nicht helfen.« Natalia flüsterte beinahe, ich sah ihr an, dass sie dieser Vorschlag einiges an Überwindung gekostet hatte.

»Niemals!«, sagte Zac gleichzeitig mit Ric.

Oh, die beiden waren sich mal einig! Und ich teilte ihre Meinung sogar: »Du kannst dich nicht verteidigen, es wäre praktisch Selbstmord.«

»Bevor wir hier noch Hölzchen ziehen, sollten wir nachsehen, was in eurer Welt los ist. Da kann ich Josh nur zustimmen.« Sam war nach vorne getreten und hob schlichtend die Hände.

Josh lächelte über die Aussage und Ric schnaubte, während Zac Natalia dicht zu sich zog, erleichtert, dass sie ihn nicht verlassen würde. Irgendwann würde es jedoch so weit sein. Man konnte sich ja in Buchhelden verlieben – aber so etwas hatte keine Zukunft, oder?

Sams Verwandlung brachte mich wieder in die Gegenwart zurück. In einem hinteren Winkel meines Kopfes nahm ich mir vor, seine Rückverwandlung genauer zu beobachten – vor allem die Sache mit den Klamotten. Die Luft wurde dicker und wenig später stand der graue Wolf in unserer Mitte. Er stieß einen kurzen Laut aus, eine Mischung aus Knurren und Krächzen, ehe seine Augen flackerten und er die Lider schloss.

»Das Mädchen, die Verräterin, sieht das Buch *Otherside*. Sie betritt gerade mit diesem Nate einen weißen Raum. Ihr Blick ist voller Sehnsucht«, berichtete Sam.

Josh war kurz davor, sich zu verwandeln. Im ersten Moment dachte ich, der intensive Feuergeruch ging von Ric aus, doch der stand vollkommen ruhig an meiner Seite, während Josh mit rasender Eifersucht zu kämpfen hatte. Er tat mir irgendwie leid. Aber warum nur hing er immer noch an Laurie?

Sam reagierte nicht auf die elementgetränkte Luft, obwohl er es mit Sicherheit registrierte. Er erzählte in ruhigem Ton weiter, was sich derzeit in der Realität ereignete.

27. KAPITEL

»Nein!« Im letzten Augenblick griff Laurie nach seiner Hand. Für einen kurzen Moment hatte Nate innegehalten, ehe er die letzten Zentimeter überwinden wollte. Er zuckte regelrecht zusammen, so nervös war er.

»Ich muss es probieren«, sagte er bestimmt, drückte Lauries Hand beiseite, streckte dann schnell den Arm aus und berührte *Otherside*.

Die Zeit stand still. Laurie erwartete eine Explosion, einen Windzug, Hitze oder etwas Vergleichbares. Ihr Körper war angespannt, sie hatte nicht gewusst, dass sie vor diesem Moment solche Angst gehabt hatte. Nun drangen all die unterdrückten Gefühle nach oben, in Erwartung, dass sich alles, was sie bisher über das Zentrum zu wissen geglaubt hatte, im wahrsten Sinne des Wortes in Luft auflösen würde. Doch es passierte … nichts.

Nate atmete geräuschvoll aus und sah sich um, als könnte er es selbst nicht glauben, dass er noch immer hier war – in diesem Raum, mit Laurie.

»Ich bin nicht … Ich bin keiner …«, stammelte er, Laurie konnte den Ausdruck auf seinem Gesicht nicht deuten. Erleichterung? Enttäuschung? Sie wusste nicht, was er erwartet hatte, welche der Möglichkeiten ihm lieber gewesen wäre. Er sah sie irritiert an, ehe er *Otherside* weit hinten aufschlug. Seine Hände zitterten noch immer. »Es kribbelt nur merkwürdig. Wie schwacher Reizstrom.«

»Die Magie des Buches, davon habe ich gehört«, erklärte Laurie. Josh hatte davon erzählt. Bei der Erwähnung seines Namens machte ihr Herz einen Satz. Die Wächter hatten *Otherside* nicht berühren können, nachdem sich die Welten überlagert hatten. Nur Lin war dazu in der Lage gewesen – und Jahre zuvor Natalia Fiorenzo.

»Wenn wir schon da sind, können wir gleich nachsehen, was im Moment bei den Wächtern passiert«, murmelte er, während er gedankenverloren über den Text las und immer weiter blätterte. Vermutlich suchte er nach der letzten ihm bekannten Textstelle. »Die Kameras werden uns aufzeichnen, also sollten wir so aussehen, als würden wir uns wirklich vorbereiten.«

Seine Persönlichkeit hatte so schnell gewechselt, dass Laurie es gar nicht mitbekommen hatte. Nate schien sich nun wieder im Griff zu haben. Seine Miene war ausdruckslos, während seine Augen über den Text flogen.

Dann schüttelte er immerzu den Kopf, runzelte die Stirn, ehe er sich irritiert an Laurie wandte: »Das ist nicht derselbe Text wie im Holoscan.« Ungläubig kniff er die Augen zusammen, blinzelte, als könnte er damit etwas an der Tatsache ändern.

»Inwiefern?«, hakte Laurie nach.

»Diesen Text habe ich noch nie zuvor gelesen. Es ist, als hätte das Hologramm etliche Sätze verschluckt, vielleicht sogar ganze Seiten.«

»Was für Sätze?« Lauries Herz schlug schneller. »Geht es ihnen gut?«

Nate verstand, wer mit *ihnen* gemeint war. »Das Schloss ist auseinandergebrochen, der ganzen Welt von *Otherside* blüht dasselbe Schicksal. Es ist …« Er blätterte hin und her, bis er eine aufschlussreiche Stelle fand. »Jedes getötete Hirngespinst, das Thyra hierher gebracht hat, bringt Otherside zum Beben. Je mehr wir hier von ihnen auslöschen, desto …«

Er brauchte nicht weiterzureden. Sie konnten lange warten, dass Thyra kommen und das Buch stehlen würde – das würde nicht passieren. Die Buchwelt würde zu Bruch gehen, wenn sie noch weitere Seelenlose eliminierten.

Wie ein sengender Schmerz fuhr der Gedanke an die Pläne der kommenden Nacht durch Lauries Kopf. Sollte Felipe zusammen mit den Wächtern angreifen oder der Professor an seinen Auslöschungsplänen festhalten, würde Otherside zerstört werden – und mit ihm Josh.

»Sie dürfen nicht angreifen«, flüsterte Laurie. »Oder meine Freunde werden sterben. Ich muss die Wächter aufhalten. Und du musst die geplante Invasion verhindern!«

28. KAPITEL

Sie wollen Thyra angreifen?« Meine Stimme überschlug sich fast. Ich sah es quasi vor mir, wie mit jedem toten Seelenlosen mehr und mehr von Otherside in sich zusammenfiel. Seit den letzten Erschütterungen war es ruhig geblieben, doch anscheinend war das nur die Ruhe vor dem Sturm. Wenn unsere Theorie stimmte, würden die Beben umso heftiger werden, je tragender die Rolle der ausgelöschten Figur war.

Ich wusste nicht, wie viele Wächter noch übrig waren. Würden sie überhaupt etwas gegen Thyras Armee bewirken? Und welchen Schaden konnten die Leute rund um Laurie anrichten? Wir wussten rein gar nichts über sie. Nicht einmal über Laurie. Natürlich kannte ich die Gerüchte, dass sie nicht sehr viel Elementarkraft in sich hatte, aber da ich nie mit ihr zusammengearbeitet hatte, wusste ich nicht, ob das Gerücht Tatsachen entsprach. Hatte sie sich im letzten Jahr deshalb nicht gegen diesen falschen Cam wehren können – einer dieser veränderten Buchfiguren kurz vor Samhain? Auf diese Idee war ich noch gar nie gekommen.

Aber was war das für eine Gruppierung, der sie angehörte? Wenn Sam die Wahrheit berichtet hatte, waren sie in der Lage, Seelenlose mit einem einzigen Schuss zu erledigen, ein Traum von uns Wächtern. Es klang wie ein Science-Fiction-Roman. Trotz dieser widrigen Umstände lächelte ich beim Gedanken daran – und doch begannen sich die Rädchen in meinem Hirn, zu drehen. Warum genau wusste ich auch nicht.

»Vielleicht sollte einer von uns da raus und einschreiten?«

Die Dämonenjäger hatten immer so weit abseits gesessen und teilnahmslos gewirkt. Daher wunderte mich Cliffs Aussage umso mehr. Fen nickte eifrig. Was Sage dachte, konnte ich wieder einmal nicht einschätzen.

»Und was wollt ihr da draußen machen? Ihr kennt euch nicht mal aus«, lehnte Ric den Vorschlag ab.

»Wir könnten sie warnen«, schlug Sage vor.

»Thyra?« Meine Stimme überschlug sich. »Auf welcher Seite stehst du überhaupt?«

»Wir wissen nicht, was passiert, wenn hier alles zusammenbricht. Wird es unsere Geschichten dann noch geben?« Er sah mich herausfordernd an.

»Ich …«, setzte ich automatisch zu einer barschen Antwort an, die ich allerdings nicht finden konnte. Sage hatte recht. Wir wussten rein gar nichts. Ich senkte den Blick.

»Ha!«, sagte er kindisch, was ihm böse Blicke von seinem Bruder und Fen einbrachte.

»Was wird Thyra unternehmen, wenn sie davon erfährt? Wird sie nicht sowieso mit einem Angriff rechnen?«, warf Peter ein.

»Von den Wächtern vielleicht, aber nicht von Laurie. Wir wussten auch nichts über diese Gruppierung«, entgegnete ich.

»Dann sollte Sam dringend mehr herausfinden.« Josh sah hoffnungsvoll auf. Er schien, zu akzeptieren, dass Ric ihm verboten hatte, das Portal zu nehmen. Wenigstens etwas.

»Sam?«, bat Zac und der Werwolf nickte. Wann hatte er sich zurückverwandelt und wie bei Aither war er in seine Kleidung gekommen? Ich wollte doch extra aufpassen. Aber schon platzte der graue Wolf erneut aus ihm heraus und warf einen Blick in die Realität.

29. KAPITEL

Lauries Herz pochte schneller und schneller, ihre Gedanken wirbelten, sie schmiedete Pläne, verwarf die Ideen wieder. Wie sollte sie die Wächter – insbesondere Perry und Felipe – davon abhalten, Thyra anzugreifen? Sie, die seit ihren Anfängen bei den Wächtern skeptisch angeschaut wurde.

Der weiße Raum mit *Otherside* auf dem Tisch verschwamm zu einem hellen Fleck. Sie musste Josh und den anderen mehr Zeit verschaffen. Dazu gab es nur eine Möglichkeit. Entschlossen trat sie auf das Buch zu. Nate verfolgte mit skeptischem Blick, was sie vorhatte.

Laurie Puls raste, als sie zu *Otherside* trat und es berührte. Ein Kribbeln wie ein Stromstoß durchfuhr sie. Die Härchen auf ihrem Arm richteten sich auf. Sie klappte das Buch zu, strich einmal über die raue Oberfläche des roten Leders, ehe sie *Otherside* mit beiden Händen an den Seiten packte.

Nate sog erschrocken die Luft ein. »Was tust du?«

Doch es gab keine Zeit für Erklärungen. Laurie musste das Buch an sich nehmen und zu den Wächtern bringen. Dort könnte Joshs Vater Josh und die anderen wieder herausholen. Es gab keine andere Möglichkeit, keinen anderen Ausweg. Laurie hob das Buch an.

In dem Moment schrillte ein Alarm los. Vor Schreck ließ Laurie *Otherside* wieder fallen, nur wenige Zentimeter hatte sie es nach oben bewegt. Wie hatte sie so dumm sein und denken können, es wäre nicht noch zusätzlich gesichert? Sie schalt sich in Gedanken dafür.

Nate stieß sie mit dem Finger an. Sie nahm die Berührung kaum wahr, erkannte nur vage, dass er gleichzeitig auf die weiße Wand am Ende des Raumes deutete. Der kurze Alarmton hatte abrupt geendet, im selben Augenblick war eine Projektion auf der Wand erschienen. Thyra und Balthasar tauchten auf einer der großen Leinwände auf, die Laurie im Stadtzentrum gesehen hatte. Eine der Drohnen des Zentrums musste darauf gerichtet sein.

»Bürgerinnen und Bürger«, begann sie und Laurie vermutete, dass dieses Bild nun auf allen Screens, die in der Stadt – und vermutlich auch im Rest der Welt – aufgehängt waren, gezeigt wurde. »Ich, eure Königin, wurde in der letzten Nacht angegriffen, zahlreiche meiner Soldaten wurden getötet. Die Rebellen, die sich Wächter nennen, müssen dafür büßen. Liefert sie uns aus, beweist eure Loyalität, sonst bereite ich meinen wahren Untertanen stündlich ein Festmahl in einer der Großstädte der Welt.«

Ein Gemälde des Eiffelturms wurde eingeblendet, dann schwenkte die Kamera zu einem jungen Mann mit dunklen Haaren, der vor Thyras Schergen hergeschubst wurde. Laurie fielen sofort die auffälligen grünen Augen auf. Der Junge wehrte sich dagegen, blieb immer wieder stehen, wollte zur Seite ausbrechen. Doch er hatte keine Chance gegen die zahlreichen dunklen Soldaten, vermutlich dämonische Söldner, die Lin einmal beschrieben hatte. Der Junge stolperte auf das Gemälde des Eiffelturms zu, das Bild flackerte und – er fiel hindurch. Sofort folgten ihm all seine Bewacher.

Die Szene änderte sich. Der Eiffelturm belegte die komplette Projektion. Obwohl es Nacht war, leuchtete er nur im Licht des Mondes, nicht in seiner farbigen Pracht, wie Laurie es von Fotos und Aufnahmen kannte. Die Kamera zoomte näher heran, direkt auf einen der unteren Bögen. Dort stand der Junge, festgehalten von zwei Söldnern, dahinter erschienen immer weitere wie aus dem Nichts. Manche von ihnen gingen langsam, andere stolperten, als hätten sie eine Treppenstufe nicht gesehen.

Sekündlich wurde die Gruppe größer, die Söldner knurrten und brüllten, als die Kamera auf sie hielt. Ihre Augen leuchteten in intensivem Rot wie in einem Special Effect, die spitzen Zähne blitzten im

Mondlicht auf. Dann wurden fünf verängstigte Personen ins Bild geschoben. Ihre Augen waren verquollen, sie schrien ohne Unterlass, bettelten ums Überleben, aber niemand achtete darauf. Die Kamera blendete aus, als die Söldner den ersten Menschen zu sich rissen und sich nährten. Der Junge wandte schnell den Blick ab, rannte jedoch nicht davon. Vermutlich standen auf der anderen Seite der Kamera weitere Söldner, die eine Flucht unmöglich machten.

Irgendwo auf dem Flur waren Schreie zu hören. Die Aufnahme musste auf sämtliche Screens, in jedem einzelnen Raum des Zentrums, projiziert sein. Laurie legte die Hände an ihre Schläfen, schüttelte unentwegt den Kopf. *Otherside* war vergessen, ihre Pläne hatten sich in Nichts aufgelöst.

Dann erschien Thyra wieder auf dem Screen: »Sollten die Verräter nicht bis Mitternacht zu mir gebracht werden, ereilt den Rest von Paris dasselbe Schicksal. Meine Untertanen sind hungrig. Balthasar erklärt euch, wo ihr uns finden werdet.«

Die Kamera zoomte zurück, auf Thyras dunkle Armee. Eine Horde aus Dämonen, Gargoyles, Vampiren, Werwölfen und mehr, die sich in der Dunkelheit hinter ihr verlor. Es waren Abertausende.

»Die Zeit läuft«, sagte Balthasar. »Bringt uns die Verräter oder Paris wird sterben. Wir erwarten euch auf dem Marktplatz.« Im Hintergrund ertönte das Knurren und Jubeln der Dämonen, als Thyra und Balthasar verschwanden und Bilder von den gesuchten Personen eingeblendet wurden. Alles Gesichter, die Laurie zumindest vom Sehen her kannte: der Ratsvorsitzende Felipe, Peter Bernsteins Eltern … Allesamt mit Namen. Woher hatte Thyra Bilder der Wächter? Woher wusste sie, wer am Leben war? Und wieso wusste sie dann nicht, wo die Wächter und Bibliothekare untergetaucht waren?

»Sie weiß nichts von uns«, unterbrach Nate Lauries Überlegungen und sie verstand nicht, was er damit sagen wollte. Sie starrte nur auf die immer wiederkehrenden Bilder – Thyras Abschussliste. »Sie weiß nichts von uns«, wiederholte Nate eindringlich. »Sie weiß nur von den Wächtern …«

Lauries Mund öffnete sich wie von selbst. Nate hatte recht. Die Bilder liefen in einer Endlosschleife, doch nirgendwo waren Mitarbeitenden des Zentrums zu sehen. Sie runzelte die Stirn. Nicht einmal sie selbst wurde gezeigt. Dachte Thyra, dass Laurie bereits tot war? Aber das war nicht alles. Laurie überlegte angestrengt, bekam das, was sie störte, jedoch lange nicht zu fassen. *Perry*, flüsterte ihr Unterbewusstsein. Hatte Thyra ihn erwischt oder glaubte sie nur, dass er tot war?

Nate kniff die Augen zusammen und sein Pad piepte: eine Eilnachricht, die stets auf allen Kommunikationswegen gezeigt wurde. Anstatt die Anweisung über die DigiLens zu lesen, zog er das Pad aus der Tasche und sein Blick glitt über das Display. »Sondersitzung. Alle Mitarbeitende des Zentrums werden in den großen Aufenthaltsraum gebeten. Komm.«

Auch Lauries DigiLens zeigte eine eingegangene Nachricht. Sie kannte den Inhalt ja bereits, musste sie also nicht abrufen. Das Symbol verblasste kurz darauf. Nate schob Laurie in Richtung Tür. Sie zögerte. Wäre das nicht der perfekte Moment, um *Otherside* …

»Denk nicht einmal daran. Wir brauchen es hier. Es ist vielleicht die einzige Möglichkeit, die Welt dort draußen zu schützen. Irgendwo finden wir hoffentlich Informationen, die uns weiterhelfen können.« Nate packte sie sanft am Arm und drängte sie vorwärts.

Laurie wusste nicht mehr, was richtig war. Sie wollte natürlich nicht, dass die Menschen dort draußen – in Paris – starben, sie war ja kein Ungeheuer. Aber mehr noch wollte sie Josh aus dieser falschen Welt befreien. Schnell setzte sie ihre eigenen Prioritäten, wand sich aus Nates Griff, lief zurück zu dem kleinen Tisch und schnappte sich das Buch. Kein Alarmton. Hätte sie das Buch vorhin nur eine Minute früher an sich genommen, wäre sie vielleicht schon auf halbem Weg zum Unterschlupf. Der Signalton wegen der Übertragung hatte alles durcheinandergebracht.

»Was willst du damit? Du kannst so nicht zur Versammlung!«, zischte Nate. »Es ist zu groß.« Er versperrte Laurie den Weg zum Türöffner.

»Ich gehe nicht zur Versammlung«, sagte sie mit fester Stimme. »Ich werde *Otherside* zum Unterschlupf der Wächter bringen und meine Kollegen befreien.«

»Sie sind nicht deine Kollegen, Laurie. Wir sind das. Die Bewohner des Zentrums. Wir sind deine Familie.« Nate sprach mit fester Stimme, dennoch glaubte Laurie, Zweifel in seinem Blick zu sehen.

»Ich brauche keine Familie, die andere ins Unglück stürzt. Ich brauche Kollegen, die zusammenhalten, komme, was wolle.« Nates Mimik veränderte sich und Laurie sah ihre Chance. »Komm mit mir – zu ihnen. Hilf mir, die Wächter aus *Otherside* zu holen. Sie haben Thyra bereits einmal besiegt. Nur sie werden es schaffen, vertrau mir.«

Sie sah ihm direkt in die Augen, wollte nicht bitten oder betteln. Sie wollte, dass Nate das Richtige tat. Die Loyalität gegenüber dem Zentrum ablegte, so, wie er seine Emotionen zugelassen hatte, als er vermutete, ein Seelenloser zu sein.

Nate zögerte, seine Mimik war starr, wie die eines Agenten sein sollte. Laurie konnte nicht abschätzen, in welche Richtung er sich entscheiden würde, hoffte jedoch, dass es die ihre war. Die Sekunden dehnten sich endlos, dann fiel alle Anspannung von ihm und er nickte.

»Gib es mir«, sagte er und streckte die Hand nach dem Buch aus.

Nun war es an ihr, zu zögern.

»Keine Sorge, ich packe es nur in die Tasche. Du hast keinen Platz dafür.« Er deutete vage auf ihren langen Rock und die kleine Umhängetasche. *Otherside* würde dort keinen Platz finden. Nate öffnete bereits seine zur Supervisorausrüstung gehörende Tasche.

Rein optisch war sie nicht größer als die von Laurie, aber sie wusste, dass das lediglich aufgrund der Lichtbrechung so wirkte. Die Wissenschaftler hatten lange an der perfekten Außenfläche gearbeitet. Vor Kurzem hatte man Überlegungen angestellt, die Technik an Firmen zu verkaufen, die mit monströsen Windrädern die Natur *verschandelten*. Wenn diese mittels der speziellen Lichtbrechung getarnt wären und kleiner aussahen, als sie in Wahrheit waren – vielleicht sogar nahezu unsichtbar wären –, würde diese Methode der Energiegewinnung auf weit weniger Gegner stoßen. Laurie gab Nate also das Buch und er packte es ein.

»Jetzt müssen wir uns aber beeilen«, sagte er und drückte hastig auf den Türöffner. »Vielleicht sollten wir den Notausgang nehmen«, überlegte er. »Wenn gerade alle bei der Versammlung sind, könnten wir Glück haben und unentdeckt bleiben.« Er wühlte in der Tasche, zog eine Spraydose heraus und hielt sie fest in der Hand. »Für alle Fälle«, sagte er kryptisch und trat durch die geöffnete Tür.

Auf dem Flur war es bereits still, die meisten Zentrumsbewohner hatten den Wissenschaftstrakt vermutlich schon verlassen. Laurie folgte Nate, der um zahllose Ecken bog, bis sie die Orientierung verloren hatte. Vor einer Tür, die wie jede andere wirkte, blieb Nate stehen, sah sich kurz um und ließ seine Iris scannen. Ein kleines Licht neben der Tür blinkte rot.

»Tritt zur Seite. Deine Berechtigungsstufe reicht für diesen Raum nicht aus, aber die Tür öffnet sich erst nach dem Scan aller anwesenden Personen.«

Laurie folgte seiner Anweisung, trat zwei Schritte zur Seite und blieb an der Wand stehen, damit sie sich außerhalb des Bewegungsmelders befand.

Nate wiederholte den Scan und das kleine LED-Lämpchen zeigte grünes Licht, ehe die Metalltür zur Seite glitt und Nate den Raum betrat. Laurie wollte ihm gerade folgen, da wurde sie vom Bewegungsmelder erfasst und die Tür glitt schnell zu – schneller, als sie hätte hindurchschlüpfen können.

Angespannt wartete sie auf dem Flur, hoffte, dass wirklich niemand vorbeikommen würde und alle bereits bei der Versammlung waren. Dann hörte sie die Schritte. Schnell sah sie sich um, suchte etwas, wo sie sich verstecken konnte. Doch hier gab es nur Türen mit roter Schrift auf dem Display, was bedeutete, dass sie eine gesonderte Zugangsberechtigung brauchte. Ihr Blick huschte hin und her, die Schritte wurden lauter, ihr Herzschlag übertönte sie fast.

Der Hall der Schritte wurde immer lauter. Wie weit war die Person noch entfernt? Eine Ecke? Vielleicht zwei? Instinktiv versuchte sich Laurie, kleiner zu machen, lauschte angespannt auf das näher kommende Geräusch, sodass sie bei dem leisen Zischen hinter sich zusammenfuhr. Ihr Herzschlag setzte für einen Moment aus. Bis sie realisierte, dass Nate aus dem Raum getreten war.

»Da kommt jemand«, flüsterte sie.

Nate reagierte sofort, zog etwas aus der Tasche seiner Uniformhose und richtete es auf sie. Er ließ Laurie keine Gelegenheit, zurückzuweichen, sondern besprühte sie mit einem feinen Nebel aus einer Spraydose. Lauries Gesicht und die Arme prickelten, schnell wiederholte er den Vorgang auf ihrer Rückseite, ehe er das Spray weiterreichte.

»Sprüh mich ein«, sagte er tonlos. Laurie war sich nicht sicher, warum, folgte jedoch der Anweisung. Als sie ihre Hand hob, erschrak sie. Denn die teils unsichtbare Spraydose in ihrer Hand schien, zu fliegen. Laurie packte fester zu, um sich zu vergewissern, dass sie etwas spürte, bewegte ihren Arm nach oben und unten – die Spraydose folgte ihrer Bewegung, schwebte auf und ab. Sie blickte an ihrem Körper hinab – und sah rein gar nichts.

Jetzt erst verstand sie, was Nate getan hatte und was sie mit ihm machen sollte. Laurie hatte von dem Nanospray gehört. Es überzog Materie mit einer ähnlichen lichtbrechenden Nanoschicht, wie sie Nates Agententasche umgab. Sie war nicht wirklich unsichtbar, aber ihr Körper wirkte wie Wasser, mit einem flüchtigen Blick nicht zu erkennen. Schnell wiederholte sie die Prozedur bei Nate und verfolgte, wie er Stück für Stück verschwand, als wäre das Spray eine Art Radiergummi.

»Gut«, flüsterte Nate, wahrscheinlich betrachtete er seinen Körper gerade eingehend. Er nahm ihr die Spraydose ab und verpackte sie im Nichts, vermutlich in seiner Tasche. Nate berührte sie erst tastend am Oberarm, griff dann fest zu und schob sie vorwärts.

Die Schritte waren nun ganz nah. Kurz bevor sich der Flur mit einem weiteren kreuzte, hielt Nate sie zurück. Gerade noch rechtzeitig, ehe ein Wachmann mit Stechschritt um die Ecke bog. Laurie erstarrte. Sie wusste, dass er, wenn er genau hinsehen würde, sie beide trotz Tarnung sehen könnte. Jede Bewegung würde wie ein Flimmern wirken, das seine Aufmerksamkeit auf sie ziehen könnte. Laurie hoffte, dass der Wachmann den lauten Herzschlag, der in ihren Ohren dröhnte, nicht hörte. Sie spürte Nates Hand an ihrem Rücken, die Hitze seiner Berührung, und konzentrierte sich darauf, dass sie nicht allein war, versuchte, ihren Puls zu beruhigen.

Für einen Moment, der Laurie vorkam wie eine Unendlichkeit, wurden die Schritte langsamer, beinahe in Zeitlupe ging der Mann an ihr und Nate vorbei, ehe sich die Zeit wieder beschleunigte und er mit hastigen Schritten um die Ecke bog.

»Los, schnell«, flüsterte Nate und schob Laurie erneut vorwärts.

Glücklicherweise trafen sie auf keinen weiteren Wachmann, mussten nur einmal einen älteren Wissenschaftler passieren lassen, ehe sie beim Notausgang ankamen. Der Notausstieg war wie alle anderen alarmgesichert. Sollte die Tür geöffnet werden, würde das gesamte Zentrum darauf aufmerksam gemacht werden.

»Bei drei aktiviere ich den Türöffner, dann müssen wir schnell sein. Binnen dreißig Sekunden überprüft die technische Abteilung die Kameras, und wenn die einen Fehlalarm vermuten, schließen sich beide Türen.«

Laurie nickte. Sie befanden sich aktuell im dritten Stock. Hinter der vor ihnen liegenden Tür befand sich wie an mehreren Positionen der Etage eine breite Treppe, die nach unten zum Ende des Evakuierungswegs führte. Laurie kannte den Mechanismus aus unzähligen Probealarmen. Nur niemals zuvor hatte sie beide Türen binnen dreißig Sekunden durchqueren müssen. Sie wappnete sich für den Sprint und nickte Nate zu. Als er nicht reagierte, fiel ihr ein, dass er sie nicht sehen konnte, und sie hauchte ein »Ja«.

»Eins, zwei, drei.« Laurie spürte einen Lufthauch. Sie hatte durch die Antwort schon einen Teil ihrer Atmung verschwendet, als das Licht im Flur kurz erlosch. Dann erschallte ein ohrenbetäubender Signalton und die Lampen begannen, rot zu blinken. Laurie stolperte hinter Nate her, völlig aus dem geplanten Rhythmus gebracht, und stürzte die Treppe hinab. Sie krallte ihre Hand am Geländer fest, rutschte nach unten und flog regelrecht um die Kurven. Es ging alles gut – sie konnte nicht sehen, wie weit Nate bereits war –, bis es passierte: Auf der letzten Treppe stolperte sie und verlor den Halt, ihr linkes Bein knickte um und ein sengender Schmerz fuhr ihr durch den Knöchel. Nur weil sich ihre Hand eisern am Geländer geklammert hielt, stürzte sie nicht kopfüber die letzten Stufen hinab. Laurie war gut trainiert, sie fasste sich schnell wieder, schob den Schreck mitsamt dem Schmerz weit von sich und hüpfte auf dem rechten Bein weiter hinab, als der Alarm jäh stoppte und nur mehr der Nachhall in Lauries Ohren klingelte.

Die vermeintliche Fehlfunktion der alarmgesicherten Tür war bemerkt worden. Nun dauerte es nicht mehr lange und die Feuertür in die Freiheit würde sich schließen. Wo Nate bloß war?

Es war gespenstisch im Treppenhaus, bis sein Ruf nach ihrem Namen die Stille durchbrach. Sie konnte ihn nicht sehen, aber er musste bereits draußen sein, in Freiheit. Er hatte es geschafft.

Das Echo des deaktivierten Alarmtons schwebte noch über ihr. Ihr Knöchel schmerzte, hüpfend war sie am Treppenabsatz angekommen und versuchte, nun die Balance zu halten und zur Tür zu humpeln. Ein kaum hörbares Klacken signalisierte ihr, dass sie verloren hatte. Die hydraulische Schließung der Tür war aktiviert worden. Es waren nur knapp fünf Meter bis zur Schwelle, aber es hätten genauso gut fünfhundert sein können. Mit ihrer Verletzung war es nicht zu schaffen. Das erste Mal in ihrem Leben überkam Laurie das Gefühl von Resignation.

30. KAPITEL

Alle waren verstummt und hatten Sams Erzählungen gelauscht. Niemand wagte auch nur, zu atmen. Thyra und Balthasar hatten vor, ganz Paris auszulöschen. Ich konnte es praktisch vor mir sehen. Wussten die Menschen, wo sich die Wächter versteckt hielten? Warum wusste es Thyra selbst nicht? War es nur eine Demonstration ihrer Macht oder eine Prüfung der Loyalität, wie sie gesagt hatte?

Als Sam keine Anstalten machte, weiterzureden, sprang Josh auf. »Erzähl weiter!«, forderte er, doch mit Befehlen kam man bei Werwölfen nicht weiter.

Alle sahen zwischen Josh und Sam hin und her. Josh war kurz davor, sich zu verwandeln, die Haut auf seinen Armen schlug bereits grüne Wellen.

»Du hast mir gar nichts zu sagen, Drache!« Sam stand nun wieder in Menschengestalt da – angezogen! Bei Aither, ich hatte vielleicht zwei Sekunden auf Josh geachtet.

Zac trat zwischen die Kontrahenten, um Schlimmeres zu verhindern. Mit zusammengekniffenen Augen musterte er die beiden.

»Sag ihm, er soll mir verraten, ob es Laurie gut geht!« Josh hatte einen beinahe wahnsinnigen Ausdruck in den Augen. Und das Schlimme daran war: Ich verstand ihn. Vielleicht nicht auf Laurie bezogen, dennoch wusste ich, wie es sich anfühlte, um jemanden so besorgt zu sein.

Sam verschränkte die Arme vor der Brust und schenkte Josh einen abfälligen Blick – was Josh nur noch mehr reizte. Binnen Sekunden stand ein grüner Drache vor Sam, der sich mindestens genauso schnell in den grauen Wolf verwandelte. Sie blickten sich Auge in Auge gegenüber.

»Beruhigt euch, verdammt!«, mischte ich mich ein. »So kommen wir nicht weiter. Es nutzt uns auch nichts, in die Realität zu schauen, wenn wir sowieso nichts ändern können. Was würde es dir bringen, Josh, wenn du wüsstest, dass es Laurie nicht gut geht?« Ich machte einen Moment Pause. »Dein Element würde dafür sorgen, dass du impulsiv handelst – und das ist das Letzte, was wir gebrauchen können.« Ich sah die zwei Streithähne an, dann zu Zac und weiter zu Ric, der mir aufmunternd zunickte. »Was wir brauchen, ist das *Zentrum der Macht*, ehe hier alles zusammenbricht oder Thyra ganz Paris auslöscht!«

Zustimmendes Gemurmel von Puck und den Jägern, selbst Sam und Ben nickten. Josh hingegen versperrte sich schon jetzt gegen jeglichen Plan. Er ballte die Klauenhände zu Fäusten – oder zumindest etwas in der Art –, die Muskulatur unter den grünen Schuppen auf seinen Unterarmen war angespannt.

Nun trat auch Ric nach vorne, bereit, den anderen Drachen im Zaum zu halten. »Verwandle dich zurück, bei Hephaistos!«, forderte er.

Josh hielt jedoch den Kopf erhoben und sah ganz und gar nicht so aus, als würde er der Anweisung folgen wollen. Aus seinen Händen sprühten bereits kleine Funken. Dann wandte er sich um und stampfte davon.

Ich überlegte, ob ich ihm nachgehen sollte, aber Ric hielt mich zurück. »Er muss sich erst mal beruhigen. Vorher hat das keinen Zweck.«

»Und jetzt? Wir stehen wieder am Anfang – oder immer noch. Nur dass uns langsam die Zeit davonläuft.« Alle Augen richteten sich auf Peter, der vor lauter Aufmerksamkeit gleich ein paar Zentimeter kleiner wurde.

»Coral soll das Notizbuch noch einmal lesen, am besten liest sie es uns vor, damit wir alle informiert sind«, schlug ich vor. Und das nicht nur, weil ich wahnsinnig neugierig war, sondern weil ich glaubte, dass mehrere Köpfe vielleicht unterschiedliche Interpretationen boten. War es beim Lesen nicht immer so? Man *sah* nur das, was man sehen wollte. Las man dasselbe Buch noch einmal, rückten ganz andere Details in den Fokus. Und sowieso las jeder Lesende anders.

Nachdem sich niemand dagegen aussprach, zog Coral das Notizbuch aus ihrer Rocktasche hervor, ging zurück zu dem Baum, lehnte sich im Sitzen an den Stamm und schlug das Buch auf. David wich ihr nicht von der Seite.

Wir anderen setzten uns im Halbkreis um Coral wie bei den Vorlesestunden in der *Bibliotheca*. Bereit, endlich die Information zu finden, die uns hier rausbringen würde. Hoffentlich.

31. KAPITEL

Wie in Zeitlupe schob sich die Feuertür Zentimeter für Zentimeter in Lauries Blickfeld. Sie war so kurz davor gewesen, es unentdeckt aus dem Zentrum zu schaffen, doch ihr schmerzender Knöchel hatte ihr den Plan versaut. Aber Nate war in Freiheit. Er hatte *Otherside* bei sich. Er würde sicher einen Weg finden, Kontakt mit den Wächtern aufzunehmen. Er war klug, er konnte selbständig handeln. Er würde Josh und die anderen aus der Buchwelt befreien können. Laurie glaubte daran, während sie sich weiterhin Schritt für Schritt vorwärtskämpfte. Sie würde erst aufgeben, wenn sich die Tür geschlossen hatte, schwor sie sich und hinkte mit zusammengebissenen Zähnen vorwärts.

Plötzlich schlug etwas hart gegen ihre Schulter und brachte sie beinahe zu Fall.

»Laurie?« Nates Stimme war ganz in der Nähe.

»Nate, verschwinde!« Trotz des Gesagten tastete Laurie mit den Händen um sich herum. Die Enttäuschung darüber, dass ihre Hände ins Nichts griffen, war dennoch überwältigend. Die Öffnung zur Freiheit war nur noch halb so groß. Nicht mehr lange, dann würde sie endgültig versperrt sein.

Sie wurde von starken Händen gepackt und vom Boden gerissen. Nate sprang mit ihr nach vorne und überwand binnen eines Wimpernschlages die noch fehlende Distanz. Mit einem großen Satz im letzten Moment überquerten sie die Schwelle. Laurie streifte hart mit der Schulter das kalte Metall, ehe die Tür mit einem dumpfen Klang zuschlug und sie gemeinsam mit Nate zu Boden ging.

»Wir haben es tatsächlich geschafft«, flüsterte Nate und er schien es kaum zu fassen. Ebenso wenig wie Laurie, die nicht in der Lage war, etwas zu sagen. Sie sog die frische Luft ein, als wäre sie nie zuvor außerhalb des Zentrums gewesen. Ein Gefühl von Freiheit überkam sie. Es war wahrhaft berauschend.

»Kannst du gehen?«, fragte Nate und Laurie spürte, wie er sich aufrappelte. Sie sah seine Handflächen und Teile seines Unterarms, die langsam nach oben schwebten. Körperstellen, von denen durch den Sturz das Nanomaterial abgeschabt worden war.

»Mein linker Knöchel ist verstaucht«, antwortete sie und versuchte, sich aufzusetzen. Es war mühsam, ihre Handflächen schmerzten vom Aufprall; sie drehte ihre Hände und sah ihre aufgeschürfte Haut.

»Warte, ich helfe dir.« Nate tastete linkisch ihren Arm entlang, über die Schultern zu Lauries ihm entgegengesetzter Seite, umgriff ihre Taille und zog sie hoch. »Wir müssen von hier weg. Sicher überprüfen sie die Aufzeichnungen genauer.«

»Es geht schon«, antwortete sie tapfer.

Mit Nates Unterstützung war das Gehen weit weniger mühsam. Dennoch kamen sie nur langsam voran, gingen die Lieferantengasse des offiziellen medizinischen Instituts entlang und passierten mehrere Querstraßen.

»Wohin gehen wir?«, fragte Laurie, ihr Herzschlag hatte sich mittlerweile beruhigt und den Schmerz hatte sie mit der richtigen Auftritttechnik nahezu im Griff.

»Wir müssen die Verletzung heilen.«

»Du willst mich in ein Krankenhaus bringen?«

»Nein, ich habe etwas aus dem Labor mitgenommen«, antwortete Nate vage. »Wir müssen nur einen ruhigen Platz finden.«

»Ein Hotel?«, schlug Laurie vor. Sie standen in einer dunklen Gasse, weit entfernt vom Zentrum. Aus manchen der Häuser drangen Stimmen. Laurie konnte nur vermuten, dass über Thyras Botschaft gesprochen wurde. Aber auch Schreie waren zu hören.

»Und wie sollen wir die Nanoschicht von der Haut, geschweige denn der Kleidung bekommen?«

Mit einfachem Abwischen war es nicht getan und von einem handlichen Nano-Entfernungsmittel hatte Laurie noch nichts gehört. Ein Problem, weshalb es bislang nicht zur Routineausstattung von Agenten gehörte. Schließlich konnte es vorkommen, dass man kurzfristig wieder sichtbar werden musste. Ohne Belastung schmerzte Lauries Knöchel weit weniger, aber das Pochen zeigte ihr an, dass es bloß mit Kühlen und Ruhen nicht getan wäre. Nate würde sie behandeln, doch zuerst mussten sie wieder sichtbar werden.

»Wir besorgen uns neue Kleidung«, stellte sie fest.

Gern hätte Laurie seine Reaktion, seine Mimik gesehen, während er überlegte, was er auf ihren Vorschlag antworten sollte. Doch sein Gesicht war nach wie vor komplett von der lichtbrechenden Nanoschicht getarnt. Sie brauchten neue Kleidung. Was also sprach dagegen, sich neue zu besorgen? Sie waren für ahnungslose Menschen unsichtbar!

»Es ist mitten in der Nacht, Laurie«, antwortete Nate endlich. »Da hat kein Geschäft offen. Nicht dass wir Geld hätten.«

Laurie griff instinktiv nach ihrer Tasche, doch sie hatte die Zentrumskleidung an und nicht ihre Wächter-Tarnung. Daher befand sich auch kein Geld darin. Ihr gefiel der Gedanke an Diebstahl nicht, aber es gab keine Alternative – oder doch. »Es ist Sommer, da hat sicher jemand seine Wäsche über Nacht draußen.«

Nate sagte eine Weile nichts. Dann: »Wird das wirklich so gemacht?« Seine Stimme klang skeptisch.

Laurie fiel ein, dass Nate nicht sehr oft außerhalb des Zentrums eingesetzt wurde. Er koordinierte ab und an Einsätze, insbesondere Überwachungen der Wächter, aber vom normalen Alltag der Menschen hatte er kaum Ahnung.

»Ja, das ist wirklich so«, erklärte sie. »Wollen wir es versuchen?«

»Gern.«

Sie spürte seine Hand an ihrem Rücken und ging los. Ihr Weg führte sie durch weitere schmale Gassen in ein Wohngebiet am Stadtrand. Wenn irgendwo Kleidung im Garten hing, dann hier. Lauries

Gedanken flogen kurz zu Josh, doch das Gefühl dabei erdrückte sie fast und sie musste sich ablenken.

»Wie lange bist du schon im Zentrum?«, fragte sie Nate, nachdem sie wieder darüber nachgedacht hatte, warum er noch weltfremder war als sie.

Es dauerte erneut ewig, bis sie eine Antwort bekam: »Ich … Ich weiß es nicht«, gestand Nate. Sie konnte sein Stirnrunzeln vor ihrem inneren Auge sehen. »Mein Kopf sagt mir, dass ich schon immer im Zentrum war, aber sollte ich dann nicht Erinnerungen daran haben? Bilder, die mir zeigen, wie ich als Kind dort herumgelaufen bin?«

»Mir geht es zumindest so«, stimmte Laurie zu. Sie war tatsächlich von klein auf im Zentrum gewesen und durch die Roboter-Nannys betreut, später vom Androiden Einstein unterrichtet worden. Aber in ihren Erinnerungen konnte sie auch keine Spur von Nate finden. Nur warum? War er einfach plötzlich aufgetaucht?

»Wir ändern den Plan«, entschied er. »Wir nehmen eine dieser Hütten – mit Nanotarnung.« Laurie sah sich um und vermutete, dass er auf mehrere Gartenhäuser deutete. »Dort heile ich dich, dann gehen wir zu diesem Perry – getarnt. Langsam bezweifle ich, dass der Test mit *Otherside* wirklich funktioniert hat. Ich brauche Klarheit.«

In Gedanken stimmte Laurie ihm zu. Entgegen jeglicher Logik hatten sich auch bei ihr Zweifel eingeschlichen. Nates nicht vorhandene Vergangenheit hatte sie ins Grübeln gebracht. »Lass uns gehen«, sagte sie laut und Nate schob sie erneut vor sich her.

Wenige Minuten später stieg sie – umständlich mit dem schmerzenden Knöchel – über einen Zaun, Nate hinterher. Mit einem selbstformenden Schlüssel knackte er das Türschloss des Gartenhäuschens. Es sah seltsam aus, das kleine schraubenzieherähnliche Gerät vor dem Schloss schweben zu sehen.

»Für was braucht ein Supervisor so was?«, fragte Laurie interessiert.

»Du hast auch so was, Laurie«, gab Nate zurück. »Hast du noch nicht alle Funktionen des Kugelschreibers in deiner Agententasche entdeckt?«

»Das hatten wir aber nicht in der Ausbildung!«

»Das Upgrade kam erst später. Die Wissenschaftler hielten es für praktisch für all diejenigen, die an Außeneinsätzen teilnehmen«, erklärte er, nachdem sie eingetreten waren.

Die Hütte hatte zwei kleine Fenster, durch die ein wenig Licht von der Straßenlaterne einfiel. Laurie rieb mehrfach mit ihrem Handgelenk über den Stoff ihrer unsichtbaren Hose und sah dann auf ihre Armbanduhr. Es war kurz vor zweiundzwanzig Uhr. Noch zwei Stunden, bis Thyras Ultimatum ablief. Bislang war es draußen ruhig – vermutlich waren die Menschen zu geschockt von der Nachricht. Vielleicht war auch ihre Angst zu groß. Immerhin waren die potenziellen Opfer weit weg und niemand wollte sich selbst in Gefahr bringen. Ein nachvollziehbarer Gedanke bei Menschen. Hatte Thyra das bedacht?

»Setz dich hier auf den Stuhl«, ordnete Nate an und besagter Stuhl schob sich wie von selbst zur Seite. Ein weiterer positionierte sich ihm gegenüber.

Laurie folgte Nates Anweisung und hörte kurz darauf, wie der zweite Stuhl knirschte, als sich Nate setzte.

»Gib mir dein verletztes Bein.«

Sachte hob Laurie es an und streckte es ihm langsam entgegen. Sie wollte ihn nicht treten. Sanft berührte er es mit beiden Händen und legte es auf seinen Oberschenkel. Etwas raschelte, vermutlich Nates Tasche, ehe sich eine Hand vorsichtig zu ihrem Fußgelenk vortastete. Von der sanften Berührung bekam Laurie unwillkürlich eine Gänsehaut. Außer mit den Ärzten im Zentrum hatte sie kaum jemals körperlichen Kontakt mit anderen gehabt. Und hier, ohne die sterile Umgebung, reagierte ihr Körper ganz anders darauf.

»Sag mir, wo genau es wehtut.« Er berührte ihren Außenknöchel, doch noch empfand Laurie keinen Schmerz. Dann drückte er nur leicht auf die Stelle direkt darunter und Laurie keuchte auf. »Da haben wir es ja«, sagte er bemüht locker und spreizte seine Finger fachmännisch um die Stelle herum.

War er geschult worden, unsichtbare Menschen zu versorgen? Denn gleich darauf traf etwas auf den Schmerz und eine stechende Kälte fuhr ihr in den gesamten Fuß. Für einen Moment waren selbst ihre Zehen taub. Das Gefühl hielt nur wenige Sekunden an und Laurie erkannte auch nicht, was genau Nate da in der unsichtbaren Hand hielt – es musste klein genug sein, um hinter seinen Fingern zu verschwinden. Aber als die Kälte nachließ, nahm sie den Schmerz mit sich. Ungläubig bewegte Laurie ihren Fuß hin und her, setzte ihn auf dem Boden ab und testete schließlich mit ein wenig Druck aus.

»Wie hast du das gemacht?« Sie kannte Agenten, die sich etwas verstaucht oder gebrochen hatte. Die waren durch die behandelnden Ärzte des Zentrums zwar schnell genesen, aber doch nicht binnen Sekunden.

»Es ist noch in der Betaphase«, erklärte Nate. »Demnächst soll es zur Standardausrüstung gehören. Hast du sonst noch eine Verletzung?«

Laurie schüttelte den Kopf. »Nein«, sagte sie, nachdem ihr klar geworden war, dass er sie nicht sehen konnte. »Aber wir müssen das Spray stellenweise erneuern.«

»Das hatte ich vor. Allerdings draußen im Licht.« Nate raschelte wieder, dann rutschte sein Stuhl nach hinten.

Laurie stand ebenfalls auf. Die Abwesenheit des Schmerzes war eine wahre Wohltat. Sie stolperte in Nate hinein, ehe sie beide wieder Hand an Rücken die Gartenhütte verließen. Draußen versorgte Nate die abgelösten Stellen mit einer neuen Schicht Nanospray und verbarg auch ihre Uhr. Es war erstaunlich wenig Zeit vergangen, keine fünfzehn Minuten. Sie tat anschließend dasselbe bei ihm und gab das Spray zurück.

»Dann jetzt zur alten Villa«, sagte Nate und seine Hand tastete sich an sie heran. »Vielleicht ist Perry ja nicht mit auf Patrouille?« Er formulierte es als Frage, aber ihr war klar, dass er nur logisch geschlussfolgert hatte. Er kannte ihre Berichte und wusste, dass Perry nie auf Außeneinsätze ging.

»Normalerweise geht er nicht mit. Aber ich habe ihn auch nicht gesehen, als ich den Unterschlupf verlassen habe. Oder er war da gerade in einem anderen Raum«, sagte Laurie und hoffte, dass sie recht behielt.

Dann wandte sie sich vorsichtig um, Nates Hand glitt von ihrem Oberarm zu ihrem Rücken. Den ersten Schritt machte sie langsam, um Nate zu signalisieren, dass sie losging. Der Zaun war nun weit weniger hinderlich als noch zuvor und kurz darauf waren sie auf dem Weg in die Stadtmitte, die sie durchqueren mussten, wenn sie nicht die halbe Stadt umrunden wollten. Und so viel Zeit hatten sie nicht. Den Marktplatz, auf dem gemäß Balthasars Ansage die Übergabe der Wächter stattfinden sollte, wollten sie aber weitläufig umrunden. Auch wenn Laurie eine gewisse Neugierde verspürte. Sie wollte wissen, ob bereits Wächter gefunden worden waren.

Laurie und Nate waren unsichtbar, ihnen sollte nichts passieren. Doch schon etwas außerhalb des Stadtzentrums drangen die ersten lauten Schreie durch die Straßen zu ihnen.

32. KAPITEL

Die Sonne ging bereits unter und färbte die Felsen in meinem Rücken ebenso rot wie die Giebel des halbzerstörten Schlosses. Ich hörte Coral gern zu, wenn sie vorlas – etliche Male war ich in ihren Stunden gesessen, nur um ihrer schönen Stimme zu lauschen, während sie den Kindern von Hexen, Zauberern, Prinzessinnen und ihrem Happy End erzählte.

Heute jedoch, wo so viel auf dem Spiel stand, wir alles daran setzen mussten, dass wir auf eine Lösung kamen, bewirkte das Zuhören das glatte Gegenteil. Ich war nervös, konnte nicht stillsitzen und hätte Coral die Worte am Liebsten aus dem Mund gerissen oder sie irgendwie gezwungen, schneller zu lesen.

Wir schwelgten gemeinsam in Elizabeths Vergangenheit – all dem, was Coral uns bereits erzählt hatte. Elizabeths Verbindung oder Freundschaft zu ihrem niederen Zunftkollegen, dem Mann namens Grin, war mir jedoch so was von egal. Es klang nach einem klassischen, ja durchschnittlichen Fall von unerwiderter Liebe. Es war zwar nirgendwo so beschrieben, aber ich stellte mir vor, dass dieser Grin ein dümmlich dreinblickender Typ war, der auf Befehl von Elizabeth sogar Leute getötet hätte. Vielleicht hatte sie ebenso über seine bedingungslose Loyalität gedacht – auch wenn sie nie erwähnt hat, wie er aussah. In ihren Augen waren sie einfach nur Kollegen, die etwas herausgefunden hatten.

Im Laufe der Zeit hat sie dann zumindest irgendetwas für ihn empfunden – aber an Liebe kam das bei Weitem nicht heran. Grin war technisch wirklich außerordentlich begabt und er war hochintelligent. Er zog interessante Schlüsse und spann Ideen, auf die Elizabeth selbst nicht gekommen wäre. Vermutlich war seine plötzliche Anziehung auf sie darin begründet.

Und als sie sich dann zerstritten, weil sie unterschiedlicher Meinung waren, wie die Buchwelt denn beschützt werden müsste, schmerzte Elizabeth vor allem der Gedanke, nun allein denken und überlegen zu müssen. In einer Art gefühlsduseligem Anfall schrieb sie einen Brief an Grin, den sie ihm unter seiner Tür durchschob und der vor Kitsch nur so triefte.

Coral las eben die letzten Sätze vor, als ich stutzig wurde. Sie las bereits weiter, doch meine Gedanken hingen an besagter Stelle, kreisten darum wie Geier. Nur mit einem Ohr hörte ich, was passierte, als Elizabeth sich hier in der Buchwelt breitmachte.

Ein Traum war für sie in Erfüllung gegangen, stand dort. In diesem Moment tat sich in meinem Hirn etwas und das Grübeln hatte ein Ende.

»Fantasie!«, schrie ich so laut, dass alle um mich herum zusammenzuckten.

Etliche Gesichter sahen mich an und in nicht nur einem stand die Frage, ob ich total übergeschnappt war. Coral hielt mit dem Lesen inne und sah mich neugierig an.

»Lies bitte den letzten Absatz des Briefes noch einmal«, forderte ich sie auf. Sie blätterte zurück und begann, zu lesen:

»Dort, wo Träume und Vorstellung aufeinandertreffen, wirst du die Macht finden, die in dieser Welt alles bedeutet.

In Liebe – Elizabeth.«

Der Name hing noch in der Luft. Ansonsten war es absolut still. Die anderen blickten von Coral zu mir und sahen mich erwartungsvoll an. Fiel ihnen nicht ebenfalls auf, was dieser Satz aussagte?

Meine Stimme überschlug sich und die Worte purzelten so schnell aus meinem Mund, dass ich vermutlich kaum zu verstehen war. Zumindest sagte mir das der Blick der anderen. Ric nahm schließlich meine Hand und sandte mir ein wenig Wärme, die mich etwas beruhigte.

»Sie kann mit *dieser Welt* nicht die Welt meinen, in der sie zu der Zeit war«, erklärte ich und erntete noch keinen einzigen verstehenden Blick. »Sie spricht nicht von der Realität, obwohl sie zu der Zeit dort war. Sie meint Otherside oder die ganze Buchwelt.« Ich wartete einen Moment, wollte Erkenntnis aufblitzen sehen – doch die kam nicht. »Das ist die Lösung!«, rief ich wie eine Wahnsinnige. »Die Erklärung für das *Zentrum der Macht.*«

Diese Blicke, die besagten, ich sei verrückt geworden, gingen mir so langsam auf die Nerven. Ich entzog Ric meine Hand, fuhr mir damit durch die Haare und seufzte genervt.

»*Die Macht, die in dieser Welt* – also *hier*, wo *wir* jetzt gerade sind – alles bedeutet, das ist *das Zentrum der Macht*. Versteht ihr denn nicht? Dort, wo Träume und Vorstellung aufeinandertreffen: Das ist die Fantasie!«

Endlich – wurde aber auch so was von Zeit, bei Aither! – blitzte das in den Gesichtern auf, was ich erwartet hatte. Es dauerte zwar lang, bis sich der verwirrte Ausdruck löste und die konzentrierte Mimik der Erkenntnis wich, doch irgendwann war es dann tatsächlich bei allen so weit.

»Das heißt, wir müssen nur unsere Fantasie anstrengen und – was? Uns nach Hause denken?« Natalia sah nicht überzeugt aus.

»Überleg doch mal«, sagte ich beharrlich. »Wie hat Elizabeth denn das alles hier erschaffen?« Nach einer kurzen Pause fuhr ich fort: »Die größte Macht der Buchwelt ist die Fantasie. Die Fähigkeit, sich Dinge vorzustellen, die nicht im Realen existieren. Die Möglichkeit, sich alles so zu erdenken, wie man es gern hätte. Du willst ein Schloss haben? Dann schließ die Augen und denk dir eines, bis du es beinahe real vor dir siehst. So hat Elizabeth ihre ganze Welt geschaffen, da bin ich mir sicher.«

Peter nickte, auch David neben Coral grübelte und kam wohl zu dem Entschluss, dass ich richtig lag. Natalia hatte schon Falten auf der Stirn vom vielen Nachdenken, nur Puck und die Dämonenjäger blickten immer noch skeptisch drein.

»Wir müssen Josh fragen, wie das mit seiner Gabe funktioniert. Ich bin mir ganz sicher, dass er seine Fantasie bemüht, um die Bücher so umzuschreiben, wie er sie sich wünscht. Fantasie – nicht bloß Wörter herumschieben, wie er behauptet hat. Die Bilder entstehen in seinem Kopf.«

»Tinkerbell, ich glaube, du hast uns soeben aus diesem Buch befreit.« Ric erhob sich, schnappte sich meine Hand und zog mich hoch, um mich einmal herumzuwirbeln. Danach presste er mich so fest an sich, dass er mich beinahe zerquetschte. Die Erleichterung war ihm anzumerken, auch wenn das hieß, dass wir uns nun überlegen mussten, wie wir dieses Wissen umsetzen sollten.

»Wo steckt Josh überhaupt?«, fragte Zac, der sich nun ebenfalls erhoben hatte und Natalia aufhalf. Suchend sah er sich um.

»Er ist vermutlich immer noch eingeschnappt und schmollt irgendwo in einer Ecke«, kommentierte Ric.

»Nein«, sagte Ophelia nur tonlos. Ihr Blick war in die Ferne gerichtet. »Er ist … da draußen.« Nun griff sie sich an den Kopf, der Schmerz, der mit ihren Visionen einherging, überrollte sie. Tränen liefen ihr aus den Augen, die sich schneller als üblich röteten. »Er wird eine Dummheit begehen«, presste sie hervor, ehe sie sich abwandte. Sie wollte nicht, dass man sie so sah. So verletzlich, hilfsbedürftig. Sie war einfach eine ganz spezielle Persönlichkeit.

Ric, der mich noch immer fest in den Armen hielt, knurrte. »Bei Hephaistos, wie kann er es wagen, die Tür zu benutzen?« Seine Haut wurde glühend heiß, sodass ich mich ein wenig von ihm entfernen musste. Als er das registrierte, beruhigte er sich wieder und zog mich erneut näher. Ich lächelte in mich hinein.

»Würdest du bitte nach ihm sehen?« Ric wirkte gequält, als er Sam fragte. Auch wenn Josh nicht zu unserem Team gehörte, schien sich Ric trotzdem für ihn verantwortlich zu fühlen. Drache hin oder her, innen war er halt doch ein netter Mensch. Meistens. »Wir müssen wissen, was für eine Dummheit er im Moment begeht.«

Sam nickte, verwandelte sich und wieder einmal nahm ich mir vor, ihn genau zu beobachten, um nicht zu verpassen, wie er – mit Kleidung! – in die Menschengestalt wechselte. Dann wurden die

Pupillen des grauen Wolfes auch schon trüb und er schüttelte den Kopf. »Ich kann ihn nicht finden. Er muss von etwas geschützt sein.«

Es sah seltsam aus, wie der Wolf konzentriert die Augen zusammenkniff, eine so menschliche Mimik.

»Er könnte im Unterschlupf der Wächter sein. Der ist von außen vielleicht geschützt«, überlegte Peter. »Such am besten nach Laurie. Er wird schnellstens versuchen, zu ihr zu gelangen.«

Ja, das könnte klappen, dachte ich. Sams Wolfsgesicht entspannte sich wieder und die Augen huschten hin und her. Plötzlich erstarrten sie. Er hatte gefunden, was er suchte, und begann, zu erzählen.

33. KAPITEL

Nate und Laurie lauschten eine ganze Weile den Rufen und Schreien, die ihnen aus dem Stadtzentrum entgegenwehten. In den Kleingärten am Stadtrand hatten sie nichts davon mitbekommen, nun jedoch erkannte Laurie, dass ihre Theorie über die Menschen falsch gewesen war. Es mussten ganze Massen von ihnen sein. Doch plötzlich verstummten die Rufe.

Dennoch gingen sie langsam in die Richtung, aus der sie gekommen waren. Der Marktplatz, auf den sie wenig später aus einer der sternförmig abgehenden Gassen blickten, war kaum wiederzuerkennen: Ein noch viel größerer Screen als die, an denen Laurie vorbeigefahren war, war hinter einer Art Tribüne aufgebaut – eine Tribüne wie am letzten Samhain. So viele Menschen drängten sich vor der Bühne, auf der wieder einmal Thyra stand.

Laurie war im letzten Jahr erst sehr spät aus dem Zentrum zum Marktplatz gekommen und hatte am Ende gemeinsam mit Josh gegen die Seelenlosen, die durch den Schleier getreten waren, gekämpft. Oder besser gesagt hatte Josh für zwei gekämpft und sie mehr verteidigt, als Buchfiguren anzugreifen.

Thyra stand direkt neben Balthasar, der die Menge fest im Blick hatte. Eine Kamera übertrug Thyras Rede auf den Bildschirm hinter ihr, damit auch die Menschen in der letzten Reihe sie sehen konnten.

Laurie hatte erwartet, dass sich die Menschen hier versammelten, um die Wächter zu suchen oder vielleicht gegen die selbsternannte

Königin zu rebellieren, doch sie sah das genaue Gegenteil vor sich. Die zahlreichen Gesichter, die wie gebannt nach vorne starrten, zeigten keinen ängstlichen oder wütenden Gesichtsausdruck. Nein, die Mimik war starr, ihre Blicke gingen ins Leere. Laurie war sich nicht sicher, ob sie Thyra überhaupt sahen.

Nate stieß sie beinahe um und sie wandte sich zu ihm. Da sah sie eine kleine Gruppe weiterer Menschen. Einer von ihnen hatte Nate angerempelt, obwohl sie beide so dicht an der Hauswand standen.

»Was zur Hölle ist hier los?«, fragte ein junger Mann aus der Gruppe, als sie den Marktplatz betraten. Die ausdruckslose Menschenmasse brach gerade in kollektiven Jubel aus. Das waren die Schreie gewesen, die Nate und Laurie schon von Weitem gehört hatten. Die Rufe, die sie beide angezogen und vermutlich auch die Gruppe von jungen Männern hergeführt hatten.

Derselbe Mann, der gefragt hatte, stupste eine ausdruckslose Frau in der Nähe an und fragte etwas, das Laurie nicht verstehen konnte. Die Frau fuhr zu ihm herum und riss Mund und Augen weit auf, als wollte sie lautlos schreien. Es glich auf groteske Weise dem Gemälde von Edward Munch. Niemand schien sie zu bemerken – bis auf den Mann an Thyras Seite. Balthasars Kopf ruckte herum und er kniff sofort misstrauisch die Augen zusammen. Oder tat er etwas anderes? Die Frau wandte sich wieder zum Screen um, erneut mit leerem Blick und einer zombiehaften Ausstrahlung. Die Gruppe junger Männer trat neben sie und tat es ihr nach.

Laurie wusste erst nicht, was sie sagen oder wie sie reagieren sollte. Dieser Balthasar musste die Menschen verhext haben, sie wirkten nicht nur geistig abwesend, sie waren es tatsächlich.

»Schnell, lass uns hier verschwinden«, flüsterte Nate beinahe lautlos und griff nach Lauries Hand. Mit ihrer gewohnten Hand-an-Rücken-Vorgehensweise konnten sie sich hier in dem Gedränge verlieren.

Nate zog sie weiter in die Gasse zurück, während hinter ihnen in regelmäßigen Abständen Menschen wie auf Kommando jubelten. Weitere Neugierige kamen ihnen entgegen und Laurie ahnte, dass auch diese schon bald willenlos vor Thyra stehen würden. Was hatte sie vor? War der prophezeite Angriff auf Paris nur ein Köder gewesen, um die Menschen aus der Reserve zu locken? Hätte sie das nicht einfacher haben können?

Aber die zahlreichen Dämonen und Monster mussten sich ernähren. Was, wenn … Laurie wagte nicht, daran zu denken. Die Hoffnung, dass ihre Vorstellungskraft übertrieb und ihr allzu schlimme Bilder zeigte, löste sich jedoch in Luft auf, als sich weitere Schreie über der Stadt erhoben. Und dieses Mal waren es keine Jubelschreie.

Nate zog an ihrem Arm. Instinktiv war Laurie stehen geblieben. Der Drang, diesen armen Menschen zu helfen, war übermächtig. Sie hatte ihre Emotionen nicht mehr im Griff und Mitleid überschwemmte sie.

»Wir können das nur auf eine Weise aufhalten, Laurie«, sagte Nate in beruhigendem Ton. »Wir müssen herausfinden, wie alles zusammenhängt. Und wir brauchen die anderen Wächter. Sie haben Thyra und Elizabeth bereits einmal besiegt.«

Laurie stimmte ihm zu, schließlich hatte sie selbst Nate von dieser Idee überzeugt. Nicht nur sie brauchte Josh, sondern die Welt brauchte die Wächter. Allerdings war es nicht Lin gewesen, die an Samhain die entscheidende Wendung herbeigeführt hatte, wie Laurie wusste. Es waren Mitglieder der Zunft gewesen. Wächter wie Joshs Vater. Vielleicht wusste Perry, wo sie ihn und seine Familie finden konnten.

Ihr Weg wurde von Thyras Stimme begleitet. Auf den Screens wurde immer wieder dieses Video abgespielt und es würde vermutlich neue Helfer auf den Marktplatz locken. Menschen, die entweder etwas dagegen unternehmen wollten, oder solche, die neugierig waren und wissen wollten, ob sich die Sache bereits erledigt hatte. Aber ganz gleich, welche Intention sie zu Thyra führte – sie alle würde dasselbe Schicksal ereilen. Zuerst würden sie willenlos werden und dann die nächste Mahlzeit von Thyras Untertanen.

Sie näherten sich vorsichtig der baufälligen Villa. Erneut wunderte sich Laurie, dass nirgendwo dämonische Söldner oder andere Kreaturen patrouillierten. Vermutlich waren sie alle auf dem Marktplatz oder bewachten das Fabrikgelände im Industriegebiet. Noch immer wussten sie nicht, was Thyra dort lagerte oder was genau sie dort tat. Dieser Gedanke bereitete Laurie Sorgen. Sie als Agentin war es nicht gewohnt, auf Unvorhergesehenes zu treffen – dadurch hatte sie bei ihrer letzten Patrouille eine Kettenreaktion ausgelöst, die mehrere Wächter zum Tode verurteilt hatte.

Nates unsichtbare Hand stieß das verrostete Tor auf und Laurie betrat den Garten. Sie führte Nate an ihrer Hand durch den Garten in das alte Gartenhaus.

»Hast du Licht?«, flüsterte sie, nachdem sie die Hüttentür hinter sich geschlossen hatte und vergeblich nach dem Ring im Boden tastete. Ein Rascheln später fiel ein kleiner Lichtstreif auf Laurie. Sie rückte zur Seite, damit Nate auf den Boden leuchten konnte, und öffnete gleich darauf die Klappe.

»Unten ist eine weitere Tür«, flüsterte sie, ehe sie hinabkletterte. »Du kannst bis dort das Licht benutzen.« Sie wartete vor besagter Tür, bis Nates Licht bei ihr ankam und sofort erlosch. »Ich weiß nicht, wie viele Wächter bereits zurückgekehrt sind und was uns hinter dieser Tür erwartet«, begann sie. »Ihnen wird nicht entgehen, dass sich die Tür wie von Geisterhand öffnet.«

»Dann müssen wir schnell sein. Die Tür könnte sich durch einen Luftstoß geöffnet haben. Wir müssen es einfach wagen, Laurie«, antwortete Nate und drückte die Klinke runter. Ohne sich umzusehen, huschte er durch den schmalen Spalt und zerrte Laurie mit sich. An die Wand gepresst blieben sie stehen und sahen sich um.

Der derzeit zentrale Treffpunkt der Wächter war völlig verwaist. Kein einziger Wächter war anwesend. Wie es aussah, hatte jedoch auch niemand angegriffen, vermutete Laurie. Selbst die Stühle waren ordentlich an die Tische gerückt, nichts war durcheinander. Ein Geräusch drang durch die weit offen stehende Tür, die tiefer in den Bunker hineinführte.

»Vielleicht ist Perry hinten in den Besprechungszimmern«, flüsterte Laurie. »Komm.«

Sie führte Nate um die vielen Tische herum in den Flur zu den provisorischen Büros. Sie kamen den Geräuschen näher. Jemand raschelte mit Papier, warf irgendetwas durch die Gegend. Dann hörte sie, wie jemand zischende Flüche ausstieß. Das sah Perry gar nicht ähnlich. Laurie legte die Stirn in Falten.

Hier läuft etwas völlig falsch, sagte ihr Instinkt. *Wieder einmal.* Erneut donnerten ihnen Flüche entgegen, während sie langsam den spärlich beleuchteten Gang entlangliefen.

»Bei Hephaistos!«, schimpfte die Stimme nun und Laurie fuhr zusammen. Ihr drehte sich der Magen um, ihr Herz verkrampfte sich, ehe es lostrommelte. Das war garantiert nicht Perry, der da auf den Patron der Feuerelementare fluchte.

Nate drückte ihre Hand, er spürte, dass mit ihr etwas nicht stimmte. Sie zögerte, aber er zog sie weiter zu einer geöffneten Tür. Es war der Raum, in dem Laurie mit Felipe und Perry gesprochen hatte. Die einsame Glühbirne baumelte wieder ohne erkennbaren Grund hin und her, doch Laurie nahm sie nur aus den Augenwinkeln wahr.

All ihre Sinne waren auf die Person gerichtet, die sich über die Notizen von Perry gebeugt hatte, und sie konnte es nicht fassen, wen sie da vor sich sah: Josh, der Verzweiflung nahe. Er fuhr sich aufgeregt mit beiden Händen durch die Haare. Kniff die Augen zusammen, als würde er große Schmerzen leiden.

Am liebsten wäre sie direkt zu ihm gerannt, hätte sich ihm in die Arme geworfen – jetzt schlichen sich allerdings ganz neue Gedanken in ihren Kopf: Wusste er, was sie war? Dass sie keine von *ihnen* war und ihn die ganze Zeit über belogen hatte? Waren auch die anderen Wächter aus *Otherside* entkommen? Sie lauschte angestrengt nach weiteren Geräuschen aus dem Flur oder den anderen Räumen hier im hinteren Teil des Unterschlupfes. Doch es herrschte absolute Stille.

Lauries Herz war kurz vorm Explodieren. Es wollte Josh entgegenspringen, wollte, dass all ihre Wünsche endlich in Erfüllung gingen. Aber so einfach war das nicht. Jetzt erst realisierte sie, dass niemals zuvor so viel zwischen ihnen gestanden hatte – nicht einmal die Grenze zur Buchwelt war eine solche Hürde gewesen wie die Lüge, die sie gelebt hatte. Lauries Herz pochte noch ein letztes Mal aufgeregt, ehe es sich zurückzog und ein für Laurie neues Gefühl zurückblieb: Enttäuschung.

In dem Moment, in dem sie Nate lautlos auf den Flur zurückschieben wollte, hob Josh den Kopf. Er kniff die Augen zusammen, schien sie direkt anzusehen. Sie wäre am liebsten in seinem Blick versunken, der so voller Hoffnung war.

Und als hätte er alles durchschaut und sie wirklich gesehen, fragte er: »Laurie?«

Ihr Herz begann wieder, zu schlagen. Sie liebte es, wie er ihren Namen aussprach. Nicht anders als alle anderen, doch mit so vielen Emotionen darin, die Laurie innerlich aufseufzen ließen.

Weil sie nicht reagierte, schüttelte Josh den Kopf und seine Mimik verriet seine Niedergeschlagenheit.

Laurie hatte Angst, sich ihm zu zeigen, und haderte damit, was sie nun tun sollte. Nate schien es ebenso zu gehen. Keiner von beiden wusste, wie Josh reagieren würde. Es war letztendlich der sehnsuchtsvolle Blick, den er in Richtung Tür warf, der Laurie das Herz zerriss und der vermutlich dafür sorgte, dass Nate sie anstupste. Sie war von ihrem Gefühlschaos so überrumpelt, dass sie unter der unerwarteten Berührung zusammenzuckte und scharf die Luft einsog.

»Was bei Hephaistos …« Josh ging um den Tisch herum. Der Raum war plötzlich erfüllt vom Geruch eines Kaminfeuers: Josh war nervös. Je näher er kam, desto mehr schien die Haut auf seinen Unterarmen zu vibrieren. Sie wechselte bereits die Farbe zu dem unvergleichlichen Grün seiner Elementargestalt. Seine Nase zuckte, als würde er etwas wittern. Dann entspannten sich seine Züge plötzlich.

»Laurie«, seufzte er.

»Sie ist hier«, sagte Nate und schubste Laurie kurzerhand nach vorne, sodass sie auf Josh prallte.

Dieser war völlig überrumpelt, wechselte binnen Sekunden in die hochgewachsene Drachengestalt und schubste sie beiseite. Sie konnte sich gerade noch an der Wand abstützen.

»Was geht hier vor?«, fragte Josh in den Raum hinein.

Nate hatte für sie entschieden, daher rieb sich Laurie mit den Händen mehrmals übers Gesicht und versuchte, die Nanoschicht loszuwerden.

Josh trat auf sie zu. Die Gefahr war nicht vorüber und er verwandelte sich noch nicht zurück. Unmittelbar neben der Tür raschelte es und Joshs Kopf fuhr herum. Ein unscheinbares weißes Tuch schwebte auf Laurie zu wie von Geisterhand. Sie nahm es dankend an und wischte sich damit hoffentlich die Reste des Nanosprays von der Haut in ihrem Gesicht, den Unterarmen und Händen.

»Laurie, was ist … wie …« Josh war tatsächlich sprachlos, was Laurie ein scheues Lächeln auf die Lippen zauberte. Im nächsten Moment wurde sie vom Boden gerissen und linkisch an die Brust des grünen Drachen gepresst. »Bei Hephaistos, ich habe dich gefunden«, flüsterte Josh irgendwo über ihrem Kopf. Sie nahm seinen Geruch wahr, verlor sich im Klang seines pochenden Herzschlags direkt neben ihrem Ohr. Wie sehr hatte sie sich in den letzten Tagen gewünscht, ihm genau auf diese Weise nahe zu sein?

Ein Räuspern holte sie aus ihren Gedanken und Josh realisierte, dass ihr jemand das Tuch gegeben hatte. Er schob sie von sich, seine Hand griff nach ihrer.

»Zeig dich, Nate«, bat sie und ein weiteres weißes Tuch schwebte aus dem scheinbaren Nichts heraus und legte Stück für Stück Nates Gesicht frei.

»Was seid ihr?« Josh spannte sich an und schüttelte ungläubig den Kopf.

Laurie wusste nicht, wie sie reagieren sollte. Dieses *was* war ihr wie ein Dolch in die Brust gefahren. Ihre Augen fühlten sich feucht an, der Raum um sie – nein Josh, den sie immer noch ansah – verschwamm vor ihren Augen.

»Ich meine«, ruderte Josh zurück, »wir haben gehört, wie du diesen Gargoyle vernichtet hast und davongelaufen bist. Später hat uns Sam von einem weißen Raum berichtet, in dem *Otherside* lag, das du dann gestohlen hast. Bei Hephaistos, Laurie, ich habe mir solche Sorgen um dich gemacht.«

Laurie brachte kein Wort heraus, als er sie erneut an seine Brust zog. Ein leises Schniefen war ihre einzige Reaktion.

Daher übernahm Nate die Erklärung, erzählte von seinem Verdacht über seine Person und schloss mit den Worten: »Und nun sind wir hier.«

»Du bist ein Seelenloser?« Joshs Ausdruck verdüsterte sich. Laurie registrierte beiläufig, dass er sich noch immer nicht zurückverwandelt hatte, bereit, sich jederzeit mit dem Feuer zu verteidigen.

»Ich weiß es nicht.« Nate senkte den Blick. Er wirkte völlig verloren.

»Du bist keine Elementarierin«, stellte Josh fest und Laurie nickte. »Deshalb kannst du es nicht überprüfen.«

Er machte ihr keinen Vorwurf, nicht eine Silbe davon, dass sie ihn all die Jahre belogen hatte. Laurie sollte froh darüber sein und dennoch hatte diese Reaktion einen faden Beigeschmack. Es war doch nicht normal, dass man so reagierte, oder?

»Wir sind zu dem Buch gegangen, um es zu überprüfen, wie Perry gesagt hatte«, erklärte sie.

»Wie sollte *Otherside* euch dabei helfen?«, hakte Josh nach und Laurie erzählte ihm von dem Gespräch mit dem Teamleiter. Joshs Augen funkelten misstrauisch. »Ich glaube nicht, dass *Otherside* so eine Wirkung auf Seelenlose hat, aber ich bin mir natürlich nicht sicher«, begann er und trat dann langsam auf Nate zu. Laurie zog er einfach mit sich. »Reich mir deine Hand«, forderte er Nate auf.

Der tat, was ihm gesagt wurde. In seinen Augen standen Erwartung und Angst zugleich. Sofort nach der Berührung ließ Josh Nates Hand wieder los. Gespannt warteten Laurie und Nate auf das Urteil, das für Nate und das Zentrum alles verändern könnte.

»Er ist ein Seelenloser«, flüsterte Josh.

Laurie keuchte auf und hob erschrocken die Hand vor den Mund. Nate sackte in sich zusammen und rutschte mit leerem Blick an der Wand hinunter. Laurie hockte sich sofort neben ihn und griff zu seinem Handgelenk, um den Puls zu fühlen.

»Er hat einen Puls?«, fragte Josh und schüttelte irritiert den Kopf.

»Natürlich hat er einen …«, begann sie, doch dann blieben ihr die Worte im Hals stecken. War es denn natürlich, dass er einen Puls hatte?

»Ich weiß es nicht, Laurie«, gab Josh zu. »Ich habe mir noch nie zuvor darüber Gedanken gemacht. Ich meine, vielleicht bin ich außerhalb der Patrouillen ja schon Seelenlosen begegnet, ohne es zu bemerken. Wenn meine *Antennen* dafür nicht ausgefahren sind, kann ich nicht wirklich sagen, ob ich einen Seelenlosen vor mir habe oder einen normalen Menschen.«

Sie nickte. Ihr selbst ging es nicht anders. Natürlich hatte sie bei den Wächtern gelernt, dass Buchfiguren so herausgelesen wurden, wie der Lesende sie sah. Aber wer hatte Nate herausgelesen? Hatte derjenige daran gedacht, dass er einen Herzschlag besitzen musste? Es war kompliziert.

»Gibt es mehrere wie ihn?«, fragte Josh und deutete auf den bleichen Nate, der gleichermaßen um Atem und Fassung rang.

»Wir ... Der Professor ...«, stammelte Laurie. »Er hasst die Buchwelt und alles, was sie den Menschen antut.«

»Was tut sie ihnen denn an, außer sie zu unterhalten und ihre Realität erträglicher zu machen?«, entgegnete Josh.

»Gefühle zerstören Leben«, wiederholte Laurie den Slogan des Professors.

»Gefühle beim Lesen? Die sorgen dafür, dass wir einen Job haben. Aber warum sollten sie Leben zerstören?« Er schüttelte voller Unverständnis den Kopf.

»Emotionen überhaupt«, presste Laurie hervor, ehe sie die Liste herunterratterte, die man ihr ein Leben lang eingetrichtert hatte: »Gefühle schwächen uns, bringen uns durcheinander, lassen keine logischen Schlüsse zu ...«

Josh trat plötzlich ganz nah zu ihr und legte Laurie den Finger auf den Mund. Die Berührung glich einem Funkenschlag. Selbst wenn sie es gewollt hätte, wäre kein weiteres Wort möglich gewesen. Die Berührung, Joshs intensiver Blick, sein Atem, der ihre Wange streifte – sie hätte niemals gedacht, dass es wirklich so sein könnte, wie es in vielen Büchern beschrieben wurde. Nein, es war sogar besser! In diesem Augenblick war der Rest der Welt verblasst, nichts anderes zählte. Und wenn es nach Laurie gegangen wäre, hätte er eine Unendlichkeit andauern können.

Aber dann räusperte sich Nate. Laurie sah zu ihm hinüber. Seine Miene war verschlossen, der typische Supervisor Nate.

»Wir müssen unser weiteres Vorgehen planen«, sagte er im Ton eines Anführers.

Aber Laurie war das Beben in seiner Stimme nicht entgangen. Natürlich hatte er es noch nicht verarbeitet, dass er tatsächlich eine

Buchfigur war. Sie wollte sich gar nicht vorstellen, was gerade in ihm vorging. Er brauchte definitiv Zeit – und Arbeit war die beste Ablenkung. Sie nickte ihm zu und löste sich mit Schmerzen in der Brust von Josh.

»Wo sind die anderen?«, fragte sie gezwungen neutral. *Ihr* war eigentlich nicht nach arbeiten.

»Das versuche ich gerade herauszufinden«, antwortete Josh.

»Ich meine nicht die Wächter, die hiergeblieben sind.«

Josh wurde plötzlich kreidebleich. Das war Antwort genug.

»Sie sind noch dort?«, platzte es ohne jegliche Kontrolle aus Laurie heraus. »Wie bist du dann …«

»Wir haben herausgefunden, wie Elizabeth und Thyra in die Realität wechseln konnten. Es gibt da eine verborgene Tür. Aber die anderen wollten nicht, dass einer von uns geht … Ich …« Josh senkte den Kopf. »Ich bin abgehauen.«

»Und wieso kommen die anderen nicht nach, wenn es so einfach ist?« Nate standen die Zweifel ins Gesicht geschrieben.

»Dieser Durchgang kann immer nur von einer Person benutzt werden. Deshalb konnte Elizabeth auch nichts unternehmen, als Thyra in unserer Welt war. Ganz gleich, wie viel Unheil sie gestiftet und den Plänen ihrer Mutter zuwidergehandelt hat – Elizabeth konnte ihr nicht folgen.«

»Dann hat Natalia Thyra gar nicht herausgelesen?« Laurie versuchte, all die neuen Erkenntnisse in einen logischen Zusammenhang zu bringen. Josh nickte.

»Und wieso bist du *abgehauen*?«, fragte Nate, nach wie vor skeptisch.

»Ich … Sam hat uns gezeigt, wie du …« Er fixierte Laurie erneut mit diesem magischen Blick. »Sam hat mir nicht gezeigt, was danach passiert ist. Ich wollte dich retten.«

Die Hitze, die sich plötzlich in ihrer Brust sammelte, war neu. Ein Gefühl von Dahinschmelzen, ganz gleich, wie seltsam sich der Vergleich anhörte.

»Und wie sollen die anderen jetzt zurückkommen?« Nates Mund war zu einem harten Strich verzogen. Er missbilligte Joshs Tat.

Laurie hätte ähnlich reagieren sollen, schließlich war es genau das, wovor sie ihr Leben lang gewarnt worden war: Gefühle brachten logische Gedankengänge durcheinander. Josh hätte bei den anderen bleiben und sie unterstützen müssen. Stattdessen lächelte sie. Es war wirklich eine Art Krankheit, doch die Nebenwirkungen waren alles andere als unangenehm.

»Das Portal, das Thyra und Balthasar benutzt haben, kann wieder geöffnet werden. Dazu brauchen sie nur das *Zentrum der Macht* zu finden«, erklärte Josh.

»So, wie das bei dir klingt, scheint es nicht schwer zu sein. Warum sind sie also noch nicht hier?« Nate machte es Josh aber auch schwer.

»Wir wissen nicht, wo oder was dieses *Zentrum der Macht* sein könnte. Ein Teil des Schlosses ist in sich zusammengebrochen, als …«

»Wir haben es gelesen«, unterbrach ihn Nate. »Und genau deshalb wollten wir verhindern, dass weitere Hirngespinste getötet werden.« Bei seinen eigenen Worten zuckte er zusammen.

»Wir haben gehört, was die Wächter und *ihr* plant.« Das *Ihr* spuckte er Nate praktisch entgegen.

Dabei gehörte doch auch Laurie zum Zentrum. Sie schluckte.

»Habt ihr das Buch noch?«, fragte Josh weiter und Nate nickte, wühlte in der unsichtbaren Tasche und zog *Otherside* hervor. »Ich muss wissen, was gerade passiert.« Nate reichte das Buch an Josh, der danach griff und instinktiv die Hand sofort wieder zurückzog, als hätte er sich verbrannt. Er verzog das Gesicht und griff erneut zu, dieses Mal mit einem konzentrierten Gesichtsausdruck. »*Otherside* ist so voller Magie, die anderen Elementare können es gar nicht berühren. Ich … Mein Vater … Eigentlich müsste ich es können. Ich habe ebenfalls diese *Gabe.*«

Ganz gleich, was er behauptete, er glaubte nicht daran, erkannte Laurie. »Ich kann es lesen«, schlug sie vor.

»Aber besser wäre es, wenn wir irgendwo anders hingehen«, warf Nate ein. »Die Wächter könnten jeden Moment von ihren Patrouillen zurückkehren.« Sein logisches Denken schien nicht so beeinträchtigt wie das von Laurie.

Josh nickte. Dann spürte Laurie ein Prickeln auf ihren Armen – Josh verwandelte sich zurück. Sie wagte es nicht, hinzuschauen. Auch wenn sie ihn mehrmals auf Patrouille in seiner zerfetzten

Kleidung gesehen hatte, war es nun doch ganz anders – ihr Körper brodelte schon beim Gedanken daran, wie er ohne Shirt aussehen würde, von seiner Hose …

Sie schüttelte heftig den Kopf, nahm aus den Augenwinkeln wahr, wie Josh einen Rucksack von irgendwo herzauberte, hörte den Reißverschluss und das anschließende Rascheln von Kleidung. Während der ganzen Zeit fixierte sie Nate, der mit einer erhobenen Augenbraue dastand und sich anscheinend ein Grinsen nicht verkneifen konnte.

Sie trat zu ihm. »Geht's dir wieder besser?«

»Ihr beide habt mich eben an etwas erinnert«, begann er. »Ich habe dir doch von dem Buch … von meiner Geschichte erzählt. Ich glaube, ich wusste einmal, wie es wirklich ist. Wie es sich anfühlen sollte. Und es war anders als mit dir. Was auch immer ich geglaubt habe, zu empfinden, es ist nicht …« Nate rang nach Worten, als müsste er sich entschuldigen, dass das, was zwischen ihnen gewesen war, nicht seinen Wünschen entsprach.

»Dann ist zwischen uns alles geklärt?«, unterbrach ihn Laurie und hoffte ganz fest auf eine positive Antwort.

Erleichtert nickte Nate.

»Seid ihr so weit?« Josh trat neben Laurie und musterte sie und Nate abwechselnd aus zusammengekniffenen Augen. Er hatte ein dunkles T-Shirt angezogen und locker sitzende Jeans. Schnell riss Laurie den Blick von ihm weg, ehe ihr Gehirn wieder aussetzte – anscheinend eine Nebenwirkung der Hormone, die ihren Blutkreislauf durchfluteten.

»Wohin sollen wir gehen?« Nate war bereits durch die Tür getreten.

»In die *Bibliotheca*.«

»Was?« Laurie sog scharf die Luft ein.

»Es ist niemand mehr da. Weder Thyra noch ihre Söldner. Ich war dort, ehe ich hierher gekommen bin.«

»Aber Thyra und Balthasar sind auf dem Marktplatz und verhexen Menschen! Das ist zu nah!« Laurie schüttelte ungläubig den Kopf.

»Umso besser. Dann sind wir dort, falls wir eingreifen müssen.« Josh klang zuversichtlich. »Ric und die anderen werden ebenfalls in die *Bibliotheca* kommen. Dorthin führt das von Thyra geschaffene Portal«, grübelte er. »Andernfalls müssten sie einen neuen Wanderer wie Max bemühen, der ihnen den Weg durch das Bild ebnet.«

Jetzt wurde Laurie plötzlich klar, wer der Junge auf dem Video gewesen war: Maximilian Morgenstern, mit der Fähigkeit, durch Bilder zu springen.

»Wenn ihr irgendetwas passiert, bist du schuld«, drohte Nate und deutete mit seiner schwebenden Hand auf Laurie, als fühlte er sich noch immer für sie verantwortlich. Es schmeichelte ihr, aber hatten sie nicht eben erst darüber gesprochen, dass zwischen ihnen alles geklärt war? Sie hoffte inständig, dass seine Drohung nur von seinem Verantwortungsgefühl als Supervisor herrührte.

Josh antwortete mit einem tiefen Grollen, das ihm aus der Kehle stieg. »Ich würde niemals zulassen, dass ihr etwas zustößt.« Um es zu verdeutlichen, tastete er nach Lauries Hand und zog sie zu sich.

Laurie fühlte sich wie ein Spielball und das gefiel ihr gar nicht. Die beiden Jungs mussten zusammenarbeiten, es stand zu viel auf dem Spiel. Laut sagte sie: »Wir sollten uns wieder mit Nanospray tarnen. Wir müssen dicht am Marktplatz vorbei.« Beim Gedanken an all diese Menschen zog sich ihr Magen zusammen. Dann warf sie einen Blick auf die Uhr. »Es ist nur noch eine Stunde bis zum Ablauf des Ultimatums.«

Josh sah sie fragend an und sie erklärte, was er scheinbar trotz etlicher Screens nicht mitbekommen hatte. Josh wurde immer bleicher und als sie von den unter irgendeinem Bann stehenden Menschen erzählte, sah sie, dass seine Kiefermuskulatur deutlich hervortrat. Wie sollten sie das nur alles schaffen?

»Vielleicht sollten wir hier bleiben und Perry informieren«, schlug Laurie vor, als sie gerade den Raum verlassen wollten.

»Nein!«, sagte Nate sofort. »Er hat dir erzählt, dass ich mich mit *Otherside* testen könnte, er … etwas stimmt mit ihm nicht.«

»Diese Befürchtung hatte ich schon, lange bevor man uns in das Buch geschickt hat.« Joshs Zähneknirschen war deutlich zu hören.

Laurie ging die Bilder auf dem Screen durch: alle Wächter, die noch am Leben und für die Jagd freigegeben waren. »Felipe?«, überlegte sie laut, obwohl der Ratsvorsitzende ihr alles andere als sympathisch war.

Josh antwortete mit einem Kopfschütteln.

Laurie ließ die Bilder vor ihrem inneren Auge weiterziehen. Erneut kam es ihr so vor, als würde sie etwas Wichtiges übersehen. »Dein Vater?«

»Er ist am Leben?«

Laurie konnte Joshs Ausdruck nicht deuten. Er war eine Mischung aus Wut, Zorn und Erleichterung. Sie hatten nie über seine Eltern gesprochen.

»Kann er die anderen wieder herausholen?« Nates Schlussfolgerung klang logisch. Schließlich hatte Herr Bonfire ja auch alle in das Buch geschickt.

»Ich weiß es nicht.« Josh fuhr sich durch die Haare. »Bis wir kurz davor standen, nach *Otherside* zu gehen, wusste ich nicht einmal, dass das funktioniert. Er hat mir mein Leben lang verheimlicht, dass er so etwas kann – dass so etwas überhaupt möglich ist.« Er schlug sich mit der Faust gegen den Oberschenkel. Die Luft war erfüllt vom Geruch eines zerstörerischen Feuers.

»Aber wir könnten es probieren«, sagte Nate in neutralem Ton. »Wenn es funktioniert, könnte sich alles verändern. Könnte er nicht vielleicht sogar Thyra zurückschicken – dahin, wo sie hingehört?«

Josh legte die Stirn in Falten und dachte angestrengt nach. Schließlich hob er entschuldigend die Hände. »Ich weiß es nicht.« Er war nicht sehr begeistert darüber, das war ihm anzusehen.

»Dann wollen wir wirklich erst einmal zur *Bibliotheca*?«, fragte Laurie. Sie selbst konnte sich nicht zwischen den beiden Möglichkeiten entscheiden. Und das lag nicht an ihrem eingeschränkten logischen Denken. Sie sah keine direkte Lösung vor sich – beide Wege lagen in tiefer Dunkelheit. Und dieses Gefühl war ebenso neu für sie wie vieles andere.

Also machten sie sich auf den Weg.

34. KAPITEL

Es scheint ihnen gut zu gehen – zumindest vorerst«, fasste Peter zusammen, was Sam ihnen berichtet hatte. Während seiner Erzählung waren alle aufgestanden, unentwegt hin- und hergelaufen. Die Nervosität war greifbar, als Sam von Thyra und den willenlosen Menschen sprach, die Dämonenjäger griffen instinktiv zu ihren Waffen. Puck guckte nur betrübt. Nicht einmal er hatte einen guten Spruch dazu auf Lager und lustig war es auch nicht.

»Er hat Laurie gefunden«, stimmte Ric zu. »Wenn sie nun wirklich zur *Bibliotheca* kommen, sollten wir ebenso zusehen, dass wir schnell hier rauskommen. Josh denkt wie wir.« Beim Aussprechen dieser Worte verzog er den Mund. So was zu sagen, hatte er vermutlich nicht einmal selbst erwartet. »Er rechnet damit, dass wir ebenfalls in die *Bibliotheca* kommen. Wir müssen da hin und es versuchen.«

Zac nickte und sah auf Natalia hinab, die ganz dicht bei ihm stand. Nun schwebte sie wieder über uns, die Bedrohung durch Thyra. Über all die Versuche und Überlegungen hier herauszukommen, war sie etwas in die Ferne gerückt. Die Stimmung änderte sich jäh. Den Dämonenjägern sah man es am besten an: Selbst der ansonsten so desinteressierte Sage setzte eine entschlossene Miene auf, seine Crusade-Kollegen taten es ihm nach. Auch Puck schien sich darauf zu freuen, endlich etwas zu tun zu haben, und hüpfte wie ein kleines Kind von einem Bein auf das andere.

David und Zac waren bereit wie eh und je, ihre Love-Interests in die Realität zu begleiten. Unverhohlen griff Zac nach Natalias Hand. Was mir wieder ein Lächeln entlockte und bei Ric dafür sorgte, dass er sich anspannte. Letzteres brachte mich zum Grinsen. Es tat einfach gut, in der Lage, in der wir uns befanden, etwas Schönes zu sehen. Das konnte mir selbst Rics Beschützerinstinkt nicht vermiesen.

Dann fiel mein Blick auf Ophelia, die noch immer gerötete Augen hatte. Sie senkte sofort den Kopf. Schnell ging ich zu ihr hinüber.

»Es ist okay«, flüsterte ich. »Das haben wir doch bereits geklärt.«

Sie nickte, presste die Lippen zusammen.

Irgendetwas sagte mir, dass sie noch etwas loswerden wollte. »Ist noch was?«

Ophelia überlegte einen Moment, schüttelte dann aber den Kopf.

»Okay«, sagte ich nur und ging zurück an Rics Seite. Wie ich Ophelia einschätzte, wollte sie nicht noch eine weitere Abschiedsszene, sonst wäre sie uns ins Schloss gefolgt.

»Wo ist die Tür, durch die sich Ophelia gerettet hat?«, fragte Ric und sah konzentriert auf die Wand, die den Raum vom Thronsaal trennte. Ich kniff die Augen zusammen und suchte mit.

»Hier.« Ophelia trat an die Wand und betätigte einen verborgenen Mechanismus, der eines der Paneele zur Seite gleiten ließ.

»Du hast uns schon vermisst?«, fragte ich und lächelte sie an. Doch sie hatte sich bereits abgewandt und war im Nebenraum verschwunden. Ich schüttelte den Kopf.

»Dann mal los!«, rief Puck und hüpfte durch die Geheimtür. Wir anderen folgten ihm. Mittlerweile hatten sich der ganze Staub und Putz gelegt, der durch die Erschütterungen entstanden war, und überzog einfach alles mit einer weißen Schicht. Es sah aus, als hätte jemand vergessen, den Thronsaal einzufärben. Ihm fehlte plötzlich Tiefe, es wirkte surreal. Die fehlende Wand unterstützte diesen Eindruck. Hinter mir drängten die anderen nach vorne und Puck zog die ersten Spuren in das reine Weiß des Bodens. Er zerstörte damit die Harmonie, die dieser Raum bis gerade noch in sich gehabt hatte. Was für ein absurder Gedanke. Ich schüttelte den Kopf.

Peter trat zu dem weißen Viereck auf dem Boden und begann, mit der Hand darauf herumzuwischen, um das Gemälde freizulegen, und sah schon nach kürzester Zeit aus, als hätte er sich im Staub gewälzt. Eine Weile sah ich ihm und den anderen zu, wie sie sich abmühten, ehe mir einfiel, dass es auch einfacher ging.

»Tretet zur Seite«, sagte ich zu ihnen, und noch ehe sie sich komplett in Sicherheit bringen konnten, sandte ich mein Element aus. Der Wind fegte die weiße Schicht beiseite – und pustete sie unkoordiniert in die Gegend. Ich bekam einen Hustenanfall wie auch Coral und Peter, aber letztendlich war das Gemälde sauber und farbig wie eh und je. Dafür sahen alle Umstehenden aus wie nach einer Mehlschlacht.

»Und jetzt?«, fragte Peter, nachdem sein Husten nachgelassen und sich alle den Staub vom Körper geschüttelt hatten.

»Jetzt stellen wir uns an unsere Seiten«, sagte Ric nur und schob mich zum östlichen Rand des Gemäldes. Peter trat sofort an meine Rechte, Coral stellte sich gemeinsam mit David mir gegenüber auf. Ric entfernte sich schon von mir, kehrte jedoch zurück und zog mich an sich.

Plötzlich stand die Zeit still – wirklich! Ich genoss es, noch einmal diesen klischeehaften Moment in einem Buch selbst zu erleben, ehe wir uns der Realität stellen mussten. Die Wärme, die vor lauter Anspannung von ihm ausging, bewirkte bei mir das Gegenteil. Ich entspannte mich, mein ganzer Körper drängte seinem entgegen. Umwölkt von dem Geruch nach Kaminfeuer und Vanille ließ ich mich von seinem Herzschlag beruhigen. Zärtlich legte er die Hand an mein Kinn und hob meinen Kopf an. Er hatte sich bereits zu mir hinabgebeugt und sein Atem streifte meine Wange. Instinktiv schloss ich die Augen und wartete auf den Kuss – der nicht kam.

»Versprich mir, dass du nichts Dummes tust«, flüsterte Ric stattdessen ganz nah an meinem Ohr. »Wir stehen das gemeinsam durch.«

Ehe ich darüber nachdenken konnte, was er meinte, sorgte er mit seinem Kuss für einen Hormonrausch, der mein Hirn benebelte. Ich spürte die Angst darin genauso wie die Hoffnung, dass alles bald zu einem Ende kommen würde. Ich erwiderte den Kuss – und teilte die Gefühle.

Bis sich jenseits unserer Raum- und Zeitkapsel jemand räusperte.

Ich musste nicht erst raten, wem wir die Störung zu verdanken hatten. »Gehört das irgendwie zur Jobbeschreibung einer Schwester?«, fragte ich lachend, während Ric nur böse Blicke in ihre Richtung schoss.

Er drückte mir noch einen schnellen Kuss auf die Stirn, ehe er sich an die Südseite stellte. »Verwandelt euch«, befahl er und sofort war die Luft getränkt von Elementarmagie und einer Duftmischung aus Sommer, Meeresbrise, nassem Wald und knisterndem Feuer. David trug seine Coral wieder einmal auf Händen. Ich flatterte über meiner Seite des Gemäldes, meine Kleidung lag unter mir.

»Wie bekommen wir jetzt diese schwebenden Symbole über dem Bild zustande?«, fragte Natalia, die gemeinsam mit Zac zwischen Ric und mir stand.

»Fantasie«, antwortete Zac. »Max hat das Portal nicht geöffnet – er sollte nur den Anschein wecken. In Wahrheit braucht Thyra ihn in eurer Welt – denn dort kann das *Zentrum der Macht* ihr nicht helfen.«

Ric runzelte die Stirn.

Natalia hingegen schloss die Augen und bewegte lautlos die Lippen, als würde sie beten oder so. Was gar keine schlechte Idee wäre. Ich versuchte, angestrengt etwas von ihren Lippen abzulesen – ohne Erfolg. Zac rückte noch dichter zu ihr auf und umgriff sie von hinten mit seinem Arm.

Ich sah Ric an, dass er am liebsten etwas dagegen unternommen hätte, aber er hielt sich zurück. Denn was auch immer Natalia murmelte – es funktionierte. Blasse Ornamente schwebten bereits über dem Gemälde.

Im Raum war es totenstill. Selbst der Wind, der jenseits der fehlenden Wand zu hören sein müsste, war verstummt. Die Spannung hingegen war greifbar. Ich konnte nichts weiter tun, als hier zu stehen und zu hoffen. Ich stellte mir vor, wie die Ornamente golden leuchteten, malte sie in Gedanken an, wünschte es mir aus meinem tiefsten Inneren heraus. Wir mussten es einfach schaffen! Die Zeit lief uns davon.

Coral keuchte auf und ich öffnete die Augen, dabei hatte ich nicht einmal bemerkt, dass ich sie geschlossen hatte. Vor mir sah ich die Ornamente nun genau so, wie ich sie mir vorgestellt hatte. Es war … gruselig, aber auch berauschend. Wenn ich gewusst hätte, dass ich mir hier in Otherside nur alles hätte vorstellen müssen, es mir nur hätte erträumen müssen … Einiges wäre einfacher gewesen. Aber hätte es funktioniert? Ich schob den Gedanken beiseite.

»Ist es fertig?«, fragte Puck und musterte das Gemälde und die goldenen Zeichen skeptisch. Der Unfall beim letzten Versuch war offensichtlich noch präsent.

»Willst du es nicht testen?«, forderte Cliff ihn heraus.

»Das überlasse ich dir, Crusade.« Puck zog die Nase kraus.

»Wie du willst«, sagte Cliff nur und trat auf den Bilderrahmen und setzte zu einem Sprung an. Im letzten Moment riss Fen ihn zurück und funkelte ihn an.

»Irgendjemand muss den ersten Schritt wagen«, sagte Cliff, entzog sich ihrem Griff, machte besagten Schritt und fiel ins Bild.

»Schnell!«, rief Fen. »Wer weiß, was dort draußen los ist.« Sie hatte Angst um ihn, das war ihr anzusehen. Sie straffte ihren Körper, griff nach ihrem Schwert und sprang Cliff hinterher. Sofort folgte auch Sage.

»Also wenn dort draußen irgendwelche dämonischen Söldner herumstehen, wird es hier gleich gewaltig beben«, bemerkte Puck. »Dann bin ich besser nicht mehr hier.« Er machte einen gigantischen Satz nach oben, schlug über unseren Köpfen einen Salto, ehe er mit Beinen voran mitten durchs Bild glitt.

»Er hat recht. Beeilt euch.« Ric sah Natalia und Zac an. Gleich darauf verschwanden die beiden Hand in Hand.

In diesem Moment tauchte Ophelia in meinem Augenwinkel auf und winkte mit beiden Armen. Sie hatte irgendetwas in der Hand.

»Bei drei?«, fragte Ric. Nur noch unser Team und David, der Coral an sich presste, waren hier.

Ich starrte auf Ophelia, die auf mich zurannte.

»… drei.« Ric, Peter, David und Coral sprangen.

Ich sah sie wie in Zeitlupe in der Luft hängen, während Ophelia ebenso langsam näher kam. Sie war inzwischen an der anderen Seite des Bildes angekommen, etwas entfernt von der Stelle, an der eben noch Coral und David gestanden hatten. Ich konnte nicht länger warten – daher flog ich ebenfalls zum Gemälde hinab.

Die Zeit beschleunigte sich wieder. Ich sah im Flug, wie die anderen nahezu zeitgleich in das Bild eintauchten und verschwanden. Mit ihnen verloren die Ornamente ihre Farbe und verblassten.

In diesem Moment dachte ich nur zwei Dinge: Ich war nach ihnen abgesprungen – und Ophelia hatte etwas auf mich geschleudert.

35. KAPITEL

Ich landete ziemlich unsanft auf meinem Feenhintern. Meine Arme ballten sich um einen für mich im Moment gigantischen zusammengeknüllten Zettel, den ich aus einem Reflex heraus im Flug gefangen hatte. Das leichte Schwindelgefühl war noch nicht ganz abgeebbt. Mit ihm kreisten Bilder der *Reise* in meinem Kopf herum und ich versuchte angestrengt, zu rekonstruieren, wie ich an diesen Zettel gekommen war.

Ophelia hatte pure Verzweiflung im Gesicht geschrieben gestanden, als sie erkannt hatte, dass sie es nicht mehr bis zu mir schaffen würde. Sie hatte schnell gehandelt und den Zettel, mit dem sie mir kurz zuvor noch zugewinkt hatte, zusammengeknüllt und geworfen. In jenem Moment hatte ich nicht realisiert, dass ich zugegriffen hatte. Doch jetzt …

Was ist so wichtig gewesen, dass sie es mir unbedingt mitteilen wollte?, überlegte ich, während ich mich zurückverwandelte, der zusammengeknüllte Zettel schrumpfte in meiner Hand.

»Schnell, steh auf!« Ric holte mich aus dem Erinnerungsstrom, zog mich am Arm nach oben und drückte mir meine Kleidung in die Hände. Wann hatte er die denn mitgenommen?

Sofort waren meine Sinne wieder geschärft und mir wurde bewusst, wo ich mich befand: Ich war in der großen Halle vor der *Bibliotheca Elementara* – genau an der Stelle, die das Gemälde gezeigt hatte. Doch es fühlte sich nicht richtig an. Nicht nur war eine der beiden Treppen zerstört, die Wände von etlichen Löchern verunstaltet und der Boden von Putzresten und Staub übersät. Nein, es fehlte etwas ganz Essentielles.

Es war so gespenstisch still hier, als wäre jegliches Leben aus dem Gebäude gesogen worden, was mir eine Gänsehaut über den Körper jagte. Eine Stimmung wie auf einem Friedhof. Was ich glücklicherweise nicht sah, während ich mich anzog, waren Leichen. Die Seelenlosen waren natürlich zerfallen, nahm ich an – was den Staub hier erklären würde und die ersten leichten Beben direkt nach dem Übertritt von Thyra und Balthasar, die Zeit der ersten Kämpfe.

Was aber war mit den Wächtern passiert, die beim Überfall anwesend gewesen waren und es geschafft hatten, ein paar der übergetretenen Buchfiguren zu töten? Sie konnten nicht alle überlebt haben – nicht bei der Übermacht von Balthasar, der Söldner und weiteren düsteren Gestalten. Es musste Opfer gegeben haben – viele Opfer. Doch wo waren ihre Leichen? Hatte Thyra sie mitgenommen oder hatte Balthasar sie ebenfalls zu Staub zerfallen lassen? Ich schluckte. So viele Kollegen, die ich mehr oder weniger gut gekannt hatte.

»Wohin?« Fen riss mich aus den trüben Gedanken und hob misstrauisch die Augenbraue, während sie das Chaos überblickte. Mit der ruhigen, stimmungsvollen Atmosphäre des Gemäldes hatte dieser Ort wahrlich nichts mehr zu tun. Abwesend steckte ich den Zettel in meine Hosentasche.

»Gehen wir in den großen Sitzungssaal«, schlug Peter vor. »Von dort aus können wir notfalls in den Geheimgang.«

»Geheimgang? Hier?«, fragte ich. Nachdem Ric zugestimmt hatte und wir den langen Gang entlangliefen, klärte er mich auf. Ich war beeindruckt, dass es hier so etwas gab. Vielleicht stammten die Gänge noch aus diesen ersten Zeiten der Wächter – als sie sich von der Zunft gelöst und mit ihnen zerstritten hatten.

Ric ging davon aus, Josh würde ebenfalls zu dem Schluss kommen, dass der große Sitzungssaal ein guter Ort wäre. In letzter Zeit setzte er ziemlich viel voraus, was vor ein paar Tagen noch undenkbar gewesen wäre. Die Vertrauensbasis war wohl wiederhergestellt. Nun ja, bis zu Joshs Wegschleichen aus *Otherside*.

Rics Gedankengänge waren richtig – denn wie wir die Tür zum großen Sitzungssaal öffneten, flogen uns einige kleine, aber tierisch heiße Funken entgegen, ehe eine Feuerwand vor uns aufflammte. Ric fluchte auf den Patron der Feuerelementare und beruhigte das Feuer. Ein paar der Funken hatten uns dennoch erwischt und ich schlug wild auf sie ein, bevor sie sich in meine Kleidung fraßen.

»Was fällt dir ein, Josh?«, brüllte Ric, während er die Feuerwand unter Kontrolle brachte und sie in sich zusammenschrumpfte. Dahinter stand Josh, die Hände erhoben, um seinerseits das Feuer zu kontrollieren. Etwas versetzt hinter ihm standen Laurie und ein mir unbekannter Junge – beide hatten Miniaturwaffen auf uns gerichtet und ein gefährliches Funkeln in den Augen.

Als sie uns erkannte, senkte Laurie sofort ihre Waffe und forderte auch den anderen Jungen dazu auf.

»Ihr seid zurück«, stellte Josh fest, Erleichterung im Blick.

»Was sicher nicht dein Verdienst ist«, knurrte Ric. »Wie konntest du einfach abhauen?« Sofort kochte seine Wut wieder hoch und ich musste von all der abgestrahlten Hitze ein wenig abrücken.

»Es hat sich ja erledigt, oder? Alles ist gut«, versuchte Natalia, ihn zu beruhigen.

Der Fremde starrte wie gebannt auf uns – nein, auf Zac und die anderen, die hinter uns den Raum betreten hatten. Ich sah hinter mich. Zac musterte seinerseits den Jungen. Trug er einen Trainingsanzug der Wächter? Ich blickte zu Josh und Laurie – sie beide waren ebenfalls in die beigefarbene Trainingsuniform gekleidet, die wir immer in der Ausbildung getragen hatten.

»Was hat er?«, brach Sage den Bann. »Noch nie einen Dämonenjäger gesehen?«

Mit offenem Mund schüttelte der Junge langsam den Kopf.

»Nein, das hat er nicht. Das ist eine längere Geschichte«, erklärte Laurie. »Die Kurzversion: Nate ist ein Seelenloser und er gehört zu uns.«

Ihre feste Stimme erschreckte mich beinahe. Ich kannte Laurie nicht sehr gut, aber wenn ich etwas mit ihr zu tun gehabt hatte, war sie eher das stille Mäuschen gewesen – bei ihrem Doppelleben vermutlich auch kein Wunder. Doch das mussten wir später klären.

»Was habt ihr weiter geplant?«, fragte Ric direkt an Josh gewandt, der sofort verunsichert wirkte.

»Wir haben gewusst, dass ihr kommen würdet«, begann Josh. »Und wir haben gehofft, *ihr* hättet einen Plan.«

»Wo sind die ganzen Leichen?«, entfuhr es mir, ohne nachzudenken. Es ging mir einfach nicht aus dem Kopf.

Laurie senkte den Blick. »Ich habe gehört, dass sie vernichtet wurden.«

»Wer ist noch am Leben?«, wollte Ric wissen.

»Perry, Felipe und Peters Eltern stellen den provisorischen Rat«, erklärte Laurie. Geradewegs sah ich zu Peter hinüber, der bislang etwas unbeteiligt gewirkt hatte. Sofort konnte ich jedoch die Erleichterung in seinen Augen sehen.

»Und dein Vater?«, fragte Peter unmittelbar darauf Josh, um von sich abzulenken.

»Es heißt, er lebt. Aber Laurie hat ihn bisher nicht gesehen«, sagte Josh.

»Perry erwähnte, dass er an einer Lösung arbeitet«, ergänzte Laurie.

Ich kniff die Augen zusammen, um sicherzugehen, dass ich ihre Mimik richtig deutete. Die Zweifel standen ihr ins Gesicht geschrieben.

»Ist etwas vorgefallen?«, hakte Ric nach.

»Wir sollten uns setzen«, schlug Natalia vor und ging hinüber zu dem länglichen Tisch, um den zahlreiche Stühle standen.

Ich sah ihr hinterher und mein Blick fiel auf die geöffnete Vitrine. Sofort kehrten die Bilder zurück, als ich das letzte Mal in diesem Raum gewesen war. Der Rat hatte mich herbeordert, weil ich damals die Einzige gewesen war, die *Otherside* hatte lesen können. Ein Zauber von Elizabeth oder Thyra, der einzig mich an das Buch herangelassen hatte. So hatte ich herausgefunden, dass mein Vater – sofort fühlte ich den Stich in meinem Herzen – bei Zac im Schloss war. Von diesem Raum aus waren also auch Ric und die anderen in die Buchwelt gelangt, um mich zu retten. Für den sonst so selten benutzten großen Sitzungssaal keine schlechte Ausbeute.

Die Dämonenjäger folgten Natalias Bitte als Erste, Puck blieb lieber stehen. Er war eine rastlose Natur, ganz wie mein Element oder ich, wenn ich aufgeregt war. Mir war eigentlich auch nicht nach Sitzen – wenn ich mir jedoch überlegte, wie ich und Puck – und vielleicht noch andere – im Raum hin- und herrannten … Nein, ich würde verrückt werden. Also setzte ich mich schnell auf den nächstbesten Stuhl, Ric nahm direkt neben mir Platz. Hier tagte normalerweise nur der internationale Rat – und nun saßen wir hier.

»Habt ihr herausgefunden, wie wir Thyra besiegen könnten?«, fragte Josh.

Ric schüttelte den Kopf. »Wir wissen nicht mehr als vorher.«

»Wo habt ihr das *Zentrum der Macht* denn gefunden?«

Laurie war wirklich wie ausgewechselt. Niemals hatte sie in Sitzungen oder Schulungen irgendetwas von sich gegeben – und schon gar keine Frage gestellt –, um bloß nicht im Mittelpunkt zu stehen. Ric erzählte daraufhin von dem Brief an Grin, den Elizabeth im Notizbuch zusammengefasst hatte.

»Wer ist dieser Grin?«, fragte Nate. Er hatte bislang still und unbeteiligt dagesessen. Jetzt legte er die Stirn in Falten, als würde er angestrengt versuchen, einen Gedanken zu fassen, der nicht greifbar war.

»Er war in Elizabeth verliebt, ein niederes Mitglied der Zunft, der gemeinsam mit Elizabeth herausgefunden hat, dass Lesen die Buchfiguren in unsere Welt holt. Sie haben auch gemeinsam an der Idee von *Otherside* gearbeitet. Grin war jedoch nicht bereit, Elizabeth in die Buchwelt zu folgen«, fasste Peter zusammen.

»Und wo ist er jetzt?«, fragte Laurie.

»Wissen wir nicht. Wir können nicht genau sagen, wann sich das alles ereignet hat – also wissen wir auch nicht, ob Grin noch am Leben ist oder irgendwann einsam gestorben ist«, sagte ich. Eigentlich eine traurige Geschichte – wenn Elizabeth nicht mit dringehangen hätte. Dieser Grin tat mir schon irgendwie leid.

»Gibt es keine Akten oder so etwas? Von den Wächtern?« Nate schoss sich voll auf Grin ein.

»Was schaust du mich so an?«, antwortete Josh aufgebracht. »Als hätte ich von alldem bereits gewusst.« Er wedelte mit der Hand. Auch er tat mir leid.

»Dann sollten wir deinen Vater suchen«, schlug Nate vor. Laurie sah von ihm zu Josh. Ihr Gesichtsausdruck wechselte während der

Drehbewegung von verwirrt zu … total verliebt. Es war niedlich und wirkte wieder einmal wie ein kleiner Hoffnungsschimmer. Wir waren uns schließlich nie sicher gewesen, ob Laurie Joshs Gefühle auch erwiderte.

»Denkt ihr wirklich, er kann uns helfen? Nach was genau suchen wir denn?« Zac kniff die Augen zusammen. »Nach Informationen über jemanden, der vielleicht seit Jahren tot ist, oder nach einem Weg Thyra zu vernichten?«

Ich zuckte zusammen, so scharf waren seine Worte. Aber er hatte recht. Wir mussten uns auf Thyra konzentrieren.

»Ich stimme ihm zu. Wir haben nicht mehr viel Zeit.« Josh sah zur großen Wanduhr. Dann runzelte er die Stirn, presste die Augen zusammen und blickte erneut zur Wand.

»Was ist?«, fragte Ric alarmiert.

»Es ist keine Zeit vergangen, seit wir vom Unterschlupf der Wächter aufgebrochen sind.«

Ich sah ihn mit großen Augen an, als hätte ich nicht verstanden, was er gesagt hat. Okay, eigentlich hatte ich das wirklich nicht. »Was bei Aither passiert hier?«, fragte ich deshalb. Doch keiner gab mir eine Antwort.

»Ich fürchte, wir haben die Welten gehörig durcheinandergebracht«, grübelte Peter und Josh fügte hinzu: »Wir brauchen mehr Zeit – in der Buchwelt wird diese bereitgestellt. Hier aber …« Er ließ den Rest des Satzes offen.

Wir verstanden auch so, was er meinte. Hier in der Realität dürfte dem nicht so sein. Vorstellungskraft und Wunschdenken würden hier nicht ausreichen, um die Zeit anzuhalten und den Charakteren so Gelegenheit zu geben, eine Lösung zu finden.

»Bist du dir sicher?« Ich konnte es nicht glauben – oder ich wollte nicht.

Er antwortete nicht, sondern warf mir nur einen überheblichen Blick zu. Die erhobene Augenbraue schien mir zuzurufen: *Du zweifelst an meinen Worten?* Typisch Feuer. Ich unterdrückte ein Schnauben.

»Es ist kaum Zeit vergangen, seit wir aus der Zentrale geflohen sind«, bestätigte nun auch Laurie und zog die Nase kraus. In ihrem zarten Gesicht sah das niedlich aus. »Das ist dort, wo …«, fügte sie hinzu, doch ich winkte schnell ab. Wir wussten – zumindest ungefähr – was diese Zentrale war.

»Okay, da tut sich wirklich was«, stimmte Peter zu. »Und das können wir zu unserem Vorteil nutzen, oder?«

Wir sahen ihn alle verwundert an.

»Thyra hat uns eine Deadline gegeben – und so wie es aussieht, wird die Zeit nicht ablaufen, bis wir zu einer Lösung gekommen sind. Wie in einer Geschichte.« Bei dem Gedanken bekam ich Knoten im Hirn. In Otherside war es normal gewesen, dass die Zeit nicht linear verlief, die Tage ewig dauerten und es gefühlt oft keine Nächte gab, obwohl es Zeit dafür wäre. Aber hier? In meiner Heimatstadt, in der Realität?

»Thyra plant mehr, als sie mir erzählt hat.« Zac verzog missmutig das Gesicht. »Auch wenn ich nichts gegen ihre Pläne unternehmen konnte, mit eurer Hilfe das Portal zu öffnen, so habe ich trotzdem genau mitbekommen, was sie vorhatte. Aber das gehörte definitiv nicht dazu.«

»Tja, sie hat auch ihrem Helden nicht alles erzählt«, bemerkte Ric sarkastisch.

»Ohne mich wären wir nicht einmal so weit gekommen.« Zac reckte das Kinn nach vorne. Ob es wirklich so war, darüber ließ sich streiten. Denn eigentlich wären wir ohne Coral nicht hier. Sie war schließlich die Einzige, die das Notizbuch lesen konnte. Und Ophelia war diejenige, die es gefunden hatte.

Sofort fiel mir unsere letzte Begegnung ein und ich fischte den zusammengeknüllten Zettel aus meiner Hosentasche. Hastig faltete ich das Papier auseinander. Was war so wichtig gewesen, dass sie es mir unbedingt hatte mitteilen müssen?

Ein Blick auf die Nachricht und ich erstarrte. Mein Herz setzte für einen Moment aus, mein Gesicht fühlte sich blutleer an, ehe ich innerlich zu fluchen begann. Warum hatte sie sich nicht konkreter ausdrücken können? Oder hatte sie nichts Genaueres gesehen? Bei Aither!

»Was?«, fragte Ric und blickte mir über die Schulter, um ein Auge auf den Zettel werfen zu können. Ich war nicht schnell genug, um ihn wieder zusammenzuknüllen, und spürte, wie er neben mir erstarrte. »Wer?«, fragte er nur und die anderen warfen sich verunsicherte Blicke zu.

Ich wusste es doch auch nicht, verdammt. Auf dem Zettel stand nur ein einziger Satz in krakeliger Handschrift: *Er wird nicht überleben.*

36. KAPITEL

Ich sah den Tisch entlang, in all die Gesichter, die auf mich gerichtet waren. Die Luft war zum Schneiden dick und die Nervosität aller stieg kontinuierlich an. Sie warteten auf eine Erklärung, ich jedoch konnte nur von einem Jungen zum nächsten sehen und fragte mich bei jedem Gesicht, das mich erwartungsvoll ansah, ob es demjenigen gehörte, der sterben würde.

Ric, mein Drache und mein persönlicher Held, der mir bis nach *Otherside* gefolgt war.

Zac, die vermeintliche Liebe meines Lebens, der nun mit 99-prozentiger Sicherheit unter dem Tisch Natalias Hand hielt.

Peter, mit dem ich so lange zusammengearbeitet habe, der grübelnde, ruhige Pol unseres Teams.

Josh, der für so viel Verwirrung in unserem Leben gesorgt hatte, der mit unseren Verdächtigungen hatte leben müssen und der doch einen Weg gefunden hatte, zu unserer Gruppe zu gehören.

David, in dessen Armen Coral lag, beide so eng umschlungen, dass sie wie eine Einheit wirkten.

Dann die Buchfiguren, die eigentlich nie Berührungspunkte mit unserer Welt gehabt hatten, außer gelesen zu werden: Puck, Sage und Cliff, die Wölfe Sam und Ben – bei Letzterem korrigierte ich meine gedankliche Formulierung auf: *kaum Berührungspunkte mit unserer Welt gehabt hatten*. Dennoch hatten sie alle ihre Hilfe angeboten. Im Kampf gegen Thyra und zur Rettung unserer Welt. Würde einer von ihnen dieses Angebot mit dem Leben bezahlen? Würden sie vielleicht jetzt ihre Meinung ändern und versuchen, schnellstmöglich in ihre Buchwelt zurückzukehren? Konnten wir es ohne sie schaffen?

Oder was war mit dem Neuen, Nate, der Laurie anscheinend geholfen hatte. Lag ihr etwas an ihm?

Ich holte tief Luft. »Ophelia kam in den Thronsaal gerannt, als ein Teil von euch schon durch das Portal gegangen war«, begann ich, zu erklären. »Sie war aufgeregt oder sogar aufgewühlt. Vermutlich hatte sie eine Vision und uns noch darüber berichten wollen, aber es war zu spät.«

Ich senkte den Blick. Sah auf meine Hand hinab, die den Zettel fest in sich verschlossen hielt, als würde die schlechte Nachricht so nicht nach außen dringen. Wieso hatte ich nicht kurz nachgesehen, als ich die Botschaft noch hätte verheimlichen können? Meine Faust verkrampfte, eine Windböe zupfte leicht an meinen Haaren – eine tröstende Geste meines Elements. Keiner wagte, nachzufragen, sie warteten nur ab und wappneten sich für die Hiobsbotschaft.

»Er wird nicht überleben«, presste ich hervor.

»Wer?«, keuchte Coral, ehe ihre Augen glänzten und sich die erste Träne im Augenwinkel sammelte.

Natalia beugte sich zu Zac hinüber. An ihren bebenden Schultern sah ich, dass ihr dieselben Gedanken durch den Kopf huschten wie allen weiblichen Personen im Raum. Jede von ihnen malte sich das schlimmste Szenario aus: Was wäre, wenn es mein Freund wäre? Tröstend legte Zac seinen Arm um sie und fuhr ihr beruhigend über den Rücken. Kaum merklich küsste er sie auf den Scheitel. Coral krallte sich mehr denn je an David. Fen sah zwischen Sage und Cliff hin und her, als könnte sie nicht entscheiden, wessen Tod ihr Worst-Case-Szenario wäre. Einzig Laurie starrte mit leerem Blick zu Josh an ihrer Seite, während dieser nur langsam den Kopf schüttelte.

Ric sprach schließlich meinen Gedanken aus: »Natürlich können wir nicht von euch verlangen, bei unserem Kampf dabei zu sein. Wir verteidigen hier unsere Welt, also können wir euch nicht verpflichten, dabei zu sein. Wir würden es verstehen.« Wie um sich zu vergewissern, ruckte sein Kopf zwischen Peter und Josh hin und her, beide signalisierten ihre Zustimmung.

Danach herrschte eine unheimliche Stille. Ich wusste nicht, worauf ich hoffen sollte. Wollte ich, dass sie aufgaben, dass ihnen nichts passierte und sie in ihre Geschichten zurückkehrten? Oder wünschte ich mir egoistischerweise, dass sie es nicht taten. Was die Chance minimieren würde, dass Ric derjenige war, den Ophelia gemeint hatte.

Ich war mir nicht sicher, ob Ophelias Vision wahr werden würde, wenn sich unsere Wege trennten oder veränderten. Ich wusste einfach gar nichts mehr. Mein Kopf war leer bis auf den einen Gedanken: *Lass es nicht Ric sein.* Der Gedanke erschrak mich selbst. Denn auch die anderen waren meine Freunde, hatten eine mehr oder weniger enge Beziehung zu mir. Es machte mir Angst, dass ich für mich entscheiden könnte, wen die Prophezeiung treffen sollte – oder besser nicht treffen sollte. Dafür verfluchte ich Ophelia stumm.

Ein Rascheln erlöste mich aus meinen düsteren Gedanken. Zac schob Natalia von sich, die irritiert zu ihm aufsah. Dann erhob er sich.

»Wir haben uns dafür entschieden, euch hier zu helfen«, sprach er in beinahe feierlichem Ton. »Was für Helden wären wir, wenn wir Anbetracht unseres potenziellen Todes zurückrudern würden?« Er versuchte, zu lächeln, aber es gelang ihm nicht.

Natürlich waren sie Helden, Buchhelden – jeder in seiner eigenen Welt. Doch nicht in allen Büchern wurden die Figuren damit konfrontiert, ihren eingeschlagenen Weg vielleicht mit dem Tod zu bezahlen. Im Augenwinkel sah ich Fen nicken, als sie von einem der Brüder zum anderen sah, beide an die Hände nahm und aufstand.

»Wir sehen es genauso. Es ist unsere Pflicht, gegen Dämonen zu kämpfen und die Menschen zu retten. Ob diese jetzt real sind oder aus einer Buchwelt stammen, macht keinen Unterschied. Wir wissen nicht, was passieren würde, sollte Thyra mit ihren Plänen erfolgreich sein, ganz gleich, wie diese aussehen. Daher kämpfen wir dafür, dass alles so wird, wie es einmal war.«

Cliff und Sage waren während ihrer Ansprache ebenfalls aufgestanden und hatten einen stoischen Blick aufgesetzt.

»Wenn die Kinder mitmachen, bin ich auch dabei«, seufzte Puck. Dann stellte er sich auf seinen Stuhl. Die Bezeichnung *Kinder* aus dem Mund einer Figur zu hören, die auf einen Stuhl steigen muss, um so groß zu sein wie jene Kinder, war irgendwie lächerlich. Unwillkürlich verdrehte ich die Augen.

Ben stand auf und fing meinen Blick ein. »Ich habe etwas wiedergutzumachen. Dies ist meine Gelegenheit. Ich werde die Chance ergreifen und an eurer Seite kämpfen.« Er ballte die rechte Hand zur Faust und schlug sie sich vor die Brust.

»Ich möchte nicht, dass unsere Welt zerstört wird. Und dafür werde ich alles Nötige tun – auch mit dem Leben bezahlen.« Sam legte sich die Faust ebenfalls aufs Herz.

»Ich kämpfe, wo immer Coral kämpfen wird.« Auch wenn ich Davids Gesicht hinter Corals Kopf kaum sah, wusste ich, wie seine Miene wirkte. Er hatte sicher glänzende Augen, sein Blick war auf irgendetwas an Coral fixiert und er schien, als könnte er nicht selbstständig denken.

Blieb nur noch einer übrig. Alle sahen zu Nate, dem fremden Jungen, der Buchfigur, die in unserer Welt lebte, ohne sich ihrer Herkunft bewusst gewesen zu sein. Im Gegensatz zu den anderen erhob er sich keineswegs heldenhaft. Seine Stirn war in Falten gelegt, er fuhr sich mit einer Hand über die Augen. Wir kannten ihn nicht, daher würde ich ihn bei dem Einsatz nicht wirklich vermissen. Aber er hatte Laurie geholfen, war ein Teil ihrer Geschichte geworden.

Sie beobachtete jede seiner Regungen mit ausdruckslosem Gesicht. Auch ihr konnte ich nicht ansehen, was sie bei seinem Anblick dachte oder fühlte.

Plötzlich straffte sich Nate und stand eilig auf. »Ich werde ebenfalls auf eurer Seite kämpfen – doch sollten wir gewinnen, werdet ihr mir helfen, herauszufinden, wie ich in dieser Welt gelandet bin und wie ich zurückkomme.«

»Das werden wir«, sagte Zac, ohne zu zögern. Er wirkte erleichtert.

Peter schien die ganzen Bekundungen gar nicht wirklich zu verfolgen. Er war in einem tiefen Grübelmodus in seine Gedanken versunken. »Sam hat uns von diesem Fabrikgelände berichtet«, setzte er an und sah zu Laurie, Josh und Nate. »So gut, wie Thyra alles gesichert hat, muss sich dort der Ort befinden, der für all die Veränderungen hier verantwortlich ist. Leider konnte Sam nicht hineinsehen, weil es irgendeine Barriere gab.«

Ich und auch einige der anderen stimmten mit einem Nicken zu.

»Nicht einmal von der Zentrale aus konnten wir hineinsehen«, sagte Nate. »Die Drohnen haben nur die Hirngespinste außerhalb aufspüren können, aber alles, was ein paar Meter rund um das Fabrikgebäude passierte, war wie ein weißer Fleck auf den Scans.«

Ich überlegte, ob ich genauer nachfragen wollte, doch für alle anderen schien es klar zu sein, was er meinte. Hatte ich irgendetwas verpasst?

Nur David ging es wohl genauso: »Ich verstehe kein Wort«, gab er offen zu. Für ihn, als Bewohner der High-Fantasy-Welt von *Otherside* musste die ganze Technik wahrlich im Bereich des Fantastischen liegen.

Laurie nickte wissend, sah kurz zu Nate hinüber und begann, aus ihrem Leben zu berichten. Meine Augen wurden größer und größer, es war einfach unfassbar, dass sich all das in einem vermeintlichen Forschungsinstitut für Biotechnologie oder Medizin oder etwas in der Art abgespielt hatte – jahrelang!

Ihr Leben glich einer Science-Fiction-Geschichte. Sie war von Robotern aufgezogen worden, hatte sämtliche Technik zur Verfügung, von denen unsereins nur träumen konnte – egal ob privat oder im Job. Aber ihre Kindheit und Jugend waren trotzdem nicht das, was ich als schön bezeichnet hätte. In der Zentrale waren Gefühle verboten? Das hielt ich für grausam.

Meine Gedanken drifteten ganz von selbst ab und zeigten mir Bilder meiner Kindheit. Bilder einer lachenden Familie, einem Leben zwischen so vielen Büchern im Arbeitszimmer meines Vaters. Die glückliche Erinnerung verdrängte sogar den Schmerz über seinen Tod. Ich sah meine Mutter vor mir, die überbehütende Frau, die sie damals noch gewesen war. Mein Herz tat einen kleinen Satz, als ich an sie dachte. Wie ging es ihr? Seit wir zurückgekehrt waren, hatte ich nicht einen Gedanken an sie verschwendet. Sie war meine Mutter, einer der Motivatoren, die mich nach Vaters Tod hatten weiterkämpfen lassen, ganz gleich, wie unser Verhältnis war. Ich musste sie suchen, irgendwie Kontakt aufnehmen.

Ric stupste mich in die Seite und das Bild meiner Mutter zersprang in tausend Stücke. Sein fragender Blick durchbohrte mich. Ich senkte den Blick und schüttelte langsam den Kopf.

»Wenn die Zeit wirklich nicht vergangen ist, müssten Thyra und Balthasar weiterhin auf dem Marktplatz sein«, bemerkte Nate und erklärte, was genau dort vorgefallen war.

Wir hatten von Sam zwar Einblicke bekommen, aber es aus seiner Perspektive zu hören, war noch einmal etwas anderes und mir lief es kalt den Rücken runter. Dann blitzte der Gedanke auf, dass meine Mutter vielleicht ebenfalls dort sein könnte, und mir wurde übel. Schnell schob ich alles Negative von mir – die Sorge um meine Mutter und die Angst, dass Ric derjenige sein könnte, der all das nicht überleben würde –, um mich auf die Unterhaltung der anderen zu konzentrieren.

»Das könnte unsere Chance sein«, sagte Zac entschlossen. »Wir sollten zu diesem Gelände fahren, solange Thyras Aufmerksamkeit auf ihrem Countdown liegt.«

So war es wohl beschlossene Sache. Zumindest bis Peter einen neuen Gedanken einbrachte: »Wir sollten unser Augenmerk nicht nur auf Thyra legen. Irgendwie habe ich das Gefühl, dass von dieser Zentrale beinahe genauso viel Gefahr ausgeht.« Er sah entschuldigend in Lauries und Nates Richtung.

An seinen Worten war etwas Wahres dran – das erkannten auch die Wölfe. »Was sie erzählt hat – dass dieser *Professor*«, Ben spuckte das Wort förmlich aus, »Bücher für falsch hält, gefällt mir ebenso wenig. Wenn er nun seine Chance gekommen sieht, zuzuschlagen und nicht nur Thyra, sondern uns alle zu vernichten?«

»Er will die Buchwelt nicht vernichten«, sagte Nate energisch, ruderte jedoch prompt zurück. Vermutlich war ihm das eingebläut worden. »Auch bei uns gibt es Bücher, nur sind sie …«

»… keine Fiktion«, beendete Laurie den Satz. »Der Professor ist gegen Träumereien, fantastische Welten, in die sich Menschen flüchten, wenn ihnen die Realität zu viel wird. Jemand aus der Zentrale würde niemals Figuren herauslesen.«

»Geschichten wie unsere«, bemerkte Fen trocken. »Das heißt, er will uns vernichten. Dann sollten wir ihm zuvorkommen.« Ihre Dämonenjägerkollegen stimmten ihr mit einem Nicken zu.

»Wir können uns nicht trennen«, entschied Ric kopfschüttelnd.

»Wir können aber genauso wenig nicht mit sechzehn Mann durch die Gegend laufen. Das fällt auf«, sagte Zac energisch.

So langsam verlor ich den Überblick, wer zu wem hielt. Oder gab es gar keine Seiten oder auch nur den Hauch von Loyalität gegenüber irgendwem? Wir hatten zu viele Ziele: Wir wollten die Buchwelt beschützen und die Realität. Hatten wir uns übernommen? Oder wollten die Buchfiguren lediglich ihre eigene Welt retten? Bei Aither, jetzt zweifelte ich schon an meinen eigenen Verbündeten!

Ric dachte über Zacs Worte nach, denn er antwortete nicht so schnell, wie ich erwartet hatte. Letztendlich nickte er. »Wir werden in beide Richtungen arbeiten müssen. Wenn wir Thyra ausschalten, ohne die Zentrale im Auge zu haben, könnte es sein, dass die uns in den Rücken fallen.«

Zac nickte. Ich sah den Hauch eines Grinsens um seine Mundwinkel zucken und hoffte, dass Ric es nicht sah. Sonst würde er nur wieder einen Streit anzetteln. Ich war so froh darüber, dass die beiden gut zusammenarbeiteten! Ric schien nicht einmal mehr etwas gegen eine potenzielle Beziehung zwischen Zac und Natalia einzuwenden zu haben. Zac sollte Ric nicht zusätzlich reizen.

»Wer geht wohin?«, fragte Ben.

»Wir gehen zur Fabrik«, entschied Sage schnell, ehe Ric oder Zac antworten konnten. »Was wollen wir in dieser Zentrale – die ganzen Leute dort müssen sicher nur schräg angeschaut werden und laufen vor Angst davon. Wir sind Krieger.«

»Nur Laurie und Nate kennen sich in der Zentrale und auf dem Gelände rund um das Gebäude aus. Sie müssen das Team leiten«, warf Josh ein. »Und ich werde sie begleiten.« Das hätte er wirklich nicht dazusagen müssen.

»Ich werde sie begleiten und versuchen, ins Innere zu sehen«, sagte Sam. »Ben geht mit der anderen Gruppe, damit wir in Verbindung bleiben können.«

»Das könnt ihr?« Nate schaute den Wolf aus großen Augen an.

»Du kennst doch die Berichte.« Laurie sah Nate vorwurfsvoll an.

Dieser Satz erfüllte mich wieder mit Unbehagen. Er zeigte allzu deutlich, dass Laurie so lange ein falsches Spiel gespielt hatte. Konnten wir ihr jetzt wirklich vertrauen? Aber hatten wir denn eine Wahl? Ich beantwortete die Frage mit einem klaren Nein.

Ric teilte die Gruppen auf: »Josh geht mit Laurie, Nate, Sam und Puck zur Zentrale. Die anderen kommen mit zur Fabrik.«

»Wieso darf ich nicht mit zur Fabrik?« Puck klang wie ein eingeschnapptes Kind.

Ric fuhr sich genervt durch die Haare. »Weil du, sollte etwas dazwischenkommen, über genug Macht verfügst, die Wogen zu glätten. Du kannst Gefühle beeinflussen.«

»In der Zentrale gibt es keine Gefühle«, konterte Puck.

Rauchgeruch drang in meine Nase. »Dann sorg dafür, dass die Leute aufwachen. So wie Laurie und Nate.«

Der Plan war gut. So weit hätte ich gar nicht gedacht.

Puck erging es ebenso und er bekam leuchtende Augen. »Oh!«

Mit einem siegessicheren Grinsen nickte Ric. Und sonnte sich in den anerkennenden Blicken der Umstehenden. Ich verdrehte die Augen, konnte meinen Stolz jedoch vermutlich nicht verbergen.

»Wir sollten uns tarnen«, schlug Nate vor und kramte in einer unsichtbaren Tasche nach etwas. »Hier.« Er präsentierte die kleine Spraydose wie ein Wunderheilmittel.

»Was ist das?«, fragte Ric mit zusammengekniffenen Augen.

Anstatt zu antworten, richtete Nate die Dose auf seine Hand und besprühte sie. Die Hand wurde *unsichtbar*. Ungläubig starrte ich auf die nicht länger sichtbare Hand, dann auf Nate, der tatsächlich lächelte.

»Das ist gruselig. Wir haben ja durch Sam davon gehört, aber …« Mehr brachte ich nicht heraus. Es war wie Zauberei.

»Das Spray bricht lediglich das Licht, eine eigentlich ganz primitive Technik«, erklärte Laurie in ruhigem Ton.

»Primitiv? Das klingt eher, als hätte man es aus einem Science-Fiction-Roman geklaut«, meldete sich Natalia zu Wort. »*Beam me up, Scotty.*«

Zeitgleich senkten Nate und Laurie den Blick, als gäbe es auf dem Tisch etwas weit Interessanteres zu sehen.

»Ihr wollt damit sagen … *Das könnt ihr auch?*« Natalias Stimme überschlug sich fast. »Ich meine, warum könnt ihr …«

»Unsere Wissenschaftler sind die besten der Welt«, sagte Nate selbstbewusst.

Ich konnte es ebenfalls nicht fassen und starrte immer wieder auf die Stelle, an der seine Hand sein müsste. Nur wenn ich ganz genau hinsah und die Bewegung bewusst verfolgte, konnte ich sie erahnen.

»Unserer Welt? Oder *ihrer* Welt?« Rics Worte schwebten über uns, als würden sie zusätzliche Aufmerksamkeit auf sich lenken wollen, ehe sie zu jedem von uns durchdrangen. Nate wurde kreidebleich. Auch er addierte eins zum anderen.

»Du wusstest nicht, dass du eine Buchfigur bist«, sagte Josh nickend. »Was spricht dagegen, dass auch all die anderen …« Er riss plötzlich die Augen auf, schluckte und warf einen Blick zu Laurie hinüber. Schnell schüttelte er den Kopf. Er hätte es merken müssen, er war ein Elementar. Oder?

»Nein«, erwiderte Laurie energisch. »Ich habe eine Vergangenheit, ich bin aufgewachsen, ich habe gelernt. Ich kann keine … Aber die anderen … Der Professor, seine Abneigung gegen die fiktiven Welten, es kann nicht …«

So wirr ihre Worte auch aus ihr herauspurzelten, ich spürte, wie dabei ihre gesamte Welt zerbrach – vermutlich ein weiteres Mal. Denn herausfinden zu müssen, dass Nate einer von ihnen war, hatte sie sicher schon aus der Bahn geworfen. Doch jetzt?

»Vielleicht nicht alle von euch«, grübelte Peter. »Aber es liegt nahe, dass die Personen, die ihr Wissenschaftler nennt, aus irgendwelchen Science-Fiction-Welten stammen.« Das traf es so ziemlich genau auf den Punkt, ganz gleich, wie schräg es sich anhörte.

»Und wie sollen wir das herausfinden?« Puck versuchte, auf der Lehne seines Stuhls zu balancieren, ohne dass der Stuhl umkippte.

»Ich schnappe mir einen, wenn wir dort sind – dann teste ich ihn.« Josh klang zuversichtlich. Ich fragte mich nur, ob er Laurie ebenfalls getestet hatte und ob er uns irgendetwas verschwieg.

»Vielleicht sollte ich mit ihnen gehen«, schlug Peter vor.

Instinktiv wollte ich den Kopf schütteln. Denn wenn er nicht mit uns kam, wäre unser Elementarkreis nicht komplett. Ehe ich widersprechen konnte, wies Ric den Vorschlag bereits zurück. Doch zeitgleich stellte ich meine erste Empfindung infrage: Erdelementare konnten die Seelenlosen über ihr Element spüren – und Peter war einer der besten. Auf unseren Patrouillen waren wir nie auf die Techniker angewiesen gewesen, die uns zu den Seelenlosen lotsten. Ich wog ab, ob wir auf Peter verzichten konnten, aber mir wurde unwohl dabei – immerhin hatten wir es mit Thyra und ihren Dämonen zu tun – ohne Schutzkreis konnten wir vermutlich nicht viel ausrichten.

»Wir wollen Thyra nicht angreifen«, versuchte es Peter weiter. »Wir wollen nur auskundschaften – dafür braucht ihr mich nicht. Aber ich kann spüren, ob und wie viele Seelenlose sich ungefähr in der Zentrale aufhalten.«

Ric öffnete zwar den Mund, doch heraus kam nichts. Peter hatte recht und seine Argumente waren gut. Das musste sogar mein Drache einsehen. Ich schnappte seine Hand und drückte sie.

»Dann geh mit ihnen. Aber macht keinen Unsinn. Ihr geht nur hin, um die Seelenlosen zu erspüren. Geht absolut kein Risiko ein. Sam schaut rein und Peter spürt die Seelenlosen auf – mehr nicht. Verstanden?«

Alle nickten – bis auf Puck, der mit den Schultern zuckte und nicht gerade begeistert über eine solche Anweisung schien. Zac warf ihm einen düsteren Blick zu.

»Ja ja, schon okay. Ich versuche es.« Wie ein bockiges Kind verschränkte er die dürren Arme vor der Brust. Wenn man ihn so sah, hielt man ihn ganz sicher nicht für eine uralte Buchfigur – eine echte Fee von Oberons und Titanias Hof.

Ohne eine weitere Aufforderung traten alle vom Tisch weg und sammelten sich in ihren Gruppen.

Als Sam an uns vorbeiging, raunte Ric ihm eindringlich zu: »Bitte halte uns auf dem Laufenden.«

Sam nickte und presste sich erneut die Hand auf die Brust.

Nate ging herum und zauberte alle unsichtbar. Es sah wirklich aus, als würde er sie aus dem Raum radieren. Ehe er Zac behandelte, reichte er ihm eine kleine unscheinbare Waffe.

»Damit könnt ihr alles neutralisieren, was sich euch in den Weg stellt.« Zac nahm sie mit einem Nicken an und steckte sie in den Hosenbund, ehe er unsichtbar gemacht wurde.

Als ich an der Reihe war, spürte ich rein gar nichts. Unwillkürlich hatte ich ein Kribbeln erwartet, einfach irgendetwas Magisches, aber da war rein gar nichts außer einer kurzen Kühle, als das Spray auf meine Haut traf, die nahezu im selben Moment verschwand. Ich hielt die Augen geschlossen, während er mein Gesicht benetzte. Konnte ich die Augen der anderen sehen? Rasch blickte ich mich um und erkannte sie tatsächlich. Coral war leicht auszumachen – und auch Ric. Seine goldenen Augen hingen wie Bronzemünzen in der Luft.

Es war schräg, seine eigene Hand nicht mehr zu sehen; es war jedoch noch viel schräger zu wissen, dass der eigene Freund direkt neben einem stand und man ertasten musste, wo sich seine Hand befand. Das dauerte! Die Idee, Ric einen kurzen Kuss aufzudrücken, verwarf ich, als ich seine Augen nicht mehr sehen konnte. Vermutlich würde ich mir dabei nur wehtun. Leider.

»Wir gehen durch den Geheimgang«, schlug Josh vor.

Seine Stimme war ein Stück entfernt. Ich folgte ihr und sah zum anderen Ende des Raumes, etwas versetzt hinter der Vitrine, in der *Otherside* gelegen hatte. Kurz darauf verschwamm die Wandverkleidung leicht – Josh bewegte sich davor. Wenn man wusste, worauf man achten musste, konnte man die vermeintliche Unsichtbarkeit enttarnen. Aber es war wirklich schwer. Eins der Wandpaneele glitt zur Seite und gab den Blick auf das dunkle Loch dahinter frei. Geheimgänge! Ich schüttelte den Kopf.

»Meine Mutter hat mir auf dem Weg in den Raum hier erzählt, dass es ein alter Fluchtweg war. Es musste einen Weg nach draußen geben, der weniger auffällig ist als der normale Zugang.« Er machte eine kurze Pause, die Wand verschwamm an einigen Stellen. Hob er die Hand hoch? »Lin? Könntest du dein Element bitten, uns den Weg zu zeigen?«

»Natürlich«, antwortete ich und ging – mit Ric an der Hand – an dem Tisch vorbei zu Josh.

Weitere Schritte waren zu hören, dann stieß jemand einen Fluch auf Dämonen aus. »Sage, pass auf, wo du hinläufst«, zischte Fen anschließend. Daraufhin ertönte nur ein Lachen. Wir hätten das Spray besser erst später auftragen sollen. Ein Stuhl fiel krachend um, wieder schimpfte jemand und Pucks glockenklares Lachen erklang. Hüpfte er etwa unsichtbar über die Stühle?

Ich schnaubte und ignorierte die beiden Teams, um konzentriert nach meiner Elementarkette zu greifen. Sofort stand mein Element parat. Ich bat die Winde, den Weg nach draußen zu finden und lauschte angestrengt, was sie mir zu berichten hatten. Als ich mich aus meiner Konzentration schälte, spürte ich die Anwesenheit der anderen. Auch sie – hoffentlich alle! – waren bereits hinter uns am Eingang des Geheimganges versammelt.

»Kennst du den Weg?«, fragte Josh und ich nickte.

Als keine Reaktion folgte, fiel mir wieder ein, dass ich unsichtbar war. »Ja«, antwortete ich daher schnell. Unsichtbar zu sein, war nur halb so lustig, wie es sich anhörte.

»Wir sollten uns alle an den Händen halten«, schlug Peter vor. Seine Stimme war ziemlich nah. »Und Lin geht voraus.«

»Schätzungsweise kommen wir um diesen Körperkontakt nicht herum«, seufzte jemand. Gleich darauf ein dumpfes Stöhnen, nur begleitet von einem Wort: »Sage!«

»Wir Wölfe können euch gut hören, wir müssen euch nicht berühren, um euch zu folgen.«

»Okay, dann nehmt euch jetzt alle irgendwie an den Händen«, befahl Ric und tastete sich von meinem Rücken meinen Arm entlang zu meiner Hand, die er losgelassen hatte, als ich die Luft angerufen hatte. Weiter hörte ich nur Geraschel und geflüsterte Worte, bis sich hoffentlich alle organisiert hatten.

»Hat jeder von euch zwei Partner?«, fragte Josh.

»Wir sind hier nicht im Kindergarten«, antwortete Natalia bissig.

»Außerdem hält sich der oder die Letzte nur an einem fest«, warf Peter ein. »Genauso wie Lin.«

»Bei Hephaistos! Schluss damit!«, knurrte Ric und überall erklang Kichern und Lachen. »Geh los, Lin.« Er stieß mich leicht an, ich trat in den Geheimgang und folgte der Anweisung meines Elements.

Die langen Flure waren mit Bewegungsmeldern ausgestattet und abschnittsweise wurde die Dunkelheit von schummrigem Licht unterbrochen, sobald ich die Sensoren passierte. Ein großer Vorteil gegenüber dem letzten Geheimgang, durch den ich mich bewegt hatte. Im Schloss war ich auf die magische Fackel in meiner Hand angewiesen gewesen, die mir nur einen Teil meiner Umgebung präsentiert hatte.

Stetig kam die Schlange zum Stehen, wenn jemand auf den Vordermann auflief oder der Hintermann zu lange brauchte und die Hand seines Partners verlor. Ric versicherte sich immer wieder, ob Sam und Ben noch bei uns waren.

Endlich kam ich an einer massiv wirkenden Wand an. »Hier muss es nach draußen gehen«, sagte ich leise und suchte nach einem Schalter oder irgendeinem Mechanismus, der die Steine öffnete.

»Josh?«, fragte Ric. »Weißt du, wie die Tür aufgeht?«

»Nein«, kam nur zurück. »Vielleicht dagegen drücken?«

Ric ließ meine Hand los und ich hörte ein Schaben. Die Fugen des nackten Mauerwerks verschwammen, weil ich mich auf seine Bewegungen konzentrierte. Als sich nichts tat, glitt der Schemen zur Seite der Wand und tastete sich dort entlang. Ich tat es ihm nach. »Sucht nach einem Mechanismus. Der kann doch nicht so schwer zu finden sein«, forderte Ric die anderen auf. Ich hörte Schritte und Rascheln, Schaben und endlich ein befreiendes Geräusch.

Die Wand vor mir glitt zur Seite und eine Sturmböe wehte in den langen Gang hinein, die mich beinahe umwarf. Kurz darauf erhellte sich die Umgebung draußen, ehe ein lautes Donnergrollen durch den vor uns liegenden Hinterhof hallte, den ich nicht erkannte.

»Wir sind hinter dem *Milk & Sugar*«, sagte Josh leise.

»Woher weißt du, wie es hinter dem Café aussieht?«, fragte ich verwundert.

»Weil ich mich hier anfangs immer mit Ty getroffen habe.« Seiner Stimme war anzuhören, dass ihm seine damalige Naivität unangenehm war. Ric hatte mir davon erzählt, dass Josh tatsächlich geglaubt hatte, Ty wäre eine Geheimagentin der Wächter oder etwas in der Art.

»Egal!«, sagte Ric mit fester Stimme. »Wenigstens wissen wir jetzt, wo wir sind, und können uns aufteilen.«

»Wir haben den leichteren Weg vor uns«, sagte Peter leise. »Wenn wir hinter dem Café sind, müsste die Gasse in die Straße münden, die zur Zentrale führt. An den Müllcontainern da hinten vorbei«, fügte er hinzu. Schließlich konnte niemand von uns sehen, in welche Richtung er deutete. Danach bat er Josh, Sam, Laurie, Nate und Puck zu sich und sie waren bereit, loszugehen.

»Wir sollten uns verwandeln«, sagte Sam. Kurz darauf knisterte die Luft vor Magie und der graue Wolf stand im düsteren Hinterhof. Ohne Tarnung. Ich hörte Schritte und schon schwebte die Spraydose auf den Wolf zu, der in einer sehr menschlichen Geste die Augen zusammenkniff.

Hinter mir hörte ich ein unterdrücktes Keuchen. Auch Ben verwandelte sich auf schmerzhaftere Weise in seine Halbgestalt. Eine leise Stimme in mir flüsterte, dass er es verdient hatte, aber ich brachte sie zum Verstummen. Nate wiederholte die Behandlung mit dem Spray bei dem gruseligen Wesen, halb Mensch, halb Wolf, zu dem Ben geworden war.

»Und jetzt los«, befahl Josh.

»Haltet uns auf dem Laufenden!«, rief Ric ihnen hinterher.

Die ganze Gruppe war leichter zu identifizieren als einzelne Personen. Wie eine Welle aus kristallklarem Wasser glitt sie die Gasse entlang. Vermutlich konnte sich das Licht schwerer brechen, wenn das Bild dahinter ebenfalls aus gebrochenem Licht bestand. Bei Aither, ich bekam Kopfweh von solchen Gedanken!

»Welchen Weg wollen wir nehmen?« Zacs Stimme klang weniger selbstbewusst, als hätte ich seine Gestalt, seine Mimik und Gestik dazu gesehen. Im Gegensatz zu Ric. Vielleicht lag es aber auch daran, dass ich bei ihm so genau wusste, wie er schaute oder gestikulierte. Die Verbindung zwischen uns war stark genug. Bei dem Gedanken daran lächelte ich und drückte seine Hand. Er drückte zurück und strich mit dem Daumen über meinen Handrücken.

»Entweder gehen wir auch die Gasse entlang …«, setzte Ric an.

»… und nehmen einen gewaltigen Umweg in Kauf«, unterbrach ihn Natalia.

»… und nehmen einen Umweg in Kauf«, wiederholte Ric mit einem Knurren, »oder wir gehen den anderen Weg.«

»Was liegt hinter diesem Gebäude?«, fragte Fen – die einzige weibliche Stimme, die ich trotzdem nicht sofort zuordnen konnte.

»Der Weg führt direkt am *Milk & Sugar* vorbei zum Marktplatz«, seufzte Ric. »Und dort halten sich laut Josh Thyra und Balthasar auf.«

»Wir sind unsichtbar, also was soll schon passieren?«, sagte einer der Dämonenjägerjungs. Die Stimmen konnte ich einfach nicht auseinanderhalten!

»Wir sind aber zu zehnt. Wir könnten trotz Unsichtbarkeit auffallen«, sagte der andere Crusade.

»Von wie viel Umweg sprechen wir denn?«, erkundigte sich Ben.

»Ein oder zwei Kilometer«, schätzte Natalia. »Dann würden wir den Marktplatz weitläufig umgehen.«

»Und vielleicht auf Patrouillen der dämonischen Söldner oder anderen stoßen«, sagte Zac.

»Möglicherweise. Das wissen wir aber nicht«, sagte Ric.

»Wir sollten das Risiko eingehen. Wer weiß, wie lange die Geschichte die Zeit für uns anhält.«

Wie als Antwort auf Natalias Worte erklang die Kirchturmglocke. Elf Schläge. Nur noch eine Stunde bis Mitternacht und zum Ablauf des Ultimatums. Wie lange würde die Stunde für uns dauern? Hatten wir überhaupt eine Chance, zum Fabrikgelände zu kommen? Eine Stunde würde niemals ausreichen, um auszukundschaften, was sich im Fabrikgebäude tat, einen Plan zu entwerfen, mit dem anderen Team Kontakt aufzunehmen und Thyra zu besiegen. Hoffentlich verging die Zeit zu unseren Gunsten.

»Den kurzen Weg«, entschied auch Zac. »Sollen wir uns weiterhin aneinander festhalten?« Ich bezweifelte, dass er Natalia loslassen würde, und grinste vor mich hin.

»Besser wäre es, damit auf dem Marktplatz niemand die falsche Richtung einschlägt«, stimmte Ric zu. »Kommt.«

Das letzte Wort ging beinahe in einem weiteren Donnergrollen unter, das die hinteren Scheiben des Cafés zum Erzittern brachte. Irgendwer griff nach meiner freien Hand.

»Ich bin's«, sagte Fen leise. Sie musste eine gute Beobachtungsgabe haben, wenn sie meine Hand so gezielt hatte greifen können.

»Können wir los?«, fragte Ric und ich hoffte, dass alle bei dem leise gesprochenen, zustimmenden Kanon dabei waren.

Ric marschierte voraus und zog mich mit sich. Ein Blitz erleuchtete den Marktplatz, den wir nun einsehen konnten. Eine gigantische Menschenmenge drängte sich darauf. Doch es gab keinerlei Geschubse oder auch nur ein einziges Geräusch. Alle Menschen starrten in eine Richtung, ihr Blick war hohl wie der von Zombies.

Instinktiv war ich langsamer geworden, während wir uns dicht an den geistig umnebelten Gestalten vorbeidrängten. Ich versuchte, irgendetwas Menschliches in ihnen zu erkennen. Sie waren keinen Meter von mir entfernt und doch reagierten sie nicht auf mich.

Ich erstarrte, als ich im Vorbeigehen in ein mir bekanntes Gesicht blickte. Meine Mutter wirkte um Jahre gealtert und die vernebelten Augen löschten aus, was sie zu der Person gemacht hatten, die sie war. Mir wurde übel. Ich musste sie da rausholen.

Ich näherte mich den Menschenzombies – aber kurz, bevor ich die äußerste Reihe berührte, riss mich Ric zurück. Er zog mich mit sich, vermutlich hatte er sie ebenfalls erkannt.

»Wir können nichts für sie tun«, murmelte er. »Hier ist sie vorerst außer Gefahr.«

Wie konnte er da so sicher sein? Vielleicht war das hier die nächste Futterstelle, sollte Paris nicht ausreichen! Hatte Nate nicht erzählt, dass sie Schreie gehört hatten? Ich versuchte, mich von Ric loszureißen, doch er zerrte mich unbarmherzig mit sich, als ein weiterer Donnerschlag die Umgebung erbeben ließ.

Mit ihm öffnete der Himmel seine Schleusen und unsere Tarnung floss an uns hinab. Wie in Zeitlupe wusch der Regen das Tarnspray von Rics Kopf und Gesicht und malte ihn Stück für Stück wie ein Science-Fiction-mäßiges Hologramm vor mich in die Luft. Er zog mich stetig weiter, ich sah unsere Hände bereits wieder zwischen uns, bei der Kleidung brauchte es wohl etwas länger, bis die Tarnung dahin war, die war noch immer unsichtbar.

Die ersten Köpfe der zombieartigen Menschen ruckten in unsere Richtung. War meine Mutter dabei? Ich konnte sie nicht sehen. Wir hatten noch mindestens fünfzig Meter, bis wir den gesamten Marktplatz überquert hatten. Immer mehr Zombies wandten uns ihre leeren Gesichter zu. Zuerst nur die am Rand, schließlich weitere Reihen im Inneren. Sie drehten sich wie Sonnenblumen zur Sonne – und die waren in dem Fall wohl wir.

Dann öffneten sie alle nahezu zeitgleich den Mund und schrien. Sie kreischten ohrenbetäubend, sodass ich jeden Moment damit rechnete, dass mein Trommelfell platzte. Ich musste anhalten, musste mir die Ohren zuhalten, um wenigstens einem Teil des Schmerzes abzuwehren.

Der schrille Ton hallte in meinem Kopf wieder, drohte, ihn zum Zerbersten zu bringen. Die Welt um mich herum begann, zu schwanken. Nur vage erkannte ich, wie Ric mit schmerzverzerrtem Gesicht versuchte, den Laut zu ignorieren und Natalia vom Boden hoch zu zerren.

Ich konnte nicht weitergehen. Ich konnte mich kaum mehr auf den Beinen halten. Da ergriffen mich Hände und ganz gleich, wie sehr ich mich wehrte, ich konnte ihnen nichts entgegensetzen.

Ich schloss die Augen, damit die Welt endlich aufhörte, sich zu drehen.

37. KAPITEL

Laurie hielt sich wie vereinbart an Nates Hand fest, der ihre Gruppe anführte. Von ihrer anderen Hand hingegen flossen unablässig kleine Stromstöße ihren Arm hinauf. Bei jedem der Kreise, die Joshs Daumen auf ihren Handrücken malte. Sie hätte nicht einmal zu träumen gewagt, dass eine solch einfache Geste eine derartige Wirkung haben konnte.

»Wir sind da«, flüsterte Nate und brachte die Gruppe zum Anhalten. Laurie erkannte, dass sie sich in der Nähe des Notausgangs befanden, durch den sie zuvor mit Nate geflohen war.

»Na endlich«, seufzte Puck. »Ich halte nicht gern Händchen mit Drachen.«

Laurie glaubte, ihn auf- und abspringen zu hören, aber sie konnte sich auch täuschen. Irgendwer sog geräuschvoll die Luft ein, als schnupperte er. War das der Wolf? Laurie war bei ihren Einsätzen als Wächterin schon öfter welchen begegnet, aber dieses Exemplar war anders. Er wirkte weit realer, eigenständiger, stärker, was sie tief in ihrem Inneren beunruhigte, obwohl er auf ihrer Seite stand.

»Hier riecht es seltsam«, sagte der Wolf. Laurie hatte sich gleich nach der Aufteilung darum bemüht, die Stimmen auseinanderhalten zu können.

»Inwiefern?«, fragte Josh.

»Kaum menschlich«, antwortete Sam kryptisch.

»Kannst du einen Blick hineinwerfen?«, forderte Josh ihn auf.

»Ich versuche es.«

Laurie wartete, ihre innere Anspannung stieg an. Selbst die kleinen Stromstöße, für die Josh nach wie vor sorgte, konnten sie nicht beruhigen.

»Es ist schwer, hineinzusehen«, presste Sam hervor. »Da ist etwas, ähnlich der Elementarbarriere im letzten Jahr, durch die der Kontakt zu Ben allmählich verlorenging.« Der Wolf holte keuchend Luft. Es bedurfte vermutlich großer Anstrengung, was auch immer er tat.

»Ich kann sie fühlen«, sagte Peter in die Stille hinein. »Es sind so unglaublich viele.«

Er brauchte Laurie gar nicht genauer zu erläutern, wer diese *vielen* waren. Lauries Magen zog sich zusammen. Etwas kletterte ihre Speiseröhre hinauf. Der vormals flüchtige Gedanke, dass der Professor ein von Grund auf falsches Spiel spielte, wurde düstere Realität. Laurie hatte sich nähere Überlegungen dazu verboten, ehe sie Klarheit hatte. Nun jedoch war sie überfordert. In ihrem Kopf herrschte Leere, sie konnte keinen klaren Gedanken fassen – nackte Angst überrollte sie. Sie hatte bei Nate an ein Versehen geglaubt, sich daran festgehalten, wie sie jetzt im Nachhinein feststellte. Doch wenn Sam kaum Menschen erschnüffelte, war sie selbst dann die Ausnahme, das einsame Individuum in der Zentrale gewesen und nicht Nate?

Erst als sich ein Arm um sie schlang und sie an eine feste Brust gedrückt wurde, die nach Feuer roch und auch dessen Wärme abgab, merkte sie, wie sie zitterte. Josh strich ihr über den Rücken, hauchte ihr einen Kuss auf die Haare und flüsterte: »Ich bin für dich da.«

Woher kam sein Vertrauen? War sie es denn wert? Sie hatte ihn all die Jahre belogen – nahezu die ganze Zeit, seit sie sich beim ersten Treffen an der Akademie kennengelernt hatten. Sie verstand es nicht, es gab keine logische Erklärung dafür und doch wusste sie tief in ihrer Brust, dass er sie liebte. Und sie liebte ihn ebenfalls. Dieses Wissen schmolz die lähmende Angst hinfort und sie konnte wieder frei atmen.

»Entweder sind alle ausgeflogen, mein Gespür hat mich verlassen oder dort drin gibt es tatsächlich nur einen einzigen Menschen.« Peter klang beinahe verzweifelt.

Laurie glaubte weder an die erste noch an die zweite Option. Sie fragte sich nur, wer von ihrer vermeintlichen Familie menschlich war wie sie.

»Wir gehen rein und suchen diesen Menschen«, schlug Puck vor.

»Niemand kommt unbemerkt hinein. Alles wird überwacht. Selbst Laurie und ich könnten nicht mehr rein. Sam soll einfach nur versuchen, etwas von da drin aufzuschnappen.« Nates Stimme klang gereizt, war für Laurie kaum wiederzuerkennen.

»In Ordnung«, sagte Sam. »Ich versuche es.«

Stille senkte sich über die Gruppe. Laurie wartete darauf, dass Sam zu berichten begann, als ein gedämpfter Alarmton aus dem Inneren der Zentrale drang. Man hatte sie entdeckt! Im selben Moment donnerte es ohrenbetäubend und ein regelrechter Sturzregen prasselte auf sie ein.

»Schnell! Lasst uns von hier verschwinden!«, brüllte Josh über den Widerhall des Donnerns hinweg und zerrte Laurie mit sich – den Weg entlang, der sie hergeführt hatte.

Sein Haar war bereits wieder klar zu erkennen, ebenso das Gesicht. Der Starkregen wusch das Nanospray sogar teilweise aus der Kleidung. Die Oberfläche brach das Licht nicht mehr vollständig und es entstand ein Zerrbild der Personen.

»Was ist das für ein Alarmton?«, fragte er im Rennen. Er hielt ihre Hand nach wie vor fest, als wäre diese sein Rettungsring, selbst wenn es die Flucht erschwerte.

»Es könnte das Signal für einen Eindringling sein«, überlegte Laurie. Noch konnte sie unbeschwert atmen – trotz des Tempos.

»Sie haben uns also entdeckt?«

»Vielleicht. Vielleicht war es aber auch Zufall und der Alarm ging wegen jemand anderem los«, antwortete Nate an Lauries Stelle, als er zu ihnen aufholte.

Mit einem Satz sprang der graue Wolf an ihre Seite, nun ebenfalls sichtbar. Seine Nasenlöcher waren geweitet und er hielt immer wieder die Schnauze nach oben. »Dort hinten ist er«, knurrte er. »Der Mensch, den ich im Inneren gewittert habe.«

»Er kann durch Wände riechen?«, fragte Peter keuchend hinter ihnen. Die Flucht schien ihm nicht so leicht zu fallen wie den anderen.

»Natürlich kann er das. Er ist eine Buchfigur, wir können alles«, lachte Puck und schlug ein Rad – mitten durch eine Pfütze, ehe er weiterhüpfte.

»Josh! Laurie! Peter!«, hörte sie plötzlich eine Stimme rufen. Laurie hielt abrupt an und erstarrte.

»Was bei Hephaistos' Schmiede hat er hier zu suchen?« Josh kniff misstrauisch die Augen zusammen. Dann wandte er sich Sam zu. »Ist *er* der Mensch, den du witterst?«

Der graue Wolf nickte. »Wer ist das?«

»Perry, einer der überlebenden Wächter.«

38. KAPITEL

»Verdammt, Lin!«, brüllte mich Fen an und rüttelte so stark an mir, dass mir erneut schwindelig wurde. »Mach dich nicht schwerer, als du bist!«

Erst jetzt realisierte ich, wessen Hände nach mir gegriffen und welche Arme mich gepackt hatten.

»Was ist denn mit euch los?«, rief Cliff, der gemeinsam mit seinem Bruder Sage Ric mehr mit sich zerrte, als dass mein Drache lief.

David trug seine Coral auf dem Arm, Zac Natalia. Nur Ben war in seiner Halbgestalt nicht in der Lage, jemanden von uns zu tragen oder zu stützen, ohne uns irgendwelche Körperteile mit den scharfen Klauen zu zerfetzen. Wir hatten eben die kreischende Menschenmenge hinter uns gelassen und der Schmerz in meinen Ohren ebbte allmählich ab.

»Hast du sie nicht schreien hören?«, fragte ich und riss mich von Fen los. »Meine Ohren bluten wahrscheinlich.« Um das zu überprüfen, rieb ich mir mit der Hand über das rechte Ohr. Kein Blut. Zum Glück. Ric befreite sich aus dem Griff der anderen Dämonenjäger und eilte zu mir.

»Ich habe nur gesehen, dass sie alle den Mund aufgerissen haben wie irgendwelche Zombies«, sagte Cliff.

»Nur Menschen hören sie also«, schlussfolgerte Ric. Er legte die Stirn in Falten und sah zu Natalia, die zwar desorientiert wirkte, allerdings offenbar nicht derartige Schmerzen erlitten hatte. »Und dann passiert etwas mit ihnen. So werden es immer mehr. Aber auf uns Wächter wirkt es anders.«

Wir gingen hastig noch eine Straße weiter, um genügend Abstand zum Marktplatz zu bekommen. Zum Glück verfolgten sie uns nicht. Ich stimmte Ric im Gehen zu. Hatte Sam nicht berichtet, dass mit den Menschen irgendetwas geschah? Und waren nicht Nate und Laurie hier ebenfalls vorbeigekommen? Sie hatten uns allerdings nicht gesagt, dass es derartige Schmerzen verursachte. Ich rieb mir ein weiteres Mal die Ohren.

»Ist bei dir alles in Ordnung?«, unterbrach Ric meine Gedanken, blieb nach der nächsten Kreuzung stehen und zog mich an sich. Sofort umfing mich seine beruhigende Wärme und ich hätte einfach alles dafür gegeben, jetzt mit ihm woanders zu sein. Ohne Thyra im Nacken oder die Angst um meine Mutter zu haben und unaufhaltsam auf einen letzten Showdown zuzutreiben. Denn genau so fühlte es sich an.

Ich hatte gefühlt seit Wochen nicht mehr geschlafen. Bei Aither, ich konnte nicht einmal sagen, *ob* ich seit Wochen überhaupt geschlafen hatte! Welches Datum hatten wir? Wie lange waren wir in *Otherside* gewesen? Wie schnell war die Zeit währenddessen hier vergangen? Wie zum Zeichen sprang mir die rote LED-Anzeige einer Apotheke ins Auge: Sie zeigte die aktuelle Temperatur von fünfzehn Grad an. Kein Wunder, dass ich immer fröstelte, sobald wir nicht wie die Irren vor irgendetwas davonrannten.

Dann schaltete die Anzeige um und zeigte mir das Datum. Sofort wurde mir noch kälter. Ich zwängte mich – leider! – aus Rics Umarmung und deutete mit dem Kinn Richtung Apotheke. Ric folgte meinem Blick und erstarrte ebenso wie ich. Heute war der 31. Oktober. Halloween. Oder Samhain. Oder die Nacht, in der die Schleier zwischen den Welten fielen. Nun konnte ich mir ausmalen, warum Thyra die Deadline auf Mitternacht gesetzt hatte. Die Bilder aus dem vorherigen Jahr blitzten in meinem Kopf auf.

Der goldene Schleier aus Buchstaben, durch den die ganzen Buchfiguren in unsere Welt einmarschiert waren – zuletzt die alten Sagen und Legenden, die wir nicht einmal mit unseren Elementen hatten bekämpfen können. Mein Rücken brannte bei der Erinnerung an die tödliche Verletzung, die mir der Zerberus beigebracht hatte.

»Verdammt!«, flüsterte Fen und verbannte den Phantomschmerz. »Sag mir, dass dieses Datum in eurer Welt keine besondere Bedeutung hat.«

Niemand reagierte und sie wurde kreidebleich, sodass sie mit ihren schwarzen Haaren enorme Ähnlichkeit mit einem Geist oder Vampir hatte. Wenn ich mich recht an ihre Geschichte erinnerte, begann diese ebenfalls an Halloween, die Risse in der Atmosphäre mehrten sich und die Welten näherten sich an. Damit stieg natürlich auch die Anzahl an Phantomen, wie sie Dämonen und andere Schattenwesen nannte. Das traf sich ja perfekt. Nicht.

»Wir hatten unsere letzte – nennen wir es Auseinandersetzung – mit Thyra und Elizabeth exakt heute vor einem Jahr«, erklärte ich ihr und fasste kurz zusammen, was sich ereignet hatte. Zwischendurch sah sie alles andere als freundlich zu Zac hinüber – der mich hatte töten wollen! – und auch die anderen Dämonenjäger rückten ein Stück von ihm ab. Ich verteidigte ihn dann direkt danach, denn schließlich war er nicht er selbst gewesen, hatte unter Thyras Bann gestanden und später aus *Otherside* heraus dabei geholfen, mich wieder zum Leben zu erwecken.

»Was, wenn Thyra, sobald er in die Nähe kommt, noch mal Besitz von ihm ergreift?«, fragte Fen misstrauisch und rief damit eine lange verdrängte Angst in meinem Bewusstsein wach. Er würde sich nicht widersetzen können. Sie war zum Teil menschlich und er eine Buchfigur.

»Sie kann dich nicht kontrollieren, solange du das hier trägst.« David hatte Coral in der Zwischenzeit abgesetzt und trat auf Zac zu. Er zog sich seine Kette über den Kopf und reichte sie Zac. Der Elementaranhänger baumelte hin und her. »Das Symbol war das Zeichen der Rebellen in Otherside. Wer es trug, war immun gegen Thyras Kontrolle.«

Ungläubig starrte Zac den schmalen David an, bis Natalia ihm einen kleinen Stoß versetzte und er endlich in die Gänge kam. Fast feierlich nahm er das Wächtersymbol an sich und legte die Kette um den Hals.

Aus Corals Augen sah man beinahe Herzchen fliegen und es fehlte nur noch, dass sie sich theatralisch ans Herz fasste und laut seufzte. Ich hingegen hoffte nur, dass dieser Trick auch in unserer Welt funktionierte – und dass in diesem Fall nicht David etwas Schlimmes zustieß.

»Lasst uns weitergehen, ehe die Zeit noch mehr gegen uns arbeitet.« Ric nahm meine Hand und zog mich mit sich.

Er war ausgesprochen still, als würde er über irgendetwas nachgrübeln. Nur die gedämpften Schritte der anderen, die uns folgten, durchbrachen die Stille. Ich drückte seine Hand und er sah zu mir herüber. Sein Gesicht war von Schmerz verzerrt.

»Was ist los?«, flüsterte ich.

»Wenn ich derjenige … Wenn ich …«, stammelte er und ich wusste genau, worauf er hinauswollte. Ich hingegen wollte nicht darüber reden. Schon beim Gedanken daran stiegen mir Tränen in die Augen und ich schaute rasch nach vorne. »Lin, es gibt nur einen Grund, warum ich bereit wäre, zu sterben.«

Nun konnte ich nicht anders. Ich musste zu ihm hinübersehen, blickte in seine leuchtenden goldenen Augen und verlor den Rhythmus beim Laufen. Die Intensität, die in seinem Blick lag, raubte mir den Atem.

»Ich werde dich immer beschützen«, flüsterte er leise, doch so bestimmt, dass ich glaubte, der Satz wäre in der ganzen Stadt zu hören. Ich presste die Lippen fest zusammen, versuchte vergeblich, weitere Tränen zurückzuhalten. Aber ich war machtlos gegen seine nächsten Worte: »Ich werde dich mit meinem Leben beschützen.«

Die Tränen rollten, meine Sicht verschwamm und mein Körper erzitterte. Ric zog mich näher zu sich und legte seinen Arm um mich. Er stützte mich, während ich eigentlich nur vorwärts stolperte. Ich wollte ihn nicht verlieren. Ich konnte ihn nicht verlieren, verdammt.

»Nein!«, sagte ich mit brüchiger Stimme. »Du wirst es nicht sein. Und wenn es das Letzte ist, was ich tue. Ich würde dich zurückholen.«

Er lachte leise auf. Ein freudloses Geräusch, es klang so falsch. »Wir sind in einer Geschichte, Lin. Und nicht für alle gibt es ein Happy End. Nicht noch einmal.«

Er spielte darauf an, dass wir unser Happy End am letzten Samhain gehabt hatten. Doch das war kein Happy End gewesen, wie ich es mir vorstellte. Es war eine Übergangslösung, die Ruhe vor dem Sturm, der sich ein Jahr lang zusammengebraut hatte, um sich nun direkt über uns zu entfesseln.

»Ich werde alles dafür tun, dass du überlebst«, wiederholte er noch einmal. »Du weißt, wie es in Geschichten ist: Der Held würde für die weibliche Hauptfigur sterben. Lass den Drachen die Prinzessin retten.« Er versuchte sich an seinem 100-Watt-Lächeln, mit dem er so viele weibliche Herzen zum Schmelzen gebracht hatte, aber es misslang.

»Ich bin keine Prinzessin«, widersprach ich. »Wir schreiben die Geschichte neu und lassen die Fee den Drachen retten.«

Nun verzog sich sein Mund zu einem zumindest halbwegs echten Lächeln. »Ach, Tinkerbell«, seufzte er und drückte mir einen Kuss auf die Stirn.

»Hinter der nächsten Ecke ist es«, holte uns Natalia aus der Zweisamkeit.

Ich hatte gar nicht bemerkt, wie schnell wir vorwärtsgekommen waren. Wir hatten nur so wenige Worte gewechselt und waren in der Zeit durch die halbe Stadt gelaufen? Das konnte nicht stimmen. Aber anscheinend arbeitete die Zeit wieder auf unserer Seite. Immerhin etwas.

»Eigentlich hätten uns schon längst Wachen begegnen müssen«, sagte Zac und sah sich skeptisch um.

»Vermutlich stehen sie alle hinter dieser nächsten Ecke«, bemerkte Natalia und warf ihm einen herausfordernden Blick zu.

Ich hatte nicht viele Gedanken daran verschwendet, zu überlegen, wie es zu dieser Verbindung zwischen Natalia und Zac gekommen war – außer durch Pucks Gefühlsmanipulation im Schloss von Otherside. Nun hatte ich jedoch das Gefühl, etwas verpasst zu haben. Ich mochte Natalia – zumindest wenn sie nicht gerade ihr Talent bewies, Ric und mich in privaten Situationen zu stören – und wünschte ihr wirklich alles Gute der Welt. Aber die offenkundige Intensität ihrer Gefühle für Zac machte mir auch Angst.

Sie hatte bereits einmal auf die falsche Buchfigur gesetzt und Thyra hatte sie dafür mit dem Leben bezahlen lassen. Wiederholte sich ihre Geschichte? Wenn Zac derjenige war, den Ophelia gemeint hatte, würde es sie zerstören.

Zac zog sie zu sich und Ric verkrampfte. Vielleicht gingen ihm dieselben Gedanken durch den Kopf wie mir. Dennoch schritt er nicht gegen die Umarmung und den Kuss ein, der so zärtlich und privat war, dass ich wegsehen musste.

»Haltet eure Elemente bereit«, sagte Ric nur. Im nächsten Moment verwandelte er sich und ging langsam zur Ecke des Gebäudes, von wo aus wir direkte Sicht auf das Industriegebiet haben müssten. Das von Thyra und Balthasar besetzte Fabrikgelände lag gleich am Anfang.

Ich wartete mit meiner Verwandlung – schließlich hatte ich Sams Trick, die Kleidung nach der Rückverwandlung automatisch anzuhaben, immer noch nicht herausgefunden –, hielt mich jedoch bereit, während der schwarze Drache um die Ecke spähte und ein Hitzeschwall zu mir schwappte. Von Neugierde getrieben trat ich an Rics Seite und erstarrte beim Anblick, der sich mir bot.

»Was zur Hölle …« Fens Fluchen wurde jäh unterbrochen, als sich eine Horde geflügelter Wesen vor uns zu Boden fallen ließ.

39. KAPITEL

Laurie wusste nicht, wie sie reagieren sollte. Ihr Gehirn produzierte zahlreiche Lösungsvorschläge, doch keiner davon erklärte ihr, wie Perry hierhergekommen war. Ihr Teamleiter. Der Wächter, der immer auf ihrer Seite gestanden hatte. Sie starrte ihn an, während er auf die Gruppe zu gerannt kam.

Josh war ebenso fassungslos und reagierte rein gar nicht.

»Wir müssen hier verschwinden!«, rief Perry, als er beinahe bei ihnen angekommen war. Als immer noch niemand eine Reaktion zeigte, rauschte er an ihnen vorbei. Laurie hatte ihn noch nie so schnell laufen sehen. Er war sonst eher von gemütlicher Natur gewesen.

»Vielleicht sollten wir auch …«, schlug Puck vor und zuckte mit den Schultern. »Ich meine, er wird ja nicht umsonst davonlaufen.«

Nein, das tat er nicht: Donnernde Schritte erklangen. Zahlreiche Soldatenschuhe, die jeden Moment in Sichtweite kommen konnten.

»Los!«, rief nun auch Josh und zerrte Laurie mit sich, ihrem Teamleiter hinterher.

Sie rannten eine gefühlte Ewigkeit, bis Laurie bemerkte, dass Puck nicht an ihrer Seite war. »Puck ist nicht da!«, rief sie, verlangsamte den Lauf und scannte die Umgebung. Wer wusste schon, was für Späße sich die unkontrollierbare Buchfigur einfallen ließ.

Sam knurrte. »Diese verrückte Fee! Puck kann man einfach nicht allein lassen!«

»Denkst du, er kämpft gegen sie?«, fragte Nate und und kam zum Stehen. Sein Gesicht war wieder einmal unergründbar.

»Vermutlich«, antwortete Sam. »Aber mit seinen Waffen.«

Während Laurie versuchte, die Worte zu deuten, hüpfte Puck ins Blickfeld, schlug in der Luft einen Salto und landete direkt neben ihnen. Das Wasser, das er aufspritzen ließ, machte bei all dem Regen auch nichts mehr aus.

»Wo warst du?«, fauchte Josh.

»Ich habe nur dafür gesorgt, dass die Typen dahinten Besseres zu tun haben, als uns zu verfolgen«, sagte Puck kryptisch. »Sie versuchen, jetzt gerade herauszufinden, warum sie alle einen Eselskopf haben.« Er kicherte so laut, dass es in der Gasse widerhallte. »Netter Trick, der schon einmal für große Verwirrung gesorgt hatte.«

Laurie wusste, worauf er anspielte. In seiner Geschichte hatte er einem armen Handwerker namens Zettel einen Eselskopf angehext – einfach aus Spaß. Was würde passieren, wenn sie ihn verärgerte? Sie verwarf den Gedanken mit einem Kopfschütteln und war froh darüber, dass Puck auf ihrer Seite stand.

»Was habt ihr mit ihnen gemacht? Warum verfolgen sie uns nicht mehr?«, hörte sie plötzlich eine Stimme hinter sich: Perry, nun wieder wie gewohnt die Ruhe selbst.

»Das könnten wir dich genauso fragen«, erwiderte Josh und baute sich mit vor der Brust verschränkten Armen vor Perry auf.

»Ich habe einen Tipp bekommen, wo sich *Otherside* befinden könnte, und wollte mir das mal näher anschauen.«

Laurie versuchte, aus Perrys Mimik schlau zu werden. Doch die war unergründlich wie sein Element.

Josh hingegen ließ sich nicht verunsichern. »Von wem kam denn der Tipp?« Sein Misstrauen war kilometerweit zu spüren. Laurie erinnerte sich wieder daran, dass er und auch die anderen Perry nicht vollends vertraut hatten. Und hatte er sie nicht ebenfalls belogen, als es um *Otherside* ging? Nate war nicht ins Buch gesogen worden, wie Perry behauptet hatte.

»Dein Vater hat es mir erzählt.« Perry sah Josh unverwandt in die Augen.

»Wo ist er?«, knurrte Josh zur Antwort, doch Laurie glaubte, einen Anflug von Hoffnung in seinem Blick zu erkennen.

»In der *Bibliotheca*. Er versucht, euch aus *Otherside* zurückzuholen. Aber wie man sieht, ist das nicht mehr nötig.«

Josh erstarrte ob der offensichtlichen Lüge, der Hoffnungsschimmer in seinen Augen wich tiefem Misstrauen, er sagte jedoch nichts.

»Das kann ja noch lustig werden«, kicherte Puck, hüpfte auf und ab und zog damit Perrys verwunderten Blick auf sich.

»Wolltest du gerade zu ihm?«, fragte Josh mit ruhiger Stimme. Für Laurie klang sie jedoch bedrohlicher denn je.

Perry nickte. »Ich muss ihm doch sagen, dass ich das Buch nicht bekommen habe.«

»Dann begleiten wir dich.«

Perry zog die Augenbrauen zusammen, sah schließlich zu Sam und Puck. »Ihr seid Seelenlose?«

Sam bestätigte es und der Teamleiter nickte. Laurie entging allerdings nicht, dass er nicht nach Nate gefragt hatte, was die Rädchen in ihrem Gehirn in Gang setzte. Sie wartete darauf, dass ihr eine plausible Lösung präsentiert wurde.

»Gehen wir zur *Bibliotheca*, damit wir mit meinem Vater sprechen können«, sagte Josh.

»Nein«, stieß Sam plötzlich hervor, kniff die Wolfsaugen zusammen und senkte seinen Körper dann in eine Art Angriffshaltung. »Wir müssen zur Fabrik. Die anderen werden angegriffen.« Und schon machte er einen Satz nach vorne.

Perry erbleichte, als Josh ihn aufforderte, sie zu begleiten. »Ich bin seit Jahren nicht auf einem Außeneinsatz gewesen«, versuchte er, ohne Zittern in der Stimme hervorzubringen.

Peter beobachtete die beiden mit einem Stirnrunzeln.

»Wir passen schon auf dich auf«, entgegnete Josh und schob Perry bereits vor sich her. »Du vertraust uns doch – so wie wir dir, oder etwa nicht?«

40. KAPITEL

Ein Gargoyle nach dem anderen ließ die Erde um uns erzittern. Sie fielen wie Gesteinsbrocken vom Himmel, als wären sie Teil des Regens. Es schien, als würde das Wasserelement gegen uns arbeiten. Wir saßen in der Falle. Ohne Peter konnten wir nicht einmal einen Bannkreis aufbauen. Uns fehlte die Erde. Bei Aither! Wir waren auf einer Erkundungsmission!

»Verdammter Mist!«, stieß Fen aus, als sie ihre – gegen Gargoyles vermutlich unbrauchbare – Waffe zog.

Ric ließ eine Feuerwand rund um uns herum aufflammen, während ich in mich zusammenschrumpfte und aus meinen Kleidern schlüpfte. Die Gargoyles traten von allen Seiten durch die Flammen. Das Feuer hatte ihnen nicht das Geringste entgegenzusetzen. Ich schleuderte mein Element auf sie, die Flammen loderten hell auf, als Sage dem ersten der steinernen Monster entgegentrat. Er hieb mit seinem Langschwert darauf ein, doch es prallte wie erwartet wirkungslos ab – nur ein paar einzelne Steinchen fielen mit dem Regen zu Boden.

Dann hob der Gargoyle seinen massiven Arm und schlug auf Sages Schulter ein. Ein Knacken ertönte und Sage entfuhr ein Stöhnen. Er gab jedoch nicht auf, wechselte das Schwert in die andere Hand, der verletzte Arm baumelte nutzlos an seiner Seite. Die Schmerzen mussten enorm sein, aber er kämpfte weiter.

Fen war es, die den nächsten Schlag des Gargoyles abwehrte. Sie hatte ihr wesentlich kleineres Schwert gezogen und war zwischen

Sage und den Gargoyle gesprungen. Ich spürte eine prickelnde Energie in der Luft, etwas Fremdartiges, Magisches, als ihre Waffe den Gargoyle berührte – und glatt durch dessen Arm hindurchfuhr wie durch Butter. Ich blinzelte, weil ich es nicht glauben konnte. Ich wusste, dass sie eine mächtige Waffe hatte – aber in ihrer Geschichte setzte sie diese gegen Dämonen ein. Oder unterschied ihr Schwert nicht zwischen Seelenlosen und Dämonen? Mit der nächsten Bewegung ihres Armes – das Schwert schien ein Teil davon zu sein – durchtrennte sie den Gargoyle auf Brusthöhe. Sein Oberkörper fiel polternd zu Boden, kurz darauf löste sich beides auf und die Erde erzitterte auf unangenehm vertraute Weise.

Doch wir waren nicht mehr in Otherside, wo die Erde jedes Mal bebte, wenn in der Realität eine der Buchfiguren aus dem Gefolge von Thyra und Balthasar vernichtet wurde. Dann fiel mir ein, was ich gesehen hatte, ehe die Gargoyles herabgestürzt waren, und ich zuckte zusammen: Jenseits von Rics Feuerwand türmte sich das Schloss von Erea auf, in all seiner Pracht, hoch auf einem Felsen, der bis dahin nicht zur Stadt gehört hatte. Als hätte es schon immer dort gestanden. Thyra hatte es irgendwie geschafft, die Welten so weit zu überlagern, dass sie wieder Teile der Buchwelt mitbringen konnte – wie am vergangenen Samhain, als der Marktplatz unserer Stadt dem von Erea geglichen hatte.

Fen entzweite einen weiteren Gargoyle und er zerfiel zu Staub. Das darauffolgende Beben brachte sie aus dem Gleichgewicht und ihre Reaktionsgeschwindigkeit verringerte sich. Ein weiterer Gargoyle trat durch die Flammen direkt neben ihr, und ehe auch nur einer von uns reagieren konnte, stieß er mit voller Wucht gegen ihre Brust und schleuderte sie gegen die Hauswand. Sage stürzte zu ihr, sein Bruder tat es ihm nach und die Gargoyles rückten unaufhaltsam durch die Feuerwand, drängten uns immer weiter nach hinten.

Mit aller Kraft, die mir mein Element ohne Verbindung zu den anderen bot, schleuderte ich ihnen starke Böen entgegen. Doch die einzige Reaktion war ein steinernes Knirschen, das in meinen Ohren wie hämisches Lachen klang.

Sechs von ihnen bauten sich wie eine Hauswand vor uns auf. Ric ließ seine Flammenwand erlöschen und sammelte eine weißblau glühende Kugel in der Hand. Entschlossen trat er den Monstern entgegen. »Verschwinde von hier, Lin.«

Ich sah es bereits vor mir. Sah, wie er von ihnen getötet werden würde. Die Bilder waren klarer, als es die Realität sein könnte. Er würde sie aufhalten, solange er konnte, damit ich davonfliegen könnte. So ein sturer Mistkerl! Ohne die anderen Elemente war sein Feuer nie heiß genug, um Stein zu schmelzen. Es war unmöglich. Er wollte sich opfern. Doch das würde ich nicht zulassen.

Ich setzte alles auf eine letzte Karte und wünschte mir, dass die Gargoyles zu Staub zerfielen, ich stellte es mir bis ins kleinste Detail vor, versuchte, daran zu glauben, aktivierte das *Zentrum der Macht* – meine Fantasie.

Und ich hatte Erfolg. Binnen Sekunden löste sich der Erste von ihnen auf, kleine Gesteinsbrocken rieselten auf den Boden, als die anderen ihm folgten. Ich konnte es nicht fassen und sah mich um.

Da erkannte ich den Grund für unsere Rettung – und der war nicht meine Fantasie: Zac stand da mit der kleinen Waffe, die er von Nate erhalten hatte, und zielte auf den letzten Gargoyle – bevor er jedoch abdrückte, zerfiel dieser bereits zu Staub.

»Das war knapp!«, rief Laurie und steckte noch im Laufen ihren kleinen Alleszerstörer in die Tasche. So einen wollte ich auch! Nach und nach kamen Nate, Puck und Peter an. Letzterer begleitet von Josh und …

»Perry?«, sprach Ric meinen Gedanken aus. Ich ließ mich auf seiner Schulter nieder und wartete auf eine Erklärung.

Coral und Natalia sahen so verwirrt aus, wie ich mich fühlte. Da Perry noch keuchend um Atem rang und kein einziges Wort herausbrachte, übernahm Josh die Erklärung:

»Wir haben ihn außerhalb des Zentrums aufgegabelt.« Er fing meinen Blick auf und fixierte mich, als wollte er mir irgendetwas per Telepathie mitteilen. Dasselbe versuchte er bei Ric, während er weitererzählte: »Mein Vater, der sich in der *Bibliotheca* aufhält, hat ihm erzählt, dass sich *Otherside* möglicherweise dort befindet.« Josh machte eine bedeutungsschwere Pause. »Wir haben ihn kurzerhand mitgebracht. Ich hoffe, das ist für euch in Ordnung.«

Jetzt begriff ich. Und dabei musste er gar nicht betonen, dass sich sein Vater angeblich in der *Bibliotheca* aufhielt. Mein Blick schoss zu Perry und ich unterdrückte den Drang, die Augen zusammenzukneifen. Was ging hier vor?

Auch Ric kapierte es und antwortete in neutralem Ton: »Natürlich. Vielleicht kann Perry uns erklären, wie es hierzu kommen konnte.« Er trat zur Seite und unsere Neuankömmlinge bekamen allesamt große Augen, als sie das – unversehrte! – Schloss von Erea am Ende des Geländes erkannten.

»Was bei Hephaistos …« Josh verschlug es sogar die Sprache.

»Bei Poseidon! Ist das das Schloss aus *Otherside*?«, zog Perry die richtigen Schlüsse. »Habt ihr es mitgebracht?«

Hatten wir das? Die Frage verwirrte mich, denn wer konnte schon mit Sicherheit sagen, dass es nicht so gewesen ist? Hatte Thyra uns erneut eine Falle gestellt?

»Als ich angekommen bin, war noch alles normal.« Josh schüttelte den Kopf. »Ich habe kurz hier vorbeigeschaut – aus einiger Entfernung –, bevor ich zum Unterschlupf gegangen bin. Sam hatte uns ja erzählt, dass sich hier was tut. Aber da war bloß eine alte Lagerhalle.«

»Was hat Thyra nur getan?«, fragte Zac.

»Thyra oder Balthasar«, fügte Natalia hinzu.

»Ich könnte hinfliegen«, flüsterte ich Ric ins Ohr, weil ich in Feengestalt ungern laut sprach. Der zuckte sofort zusammen und schüttelte so schnell den Kopf, dass er mich beinahe von seiner Schulter katapultierte. Wofür hatte ich denn Flügel? Er schien meine Gedanken zu lesen, denn er pflückte mich aus der Luft, als ich mich eben erhoben hatte. Verdammt!

»Verwandle dich sofort!«, sagte er streng. Ich sah jedoch die Sorge in seinen Augen aufblitzen und erinnerte mich an sein Versprechen – und die Bitte, dass ich verschwinden sollte, während er die Gargoyles in Schach hielt. Ich musste ebenso dafür sorgen, dass *ihm* nichts geschah, und nickte ergeben. Er gab mich frei und ich flatterte zu meiner Kleidung, die hinter ihm lag. »Dreht euch um«, sagte er barsch zu den anderen.

Aber ich kontrollierte nicht mehr, ob sie seinem Befehl folgten, entließ nur mein Element und schlüpfte so schnell wie möglich in Unterwäsche und Shirt. Der Rest war mir egal, da konnte von mir aus jeder schauen, der es nötig hatte.

Kaum trat ich neben Ric, zwängte er mich schon in eine Umarmung. »Bitte keine Alleingänge«, raunte er mir ins Ohr.

Anstatt ein schlechtes Gewissen zu bekommen, wurde mir heiß und kalt und es erforderte eine große Portion Selbstkontrolle dem Gespräch, das ein wenig abseits von uns stattfand, zu folgen und mich nicht von Rics Geruch umnebeln zu lassen. Perry erzählte gerade, wie der ewig anzudauern scheinende Abend abgelaufen war.

»Und dann sind die anderen auf Patrouille und du bist allein losgezogen?«, fragte Josh mit einer gehörigen Portion Skepsis in der Stimme – hatten wir doch alle immer gedacht, dass Perry kaum etwas mehr verabscheute als Außeneinsätze. Überhaupt hatte ihn noch niemand von uns außerhalb der *Bibliotheca* gesehen, nicht einmal bei den Feldtrainings während der Ausbildung.

»Ich musste nach deinem Vater sehen«, redete sich Perry raus. »Schließlich wollten wir euch so schnell wie möglich zurück in unsere Welt holen.«

Ric schob mich, immer noch eingequetscht in seine Umarmung, damit ich ja nichts Dummes anstellen konnte, zu den anderen. »Und der hat dir erzählt, dass *Otherside* in diesem medizinischen Institut ist, als welches das Zentrum laut Laurie getarnt ist, woraufhin du losmarschiert bist, ohne jemandem Bescheid zu geben?« Auch Ric verbarg seine Gefühle nicht. Sie schwangen in jeder Silbe mit.

»Wem hätte ich denn Bescheid geben sollen, so ganz ohne Kommunikationsnetz?« Perrys Stimme klang plötzlich anders. »Gerade ihr solltet wissen, wie es sich anfühlt, herumzusitzen und nichts tun zu können.« Da hatte er recht. Ich nickte bestätigend, denn ich erinnerte mich nur allzu gut das Gefühl von Ohnmacht. »Ich habe mir Sorgen um euch gemacht. Wie seid ihr denn aus der Buchwelt herausgekommen?«

Ich glaubte ihm seine Sorge von ganzem Herzen und zweifelte plötzlich an Rics Reaktion. Dieser schnaubte nur, als er von Perrys Sorgen hörte. Dann berichtete er hastig von dem Portal, und dass wir die Information in dem privaten Notizbuch von Elizabeth gefunden hatten.

Bei der Erwähnung des Tagebuchs bekam Perry kurz leuchtende Augen, ehe sein Blick schwermütig wurde. »Kann ich es sehen?«, fragte er, seine Stimme glich einem Singsang. Nicht ganz wie die Lieder von Coral, aber es ging eindeutig in die Richtung.

Mit einem Mal war ich mir meiner Empfindungen nicht mehr sicher. Hatte ich ihm kurz zuvor wirklich alles abgenommen, was er behauptet hatte? Konnte er uns manipulieren? Er war ein Wasserelementar, aber mehr als eine leichte Emotionskontrolle … Bei Aither! Er versuchte es tatsächlich. Sofort, als ich es erkannt hatte, klärte sich der leichte Nebel in meinem Kopf, und ich war wieder in der Lage, logisch zu denken. Ich fand es seltsam, dass er nicht mehr darüber wissen wollte, wieso unsere Rückkehr so lange gebraucht hatte, was uns zugestoßen war, wo mein Vater abgeblieben war. Schnell drängte ich den Schmerz in meinem Herzen zurück. Zusammen mit dem Gedanken, was derzeit mit meiner Mutter passierte.

»Was interessiert es dich, wie wir da rausgekommen sind? Das ist das Tagebuch einer Verrückten.« Joshs Worte waren herausfordernd – Feuer war wohl nicht so leicht zu benebeln wie Luft – und die Reaktion ließ nicht lange auf sich warten. Wie extrem sie ausfallen würde, hätte ich jedoch nicht abschätzen können.

Perry brodelte vor Wut, ich hatte vorher noch nie sein Element an ihm gerochen, doch nun war die Luft vom Duft nach Wasser getränkt. Oder besser vom Gestank. Es roch nach Sumpf, Moder, abgestandenem ekelhaftem Kanalwasser, das bei mir einen Würgereiz auslöste. Am liebsten wäre ich ein paar Schritte zurückgetreten.

Die Dämonenjäger waren weniger höflich und ich sah, wie Fen bereits würgte. Sage hielt noch immer den verletzten Arm an sich gepresst, mit dem anderen strich er Fen über den Rücken. Coral musste ihn schnellstmöglich heilen.

Puck wedelte mit der Hand vor seinem Gesicht. »Du solltest dringend an deinen Ausdünstungen arbeiten.«

Perry musterte ihn düster. »Wer bist du?«

Puck verbeugte sich und hielt sich während seiner Antwort die Nase zu: »Gestatten, Puck, Oberons erste Fee. Und was du da gerade versuchst, kann ich schon lange.« Seine Stimme klang sehr nasal, und als er Perry noch die Zunge herausstreckte, konnte ich mir ein Kichern nicht verkneifen. Natalia ebenso wenig.

Perry ging nicht auf Pucks letzten Satz ein. »Wieso habt ihr sie alle mitgebracht?«, fragte er stattdessen und sah Ric und Josh an.

»Sie haben uns ihre Hilfe angeboten. Hätten wir die ablehnen sollen?«

Perry lachte ein kaltes Lachen, das mir Gänsehaut bescherte. »Wir arbeiten nicht mit *Seelenlosen* zusammen.«

Seine Worte waren so scharf, dass sie schon mir wehtaten – wie mochten sich erst Zac und die anderen Buchfiguren fühlen? Niemand von uns antwortete. Waren sie denn überhaupt seelenlos? Wir hatten hier keine Version der Buchfigur vor uns, die von jemandem herausgelesen worden war. Hier standen die Figuren selbst – genau so, wie die Autorinnen und Autoren sie entwickelt hatten, nicht wie die Lesenden sie interpretierten. Ich bezweifelte, dass sie keine Seele hatten.

»Zeigt mir dieses Buch!«, forderte Perry in meine Überlegungen hinein.

»Ähm … nein!« Ric nahm seinen Arm von mir und verschränkte ihn mit dem anderen vor der Brust. Perry wollte protestieren, Ric schnitt ihm jedoch das Wort ab: »Zuerst erzählst du uns, was du vorhattest – und zwar alles«, verlangte er. »Wir waren bereits in der *Bibliotheca* und dort war absolut niemand. Also sag uns, wo Joshs Vater wirklich steckt.«

Im leichten Regen, der immer noch unablässig vom Himmel kam, war es schwer, zu sagen, ob Perry bleich wurde. Aber ich hätte wetten können, dass dem so war. Er wirkte extrem nervös, sah zu Boden und nestelte verlegen an seinen Händen herum, ehe er mit Daumen und Zeigefinger sein Handgelenk umgriff. Ich wusste nicht, warum mich diese Geste irritierte, aber ich hatte sie nie an ihm gesehen, vielleicht fiel sie mir deshalb so auf. Und ich war nicht die Einzige, die ihn beobachtete.

Laurie und Nate stürzten zeitgleich auf Perry zu, doch ehe sie bei ihm ankamen, verschwand er einfach. Er löste sich in Luft auf und Nates Hand, die ihn packen wollte, griff ins Nichts.

»Was zur Hölle war das denn?«, fragte Fen und legte den Kopf schräg. Nasse Strähnen ihrer langen schwarzen Haare klebten ihr im Gesicht. »Könnt ihr das alle?« Sie sah zu uns Wächtern und wir schüttelten den Kopf.

Laurie erklärte, was passiert war: »Wir haben doch erwähnt, dass wir …« Sie suchte nach den richtigen Worten, »Dass wir uns beamen können, wenn wir in einer gefährlichen Situation sind. Wir können uns von unserem Supervisor aus jeglicher Situation herausholen lassen. In unseren Handgelenken ist ein Kommunikationsmodul implantiert. Perry ist …« Sie schüttelte ungläubig den Kopf. »Er muss einer von uns sein.«

»Mit einer sehr hohen Sicherheitsstufe«, bestätigte Nate.

»Wie kommt ihr darauf?«, fragte Ric.

»Die Dematerialisierung war bislang nur mit der Erschaffung eines Portals möglich und das hätten wir sehen müssen«, erklärte Nate. »Ich habe gehört, dass die Wissenschaftler daran arbeiten, das Modul zu verkleinern, aber dass es bereits eingesetzt wurde, davon weiß ich nichts.«

»Das würde dann allerdings einige Fragen aufwerfen.« Peter war wieder einmal im Grübelmodus. »Ich meine, kennt ihn überhaupt jemand wirklich?«

Ich lachte auf. Niemand kannte Perry. Er war immer in der *Bibliotheca*, ganz gleich, zu welcher Tages- oder Nachtzeit. Mir wurde übel bei dem Gedanken, dass wir ihm so lange vertraut hatten, obwohl er ein doppeltes Spiel mit uns gespielt hatte.

Wie Laurie.

»Er ist immer da gewesen«, dachte Peter laut. »Wir haben sogar darüber Scherze gemacht, dass er in seinem Büro wohnt.«

Ich nickte.

»Er war es, der uns erwischt hat, als Natalia in *Otherside* gelesen hat. Ich wusste doch, dass da was faul war.« Josh straffte sich, als hätte sich eben etwas bestätigt. Ich sah zu Ric, der mir auf die Sprünge half. Er fasste zusammen, was er mir an Details aus der Zeit, in der ich in Otherside festgesteckt hatte, bislang nicht erzählt hatte: Weil außer mir kein Wächter *Otherside* lesen konnte, hatten sie getestet, ob Natalia – die keinerlei Elementarfähigkeit mehr besaß – dazu in der Lage war. Mit Erfolg.

»Und er war dort?«, fragte Cliff, der bisher recht ruhig gewesen war.

»Er war immer dort«, sagte Coral nickend.

»Ist er ein … Doppelagent wie du?«, fragte Josh an Laurie gewandt und zog damit alle Blicke auf sich. Er schien weit mehr über sie zu wissen als wir, zweifelte aber in diesem Moment anscheinend an ihrer Loyalität.

»Wenn dem so wäre, wusste ich nichts davon. Du?« Laurie sah zu Nate, zwischen dessen Augenbrauen eine tiefe Furche entstanden war.

»Ich leite das Projekt Fantasie. Das hätte ich wissen müssen. Aber da wurde mir eindeutig etwas vorenthalten. Der Professor hätte einen unterbrochenen Informationsfluss sicher nicht gutgeheißen.« Das klang alles so … geregelt. Dieser Professor wurde mir mit jeder Erwähnung suspekter.

»Kinder, Kinder«, lachte Puck. »Wollt ihr nur so blind sein oder seht ihr es wirklich nicht?«

»Was?«, knurrte Ric.

Vielleicht war mein Hirn tatsächlich irgendwie blockiert gewesen oder von Perrys versuchter Beeinflussung benebelt. Denn Puck hatte vollkommen recht. Wir waren blind gewesen und plötzlich fielen im wahrsten Sinne des Wortes die Puzzleteile ineinander. Ich hatte – wie auch Puck – nur wenige Informationen über Lauries *anderen Job*, aber ich wusste zumindest ein paar Fakten über das Oberhaupt dieses Vereins.

Laurie keuchte auf. »Du meinst, Perry ist der Professor?« Ungläubig schüttelte sie den Kopf.

Puck hingegen nickte freudig und klatschte Beifall.

»Das kann nicht sein.« Auch Coral lehnte die Lösung vehement ab.

»Doch, kann es. Er hat sich uns in den Videos nie gezeigt«, erklärte Nate. »Niemand hat ihn je live gesehen. Damit Leute wie Laurie ihn nicht wiedererkennen.« Er fuhr sich durch die nassen

Haare. »Aber warum? Er hasst die Buchwelt und behauptet, sie würde den Menschen Schaden zufügen, sie verletzen.«

»Gefühle zerstören Leben«, brachte Laurie ausdruckslos hervor. Der Satz klang wie ein Mantra, etwas, das sie schon so oft heruntergeleiert hatte.

»In Wahrheit war er der Doppelagent«, fasste Ric zusammen. »Er hat spioniert, hatte Zugang zu den Ratssitzungen. Du, Laurie, hast nur ausgeführt und den Klatsch und Tratsch weitergegeben.«

Sie verzog den Mund, nickte dann aber.

»Die große Frage ist nur, warum?« So weit ging das Puzzle in meinem Kopf leider nicht.

»Habt ihr seine Reaktion auf das Tagebuch gesehen?«, fragte Puck mit einem wissenden Grinsen im Gesicht.

Hatte er Perrys Gedanken gelesen oder war unser Intellekt wirklich so eingeschränkt, wie die Fee behauptete? Natürlich war mir die Reaktion aufgefallen – der Gestank dabei war nicht zu ignorieren gewesen.

Und endlich machte es Klick in meinem Gehirn und ich sprach den Gedanken aus: »Perry ist Grin. Elizabeths Grin.«

41. KAPITEL

Ich konnte es nicht fassen, wollte es nicht glauben, schüttelte unentwegt den Kopf, um die vielleicht falschen Schlüsse aus dem Hirn zu bekommen. Aber die Fakten waren eindeutig.

»Er ist ein Wasserelementar«, begann Coral, die Indizien zu sortieren. »Ein niederes Mitglied der Zunft, wie Elizabeth es nannte, jedoch mit der Fähigkeit, die herausgelesenen Charaktere zu beeinflussen.«

»Er hat Laurie belogen, als es darum ging, herauszufinden, wie man ohne Wächterkraft ein Hirngespinst erkennt.« Nates Mund war zu einem schmalen Strich verzogen. »Er wusste sicher, dass es um mich ging. Im Zentrum wurden wir ständig beobachtet; wenn wir keine offizielle Verbindung eingegangen wären, hätte man uns bestraft.«

Sofort schoss Joshs Blick zu ihm. Was eine solche *Verbindung* wohl beinhaltete? Lauries rotem Gesicht nach zu urteilen, hatten die beiden noch Gesprächsstoff privater Art.

»Er heißt sicher nicht Perry, das muss ein Spitzname sein«, fügte Natalia hinzu. »Vielleicht von Peregrine? Wie in dieser einen Dystopie? Dann liegt auch der Spitzname Grin nahe.«

»Ich bekam den Befehl, *Otherside* aus der Bibliotheca zu holen«, gestand Laurie nun kleinlaut. Sie wagte es erst nicht, Josh anzusehen. Aus gutem Grund: Er wirkte, als würde er sich jeden Moment verwandeln. Dann blickte Laurie ihm fest in die Augen. »Aber deinem

Vater habe ich nichts getan, ich habe ihn nur sediert, das musst du mir glauben.«

»Und was genau ist passiert, bevor *Die Chroniken der Wächter* gestohlen wurden?« Joshs Miene war hart, unbarmherzig. »Perry wusste, dass die Wächter machtlos waren. Warum hätte er etwas dagegen unternehmen sollen?«

Auf die Antwort war ich gespannt. Aber es kam keine. Daher zog ich meine eigenen Schlüsse: »Vielleicht hat Thyra damit gedroht, ihn auffliegen zu lassen? Sie hat Max durch das Tor geschickt, um alles gut zu inszenieren.«

»Oder er hatte dasselbe Ziel wie Thyra – zumindest in diesem Moment«, grollte Ric. »Uns aus dem Weg zu schaffen.«

»Das war zwar nicht Thyras vordergründiges Ziel, aber ein positiver Nebeneffekt«, gab Zac zu.

»Ja, ihr Kinder seid zu gut für diese Welt«, lockerte Puck die Stimmung auf. »Und das wusste auch Elizabeth.«

Ich sah ihn fragend an – was nicht so einfach war, denn er hüpfte ständig hin und her. War ich auch so, wenn ich aufgeregt war? Das machte einen ja wahnsinnig!

»Die Zeichnung in dem Tagebuch: Elizabeth wusste, wie die Geschichte weitergehen würde. Kinder, denkt doch einfach mal mit.«

So langsam machte es mich auch wahnsinnig, ständig von ihm für dämlich gehalten zu werden.

»Und wie geht die Geschichte weiter?«, seufzte Ric genervt.

»Das Ziel der Hauptfigur wird erreicht«, sagte Puck kryptisch.

»Wir sollen Thyra gewinnen lassen? Bist du verrückt?« Joshs Stimme überschlug sich mal wieder und seine Mimik machte deutlich, dass er Puck für nicht ganz bei Sinnen hielt. »Oder redest du von Zac? Der hat meiner Meinung nach ein neues Ziel gefunden.« Mit einem kurzen Grinsen sah er zu Zac und Natalia. Letztere lief rot an.

»Nein, nicht Thyras Ziel«, winkte Puck schnell ab. »Und auch nicht das unseres alternativen Helden. Sie beide waren nicht Teil der Originalgeschichte.«

Musste er denn in Rätseln sprechen oder war ich einfach nur zu blöd, ihm zu folgen? Nein, mit einem Blick auf die anderen war mir klar, dass es nicht an mir lag.

Puck seufzte. »*Otherside* wird enden, wenn Elizabeths Ziel erreicht ist. Der Grund dafür, warum sie das Buch erschaffen hat. Wollen wir wetten, dass sie die Geschichte einfach zweimal umgeschrieben, ihre Pläne geändert hat?«

Mit ihrer Gabe als Mitglied der Zunft wäre dies gut möglich gewesen. »Sie wollte die Buchwelt beschützen«, flüsterte ich.

»Hundert Punkte für die kleine Fee. Wenigstens einer denkt mit«, lachte Puck. Nahm er überhaupt etwas ernst?

»Und woher wollen wir wissen, was wirklich in der ersten Version von *Otherside* stand?«, warf ich ein. »Natalia kannte die Version mit Thyra als Heldin. Ich die Version mit Zac.«

»Da es nicht in Elizabeths Notizbuch steht, gibt es nur einen, der uns diese Frage beantworten kann, weil er das Buch gemeinsam mit Elizabeth geschrieben hat.« Puck schlug ein Rad.

»Perry«, erklang es mehrstimmig.

»Du willst, dass wir ihn aufsuchen und um Hilfe bitten?« Ric wehrte sich vehement gegen die Idee. »Warum sollte er uns helfen? Er hat uns all die Jahre belogen und sein eigenes Ding durchgezogen.« Mit dem Kopf deutete er auf Laurie und Nate. »Was auch immer das genau war.«

»Meint ihr nicht, dass irgendwo in ihm noch der Grin steckt, den Elizabeth kannte? Einer der ersten Wächter, der die Buchwelt genauso beschützen wollte wie Elizabeth?« Laurie wirkte, als probierte sie die Wörter nur aus. Unsicher, ob sie in die richtige Richtung gingen.

»Sein erklärtes Ziel ist es, die Gefühle abzuschaffen«, antwortete Nate. »Wir im Zentrum wurden darauf trainiert, keine zu haben.«

»Wenn niemand mehr Gefühle beim Lesen hat, werden keine Buchfiguren herausgelesen. Die Buchwelt bliebe für sich. Getrennt von der Realität, wie Elizabeth es gewollt hatte«, flüsterte ich, während ich es deutlich vor mir sah: Menschen, die Bücher in den Händen hielten, ihren Inhalt erfassten, aber nicht mit den Helden mitfieberten. Dasselbe emotionslose Lesen wie in der *Bibliotheca Elementara*, als würde man ein Telefonbuch lesen. Ich bekam Gänsehaut bei dem Gedanken.

»Aber warum all die Technik? Warum hat er sich geniale Wissenschaftler aus Büchern herausgelesen? Ihr könnt euch *beamen*!« Daran hängte sich Natalia am meisten auf. Ich hatte gar nicht gewusst, dass sie so ein Science-Fiction-Fan war.

»Ja, was will er damit? Menschen die Gefühle stehlen! Hat er zu viele Dystopien gelesen?« Ric lachte auf.

»Er besitzt die Technik all dieser Bücher«, spann Natalia die Idee fort. »Und geniale Menschen, die den Grundgedanken dieser Dystopien weiterentwickeln und optimieren können.«

Ich erinnerte mich an Alex' Geschichte und die Krankheit namens *Amor Deliria Nervosa*. Bei jedem neu erschienenen Band hatten es die Wächter auch mit einigen Nebencharakteren zu tun gehabt, mit denen die Lesenden mitgefiebert hatten. Vermutlich, weil es ihnen so naheging, was in dieser emotionslosen Welt geschah. Eine im ersten Moment so gute Welt, ohne negative Empfindungen – leider auch ohne positive, ohne Liebe. Ich erschauderte beim Gedanken daran, dass Eltern nicht mehr in der Lage waren, ihre Kinder zu lieben. Wie konnte man eine solche Vision gutheißen?

»Perry, Grin, oder wie auch immer, hatte einen positiven Grundgedanken wie in vielen Dystopien«, erklärte Peter sachlicher, als ich es konnte. »Nur wie in all diesen Büchern ist auch er etwas zu extrem in seinen Handlungen geworden.«

»Und wie sollen wir ihn davon abbringen?«, fragte ich, der Verzweiflung nahe.

»Wir müssen ihm das geben, was *er* am meisten möchte«, lächelte Puck.

»Eine emotionslose Welt?« Coral rückte bei der schauerlichen Vorstellung noch enger an David.

Puck stöhnte auf. »Er will nur keine Emotionen, weil …« Er sprach so langsam, als würde er mit Kindern reden und darauf warten, dass jemand von uns den Satz beendete.

Es dauerte eine Weile, bis Laurie tatsächlich antwortete: »Weil Gefühle Leben zerstören«, sagte sie emotionslos. »Sein Leben. Er hat Elizabeth geliebt und sie hat ihn verlassen.«

Puck nickte ihr anerkennend zu.

»Und wie sollen wir ihm geben, was er will?«, fragte ich.

»Wir versprechen ihm, dass er Elizabeth zurückbekommt.« Rics goldene Augen leuchteten regelrecht auf und ein schon fast teuflisches Grinsen lag auf seinen Lippen.

Josh nickte. »Wir müssen ihm weismachen, dass ich *Otherside* wieder so machen kann, wie es ursprünglich war. Das wird allerdings nicht einfach.«

»Er ist verrückt! Er wird es gar nicht merken«, winkte Puck ab.

»Dann müssen wir ihn jetzt nur noch finden.«

»Und was machen wir mit diesem Problem?« Ich deutete mit dem Daumen über meine Schulter und hoffte, dass er ungefähr auf das Schloss zeigte.

»Wir werden genügend Zeit haben«, sagte Peter in ruhigem Ton. Hoffentlich würde er damit recht behalten.

42. KAPITEL

»Warum bist du dir so sicher, dass sie uns nichts tun werden?«, fragte Laurie unsicher, als wir etwas entfernt vom Eingang des Zentrums im Schatten jenseits der Straßenbeleuchtung standen.

»Weil Perry euch alle nur dank seines Sirenengesangs unter Kontrolle hatte«, sagte Peter überzeugt. »Er hat es bei uns doch auch versucht, aber wir können uns besser abschirmen.«

»Deshalb wusstet ihr alle nicht, dass ihr Buchfiguren seid«, ergänzte Natalia mit einem Blick auf Nate.

»Und Coral ist einer der stärksten Wasserelementare, die wir haben. Sie kann sicher viel besser beeinflussen als Perry«, fügte Ric hinzu und sorgte damit für ein breites Lächeln auf Corals Gesicht, das die Wasserfrau noch unwiderstehlicher machte, als sie eh schon war.

Der einzige Leidtragende unseres Plans war David, der sein Schicksal, Coral durch die Gegend zu schleppen, jedoch nicht sonderlich schlimm zu finden schien. Mit ihrem Fischschwanz konnte sie nicht gehen, sie wog aber auch nicht sehr viel, von daher hatten wir es ihm vorgeschlagen. Bis vor der letzten Straßenecke war sie noch selbst gelaufen. Weil wir jedoch unsicher waren, wie viele der von Nate und Laurie erwähnten Wachposten uns gleich entgegenkommen würden, hatte sie sich verwandelt.

Unsere buchigen Mitkämpfer waren etwas skeptisch bezüglich unseres Plans, Perry auf unsere Seite zu holen. Fen war der Meinung, dass »dieser Typ Buchfiguren wie sie ausgenutzt hatte und dafür bestraft werden sollte«.

Letztendlich hatten wir sie aber überzeugen können. Denn ohne Perry hätte unser Masterplan ein großes Loch. Dabei stand er sowieso schon auf wackeligen Beinen, basierte er doch auf der vagen Hoffnung, dass Perry mehr oder weniger blind vor Liebe war und alles für Elizabeth tun würde. Mir bereitete das Ganze ebenfalls Magengrummeln, aber es war das Beste, was wir hatten. Wenn wir Thyras Schergen weiterhin angegriffen hätten, hätte dies unsere Welt zum Erbeben gebracht – die paar Gargoyles hatten schließlich schon ausgereicht. Und ich mochte mir die Konsequenzen bei der Vernichtung von tragenden Charakteren gar nicht vorstellen.

Entschlossen und im festen Glauben, dass unser Plan funktionieren würde, traten wir auf den Eingang des *medizinischen Forschungszentrums* zu. Keine Wache war weit und breit zu sehen.

»Das sieht nach einer Falle aus«, grummelte Zac. »Wir sollten da nicht hineingehen.«

»Sollen wir klingeln und fragen, ob Perry rauskommt?«, fragte Natalia. Ihr bissiger Sarkasmus wurde leider von dem schmalzigen Blick, den sie Zac dabei zuwarf, zunichtegemacht.

»Wir könnten es versuchen«, sagte Puck schlicht, ging zur Tür und drückte auf die Klingel neben dem großen Briefkasten, der in der Wand integriert war.

Ich wusste nicht, was ich auf diese übergeschnappte Tat hin erwartet hatte – einen endlosen Strom von Wachleuten vielleicht? Aber auf keinen Fall hatte ich damit gerechnet, dass die Stille, die sich über uns legte, von einem Summen durchbrochen würde. Ich schlug mir gegen die Stirn und schüttelte den Kopf, als Puck sich gegen die Tür lehnte. Allmählich vermutete ich, dass er immer bekam, was er wollte.

»Jetzt riecht es noch viel mehr nach Falle.« Sam – in Menschengestalt – rümpfte die Nase und witterte. »Soll ich hineinschauen?«

»Ich kann absolut niemanden spüren. Seid ihr sicher, dass er überhaupt da ist? Oder irgendjemand? Wo sind all die Seelenlosen?« Peters Stirn warf tiefe Falten wie die Rinde eines alten Baumes.

»Jemand hat den Türöffner gedrückt. Du kannst Menschen nicht wirklich erspüren – vielleicht sind einfach keine Seelenlose mehr da?«, mutmaßte Natalia.

»Oder er hat eine Barriere errichtet wie Thyra im vergangenen Jahr«, sagte ich. »Dann würde selbst Sam vermutlich nichts sehen können.«

»Was soll Perry denn auch gegen uns unternehmen? Vielleicht will er ja sogar mit uns zusammenarbeiten.« Natalias Worte klangen wie eine Frage.

»Oder wir laufen da jetzt rein und eine Bombe geht hoch. Wollt ihr das wirklich riskieren?« Ric sprach meine Gedanken aus. Es war zu leicht. Es durfte nicht leicht sein, da musste es einen Haken geben.

Genau der schob sich nun durch die Tür und schubste Puck achtlos zur Seite.

»Da ist uns wohl jemand zuvorgekommen«, bemerkte Ric trocken.

Im nächsten Moment verwandelte er sich. Ich roch sein Feuer und Peters Element, als auch er sich verwandelte. Josh und ich taten es ihnen gleich. Die Welt um mich herum wuchs empor, doch ich hielt den Blick immer auf den Eingang des Zentrums geheftet, in dem meine ehemals beste Freundin stand und dämonisch grinste.

Thyra musterte uns mit schräg gelegtem Kopf und wartete, bis ich aus meiner Kleidung geschlüpft war. »So sieht man sich wieder, meine Liebe«, säuselte sie, als hätten wir uns zufällig auf einer Party getroffen und sie hätte bei unserem letzten Treffen nicht meinen Vater töten lassen.

Wut kochte in mir hoch, mein Element umtoste mich, einzelne Haarsträhnen peitschten mir ins Gesicht. Noch nie zuvor hatte ich den Wunsch gehabt, jemanden qualvoll zu töten. Thyra hatte jedoch nichts anderes verdient. Instinktiv schlugen meine Flügel schneller und ich war im Begriff, auf Thyra zuzurasen, als mich Ric wieder einmal aus der Luft pflückte. Seine starken Drachenklauen umgriffen meine Taille und ohne Gewalt hatte ich nicht die geringste Möglichkeit, mich ihm zu widersetzen.

»Was tust du hier?«, fragte Zac und Thyra schien ihn erst in diesem Moment zu bemerken.

Sofort musterte sie auch unsere anderen Mitstreiter aus der Buchwelt. Misstrauisch kniff sie die Augen zusammen und fokussierte Zac.

Ric begriff als Erster, was sie vorhatte. Er wandte sich schnell zu Zac um und ging in Verteidigungshaltung. Dabei ließ er mich los und ich spähte über seine Schulter zu Thyra, die angestrengt das Gesicht verzog.

Tiefe Erleichterung durchfuhr mich, als ich sah, dass sie Zac tatsächlich nicht mehr kontrollieren konnte. Davids Elementaranhänger der Otherside-Rebellen half auch bei uns. Das erleichterte Gefühl verflog jedoch im nächsten Moment, als Fen, Cliff und Sage die Waffen zogen. Ihre Schwerter und Säbel blitzten im schwachen Mondlicht auf.

Wie zu besten Patrouillenzeiten berührten wir uns instinktiv und Peter, Coral, Ric und ich schlossen den Kreis um Natalia und David, der Coral noch immer auf den Armen trug. Auch Josh und Laurie befanden sich innerhalb des elementaren Schutzes. Nate stand etwas abseits neben Sam und Ben, unerreichbar für unsere Kräfte. Puck schwebte – ausnahmsweise wenig amüsiert – hinter Thyra, wie ein Standbild in seiner letzten Bewegung erstarrt.

Dann griff Fen Zac an. Der sprang blitzschnell zur Seite und entkam knapp ihrem sogar Gargoyles vernichtenden Kurzschwert. Dabei war er einst das gewesen, was sie in ihrer Buchwelt vernichtete: ein dämonischer Söldner, den Elizabeth kurzerhand zum Helden gemacht hatte, als ihre ursprünglichen Pläne nicht gefruchtet hatten. Der für mich geschriebene Held, den ich so viele Jahre angehimmelt hatte.

Natalia schrie auf, als Cliffs sichelförmige Waffe auf Zac hinabraste. Sein Säbel hatte jedoch nicht dieselbe Magie in sich wie Fens Waffe. Ich registrierte, dass Zac vermeiden wollte, zu kämpfen. Er wich aus, wo es ging, und verteidigte sich nicht einmal, was ich ihm wirklich hoch anrechnete. Nie zuvor hatte er außerhalb des Buches *Otherside* so heldenhaft auf mich gewirkt und für einen Moment wallten alte Gefühle in mir auf.

»Wir müssen ihn beschützen!«, rief ich und sandte eine starke Böe zu Cliff, der sich daraufhin sofort umwandte. Seine Augen waren vollkommen leer, er folgte stumpf den Befehlen von Thyra. Wir mussten diese Verbindung unterbrechen! »Die Waffe!«, rief ich Laurie zu, die mit bleichem Gesicht verfolgte, wie Thyras Lippenbewegungen dafür sorgten, dass unsere Mitstreiter einen der unseren vernichten wollten. Wer das noch nicht live gesehen hat, konnte durchaus beeindruckt davon sein.

Mit Verzögerung reagierte Laurie auf meine Worte und zog die kleine Waffe aus ihrem Hosenbund. Sie reichte sie jedoch nicht an mich weiter, sondern richtete sie auf Zac. In ihrem Gesicht war keinerlei Mimik zu erkennen. Nur ein kurzes Blinzeln – der hilflose Versuch, in die Realität zurückzufinden –, dann drückte sie ab.

Ohne zu zögern, schleuderte ich mein Element auf Zac, der von der Böe erfasst und aus der Schusslinie geschleudert wurde, ehe die Ecke des Gebäudes hinter ihm dematerialisiert wurde und sich in Staub auflöste. Josh packte Laurie mit beiden Armen, damit sie nicht erneut zielen konnte. Nur im Augenwinkel sah ich, wie Fen auf Zac zusprang, der sich gerade aufrichtete, noch immer benommen von meinem Element.

»Zac!« Natalias markerschütternder Schrei hallte durch die Straße und ließ Fen tatsächlich innehalten. Es war ein so kurzer Moment, doch er reichte aus, dass Zac dem vermutlich tödlichen Hieb von Fens Schwert ausweichen konnte.

»Tut was!«, rief ich und verbannte die Bilder eines toten Zac, wie es Ophelia prophezeit hatte, aus meinem Kopf.

Josh hielt Laurie von hinten umschlungen und hatte ihr inzwischen die Waffe abgenommen. Ric griff zu und richtete sie auf Fen.

»Nein!«, brüllten Sage und Cliff gleichzeitig und sprangen auf ihn zu. Der Aufprall auf dem Bannkreis ließ ihn erbeben und die Erschütterung wurde durch unsere Elemente auf uns übertragen. Ric geriet ins Taumeln, fing sich jedoch schnell wieder. Sein Gesicht wirkte entschlossen, als er sich umwandte und einen Schuss auf Thyra abfeuerte.

Die Energie der Waffe wurde im letzten Moment von einem Schutzzauber abgefangen und Balthasar materialisierte sich. Ein Schmerz, der beinahe unerträglich war, rollte über meinen Körper hinweg und warf alle außerhalb des Elementarkreises zu Boden. Zac, die Wölfe, die Dämonenjäger und Nate krümmten sich auf der Straße. Eine Mischung aus Heulen, entsetzlichen Schreien und dumpfem Stöhnen drang auf mich ein.

Ein weiterer Fluch von Balthasar brachte den Elementarkreis erneut zum Erbeben. Nun attackierte er nur noch uns, versuchte, den Kreis zu brechen, während Thyra immer weiter auf Laurie einredete, die sich in Joshs Umklammerung wand, um ihr zu entgehen.

Mein Blick blieb an David hängen, dem einzigen anderen Seelenlosen in unserem Kreis, und ich betete, dass Thyra nicht wusste, wessen Elementarkette Zac trug. Als hätte sie meine Gedanken gelesen, huschte Thyras Blick zu David, der aufkeuchte, als ihre Beeinflussung auf ihn eindrang. Seine Arme zitterten, sein Gesicht verkrampfte, als würde er versuchen, sich dagegen zu wehren. Unentwegt trübten sich seine Augen und fokussierten sich dann wieder auf Coral.

Hinter ihm kroch Balthasars nächster Zauber langsam auf uns zu. Ich konnte ihn sehen: Den schwarzen Nebel, der sich immer weiter ausbreitete und an unserem Kreis leckte, um nach einem Angriffspunkt zu suchen. Ich spürte, wie er an meinen Kräften zehrte, den Schutz Stück für Stück auffraß.

Dann hörte ich Corals Stimme. Erst leise und zaghaft, wuchs ihr Gesang unerklärlicherweise zu einem mehrstimmigen Chor an, jeder einzelne Ton von Sirenenmagie getränkt. Sie sang in einer mir fremden Sprache, doch die Melancholie des Liedes trieb mir Tränen in die Augen. Es klang wie ein trauriges Liebeslied, erinnerte mich entfernt an eine übertrieben schnulzige italienische Opernarie und ergriff mich genauso. Durch den Tränenschleier erkannte ich jedoch noch, wie sich Davids Blick klärte und er den Rest von Thyras Beeinflussung abschüttelte.

Es war kitschig, es war so was von klischeehaft, doch ich schwärmte geradezu für den Gedanken, dass die Liebe gewonnen hatte. Am liebsten hätte ich Thyra ein »Ha!« entgegengerufen, aber da bewegten sich die Dämonenjäger wieder und forderten meine Aufmerksamkeit. Anstatt Zac erneut anzugreifen, schüttelten sie hingegen benommen die Köpfe. Blitzschnell drehte ich mich um und sah, dass Thyra und Balthasar verschwunden waren. Misstrauisch suchte ich die Umgebung nach ihnen ab.

In diesem Moment schlug die Kirchturmuhr und ich zählte erstarrt die Gongschläge. Drei Stück. Noch eine Viertelstunde bis Mitternacht.

43. KAPITEL

Laurie versuchte nicht länger, sich Joshs Umklammerung zu widersetzen. Bis gerade eben hatte sie noch gewusst, was sie zu tun hatte. Sie musste Lin oder Ric töten. Ihr gesamtes Inneres war davon überzeugt gewesen, dass sie es die ganze Zeit schon gewollt und nun endlich die Gelegenheit dazu bekommen hatte.

Reste dieser düsteren Gedanken hallten noch in ihrem Kopf wider. Nun war es an ihr, sich an Josh festzuklammern, ehe sie zusammenbrach. Fassungslos schüttelte sie den Kopf. Sie sog seinen tröstenden Geruch ein, den Duft des Feuers des grünen Drachen. Ihr Hirn arbeitete auf Hochtouren, analysierte, verwarf, verdrängte.

Sie wollte nicht wahrhaben, was die Beeinflussung bedeutete. Josh hatte ihr davon erzählt, dass Thyra die Buchfiguren kontrollieren konnte, wie Zac während Lins Aufenthalts in Otherside von Thyra bezwungen worden war. Sie hatte gesehen, was Thyras Lippenbewegungen mit den Dämonenjägern angestellt hatten. Doch Laurie war keine Seelenlose – das hatten die anderen bestätigt. Sie war nicht wie Nate.

Was aber war sie dann?

Der Elementarkreis blitzte bläulich auf, als Nate versuchte, zu ihr zu kommen. Die Frage stand ihm ebenso ins Gesicht geschrieben. Sie wollte gar nicht wissen, wie Josh sie ansehen würde. Laurie hatte sich schon immer anders gefühlt, hatte die Stimme, die sie so oft hörte, und die Emotionen, die sie spürte, verdrängt, so gut es ging.

Zu wissen, dass sie tatsächlich all die Zeit anders gewesen war – und doch auf erschreckende Weise ähnlich –, raubte ihr die Luft zum Atmen. Es war verstörend nicht zu wissen, was man war. Verstörend und beängstigend. Und ich diesem Moment wünschte sich Laurie, dass sie den Emotionen niemals nachgegeben hätte.

»Alle noch in einem Stück?« Nur mit einem halben Lächeln auf dem Gesicht kam Puck auf die Gruppe zu. Thyra hatte ihn erstarren lassen, ihm vielleicht befohlen, sich nicht zur rühren. Auch er war eine Buchfigur, die sich ihr nicht widersetzen konnte.

Rund um Laurie grummelten die anderen, stöhnten etwas von Schmerzen und Coral machte sich – getragen von David – auf, die verletzten Seelenlosen zu heilen. Niemand kam zu Laurie, niemand fragte, warum sie es getan hatte. Noch nicht. Laurie fürchtete sich vor dem Gespräch, doch sie wusste auch, dass sie es irgendwann hinter sich bringen musste.

Daher holte sie tief Luft und fragte: »Seid ihr euch sicher, dass ich keine von *ihnen* bin?«

Sie musste weder in Richtung der Seelenlosen deuten noch erläutern, was genau sie meinte. Augenblicklich schossen alle Blicke zu ihr – skeptisch, abschätzend – und sie wand sich schließlich aus Joshs Umarmung. Sofortige Kälte verdrängte die wohlige, beruhigende Wärme.

Keiner konnte ihr eine Antwort geben. Laurie sah es in ihren Augen. Sie alle stellten sich dieselbe Frage, suchten nach einer Antwort – oder zumindest einer vagen Theorie.

Sam sog die Luft ein, seine Nase vibrierte, als würde er etwas wittern. »Der Mensch, der *Professor*, ist dort drin.« Das Wort Professor spie er beinahe aus. »Er ist verletzt. Ansonsten ist niemand im Gebäude.«

Laurie wusste nicht, was sie beim Gedanken an den Professor alias Perry fühlen sollte. Die Zusammenhänge hatten sich ihr zwar erschlossen, hingen aber noch zu tief in ihrem Kopf verborgen, als dass sie etwas hätte empfinden können. Vielleicht konnte man angesichts dieses doppelten Spiels auch einfach gar nichts empfinden.

»Wir sollten zu ihm«, sagte Coral ruhig. »Es ist Perry. Und wir brauchen seine Hilfe.«

Ric und Josh nickten, Letzterer eher widerwillig. Laurie griff nach seiner Hand und er schien sich merklich zu entspannen, was bei ihr für eine innere Wärme sorgte. David ging mit Coral auf den Armen voran zum Eingang des Zentrums. Laurie, Josh und Nate folgten ihnen, die anderen zögerten, aber etwas später waren auch ihre Schritte zu hören. Puck überholte sie und hielt ihnen die erste Tür auf.

Wieder einmal rasten Lauries Gedanken. Perry war ihre einzige Hoffnung, um Antworten zu bekommen. Nur er konnte ihr sagen, was sie war und woher sie kam. Sie zuckte zusammen, als ihr bewusst wurde, dass sie ihre Chance vielleicht niemals bekommen würde.

»Wo sind die alle?«, fragte Nate und sah sich skeptisch um, als sie einfach durch die mehrfach gesicherten Türen hinter dem kleinen Empfangstresen gehen konnten, zu dem sich manchmal auch normale Menschen verirrt hatten. Ohne Fingerabdruck oder den Mann am Empfang öffnete sich Tür Nummer zwei vor ihnen, die dritte glitt ohne Irisscan zur Seite. Dahinter hörten sie ein Stöhnen.

»Perry?«, rief Coral und Schaben und Rascheln, gefolgt von einem Aufkeuchen, waren die Antwort. David ging schnell in die Richtung, aus der die Geräusche kamen. Die Tür des Kontrollzentrums war nur angelehnt. Langsam stieß Coral sie auf.

Nicht weit entfernt vom Eingang – direkt unter dem ersten Schreibtisch mit Überwachungsbildschirmen – lag Perry. Die weiße Oberfläche des Schreibtisches war von Blutspuren übersät: Fingerabdrücke auf dem großen Touchscreen, Schlieren an der Tischkante. Ein erneutes Stöhnen brachte wieder Bewegung in die Gruppe.

David eilte mit Coral zu Perry und setzte sie vorsichtig auf dem Boden ab. Sofort legte sie ihm ihre Hand auf die Brust, die sich kaum merkbar hob und senkte. Ein Licht breitete sich unter ihrer Handfläche aus und Perry stöhnte erneut schmerzerfüllt auf. Doch so sehr sich Coral auch bemühte – angestrengt kniff sie die Augen zusammen –, es stellte sich offensichtlich keine Besserung ein.

»Es … funktioniert nicht«, sagte Coral stockend. Sie wirkte, als würde sie jeden Moment vor Anstrengung zusammenbrechen.

Dann trat Lin zu ihr, glitt im Gehen aus ihrer Kleidung, setzte sich auf Corals Schulter und berührte ihren Nacken. Ric und

Peter kamen dazu. Binnen Sekunden waren auch Peter und Ric in ihre Elementargestalten gewechselt und gaben gemeinsam ihre Elementarmacht an Coral weiter. Das Licht wurde mit jedem weiteren Element heller und heller.

Perry verschwand beinahe in dem alles überstrahlenden Weiß, sodass Laurie nicht erkennen konnte, ob Coral Erfolg hatte oder nicht. Sie hoffte es inständig. Nicht für Perry, sondern aus purem Egoismus, wie sie ihn sich selbst nie zugetraut hätte. Perry wusste alles über sie, er musste überleben. Josh trat näher zu ihr und griff nach ihrer Hand.

Jemand sog scharf den Atem ein. Im nächsten Moment bäumte sich Perry unter dem Licht auf und sank kurz darauf zu Boden. Corals Licht erlosch und sie brach ebenfalls zusammen. Lin schwirrte hoch, David fing Coral im letzten Moment und zog sie wieder in seine Arme.

Niemand im Raum rührte sich. Laurie starrte wie gebannt auf Perrys Körper, dann auf Corals Gesicht. Keinem von beidem konnte sie jedoch entnehmen, ob es funktioniert hatte. Würde Laurie nun nie erfahren, wer sie wirklich war? Der Gedanke schmerzte, wie sie es nie für möglich gehalten hatte. Sie war immer allein zurechtgekommen, hatte die Roboternannys und Einstein, ihren Lehrer, gehabt. Im Zentrum war Familie nie ein Thema gewesen, woher kam diese Sehnsucht so plötzlich?

Perry hustete lautstark und die Hoffnung kehrte in Lauries Herz zurück. Josh zog sie näher zu sich und strich ihr über die Wange. Erst jetzt bemerkte Laurie, dass sie geweint hatte. Während Ric Perry aufhalf, küsste Josh Laurie auf die Stirn. Eine so kleine Geste, die ihr Inneres zum Schmelzen und den Aufruhr zum Erliegen brachte.

Sie alle beobachteten, wie Perry sich schwach auf den Stuhl fallen ließ, den Peter – wieder als Mensch – zu ihm geschoben hatte. Mit mattem Blick sah sich Perry im Raum um und hob anschließend ergeben die Arme.

»Sag uns, was in *Otherside* stand, bevor Elizabeth es verändert hat«, forderte Ric und baute sich mit verschränkten Armen vor Perry auf.

Glücklicherweise verbarg er Lauries Sicht auf Perry nicht. Unentwegt musterte sie ihn, versuchte, seine Worte vorherzusagen, für alles eine logische Erklärung zu finden.

Dann endlich räusperte sich Perry, sein Blick klärte sich und er fixierte Laurie. Sie konnte nicht einschätzen, was er dachte oder fühlte. Von ihrem Unterricht her hätte sie es für Erleichterung gehalten. So hatte Josh sie angesehen, als sie sich im Unterschlupf begegnet waren.

»Nun rede schon«, befahl Ric und Laurie flehte Perry mit ihren Augen an, dem nachzukommen.

Perry schüttelte langsam den Kopf. Eine Geste, die alle Wächter des Jugendbuchbereichs nur allzu gut kannten. Beinahe hätte Laurie bei der Erinnerung an die vielen Sitzungen ihres Teams gelächelt. Damals war ihre Welt noch in Ordnung gewesen – trotz ihres Doppellebens hatte sich alles richtig angefühlt.

»Ich kann mir denken, warum ihr das wissen wollt«, sagte er ruhig. »Aber es wird nicht funktionieren. Josh kann das Buch, das Laurie und Nate mitgenommen haben, nicht verändern.«

Laurie wartete gebannt auf eine Reaktion.

»Warum nicht?«, fragte Josh neben ihr. Sein Körper war angespannt, er presste sie so fest an sich, dass es beinahe wehtat.

»Weil es nur von innen heraus funktioniert.«

»Das kann nicht sein, mein Vater …«, setzte Josh an, doch Perry schnitt ihm das Wort ab.

»Er kann vielleicht einzelne Szenen verändern oder Kleinigkeiten hinzufügen, er kann aber nicht die Geschichte von Grund auf ändern. Das kann nur die Autorin.«

Alle im Raum waren verstummt und suchten nach weiteren Möglichkeiten. Ihr genialer Plan war von vorneherein auf einem wackeligen Fundament gebaut gewesen, nun zeigte sich, dass es nicht einmal das gewesen war. Sie standen wieder vor dem Nichts.

Alle warteten, ob Perry vielleicht eine Lösung parat hatte. Selbst die Buchfiguren, die im Hintergrund noch geflüstert hatten, starrten nun gebannt auf den Wächter.

»Hilf uns!«, sagte Laurie leise und hoffte, dass Perry verstand, was sie sagen wollte. Verstand, dass sie wissen wollte, woher sie kam.

»Wir wollen Antworten«, sagte Nate entschlossen. »Was haben Sie hier getan? Zu welchem Zweck wurde das Zentrum geschaffen?«

Perry fuhr sich mit den Händen über das Gesicht, holte tief Luft und begann, zu erzählen: »Es ist viele Generationen her, dass Elizabeth und ich Veränderungen in der Buchwelt beobachtet haben. Es waren keine Kleinigkeiten mehr, die mit wenigen Wortbewegungen durch die Zunft korrigiert werden konnten. Wir fanden heraus, dass Figuren häufig gelesener Bücher in der Realität aufgetaucht sind, und wir haben die Zeichen gedeutet.«

Perry holte tief Luft und sah von den Wächtern zu den Seelenlosen, ehe er weitersprach.

»Die Buchwelt und die Realität näherten sich an, Fiktion und Realität drohten zu verschwimmen und wir konnten uns ausmalen, was passieren würde. Boten verbreiteten Ende des 19. Jahrhunderts die Kunde, dass Graf Dracula umging. Alle hielten es für einen Witz, die damalige Version von Promotion für das neue Werk von Bram Stoker.«

Perry schüttelte den Kopf.

»Nicht jedoch Elizabeth und ich. Wir wussten, dass es die Buchfigur war, die hungrig durch die Straßen marschierte, und machten die Räte der Zunft darauf aufmerksam. Doch niemand hörte auf *Kinder*, schon gar nicht auf jemanden, der den Aufgaben der Zunft nicht gewachsen war, einen Untauglichen wie mich. Aber wir hatten recht. Es sollte allerdings noch Jahre dauern, bis uns jemand geglaubt hat.«

In Perrys Augen stand ein Feuer, als er eine weitere Pause machte. Doch niemand warf eine Frage ein oder wollte etwas sagen.

»In all der Zeit haben Liz und ich Theorien aufgestellt und verworfen, denn niemand konnte mit Sicherheit sagen, was passieren würde, wenn die Balance zwischen Realität und Fiktion ins Wanken geriet. Ich war der Wissenschaft immer schon sehr zugetan, doch Liz verstieg sich mehr und mehr in ihren Traumwelten und magischen Fantastereien. Dann kamen die Elemente und das veränderte manche von uns. Es gab einen neuen Weg, um für Ordnung zu sorgen, aber dieser verstörte Elizabeth zutiefst. Sie war nicht davon abzubringen, dass jeder *Mord* an einem Seelenlosen die Buchwelt schwächte und das Gleichgewicht durcheinanderbrachte. Sie fand einige Anhänger in der Zunft, angesehene Familien, die mit den plötzlichen Elementarkräften der ehemals *Nutzlosen* nicht zurechtkamen. Es kam zum Streit und niemand scherte sich mehr darum, was Liz dachte.

Als sie dann mit ihrer Idee zu mir kam, war es längst zu spät. Sie wollte, dass wir gemeinsam all dem Leid ein Ende setzen und eine Grenze errichten, die beide Welten wieder stabilisieren würde. Ein Buch, in das sie uns bringen würde, damit all jene Buchfiguren in dieses *Grenzland* gebracht werden können, denen ein Mensch beim Lesen zu viele Emotionen schenkt. Während sich Zunft und Wächter spalteten, schrieben wir also an *Grenzwelt.* Einer Welt des Friedens und der Ordnung, regiert von einer Königin und einem König, die Macht über jeden einzelnen Einwohner der Buchwelt besaßen. Elizabeth schrieb und schrieb, verlor sich in ihren Vorstellungen und Träumen, steigerte sich immer weiter hinein. Mich hatte sie längst abgeschrieben.«

Schmerzhaft verzog er das Gesicht.

»Doch ich sah, was sie übersehen hatte: Ganz gleich, wie opulent ihr Buch werden würde – es war trotzdem ein Buch und gehörte zur Buchwelt. Sie schaffte es zwar, dass *Grenzwelt* näher an der Realität lag als die Welten anderer Bücher, dennoch musste es den Gesetzen der Fantasie gehorchen und auch Buchfiguren aus *Grenzwelt* konnten in die Realität herausgelesen werden. Trotz meiner Warnungen und Beteuerungen schrieb sie sich in die Geschichte, bezeichnete sich fortan als Königin der Buchwelt und versuchte, für Ordnung zu sorgen. Tatsächlich kehrte in den ersten Jahren danach Ruhe ein. Ich konnte ihre Bemühungen in dem Buch verfolgen, das sie mir hinterlassen hatte.«

Die Stille nach diesen Worten hielt lange an. Alle warteten, dass Perry weitererzählte, doch er tat es nicht.

»Was ist dann passiert?«, fragte Ric irgendwann.

»Das kennt ihr alle aus den Geschichtsstunden im Zentrum«, er sah Nate und Laurie an, »und aus der *Bibliotheca.*« Nun blickte er zu den Wächtern. »Das Ungleichgewicht breitete sich aus. Elizabeth hatte recht behalten: Jeder *Tod* eines Seelenlosen brachte es weiter durcheinander. Ich habe in Wächterkreisen dafür gesorgt, dass die Seelenlosen, wenn möglich, friedlich gebunden wurden, und tagsüber sorgte die Zunft für eine friedliche Rückkehr in die Buchwelt.

Aber die Welten trieben durch das Ungleichgewicht immer weiter aufeinander zu. Ich wollte nachsehen, wie es Elizabeth ging, ich war jedoch nicht mehr in der Lage, *Grenzwelt* zu lesen. Ein magischer Bann lag um das Buch und eines Tages war es verschwunden. Erst Jahre später tauchte es wieder auf, ohne dass ich es bemerkt hatte. Elizabeths Pläne hatten sich verändert und Gerüchte um das fünfte Element machten die Runde – eine Idee von Elizabeth, die sie bereits erwähnt hatte, als sie *Grenzwelt* schrieb. Ein Element, das stärker als die anderen vier war, das Licht, das wieder für Ordnung sorgen sollte.

Als ich das erkannt habe, habe ich meine eigenen Schlüsse daraus gezogen und mit dem Errichten des Zentrums begonnen. Ich habe die besten Wissenschaftler der Buchwelt herausgelesen und versammelt, um an einer Lösung zu arbeiten und gleichzeitig dafür zu sorgen, dass ich meinen Kampf fortführen konnte und nicht an Altersschwäche starb. Zu der Zeit war ich der einzige Mensch im Zentrum. All die Wissenschaftler kamen zum selben Schluss: Solange es Emotionen oder Bücher gab, würde es weitergehen. Ich selbst könnte auf Bücher nicht verzichten, sie waren schon immer mein Leben. Genauso wenig konnte ich den Menschen die Geschichten wegnehmen, die Ausflüge in andere Welten. Daher versuchten wir es mit der anderen Möglichkeit. Wir haben für einen längeren Testzeitraum einige Menschen im Zentrum aufgenommen und es hat funktioniert. Zumindest hier. Sie konnten lesen, ohne Buchfiguren zu materialisieren. Ich habe eine kleine Welt ohne Emotionen geschaffen.«

»Es hat nicht funktioniert«, warf Laurie dazwischen und fixierte Perry.

Er war noch immer weit entfernt, schwelgte in Erinnerungen und nur langsam kehrte er in diesen Raum zurück. Neugierig musterte er sie.

»Ich habe immer gefühlt«, sagte Laurie mit Nachdruck.

»Du«, flüsterte er, »bist etwas Besonderes.«

»Was?«, rief sie nun ungeduldig. Es störte sie nicht, dass sie angestarrt wurde, ließ die Blicke einfach abprallen und konzentrierte sich bloß auf Perrys Antwort.

»Du bist ein Wunder«, sagte er so ruhig, wie er in der *Bibliotheca* stets mit ihr gesprochen hatte. »Die einzige Tochter zweier Buchfiguren.«

44. KAPITEL

Nachdem Perry uns seine Version der Geschichte erzählt hatte, waren meine Gedanken abgedriftet. Zahlreiche Überlegungen, wie uns seine Erzählung weiterhelfen konnte, kreisten in meinem Gehirn umher wie in einem Karussell, aber jede von ihnen wurde als untauglich aussortiert. Dann rückte Perry mit der Wahrheit über das Zentrum heraus und änderte meinen Eindruck von ihm ein weiteres Mal. Er sollte jedoch nicht behaupten, dass Elizabeth mit ihrer Vision zum Schutz der Buchwelt übertrieb – denn Perry war noch viel schlimmer. Wenn er mehr Zeit gehabt hätte, hätte er die Menschen dann ihrer Emotionen beraubt, nur damit sie weiterhin Bücher lesen konnten? Waren dafür die zahlreichen Seelenlosen als Prototypen hier im Zentrum?

Hatte er mit dem Herauslesen all der Wissenschaftler das Ungleichgewicht der Welten nicht sogar beschleunigt? Es war meiner Meinung nach reiner Egoismus – er wollte die Bücher nicht aufgeben. Ein Fundus an Personen, derer er sich bedienen konnte. Den Preis sollten die Menschen zahlen, die zwar Bücher hatten, aber nur noch lesen konnten wie wir Wächter in der *Bibliotheca Elementara* – ohne jegliches Gefühl.

In mir hatte die Wut die Oberhand gewonnen und ich wollte Perry gerade alles an den Kopf werfen, da stellte Laurie die Frage, die wir uns kurz zuvor alle gestellt hatten. Auf diese Lösung wäre allerdings niemand gekommen.

Im ersten Moment hielt ich die Antwort für einen schlechten Scherz. Laurie hingegen war sofort kreidebleich geworden. Auch Josh zuckte zusammen, beherrschte sich dann aber und drückte Laurie fester an sich. Als Perry nicht anfing, zu lachen – nicht, dass er jemals großartig Witze gemacht hatte –, konnte ich nicht mehr anders, als Laurie anzustarren. Sie war etwas, das es nicht geben durfte. Ich würde es nur nicht als Wunder bezeichnen, sondern …

»Sie ist das Ungleichgewicht«, nahm Ric mir die Worte aus dem Mund.

»Wenn wir sie zurückschicken …«, grübelte Peter, wurde jedoch sofort von Josh unterbrochen, der sich schützend vor Laurie stellte.

»Niemals!«, brüllte er und schob Laurie weiter von uns anderen weg.

»Perry …«, versuchte Peter es bei unserem ehemaligen Teamleiter, aber der reagierte gar nicht. Hinter mir hingegen entstand Unruhe. Die Dämonenjäger diskutierten flüsternd darüber, ob Lauries Tod dazu führen würde, dass alles wieder beim Alten wäre – sofern sie sich nicht friedlich zurückschicken ließ.

»Stopp!«, rief Perry, als die Luft nach Feuer roch, weil sich Josh bereit machte, Laurie zu verteidigen. »Sie kann nicht getötet werden.«

45. KAPITEL

Die Zeit stand still. Szenen aus Lauries Leben zogen an ihr vorbei: Kämpfe, in denen sie dem Tod knapp entkommen war, bei ihren Einsätzen für das Zentrum ebenso wie bei ihrem Job als Wächterin. Sie hatte immer Glück gehabt, hatte Josh behauptet. Zuletzt beim Angriff, der als Störfall in die Akten der Wächter eingegangen war: dem Angriff des veränderten Cameron Hamilton, der die Fähigkeit des Dämons Roth in sich getragen hatte.

Doch was, wenn es nicht Glück war, das sie beschützt hatte? Konnte es sein, dass sie … unsterblich war?

Perry nickte ihr wissend zu. Nun war Laurie nicht mehr in der Lage, etwas zu sagen.

Nach einer langen Pause, in der die Buchfiguren nach wie vor darüber debattierten, ob man Perry glauben konnte oder man es besser versuchen sollte, erzählte der, dass sie es bereits versucht hatten. Laurie drehte sich bei Perrys Worten der Magen um.

»Anfangs waren ich und einige der Wissenschaftler neugierig gewesen, als wir von der Schwangerschaft erfuhren. Einer natürlichen Schwangerschaft im Gegensatz zu all den Retortenbabys aus anderen Verbindungen, die ohne Wissen der Betroffenen mit menschlichem Genmaterial ergänzt werden mussten. Wir begleiteten sie im Labor und machten etliche Tests. Nach deiner Geburt stellte sich heraus, dass du nicht auf meine Beeinflussung reagierst – die Sirenenkräfte wirkten bei dir nicht und ich hatte Probleme, dich unter Kontrolle zu bekommen. Um das Zentrum nicht zu gefährden, habe ich dafür gesorgt, dass du jenseits jeglicher Emotionen aufwächst, und man dich gründlicher untersucht als die normalen Hirngespinste.«

Bei dem Wort zuckte Nate merklich zusammen. Perry warf ihm einen gefühlskalten Blick zu, der Laurie zeigte, dass er sich nicht für dessen Schmerz interessierte. Sie alle waren für ihn lediglich Forschungsobjekte gewesen. Laurie ganz besonders.

»Dann habe ich herausgefunden, dass du dich trotz allem nicht *anfühlst* wie eine von *ihnen*. So konnte ich dich mit zu den Wächtern nehmen. Dass du eines Tages eine so wichtige Rolle spielen würdest, hätte ich nicht gedacht. Ich wusste, dass trotz all der Bemühungen im vergangenen Jahr die Grenzen noch vorhanden und das Gleichgewicht nachhaltig gestört waren. Aber ich war zu neugierig darauf, wie es weitergehen würde.« Er warf Laurie einen bedeutungsschweren Blick zu und sah anschließend zu Josh, schüttelte den Kopf. »Liebe zu einer Buchfigur!« Er lachte freudlos auf. »Das ist falsch. Alles, was in dieser Welt vorgeht, ist falsch.« Sein Lachen nahm irre Züge an.

»Wie können wir es beenden?«, fragte Ric.

»Ihr könnt es nicht beenden. Es ist zu spät. Thyra wird die Welten vereinen. Ich habe meine Mitarbeitenden bereits nach Hause geschickt.«

Die Frage war, ob es das aussagte, was ich dachte: Waren deshalb keine Seelenlosen aufzuspüren? Waren sie in ihre Buchwelten zurückgekehrt?

Perry winkte resigniert ab und deutete auf die Digitalanzeige an der interaktiven Wand neben der Tür.

23.55 Uhr

46. KAPITEL

Ein Blick auf die Uhr ließ mich für einen kurzen Augenblick erstarren. Dann ging alles wie im Zeitraffer: Ric schlug Perry mit dem Ellbogen gegen den Kopf, der daraufhin ohnmächtig auf seinem Stuhl zusammensackte. Nate kramte aus einem Schrank in der Wand – die Wand glitt einfach zur Seite! – etwas, das entfernt an Handschellen erinnerte. Vielleicht die Science-Fiction-Version davon. Er fesselte Perry damit die Hände.

Mein Mitleid für unseren Teamleiter hielt sich in Grenzen. Er war mindestens genauso verrückt und übergeschnappt wie Elizabeth und nicht mit Argumenten zu überzeugen. Daher blieb uns nichts anderes übrig, als es allein zu versuchen. Wir mussten die Menschheit verteidigen!

»Wo sollen wir hin?«, fragte ich. »Zum Schloss oder zum Marktplatz?« Leider erhielt ich eine zweigeteilte Antwort.

»Wir werden die Menschen beschützen, wie es unsere Pflicht ist«, sagte Cliff voller Inbrunst und sah kurz zu seinen Dämonenjägerkollegen, die daraufhin nickten. »Daher werden wir zum Marktplatz gehen.«

»Ich komme mit«, sagte Ben entschlossen. »Vielleicht müssen wir uns verständigen.« Er war bereits in seiner Halbgestalt und musste sich nicht noch einmal der schmerzhaften Wandlung unterziehen.

»Wir sollten unbedingt zum Schloss. Ich bin mir sicher, dass sich dort was tut. Der Marktplatz … Also bitte, das hatten wir doch schon im letzten Jahr.« Ric schnaubte und ich konnte ihm nur zustimmen.

Unsere Gruppe teilte sich folglich ein weiteres Mal. Die Dämonenjäger hatten ihre Waffen gezogen und traten ins Freie. Der Regen hatte aufgehört, aber hin und wieder grollte irgendwo Donner. Puck war im Begriff, zu den Jägern und Ben aufzuschließen, da hielt ich ihn zurück.

»Meine Mutter«, flüsterte ich und er sah mich aus seinen großen kindlichen Augen an. »Ich … Sie ist die einzige Familie, die ich noch habe.«

Ehe er nickte, während sein Blick zu Ric huschte, der mit Zac diskutierte, wo Natalia am sichersten aufgehoben war. Puck hatte recht: Ric war ebenso Familie geworden, trotzdem … Sie war meine Mutter.

»Ich versuche, sie zu beschützen. Sie alle«, sagte er mit ernster Stimme, jeglicher Humor, der sonst mit seinen Worten mitschwang und ihn zum Spaßkönig unter den Feen gemacht hatte, war verschwunden.

Ich presste die Lippen fest zusammen und verkniff mir eine Träne. Schließlich wusste er nicht einmal, wie sie aussah. Dann trat Ric zu mir; er nahm mich in den Arm, hauchte mir einen Kuss auf die Stirn und flüsterte: »Es wird alles gut.« Ich hoffte es so sehr.

Die Hoffnung ließ mich auch nicht los, als wir losgingen – oder besser gesagt: losjoggten – und ich mir wieder und wieder vorstellte, wie sich die Zeit ausdehnte. Ich glaubte ganz fest daran, dass wir das *Zentrum der Macht* nutzen konnten und die Geschichte nicht so enden würde. So durfte sie nicht enden. Nicht mit einem Massaker in Paris und weiß Aither was auf dem Marktplatz. Thyras Pläne waren immer sehr gut durchdacht gewesen, eine Eigenschaft, die sie wohl von ihrer Mutter geerbt hatte – zusammen mit dem Durchgeknalltsein. Aber eine solche Person durfte am Ende einfach nicht gewinnen.

Obwohl ich nie ein Fan von kitschigen Happy Ends gewesen war, wünschte ich es mir jetzt mehr als alles andere. Das rosarote Bild einer Friede-Freude-Eierkuchen-Szene verschwamm jedoch, als Ophelias Prophezeiung wieder in mein Bewusstsein drang.

Er wird nicht überleben.

Ich rannte neben Ric durch die menschenleeren dunklen Gassen. Mein Element lieferte uns konsequent neue Energie, auch die anderen Elemente umgaben uns wie eine belebende Wolke. Zac lief neben Natalia, Coral neben David, Laurie neben Josh. Mir wurde plötzlich schmerzhaft bewusst, dass diese Paare keine Zukunft hatten. Es war … unmöglich, eine Buchfigur zu lieben.

Wir planten, die Grenzen zu schließen, hofften es zumindest. Die Welten würden wieder für sich sein, getrennt voneinander, wie es sich gehörte. Das hieße für die sechs Personen um mich herum, dass sie ebenfalls getrennt werden würden. Mein Herz zog sich zusammen, als ich daran dachte, wie gewaltig die Gefühle zwischen ihnen geworden waren. Tief in meinem Inneren war ich froh, dass ich meinen Drachen hatte, einen realen Menschen. Was sagte das über mich aus?

Wir bogen in die Straße, die uns zum Schloss führen würde, als Sams Kopf nach oben ruckte.

»Stopp!«, befahl er und wir machten Halt. Erneut standen wir an der Stelle, an der sich die Gargoyles auf uns gestürzt hatten, und ich hatte ein Déjà-vu.

»Was ist los?«, fragte ich.

»Die anderen sind auf dem Marktplatz angekommen. Dort ist niemand mehr.«

In diesem Moment hörten wir wieder die ersten Schreie. Diese Schreie, die in meinem Kopf solche Schmerzen verursachten, dass meine Knie zu zittern begannen und ich den Drang verspürte, sofort wegzurennen. Die Schreie der Zombiemenschen vom Marktplatz.

Sam sprang nach vorne und warf einen Blick um die Ecke. »Es sind so viele. Sie bilden einen Kreis um das Schloss. Es ist …«

Mit letzter Kraft und zugehaltenen Ohren trat ich zu ihm und linste ebenfalls zum Schloss, das auf der anderen Straßenseite in die Höhe ragte. Selbst die Lichter, die mich beim ersten Anblick so begeistert hatten – ich war wohl nicht ganz bei mir gewesen! –, ließen das Schloss auch hier in all seiner unzerstörten Pracht erstrahlen. Rund um das Gelände standen die zombiehaften Menschen wie ein Zaunpfahl am anderen. Eine für uns Wächter undurchdringliche Mauer. Thyra und Balthasar hatten sie offensichtlich am Marktplatz eingesammelt und hierher geführt. Instinktiv suchte ich die Reihe nach meiner Mutter ab.

»Wir müssen dieses verdammte Geschrei loswerden!«, brüllte Ric über jenes Geschrei hinweg. Mein Kopf schmerzte so sehr, dass ich befürchtete, er würde jeden Moment platzen. Der Drang, mich auf den Boden zu werfen und mich zusammenzukrümmen wie ein Baby, war nahezu übermächtig.

»Sie werden von Balthasar kontrolliert«, mutmaßte Zac, doch ich hatte keinen Nerv für irgendwelche Überlegungen.

»Mach, dass es aufhört«, flehte Natalia mit einem Blick auf ihren Bruder, dem bereits Schweißperlen auf der Stirn standen. »Sie müssen aufhören.«

Zac richtete sich auf und straffte die Schultern. Sam sprang an seine Seite und auch David gesellte sich zu ihnen. Er warf einen so von Liebe triefenden Blick auf Coral, dass ich für einen kurzen Moment den Schmerz vergaß. David und Zac wussten genau, welches Schicksal sie vielleicht ereilen würde. Niemand von uns konnte ahnen, ob wir einander noch einmal wiedersehen würden. Sollte uns Wächter jemand angreifen, wären wir im Moment nicht in der Lage, uns zu verteidigen.

»Verschwindet von hier, bis ihr sie nicht mehr hört!«, sagte Zac bestimmend und deutete die Straße entlang, die wir gekommen waren. »Geh mit ihnen«, bat er Natalia so leise, dass es beinahe in dem Kreischen in meinem Kopf unterging.

Natalia schüttelte den Kopf und kniff die Augen zusammen. Eine Träne kullerte über ihre Wange.

Zac fing sie auf. »Bitte«, deuteten seine Lippen an. »Beschütze sie.« Er zeigte auf unser Team und Josh. Als sie, wenig überzeugt, nickte, griff Zac nach ihrem Kinn, hob es an und küsste sie. Die Szene wäre so herrlich kitschig gewesen, dass ich geseufzt hätte, wären da nicht die schier unerträglichen Schmerzen gewesen.

Josh wankte zu Laurie und küsste auch sie.

Es war schlimm, ich hasste Abschiede, doch so ein letzter Kuss, voller Hoffnung, mobilisierte anscheinend meine Kraftreserven. Mein Element brach aus mir hervor, ein tobender Sturm umgab uns schützend wie eine Hülle und schirmte uns für einen Moment von dem Geschrei ab. Vielleicht hielt er sogar die Zeit an, ich wusste es nicht. Ich wusste nur, dass ich einem inneren Drang folgte und auch meinen Drachen küsste. Es war, als müsste ich es tun, als würde ich einem Drehbuch folgen, das dies von mir verlangte.

Wir standen im Auge des tobenden Elementarsturms und küssten uns. Rics Lippen schmeckten so bittersüß. Ich spürte all die Kämpfe seiner Emotionen, die er je ausgetragen hatte, und seine uneingeschränkte Liebe zu mir. Mir wurde es heiß und kalt zugleich, mein Magen zog sich zusammen von all dem Schmerz, der in dem Kuss mitschwang, mein Herz jedoch explodierte bei dem Verlangen, das darin lag. Es war der emotionalste Kuss, den er mir je gegeben hatte, und die Welt um mich herum verschwand. Dann ließen meine Kräfte nach und der Sturm um uns ebbte ab, die Schreie drangen wieder zu uns durch und machten die Stimmung zunichte.

»Kommt, wir gehen«, brachte Ric hervor und zog mich weg von dem Gekreische.

Josh löste sich von Laurie, Natalia kehrte Zac den Rücken zu. Coral hauchte David einen letzten Kuss auf die Wange, ehe sie mit wehmütigem Blick auf uns zukam. Mitsamt Nate verschwanden die Seelenlosen – diese Bezeichnung war so was von falsch, schließlich hatte ich gerade gesehen, zu wie vielen Emotionen sie fähig waren – hinter der nächsten Straßenecke.

Mit zitternden Beinen gingen wir langsam davon, unfähig, etwas an unserer aktuellen Lage zu ändern. Mit jedem Schritt erging es uns besser. Als der Schmerz schon gut erträglich war, schossen vier Gestalten um die Ecke und prallten mit uns zusammen.

»Wo sind die anderen?«, rief Fen und ich hatte nicht die Energie, großartig zu erklären. Daher deutete ich nur in Richtung Schloss und sie rannte, gefolgt von Cliff, Sage und Ben die Straße hinunter.

Würden wir sie je wieder sehen?

47. KAPITEL

Laurie hatte ihren Neutralisator in der Hand und rannte den anderen hinterher. Zac war ihr Anführer, diese Rolle ließ er sich nicht nehmen. Fast jeder von ihnen hatte gerade jemanden zurücklassen müssen, den er liebte, und die Energie, die dieser Gedanke in Laurie wachrief, war atemberaubend. Sie hatte sich gerade erst an das Zulassen von Gefühlen gewöhnt, doch der Schmerz und all das, was in Joshs letztem Kuss gelegen hatte wie ein Versprechen, ließ sie erzittern. Sie würde dafür kämpfen, würde alles dafür tun, dass dieses Versprechen wahrwerden würde.

In ihrem Hinterkopf meldete sich jedoch eine Stimme, die alles bedrohte. Die Worte wiederholten sich immer und immer wieder.

Du bist das Ungleichgewicht.

Zac stürmte voran durch die Reihe von Menschen, die ausdruckslos in die Gegend starrten und die Münder zum Schrei geöffnet hatten. Sie wehrten sich nicht, standen einfach nur da, um die Wächter davon abzuhalten, einzuschreiten: ein menschlicher Schutzschild.

Hatte Thyra nicht damit gerechnet, dass sich Buchfiguren gegen sie erheben würden? Gab es so viele, die diesen Krieg befürworteten? Laurie schämte sich in diesem Moment für das, was ihre Eltern waren.

Ihre Eltern. Das Wort fraß sich durch ihre Innereien, seit Perry diese Wahrheit verkündet hatte. Eltern. Familie. Irgendwo blitzte ein

Bild eines glücklichen Paares mit einem Baby im Arm auf, Bäume und eine Wiese voller Blumen am Rande eines glitzernden Baches machten die kitschige Szene vollkommen. Dann verlor das Bild an Farbe. Es war nicht echt, eine Produktion ihrer Wünsche. Aber eines war echt: Josh und ihre Gefühle für ihn; sie wusste, dass sie diese niemals für irgendetwas Unechtes aufgeben würde.

Der Aufgang zum Schloss wurde lediglich von zwei Gargoyles bewacht, die im selben Moment zu Staub zerfielen, in dem Zac und Laurie schossen. Zac besaß noch immer Nates Neutralisator. Die Felsen unter ihnen erbebten, doch sie alle konnten sich auf den Beinen halten.

Sie rannten einen Weg hoch, der sie durch mehrere gewölbeartige Passagen des Schlosses führte, als die Dämonenjäger und Ben zu ihnen stießen. Nun waren sie alle beisammen, um eine Welt zu verteidigen, die nicht die ihre war, nur um das Richtige zu tun.

»Balthasar kontrolliert die Menschen dort unten. Die Wächter können uns nicht helfen, solange er da oben auf dem Balkon steht«, erklärte Ben. »Wir müssen ihn töten.«

Zac lachte auf. »Er wird es kommen sehen, glaubst du nicht?«

Sam schüttelte den Kopf. »Ich glaube daran, dass das Gute siegt«, sagte er inbrünstig. Wenn sich Laurie da nur auch so sicher sein könnte …

Der Weg wurde breiter und endete in einer großen Halle, einem imposanten Empfangsbereich wie aus einem Märchenschloss. Laurie war bemüht, sich davon nicht beeindrucken zu lassen und folgte den anderen in einen der Seitengänge. Anscheinend wusste Ben genau, wo sie hinzugehen hatten.

Sie betraten ein großes, festlich dekoriertes Zimmer mit zahlreichen Sofas, Tischchen und Stühlen. Am anderen Ende befand sich ein doppelflügeliges Fenster, das auf einen Balkon führte. Und dort stand er, wie Sam es vorausgesagt hatte. Wie in Zeitlupe drehte sich Balthasar zu ihnen um.

Zac und Laurie feuerten, doch die Energie der Waffen wurde von einem Schutzschild absorbiert. Ein Lächeln trat auf Balthasars Gesicht. Er wirkte nicht beängstigend oder abstoßend, im Gegenteil.

Laurie kannte seine Geschichte und verstand die Protagonistin Victoria plötzlich, die dem Charme dieses Antagonisten verfallen war.

»Was wollt ihr?«, fragte Balthasar. Seine Stimme war angenehm, nicht das böse Krächzen, das Laurie erwartet hatte.

»Wir werden dich aufhalten«, sagte Zac und feuerte erneut.

Balthasar lachte und nun drang seine dunkle Seite nach außen. Wie ein Raubtier trat er langsam in den Raum. Nate deutete mit einem Winken an, dass sie sich im Raum verteilen sollten. Auch Zac und die anderen Buchfiguren verstanden das Signal. Während Balthasar immer weiter auf Zac zukam, positionierten sich die Dämonenjäger in einem Dreieck um das Böse herum, bereit, auf jegliches Zeichen hin anzugreifen.

Laurie schlich indessen langsam hinter Balthasars Rücken entlang zur Balkontür. Sie wusste zwar nicht, wie weit der Bann reichte, den Balthasar den Menschen dort draußen auferlegt hatte, aber sie klammerte sich fest an die Hoffnung, dass er Kontakt über die Luft brauchte. Vorsichtig berührte sie den ersten Flügel und schloss ihn millimeterweise. Auf der anderen Seite des Raumes hatte Puck ihren Plan erkannt und rückte ebenfalls von Balthasar unbemerkt auf die Tür zu.

Dessen Blick war lediglich auf Zac gerichtet. Der vermutlich Einzige im Raum, der nur den Hauch einer Chance gegen das Böse hatte, das Balthasar in seiner Geschichte verkörperte.

»Du weißt nicht, wen du vor dir hast, kleiner Held«, sprach Balthasar leise. »Du hattest deine Chance, dich auf unsere Seite zu stellen. Jetzt ist es zu spät.« Sein manischer Blick durchbohrte Zac, der seinerseits eine Ruhe ausstrahlte, die Laurie niemals für möglich gehalten hätte. In diesem Moment schlossen Puck und Laurie kaum hörbar die Tür.

»Du kennst dich in der Buchwelt scheinbar nicht aus«, sagte Zac und richtete weiterhin die Waffe auf Balthasar. »Weißt du denn nicht, dass das Gute immer siegt?«

Balthasar lachte auf und schüttelte den Kopf. »Das Gute hat mich noch nie besiegt.«

»Wir sind allerdings nicht in deiner Welt«, antwortete Zac nur. »Und ich bin keiner der Guten. Ich war böse, ehe mich Elizabeth zu dem gemacht hat, der ich heute bin.«

Laurie glaubte, Stimmen auf dem Flur zu hören, und endlich begriff sie Zacs Taktik.

»Du bist genauso wie ich den Launen einer gewissen Person ausgeliefert«, fuhr Zac fort.

»Sie würde es nicht wagen, sich gegen mich zu richten«, sagte Balthasar sicher. »Sie kann es nicht. Sie ist zum Teil wie wir, Teil der Buchwelt. Meine Magie wirkt bei ihr genauso wie bei allen Figuren in meiner Welt.«

»Sie vielleicht nicht«, bestätigte Zac.

In diesem Moment schlichen sich leise, glockenhelle Töne in den Raum. Sie schienen etwas zu sagen, aber Laurie war nicht in der Lage, darüber nachzudenken. Zac blinzelte mehrmals träge. Sein Arm mit der auf Balthasar gerichteten Waffe zitterte. Die Töne wurden immer lauter und setzten sich zu einer Melodie zusammen. Einem … Schlaflied? Laurie gähnte, angesteckt von Pucks aufgerissenem Mund, der gar nicht mehr damit aufhören konnte, zu gähnen und sich mehrmals die Augen rieb. Nie zuvor hatte er auf Laurie so kindlich gewirkt.

»Was tut ihr da?« Balthasars Stimme klang schwach, im Gegensatz zu Laurie hatte er aber wenigstens noch genügend Energie zum Sprechen. Sie fühlte sich so benommen, so unerträglich müde, dass sie ihrem Bedürfnis nachgab und sich auf den Boden setzte. Sie lehnte sich an eine der Glastüren und mit zitternden Lidern, die ihr immer wieder für einen kurzen Moment die Sicht raubten, verfolgte sie, wie sich Zac und Balthasar gegenübertraten. Zac schoss mehrmals auf Balthasar, dieser konterte mit gleißend blauen Feuerbällen.

Irgendwann hörte sie nur noch, wie etwas detonierte, dann konzentrierte sie sich auf das Lied, das sie in den Schlaf wiegte. Sie wusste nicht einmal mehr, wo sie sich befand.

»Laurie, wach auf!«

Jemand rüttelte an ihrer Schulter. Sie wollte nicht aus dieser Traumlandschaft heraus, wollte nicht, dass die wunderschönen Bilder und die gemeinsame Zeit mit Josh endeten.

»Laurie, beeil dich. Wir haben keine Zeit.«

»Wofür?«, fragte sie schlaftrunken und rieb sich über die Augen. Josh stand direkt vor ihr und sah sie erwartungsvoll an.

»Du hast die Tür geschlossen, hat Puck erzählt. Der Plan hat funktioniert.«

Laurie nahm die ihr angebotene Hand und ließ sich nach oben ziehen. »Wo sind die anderen?«, fragte sie und sah sich suchend im Raum um. Irgendetwas fiel ihr aus den Haaren. Erst jetzt bemerkte sie, dass Stücke der verzierten Decke herabgestürzt waren.

»Sie sind auf dem Weg zu Thyra«, sagte Josh und folgte daraufhin ihrem Blick. »Ric und sein Team haben Balthasar geschwächt, anschließend haben die Dämonenjäger geholfen, ihn zu vernichten. Das ganze Schloss hat gebebt, beinahe wie in Otherside.« Er schüttelte den Kopf. »Du warst ja nicht dabei, als …« Er brach ab. Sie wusste dennoch Bescheid, er hatte ihr alles erzählt.

»Es war Corals Gesang, oder? Warum bin ich nicht aufgewacht wie die anderen?«, fragte sie, während sie einen von zahlreichen Fackeln erleuchteten Flur entlangliefen.

»Ich weiß es nicht«, flüsterte er beinahe unhörbar. Laurie spürte jedoch, dass mehr dahintersteckte.

»Es ist, weil ich anders bin, oder? Ich bin keine gewöhnliche Seelenlose.«

»Du bist keine *Seelenlose*, Laurie. Nicht für mich.«

Ihr Herz pochte aufgeregt, in ihrem Bauch stoben Tausende von Schmetterlingen auf und ihre Sicht verschwamm für einen kurzen Moment der Rührung.

Im nächsten hörte sie ein grausames Lachen.

48. KAPITEL

Wir hätten warten sollen. Es wäre das Beste gewesen, unsere Elemente nach dem Kampf gegen Balthasar erst wieder zur Ruhe kommen zu lassen. Doch die Zeit arbeitete gegen uns.

Nur mit vereinten Kräften aus Buchwelt und Realität hatten wir Balthasar von Steinbach vernichten können. Ein zynischer Teil von mir – vielleicht das letzte bisschen Humor, das mir geblieben war – streckte irgendwo in meinem Hinterkopf Victoria die Zunge raus, die das nicht geschafft hatte. Andererseits hatten wir der Buchfigur Balthasar in unserer Welt gegenübergestanden und nicht seiner Buchwelt. Dennoch war er stark genug gewesen, um uns nahezu aller Kräfte zu berauben. Ich hatte mein Element überhaupt nicht mehr spüren können, war kraftlos zu Boden geflattert und hatte mich ohne Zutun zurückverwandelt. Den anderen war es ebenso ergangen.

Trotzdem waren wir, gleich nachdem ich meine Klamotten angezogen hatte, aufgebrochen. In dem Raum zum Balkon, der laut Zac für Kundgebungen eingerichtet worden war, hatte eine große Standuhr gemahnt: In zwei Minuten würde etwas geschehen. Die Zeit verging nicht wie sonst, dennoch spürte jeder von uns, wie ein Sandkorn dem anderen folgte – auch wenn es hier nirgendwo eine Sanduhr gab.

Wir hetzten den Flur entlang, durchquerten den Eingangsbereich, als wüssten wir genau, wohin wir wollten. Irgendetwas leitete uns, führte uns direkt zum Thronsaal, der erneut zum Schauplatz eines Kampfes werden sollte. Als wir die doppelflügelige Tür öffneten, schlug eine Uhr.

Mitternacht.

Im selben Moment überrollte uns eine Druckwelle aus gleißendem Licht und warf uns zu Boden. Das Licht löste sich auf, nein, es sammelte sich, zog sich zusammen wie Wassertropfen auf Lotusblüten und wurde zu etwas, das ich so ziemlich genau vor einem Jahr bereits einmal gesehen hatte.

Die goldenen Buchstaben waren überall. Mal größer, mal kleiner, bestanden mal aus Druckbuchstaben, mal aus einer unleserlichen Handschrift. Und doch setzten sie sich zusammen wie in Erpresserbriefen, wurden zu Wörtern. Die Wörter wurden zu Sätzen, die Sätze zu Geschichten, die immer weiter anwuchsen und einfach alles überzogen.

Wir standen auf und kämpften uns gegen den Strom in Richtung Thronsaal vorwärts, die Geschichten streiften uns, zehrten von unseren letzten Energiereserven, um weiter anzuwachsen. An der Schwelle zum Thronsaal angekommen strömten die Geschichten zurück und trieben uns mit sich in den Raum, wie eine Welle am Strand. Sie sammelten sich auf dem Marmorboden des imposanten Saales und legten sich übereinander. Sie verbanden sich, das Gewebe aus Buchstaben, Wörtern und Geschichten wurde immer dichter und heller, bis der Raum erbebte und dort, wo das Gemälde gelegen hatte, das Thyra in unsere Welt geführt hatte, ein Lichtsee entstand, der sich langsam erhob wie ein Kosmetikspiegel, den man auf die andere Seite wenden konnte. Es dauerte exakt fünf Schläge der Kirchturmuhr, deren Geläute durch die Fenster drang.

Fünf Schläge, in denen niemand von uns auch nur fähig war, sich zu rühren. Erst als der See komplett senkrecht mitten im Raum stand und schon mehr als verdächtig nach bösem Portal aussah, war ich wieder in der Lage, zu sprechen.

»Wir müssen es schließen«, sagte ich wenig geistreich.

Das war allerdings verschwendete Energie, denn das wusste schließlich jeder von uns – und eine riesengroße Dummheit, wie sich herausstellte. Denn Thyra hatte uns bislang nicht gesehen oder nicht beachtet. Meine Worte hingegen schreckten sie auf. Meine ehemals beste Freundin fixierte mich aus kalten Augen. Dann erschien ein Lächeln auf ihren Lippen, das nichts Gutes bedeuten konnte. Ihr lautes Lachen überschnitt sich mit dem nächsten Glockenschlag, doch im Gegensatz zu dem freundlichen Gong hing ihre Stimme im Raum fest und hallte von allen Seiten wider.

»Ihr seid zu spät gekommen. Was für ein Pech aber auch. Und danke, dass ihr Balthasar für mich aus dem Weg geräumt habt, er ist langsam wirklich … anstrengend geworden.« Sie wedelte mit der Hand, als müsste sie eine lästige Fliege verscheuchen. »Du weißt schon, ich habe einen kleinen Anteil Seelenlose in mir, den er kontrollieren konnte. Das war irgendwie unangenehm«, sagte sie im lockeren Plauderton, als würden wir uns im *Milk & Sugar* über Jungs unterhalten. »Nun jedoch gibt es niemanden mehr, der mich zurückhalten kann.«

Beim nächsten Gongschlag trat sie vor den Lichtsee und tauchte ihre Hand hinein. Die Oberfläche erzitterte wie aufgewühltes Wasser. Thyras Hand war golden, als sie sie wieder daraus hervorzog. Das Gold wanderte ihren Arm hinauf und tauchte sie immer weiter in helles Licht, während sie ihre Hand hervorschnellen ließ und einen Teil der Spiegelseeflüssigkeit auf uns schleuderte. Die Tropfen wurden wieder zu Wörtern, zogen sich auseinander und legten sich über uns wie Netze.

Ich blickte an meinem Körper hinab und er sah aus wie von goldenen Tattoos überzogen. Die Buchstaben brannten sich in meine Haut wie eine ätzende Flüssigkeit. Dann bewegte ich mich ohne eigenen Willen. Meine Hände taten, was sie wollten, meine Füße machten einen Schritt nach dem anderen – Ric immer weiter entgegen.

Gong.

»Willkommen in der Buchwelt, Lin. So fühlen sich Buchfiguren, wenn sie gegen ihren Willen handeln müssen, nur weil es der Autor so will.«

Sie lachte ein weiteres gehässiges Lachen, als in meiner Hand Fens Schwert erschien und sich mein Arm zum Hieb gegen Ric bereitmachte. Ich erzitterte, versuchte, mich dagegen zu wehren, aber ich hatte keine Chance. Ich konnte die Bewegung lediglich verlangsamen und hoffen, dass Ric mehr geistige Kraft hatte, sich dem Geflecht aus Buchstaben, das auch über ihm lag, zu widersetzen.

»Weißt du, was das ist, Lin?«, fragte Thyra, erneut im Plauderton. »Das ist das *Zentrum der Macht.* Die Fantasie aller Menschen, an einem Ort gebündelt. Es reagiert auf jeden meiner Wünsche und ich glaube, ich hätte gern wieder jemanden an meiner Seite. Allein zu arbeiten, ist recht langweilig.«

Das Schwert war nur noch wenige Zentimeter von Rics Brust entfernt. Er versuchte, sich von mir fortzubewegen, doch meine Hand war sich schneller als sein Ausweichen im Zeitlupentempo. *Er wird nicht überleben.* Ophelia hatte Ric gemeint und gewusst, dass sie es mir nicht sagen konnte, ohne dass ich durchgedreht wäre. Ich hatte so gehofft, hatte zu Aither und den anderen Schutzgöttern gebetet, doch sie hatten mich nicht erhört.

Gong.

»Weißt du noch, wen ich mir immer herbeigewünscht habe? Weißt du, wie viele Male ich die *Bis(s)*-Reihe gelesen habe, ohne dass nur ein Edward für mich aufgetaucht wäre?« Sie verzog schmollend den Mund. »Auch Daemon war nicht gekommen.«

Ich wollte etwas Bissiges erwidern, doch auch meine Zunge war unter ihrer Kontrolle. Verdammtes Miststück!

Thyra lachte. »Ich weiß, was du sagen willst, Lin. Du denkst, dass ich vielleicht keine Gefühle habe, mit denen ich ihnen Leben einhauchen könnte, nicht wahr?«

Ich grunzte. Das kam nicht annähernd an das, was ich dachte. Miststück! Biest!

»Aber jetzt kann ich sie mir alle herausholen. Ich muss dafür nicht einmal lesen. Ich muss nur noch warten, bis sich die komplette Fantasie hier gesammelt hat. Das war so leicht, nachdem die Menschen das Gleichgewicht zwischen den Welten ausgehebelt hatten und ihr Wächter das Ungleichgewicht mit jedem Mord an den Buchfiguren weiter vergrößert habt. Ich kann tun und lassen, was ich will, mir all ihre Fantasie zu eigen machen. Sie gehorcht bald keinen Gesetzen mehr.« Sie hob den Zeigefinger und lachte völlig irre auf – was sie ja auch war.

Der nächste Gongschlag.

Jeden Moment würde das Schwert in Rics Brust eindringen. Ich versuchte, die Augen zu schließen, aber das war mir unmöglich. Ich wollte nicht zusehen, wie ich ihn umbrachte und Ophelias Prophezeiung wahrmachte. Ich wollte weinen, doch nicht einmal das war mir vergönnt. Lediglich mit Blicken konnte ich Ric bitten, mir zu verzeihen. Seine goldenen Augen standen in Flammen, der Rest seines Körpers war reglos wie eine Statue. Ich warf ihm einen letzten Blick zu, ließ all meine Liebe für ihn, all die schönen Erinnerungen an unsere – zu kurze – gemeinsame Zeit in ihn hineinfließen. Er erwiderte ihn mit ebensolcher Intensität. Wären wir in einem Märchen gewesen, hätte diese Liebe sicher genauso gewirkt wie ein Kuss und den Bann der bösen Königin gelöst.

Nur waren wir in keinem Märchen. Das Schwert bohrte sich in Rics Brust.

49. KAPITEL

Mit dem nächsten Gongschlag wurde etwas auf mich geschleudert und mein gesamter Körper wurde zur Seite gerissen, sodass ich, unfähig, mich abzufangen, mit voller Wucht auf dem Boden aufprallte. Ich war nicht in der Lage, mich umzudrehen und zu Ric zu sehen, doch Thyras erzürntes Gesicht bewies mir, dass sie nicht das erreicht hatte, was sie wollte. Zumindest hoffte ich das.

Meine Hand schmerzte, brannte, ich konnte das glühende Schwert jedoch nicht loslassen. Der Feuerball, den Josh darauf geschleudert hatte, war direkt neben mir eingeschlagen und hatte selbst den marmornen Fußboden zum Schmelzen gebracht. Aber die Schmerzen waren mir egal, ich war ihm sogar dankbar dafür. Und ich war mehr als nur froh darüber, dass er genau im richtigen Moment zu uns gestoßen war. Leider konnte ich meinen Kopf nicht so weit drehen, um nachzusehen, ob Laurie auch anwesend war.

Thyras Gesicht verzog sich zu einer Fratze. Ihr Schrei war so voller Wut, dass sich mir die Nackenhaare aufstellten. Sie tauchte ihre Hand erneut in den Lichtsee und ging auf Josh zu. Der grüne Drache trat ihr heldenhaft entgegen und warf mehrere Feuerbälle auf sie. Dabei schimmerte etwas in seinen Augen, das wie Tränen aussah.

Ich wollte ihn warnen, wollte ihm zurufen, dass er nicht länger Herr seines Körpers sein würde, doch es ging nicht. Thyra schleuderte die Wörter auf ihn und machte ihn zum Sklaven ihres Willens.

Ein schmerzverzerrter Schrei erklang und Laurie richtete ihre Waffe auf Thyra. Sie schoss mehrere Male, doch ein Schleier aus goldenen Buchstaben wirbelte um Thyra herum, und anstatt zu sterben, lachte sie immer lauter.

»Ihr habt die Welten aus dem Gleichgewicht gebracht!«, rief sie wie eine Wahnsinnige. »Und damit habt ihr den Untergang eurer Welt und des freien Willens besiegelt.«

Der letzte Gongschlag ertönte.

50. KAPITEL

Laurie hatte genau verfolgt, was im Thronsaal passiert war und wusste, was sie zu tun hatte. Den Plan hatte sie in dem Moment gefasst, als sie die Zusammenhänge erkannt hatte: Thyra hatte ihre Freunde, die Wächter, zu Sklaven ihres Willens gemacht. Wenn die Fantasie der Menschen allein ihren Willen dienen würde, wäre sie Herrin der Welt, könnte die Menschheit unterdrücken.

Perrys Erklärungen kamen ihr in den Sinn: der Anfang des Ungleichgewichts zwischen Buchwelt und Realität, der Beginn der Überlagerung der Welten. Das Schloss, in dem sie sich gerade alle aufhielten, das eigentlich in die Buchwelt gehörte, war der Schnittpunkt. Die geballte Fantasie der Menschen wurde zu einem Portal zwischen den Welten. Sie musste das Gleichgewicht wieder herstellen, auch wenn ein hoher Preis dafür zu bezahlen war.

Sie spürte Joshs Blick auf sich, der ihr folgte. Tränen standen ihm in den Augen, als wüsste er, was sie vorhatte. Er feuerte auf Thyra, um ihr Zeit zu verschaffen. Er warf zahlreiche Feuerbälle auf sie, aber Thyra lachte nur und versklavte auch ihn.

Laurie schoss mit dem Neutralisator auf Thyra, so oft es ging. Doch dieses Mischwesen aus Mensch und Seelenloser war einfach nicht zu töten. Laurie stand nun direkt vor der Wand aus reinem Licht. Der letzte Gongschlag ertönte und mit einem sehnsuchtsvollen Blick in Joshs Richtung ließ sie sich nach hinten fallen.

Die Buchstaben schmiegten sich an ihren Körper, legten sich auf ihre Haut wie ein warmer Sommerregen und das erste Mal in ihrem Leben – abgesehen von Joshs Umarmungen – fühlte sich Laurie zu Hause.

51. KAPITEL

Die Fesseln um meinen Körper lösten sich und ich war wieder in der Lage, mich frei zu bewegen. Die Buchstaben purzelten von mir herunter, als hätten sie niemals an mir festgeklebt. Auch Thyras Schutzpanzer aus rotierenden Wörtern fiel in sich zusammen. Ihr wütender Schrei ging jedoch in dem von Josh unter.

Erst langsam begriff mein Verstand, was geschehen war: Joshs tränenglitzernde Augen, als er Thyra abgelenkt hatte, damit die nicht sah, dass Laurie sie von hinten angriff … Laurie hatte versucht, uns alle zu retten, aber mit Thyras Schutzbarriere hatte niemand gerechnet. Dann hatte Laurie den Schritt gewagt, der sie zur größten Heldin von uns allen machte. Perry hatte sie als Wunder bezeichnet und dem stimmte ich zu. Sie hatte ihre Liebe zurückgelassen und sich geopfert.

Sie musste das Gleichgewicht wiederhergestellt haben, oder zumindest ein wenig davon, denn das Portal hatte an Glanz verloren, die Buchstabentattoos waren verblasst und als tintenschwarze Lettern zu Boden gefallen.

Zac schleuderte einen weißglühenden Feuerball auf Thyra, doch die wich ihm aus, indem sie sich seitlich zu Boden warf und abrollte. Ric setzte sofort nach, aber Thyra war unglaublich schnell und huschte hinter das steinerne Podest des Thrones.

Ein Schrei hinter mir durchbrach die kurze Stille zwischen den Feuerbällen. Ich wandte mich um und sah eine Horde dämonischer Söldner in den Thronsaal drängen. Sie feuerten mit allem, was sie aufbieten konnten. Feuerbälle und kleine glühende Punkte, die einen zu Schrot zerfetzen konnten. Ein solcher Feuerregen hatte Zac getroffen und Natalia war diejenige, die schrie.

Zac kämpfte tapfer weiter. Seite an Seite mit Ric und den Dämonenjägern drängte er die Söldner zurück. Bei jedem, der zerstört wurde, erzitterte das Schloss. Es war ein endloser Strom von ihnen und ganz gleich, wie viele Fen, Sage und Cliff zerteilten, es rückten immer weitere nach.

An den Wänden zogen sich bereits die ersten Risse entlang. Die düstere Erinnerung an den Zusammenbruch des Schlosses in Erea holte mich ein, während ich gemeinsam mit Coral – auf Davids Armen – und Peter dafür sorgte, dass Ric die Energie nicht ausging. Ich saß auf Rics Schulter und leitete all meine verbliebene Kraft zu ihm. Es war nicht einmal mehr genügend Energie für einen richtigen Elementarkreis übrig, selbst die Luft war nicht allzu präsent, was wir alle an unserem schweren Atem bemerkten.

Und unsere Kräfte begannen, weiter zu schwinden. Ich konnte nicht glauben, wie viele Dämonen bereits zu Staub zerfallen waren, durch wie viele Leiber allein Fens Schwert geglitten war. Auch Cliff und Sage vernichteten zahlreiche von ihnen, ebenso Sam, der einen Dämon nach dem anderen in Stücke Riss. Auch Nate, jetzt wieder mit seinem Allesvernichter bewaffnet, feuerte so schnell es das High-Tech-Ding hergab. Aber es kamen immer noch welche nach. Hatte Thyra die geklont? So viele konnten unmöglich in Otherside durch das Portal gewandert sein!

Das Schloss bebte stärker und die Erschütterungen ließen die Wände und den Boden zerbersten. Das Déjà-vu aus Otherside war perfekt.

Irgendwo seitlich hinter mir schlugen Feuerbälle ein – Josh hatte sich gegen unsere Verteidigung und für den Angriff auf Thyra entschieden. An seiner Seite Ben, der ihm Anweisungen zurief wie ein Coach. Er konnte schließlich hinter Thyras Barrikade sehen – sie hingegen war zu sehr unter Beschuss, als dass sie sich darauf hätte konzentrieren können, Buchfiguren zu beeinflussen und zu steuern.

Ein erneuter Schrei zerriss die Stille und Coral taumelte zu Boden. Sofort ebbte das Prickeln um uns ab, die weitergeleitete

Elementarmagie versiegte. Mit einem Blick nach unten sah ich, dass David getroffen worden war. Nur seitlich, vermutlich nichts Tödliches, aber er konnte Coral unmöglich weiter tragen.

Schweißperlen standen auf Fens Gesicht, die unablässig dafür sorgte, dass nur wenige Dämonen an den Jägern vorbeikamen. Doch ihre Hiebe wurden unsicherer, ihr Körper musste völlig entkräftet sein. Den Männern an ihrer Seite ging es ähnlich. Auch sie würden nicht mehr lange durchhalten.

Wir brauchten einen anderen Plan.

»Sing, Coral!«, rief ich, so laut es mit meiner Helium-Stimme möglich war. Ich hoffte, dass Rics Energie so lange ausreichen würde, bis Coral alle mit ihrem Gesang erreicht hatte, flog zu ihr hinab und presste meine kleinen Hände an ihren Nacken. Peter reagierte, indem er einen Seitentrieb aus seinem Stamm herauswachsen ließ und ebenfalls Kontakt zu Coral herstellte. So teilte er seine Elementarkraft auf Ric und Coral auf, wofür ich ihm sehr dankbar war.

Sie erhob ihre Stimme und spann sichtbare Fäden, wie bereits bei Balthasar geschehen. Ohne ihre Hilfe hätten wir ihn niemals besiegen können. Die Fäden kringelten sich in der Luft, wurden zu Noten und Silben, die Corals Befehle weitertrugen, über unsere Köpfe hinweg und zu den Dämonen, die sofort innehielten und den Angriff auf uns einstellten. In Otherside hatte es nicht funktioniert, hatte Ric mir erzählt. Hier jedoch, in unserer Welt, verhielten sie sich mehr wie klassische Seelenlose, wenngleich sie versuchten, sich Corals Gesängen zu widersetzen.

»Befehl ihnen, durch das Portal zu gehen«, flüsterte ich ihr zu und sie nickte, ohne den Gesang zu unterbrechen. Ein Söldner nach dem anderen näherte sich daraufhin mit benommenem Gesicht dem Portal. Wir liefen zur Wand neben der Tür, um ihnen Platz zu machen.

Dann hörte ich hinter den Söldnern eine Stimme rufen, die ich nur allzu gut kannte. Wenige Sekunden später drängte sich Perry zwischen den noch hadernden Söldnern hindurch, pulverisierte mehrere von ihnen mit einer Waffe, wie Nate und Laurie sie hatten, und kam direkt vor uns zum Stillstand.

»Das Buch«, forderte er und ich wusste nicht, was er überhaupt von mir wollte oder warum wir ihm in irgendeiner Weise behilflich sein sollten. »Ich brauche das Notizbuch von Elizabeth!«, rief er beinahe panisch und Coral stockte in ihrem Gesang. Ruckartig drehten sich die Söldner um, die schon kurz vor dem Portal gestanden hatten, ehe Coral sie erneut besänftigte.

»Wozu brauchst du es?«, knurrte Ric, seine Stimme zitterte. Er würde seine Elementargestalt nicht mehr lange aufrechterhalten können.

»Dort steht, wie Thyra vernichtet werden kann«, gab Perry zur Antwort und wedelte mit einem uralten Schriftstück. »Ich habe endlich Elizabeths Brief gelesen. Er lag irgendwann auf meinem Bett, ich habe … Ich weiß nicht, warum ich ihn nie gelesen habe. Sie wusste, dass sie sterben würde, durch die Hand ihrer Tochter …«

Die Worte quollen nur so aus ihm hervor und ich hatte Mühe, ihm zu folgen. Corals Gesicht war angespannt, ich wusste nicht, wie lange sie bei all der Ablenkung noch weitersingen könnte oder ob auch ihr Element allmählich nicht mehr genug Energie aufbringen konnte, so fern von jeglichem Gewässer.

»Wir können ihm nicht trauen!«, presste Ric hervor.

Hinter uns schlug ein weiterer Feuerball ein. Dem Geräusch nach, musste er enorm groß gewesen sein.

»So jedenfalls werdet ihr sie nicht töten können. Selbst wenn Josh sie hier vernichtet, wird sie zurückkehren wie jede andere Seelenlose. Sie wird einen neuen Weg finden, glaubt mir.« Perry klang so anders, war nicht mehr der ruhige Wasserelementar, als den ich ihn kennengelernt hatte. »Wir müssen es endgültig beenden.«

»Das Buch ist in Corals Tasche!«, rief David und deutete neben Corals langen Rock, aus dem ihr Fischschwanz hervorlugte. Ihre braune Umhängetasche lag halb aufgeklappt neben ihr.

Perry sprang darauf zu, riss sie an sich und kramte darin nach dem kleinen unscheinbaren Tagebuch. Er schlug es auf der letzten Seite auf, noch während die Tasche zu Boden glitt. Sein Blick trübte sich und Tränen rannen ihm aus den Augen.

Ich hatte ihn nie weinen sehen und der Anblick berührte mich, auch wenn ich ihn eigentlich aus tiefstem Herzen dafür hasste, was er getan hatte.

»Und?«, piepste ich.

»Ich weiß jetzt, was zu tun ist«, sagte er mit brüchiger Stimme, legte das Buch beinahe zärtlich zurück auf die Tasche und ging die Reihe der Söldner entlang in Richtung Portal, in dem ein Dämon nach dem anderen verschwand. Seine Schritte führten daran vorbei und er steuerte auf Josh und Ben zu. Unterwegs ließ er etwas zu Boden fallen.

»Was bei Hephaistos suchst du hier?«, hörte ich Josh fluchen.

»Ich folge meiner Bestimmung«, antwortete Perry kryptisch.

So sehr ich meinen Kopf auch reckte, ich konnte ihn nicht mehr sehen. Er war hinter den Stufen verschwunden, die zum Thron führten. Er ging direkt zu Thyra.

Wenig später ertönte ein Schrei, dann herrschte für einen Atemzug absolute Stille.

»Sie sind beide weg!«, rief Ben, als kurz darauf das bisher stärkste Beben Teile der äußeren Wand zum Einsturz brachte. Gemeinsam mit Josh kam er auf uns zugerannt. Josh war schon zum Teil zurückverwandelt, so sehr hatte er sich bei seiner Attacke verausgabt. Lediglich seine Hände waren zu Drachenklauen geformt und seine Arme von grünen Schuppen überzogen. Seine Jeans baumelte halb zerfetzt um seine Beine.

Corals Gesang verebbte, es waren nur noch wenige Söldner übrig und keine weiteren rückten von der Tür aus nach. Ich sammelte meine nun wirklich allerletzten Kräfte und startete den kläglichen Versuch, die restlichen Dämonen mit einem starken Wind zum Portal zu treiben. Dabei übernahm ich mich und glitt wie eine Feder zu Boden, während ich immer weiter in die Höhe wuchs. Mein Hintern freute sich auf einen weiteren Aufprall … Fen zerteilte derweil zwei der Dämonen auf einmal, Sage und Ben übernahmen den Rest.

Teile des Bodens platzten weg und folgten der fehlenden Wand in den Abgrund. Ich hoffte, dass all die Menschen nicht weiterhin dort unten herumstanden, nachdem Balthasars Bann gebrochen war. Meine Mutter! Hoffentlich ging es ihr gut.

Das Portal schimmerte weiterhin in der Mitte des Raumes. Warum war es nicht verschwunden? Perry hatte gesagt, er könnte alles beenden.

Nein, er hat gesagt, er könnte Thyra für immer aufhalten, korrigierte mich meine innere Stimme.

»Was steht auf dieser letzten Seite?«, stöhnte Zac. Ich hatte nicht bemerkt, dass er an der Wand hinabgeglitten war. Natalia drückte ihm ein Tuch auf die unzähligen Wunden, die ihm die Feuerfunken zugefügt hatten. Das Stück Stoff war bereits von Blut durchtränkt.

Sam reichte Laurie das Notizbuch. Er hatte sich zurückverwandelt und wieder einmal seine Kleidung an. Im Gegensatz zu mir. Ich suchte nervös nach meinen Sachen, die irgendwo hinter Ric liegen mussten. Zurück an seiner Seite bemerkte ich seine ungesunde Gesichtsfarbe. Er hatte sich zurückverwandelt, war so kreidebleich wie ein Geist.

Ich vergaß meine Kleidung und musterte ihn genauer. Aus seiner nackten Brust floss Blut. Die Fetzen seines Shirts, die an seinem Körper klebten, waren blutgetränkt wie der provisorische Druckverband, den Natalia auf Zacs Wunden presste. Mein Magen drehte sich um. Das hatte *ich* ihm angetan.

»Coral!«, schluchzte ich. »Heile ihn!«

Ric jedoch schüttelte stur den Kopf. Dann sank er zu Boden und legte sich den Kopf auf die Knie. Er hatte all die Zeit gekämpft, sich verausgabt, obwohl er diese Verletzung hatte! Coral robbte auf dem Boden zu uns. Die Distanz schien endlos. Ric hob seinen Kopf an, seine goldenen Augen verloren an Glanz wie das Portal, ehe er zur Seite kippte.

»Nein!«, schrie ich meinen Schmerz raus. Ich fing ihn noch rechtzeitig auf, stützte seinen Kopf und legte ihn langsam zu Boden. Seine Hand näherte sich meinem Gesicht – er wischte mir die Tränen von den Wangen, die unablässig aus meinen Augen quollen.

Er wird nicht überleben.

Ophelias Prophezeiung schwebte wie ein Damoklesschwert über uns. Bei Aither! Ich fühlte mich so hilflos!

»Küss mich!«, flüsterte Ric, die Augen hatte er bereits geschlossen.

Seine Hand glitt zu Boden, als ich ihm diesen Wunsch erfüllte und meinen Mund vorsichtig auf seinen senkte. Mein Körper erbebte und ich schmeckte einen Hauch von Feuer, doch seine Lippen fühlten sich bereits kalt an und irgendwann erschlafften sie.

52. KAPITEL

Ich bewegte mich nicht. Ich wollte mich nicht bewegen. Wollte diese letzte Berührung auskosten und bis in alle Ewigkeit ausdehnen. Der Rest der Welt verlor an Bedeutung. Ich dachte, meinen Vater sterben zu sehen, hätte mich vor Schmerz zerrissen. Doch Rics letzte Atemzüge hatten diese zerrissenen Teile von mir zusätzlich auseinandergesprengt. Ich war nicht mehr ich, war nur noch eine Hülle, kaum wirklich da. Mein ganzes Gesicht war feucht von all den Tränen.

Ein Licht blendete mich, vielleicht die Sonne, die aufging, der neue Tag, der irgendwann schließlich beginnen musste. Aber Zeit hatte keine Bedeutung mehr. Ich hatte mich keinen Millimeter bewegt. Mein Mund lag noch immer auf Rics kalten Lippen. Es wurde heller.

»Du musst mir Platz machen«, befahl eine Stimme und Arme zerrten mich von Ric hinfort. Ich schrie, schlug um mich, bis ich realisierte, dass das grelle Licht aus Corals Händen drang, die sie auf Rics Brust drückte, und die Arme Sam gehörten.

»Er lebt noch«, sagte er.

»Ich habe nicht genügend Kraft«, presste Coral angestrengt hervor. Ich suchte in meinem Körper nach einem letzten Funken meines Elements, doch ich wurde nicht fündig. Hilfesuchend schaute ich zu Peter, der, ebenfalls wieder in menschlicher Gestalt, den Kopf schüttelte. Josh senkte betroffen den Blick.

Dann zuckte ein Blitz über der Stadt und erleuchtete den gesamten Thronsaal. Donnergrollen folgte und Wind fegte kühles Nass herein.

Niemals zuvor war ich über Regen dermaßen froh gewesen. Schon nach den ersten Tropfen leuchtete Corals Licht heller und sie musste sich weniger anstrengen. Weitere Böen peitschten Regentropfen auf unsere Haut. Ich saß noch immer nackt hier neben Ric, es war eiskalt, aber ich begann, zu lachen.

Ein unendliches Glücksgefühl erfasste mich beim Anblick von Rics sich hebendem Brustkorb und Corals zufriedenem Gesichtsausdruck.

»Danke«, hauchte ich ihr zu. Freudentränen mischten sich mit dem Regen, als sich Ric aufsetzte und sich benommen umsah. Ich fiel ihm um den Hals und warf ihn gleich zurück auf den Rücken, aber das war mir egal. Ich küsste ihn wieder und wieder, all der Schmerz über seinen vermeintlichen Verlust floss in diese Küsse, die niemals enden sollten. Ein Schluchzen durchdrang den Kokon, den ich in meinem Kopf um Ric und mich gebaut hatte, und langsam schälte ich mich aus unserer Zweisamkeit.

»Natalia!« Ric setzte sich so schnell auf, dass ich aus dem Gleichgewicht kam und nach hinten fiel. Ich folgte Rics Bewegung mit den Augen und glaubte, in einer Wiederholung gefangen zu sein. Nur war es nun Zac, der zu Boden geglitten war. Sein Rücken hatte blutige Schlieren auf die Wand hinter ihm gezeichnet. Natalia beugte sich schluchzend über ihn, während Coral schon in ihre Richtung robbte – doch Natalia schüttelte den Kopf. Es war zu spät.

Er wird nicht überleben.

Ein Teil meines Herzens zerbrach. Ich hatte Zac geliebt, so viele Jahre lang war er an meiner Seite gewesen. Nun spürte ich Natalias Schmerz, als wäre es mein eigener. Ich sah kurz zu Ric, der die Lippen fest zusammengepresst hatte. Er nickte mir zu und ich rannte die Distanz zu Zac und Natalia. Es durfte nicht sein. So durfte es für ihn nicht enden! Er hatte sein Happy End verdient! Nicht den Tod. Tränen rannen aus meinen Augen. Es war zu viel für mich. Erst der Gedanke, dass Ric mich verließ, dann Zacs Tod. Ich dachte nur, wie stark der Schmerz nun für Natalia sein musste, und litt mit ihr, weinte ebenso um sie. Auch sie hatte ein glückliches Ende verdient.

Sam half Coral zu uns und sie versuchte es dennoch. Regen tropfte aus ihrem Haar, rann ihr Gesicht hinab, aber die roten Augen zeigten, dass sich auch Tränen darunter mischten. Ihre Hand leuchtete auf, als sie Zac berührte, erlosch jedoch sofort wieder. Es war zu spät.

Ich schüttelte hilflos den Kopf. Mein Blick fiel auf David, der ebenfalls immer bleicher wurde und seine gesunde Hand auf die Verletzung am anderen Arm presste.

»Hilf David!«, forderte ich Coral mit zitternder Stimme auf. Wir durften nicht noch jemanden verlieren. Ich nickte David zu, der langsam zu Coral kam und sich von ihr heilen ließ.

Natalias Schluchzen war mittlerweile in lautloses Weinen übergegangen. Sie hatte Zac umklammert, ihren einzigen Halt. Sie war so glücklich gewesen, verdammt. Wie konnten unsere Schutzgötter ihr das antun? *Sie ist keine Wächterin*, zischte eine Stimme in meinem Kopf. Sie ist besser als die meisten, zischte ich zurück.

»Das Portal ist immer noch geöffnet«, merkte Peter an und wies darauf hin, dass nicht alles erledigt war. »Was, wenn die Söldner zurückkehren?«

»Was steht auf dieser letzten Seite, die Perry so interessiert hat?«, fragte Sam. Er hatte das Notizbuch in der Hand, blätterte zu der letzten Seite, die Perry gelesen hatte, und reichte es anschließend Coral.

Die blinzelte mehrmals und blickte dann auf die Seite. Ihre rechte Augenbraue erhob sich, als sie vorlas: »*Grenzwelt* besitzt einen König und eine Königin, die über alles bestimmen.« Sie runzelte die Stirn und schüttelte den Kopf. »Ich habe das bislang für eine Notiz gehalten.«

»Hier ist der Brief, den Perry erwähnt hat.« Josh hielt das vergilbte Blatt in den Händen und wedelte damit herum wie Perry zuvor. War das Papier der Gegenstand gewesen, den er fallen gelassen hatte, als er in Richtung Thyra gelaufen war?

»Was steht darauf?«, fragte Ric und Joshs Augen glitten über den Text.

»Es ist ein Abschiedsbrief. Elizabeth entschuldigt sich bei Perry beziehungsweise Grin und bedauert, dass ihr Auseinandergehen unter diesen Umständen unvermeidlich war. Sie schreibt, dass sie weiß, dass sie sterben wird – durch Thyras Hand –, und sie möchte, dass Perry das beendet, was sie gemeinsam begonnen hatten. Er soll das Gleichgewicht wiederherstellen, dann würden jegliche Zugänge zur Buchwelt für immer verschlossen bleiben.«

»Wie?«, fragte ich.

Josh las vor: »Auf der letzten Seite meines Tagebuchs wirst du die Antwort auf alles finden.«

Ich runzelte die Stirn und dachte angestrengt nach. Grenzwelt *besitzt einen König und eine Königin, die über alles bestimmen.*

»Perry ist dieser König!«, rief ich aus. »Er kann so weit über Thyra bestimmen, wie es Elizabeth getan hatte! Sie hatte vielleicht ihre Mutter austricksen und töten können, aber mit Perry hat sie bestimmt nicht gerechnet. Das war Elizabeths Vision zum Schutz der Buchwelt. Sie und Perry, Seite an Seite! Beide waren sich ebenbürtig und Thyra war eben doch zum Teil eine Buchfigur.« Die Worte polterten wirr aus meinem Kopf heraus.

»Du meinst, dann ist Thyra jetzt … tot?«, fragte Josh.

Ich nickte. »Ich vermute es zumindest.«

»Aber was ist mit dem Schließen der Zugänge zur Buchwelt?«, fragte Ric.

Natalia, die so lange reglos über Zac gekauert hatte, rührte sich. »Wir müssen das *ganze* Gleichgewicht wiederherstellen«, sagte sie mit bebender Stimme, blickte zu Zac hinab und sah anschließend zu den Dämonenjägern, Puck und den Wölfen. »Laurie machte einen großen Teil aus, aber wir haben dafür gesorgt, dass das Ungleichgewicht noch größer wurde.«

Ich nickte zustimmend, wie auch die anderen. Außer Coral, der eine stumme Träne über die Wange rollte und die sich an David festkrallte. Verdammt! Waren die Beziehungen zwischen Mensch und Buchfigur wirklich alle zum Scheitern verurteilt? Coral und David harmonierten auf so besondere Weise, die Vorstellung, dass sie nicht füreinander bestimmt sein sollten, war unerträglich. David zog Coral näher zu sich und hob mit seiner Hand ihr Kinn an. Als sich sein Kopf näherte, sah ich weg. Es war einfach zu privat, ich wollte das nicht sehen.

»Wir gehen dann mal«, sagte Fen in lockerem Plauderton. Aber ich sah ihr an, dass auch sie unter dem allgegenwärtigen Schmerz litt – ihre Augen waren gerötet.

»Danke«, sagte ich leise und trat zu ihr. »Ihr habt uns und unsere Welt gerettet.« Ich umarmte sie, worauf sie sich anspannte. Vielleicht lag es daran, dass ich noch immer nackt war? Aber das war mir egal.

»Wir danken auch euch«, sagte Ric zu ihren Dämonenjägerkollegen, den Wölfen und Puck.

»Bekomme ich keine Umarmung?«, fragte Puck grinsend und mit einem Blitzen in den Augen.

Ric antwortete für mich: »Vergiss es!« Er reichte mir meine Kleidung und ich zog mich rasch an.

Puck lachte, als er den anderen hüpfend zum blassschimmernden Portal folgte. Cliff, Fen und Sage standen direkt davor und hielten sich an den Händen. Sie sah kurz zu mir zurück und nickte, dann machten sie gleichzeitig einen Schritt in das Licht. Sam und Ben folgten ihnen. Puck sprang mit Anlauf auf das Portal zu und verschwand mitten in einem Salto im Licht, das immer weiter verblasste.

»Es ist noch da«, stellte Peter das Offensichtliche fest.

»Weil das Gleichgewicht nicht wiederhergestellt ist.« Mein Blick schnellte in Richtung Eingangstür. Maximilian Morgenstern betrat den Thronsaal. »Sorry für die Verspätung. Für mich wird es wohl auch Zeit, in meine Welt zurückzukehren. Es hatte ewig gedauert, bis ich sie alle hierher gebracht hatte, wie Thyra es befohlen hatte. Und dann hat mich irgendjemand geschlagen.« Er rieb sich den Hinterkopf und sah sich im Raum um. »Aber wie ich sehe, habt ihr das ja ganz gut ohne mich hinbekommen.« Seine grünen Augen blitzten auf.

»Danke«, sagte ich wieder einmal. »Für alles, was du in Otherside getan hast.«

Er nickte nur und ging mit großen Schritten auf das Portal zu. Nachdem er hindurchgegangen war, wurde das Licht noch ein wenig schwächer, verschwand jedoch nicht.

Jemand räusperte sich und ich folgte dem Geräusch. Nate hatte bislang so teilnahmslos im Hintergrund gestanden, dass ich ihn völlig vergessen hatte.

»Danke«, sagte Josh und ging auf ihn zu. »Dass du uns geholfen hast.«

Ausdruckslos sah Nate ihn an. Ich erinnerte mich an seine Worte – dass Laurie und er eine Verbindung oder so hatten eingehen müssen. Hing auch er an dem Mädchen? Unserer Heldin?

»Kennst du deine ganze Geschichte?«, fragte Josh unvermittelt und Nate nickte. »Dann weißt du, wer auf dich wartet.«

Erstmals zeigte sich ansatzweise ein Lächeln auf Nates Gesicht, ehe er sich umdrehte und mit schnellen Schritten durch das Portal ging.

Kaum, dass er verschwunden war, standen Coral und David auf. Hand in Hand liefen sie zum Portal, Josh hinter ihnen.

Ich wollte nicht hinsehen, wie sie sich verabschiedeten, und presste mich an Rics Brust, der mir sanft mit der Hand über den Rücken strich. Tränen sammelten sich erneut in meinen Augen, als ich an die Trennung der beiden dachte.

Absolute Stille kehrte ein. Vielleicht wollte Coral ihre Trauer nicht laut äußern. Ich wandte den Kopf und konnte nicht fassen, was ich vor mir sah.

Das Portal war verschwunden – und mit ihm das ganze Schloss. Wir standen nicht mehr im zerstörten Thronsaal, sondern befanden uns in einer verstaubten Lagerhalle, die nur von Blitzen durch die zahlreichen Fenster erhellt wurde. Doch so sehr ich mich auch anstrengte, außer David waren auch Coral und Josh weg.

Stattdessen lag ein Papier auf dem Boden mitten in der Lagerhalle, beschwert von zwei Ketten mit dreieckigen Anhängern. Schnell rannte ich darauf zu, Ric folgte mir. Ich befreite das bereits durchweichte Papier vorsichtig von den Anhängern und las die verschwommenen Buchstaben: *Wenn unser Plan funktioniert hat, ist alles zu Ende. Wir sehen uns in* Otherside.

Meine Augen brannten vor Rührung. Josh war Laurie gefolgt, der Liebe seines Lebens, und Coral konnte David nicht ziehen lassen. Wann hatten sie diesen Plan ausgeheckt? Und warum war das Portal jetzt geschlossen? Die Welten konnten nicht im Gleichgewicht sein, oder?

»Wir sehen uns in *Otherside*«, las Ric laut vor. »Wo ist das Buch?«

Ich zuckte mit den Schultern.

»Hier«, sagte Peter und deutete auf Corals Tasche, neben der noch eine weitere halb unsichtbare Tasche lag. Die von Nate. Sie war aufgeklappt und ein roter Einband lugte daraus hervor.

Ich sprang hinüber, zog das Buch heraus und schlug es hinten auf. Meine Augen flogen über die Zeilen und ich begann, zu lachen. Es war so befreiend, tat unendlich gut: Coral und David waren in Erea, gemeinsam mit Josh und Laurie. Darunter stand in einem eigens für uns Lesende geführten Dialog, wie das Gleichgewicht wieder hergestellt werden konnte. Ihr Plan, den sie extra wiederholten, damit wir davon erfahren würden: Weder Josh noch Coral waren bereit gewesen, ihre Liebsten aufzugeben, daher hatten sie sich für die Buchwelt entschieden – als Ausgleich für Zac, der andernfalls vermutlich aus Natalias Armen hätte gerissen werden müssen.

Als ich weiterlas, verschluckte ich mich beinahe. Ich sah hinüber zu Zac, dann wieder auf das Buch. Meine Stimme brach mehrmals ab, als ich laut wiederholte, was dort – ganz am Ende von *Otherside* stand: »Es gab einst einen Helden, den ein jeder in Otherside kannte. Und dieser Held – so steht es im Buch geschrieben – wird nach seinem Tod der Erste sein, der zu einem echten Menschen wird.«

Zac holte keuchend Luft. »Wo bin ich?«

EPILOG

Wirst du sie vermissen?«, fragte ich Ric, der neben mir auf dem Bett lag und gedankenverloren über meinen Rücken strich.

Wir waren seit einer gefühlten Woche nicht mehr aufgestanden, genau wie ich es mir immer gewünscht hatte. Das mit dem Job als Buchhalterin oder so hatte ich dann doch verworfen. Wir hatten nicht mehr allzu viel zu tun. Nur noch selten schaffte es eine Buchfigur tatsächlich, die Barriere zwischen Buchwelt und Realität – Otherside oder Grenzwelt – zu überwinden. Meistens waren das die ansehnlichen Jungs, über die Ric immer die Augen verdrehte und mit denen ich ihn ab und an eifersüchtig machte. Die Grenzen zur Buchwelt waren nicht komplett verschlossen, wie Elizabeth es erhofft hatte. Es lebten Menschen aus der Realität dort und Zac war aus seiner Geschichte heraus zu einem von uns geworden. Doch das Ungleichgewicht war nicht sehr stark.

Die Wächter und Mitglieder der Zunft, die überlebt hatten, hatten Seite an Seite dafür gesorgt, dass die Menschen Thyras Machtübernahme vergaßen. In ihre Köpfe wurde die fixe Idee gepflanzt, dass die Menschheit nur knapp mit dem Leben davongekommen war, nachdem ein unbemerkter Asteroidenhagel zahlreiche Gebäude zerstört hatte. Es war eine harte Arbeitswoche für die Wasserelementare gewesen, doch sie hatten es geschafft. Vielleicht hatten sie nicht alle erreicht, aber die paar Berichte, die eine Bedrohung durch die Buchwelt thematisierten, fanden sich nur in einschlägigen Blogs und Foren – zusammen mit vermeintlichen Beweisen über Ufos und Aliens – und wurden von offizieller Seite her bloß belächelt.

Die Menschheit würde noch ein wenig brauchen, bis sich alles wieder normalisiert hatte und die Regierungen vollständig funktionierten. Aber der knapp verpasste Weltuntergang schweißte sie zusammen wie nie.

Nachdem sich das Portal geschlossen hatte, waren Ric und ich sofort zu meiner Mutter gefahren, die – wie die meisten anderen – völlig desorientiert nach Hause gegangen war, als Balthasars Bann gebrochen war. Glücklicherweise war ihr nichts passiert. Sie konnte sich an kaum etwas erinnern, fragte mich ständig nach meinem Vater. Es würde noch einige Zeit dauern, bis sie den Verlust, von dem ich ihr unter Tränen berichtet hatte, verarbeitet hätte. Vielleicht würde es auch nie so weit sein.

Die ersten Tage danach hatte ich damit verbracht, nach unseren Freunden zu sehen. Nach Ophelia, Max, Nate und den Dämonenjägern, die wieder in ihren Geschichten waren, herumzickten bis zum Augenverdrehen, den Helden spielten, ihrer Bestimmung folgten oder Phantome töteten. Dann nach unseren ehemaligen Kollegen, die Seite an Seite mit ihren Buchfiguren ein Leben in Erea begonnen hatten. Alles streng überwacht von König Grin, der dafür sorgte, dass wirklich alles seine Ordnung hatte. Er informierte uns, wenn es wieder etwas zu tun gab, weil Otherside von so vielen Buchfiguren aus anderen Welten überschwemmt wurde, dass durchaus einer in die Realität entwischen konnte. Das war jedoch weit seltener der Fall als noch in den letzten Jahren. Denn ein Team aus ehemaligen Wächtern und Buchfiguren arbeitete fleißig daran, dass es nie wieder so weit kommen konnte, dass das Gleichgewicht nachhaltig gestört wurde. Sie fingen die meisten Figuren schon in Otherside ein und König Grin sandte sie in ihre Geschichten zurück.

Das Einzige, worauf ich immer noch keine Antwort hatte, war die Kleiderfrage nach der Rückverwandlung. Aber damit konnte ich leben.

»Und, wirst du sie vermissen?«, stellte ich meine Frage erneut und holte meinen Drachen aus seinen Gedanken. Er rollte mich blitzschnell auf den Rücken und lag plötzlich auf mir, die Unterarme seitlich von mir aufgestützt.

Allein seine Berührung elektrisierte mich und entzündete Flammen der Begierde, die auch in seinen goldenen Augen stand. Langsam beugte er sich zu mir herab und küsste mich so zärtlich und sanft auf die Lippen, dass ich eine Gänsehaut bekam. Sein Mund strich samten über meine Wange und hinterließ eine brennende Spur auf meiner Haut.

Sein Atem kribbelte an meinem Ohr, als er flüsterte: »Wenn Natalia immer noch hier wohnen würde, wäre sie schon längst hereingeplatzt.« Er küsste meinen Hals und kehrte dann zurück zu meinem Mund. »Also eher nicht. Von mir aus kann sie mit Zac in ihrer eigenen Wohnung tun und lassen, was sie will.«

Ich spürte sein Lächeln an meinen Lippen, als er mich küsste und ich einfach alles um mich herum vergaß.

DANKSAGUNG

Lin und Ric haben damals mein Autorinnenleben verändert. Wortwörtlich. Band 1 hat so viel Begeisterung erfahren, dass Band 2 es zur Veröffentlichung dann auf einen utopischen Platz in den Top 10 der Bestsellerliste geschafft hat.

An erster Stelle danke ich daher meinen Leser*innen dort draußen. All den Fans von BookElements, die mir mit den zahlreichen Nachrichten und Leser-Feedbacks gezeigt haben, wie sehr euch meine Buch-im-Buch-Geschichte gefällt. Wäre es nach einigen dieser Nachrichten gegangen, wäre wohl spätestens im dritten Teil kein Ric mehr aufgetaucht, weil ihn so viele herausgelesen hätten. (Ric behauptet, dass er das schon vorher gewusst hat, während Lin die Augen verdreht.)

Ich hoffe, auch du konntest die Geschichte der beiden und ihre Abenteuer genießen und kehrst vielleicht irgendwann noch einmal für ein Re-Read zurück in die Welt von BookElements. Damit hältst du die Figuren am Leben und schützt sie vor dem Verblassen, wofür ich dir wahnsinnig dankbar bin.

Mein nächster Dank geht an Astrid von Drachenmond, die diese wundervoll gestaltete Neuauflage ermöglicht hat. Ich kann dir gar nicht oft genug danken.

Das wundervolle Cover und der Farbschnitt wurden von Alexander Kopainski gestaltet, der all meine Wünsche wahrgemacht und das perfekte Äußere für die Sammelausgabe erschaffen hat.

Vielen Dank auch an Sarah, die sich der kompletten Trilogie angenommen, sie korrigiert und auf den neuesten Stand gebracht hat. Der wundervolle Satz stammt von Drachenmama Astrid und wurde mit so viel Liebe gestaltet, dass sie quasi durch die Seiten fließt. Danke für deine Hingabe an unsere Texte!

Jetzt aber genug mit Dankeschöns! Ich würde mich wahnsinnig freuen, wenn ihr die Geschichte bewertetet und anderen Lesenden so die Entscheidung für oder gegen die Reihe erleichtert. Rezensionen sind wie Trinkgelder für uns Schreibende und wir freuen uns über jede.

Nun würde mich natürlich noch interessieren, wen ihr zuletzt so herausgelesen habt.
Schreibt es mir gerne per Mail (Kontakt@StefanieHasse.de), via DM auf Instagram (@stefaniehasse) oder markiert mich in eurer Story.
Ich freue mich!

Eure Steffi

Janina Schneider-Tidigk

Lotusschwur & Fuchsmagie

ISBN: 978-3-95991-821-3, exklusive Verlagsausgabe
ISBN: 978-3-95991-822-0, Klappenbroschur

Als May merkwürdige Fähigkeiten an sich entdeckt, wird sie in eine versteckte Realität voller Legenden, dämonischen Feinden und magischen Verstrickungen gezogen. An ihrer Seite ist der junge Krieger Damien, der sie nicht nur beschützen, sondern auch unterrichten soll. Dabei kribbelt es zwischen den beiden mehr, als es sollte, doch May weiß nicht, ob sie ihm wirklich vertrauen kann. Ablenkungen kann sie nicht gebrauchen, denn May muss eine uralte Kreatur aufhalten, die ihr nach dem Leben trachtet.

Liane Mars

Asrai – Das Portal der Drachen

ISBN: 978-3-95991-348-5, exklusive Verlagsausgabe
ISBN: 978-3-95991-532-8, Softcover mit Farbschnitt

Epischer Fantasy-Liebesroman trifft auf Drachen und Magie

Wer ist der Feind? Der Mann, den sie liebt? Oder der Drache, dem sie vertraut?

Entgegen aller Konventionen darf die mittellose Elaja eine Ausbildung zur Drachenreiterin beginnen. Doch ohne eigenen Drachen zur praktischen Prüfung anzutreten, ist schwierig. Zum Glück besitzt der nach einem schweren Flugunfall traumatisierte Ian gleich zwei Drachen. Die beiden gehen einen Deal ein, aber schon bald erkennt Elaja, dass Ians Drachen Geheimnisse hüten, die besser unentdeckt geblieben wären.

Magali Volkmann

Die Republik der Knochen

ISBN: 978-3-95991-963-0, Softcover mit Farbschnitt

Eines Tages soll Riora über die Republik Anamoya regieren – zumindest, wenn es nach ihrem Onkel geht, der sie neben der Politik auch die geheime Kunst der Nekromantie lehrt. Doch als ihre Mutter ermordet wird, scheitert ihre Magie, und Rioras Welt bricht in sich zusammen. Warum musste ihre Mutter sterben? Welche Geheimnisse verbirgt die Republik, die von Intrigen und Korruption durchzogen ist?

Riora schwört sich, den Schuldigen zu finden, wobei sie unerwartete Hilfe von dem Künstler Arias erhält. Obwohl sie sofort mit ihm aneinandergerät, muss sie ihm vertrauen. Denn ihre Familie ist nicht die einzige, die verbotene Magie beherrscht – und der Mörder hat weitaus mehr vor, als Blut in Anamoya zu vergießen …

Roukeiya Peters

Seelenverrat

ISBN: 978-3-95991-791-9, Softcover mit Farbschnitt

Hexenseelen sterben nicht

Die junge Hexe Felicity tritt als Seelentransporteurin in die Fußstapfen ihrer Mutter. Neben der Herstellung von Elixieren, die in ihrem Café verkauft werden, kümmert sie sich darum, dass die verstorbenen Hexen und Hexer ihren Platz im Jenseits einnehmen. Dies ermöglichen besondere Bücher, die Felicity herstellt, um die Seelen der Verstorbenen zum Wunschort zu transportieren.

Als der Hexer Niclas auftaucht und Felicity beschuldigt, die Seele seines Onkels ohne seine Zustimmung in den Tod befördert zu haben, kann die Hexe dies nicht auf sich sitzen lassen. Doch das Buch von Kaspar Eisenmann ist unauffindbar und Felicity ahnt, dass sie in ein böses Spiel verwickelt wurde …

Felicitas Brandt

Als die Bücher flüstern lernten

ISBN 978-3-95991-682-0, Klappenbroschur

Wenn Feenstaub Geschichten lebendig macht …

Als Waisenkind hat Hope früh gelernt, niemandem außer sich selbst zu vertrauen. Ihre einzigen Begleiter sind ihre Bücher und die Geschichten, die diese ihr zuflüstern. Auf der Suche nach ihrer Vergangenheit und einer Möglichkeit, im verschneiten England die Nacht zu überstehen, trifft sie auf Sam. Ziemlich nerdig und sehr schwer wieder abzuschütteln. Ehe Hope entscheiden kann, was sie von Sam hält, werden sie unverhofft in eines der Bücher hineingezogen und landen … ja, wo eigentlich?

Lisa Rosenbecker

Litersum – Musenkuss

ISBN: 978-3-95991-333-1, Softcover

Litersum – Das Universum aller Buchwelten ist nur eine Tür weit entfernt …
Malou Winters hat sich damit abgefunden, dass ihr Anti-Musen-Kuss die Ideen angehender Autoren auslöscht und sie diese Gabe zum Wohle des Litersums einsetzen muss. Als der junge Detective Chris Lansbury von Scotland Yard sie jedoch verdächtigt, zwei Autoren ermordet zu haben, will sie das nicht auf sich sitzen lassen. Zusammen begeben sie sich über zwei Universen hinweg auf die Suche nach dem wahren Täter und stoßen dabei auf allerhand Lügen und Widerstände. Malous Verständnis vom Litersum wird auf den Kopf gestellt und bald weiß sie nicht mehr, wem oder was sie glauben soll.Und dann ist da noch dieses verwirrende Herzklopfen, sobald sie sich in der Nähe des attraktiven, aber grimmigen Lansbury aufhält.
Ob auch das mit einem Kuss ausgelöscht werden kann?

Stefanie Hasse

Luca & Allegra

ISBN: 978-3-95991-950-0, Schmuckausgabe
Hardcover, Farbschnitt, Lesebändchen, Softtouch und Spotlack
exklusive Verlagsausgabe

Ein uralter Fluch.
Zwei verfeindete Familien.
Eine Liebe, die alles verändern könnte.

Maskenbälle, unsternbedrohte Familiengeschichten und verfluchte Liebespaare kennt Allegra höchstens aus ganz alten Büchern, aber mit der Realität haben sie für sie nichts zu tun. Das ändert sich grundlegend, als sie bei einem Kurzurlaub am Gardasee erfährt, dass ihr Hotel von Nachfahren der Capulets geführt wird. Anscheinend ist ihre Fehde mit den Montagues auch nach Jahrhunderten noch intakt. Als sie aus purer Neugier die andere Seite des Sees erkundet, beginnen sich die Ereignisse unwillkürlich zu verdichten. Denn Allegra trifft auf Luca Montague und damit auf ihr magisches Schicksal …